本书是湖南省哲学社会科学基金项目"明末清初西湖小说研究"的最终成果。

本书获得国家社科基金项目"古代小说'西湖'书写研究"、湖南师范大学出版基金、"双一流"建设项目与湖南师范大学重点学科中国古代文学专业的资助。

博雅文丛

明末清初西湖小说研究

胡海义 著

人民文学出版社

图书在版编目(CIP)数据

明末清初西湖小说研究/胡海义著. —北京:人民文学出版社,2019
(博雅文丛)
ISBN 978-7-02-015287-2

Ⅰ. ①明… Ⅱ. ①胡… Ⅲ. ①古典小说—小说研究—中国—明清时代
Ⅳ. ①I207.419

中国版本图书馆 CIP 数据核字(2019)第 096485 号

责任编辑　徐文凯
装帧设计　黄云香
责任印制　王重艺

出版发行　人民文学出版社
社　　址　北京市朝内大街166号
邮政编码　100705
网　　址　http://www.rw-cn.com

印　　刷　三河市鑫金马印装有限公司
经　　销　全国新华书店等

字　　数　336千字
开　　本　880毫米×1230毫米　1/32
印　　张　15　插页2
版　　次　2019年9月北京第1版
印　　次　2019年9月第1次印刷

书　　号　978-7-02-015287-2
定　　价　48.00元

如有印装质量问题,请与本社图书销售中心调换。电话:010-65233595

目　录

序 一

程国赋

在我指导的硕士生、博士生和博士后中间，海义是跟随我学习时间最长的学生之一。他于2003年考入暨南大学中文系中国古代文学专业，从事叙事文学研究。2006年，海义硕士毕业以后留在本校继续攻读中国古代文学专业古代小说戏曲方向的博士生，2009年他以《科举文化与明清小说研究》的博士学位论文顺利毕业，答辩委员会对他的博士论文选题、研究视角、研究方法，尤其是丰富翔实的材料、严谨求实的学风均给予很高的评价。在海义跟随我学习的六年时间里，我们师生相处融洽，在暨南园的教室、办公室里，我们一起讨论硕士论文和博士论文的选题，一起探讨研究生阶段的学习与研究计划。我对海义有两点印象特别深，第一个印象是他勤于开拓，善于发现问题，具有很强的"问题意识"和显著的创新精神。记得他刚上硕士时写过一篇有关"竹林七贤"的论文，颇具独到见解；有一次在课堂上，我跟大家提到，希望研究明代小说的同学们多读读《明史》，并提到《明史》中多处记载明人好议时事之风，海义后来在这方面写了两篇文章，分别发表在有关刊物上，显示出他独特的学术眼光和勤于思考的学术精神。我对海义第二个很深的印象是，他为人谦逊低调，彬彬有礼，分析问题缜密周全，待人接物细致周到,深受大家的好评。

博士毕业以后,海义到湖南师范大学文学院工作,在教学和科研方面都取得很好的成绩。前段时间,海义给我打来电话,他说十年前完成的硕士论文《明末清初西湖小说研究》经过修改、补充,获得湖南省社科基金规划办、湖南师范大学出版基金、"双一流"建设项目与校重点学科中国古代文学专业的资助,准备正式出版,希望我为这本书写一篇序文。此前,该书稿的部分章节及相关内容发表在《文学评论》《中国文化研究》《学术研究》《明清小说研究》《暨南学报》《浙江师范大学学报》等学术期刊上,部分被人大复印资料《中国古代近代文学研究》转载。最近,他以上述成果为基础,再次成功申报了国家社科基金项目。我为海义在这一领域取得的成绩感到由衷的欣慰,通读书稿之后,写几句阅读之后的感受。

就中国古代文学研究的整体而言,历来重视对"时间"的研究即从纵向性的视角,划分时代进行专题探讨,相比之下,对空间、地域的视角重视不够。从空间、地域的角度开展研究,这是近年来中国古代文学研究领域颇受关注且取得突出成绩的热点之一。文学与地理的关系相当密切。刘勰《文心雕龙·物色》提出文学的"江山之助"命题,直接论及文学与地理的关系:"若乃山林皋壤,实文思之奥府,略语则阙,详说则繁。然屈平所以能洞监《风》《骚》之情者,抑亦江山之助乎?"后世论及文学与地理的关系者,多受"江山之助"论的影响。

文学创作的主体是作家,地理条件和人文环境深刻影响作家的人生与创作个性。一方水土养一方人,不同的地域环境、山川地理、气候因素总会铸造不同的民族性格,所以五方之民风与习俗不同,各民族性格就有所区别。《管子·水地》称:"齐之水,道躁而复,故其民贪粗而好勇;楚之水,淖弱而清,故其民轻果而贼;越之水,浊重而洎,故其民愚疾而垢;秦之水泔冣而稽,淤滞而杂,故其民贪戾,罔而好事。"《淮南子·地形训》按照同气相应、同类相生的观点指出,不同的"气"与性别、性格关系密切,如"山气多男,泽气多女","衍气多仁,陵气多贪;轻土多利,重土多迟"等。作者虽有不同个性,但相同的地理基因,其主要民族性格大致相同,故而一个地域的文学风格也大体相似,故"江左贵于清绮,河朔辞义贞刚,重乎气质"(魏征《隋书·文学传序》),西北之音粗犷慷慨而令人振发,东南之音流丽婉转而使人沉迷,秦风有跃马之思,楚骚诸篇郁纡而有故国之恨。从表面上看,刘勰所论"山林皋壤,实文思之奥府"的"江山之助"似乎只谈及自然环境对创作主体灵感的触发作用,细想之则又包含有"山林皋壤"作为表现对象进入文学作品而引发的审美。宋濂《刘兵部诗集序》云:"非得夫江山之助,则尘土之思胶扰蔽固,不能有以发挥其性灵。"沈德潜《盛庭坚蜀游诗集序》亦云:"是江山之助果足以激发人之性灵者也。""楚辞"的产生,是楚地"江山之助"使然,"书楚语,作楚声,纪楚地,名楚物"皆与"楚"相关,具有鲜明的楚地风格。中国古代文学流派以地域命名者甚多,如公安派、竟陵诗派、岭南诗派、桐城派、湘乡派、浙西词派、常州词派等,无不得他们所居之地的"江山之助"而呈现独特的地域性。"江山"不一定局限于原籍贯,也包括他们游历之地。《新唐书·张说传》载:"既谪岳州,而诗益凄婉,人谓得江山之助云。"沈德潜《芳庄诗序》云:"从来古人文章每得江山之助:少陵之夔州、东坡之海外、放翁之锦城,其最著也。"文学家的流动,其诗文中所受"江山"之助,除了新地域的山川风景及其人文景观在他们作品中得到体现外,新地域也对他们个性气质产生影响,在此地域下的创作也因此突破原有的风格而获得新审美。袁行霈先生主编的《中国文学史》第一卷在讲到中国古代文学的地域不平衡性时指出:"不同的地域有不同的文体孕育生长,从而使一些文体带有不同的地方特色,至少在形成后相当长的一段时间内是如此。例如《楚辞》带有明显的楚地特色,五代词带有鲜明的江南特色,杂剧带有强烈的北方特色,南戏带有突出的南方特色。"中国古代小说也大致如此。古代小说的江山之助并不局限于自然地理,那些与自然地理息息相关的人文地理对小说的影响更大。在自然环境多样、物产丰富、政治经济文化较为发达的江南,小说较北方地区更为繁荣。

目前有关文学与地理的关系研究,已出版了多部有影响力的专著,如杨义先生撰《文学地理学会通》,刘跃进先生撰《秦汉文学地理与文人分布》,胡阿祥先生撰《魏晋本土文学地理研究》,梅新林先生撰《中国文学地理形态与演变》,曾大兴先生撰《中国历代文学家之地理分布》《文学地理学研究》与《文学地理学概论》等力作。总体说来,研究者关注的重点在诗文。从这一角度研究古代小说者,近些年开始增多,如孙逊先生、刘勇强先生等撰有力作,富有启发。然而着力以"西湖小说"为研究对象,以海义用力最勤。相比诗文词赋史上有众多流派和作品集以地域命名的现象,西湖小说是中国古代小说史上唯一以地域命名者。在中国古代,许多诗词文赋流派以地域命名,如江西诗派、茶陵派、公安派、竟陵派、桐城派、常州词派、湖湘诗派等等,至于那些以地域命名的诗文词集,例如《中州集》《沅湘耆旧集》《扬州集》《吴都文粹》《会稽掇英集》《湖州词征》等,更是不胜枚举。这就不难理解文学地理研究历来聚焦诗文词曲的原因了。因此,西湖小说以独特的空间地域性在中国古代小说史上

4

独树一帜,具有很高的文学地理研究价值。杭州因擅山川之秀,又曾为南宋都城,相关诗文不可胜数,以西湖为故事发生地的小说也非常繁荣。西湖小说带有鲜明的地域标识,是杭州自然地理与人文地理的合力作用之结果。西湖小说中亭台楼阁、文人诗词、风俗传统、神话传说、历史故实、科举文化构成的丰富多彩的西湖景观,受益于杭州的山水及其所孕育的杭州文化,确实具有很高的研究价值。

海义认为,西湖小说蕴含强烈、自觉的文学地理观念,不仅可以为文学地理研究提供弥足珍贵的小说文献,而且能在相当程度上弥补当前文学地理研究忽视文学反向影响人文地理环境的不足。海义以明末清初西湖小说为专题研究,发表了系列论文,该书在此基础上,从杭州西湖的地域性方面,深入探讨了西湖小说兴盛的原因,"湖山—城市"的地理环境与"人地"关系,西湖小说中放生、泛舟等西湖风俗与杭州城市生活情状,西湖诗词大量融入导致的西湖地域审美特质,西湖祈梦与科举胜地、情爱之梦与江南佳丽胜地、失落之魂与杭州政治中心变迁等诸多关系的论述,令人眼前一亮。

这部书稿对学界尚未关注的西湖小说与科举胜地的关系,以及小说中西湖景观的独特性等重要问题进行了深入细致的分析。阅读该书,既可对从宋代到明清时期杭州的科举盛况和士人科举迷信的种种表现有所了解,又可对士人因功名困境而借助西湖山水慰藉,小说家因失意困顿而借助小说以宣泄有了更深的理解。阅读该书,更容易理解文学地理学研究的接"地气"之说。《西湖佳话序》言:"西湖得人而显,人亦因西湖以传。"西湖地理为西湖小说提供了"江山之助",小说亦让西湖更扬名。海义运用层累结构原理,将西湖景观分为神话传说中的传奇景观层面、历史故实中的史笔景观层面、小说人物所见画意景观层面、小说所引诗词描绘诗(词)话景观层面、小说作者描绘实际景观层面等五种。景观层理虽然也与时代有关,但时间在小说叙事中被空间化了,景观叙事将时间淡化甚至凝固,成为空间形态的景观层理。不同时代与文体中的绘景模式和经典片段常被采撷至此,在叙事的作用力下,形成了以西湖景观为"地核",依次排列成诗(词)话→画意→传奇→史笔→现实景观的层理构造。在此,叙事性的强弱取代时序先后成为决定层理位置和容量的关键因素。与叙事的关系越密切,叙事的"密度"越大,层理的内涵就越丰富,景观描绘就越精彩。这种独特的景观层理及其分布格局还原了文学景观的空间属性,具有独特的景观研究价值。海义的这些论述颇有创新意味。这些景观是人文性与自然性的结合,蕴藏着天堂梦、功名梦、情爱梦、失落魂,具有十分丰富的文化内涵。西湖小说中的西湖文学景观为小说增色,亦为西湖添彩。

梅新林先生在《小说史研究模式的偏失与重构》一文中认为:"当前最为重要的是要大力推进小说史的理论革新与建设,尤其要重点加强中国小说史的时空形态的关系研究。"海义对西湖小说的深入探讨,无疑将促进中国古代小说史时空形态的关系研究。

是为序。

序　二

曾大兴

　　胡海义所做的明末清初西湖小说研究，可以称为文学地理学研究的一个成功个案。文学地理学的研究对象，就是文学与地理环境的关系。这个定义表明，文学与地理环境的关系乃是一种相互影响、相互作用的关系。一方面，地理环境影响文学；另一方面，文学也影响地理环境。地理环境通过文学家这个中介来影响文学，文学通过读者这个中介来影响地理环境。文学与地理环境相互作用的结果，就是文学作品与文学景观。胡海义的《明末清初西湖小说研究》这本书，可以说是完整地体现了文学与地理环境的这种相互影响、相互作用的关系。该书第一章为"明末清初西湖小说兴盛的地域因素"，就是讲杭州与西湖的人文地理环境对西湖小说的影响；第五章为"明末清初西湖小说与文学地理研究"，实际上就是讲西湖小说对杭州与西湖的人文环境之影响，讲西湖这个文学景观的内涵与意义；第二、三、四章依次为"明末清初西湖小说题材的地域特色""明末清初西湖小说的艺术特色""明末清初西湖小说与科举文化研究"，实际上就是讲西湖小说在题材、艺术表现和文化内涵方面的地域特色；第六章为"明末清初西湖小说的局限"，则是讲西湖小说在时代意识、现实精神和地域性方面的某些局限。总之，作者的文学地理学意识是非常明确的,思路是非常清晰而完整的。全书史料丰富,分析细致,观点正确,文笔朴实,可以说是运用文学地理学的理论和方法来研究地域文学的一部力作。

20世纪90年代以来,地域文学的研究成为文学研究的一个热点,例如关于文学家族的研究,关于地域性文学流派(文学群体)的研究,关于地域性(区域性)文学史的撰写,关于某个地域的作家、作品的个案研究等,均有许多论著问世。这些论著挖掘出了不少地域文学的史料,使一些长期被忽略的作家、作品得以为人所知,其成绩是有目共睹的。但是这些论著也存在某些不足或局限,其中一个最突出的问题,就是缺乏地理意识和空间分析。我们知道,地域是一个空间概念,它有方位,有核心区、外围区和过渡带,有相对一致的自然和人文地理特征,而所谓地域文学,就是从某个特定的地理空间产生的、具有这个地理空间的自然和文化特征的文学。因此对于地域文学的研究,如果缺乏明确的地理意识和具体的空间分析,只有传统的历史意识和时间分析,那么这种研究就很难到位,很难深入,就会流于一般化。而胡海义的《明末清初西湖小说研究》这本书的一个最大亮点,就是突破了20世纪90年代以来的地域文学研究的这个局限,他有明确的地理意识和具体的空间分析,同时又没有忽略传统的历史意识和时间分析,他把地理意识和历史意识结合起来,把空间分析和时间分析结合起来,发现和解决了同题或同类研究所没能发现和解决的许多问题,深化、细化了西湖小说研究,提高了西湖小说研究的水准,予人以耳目一新之感。

事实上,这本书不仅仅是运用文学地理学的理论和方法,发现和解决了西湖小说研究中的许多问题,同时还对文学地理学的研究本身,做出了自己的贡献。这主要表现在两个方面。

　　第一，是对"文学对地理环境的影响"这一问题的研究，提供了具体的第一手材料。我在拙著《文学地理学研究》中，曾引杜佑《通典》中的"闽越遐阻，僻在一隅，凭山负海，难以德抚。永嘉之后，帝室东迁，衣冠避难，多所萃止，艺文儒术，斯之为盛。今虽闾阎贱品，处力役之际，吟咏不辍，盖因颜、谢、徐、庾之风扇焉"这段话，阐述文学对人文地理环境的影响。我强调说："一个地方的文学（无论是作家文学还是民间文学）在哪个层面、哪种程度上反作用于当地的人文环境，也与当地人文环境的素质，以及当地人的文化自觉等有关系，对这些问题的充分解答，有赖于大量的实证研究，更有赖于理论上的探讨和概括。"（详见拙著《文学地理学研究》，商务印书馆 2012 年版，第 55—57 页）我为什么要强调这一点呢？因为文学地理学的研究在这一方面还是比较薄弱的。胡海义很敏锐地注意到了这个问题。他引用了古吴墨浪子《西湖佳话序》中的这样一段话："随在即是诗题，触处尽成佳话，故笔不梦而花，法不说而雨。自李邺侯、白香山而后，骚人巨卿之品题日广，山水之色泽日妍。西湖得人而显，人亦得西湖而传。"他接着指出："此处的'人'是指诗人及文学家，西湖小说家强调'诗题'成就了佳话，名篇佳作为西湖增光添彩，甚至创造、重塑了西湖的文化胜迹。……可见西湖小说的认识已经非常接近当代的文学地理学观念。西湖小说不仅全面反映与生动阐释了'人地'关系与'湖山—城市'的地理环境，而且自觉参与营造和积极深化这些因素，从而为文学与地理环境之间的互动、辩证关系提供了深刻启示和研究典范。"这个认识和评价是非常到位的。而在本书第五章的第一节，他就用了许多材料，来实证"西湖得人而显"，即实证文学对地理环境的影响。他提供的这些材料和他的实证本身，无疑丰富和深化了文学地理学界对这一问题的认识。

第二，是对西湖文学景观的研究。以往的文学研究并不涉及文学景观，文学景观研究是文学地理学研究的一项独特内容。我曾在拙著《文学地理学研究》中用两章的篇幅探讨文学景观，之后又在拙著《文学地理学概论》（商务印书馆 2016 年版）中用一章的篇幅探讨文学景观，另外还发表过几篇同一性质的论文。我的目的，就是希望人们能够认识到文学景观的特点、价值和意义，从而更好地保护和开发利用文学景观。"所谓文学景观，就是指那些与文学密切相关的景观，它属于景观的一种，却又比普通的景观多一层文学的色彩，多一份文学的内涵。"（拙著《文学地理学研究》第 118 页）文学景观既是文学的一种地理呈现，又是一个具有多义性的象征系统。书写或欣赏景观的人，由于个人感受、情感、思想、文化积淀、生活经历、价值观念、审美趣味等方面的差异，以及时代、民族、地域、宗教信仰等方面的差异，往往会赋予景观以不同的意义。甚至同一个人，由于观景的时间（时令）、角度、方式和心境的不同，也会赋予景观以不同的意义。因此文学景观是可以不断地被重写、被改写的。越是历史悠久的文学景观，越是著名的文学景观，其所被赋予的意义越是丰富。尤其是那些著名的文学景观，可以说是人类思想的一个记忆库。胡海义对文学景观也是非常重视的。他在这本书的第五章第二节，用了相当长的篇幅来研究西湖文学景观。他指出："文学作品中的西湖文学景观在不同时代被不断地改写、重塑，最终累积沉淀下来，形成了层理丰富多彩且清晰共存的层累构造。"接下来，他就以《西湖佳话》中的《灵隐诗迹》为例，分析西湖景观的层理层累构造。他一共分析了这个景观的五个层面，一是神话传说中的传奇景观层面，二是历史故实中的史笔景观层面,三是小说人物所见画意景观层面,四是小说所引诗词描绘诗(词)话景观层面,五是小说作者描绘的实际景观层面。再接下来,他又分别揭示了这种层累结构的三个特点,以及西湖文学景观的多方面的人文内涵与叙事意义。可以说,对于西湖文学景观的意义,他的探讨是相当深入、相当细致、相当有创意的。他对西湖文学景观的研究,可以供包括我在内的所有从事文学景观研究的学者参考和借鉴。

　　30多年前,我跟随先师曾昭岷先生研读唐宋词的时候,读到著名词学家夏承焘先生于1959年发表的《西湖与宋词》一文,印象特别深刻。这应该是最早的一篇研究西湖地域文学的论文。夏先生指出:宋词中的许多佳作,"描绘了西湖的自然现象和社会现象,西湖也给词以丰富的内容和种种发展条件,二者相得益彰。我们倘若在西湖文学里抽掉了宋词,或在宋词里抽掉了有关西湖的许多作品,这在地理和人文上,都将是多么大的减色和损失啊!"(原刊《杭州大学学报》1959年第3期,后收入《夏承焘集》第8册)夏先生不知道有"文学地理学"这个概念,更不可能知道"文学景观"这个概念,但是他的这几句话,已经讲到西湖对西湖词的影响,也就是地理环境对文学的影响这个重要问题,这是很难得的。今天我读到胡海义的这本书,发现他的理论认识水平已经超过夏先生,他不仅深刻揭示了西湖文化环境对西湖小说的影响,同时还揭示了西湖小说对西湖文化环境的影响。更重要的是,他把西湖作为一个典型的文学景观来研究,多层次、多角度地揭示了西湖文学景观的意义。这应该是中国当代学术在理论和方法上超越前人的一个例证,这是值得欣慰的。由于时间和篇幅的限制,胡海义的研究虽然存在某些不足之处,例如对于西湖的自然环境如何影响小说家的审美取向和构思过程还需要进一步的探讨,对"层累构造"这个概念的内涵与外延尚需进一步明确等等,但是作为一位年轻学者,他还有很大的发展空间。我相信在今后的岁月里,他会把文学地理学的研究做得更好。

绪　论

一、选题缘起与概念界定

"上有天堂,下有苏杭。"杭州被誉为"人间天堂"与"世界最富丽名贵之城"①,乃风景胜地与人文渊薮。而西湖就是镶嵌在杭州最为耀眼的一颗明珠,即苏轼所说:"杭州之有西湖,如人之有眉目。"②西湖不仅是杭州的地标与历代文人吟咏、描绘的热点,而且是江南文化的名片与"忆江南"的极佳寄托,相关诗词文赋汗牛充栋。中国古代小说也热衷标举"西湖",宋代至清末活跃着数十位好以"西湖"为名号的小说家,如西湖渔隐、西湖墨浪子、西湖香婴居士等。宋元时期诞生了《西湖三塔记》《绿窗新话·邢凤遇西湖水仙》《夷坚志·西湖女子》等小说作品,明清涌现出《西湖一集》《西湖二集》《西湖佳话》《西湖拾遗》《西湖遗事》《新西湖佳话》等诸多明确标示"西湖"的小说集。历代还有很多小说,虽然在篇名上没有明示西湖,从南朝的《续齐谐记·徐秋夫治鬼病》,到明清的《剪灯新话》、"三言二

---

① 〔意〕马可·波罗:《马可·波罗行记》第151章,冯承钧译,中华书局2004年版,第570页。

② 〔宋〕苏轼:《杭州乞度牒开西湖状》,《苏轼文集》卷三十,孔凡礼点校,中华书局1986年版,第864页。

拍"、《无声戏》中的诸多篇目,《醉菩提传》《雷峰塔奇传》等众多章回小说,再到清末民国的《钱塘狱》(1906)、《湖上嘉话》(1930)等,但也喜欢讲述西湖故事,尤其是白蛇系列、济公系列、小青系列小说更是将主要的故事发生地与重要场景置于西湖,具有浓厚的西湖情结,以致明末清初的湖海士与著名史学家谈迁明确提出了"西湖小说"的概念。

　　中国古代有许多诗词文赋流派以地域命名的现象,如江西诗派、茶陵派、公安派、竟陵派、湖湘诗派、阳羡派、桐城派、湘乡派、浙西词派、常州词派等等,至于那些以地域命名的诗文词集,例如《大历年浙东联唱集》《中州集》《沅湘耆旧集》《扬州集》《吴都文粹》《湖州词征》等,更是不胜枚举。相比之下,"西湖小说"可谓中国古代小说史上唯一以地域命名者,其创作一直薪火相传,尤其是在明末清初蔚为大观,以浓郁的地域空间特色在中国小说史上独树一帜,令人瞩目,值得探究。因此,我们选择"明末清初西湖小说"作为研究对象。

　　名正则言顺,我们首先对几个重要概念予以界定:

　　1."西湖小说"的界定

　　关于这一概念的最早出处,学界普遍认为是著名史学家谈迁(1594—1657)在顺治十一年(1654)提出的①。这其实还可以往前追溯。至迟在明代崇祯年间(1628—1644),湖海士在为小说《西湖二集》崇祯云林聚锦堂本所作的序言中,记载了他与作者周清原的一段交往:"清原唯唯而去。逾时而以《西湖说》见示,予读其序而悲之……不得已而借他人之酒杯,浇自己之磊

---

① 刘勇强:《西湖小说:城市个性和小说场景》,《文学遗产》2001 年第 5 期。
　　孙旭:《西湖小说与话本小说的文人化》,《明清小说研究》2003 年第 2 期。

块,以小说见,其亦嗣宗之恸、子昂之琴、唐山人之诗瓢也哉!"①
此处的《西湖说》之"说"显然不是《文章辨体序说》所界定的文
体:"说者,释也,解释义理而以已意述之也。"②即陈述作者对某
个问题的见解,用以阐述事理的一种文体,代表作如韩愈的《师
说》、周敦颐的《爱莲说》等。"以《西湖说》见示"照应后文的
"以小说见",此处的"说"显然是指小说,《西湖说》则特指周清
原创作的小说《西湖二集》(今存),或者还包括《西湖一集》(已
佚)③。古籍在传抄、刊刻过程中常出现脱字现象,还有很多书
名简称的情况,如《诗经》简称《诗》,《说文解字》简称《说文》,
《三国志通俗演义》简称《三国》等。"西湖说"应当是"西湖小

---

①　[明]湖海士:《西湖二集序》,周清原撰《西湖二集》,周楞伽整理,人民文
　　学出版社1999年版,第566—567页。

②　[明]吴讷:《文章辨体序说》,于北山校点,人民文学出版社1962年版,第
　　43页。

③　关于《西湖一集》,《西湖二集》第十七卷《刘伯温荐贤平浙中》说:"《西湖
　　一集》中占庆云刘诚意佐命,大概已经说过。"明确指出了《西湖一集》的存
　　在。所以,郑振铎《明清二代的平话集》、孙楷第《中国通俗小说书目》、阿
　　英《小说闲谈·〈西湖二集〉所反映的明代社会》和谢国桢《春明读书记》
　　等都认为《西湖一集》曾确实存在。阿英和谢国桢认为它也是周清原所
　　作。质疑者则如苏兴的《所谓〈西湖一集〉的问题》(《明清小说研究》1990
　　年第2期),认为周清原所说的《西湖一集》即是田汝成的《西湖游览志
　　余》,"如果是明启祯时出版过《西湖一集》的平话集子,到乾隆末不会稀
　　传,以至使专门编西湖故事集的陈树基疏于搜求而遗漏"。笔者认为,田
　　汝成作为明代嘉靖时期杭州的著名学者,他的《西湖游览志》和《西湖游览
　　志余》影响深远,备受推崇,各种书目著录和文献征引多明确标示实名,未
　　有将《西湖游览志》称为"西湖一集"的情况。如果以数字排序命名作为别
　　称,就应把《西湖游览志》称为"西湖一集",把《西湖游览志余》称为"西湖
　　二集"。古代小说亡佚者甚多,不见于著录而新近被发现的也不乏其例,
　　如约刊刻于崇祯五年(1632)的《型世言》曾长久失传,直到20世纪末才在
　　韩国重见天日。因此,《西湖一集》极有可能在明末清初的乱世中失传。

说"被有意简省或无心脱落的结果,"西湖说"即"西湖小说"。因此,"西湖小说"概念的最早出处可以追溯至此。到了清代顺治年间,杭州籍史学家谈迁正式提出了完整的"西湖小说"概念①,其《北游录》云:"(顺治十一年七月)壬辰,观西河堰书肆,值杭人周清源,云虞德园先生门人也。尝撰西湖小说。噫!施耐庵岂足法哉!"②此处的"西湖小说"与湖海士称呼的《西湖说》一样,特指周清原的拟话本小说集《西湖一集》和《西湖二集》。此后,学界对"西湖小说"鲜有论及③。

近些年来,学术界开始重提西湖小说,并根据明末清初小说创作的实际情况,对这一概念做了重新界定。如刘勇强先生的

---

① 谈迁是海宁人。海宁在唐武德七年(624)并入钱塘县,五代属吴越国杭州,北宋属两浙路杭州,南宋属临安府,元贞元年(1295)升盐官州,天历二年(1329)改名海宁州,属杭州路。明洪武二年(1369)降格为海宁县,属杭州府,在清乾隆三十八年(1773)复升为州。可见,海宁在历史上长期(包括明末清初)隶属于杭州,因此可以将明末清初的谈迁视为杭州人。

② [清]谈迁:《北游录》第三卷《纪邮上》,汪北平点校,中华书局1960年版,第65页。《西湖二集》的作者姓名有"周清原"和"周清源"两种写法。谈迁的《北游录》记为"周清源",《西湖二集》原刻本——崇祯云林聚锦堂本署"武林济川子清源甫纂",书后附《西湖秋色一百韵》署"武林周楫清原甫著",前后一致,相当可信。"原"与"源"同音近形,有可能都曾被《西湖二集》的作者用于自己的名字,也有可能因同音而被他人误传误用,包括谈迁也可能如此。《西湖二集》的现当代点校本各有选择,如人民文学出版社在1989、1999、2006年等多次重印的周楞伽整理本都署为"周清原",浙江人民出版社1981年出版的刘耀林、徐元校注本则署为"周清源"。本书认为对《西湖二集》作者的研究,在生平资料非常有限而姓名略有出入的情况下,应以该小说的原刻本署名为据。因此,本文认为作者的姓名以"周清原"为宜。

③ 康熙二十八年刊本《西湖志》所收的姚靖《重刻西湖志序》中有"西湖六十家小说"的记载,参见:大塚秀高《"六十家小说"と宋元话本——中里见敬氏の"中国小说の物语论の研究"をきっかけとして》,载中国古典小说研究会(东京)《中国古典小说研究》第4辑,1998年版,第5—6页。

《西湖小说：城市个性和小说场景》将"西湖小说"界定为"即以西湖为背景的白话小说，尤以短篇白话小说为主"①。孙旭在《西湖小说与话本小说的文人化》中也有类似的界定："把故事发生地与杭州有关的话本小说称为西湖小说。"②葛永海在《古代小说与城市文化研究》中将西湖小说界定为："它不仅是以西湖为背景的短篇白话小说，也应该包括中篇和长篇。"③即以西湖为背景的白话小说。上述界定都把西湖小说限于白话小说的范围，且主要是指白话短篇小说。

笔者认为"西湖小说"是一个以地域为标识与核心词的文学概念，具有较高的地域文化与文学地理研究意义，其界定不应受到小说类别和语体的限制。西湖小说较早的出处《北游录》主要记录了谈迁赴北京期间的经历见闻，包括地理、气候、景观、风土、民生等内容，具有较高的人文地理研究价值。谈迁还撰有《西游录》二卷。明代小说名家众多，谈迁为何选择施耐庵来与周清原作比呢？明代盛行一种观点，认为施耐庵是杭州人④。《水浒传》的语句留有杭州方言的不少痕迹，一些早期的水浒故事就诞生于宋代杭州的勾栏瓦肆，小说中的"征方腊"就发生在西湖及杭州。作为杭州籍史学家，谈迁将前辈"乡贤"施耐庵和

---

① 刘勇强：《西湖小说：城市个性和小说场景》，《文学遗产》2001年第5期。
② 孙旭：《西湖小说与话本小说的文人化》，《明清小说研究》2003年第2期。
③ 葛永海：《古代小说与城市文化研究》，复旦大学出版社2004年版，第158页。
④ 如明代高儒《百川书志》卷六著录《忠义水浒传》为"钱塘施耐庵的本"。郎瑛《七修类稿》卷二十三也称此书为"钱塘施耐庵的本"。胡应麟《少室山房笔丛》卷四十一云："武林施某所编《水浒传》，特为盛行。"崇祯年间，书坊雄飞馆将《水浒传》与《三国演义》合刻的《英雄谱》也署为"钱塘施耐庵编辑"。

《水浒传》作为褒扬同乡周清原和西湖小说的参照,而非选择史家更关注的《三国演义》之类的历史演义小说,就是着眼于相同的作者籍贯和作品的地域因素。暂且不论"施耐庵"是否真是杭州钱塘人,谈迁的史家眼光和地域意识启发我们在两点连线的基础上再延展及面,引出一个长久未被关注的庞大的西湖小说家群体,以及薪火相传的西湖小说创作。根据明末清初小说史上的"西湖"现象,在谈迁和湖海士的认识基础上,我们认为西湖小说的界定不应受限于小说类别与语体。它不应只包括白话短篇小说,相关的白话中长篇小说与文言小说也应该是西湖小说的重要组成部分。只有这样才能更全面、真切地反映出小说史对西湖与小说关系的观照和认同,以及杭州西湖在中国古代小说史上的特殊地位和深远影响,尤其是发掘西湖小说在地域文学及文学地理研究中的重要价值。因此,我们将"西湖小说"界定为:以杭州为重要的故事发生地,以西湖为重要故事场景的小说。它包括白话小说与文言小说,也包括短篇小说与长篇小说。

在此,"以杭州为重要的故事发生地"和"以西湖为重要的故事场景"是笔者界定西湖小说的两个必要条件,缺一不可,以便与宽泛地仅将故事发生在杭州,而不关注西湖因素的"杭州小说"区别开来。本文之所以十分注重西湖场景因素,是因为在文化史上,古人非常注重西湖作为杭州的地理标志和象征意义,如苏轼特别强调"杭州之有西湖,如人之有眉目",诸多小说集如《西湖二集》《西湖佳话》《西湖拾遗》《西湖遗事》《新西湖佳话》等标举"西湖"盛名。如果在西湖小说研究中,忽略了西湖作为杭州"眉目"的标志性意义,不仅会湮没它自身的诸多特质,而且将大幅削弱其在地域文化和文学地理研究中的重要价值,"西湖"的艺术特色与文化意蕴也就黯然失色甚至被视而不见。因此,一些涉及杭州的小说如《警世通言》第三十八卷《蒋淑真刎颈鸳鸯会》、《喻世明言》第二十七卷《金玉奴棒打薄情郎》等,虽然故事主要发生在杭州,但并未出现西湖场景,因此不被列入西湖小说的研究范围。同样,西湖小说既然以"西湖"为小说名号,就应该以杭州为重要的故事发生地,否则就可能名不副实。如《拍案惊奇》第十六卷《张溜儿熟布迷魂局　陆慧娘立决到头缘》、《欢喜冤家》正编第九回《乖二官骗落美人局》、《情史》卷十九《九子魔母》、《玉娇梨》等虽出现了西湖场景,但整篇(部)小说并非以杭州为重要的故事发生地,因此也不能纳入西湖小说的范围。但如果小说中的西湖场景对故事情节的发展具有重要作用,对人物形象的塑造具有较大影响,尽管以杭州或西湖为发生地的故事不占主要篇幅,笔者也酌情纳入西湖小说的范围。如钮琇《记吴六奇将军事》,查孝廉在西湖邂逅铁丐吴六奇并畅饮之事虽不占主要篇幅,但这一故事情节深刻影响了吴六奇的人生轨迹,一句"不读书识字,不至为丐也"是彰显人物个性的点睛之笔,所以此篇被视为西湖小说。另如《拍案惊奇》第二十四卷《盐官邑老魔魅色　会骸山大士诛邪》、《觚賸》卷七《雪遘》等篇目亦是如此。此外,由于话本拟话本小说中的头回所述小故事具有相对的独立性,有些与正话虽无直接的联系,但只要符合上述西湖小说的界定标准,也被纳入研究范围,如《喻世明言》第三十九卷《汪信之一死救全家》、《拍案惊奇》第十五卷《卫朝奉狠心盘贵产　陈秀才巧计赚原房》、《二刻拍案惊奇》第三十九卷《神偷寄兴一枝梅　侠盗惯行三昧戏》等篇目的头回等。

　　根据上述标准,笔者从明末清初的小说中辑出71篇白话短篇小说、5部章回小说和35篇文言小说,共计111篇(部)西湖小说作为研究对象(详见附录一)。

2."明末清初"的界定

"明末清初"作为一个时间概念,在思想史、经济史、文学史等不同学科及研究领域中的界定不尽相同。即使是同一研究领域,研究者从各自的角度,面对不同研究对象的实际情况,也会做出相应的调整。尽管莫衷一是,但"明末清初"作为一个历史时期,其大致包括了明代天启、崇祯朝,清代顺治朝和康熙中前期。笔者根据该时期西湖小说创作与刊刻的实际情况,在本文中将"明末清初"划定为明代天启元年到清代康熙四十一年(1621—1702),计约80年的时间。

3.杭州与西湖的地域范围界定

杭州在历史上有钱唐、钱塘、禹杭、余杭、虎林、武林、应天、临安、仁和等名称。它在周朝以前属九州中的扬州之域。秦王嬴政二十五年(前222)始设钱唐县,属会稽郡。汉承秦制,杭州仍称钱唐。新莽时一度改钱唐为泉亭县。到了东汉,复置钱唐县,属吴郡。三国两晋南北朝时期,杭州属吴国的吴兴郡,归古扬州。梁武帝太清三年(549),升钱唐县为临江郡。陈后主祯明元年(587),置钱唐郡,辖钱唐、于潜、富阳、新城四县,属吴州。隋开皇九年(589)废钱唐郡,改置杭州,"杭州"之名首出现。其下辖钱唐、余杭、富阳、盐官、于潜、武康六县。唐代置杭州郡,又改称余杭郡,治所在钱唐。因避国号讳,于武德四年(621)改"钱唐"为"钱塘"。乾元元年(758)又改称杭州,归浙江西道节度,州治一度在钱塘,辖钱塘、盐官、富阳、新城、余杭、临安、于潜、唐山八县。在北宋时,杭州实际管辖两浙西路。大观元年(1107)升为帅府,辖钱塘、仁和、余杭、临安、于潜、昌化、富阳、新登、盐官九县。宋室南渡后升杭州为临安府，并于绍兴八年（1138）定都于此，历时近一百五十年。在元朝及以后，临安复称杭州，但元明清时期的许多小说作品仍以"临安"相称。本文所论及的"临安"即指杭州。关于杭州在明代的行政建置与辖区，据《明史·地理志五》载："杭州府元杭州路，属江浙行省。太祖丙午年十一月为府。领县九。"①即下辖钱塘、仁和、海宁、富阳、余杭、临安、于潜、新城和昌化九县。府治在钱塘、仁和县。到了清代，"顺治初，因明制"②，杭州的行政区划并未调整，直到乾隆三十八年（1774）才将海宁由县升格为州。因此，本文所指的杭州区域采用《明史·地理志五》中提及的范围，包括钱塘、仁和、海宁、富阳、余杭、临安、于潜、新城和昌化九县。

在中国，称为"西湖"的湖泊众多。本文所指西湖除了特别注明以外，专指杭州西湖。其在历史上又有钱塘湖、钱源、钱水、武林水、明圣湖、金牛湖、西子湖、龙川、上湖等众多名称。在远古时代，西湖连同杭州都是一片海洋。后来由于钱塘江带来的泥沙淤积，海湾南北的山麓逐渐形成沙嘴，并不断靠拢，连成沙洲与堤岸，使西侧的内湖与大海完全隔开，形成潟湖。约在秦汉时期，西湖的水体不断淡化，成了淡水湖③。到了隋唐时期，西湖已经成为著名的风景名胜区。明代杭州人田汝成在《西湖游览志》中列出"孤山三堤胜迹""南山胜迹"和"北山胜迹"等系

---

① ［清］张廷玉等：《明史》卷四十四《地理志五》，中华书局1974年版，第1101页。
② 赵尔巽等：《清史稿》卷六十五《地理志十二》，中华书局1976年版，第2128页。
③ 关于西湖的成因，参见竺可桢《杭州西湖生成的原因》、章鸿制《杭州西湖成因一解》等，集中载于周峰主编《南北朝前古杭州》，浙江人民出版社1997年版，第217—225页。

列景观,展现了一个庞大的"西湖家族"。据清代杭州人翟灏、翟瀚兄弟所著《湖山便览》载,西湖景区包括湖泊及其周边约1016个景点①。因此,西湖不仅包括湖泊本身,而且涵括湖畔的南北二峰、孤山、天竺等群山与岳坟、雷峰塔、灵隐寺等诸多名胜古迹。

二、明末以前西湖小说概况

西湖小说在明末清初繁荣之前,大致可以分为萌芽发展期、初兴期与低落徘徊期三个时期,概述如下:

1.萌芽发展期。魏晋南北朝至北宋时期是西湖小说的萌芽与发展期。在早期"丛残小语"式的准小说作品中②,难觅西湖的身影。即使是在东汉吴越人士赵晔的《吴越春秋》和袁康、吴平的《越绝书》中亦是如此。到了魏晋南北朝时期,在《搜神后记》《齐谐记》《续齐谐记》等一批志怪小说中,西湖的身影逐渐清晰起来。如托名陶潜的《搜神后记》卷二"杜子恭还瓜刀"讲述钱塘杜子恭借鱼腹还瓜刀的故事。卷九"素衣女子"记述钱塘杜生行船时与女子相遇相恋,后来女子化鸟飞去,杜生相思而死的故事。但这些作品对西湖只是蜻蜓点水般的只言片语,有些甚至并未涉及。现存真正属于本文所论西湖小说的第一篇作品,当属南朝梁吴均(469—520)所作《续齐谐记》中的"徐秋夫治鬼病"条:

---

① [清]翟灏、翟瀚:《湖山便览》,王维翰重订,杭州出版社2004年版,第593—1005页。
② [汉]桓谭:《新论》,见萧统编、李善注《文选》卷三一,中华书局1977年版,第444页。

　　钱塘徐秋夫善治病,宅在湖沟桥东,夜闻空中呻吟声甚苦。秋夫起至呻吟处问曰:"汝是鬼耶?何为如此?饥寒须衣食耶?抱病须治疗耶?"鬼曰:"我是东阳人,姓斯,名僧平,昔为乐游吏,患腰痛死。今在湖北,虽为鬼,苦亦如生。为君善医,故来相告。"秋夫曰:"但汝无形,何由治鬼?"曰:"但缚茅作人,按穴针之讫,弃流水中可也。"秋夫作茅人,为针腰目二处,并复薄祭,遣人送后湖中。及暝,梦鬼曰:"已差,并承惠食,感君厚意。"秋夫宋元嘉六年为奉朝请。①

　　此湖即是西湖。钱塘朱彭《西湖遗事诗》第一首云:"钱塘湖畔小桥东,疗疾秋夫技最工。鬼亦望施卢扁术,呻吟声在杏林中。"该篇小说就被附记于后,并补充说明:"秋夫宅在湖沟桥,即钱塘湖之桥也。鬼云今在湖北,即是湖之北面也。《西湖志》记载六朝事甚少,得此可补前志之缺。"②在这篇小说中,徐秋夫住在湖沟桥东;病鬼在西湖北面;人鬼对话于西湖夜空;病鬼请求将扎针的茅草人俑弃于西湖水中;徐秋夫最后遣人将其送至后湖,即鬼所在的西湖北。故事全部发生在西湖,西湖元素非常丰富。该篇小说虽然属于志怪,但故事中的人和鬼都富有人性与人情味,志怪气息淡薄。在西湖畔,鬼没有超凡之术,摆脱不了世人的病痛,并向世人求助。秋夫面对鬼魂并不惊骇,一连四问,充满关切。医者仁心,并不因鬼而异。他在为茅人针灸后,"并复薄祭,遣人送后湖中",远超病鬼的诉求,富有同情心。鬼

---

① 〔南朝〕吴均:《续齐谐记》,《丛书集成初编》第 2704 册,中华书局 1985 年版,第 5—6 页。
② 〔清〕朱彭:《西湖遗事诗》第一卷,《武林掌故丛编》第二十二集,光绪九年嘉惠堂丁氏刻本,第 1 页。

魂也懂感恩,托梦致谢,富有人情味。人鬼对话符合各自的身份,展现出人物形象的性格特征。无论是场景和情节,还是形象和立意,这都是一篇成熟的西湖小说作品,价值颇高,具有重要意义。

"小说亦如诗,至唐而一变"①,唐代传奇中的西湖小说虽然篇数不多,但运用"诗笔",西湖故事诗意盎然,情韵悠长,促进了西湖小说的艺术风格与审美品位的形成。如袁郊《甘泽谣·圆观》讲述了僧人圆观和士子李源的两世交情。两人同游三峡时,圆观在圆寂投胎之前,与李源相约十二年后的中秋月夜,在杭州西湖畔的天竺寺见面。李源准时赴约,"时天竺寺山雨初晴,月色满川",听见牧童唱《竹枝词》:"三生石上旧精魂,赏月吟风不要论。惭愧故人远相访,此身虽异性长存。"牧童即圆观之后身,李源潸然泪下,无言以对,只见他继续唱词而去,"山长水远,尚闻歌声。词切韵高,莫知所诣"。这个赞颂生死不渝的友情故事后来被附会到天竺寺的"三生石"上,广为传诵,对后世的西湖小说影响很大,如冯梦龙《喻世明言》第三十卷《明悟禅师赶五戒》头回、古吴墨浪子《西湖佳话·三生石迹》据此敷演。此外,北宋钱易《南部新书》庚卷"杭州灵隐山多桂"、苏耆《闲谈录》之"使宅鱼"条等,对后世的西湖小说也有一定的影响。

2. 初兴期。南宋至元代是西湖小说的初兴期。西湖小说在这一时期兴起的主要诱因是"靖康之变"造成大量说话艺人流寓杭州。说话伎艺曾兴盛于北宋汴京(今河南开封)②,但在

---

① 鲁迅:《中国小说史略》第八篇,《鲁迅全集》第九卷,人民文学出版社 2005 年版,第 73 页。

② [宋]孟元老:《东京梦华录(外四种)》卷五"京瓦伎艺",古典文学出版社 1956 年版,第 29 页。

"靖康之变"后，"高宗南渡，民之从者如归市"①，大批说话艺人也随之逃往杭州。"大驾初驻跸临安，故都及四方士民商贾辐辏"②，移民人数激增，改变了杭州的文化生活。据《梦粱录》载："杭城绍兴间驻跸于此，殿岩杨和王因军士多西北人，是以城内外创立瓦舍，招集妓乐，以为军卒暇日娱戏之地。"③为了满足南渡移民的娱乐生活和精神需求，南迁的说话艺人也需要重操旧业来谋取生计，瓦舍于是在杭州应运而生并被发扬光大。《西湖老人繁胜录》《都城纪胜》《梦粱录》《武林旧事》《醉翁谈录》等南宋至元初的文献详细记载了杭州的瓦舍盛况、说话艺人与具体名目。传至杭州的说话伎艺青胜于蓝。据上述文献统计，南宋杭州有名号的说话艺人不下一百一十人，这支庞大的专业队伍远远超过《东京梦华录》所载北宋汴京十四位有名号者。而且，南宋杭州说话伎艺分类不断细化，专业性不断加强，如《都城纪胜·瓦舍众伎》将"小说"分为三类，《梦粱录·小说讲经史》分为六类，《醉翁谈录·小说开辟》分为八类。杭州的说话艺人与底层文人还成立了行会组织，如古杭书会、武林书会、雄辩社等，相互切磋，提高伎艺。正是这支数量庞大、专业程度高、综合素质强的杭州说话艺人队伍，为话本小说做出了杰出贡献，促成了"小说史上的一大变迁"④。

　　传至杭州的说话伎艺入乡随俗，西湖故事成为表演的重要

① ［元］脱脱等：《宋史》卷一七八，中华书局 1977 年版，第 4340 页。
② ［宋］陆游：《老学庵笔记》卷八，李剑雄、刘德权点校，中华书局 1979 年版，第 104 页。
③ ［宋］吴自牧：《梦粱录》卷十九"瓦舍"，浙江人民出版社 1980 年版，第 179页。
④ 鲁迅：《中国小说的历史变迁》，《鲁迅全集》第九卷，人民文学出版社 1982年版，第 319 页。

内容,现存宋元话本中的西湖小说就有《西山一窟鬼》《西湖三塔记》《钱塘佳梦》《菩萨蛮》《喜乐和顺记》《金鳗记》《五戒禅师私红莲记》《刎颈鸳鸯会》《张生彩鸾灯传》《苏长公章台柳传》《裴秀娘夜游西湖记》《错认尸》等。其中的《西湖三塔记》是这一时期西湖小说的代表作。它与《洛阳三怪记》关系密切①,但具有非常鲜明的西湖标识。开首就花了全篇约三分之一的笔墨极力渲染西湖美景,彰显地域特色;故事因游湖而生发,"只因清明都来西湖上闲玩,惹出一场事来"②,从此确立了白蛇系列小说中的许宣从西湖归来而邂逅白娘子的基本情节模式;依附苏轼于北宋元祐年间在西湖建造的三座石塔,将其敷演成奚真人化缘建造三塔镇三怪。西湖元素全方位、深层次地渗透。另如《西山一窟鬼》也是当时非常著名的说话名目,《梦粱录》卷十六"茶肆"记载了一座王妈妈家"一窟鬼茶坊"以此来招徕顾客,树立品牌。此处的西山是指西湖畔北高峰东北的驼献岭,又称桃源岭。主人公吴洪在清明节和友人来西湖一带游玩,在此发现众多鬼魂,其中就有自己的妻子和丫鬟。癫道人最后帮助收伏这一窟鬼,吴洪最终出家云游。上述话本小说得益于杭州的说话艺人和书坊主,有幸流传下来,但"其传布民间者,什不一二"③,更多的早已失传,湮没无闻。

除了白话类小说作品,宋元还有很多文言类西湖小说。如

---

① 纪德君:《从〈洛阳三怪记〉到〈西湖三塔记〉——三怪故事的变迁及其启示》,《暨南学报》2012年第2期。

② [宋]佚名:《西湖三塔记》,洪楩编《清平山堂话本》卷一,上海古籍出版社"古本小说集成",第135页。

③ [明]绿天馆主人:《古今小说序》,《喻世明言》卷首,许政扬校注,人民文学出版社1958年版,第1页。

洪迈《夷坚志》中收有《西湖女子》《西湖庵尼》《西湖判官》《涌金门白鼠》《上竺观音》《宝叔塔影》《神游西湖》《丰乐楼》《吴山新宅》等数十篇，甚为可观。值得一提的是《西湖女子》，讲述西湖畔一则人鬼情未了的离奇故事，真挚感人，荡气回肠。此外还有李献民《云斋广录·钱塘异梦》，王明清《玉照新志·张行简》，南宋皇都风月主人《绿窗新话》之《邢凤遇西湖水仙》《张洗游春得佳偶》《苏东坡携妓参禅》等诸多西湖小说作品，较具影响。

　　3. 低落徘徊期。从明代洪武年间到泰昌元年（1620）是西湖小说的低落期。学界一般认为洪武、永乐以后的明代小说陷入了长达近两个世纪的萧条期。尽管对于这段"空白期"，尚存争议①，但西湖小说在这一时期陷入低落确为实情。到了明代，杭州的说话伎艺还残留宋元时期的遗风余韵。明代嘉靖年间，杭州人田汝成记载："杭州男女瞽者，多学琵琶，唱古今小说、平话，以觅衣食，谓之'陶真'。大抵说宋时事，盖汴京遗俗也……其俗殆与杭无异。若红莲、柳翠、济颠、雷峰塔、双鱼扇坠等记，皆杭州异事，或近世所拟作也。"②所列篇目其实多为宋元旧作或者"近世所拟作"，很少有新创者。如《红莲》就是宋人旧篇

① 对于所谓空白期，学界有争论，参见：陈大康《明代小说史》第二编《萧条与复苏》，上海文艺出版社2000年版。欧阳健《非"明代前期通俗小说创作空白论"》，载《盐城师范学院学报》2002年第4期，又见欧阳健《历史小说史》第三章《明代的历史小说与本朝小说》第一节《非"明代前期空白论"》，浙江古籍出版社2003年版。明代祝允明《寓圃杂记序》云："又以后，野者不胜，欲救之，乃自附于稗虞，史以野名出焉。又以后，复渐弛。国初殆绝，中叶又渐作。"可见，就文言小说而言，创作在明代前期陷入萧条应为事实。
② [明]田汝成：《西湖游览志余》卷二十，上海古籍出版社1980年版，第368页。

《五戒禅师私红莲记》所讲故事;《柳翠》,元代有无名氏(一说为李寿卿)杂剧《月明和尚度柳翠》,后被冯梦龙敷演成《喻世明言》第二十九卷《月明和尚度柳翠》;《济颠》讲的是济公故事,宋代释居简《北涧文集》卷十《湖隐方圆叟舍利塔铭》题下侧注"济颠"二字,可见宋代就有此人此事。嘉靖年间晁瑮编《宝文堂书目》之"子杂类"著录有《红倩难济颠》,已佚。隆庆三年(1569),杭州书坊刻有《钱塘渔隐济颠禅师语录》一卷,不分回,题"仁和沈孟柈述",讲述南宋济颠和尚的生平故事;《双鱼扇坠》或为明代故事,但与《孔淑芳双鱼扇坠传》的关系还有疑问①,有待进一步考证。可见当时流传的西湖小说多为旧篇与拟作,新创遭遇难题。

这一问题在当时的小说选本中也有体现。如杭州文士与书坊主洪楩在嘉靖年间编刊的《清平山堂话本》是现存最早的一部话本小说选集,现存较为完整的二十七篇话本当中有《西湖三塔记》《五戒禅师私红莲记》《刎颈鸳鸯会》《错认尸》四篇西湖小说,都是宋元旧作。嘉靖至万历年间刊刻的《熊龙峰小说四种》收有四篇小说,《张生彩鸾灯传》与《苏长公章台柳传》是宋元旧篇,《冯伯玉风月相思小说》称不上严格意义的西湖小说,只有《孔淑芳双鱼扇坠传》是明代所作的西湖小说。其讲述弘治年间,妖魅孔淑芳在西湖两度媚惑商人徐景春,后被紫阳宫

---

① 关于《双鱼扇坠》与《孔淑芳双鱼扇坠传》《孔淑芳记》的关系问题的最新讨论,可以参见向志柱《〈宝文堂书目〉中话本小说的认定》(《国家社科规划办成果集萃》2016 年 2 月 3 日)、《〈孔淑芳双鱼扇坠传〉的来源、成书及其著录》(《明清小说研究》2006 年第 3 期)、《〈宝文堂书目〉著录与古代小说研究》(《南京师大学报(社会科学版)》2009 年 5 月第 3 期),认为《孔淑芳双鱼扇坠传》与《双鱼扇坠记》不是同书。

真人收伏,并被告官发冢。形象塑造与立意都嫌粗陋,但在这一时期已属难得。

这一时期的文言类西湖小说也陷入低落徘徊的状态,值得一提的有明初瞿佑《剪灯新话》中的两篇。瞿佑是杭州钱塘人,"学博才赡,风致俊朗"①。这两篇也是富有才情,卷二《滕穆醉游聚景园记》叙述滕生在西湖畔聚景园遇到宋理宗宫人卫芳华的灵魂,与之相爱。三年后两人故地重游,卫芳华痛泣而去。滕生恸哭而返,终身不娶,入雁荡山采药,再无音讯。卷四《绿衣人》讲述书生赵源寄居在葛岭宋代权相贾似道旧宅旁读书,与贾府侍女化成的鬼魂绿衣人相恋。三年后,绿衣人因精气散尽而逝。赵源痛不欲生,从此不娶,最后在灵隐寺出家为僧。两篇都运用凄美缠绵的诗笔,颂扬超越阴阳、生死不渝的坚贞爱情,这是同时期同样讲述西湖人鬼相恋故事的《孔淑芳双鱼扇坠传》所不可比拟的。另如李昌祺《剪灯余话》卷五《贾云华还魂记》讲述西湖畔一对才子佳人的悲喜剧,佳人贾云华因相思而逝,最后借尸还魂,与魏鹏结合,夫贵妻荣。此外,这一时期出现了一些畅销的类书体小说选本②,如《国色天香》《燕居笔记》《万锦情林》《胡氏粹编》等,其中收录了《古杭红梅记》《相思记》《红莲女淫玉禅师》《秀娘游湖》《孔淑芳记》等小说,很多成为后世西湖小说创作与改编的重要参考。

以上是对明末以前西湖小说的分期概述,接下来就是本文关注的明末清初这一繁荣时期的西湖小说研究。

---

① ［清］褚人获:《坚瓠集》六集卷一"西湖词"条,《续修四库全书》子部第1261册,上海古籍出版社2002年版,第8页。

② 参见胡海义《科举文化与明清小说》第六章《科举文化与明清小说传播》,暨南大学博士学位论文,2009年版,第278—290页。

三、研究现状与价值

明末湖海士在《西湖二集序》中首次提及"西湖说",虽然对作品本身几无论及,但为周清原才华横溢却身陷困顿而鸣不平:"不得已而借他人之酒杯,浇自己之磊块,以小说见……"深刻、精辟地指出了西湖小说作者乃至中国古代大多数小说作者的一个重要创作动机。谈迁在《北游录》中对周清原的小说作品也仅做出"施耐庵岂足法哉"如此极为简单的评价,并无其他相关的论述。此后,"西湖小说"一词鲜被提及。近些年来,学术界开始关注西湖小说①,我们梳理现已公开发表的有关明末清初西湖小说的研究成果,发现其主要从以下四个方面展开:

一是探究西湖小说在明末清初兴起的原因。作为中国古代小说史上罕见的一类以地域命名的小说作品,西湖小说在明末清初兴起的原因值得深入探究。刘勇强是当今较早研究西湖小说的学者,他在《晚明"西湖小说"之源流与背景》一文中梳理了晚明西湖小说的源流概况,分析了它的宗教和地域文化背景,认为西湖小说的出现"既是宋以后经济文化的产物,又与杭州的文化背景密切相关"②,因此能赋予小说史研

---

① 本文所论西湖小说为了突出其独特的地域色彩与西湖文化精神,在概念界定中将"出现西湖场景"作为一个重要因素,不能等同于仅以杭州作为故事场景的小说,所以本文的文献综述不打算分析较为宽泛的"杭州小说"的研究情况。对于后者,可参见张慧禾《古代杭州小说研究》(浙江大学 2007 年博士学位论文)。

② 刘勇强:《晚明"西湖小说"之源流与背景》,载陈平原等编《晚明与晚清:历史传承与文化创新》,湖北教育出版社 2002 年版,第 389 页。

究以地域性启示和思考。该文论据充分,论证有力,富有启示。宋莉华在《汴州与杭州:小说中的两宋双城记》中提及西湖小说,认为它在明末繁荣的主要原因是经济重心南移与杭州城市快速发展,以及杭州拥有丰富的小说资源①。程国赋、胡海义《论明末清初杭州地区通俗小说的刊刻与创作特征》认为明末清初杭州的通俗小说创作与刊刻出现了新的特征,如创作与刊刻都注重走精品路线,尤其是杭州书坊拥有优秀的刻工、优良的用纸;小说作家注重对地域特色的自觉追求,注重对小说艺术的探索与创新;书坊主与小说家的关系密切。这些优越条件为西湖小说的繁荣打下了坚实的基础②。胡海义《梦华怀旧情结与明末清初西湖小说之兴盛》认为杭州在唐宋时期的辉煌历史与灿烂文化是明末清初西湖小说的素材来源与情感寄托。而这在与后南宋时代的兴衰对比中产生了强烈的反差和失衡。失落中的梦华怀旧情结在小说作者的审美心理与创作动机中,以及杭州读者群的接受心态与审美情趣中是普遍存在的,这是明末清初西湖小说兴盛的一个重要心理因素③。胡海义《论古代西湖小说》认为西湖小说曾是一种非常典型的流寓文学,小说的种子随移民风潮流寓而来,在环境更加适宜的西湖畔开花结果,育种成林④。孙银莎的《试论

---

① 宋莉华:《汴州与杭州:小说中的两宋双城记》,收入香港大学中文系编《女性的主体性:宋代的诗歌与小说》,台湾大安出版社 2001 年版,第 212—213 页。

② 程国赋、胡海义:《论明末清初杭州地区通俗小说的刊刻与创作特征》,《暨南学报(哲社版)》2006 年第 3 期。

③ 胡海义:《梦华怀旧情结与明末清初西湖小说之兴盛》,《湖北民族学院学报(哲社版)》2007 年第 4 期。

④ 胡海义:《论古代西湖小说》,《文学评论》2017 年第 3 期。

"西湖小说"的雅俗兼备》则强调了市民阶层和西湖美景对西湖
小说兴起的促进作用①。这些研究成果对明末清初西湖小说繁
荣的内因和外因做了比较深入的探讨。

二是分析西湖小说的艺术特色与文学史意义。刘勇强《西
湖小说:城市个性和小说场景》认为西湖小说折射出杭州文化
高雅与世俗兼容并存的城市个性,小说场景对中国小说叙事传
统具有重要意义,"场景有时就是地域性最集中的体现。而同
一场景在近似的描写中反复运用,不但营造出一种特殊的地域
文化氛围,也为小说的情节安排提供了一个具有叙事学意义的
环境"②。视角新颖,结论精当。孙旭在《西湖小说与话本小说
的文人化》中以《西湖二集》和《西湖佳话》为重点考察对象,认
为西湖小说文人化的一个重要表现是艺术上多用意境描写。其
意义在于代表了话本小说文人化的一种趋向,但文人化还不彻
底,"西湖既支撑了《西湖佳话》的文人化成就,又制约了它向普
遍意义的、更高层次的发展"③。该文以西湖小说为标本,来考
察话本拟话本小说文人化的表现、利弊与流变,角度比较新颖。
葛永海《古代小说与城市文化研究》第三章第三节从城市文化
的视角,分析了西湖小说文人性与世俗性兼容的文化艺术品格,
历史、现实和幻想巧妙穿插的美学效果,以及对山水文学的美学

---

① 孙银莎:《试论"西湖小说"的雅俗兼备》,湖北师范学院 2015 年硕士学位
论文,第 27、30 页。
② 刘勇强:《西湖小说:城市个性和小说场景》,《文学遗产》2001 年第 5 期。
③ 孙旭:《西湖小说与话本小说的文人化》,《明清小说研究》2003 年第 2 期。
孙旭另有博士论文《西湖小说研究》(南京师范大学 2001 年),但曾长期处
于保密状态。感谢王进驹老师和孙旭老师,我得以看到目录。其主要从西
湖小说产生的背景,内容的地域性,艺术上的叙事写实化、语言本土化与表
达抒情化,局限性和意义等方面展开研究。

内涵的意义①,所论不乏灼见。此后,胡海义对明末清初西湖小说的艺术特色和文化意义做了专题研究,发表了系列论文,如《论明末清初西湖小说人物形象的移民化倾向》认为明末清初西湖小说具有浓郁的地域色彩,但人物形象却呈现出鲜明的移民化倾向:主要人物形象中移民比例很大,多正面形象,具有深厚的怀旧情结与同乡情谊。西湖小说人物形象的移民化倾向在民族文化交融、小说发展史中具有丰富的文化意义②。《明末清初西湖小说与西湖诗词》认为明末清初西湖小说中的西湖诗词能够自然贴切地融入小说叙事,创造出诗情画意的优美意境,提高了西湖小说的艺术品位;调节小说叙事的节奏,使情节生动曲折又符合情理逻辑;还丰富了人物的思想感情与心理活动③。《明末清初西湖小说中的西湖梦境》认为西湖小说具有浓郁的地域特征和浪漫色彩,发生在西湖上的梦幻是它重要的表现手法。西湖场景与小说梦境完美结合,把地域特色与浪漫情调融为一体,衔接情节,拓展叙事空间,使故事曲折生动而又流畅自然。西湖梦境埋下伏笔,照应前后,使结构紧凑集中,脉络分明。西湖梦境甚至构建小说全篇的框架结构,使西湖小说富有浪漫色彩,深化了作者的怀旧情结④。《论古代西湖小说》探讨了西

<hr>

① 葛永海:《古代小说与城市文化研究》,复旦大学出版社2005年版,第158—189页。
② 胡海义:《论明末清初西湖小说人物形象的移民化倾向》,《浙江师范大学学报(哲社版)》2007年第2期,人大复印资料《中国古代近代文学研究》2007年第8期全文转载。
③ 胡海义等:《明末清初西湖小说与西湖诗词》,《贵州文史丛刊》2006年第1期。
④ 胡海义等:《明末清初西湖小说中的西湖梦境》,《理论月刊》2007年第8期。

湖小说人物形象塑造具有鲜明的流寓化现象和举子化倾向,并分析了其中文学景观的层理结构,重点探讨了西湖小说的文学史意义,它的发展历程映照了中国古代小说在地域空间层面的演进轨迹①。《西湖小说与科举神的流变》考证、辨析了"西湖小说"的文献出处和概念内涵,分析了西湖小说在明代中期至清初杭州科举神形象流变"三部曲"中的重要作用,并讨论了它的深刻意义②。上述成果从不同角度对明末清初乃至整个古代西湖小说的艺术成就以及文学史意义,做了较为深入的探讨。

三是分析西湖小说的地域文化内涵和文学地理研究价值。近些年来,注重空间思维的文学地理研究因被视为能带来视角、方法和理论革新而备受关注,西湖小说研究也受此影响。孙旭《西湖小说对杭州地域人格的摹写》认为西湖小说主要从两个方面摹写了杭州地域人格特征,"既有在发达商品经济影响下的浮华、诈伪,又有在优美湖山熏陶下的灵慧、高雅。它们对今天杭州地域人格的现代转换仍有借鉴意义"③。胡海义也有系列论文探讨了这些问题,如《明末清初西湖小说与西湖文化精神》分析了明末清初西湖小说所蕴含的丰富的地域文化精神,主要表现在生命关爱、人文关怀、热爱生活与崇尚才学等。西湖畔的人们钟情于生活环境的爱护与美化,注重物质生活享受的同时也追求高雅的精神品位④。《明清小说中的"西湖"意象之

---

① 胡海义:《论古代西湖小说》,《文学评论》2017 年第 3 期。
② 胡海义:《西湖小说与科举神的流变》,《学术研究》2017 年第 11 期。
③ 孙旭:《西湖小说对杭州地域人格的摹写》,《西安电子科技大学学报(社科版)》2005 年第 3 期。
④ 胡海义等:《明末清初西湖小说与西湖文化精神》,《甘肃理论学刊》2007 年第 1 期。

阐释》认为明清小说中的"西湖"兼具地理实体标识和故事场景意义,并且融入了小说的主题思想,成为小说的灵魂内核与精神符号,是小说地域文化精神最为集中的体现。"西湖"还成为一种精神意象,承载着小说作者的天堂之梦与失落之魂,同时也是杭州的文化象征①。胡海义《科举神的流转与西湖小说的文学地理研究价值》则通过梳理颇具地域特色的科举神在西湖畔的流转沉浮,来考察西湖小说对文学地理研究的地域文献价值、研究方法价值和景观研究价值②。这些成果立足于地域空间角度,阐发西湖小说的地域文化内涵与文学地理研究价值,对促进西湖小说研究具有重要启示。

四是以"西湖"命名的小说名作的个案研究。这类研究并未有明确的"西湖小说"概念或者意识,而是集中于《西湖二集》等名作的个案研究,如鲁迅《中国小说史略》精辟概括了《西湖二集》的优缺点,称其"文亦流利,然好颂帝德,垂教训,又多愤言"③。郑振铎《明清二代的平话集》、阿英《〈西湖二集〉所反映的明代社会》、胡士莹《话本小说概论》以及其他各种小说史的相关论述,还有江苏省社科院明清小说研究中心与文学所编《中国通俗小说总目提要》、刘世德主编《中国古代小说百科全书》、朱一玄等主编《中国古代小说总目》、石昌渝主编《中国古代小说总目》等小说工具书的词条介绍也大多作如是观。20世

① 胡海义等:《明清小说中的"西湖"意象之阐释》,《名作欣赏》2012年第20期。
② 胡海义:《科举神的流转与西湖小说的文学地理研究价值》,《求索》2016年第7期。
③ 鲁迅:《中国小说史略》第二十一篇,《鲁迅全集》第九卷,人民文学出版社2005年版,第208页。

纪八九十年代以来,学界在前辈学者戴不凡《小说见闻录》、胡士莹《话本小说概论》、赵景深《中国小说丛考》、孙楷第《小说旁证》的基础上,对《西湖二集》做了进一步的考证,如陈美林《拟话本〈西湖二集〉浅探》考证了《西湖二集》的作者,分析它的思想内容及艺术特色①。陆勇强《此"周清原"非彼"周清原"——〈西湖二集〉作者问题考辨》考证了两个不同的人物周清原,解决了学界长期将他们混淆的问题②。郑平昆在1988—1990年发表了系列论文考证《西湖二集》中的李蕃、酒店王公、四大王等人物形象的原型与本事③。李鹏飞《〈西湖二集〉的素材来源丛考》从唐宋元明时期的笔记、类书、小说中找出《西湖二集》的诸多素材来源④。任明华《〈西湖二集〉素材来源考补》补充了《西湖二集》的素材来源《七修类稿》《古今谭概》《耳谈》等文献⑤。杜贵晨《关于〈西湖二集〉的几个问题》考证了《西湖二集》作者的实名、师承与宗教信仰,探讨了该小说集的特色与价值⑥。这些成果促进了西湖小说中的经典个案研究。由点及面,就能提升整个西湖小说的研究水平。

从目前取得的成果来看,关于明末清初西湖小说的研究还

---

① 陈美林:《拟话本〈西湖二集〉浅探》,《江海学刊》1998年第6期。
② 陆勇强:《此"周清原"非彼"周清原"——〈西湖二集〉作者问题考辨》,《明清小说研究》2012年第1期。
③ 郑平昆:《〈西湖二集〉李蕃事考》《〈西湖二集〉酒店王公事考》和《〈西湖二集〉金龙四大王事考》载《明清小说研究》1988年第2期,《〈西湖二集〉来源考小补》载《明清小说研究》1988年第4期。
④ 李鹏飞:《〈西湖二集〉的素材来源丛考》,《中国典籍与文化》2011年第2期。
⑤ 任明华:《〈西湖二集〉素材来源考补》,《中国典籍与文化》2014年第4期。
⑥ 杜贵晨:《关于〈西湖二集〉的几个问题》,《山东师范大学学报(社科版)》2018年第2期。

存在以下不足：

首先，在总体上对明末清初西湖小说的地域特色、文学地理研究价值与文学史意义开掘得还不够，对其兴盛的原因探讨未能立足于小说本身的因素与杭州西湖的空间地域性，尤其是尚未关注西湖小说与科举胜地的关系，以及西湖文学景观的独特性等重要问题。

其次，一些研究成果对西湖小说的界定主要限于白话短篇小说，难窥西湖小说的全貌。西湖小说是中国古代小说史上唯一以地域命名者，带有鲜明的地域标识，以浓郁的地域色彩独树一帜，是地域小说与文学地理研究的极佳标本，不应受到小说文体形式与语体类别的限制。否则就难以全面、真切地反映当时整个小说界对西湖与小说关系的观照和认同，以及西湖小说在中国古代小说史、文学地理研究中的地位和影响。

再次，明末清初在西湖小说发展史上是一个极其重要与特殊的时期，特殊的时代因素对西湖小说影响的各种差异，包括对其局限性的生成，在明清小说史上都具有非常典型的意义。已有的研究成果对此关注程度还不够，尚需深入的系统研究。

梅新林先生在《小说史研究模式的偏失与重构》中认为："当前最为重要的是要大力推进小说史的理论革新与建设，尤其要重点加强中国小说史的时空形态的关系研究。"[1]曾大兴先生在《理论品质的提升与理论体系的建立——文学地理学的几个基本问题》中指出："任何时候，任何情况下，只要文学还有地

---

[1]　梅新林：《小说史研究模式的偏失与重构》，《光明日报》2002年11月27日第2版。

域性,文学的地域性研究或者文学地理学的研究就是必不可少的。"①西湖小说作为中国古代小说史上唯一以地域命名者,以鲜明的空间地域性在古代小说史上独树一帜,正如刘勇强先生所说:"确实没有任何其他一个地方像杭州那样,在中国小说中得到如此全面和鲜明的体现。"②具有很高的研究价值。本文对明末清初西湖小说进行系统研究,分析其繁荣原因、地域属性、艺术成就、景观特色、文化内涵和"人地"关系理念等重要问题,发掘它的小说史价值、地域文献价值和文学地理研究价值。这些研究为我们探讨地域小说与文学地理的相关问题,思考明清小说与地理、明清小说与城市、明清小说与文化、明清小说与商业、明清小说与景观、明清小说与文人、明清小说与书坊的关系,探析杭州成为古代小说创作、刊刻与消费中心之一的深层原因,提供一个新的视角和有益的启示,并且期望对促进我们从多维视角,深入思考古代小说与空间意识,文学地理与地域文化等研究领域的相关问题,有所裨益。

四、研究思路与方法

本书在全面搜集、整理明末清初西湖小说文献的基础上,细读西湖小说文本及地域文献资料,立足于空间思维,着眼于明末清初西湖小说的地域特色,以西湖小说的地理属性和文化品格为切入点,运用文史结合与文学地理研究的相关理论和方法,统

---

① 曾大兴:《理论品质的提升与理论体系的建立——文学地理学的几个基本问题》,《学术月刊》2012 年第 10 期。
② 刘勇强:《西湖小说:城市个性和小说场景》,《文学遗产》2001 年第 5 期。

计分析相关文献,注重文学本位与地理视角、资料整理与理论概括、宏观研究与微观考察相结合,对明末清初西湖小说做整体观照和系统研究。同时,以明末清初西湖小说为标本,来探析它对小说史和文学地理研究的重要价值。本文的框架如下:

第一章"明末清初西湖小说兴盛的地域因素",从东南形胜与梦华之地、运河之城与交通枢纽、杭州书坊主与杭州小说家群、西湖故事的积累四个方面来讨论明末清初西湖小说兴盛的地域因素。

第二章"明末清初西湖小说题材的地域特色",西湖小说浓郁的地域特色集中体现了地域文化对西湖与小说关系的强烈认同,本章从醇厚浓郁的西湖风俗、斑斓繁杂的市井生活与悲欢离合的爱情婚姻三个方面来探讨明末清初西湖小说题材的地域特色。

第三章"明末清初西湖小说的艺术特色",明末清初西湖小说取得了很高的艺术成就,特别是地域文化赋予了它独特的艺术魅力。本章从西湖众生的塑造、西湖诗词大量融入、梦境巧妙运用与语言本土化四个方面对明末清初西湖小说的艺术特色进行分析。

第四章"明末清初西湖小说与科举文化研究",科举取士具有很强的地域性,明末清初西湖小说中的地域标识鲜明、地域文化深厚、地域精神凸显,与科举制度也有千丝万缕的联系,本章考察两者的密切关系,以进一步认识明末清初西湖小说的地域特色与文化内涵。

第五章"明末清初西湖小说与文学地理研究",西湖小说以浓郁的地域特色在小说史上独树一帜,就文学地理研究而言,它具有非常典型的意义。本文在前几章中使用了文学地理研究的方法探讨了一些问题,本章再集中论述西湖小说"人地"关系的典型意义以及西湖文学景观的独特内涵。

第六章"明末清初西湖小说的局限研究",明末清初西湖小说具有浓郁的地域色彩和强烈的艺术魅力。但我们在肯定它的成就时,也应正视它的不足。其局限性主要表现在时代意识、现实精神昏沉麻木与地域色彩逐渐淡化。

本文运用了以下研究方法:

(一)运用文学地理研究的理论和方法,注重地理空间分析法,从地域文化和历史地理的综合视角,来探讨明末清初西湖小说与地理环境的互动、辩证关系,尤其是"西湖得人而显"与"景物因人成胜概"所体现的文学对特定的人文地理环境的作用或影响,以及西湖景观丰富多彩且清晰共存的层累层理构造。

(二)统计与比较法,尤其是"系地"统计分析,如对明末清初西湖小说主要人物形象的籍贯、身份统计归类,来比较西湖小说在不同时期对题材内容与人物形象的关注程度。另外还有对西湖小说在明末与清初不同时期的比较研究,西湖小说与同时期的时事小说、西湖诗词的比较研究等。

(三)现象研究与个案研究相结合的方法,既对明末清初西湖小说这一现象作宏观整体的观照,又注重对"三言二拍"、《西湖二集》《西湖佳话》等经典名篇作微观个案探究。

(四)文史结合与社会历史批评的方法,即参照、结合丰富的西湖方志和明清笔记史料,联系特殊时代和地域的政治经济与思想文化等因素,对明末清初西湖小说进行综合的社会历史与文化研究。

第一章　明末清初西湖小说
兴盛的地域因素

　　明末清初西湖小说的兴盛在小说史上是一个值得探讨的话题。"文变染乎世情,兴废系乎时序"①,明末清初是一段风云变幻、生动复杂的历史,特殊时代的政治经济与思想文化诸因素相互作用,共同催生了西湖小说兴盛的外部宏观环境。法国著名文艺理论家和史学家丹纳认为,"伟大的艺术和它的环境同时出现,决非偶然的巧合",文艺作品的产生不仅取决于"时代精神",而且取决于"周围的风俗"②。明末清初西湖小说的繁荣作为一种令人瞩目的地域文学现象,更直接、深入地扎根于特定地域的历史文化与社会现实的土壤之中。我们从"东南形胜"称誉下杭州西湖的历史地理发展概况及其引发的梦华怀旧情结,杭州作为运河之城与交通枢纽对小说创作和流通的影响,明末清初杭州书坊的小说刊刻与杭州小说家群的创作情况,以及西湖故事的积累四个方面来讨论明末清初西湖小说兴盛的地域因素。

---

① ［南朝］刘勰:《文心雕龙·时序》,周振甫注释本,人民文学出版社1981年版,第479页。
② 〔法〕丹纳:《艺术哲学》,傅雷译,人民文学出版社1963年版,第147页。

第一节　东南形胜与梦华怀旧

宋代著名词人柳永的都市风光词代表作《望海潮》赞叹杭州道:"东南形胜,三吴都会,钱塘自古繁华……"在"承平气象,形容曲尽"中歌咏西湖胜景①,为杭州打造了一张光彩夺目的都市文化名片②。湖海士《西湖二集序》更是自豪地宣称:"天下山水之秀,宁复有胜于西湖者哉!"③"东南形胜"之誉记录了杭州西湖的昔日荣华,也与后世的失落共同催生了一种梦华怀旧情结,这是明末清初西湖小说兴盛的一个重要原因。

一、昔日的荣华

明末清初西湖小说的兴盛首先扎根于杭州深厚的历史文化土壤之中。前朝经济文化的繁荣,特别是南宋时期的帝都文化使明末清初西湖小说津津乐道唐宋风韵与帝都盛事,洋溢着昔日浓郁的荣华气息。在笔者重点考察的 111 篇西湖小说作品中,叙说唐宋遗事的多达 75 篇,比例约占 67.6%,其中取材南宋的就有 51 篇(另有 12 篇所叙时代不详,见附录一、二),占关于唐宋故事篇目的 68% 与全部篇目的 45.9%。时

---

① ［宋］陈振孙:《直斋书录解题》卷二十一,徐小蛮、顾美华点校,上海古籍出版社 1987 年版,第 616 页。

② 柳永与杭州的缘分还有他曾于景祐四年(1037)调任余杭县令,后来的小说家将柳永的这段经历敷演进了小说,如洪楩《清平山堂话本》卷一《柳耆卿诗酒玩江楼记》、冯梦龙《喻世明言》第十二卷《众名姬春风吊柳七》等,但毁誉不一。

③ ［明］湖海士:《西湖二集序》,周清原撰《西湖二集》,周楞伽整理,人民文学出版社 1999 年版,第 565 页。

人谈及杭州,无不参照昔日的帝都风貌。如明代正德三年(1508),西湖实施了南宋之后最大的一次疏浚工程,意欲"复唐宋之旧"①。明清时期的西湖及杭州沐浴在帝都文化的余晖中,造成西湖小说标举"况重以吴越王之雄霸百年,宋朝之南渡百五十载,流风遗韵,古迹奇闻,史不胜书"②。《西湖佳话》和《西湖二集》等生动展现了前人艰苦卓绝的杭州创业史,昔日的繁华与荣耀尽显其中。因此,我们在探讨明末清初西湖小说的兴盛原因时,不能不将目光回溯到唐宋时期绽放于杭州西湖畔的盛世繁华。

杭州见于史载始于《史记·秦始皇本纪》,公元前210年,秦始皇"过丹阳,至钱唐。临浙江,水波恶,乃西百二十里从狭中渡"③。"钱唐"是杭州的古称,自秦至两晋,它一直只是会稽郡或吴郡的属县。梁太清三年(549),钱唐县升为临江郡。陈祯明元年(587),又置钱唐郡,辖钱唐、于潜、富阳、新城、桐庐,属吴州。到了隋代,"开皇中,移州居钱唐城","大业三年置余杭郡"④,后改名为杭州。沧海桑田,在隋炀帝大业六年(610)凿通江南运河后,杭州成为京杭大运河的南端关钥,终于迎来了它腾飞的契机,具备了成为大都市的优越条件。到了中唐时期,

---

① [明]田汝成:《西湖游览志》卷一《西湖总叙》,上海古籍出版社1980年版,第5—6页。
② [明]湖海士:《西湖二集序》,周清原撰《西湖二集》,周楞伽整理,人民文学出版社1999年版,第566页。
③ [汉]司马迁:《史记》卷六《秦始皇本纪》,中华书局1982年版,第260页。
④ [唐]魏征等:《隋书》卷三十一《地理志下》,中华书局1973年版,第878页。据周膺、吴晶《杭州史前史》(中国社会科学出版社2011年),相传夏禹南巡,赴会稽(今浙江绍兴)大会诸侯,舍其杭(方舟)于此,故名"余杭"。一说禹至此造舟以渡,越人称此地为"禹杭",后来口语相传,讹"禹"为"余",乃名"余杭"。杭州之"杭"即来源于此。

杭州遂以"东南名郡"见称于世①。白居易说:"江南列郡,余杭为大。"②《西湖佳话·白堤政迹》讲述唐德宗时期,刺史李泌引西湖水入城,"遂致生聚渐繁,居民日富。凋敝人情,转变作繁华境界"③。白居易曾任杭州刺史,"筑堤捍钱塘湖,钟泻其水,溉田千顷"④,"钱塘湖"即是西湖。两位先贤的治湖措施较好地解决了城市用水与农田灌溉的难题,为杭州的飞速发展打下了坚实的基础。

唐末五代时期,钱氏家族治杭八十余年,为杭州的繁荣发展做出了不可磨灭的巨大功绩,"杭州在唐,繁雄不及姑苏、会稽二郡,因钱氏建国始盛"⑤。一些明末清初西湖小说作品,如《西湖二集》第一卷《吴越王再世索江山》、《西湖佳话·钱塘霸迹》等,对此高度赞扬与精彩演绎。吴越王钱镠曾两次大规模地扩建杭州城,"筑捍海石塘,广杭州城,大修台馆。由是钱唐富庶盛于东南"⑥。以十座城门之一的朝天门为例,"规石为门,上架危楼,楼基叠石,高四仞有四尺,东西五十六步,南北半之。中为通道,横架交梁,承以藻井,牙柱壁立三十有四,东西阅门对辟,

① [唐]李华:《杭州刺史厅壁记》,董诰等编《全唐文》卷三一六,中华书局 1983 年版,第 3206 页。
② [唐]白居易:《卢元辅杭州刺史制》,《白居易集》卷五五,顾学颉校点,中华书局 1979 年版,第 1163 页。
③ [清]古吴墨浪子:《西湖佳话》,上海古籍出版社 1980 年版,第 20 页。
④ [唐]欧阳修等:《新唐书》卷一百一十九《白居易传》,中华书局 1975 年版,第 4303 页。
⑤ [宋]王明清:《玉照新志》卷五,《宋元笔记小说大观》,上海古籍出版社 1992 年版,第 3968 页。
⑥ [宋]司马光:《资治通鉴》卷二百六十七,胡三省注,中华书局 1976 年版,第 3328 页。

名曰武台,夷敞可容兵士百许"①。一座城门就如此雄伟壮观,
整座城市的规模也可略窥一二,正所谓"邑屋之繁会,江山之雕
丽,实江南之胜概也"②。后梁开平四年(910),钱镠被封为吴
越王,杭州一跃成为国都,"东南形胜第一州"迎来了它的黄金
时代。钱镠为了"储精气之美、人文之盛",致力治水,发展农
桑,繁荣经济,欧阳修《有美堂记》称赞道:"独钱塘,自五代始
时,知尊中国,效臣顺。及其亡也,顿首请命,不烦干戈。今其民
幸富完安乐。又其俗习工巧。邑屋华丽,盖十余万家。环以湖
山,左右映带。而闽商海贾,风帆浪舶,出入于江涛浩渺、烟云杳
霭之间,可谓盛矣。"③苏轼也说:"(吴越)带甲十万,铸山煮海,
象犀珠玉之富,甲于天下。"④在兵燹绵延的军阀时代与入宋鼎
革之际,南唐国都金陵(今南京)"颓恒废址,荒烟野草,过而览
者,莫不为之踌躇而凄怆",长安(今西安)、洛阳、扬州等地也沦
为战争废墟。杭州因钱氏巧于周旋,"不烦干戈,今其民幸富完
安乐"⑤,成了天堂乐土,其繁荣富盛已非其他久经浩劫的城市
所能比拟。《西湖佳话·钱塘霸迹》等小说深切缅怀钱镠对杭
州的丰功伟绩云:"下仁万姓,保全土地,不遭涂炭……其功与

---

① [明]田汝成:《西湖游览志》卷十三,上海古籍出版社1980年版,第175—
176页.

② [宋]薛居正等:《旧五代史》卷一百三十三,中华书局1976年版,第1771
页。

③ [宋]欧阳修:《有美堂记》,《欧阳修全集·居士集》卷四十,中国书店1986
年版,第281页。

④ [宋]苏轼:《表忠观碑》,《苏轼文集》卷十七,孔凡礼点校,中华书局1986
年版,第499页。

⑤ [宋]欧阳修:《有美堂记》,《欧阳修全集·居士集》卷四十,中国书店1986
年版,第281页。

帝王之功自一揆矣,故能生享荣名,死垂懿美于无穷。"①

杭州入宋后,承吴越繁荣之余绪,继续绽放异彩。嘉祐二年(1057),宋仁宗为梅挚赴任题送别诗,称赞杭州是"地有湖山美,东南第一州"②。宋人陶谷说杭州"轻清秀丽,东南为甲。富兼华夷,余杭又为甲。百事繁庶,地上天宫也"③。曾任职杭州的苏轼说:"天下酒税之盛,未有如杭者也。"④据文献记载,北宋熙宁十年(1077),杭州城的商税高达 82173 贯 228 文,远远超过苏州的 51034 贯 929 文⑤,仅次于汴京(今河南开封)。

"靖康之变"后,杭州因宋室南渡而获得飞跃发展。宋高宗于建炎三年(1129)驾幸杭州,绍兴八年(1138)定都于此,称之"行都"。杭州一跃成为天子之城,成为南宋的政治、经济和文化中心。马可·波罗在南宋亡国后游历杭州,仍以"天城"相称,赞其为"世界最富丽名贵之城"⑥。杭州在南宋的帝都繁华及元初的余绪,在"临安三志"、吴自牧《梦粱录》、周密《武林旧事》、耐得翁《都城纪胜》、西湖老人《繁胜录》,还有《马可·波罗行记》中都有详尽的记载。在明末清初西湖小说的怀旧之作

---

① [清]古吴墨浪子:《西湖佳话》,上海古籍出版社 1980 年版,第 236 页。
② [明]田汝成:《西湖游览志余》卷十,上海古籍出版社 1980 年版,第 166 页。
③ [宋]陶谷:《清异录》卷一《地理》"地上天宫"条,中华书局 1991 年版,第 20 页。
④ [宋]苏轼:《杭州乞度牒开西湖状》,《苏轼文集》卷三十,孔凡礼点校,中华书局 1986 年版,第 864 页。
⑤ [清]徐松:《宋会要辑稿·食货》十六之七,中华书局 1957 年版,第 5076 页。
⑥ [意]马可·波罗:《马可·波罗行记》第 151 章,冯承钧译,中华书局 2004 年版,第 570 页。

中,我们也能领略到它昔日的风采。《警世通言》第二十三卷《乐小舍拼生觅偶》宣称:"至大宋高宗南渡,建都钱塘,改名临安府,称为行在,方始人烟辏集,风俗淳美……"①《西湖二集》第十一卷《寄梅花鬼闹西阁》赞道:"那时宋高宗南渡,已二十年,临安花锦世界,更自不同。且把临安繁华光景表白一回……"②接下来连篇累牍铺叙杭州的"花锦世界",自豪之情与炫耀之态溢于言表。关于南宋杭州的经济繁荣,史料笔记有大量记载。《梦粱录》说:"杭城大街,买卖昼夜不绝,夜交三四鼓,游人始稀;五鼓钟鸣,卖早市者又开店矣。"③商业繁荣,店铺林立。当时杭州人口已突破百万,马可·波罗称全城有一百六十万户,恐言之过甚,但《梦粱录》说"不下数十万户,百十万口"当合事实,它又具体描述说:"城南西东北各数十里,人烟生聚,民物阜蕃,市井坊陌,铺席骈盛,数日经行不尽,各可比外路一州郡。"④据马可·波罗所记,临安当时有十二种职业,各业共有一万二千户⑤,有数以十万计的人在从事各种手工业生产。仅官营手工业作坊就有少府监、将作监、军器监等所属的上百个作坊。这些作坊不仅规模大,而且分工细致、制作精良。据《梦粱录》所列,临安的丝织品有绫、罗、锦、尅丝、杜缛、鹿胎等数十种

① 〔明〕冯梦龙:《警世通言》第二十三卷《乐小舍拼生觅偶》,顾学颉校注,人民文学出版社1956年版,第314页。
② 〔明〕周清原:《西湖二集》第十一卷《寄梅花鬼闹西阁》,周楞伽整理,人民文学出版社1999年版,第179页。
③ 〔宋〕吴自牧:《梦粱录》卷十三"夜市",浙江人民出版社1980年版,第119页。
④ 〔宋〕吴自牧:《梦粱录》卷十九"塌房",浙江人民出版社1980年版,第180页。
⑤ 〔意〕马可·波罗:《马可·波罗行记》第151章,冯承钧译,中华书局2004年版,第570页。

之多①。

宋代杭州的文化教育事业十分发达。"宋时刻本以杭州为上"②,杭州在北宋时已是全国三大刻书中心之一,在南渡后更是独领风骚。时人叶梦得(1077—1148)说:"今天下印书,以杭州为上。"③近人王国维也说:"北宋监本刊于杭者,殆居泰半。南渡以后,临安为行都,胄监在焉,书板之所粹集。"④据他的《五代两宋监本考》载,宋代监本有一百八十二种,其中大半在杭州刻印。杭刻书籍精美绝伦,是宋版书中的精品。杭州是南宋的教育中心。朝廷在此设有太学、武学和宗学,合称"三学"。太学为全国最高学府,舍宇壮丽,规模宏大。此外还有府学、县学、乡校、家塾、舍馆、山学、庙学、书院等,遍布杭州的大街小巷与近郊山村,"每里巷须一二所,弦诵之声,往往相闻"⑤,可见文风与学风之盛。这些在西湖小说中也都留有生动的印记。如《警世通言》第十四卷《一窟鬼癞道人除怪》就讲述了宋高宗绍兴年间,吴秀才来杭州参加科举考试,落榜后因为缺乏盘缠,羞归家乡,于是开个学堂谋生,等待下一次考试。

---

① [宋]吴自牧:《梦粱录》卷十八"物产",浙江人民出版社1980年版,第162页。

② [明]谢肇淛:《五杂俎》卷十三"事部一",上海书店2001年版,第266页。

③ [宋]叶梦得:《石林燕语》卷八,字文绍奕考异,侯忠义点校,中华书局1984年版,第116页。

④ 王国维:《两浙古刊本考序》,《王国维遗书》第十二册卷首,上海古籍书店1983年版,第1页。

⑤ [宋]耐得翁:《都城纪胜》之"三教外地",《南宋古迹考(外四种)》,浙江人民出版社1983年版,第93页。

二、后世的失落

南宋德祐二年（1276）二月，元军统帅、丞相伯颜以二十万铁骑攻陷杭州。三年后，陆秀夫背负幼帝赵昺在广东崖山跳海殉国，南宋灭亡。盛极必衰是一个无法逃脱的必然规律，帝国的落日余晖终趋暗淡消退。从元朝到清代，曾是世界上"最富丽名贵之城"的杭州在各方面的优势地位逐渐衰落，表现如下：

（一）政治中心地位的丧失。南宋灭亡，杭州丧失了作为帝国政治中心的至尊地位，甚至连"东南第一州"的称誉亦不能保。元代至元十五年（1278），临安府被改为杭州路，领八县一州，隶属江淮行省。至元二十一年（1284），尽管江淮行省治所自扬州迁至杭州，但又分出福建道另立行省，辖境已大为减缩。到了明代洪武二十六年（1366），杭州府隶属浙江等处承宣布政使司，浙江省境还不及元代江浙行省的三分之一。邻近的南京是明代洪武至永乐年间的首都、永乐十八年之后的陪都与清代两江总督驻地，杭州已是相形见绌（清代闽浙总督驻地是福州）。政治地位的此消彼长褪尽了杭州的帝都荣耀，随之而来的便是深深的惆怅与失落。如《情史·卫芳华》中，滕生夜泊西湖，在亡宋故宫的废墟中邂逅已化鬼魂的宫人卫芳华。她深情追忆了南宋时杭州的帝都繁华。无论是滕生眼中西湖聚景园废墟上的"颓毁"实景，还是卫芳华所唱西湖诗词中的"前朝旧事"，都饱含着"怅别馆离宫"、荣华一去不复返的无奈与痛惜①，这份"繁华总随流水"的酸楚与失落沉淀在杭州的历史文

---

① ［明］冯梦龙:《情史》卷二十，上海古籍出版社"古本小说集成"本，第1800—1802页。

化深处，成了元明清时期杭州人的集体意识与共同回忆。

（二）经济文化实力的衰退。吴越国与南宋时期，杭州作为经济文化中心的优势地位十分突出。到了元明清时期，不但这种比较优势逐渐失去，而且被南京、苏州等其他大城市超越，某些方面还拉开了较大差距。在明代初年，杭州的经济地位被漕运、盐运中枢扬州所超越。随着商品经济与海外贸易的发展，明代全国较大的工商业城市共有三十三个，其中南方有二十四个，江浙占十一个①。此外，明代中后期倭寇骚扰与政府禁海政策对杭州的影响甚大，加上城内运河日淤日浅，塞为街衢，杭州通商互市之利与漕运交通之便大为逊色，优势地位进一步被削弱。明代成化年间，郎瑛已是如此比较苏州与杭州："若以钱粮论之，则苏十倍于杭。"②斗转星移，此消彼长，这一状况与前文所引北宋熙宁年间的商税数据形成强烈的反差。

杭州作为文化中心地位的衰退轨迹亦是如此。以刻书为例，元军统帅伯颜丞相在攻陷杭州后，将典籍国册洗劫一空，许多刻工与书版也被掳掠北上。明初，朱元璋又将"西湖书院"所藏南宋国子监书版调运南京，王国维称此为"吾浙之宝藏俄空焉"③。如此巨大的损失严重影响了杭州文化事业的发展。杭州的刊刻业在宋代被誉为"今天下印书，以杭州为上"，到了明代却被贬斥为"今杭刻不足称矣"④。陆深（1477—1544）甚至

---

① 参照周峰主编《元明清名城杭州》，浙江人民出版社 1997 年版，第 1—8 页。
② ［明］郎瑛：《七修类稿》卷二十二"苏杭湖"条，上海书店出版社 2009 年版，第 230 页。
③ 王国维：《两浙古刊本考序》，《王国维遗书》第十二册，上海古籍书店 1983 年版，第 1 页。
④ ［明］谢肇淛：《五杂俎》卷十三"事部一"，上海书店 2001 年版，第 266 页。

宣称"今杭绝无刻"①，毛春翔先生也说："有明一代，杭州刻书之业，凋敝不堪，无足称述。"②此论虽存偏颇，但深切痛惜杭州的刻书少有精品力作，也在一定程度上反映了杭州刊刻业衰落的趋势。明代胡应麟（1551—1602）说："余所见当今刻本，苏、常为上，金陵次之，杭又次之。"③此时苏州、南京等地取代了杭州的优势地位，应是事实。到了清代，文化专制统治进一步加强，文字狱汹涌泛滥，文化繁荣的浙江就沦为重灾区，如"庄氏史案""吕氏文选案""齐氏游记案"等均因著书、刻书或售书招罪，造成人人自危、噤若寒蝉。在两宋时期独占鳌头、绽放异彩的杭州刻书业再也没有恢复昔日的地位和辉煌。

（三）兵燹与天灾的破坏。元军攻下杭州后，将南宋所藏典籍图册、礼乐重器尽数北掳，宫中被洗劫一空。时人描绘"陵庙成焦土，宫墙没野蒿"④，"萧条垂柳映枯荷，金碧楼空水鸟过"⑤，就是真实的写照。西湖遂遭废弃，"有元一代，守令治西湖者无人，湖遂废而不治，故《元史·河渠志》不及西湖……元时不事濬湖，沿边泥淤之处没为茭田荷荡，属于豪民。湖西一带葑草蔓合，侵塞湖面，如野陂然。"⑥昔日西湖的繁华世界沦为一

---

① ［明］陆深：《俨山外集》卷八《金台纪闻》，《景印文渊阁四库全书》第885册，台湾商务印书馆1986年版，第49页。
② 毛春翔：《古书版本常谈》，上海人民出版社1977年版，第50页。
③ ［明］胡应麟：《少室山房笔丛》卷四"经籍会通"，中华书局1958年版，第59页。
④ ［宋］汪元量：《杭州杂诗和林石田》其十二，《增订湖山类稿》卷一，孔凡礼辑校，中华书局1984年版，第45页。
⑤ ［元］方回：《涌金门城望三首》（其一），清顾嗣立编《元诗选初集》，中华书局1987年版，第202页。
⑥ ［清］梁诗正、沈德潜等：《西湖志纂》卷二，《西湖文献集成》第七册，杭州出版社2004年版，第143页。

片废墟,以致《元史·河渠志》都忽略了西湖的存在。为了彻底摧毁宋人的民族尊严与反抗斗志,元军还在福宁殿等处修建白塔,镇压宋帝诸陵遗骨,进行强烈的政治侮辱与民族歧视。这些成了杭州历史上挥之不去的阴影与伤痛,并映照留存在西湖小说当中,如《西湖二集》第二十六卷《会稽道中义士》对这一事件进行了详尽描绘与激烈控诉,"家家无不痛哭流涕,悲愤之极,不能仰视"①。

元至正十九年(1355)十二月,常遇春率师进攻杭州,"城门闭三月余。各路粮道不通……一城之人,饿死者十有六七。军既退,吴淞米航凑集,聊借以活,而又大半病疫死"②。杭州城一度成为人间地狱,惨不忍睹。明清鼎革,清军攻下杭州后,浙江民众抗清斗志高涨。清廷认为杭州乃"江海重地,不可无重兵驻防,以资弹压"③,于是从顺治五年(1648)六月开始,在西湖等地建立旗营,强迫百姓迁徙。"驻防将领恃威放肆,或占夺民业,或重息放债……种种为害,所在时有"④,驻防旗人对当地民众的压迫与剥削十分残酷。

除了鼎革战乱给杭州带来的巨大灾难,天灾的打击也是毁灭性的。火灾一直是杭州城的噩梦。仅南宋建都期间,杭州城就至少发生二十一次大火灾,所毁多在万家以上,但以京师的政

---

① [明]周清原:《西湖二集》第二十六卷《会稽道中义士》,周楞伽整理,人民文学出版社 1999 年版,第 424 页。

② [明]田汝成:《西湖游览志余》卷六,上海古籍出版社 1980 年版,第 120 页。

③ [清]张大昌:《杭州八旗驻防营志略》卷一五《营制》,《续修四库全书》史部第 859 册,上海古籍出版社 2002 年版,第 269 页。

④ 赵尔巽等:《清史稿》卷二七一《王鸿绪传》,中华书局 1976 年版,第 10012 页。

治地位与殷盛实力,灾后都能基本恢复。此后频繁的大火灾使杭州元气大伤,难以恢复。如元顺帝至正元年(1341)四月十九日杭州的一场火灾,"总计烧官民房屋公廨寺观一万五千七百五十五间,六所七披,民房计一万三千一百八间,官房一千四百二十四间,六所七披,寺观一千一百三十间,功臣祠堂九十三间。被灾人户一万七百九十七户,大小三万八千一百一十六口。可以自赡者一千一十三户,大小四千六十七口。烧死人口七十四口"①,第二年的四月一日,"又灾,尤甚于先,被灾者二万三千户,烧官廨民庐几尽"。据《元史·五行志》记载,从至元二十二年到至正三年(1286—1343)的五十七年中,杭州发生火灾二十余次,平均不到三年就发生一次较大的火灾。明末又是一个火灾频发的高峰。据龚嘉儁、李榕修纂的光绪《杭州府志》卷八十三《祥异》载,从嘉靖三十年到崇祯十七年(1552—1644)的约九十年间,杭州发生大火灾十九次,平均不到五年一次。这种趋势一直持续到清初。康熙年间(1662—1772),规模较大的有十余次,平均六年就发生一次大火。频发而又巨大的火灾给杭州城带来了无可估量的损失,"数百年浩繁之地,日就凋敝,实基于此"②。本文将在第二章第二节中予以详析,兹不赘述。

三、梦华怀旧情结

杭州在五代十国时的吴越国与南宋两度为都,由于政治、经济和文化上的优势地位,形成了一种皇(王)城文化和帝都意识。这种文化意识牢固、鲜明地定格在历史的记忆之中,在

---

① [元]杨瑀:《山居新语》,李梦生点校,《山居新语·至正直记》合订本,上海古籍出版社2012年版,第26页。

② [元]陶宗仪:《南村辍耕录》卷九"火灾",中华书局1959年版,第116页。

杭州的历史传统和社会心理之中打下深深的烙印。这是西湖小说家津津乐道"唐宋遗韵"的文化背景和心理基础。这座昔日"世界最富丽名贵之城"留给历史和它的市民太多可以诉说与追忆的奇闻逸事。西湖小说津津乐道的"流风遗韵,古迹奇闻",确实是一笔丰厚的精神财富与文化遗产。它们在太平盛世可以妆点繁华,在黑暗乱世则成了杭州人的精神安慰与理想寄托。

月满则亏,盛极必衰。南宋之后,杭州作为王朝政治、经济与文化中心的至高地位一去不返,就连区域性中心的地位也受到邻近的南京、苏州等城市的强大挑战,甚至被取代。前朝与后世对比中强烈的反差和失衡,是杭州人在后南宋时代不得不面对的尴尬与窘迫。正如《情史·卫芳华》慨叹:"繁华总随流水,叹一场春梦杳难圆。"在强烈的失落中,油然而生的是追忆梦华的怀旧情结。怀旧情结在文学艺术中是非常普遍的现象,中国古人爱如班固《西都赋》所说的"撼怀旧之蓄念,发思古之幽情",西方文学家认为"唯一真实的乐园是人们失去的乐园……幸福的岁月是失去的岁月"①。已经失去且无法复得的东西显得越加珍贵,通过抚今追昔,在古与今、理想与现实的对照中,怀旧能把最普遍、深刻、敏感的追思和眷恋,沉淀和铭刻在这片土地上某些人群的集体潜意识与记忆深处。当受到眼前风物与现实事件的刺激、触发时,这种梦华怀旧情结便条件反射式地表现出来,小说作者"感到只有沉溺在过去时间的记忆中才能确证

---

① 〔法〕安德烈·莫罗亚:《追忆似水年华序》,《追忆似水年华》卷首,李恒基等译,译林出版社2001年版,第4页。

自我,而现时的空间则是人产生孤独和无助感的直接原因……"①从而影响读者的阅读兴趣和审美心理。明末清初西湖小说也是如此,梦华怀旧情结不仅影响了作者的创作动机与审美趋向,而且契合杭州地域文化浸染下的小说读者的接受习惯与审美情趣。其可以分为以下几种情况:

(一)复古思潮中的怀旧情结。明代尚古好古之风盛行,文人竞相以复古为高。朱元璋在建立明王朝之初就"悉命复衣冠如唐制"②。尽管此举是为了"去胡化",但也影响了后世的复古风气。明代文士崇尚复古,如名臣王鏊(1450—1524)上疏求才"必以通经学古为高"③,赵时春(1509—1567)上书请命"复古冠婚、丧祭之礼"④。大儒谢复(1441—1505)因"居家孝友,丧祭冠婚,悉遵古礼"而声名卓著⑤。有明一代的社会思潮普遍存在一种"厚古薄今"的观念,好将历史上某一繁盛时期的风尚奉为圭臬,加以顶礼膜拜。明代中期,"前后七子"高举复古大旗,倡言"文自西京,诗自天宝而下,俱无足观","文必秦汉,诗必盛唐,大历以后书勿读"⑥,文学复古思潮盛行。对于明末清初西湖小说而言,萦绕在杭州"黄金时代"的唐风宋韵,自然也

① 〔美〕宇文所安:《追忆——中国古典文学中的往事再现》,郑学勤译,三联书店 2004 年版,第 12 页。
② 〔明〕胡广等:《明太祖实录》卷三十"洪武元年二月壬子",台湾"中研院"历史语言研究所 1962 年版,第 525 页。
③ 〔清〕张廷玉等:《明史》卷一百八十一《王鏊列传》,中华书局 1974 年版,第 4826 页。
④ 〔清〕张廷玉等:《明史》卷二百《郭宗皋列传》,中华书局 1974 年版,第 5301 页。
⑤ 〔清〕张廷玉等:《明史》卷二八二《儒林传一》,中华书局 1974 年版,第 7242 页。
⑥ 〔清〕张廷玉等:《明史》卷二八七《文苑传三》,中华书局 1974 年版,第 7378、7381 页。

是复古怀旧的对象,即湖海士《西湖二集序》所说:"况重以吴越王之雄霸百年,宋朝之南渡百五十载,流风遗韵,古迹奇闻,史不胜书……"①

(二)城市文化与风俗流变中的怀旧情结。明代中后期与清代"康乾盛世"时期,城市经济快速发展。虽然时过境迁,但一些故物遗风依然执着地留在杭州的市井与湖山之间。明代著名的人文地理学家王士性(1547—1598)说:"杭俗儇巧繁华,恶拘检而乐游旷。大都渐染南渡盘游余习。"②指出杭州的城市文化与消费习惯还留有南宋的帝都习气。同一时代的杭州人张瀚(1510—1593)也说:"吾杭终有宋余风。"③明代杭州人田汝成还例举"说话"等文化消费活动:"杭州男女瞽者,多学琵琶,唱古今小说、平话,以觅衣食,谓之陶真。大抵说宋时事,盖汴京遗俗也。"④他又举出明代杭州的许多方言发音"出自宋时梨园市语之遗,未之改也"⑤。昔日梨园市语中的宋人口音与腔调在数百年后,依旧萦绕、回荡在西子湖畔,可见杭州地域文化中的前朝遗风与怀旧情结是何其的鲜明、浓厚。这些又都在明末清初西湖小说中留下了深刻的烙印。本文将在第三章详析。

① [明]湖海士:《西湖二集序》,周清原撰《西湖二集》,周楞伽整理,人民文学出版社1999年版,第566页。
② [明]王士性:《广志绎》卷四"江南诸省",吕景琳点校,中华书局1981年版,第69页。
③ [明]张瀚:《松窗梦语》卷七"风俗纪",盛冬铃点校,中华书局1985年版,第139页。
④ [明]田汝成:《西湖游览志余》卷二十,上海古籍出版社1980年版,第368页。
⑤ [明]田汝成:《西湖游览志余》卷二十五,上海古籍出版社1980年版,第457页。

（三）鼎革战乱中的怀旧情结。明清鼎革之际，干戈纷扰，先是"甲申之变"，崇祯皇帝自缢，随后中原大片河山沦陷于清军的铁骑之下。江南士绅对此感到天崩地裂，悲愤莫喻，"万古痛心事，崇祯之甲申。天地忽崩陷，日月并湮沦"①。尤其是对于杭州而言，历史惊人地相似，似乎在重演四百年前同样属于北方游牧民族的蒙古铁骑踏进临安的悲剧。清军南下后，江南人民纷纷投入抗清斗争，涌现出许多可歌可泣的英雄义士。如被称为"西湖三杰"之一的抗清英雄张煌言在兵败被俘后，于康熙三年（1664）八月被押至杭州，作《入武林二首》（《甲辰八月辞故里》），其二曰："国亡家破欲何之？西子湖头有我师。日月双悬于氏墓，乾坤半壁岳家祠。"②对葬在西子湖畔的英雄于谦、岳飞表达了深切的缅怀与景仰之情。在被清廷杀害于杭州官巷口之前，张煌言留下绝命诗《忆西湖》："梦里相逢西子湖，谁知梦醒却模糊。高坟武穆连忠肃，添得新祠一座无？"再次表达对西湖豪杰于谦、岳飞的景仰，并决意效法先贤舍生取义，魂归西湖。这种情结也隐微寄寓在西湖小说，如《觚賸·布囊焚余》等篇目之中。

（四）在清王朝严酷统治下的怀旧情结。清代杭州著名诗人龚自珍的《咏史》云："避席畏闻文字狱，著书都为稻粱谋。"清王朝加强文化专制，在意识形态控制上十分严苛。汹涌泛滥的文学狱潮与禁书运动给许多人带来了牢狱之灾和刀斧之祸，造成人人自危、噤若寒蝉。杭州小说家创作、杭州书坊刊刻的一些反映明末清初变乱的时事小说纷纷遭到禁毁，如杭

---

① ［清］归庄：《归庄集》卷一《除夕七十韵》，中华书局1962年版，第35页。
② ［清］张煌言：《张苍水集》第三编《采薇吟》，上海古籍出版社1985年版，第176页。

州峥霄馆主人陆云龙创作、刊刻的《魏忠贤小说斥奸书》,陆人龙创作、杭州翠娱阁刊刻的《辽海丹忠录》等作品就曾多次被列入禁毁书目。西湖小说作家多不敢言及近世人事,多借唐宋遗事来隐晦述怀。

总之,杭州在唐宋时期的辉煌历史与灿烂文化,是明末清初西湖小说至关重要的精神资源与情感寄托,而这在与后南宋时代的兴衰对比中产生了强烈的反差与失衡。由此产生的梦华怀旧情结浸染了西湖小说作者的审美情趣与创作动机,并渗透到读者的审美心理与接受习惯之中。这是明末清初西湖小说兴盛的一个重要文化心理因素。

第二节　运河之城与交通枢纽

运河是人工开凿的通航河道,具有非常重要的航运、灌溉、分洪、排涝与供水等功能。中国具有十分悠久的运河建设史,开凿于公元前 506 年的胥河是世界上最古老的人工运河。京杭大运河是世界上里程最长、工程最大的古代运河,杭州就是这条运河上的南端关钥与交通枢纽。杭州作为运河之城,对西湖小说的兴起具有非常重要的促进作用。

一、运河之城与西湖小说兴盛的地理基础

如果说"杭州之有西湖,如人之有眉目",那么杭州之有运河,如人之有血脉。杭州可谓一座运河之城,其具体表现在:

其一,杭州拥有源远流长的运河开凿与疏浚历史。秦始皇统一天下后置钱唐县,即杭州的前身。钱唐在置县之前已进入了运河时代。秦王政二十四年(前 223 年),"秦始皇造通

陵……治陵水道,到钱唐越地,通浙江"①。此后,从东晋开凿西兴运河,到隋炀帝凿通江南运河,唐中宗和懿宗开凿外沙、中沙、里沙三河,吴越国开挖菜市河与龙山河,再到宋代淳祐年间开凿新运河,元末张士诚开挖新运河,明清多次疏浚城区运河等等,杭州的发展史就是一部运河开凿与疏浚的创业史。

其二,杭州是京杭大运河的南端关钥。大业六年(610),"敕穿江南河,自京口(今镇江)至余杭(今杭州),八百余里,广十余丈"②,加上之前凿通的古邗沟、广通渠、通济渠与永济渠等,形成了一个多枝树状运河水系。不管北段的京城随鼎革如何变成长安、洛阳、汴京、大都等,"杭"一直都是大运河的南端关钥——杭州。

其三,杭州是浙东运河的西部起点。浙东运河又称杭甬运河,始于春秋开凿的山阴故水道,贯通富饶的宁绍平原,连通杭州与宁波海港,是浙江境内最重要的水运干线之一。

其四,杭州拥有非常发达的城内运河网络。俄国沙皇的使节尼古拉·斯帕塔鲁·米列斯库于1675年出使中国,他描述杭州道:"城市位于河川密布地区,还挖掘了许多运河,河上可通行大船。"③杭州历史上曾有上塘河、下塘河、菜市河、盐桥河、茆山河、北关河、清湖河、新开运河等多条城内运河,纵横交错,交通便利,是构成杭州城"西门水、东门菜、北门米、南门柴"的生活空间与物流体系的重要脉络。

可见,杭州是一座名副其实的运河之城。它因运河而兴,运

---

① 〔汉〕袁康、吴平:《越绝书》卷二,中华书局1985年版,第14页。

② 〔宋〕司马光:《资治通鉴》卷一八一,中华书局1982年版,第5652页。

③ 〔罗马尼亚〕尼古拉·斯帕塔鲁·米列斯库:《中国漫记》,蒋本良、柳凤运译,中华书局1989年版,第138页。

河滋养了这座城市的繁荣发展,奠定了西湖小说兴起的基础条件,具体表现为:

首先,运河奠定了杭州作为水运枢纽与江海门户的重要地位,促进了杭州的交通与经济飞速发展,提高了杭州的城市地位。京杭大运河是南北交通的大动脉与"黄金水道",成为一条保障王朝物质供给的生命线。浙东运河是岭南、福建等地经海路转道宁波,到达杭州及北上的重要途径,也是日本、朝鲜与东南亚使者和商人经"海上丝绸之路"出入我国的重要通道。因此,杭州"引江为河支流于城之内外,交错而相通,舟楫往来,为利甚博"①。前文述及杭州在中唐时期以"东南名郡"见称于世,白居易颂扬"江南列郡,余杭为大",宋仁宗称誉杭州为"东南第一州",北宋杭州商税名列前茅,杭州在南宋时更是成为全国的政治、经济与文化中心,后来被马可·波罗赞为"世界最富丽名贵之城",其实都离不开运河的巨大贡献。西湖小说的兴起离不开杭州的商业繁荣与经济发展,运河在其中发挥了非常重要的作用。

其次,运河重塑、扩大了杭州的城市空间。杭州城南为丘陵地带,东南濒临钱塘江,交通条件非常不利。秦始皇巡视此地,"水波恶,乃西百二十里从狭中渡"②。而且,钱塘江岸的地形限制了城市的空间拓展。这是杭州城在隋唐之前发展迟缓的重要原因。隋唐之后,运河成为城市发展的主轴。"杭城皆石板街道,非泥沙比,车轮难行,所以用舟楫及人力耳"③,航运便

---

① [宋]李心传:《建炎以来系年要录》卷一二三,中华书局1988年版,第1986页。

② [汉]司马迁:《史记》卷六《秦始皇本纪》,中华书局1982年版,第260页。

③ [宋]吴自牧:《梦粱录》卷一二,浙江人民出版社1980年版,第113页。

利吸引商业和居住沿运河两岸扩张,将杭州城从逼仄的城南江干地带解放出来。由此,杭州城以运河为骨架和经络呈南北延伸,码头、工商业区沿运河水道呈带状布局,构建城市的基本空间形态①。例如,吴越国在子城的基础上修筑夹城、罗城,拓展东南城垣,都直接受到运河导向的巨大影响。杭州城的南部和西部城垣因受到钱塘江、西湖的限制,几无变动,城区主要沿盐桥河和茆山河延伸,形成了南北修长、东西狭窄的"腰鼓城"。因此,运河重塑、扩大了杭州的城市空间,是杭州城市发展的主推动力。《西湖二集》《西湖佳话》等西湖小说津津乐道的市井社会、精彩呈现的文学空间就建立在运河塑成的"腰鼓城"的基础上。

最后,运河丰富了杭州的地域文化精神。运河让杭州成为江海门户和商业中心,赋予了这座城市以海洋文化与商业文化的流动性、开放性和包容性,使其大量吸引外来人才,大胆吸收外来文化。各色人等,四方辏集。北方战乱,大量难民经大运河来此避乱。和平年代,大量的外地商人和文士也纷至沓来,如凤凰山被称为"客山","其寄寓人多为江商海贾"②。元代萨都剌、贯云石和迈里古思等西北少数民族诗人曲家都曾寓居杭州,所谓"朔方奇俊之士风致,自必乐居之"③。不仅如此,日本、朝鲜、东南亚等地的使者、商人与僧侣很多就通过浙东运河中转杭州,再经大运河赴京这条路线

---

① 杨建军:《运河地带在杭州城市空间中的功能和形象规划探索》,《经济地理》2002 年第 2 期。

② [宋]吴自牧:《梦粱录》卷十八,浙江人民出版社 1980 年版,第 175 页。

③ [元]虞集:《道园学古录》卷十《题杨将军往复书简后》,明景泰七年郑达、黄江翻刻元刊本。

出入中国,如唐宋时期的日本遣唐副使津吉祥、高丽僧人义天,明朝时的朝鲜人崔溥、日本使者策彦周良等,后两者的杭州旅程分别记载在《漂海录》与《初渡集》《再渡集》中。运河带来了多元文化因素,丰富了杭州的地域文化精神。西湖小说就是扎根于这种文化土壤而兴,它的种子经运河流布到这里,也因此被赋予了流寓文学的特质。

二、交通枢纽与西湖小说兴盛的优越条件

我们接下来探讨杭州作为运河之城和交通枢纽,如何造就西湖小说在南宋至元代的初兴。

说话伎艺曾兴盛于北宋汴京,《东京梦华录》卷五"京瓦伎艺"条记载了当时的瓦舍盛况。不过,"靖康之变"导致大批说话艺人纷纷南渡。由于京杭运河是南北交通的大动脉,"乘舟顺流而适东南,固甚安便"①,成了南渡最重要的路线②。建炎元年(1127)冬,宋高宗面对金兵继续南下的严峻局势,经汴河退守扬州,又经江南运河逃到杭州。后来为躲避金兵的追击,高宗经浙东运河辗转于绍兴、宁波等地,最终定都杭州。"高宗南渡,民之从者如归市"③,北方难民纷纷"自汴泛舟至京口",再经江南运河逃到杭州,几经辗转,也最终定居在以杭州为中心的东南地区。"大驾初驻跸临安,故都及四方士民商贾辐辏"④,以皇室贵族、军人与汴京百姓为代表的北方难民成为杭州人口的

① [宋]李心传:《建炎以来系年要录》卷七,中华书局1988年版,第185页。
② 吴松弟:《中国移民史》第四卷,福建人民出版社1997年版,第418页。
③ [元]脱脱等:《宋史》卷一七八,中华书局1977年版,第4340页。
④ [宋]陆游:《老学庵笔记》卷八,李剑雄、刘德权点校,中华书局1979年版,第104页。

主体,"而西北人以驻跸之地,辐辏骈集,数倍土著"①,数量竟然是本地人的数倍,因而迅速改变了杭州的文化生活。其中最引人瞩目的是说话伎艺也经运河迁至杭州。

值得一提的是,《东京梦华录》的作者孟元老就是在"靖康之变"后经大运河逃至杭州的汴京人,他在该书中记载了北宋汴京的勾栏瓦舍和说话艺人。京华烟云,繁华飘零,昔日喧闹的瓦舍与光鲜的说话艺人也被迫像孟元老那样,纷纷流落杭州。南宋吴自牧《梦粱录》载:"杭城绍兴间驻跸于此,殿岩杨和王因军士多西北人,是以城内外创立瓦舍,招集妓乐,以为军卒暇日娱戏之地。"②《咸淳临安志》卷十九亦载:"绍兴和议后,杨和王为殿前都指挥使,以军士多西北人,故于诸军寨左右营创瓦舍,召集伎乐,以为暇日娱戏之地。"③为了满足南渡移民的娱乐生活和精神需求,南迁的说话艺人也需要重操旧业来谋取生计,瓦舍于是在杭州应运而兴。《西湖老人繁胜录》《都城纪胜》《梦粱录》《武林旧事》《醉翁谈录》等南宋至元初的文献详细记载了杭州的瓦舍盛况、说话艺人与具体名目,其特点具体表现为:

(一)瓦舍数量多,且多靠近运河。《梦粱录》卷十九"瓦舍"条记载杭州瓦舍十七处,《武林旧事》卷六"瓦子勾栏"条载有二十三处,《西湖老人繁胜录》载有二十五座。而且很多就建在运河畔,如菜市桥畔的菜市瓦子、行春桥畔的行春瓦子、清泠

---

① 〔宋〕李心传:《建炎以来系年要录》卷一五八,中华书局1988年版,第2858页。

② 〔宋〕吴自牧:《梦粱录》卷十九"瓦舍",浙江人民出版社1980年版,第179页。

③ 〔宋〕潜说友:《咸淳临安志》卷十九"市·团行瓦子附",《宋元方志丛刊》第四卷,中华书局1990年版,第3549页。

桥畔的南瓦子、众安桥畔的下瓦子、米市桥瓦子等。瓦舍文化经运河南来,自然先在岸边开花结果。

(二)经营场所丰富多样。除了专门的瓦舍,杭州的很多茶肆酒楼也成了表演说话的多功能场所,如《梦粱录》卷十六"茶肆"记载了一座王妈妈家"一窟鬼茶坊",《西山一窟鬼》是当时非常著名的说话名目,该茶馆用来招徕顾客,树立品牌。此外还有很多临时场所表演说话,《武林旧事》记载:"或有路歧,不入勾栏,只在耍闹宽阔之处做场者,谓之'打野呵'。"①"打野呵"就是在游人密集区临时设场表演。

(三)说话艺人的专业性与文化层次大有提高,小说话本脱颖而出。据《西湖老人繁胜录》《都城纪胜》《梦粱录》《武林旧事》《醉翁谈录》等统计,南宋杭州有名号的说话艺人不下一百一十人,这支庞大的专业队伍远远超过《东京梦华录》所载北宋汴京十四位有名号者。而且,南宋杭州说话伎艺分类不断细化,专业性不断加强,如《都城纪胜·瓦舍众伎》将"小说"分为三类,《梦粱录·小说讲经史》分为六类,《醉翁谈录·小说开辟》分为八类。杭州的说话艺人与底层文人还成立了行会组织,如古杭书会、武林书会、雄辩社等,相互切磋,提高伎艺。南宋罗烨说:"夫小说者,虽为末学,尤务多闻,非庸常浅识之流,有博览该通之理。幼习《太平广记》,长攻历代史书……论才词有欧、苏、黄、陈佳句,说古诗是李、杜、韩、柳篇章。"②可见南宋说话艺人尤其是小说艺人博学多才,文化素养很高。所以,《梦粱录》

① [宋]周密:《武林旧事》卷六,李小龙、赵锐评注,中华书局2007年版,第158页。
② [宋]罗烨:《醉翁谈录》卷一"小说开辟",古典文学出版社1957年版,第3页。

感叹："最畏小说人,盖小说者能以一朝一代故事,顷刻间提破……"①上述文献所载南宋杭州有名号的小说艺人就有六十位,而《东京梦华录》所载北宋汴京有名号的小说艺人仅有六位。

(四)涌现出众多技艺精湛的女性说话艺人。据南宋周密《武林旧事》卷六"诸色伎艺人"条和元代夏庭芝《青楼集》记载,南宋到元代的杭州女性说话艺人众多,著名者如张小娘子、宋小娘子、陈小娘子、史惠英、陆妙静、陆妙慧、陈郎妇、时小童母女、胡仲彬之妹、朱桂英等。元代杨维桢《送朱女士桂英演史序》云:"钱唐为宋行都,男女痛峭尚妩媚,号笼袖骄民。当思陵上太皇号,孝宗奉太皇寿,一时御前应制多女流也。若棋待诏为沈姑姑,演史为张氏、宋氏、陈氏,说经为陆妙慧、妙静,小说为史惠英,队戏为李瑞娘,影戏为王润卿。皆中一时慧黠之选也。"②可见,杭州的女性说话艺人不仅数量众多,而且技艺精湛,得到了皇室的高度赞赏。这对丰富说话队伍的成分,提高行业水平具有重要作用。

说话伎艺在杭州茁壮成长,根深叶茂,到了明代依然具有旺盛的生命力,"杭州男女瞽者,多学琵琶,唱古今小说、平话,以觅衣食,谓之'陶真'。大抵说宋时事,盖汴京遗俗也"③。正是一代代的说话艺人,尤其是"京师老郎"薪火相传,培育了西湖小说,将其发扬光大。如源于宋人旧篇的《喻世明言》第十五卷《史弘肇龙虎君臣会》称"这话本是京师老郎流传",《醒世恒

---

① [宋]吴自牧:《梦粱录》卷二十,浙江人民出版社1980年版,第196页。
② [元]杨维桢:《东维子集》卷六《送朱女士桂英演史序》,《文津阁四库全书》第408册,商务印书馆2005年版,第149页。
③ [明]田汝成:《西湖游览志余》卷二十,上海古籍出版社1980年版,第368页。

言》第十三卷《勘皮靴单证二郎神》也称:"原系京师老郎流传。"
《拍案惊奇》卷二十一《袁尚宝相术动名卿 郑舍人阴功叨世爵》
说:"此本话文叫做《积善阴骘》,乃是京师老郎传留至今。"《二
刻拍案惊奇》卷二十八《赠芝麻识破假形 撷草药巧谐真偶》也
说:"这一回书乃京师老郎传留,原名为《灵狐三束草》。"这些京
师老郎主要是当年汴京的说话艺人,很多说话故事就是他们传
至杭州的。他们在杭州也培养了不少传人,后世的戏曲行业流
行"老郎"崇拜,将戏神附会到杭州铁板桥头的田老郎身上①,依
稀可见其中的影响。

　　明末清初是西湖小说的兴盛期,除了周清原、陆云龙、陆人
龙等杭州人,外来小说家也是一支重要的力量,他们很多就是经
运河来往杭州。自号"湖上笠翁"的李渔就是一个典型,他在顺
治七年(1650)举家从兰溪经钱塘江、贴沙运河移居西湖畔。顺
治十三年(1656),《无声戏一集》问世。第二年,他开始经江南
运河来往于杭州与南京,《无声戏二集》问世。顺治十五年
(1658),他数次经运河往来杭州与南京,《无声戏合集》与《十二
楼》问世。康熙元年(1662),李渔移居南京。康熙十六年
(1677),李渔又迁回杭州,直至终老西湖。他的《无声戏》《十二
楼》和诸多戏曲作品就创作于运河畔。另如自号"西湖鸥吏
(史)"的丁耀亢于顺治十七年(1660)因赴任惠安(今属福建)
县令,经江南运河来到杭州,在此最终完成了《续金瓶梅》的创
作并作自序。凌濛初曾从湖州(后寓居南京)经大运河赴杭州
乡试,屡次不第后开始创作"二拍"。

---

①　刘晓迎:《永安市黄景山万福堂大腔傀儡戏与还愿仪式概述》,《民俗曲艺》
　　2002年第3期。

　　中国古代通俗小说具有鲜明的商业消费性质,"通俗小说由于本身的特点,不可避免地要通过商品生产,交换环节后才能成为广大读者欣赏的读物"①。西湖小说的兴起也离不开传播的力量。宋代杭州的刊刻业非常发达,宋人叶梦得说:"今天下印书,以杭州为上。"②王国维也说:"北宋监本刊于杭者,殆居泰半。南渡以后,临安为行都,胄监在焉,书板之所粹集。"③杭州只是北宋数个刻书重镇之一,朝廷将监本大半交由杭州刊印,汴京到杭州的运河交通便利是一个重要原因。"靖康之变"后,汴京的书坊与工匠纷纷经运河南渡,杭州刻书如虎添翼,促进了小说的广泛传播,如"中瓦子张家"就是南渡后在杭州瓦舍旁重开的旧京老店,刊印了话本《大唐三藏取经诗话》,此书已初具唐僧取经故事的雏形,对后世《西游记》小说及戏曲影响颇大,王国维还认为它是章回小说分回标目之祖④,在小说史上具有重要意义。另如标记"临安太庙前尹家书籍铺刊行"的《续幽怪录》四卷,十分精美,《四部丛刊》即影印此本。

　　明清时期,杭州的小说传播继续受益于运河水系。徽州刻工技艺精湛,杭、徽两地毗邻,经新安江与贴沙、龙山运河往来非常便利,所以徽州刻工汇集杭州,如《续金瓶梅》是在杭州刻板的,主要刻工黄顺吉来自徽州,他还为《无声戏》刻过插图。他

① 陈大康:《明代小说史》,上海文艺出版社 2000 年版,第 179 页。
② [宋]叶梦得:《石林燕语》卷八,宇文绍奕考异,侯忠义点校,中华书局1984 年版,第 116 页。
③ 王国维:《两浙古刊本考序》,《王国维遗书》第十二册,上海古籍书店1983 年版,第 1 页。
④ 王国维:《宋椠大唐三藏取经诗话跋》,《国学月报》1927 年第 8—10 号合刊。

的老乡黄应光、吴凤台曾为杭州容与堂本《水浒传》刻板，打造
了小说刊刻史上的精品。寓居杭州的徽州人汪象旭创办了蝸
寄、还读斋等书坊，刻有《西游记证道书》《吕祖全传》等小说。
杭州刻书还可以通过江南运河、浙东运河与贴沙河获得江西
永丰绵纸、本省常山柬纸与福建顺昌纸等优质材料。由于杭州
交通便利和刊刻发达，吸引很多外地人来贩书谋生，如徽州人鲍
雯"不得已脱儒冠往武林运策以为门户计"①，绍兴人徐北溟
"家酷贫，无以自给，乃赴杭州贩书为业"②。江南地区还出现了
一种书船，"购书于船，南至钱塘，东南抵松江，北达京口，走士
大夫之门"③，他们通过江南运河，南到杭州，北达京口（今镇
江）、松江，通过浙东运河可以到达宁波及福建沿海港口，由此
远播海外，如《西湖佳话》《西湖二集》等许多西湖小说传至日本
和朝鲜，在日本文化二年（1805）还出现了日文刊本《通俗西湖
佳话》。这些都离不开运河的巨大作用。

第三节　杭州书坊主与小说家群

明清小说的繁荣离不开书坊主与小说家的密切合作和良性
互动，这在明末清初西湖小说中也有突出表现④。早在宋代，杭
州就已成为全国的刊刻出版中心之一。到了明末清初，杭州的

---

① ［清］鲍存良等：《歙县新馆鲍氏著存堂宗谱》卷二《解占弟行状》，光绪元
　　年著存堂活字本。
② ［清］王端履：《重论文斋笔录》卷六，道光二十六年刊本。
③ ［清］宗源瀚、周学濬等：《同治湖州府志》卷三十三"书船"条引郑元庆《湖
　　录》，同治十三年刊本。
④ 程国赋、胡海义：《论明末清初杭州地区通俗小说的刊刻与创作特征》，《暨
　　南学报（哲社版）》2006年第3期。

小说刊刻与创作进入了一个新的历史时期,表现出新的典型特征。明末清初西湖小说就是兴起于这片沃土之中。

一、数量:刊刻逐步复兴与创作始终繁荣

我们首先来考察杭州的小说刊刻。明代洪武八年(1375),朱元璋将杭州西湖书院所藏二十余万片宋元书籍雕版悉数调运南京,使得杭州的刊刻业蒙受巨大损失。明代前期,杭州的刊刻地位已被南京、苏州等地取代。明人胡应麟指出:"凡刻之地有三,吴也、越也、闽也……其精吴为最,其多闽为最,越皆次之。其直重,吴为最。"又说:"余所见当今刻书,苏、常为上,金陵次之,杭又次之。"①可见从明初到万历年间,以杭州为中心的越地刊刻不仅在数量上被福建、江苏等地超越,而且在质量上也不如苏州、南京等刊刻重镇,原有的优势地位已被大幅削弱。小说刊刻也是如此,据程国赋先生的《明代书坊与小说研究》附录一《明代坊刻小说目录》统计,明代福建建宁(下辖建阳)有52家书坊,刊刻小说113种;苏州有31家书坊,刊刻小说50种;南京有22家书坊,刊刻小说42种;杭州仅有18家书坊,刊刻小说仅27种②,书坊数量只有建宁的约三分之一,刊刻小说数量不到它的四分之一,差距甚大。

不过,杭州的小说刊刻并未长久陷入沉寂的泥潭,而是在明末清初走向复兴,经历了一段逆风飞扬的发展轨迹。为了完整展示这种"杭州特色",本文有必要梳理杭州在明代至清初小说刊刻的发展情况,以寻找明末清初西湖小说兴起的出版因素。

① [明]胡应麟:《少室山房笔丛》卷四《经籍会通》,中华书局1958年版,第57、59页。
② 程国赋:《明代书坊与小说研究》,中华书局2008年版,第355—417、6页。

笔者根据《古本小说丛刊》(中华书局影印本)、《古本小说集成》(上海古籍出版社影印本)、孙楷第编撰《中国通俗小说书目》(人民文学出版社 1982 年版)、杜信孚编辑《明代版刻综录》(江苏广陵古籍刻印社 1983 年版)、杜信孚等编撰《全明分省分县刻书考》(线装书局 2001 年版)、王清原等编《小说书坊录》(北京图书馆出版社 2002 年修订本)、江苏省社会科学院明清小说研究中心等编《中国通俗小说总目提要》(中国文联出版公司 1990 年版)、宁稼雨编撰《中国文言小说总目提要》(齐鲁书社 1996 年版)、刘世德主编《中国古代小说百科全书》(中国大百科全书出版社 1998 年版)、程国赋撰《明代书坊与小说研究》(中华书局 2008 年版)、陈大康撰《明代小说史》(上海文艺出版社 2000 年版)与文革红撰《清代前期通俗小说刊刻考论》(江西人民出版社 2008 年版)诸书,将明代至清初杭州书坊所刻小说辑录如下:

刊刻者	所刻小说	时间	刊刻者	所刻小说	时间
洪楩清	《夷坚志》	嘉靖二十五年	丁耀亢	《续金瓶梅》	顺治十七年
平山堂	《六十家小说》	嘉靖年间	李渔	《无声戏一集》	顺治十三四年
杨尔曾	《海内奇观》	万历十三年		《无声戏二集》	顺治十四年
夷白堂	《三国演义便览》	万历年间		《十二楼》	顺治十五年
容与堂	《忠义水浒传》	万历三十八年		《无声戏合集》	顺治末年
汪慎修	《三遂平妖传》	万历年间	汪象旭	《吕祖全传》	康熙元年
钟人杰	《虞初志 续虞初志》	万历年间		《西游证道书》	康熙二年
藏珠馆	《唐传演义》	泰昌元年	西湖藏板	《警世奇观》	康熙十二年稍后
人文聚	《韩湘子全传》	天启年间	华茵主人	《凤凰池》	顺治或康熙前期
读书坊	《艳异编》	天启年间	可语堂	《巧连珠》	康熙二年
泰和堂	《东西晋演义》	天启年间		《飞英声》	康熙年间
夏履先	《禅真逸史》	明末	本堂藏板	《蝴蝶媒》	顺治年间

峥霄馆	《魏忠贤小说斥奸书》	崇祯元年	本衙藏板	《宛如约》	清初
	《禅真后史》	崇祯二年	本衙藏板	《空空幻》	康熙年间
	《型世言》	崇祯年间	本衙藏板	《鲊头陀传》	康熙七年
本衙	《鼓掌绝尘》	崇祯四年	爱月轩	《幻缘奇遇小说》	清初
名山聚	《隋史遗文》	崇祯六年	大成斋	《后三国石珠演义》	康熙年间
	《云合奇踪》	约崇祯年间	翰海楼	《豆棚闲话》	康熙中前期
翠娱阁	《辽海丹忠录》	崇祯十五年	聚古堂	《浓情快史》	约康熙中期
金衙	《禅真后史》	崇祯年间	消闲居	《绣像十二楼》	顺治康熙初年
山水邻	《欢喜冤家》	崇祯年间		《梦月楼情史》	康熙年间
薇园主人	《清夜钟》	崇祯、隆武年间	冬月朗人	《载花船》	顺治十六年
笔耕山记	《宜春香质》	崇祯年间	圣水艾衲老人	《新闻跨天虹》	顺治年间
	《弁而钗》	崇祯年间			
	《醋葫芦》	崇祯年间	西湖寒士	《十二峰》	康熙七年
武林	《隋唐演义》	明末		《逢人笑》	康熙初年

从上表可以看出,明代杭州的小说刊刻在嘉靖、万历年间开始起步,但由于遭受曾经伤筋动骨的后遗症影响,步履维艰,蹒跚不稳。在长达四十八年的万历时期,杭州的书坊仅仅刊刻了五部小说,占其在明代所刻小说约五分之一。而同一时期,建阳与南京等地的小说刊刻已是如火似荼。据程国赋先生的《明代书坊与小说研究》附录一《明代坊刻小说目录》统计,建阳的坊刻小说在万历年间明确可考者多达六十四部(尚不包括可能刻于这一时期的十多部),超过明代建阳坊刻小说总数的一半。南京的坊刻小说在万历年间明确可考者也有二十四部,同样超过明代南京坊刻小说总数的一半。在小说刊刻热火朝天的万历时期,杭州的书坊还在冬眠中缓慢复苏。到了天启、崇祯年间,杭州的小说刊刻终于起飞,尤其是崇祯年间至少刊刻了十三部小说,而此时建阳的坊刻小说已经急剧衰落,崇祯年间仅刊刻了七部小说,对比反差非常鲜明。到了清初,杭州的小说刊刻出现

井喷,终成气候。从顺治年间到康熙中期,杭州刊刻了近三十部小说,尚不包括西泠狂者、镜湖惜春痴士、西陵如如居士、钱江拙生等疑似杭州的刊刻者。据文革红《清代前期通俗小说刊刻考论》较为宽泛的统计,从顺治到雍正的九十二年间,杭州地区有三十二家小说出版者,共刻小说四十四部,数量仅次于苏州。而同一时期的南京有十六家小说出版者,共刻小说二十部。建阳仅刻小说一部①。杭州的小说刊刻后来居上,后劲十足。杭州与建阳的小说刊刻在数量上的兴衰变化正好形成一个反比,上行与下行的对照非常强烈。

杭州的小说刊刻在天启、崇祯年间走向兴盛,到了清初继续飞速发展,这条轨迹刚好与明末清初西湖小说的繁荣路径相互吻合。一方面,杭州的小说刊刻繁荣发展为西湖小说的兴盛准备好了出版条件与物质基础;另一方面,杭州小说家尤其是一些西湖小说家的努力与创新为本地的书坊提供了优质稿源,反过来又促进了杭州小说刊刻业的进一步发展。杭州的小说刊刻与创作相互促进,关系密切,这是明末清初西湖小说繁荣的一个重要原因。

我们接下来探讨杭州的小说创作情况。早在元代及明初,杭州就是小说戏曲的创作中心,积淀深厚。大德末年以后,元杂剧的创作中心逐渐由大都移至杭州,产生了"古杭书会"与"武林书会"等专业创作团体,郑光祖、钟嗣成、秦简夫等著名的北方剧作家曾长期寓居杭州,创作颇丰,一时称盛。小说亦是如此,《三国志通俗演义》被称为章回小说与历史演义小说的开山

---

① 文革红:《清代前期通俗小说刊刻考论》附表七《清代前期通俗小说出版者总表》,江西人民出版社 2008 年版,第 703—714 页。

之作,在文学史上具有划时代的重要意义,但作者罗贯中的相关情况至今在学界仍有争议。关于他的籍贯有太原、东平、杭州、庐陵等多种说法。尽管最早著录《三国志通俗演义》的郎瑛《七修类稿》,还有田汝成的《西湖游览志余》称罗贯中是杭州钱塘人尚无实据,但他曾寓居杭州,并在此创作小说应是事实。与罗贯中有密切关系的另一部小说《水浒传》的杭州情缘就更确凿、深厚了。《水浒传》的语言留有杭州方言的不少痕迹①,一些水浒故事诞生于杭州的勾栏瓦肆。关于《水浒传》的作者,嘉靖年间的高儒在《百川书志》中记载:"《忠义水浒传》一百卷,钱塘施耐庵的本,罗贯中编次。"②郎瑛《七修类稿》也称此书"乃杭人罗本贯中所编……钱塘施耐庵的本"③。万历年间,胡应麟《少室山房笔丛》指出:"武林施某所编《水浒传》,特为盛行。"④崇祯年间,雄飞馆将《水浒传》与《三国演义》合刻的《英雄谱》也署为"钱塘施耐庵编辑"。施耐庵与罗贯中的籍贯问题有待确证,但上述材料显示他们曾长期在杭州从事与小说创作有关的活动。还有一位影响深远的杭州小说家瞿佑值得一提,瞿佑(1347—1433),字宗吉,号存斋、吟堂等,杭州钱塘人。他的《剪灯新话》被认为是唐传奇和清代《聊斋志异》这两座文言小说高

---

① 参见李永祜《〈水浒传〉三题》,《明清小说研究》2015 年第 3 期。张丙钊《从〈水浒传〉的语言看作者的籍贯问题》,《明清小说研究》1985 年第 2 期。

② [明]高儒:《百川书志》卷六《史·野史》,《百川书志·古今书刻》合订本,古典文学出版社 1957 年版,第 82 页。

③ [明]郎瑛:《七修类稿》卷二十三《辩证类·三国宋江演义》,上海书店出版社 2009 年版,第 246 页。

④ [明]胡应麟:《少室山房笔丛》卷四十一《庄岳委谈下》,中华书局 1958 年版,第 571 页。

峰之间的桥梁,是明代成就最高的文言小说作品,后流传到朝鲜、日本与越南等地,影响深远。《剪灯新话》作于明洪武十一年(1378),瞿佑时任仁和(今属杭州)县学训导。总之,杭州是一座小说传统特别深厚、小说创作非常繁荣的城市,很多影响了小说发展史的经典名著就诞生于此。

与明代出版史上的杭州小说刊刻缓慢预热、逐步复兴的发展轨迹不同,杭州的小说创作始终引领潮流,一直处于明代小说史的发展高位,诞生了为数众多的经典作品。以中长篇小说为例,笔者根据孙楷第编撰《中国通俗小说书目》(人民文学出版社 1982 年版)、江苏省社科院明清小说研究中心等编《中国通俗小说总目提要》(中国文联出版公司 1990 年版)、李忠明撰《17 世纪中国通俗小说编年史》(安徽大学出版社 2003 年版)诸书,将明代万历四十年至清代康熙三十年(1612–1691),创作地点与时间可考的中长篇通俗小说辑录如下:

作　　者	作品及大致创作时间	创作地点
谢诏	《东汉十二帝通俗演义》(1612)	杭州
孙高亮	《于少保萃忠全传》(1613)	杭州
杨尔曾	《东西晋演义》(1612)、《韩湘子全传》(1623)	杭州
古杭艳艳生	《昭阳趣史》(1621)	杭州
方汝浩	《禅真逸史》(1621–1627)、《禅真后史》(1629)、《扫魅敦伦东度记》(1635)	杭州
钱塘西湖渔隐	《胡少保平倭记》(万历末年)	杭州
乐舜日	《皇明中兴圣烈传》(1628)	杭州
吴越草莽臣	《魏忠贤小说斥奸书》(1628)	杭州
陆人龙	《辽海丹忠录》(1630)	杭州

甄伟	《西汉通俗演义》(1628-1644)	南京
袁于令	《隋史遗文》(1633)	苏州
西子湖伏雌教主	《醋葫芦》(1639)	杭州
董说	《西游补》(1640)	湖州
于华玉	《岳武穆尽忠报国传》(1642)	常州
冯梦龙	《新列国志》(1643) 《皇明大儒王阳明先生出身靖难录》(1628—1644)	苏州
李清	《梼杌闲评》(崇祯末年)	北京或兴化
李渔	《肉蒲团》(崇祯末年或顺治初年)	杭州
余季岳	《盘古至唐虞传》《有夏志传》《有商志传》(崇祯年间)	建阳
西吴懒道人	《剿闯通俗小说》(1645)	镇江
丁耀亢	《续金瓶梅》(1644—1661)	杭州或诸城
陆应旸	《樵史通俗演义》(1644—1661)	松江
陈忱	《水浒后传》(1644—1661)	湖州
汪淇	《吕祖全传》(1662)	杭州
顾石城	《吴江雪》(1664)	苏州
王梦吉	《麴头陀传》(1668)	杭州
刘璋	《飞花艳想》(1669)、《斩鬼传》(1688)	太原
王羌特	《孤山再梦》(1676)	甘肃伏羌
钱彩	《说岳全传》(1684)	杭州
西湖墨浪子	《醉菩提传》(清初)	杭州

由于明清小说中普遍存在托名匿名现象,加上小说文本亡佚失考情况,以上所列可能难以反映当时的实际全景,只能是一个缩影,但管中窥豹,由此可见明末清初各地通俗小说的创作概况。在上表二十九名小说作家的三十六部作品中,创作于杭州

的有十五人的十八部小说,所占比例高达一半。我们再来考察这一时期拟话本小说的创作情况。明末清初一些重要的拟话本小说集,如陆人龙的《型世言》、西湖渔隐主人的《欢喜冤家》、西泠狂者的《载花船》、醉西湖心月主人的《宜春香质》、圣水艾衲居士的《豆棚闲话》、鸳林斗山学者的《跨天虹》等等,都是杭州籍或寓居杭州的小说家创作的。尤其是被认为代表清代拟话本小说最高成就的《十二楼》与《无声戏》①,也是号为"湖上笠翁"的李渔在杭州西湖畔创作的。明末清初杭州地区小说创作的繁荣状况由此略见一斑。

二、质量:走精品创新路线

明代杭州小说刊刻和创作尽管在数量上的发展轨迹大不相同,但在质量上都勇于创新,打造精品,注重走精品创新路线。就刊刻而言,其有两个优越条件:

首先是优良的历史传统。早在五代时,吴越王就在杭州大量刻印佛经。到了北宋,杭州已成为全国的刊刻中心之一,宋人叶梦得称:"今天下印书,以杭州为上。"②现存杭刻宋版书精美绝伦,成为传世瑰宝。由于杭州经济文化繁荣,刻工技艺精良,国子监的很多重要典籍被送至杭州刻版印刷。王国维说:"及宋有天下,南并吴越,嗣后国子监刊书,若七经正义……皆下杭

---

① 《无声戏》最早有初集和二集,李渔在好友杜濬帮助下,从两集中选出十二篇小说,合刊为《无声戏合集》,又将两集中未被编入《合集》的小说另编为《无声戏外集》。他后来又将《无声戏合集》改名为《连城璧》,《无声戏外集》改名为《连城璧外编》。这些编撰活动主要是在杭州进行的。

② [宋]叶梦得:《石林燕语》卷八,宇文绍奕考异,侯忠义点校,中华书局1984年版,第116页。

州镂版。北宋监本刊于杭者,殆居泰半。"①宋室南渡后,中原尤
其是汴京幸存的书坊与雕版良工纷纷迁移杭州,"南渡以后,临
安为行都,胄监在焉,书板之所萃集"②,集聚效应更加明显。大
量文士也纷纷汇聚新都。在原有雄厚实力的基础上,由于工匠
队伍的壮大和书籍消费的增加,杭州刻书如虎添翼,作为全国刊
刻出版中心的地位愈加突出。以坊刻为例,杭州的棚北大街睦
亲坊中瓦南街和众安桥一带,有不少以家族命名的经坊和书籍
铺,其中陈姓就有四家,尤以陈起父子最负盛名。这些书坊刊刻
精良,如荣六郎所刻《抱朴子内篇》卷二十牌记:"今将京师旧本
《抱朴子》校正刊行,的无一字差讹,请四方收书好事君子幸赐
藻鉴。绍兴壬申六月旦日。"③由此可见书坊主严谨负责的态
度。这些书坊也刊刻小说,如署名"中瓦子张家印"的《大唐三
藏取经诗话》是现存西游取经故事最早的刻本,在《西游记》小
说与宋元话本的发展演变史上具有十分重要的价值。另如标记
"临安太庙前尹家书籍铺刊行"的《续幽怪录》四卷,字用柳体,
十分精美,《四部丛刊》即影印此本。到了元代,杭州的刊刻业
尽管遭受较大打击,如朝廷在至元十五年(1278)将大量刻版搬
运大都,但承宋代之余绪,杭州仍不失全国刊刻中心之一的地
位。王国维说:"元代官书若宋、辽、金三史,私书若《文献通考》
《国朝文类》,亦皆于杭州刊刻,盖良工之所萃,故镂板必于是

---

①　王国维:《两浙古刊本考序》,《王国维遗书》第十二册,上海古籍书店1983
　　年版,第1页。

②　王国维:《两浙古刊本考序》,《王国维遗书》第十二册,上海古籍书店1983
　　年版,第1页。

③　魏隐儒:《中国古籍印刷史》,印刷工业出版社1984年版,第59页。

也……自古刊板之盛未有如吾浙者。"①可见元代的杭州刊刻还是可圈可点。元代的杭州书坊已经较多地刻印戏曲小说，如《关大王单刀会》《尉迟恭三夺槊》《风月紫云庭》《李太白贬夜郎》《霍光鬼谏》《小张屠焚儿救母》等。后世很多的刊本喜好冠以"古杭新刻"的名字，杭刻成了一个被书坊大力宣传的金字招牌。尽管杭州刊刻业绩后来在数量上被苏州、南京、建阳等地赶超，但在质量上的优良传统一直薪火相传。

其次是优质的刻工资源与优越的用纸条件。杭州书坊有技艺高超的刻工，如项南洲是明末清初杭州最负盛名的刻工，技艺精湛，现存所刻《醋葫芦》《西厢记》等十余种小说戏曲，雕刻精美。徽州刻工名扬天下，由于徽州与杭州两地为毗邻州府，往来非常便利，"近水楼台先得月"，徽州刻工汇集杭州，如为容与堂刊本《水浒传》刻板的黄应光、吴凤台等人就是徽州人。技艺精湛的刻工为杭州刊刻业走精品路线提供了强大的技术支持。浙江的造纸也很发达，质地精良，杭州刊刻还有用纸方面的优势。胡应麟记载明人刻书用纸时说："凡印书，永丰绵纸上，常山柬纸次之，顺昌纸又次之，福建竹纸为下，绵贵其白且坚，柬贵其润且厚。"②常山属于浙江，杭州刻书能就近取材，大受其利。杭州的小说刊刻能做到"取梨极精，染纸极洁，镌刻必抢高手"③，离不开优质的刻工资源与优越的用纸条件。

---

① 王国维：《两浙古刊本考序》，《王国维遗书》第十二册，上海古籍书店1983年版，第1页。
② ［明］胡应麟：《少室山房笔丛》卷四《经籍会通》，中华书局1958年版，第57页。
③ ［明］胡应麟：《少室山房笔丛》卷四《经籍会通》，中华书局1958年版，第6页。

大力继承优良的刊刻传统,充分利用优质的刻工资源与优越的用纸条件,杭州书坊刊刻的小说质量精良,主要表现在:

(一)插图精美,刻画细腻。明末清初的书坊十分重视插图对书籍的促销作用,杭州书坊尤其如此。从天启五年(1625)武林刻本《牡丹亭还魂记·凡例》就能看出杭州刻书界在这方面的经营理念,其云:"戏曲无图,便滞不行,故不惮仿摹,以资玩赏。"①小说亦是如此。杭州书坊拥有丰富、精良的刻工资源,加上陈洪绶(绘过《水浒叶子》等)、吴熹、何英等许多知名画家积极参与绘稿,杭州书坊利用精美的插图刊本等比较优势,来与苏州、南京书坊的优质稿源,建阳书坊的灵活多变及低价倾销进行竞争,以打开市场、扩大销路。杭州刊刻的小说插图主要有以下三个特点:

1.人物刻画惟妙惟肖,生动展现人物形象的个性特征。武林容与堂刊本《李卓吾先生批评忠义水浒传》可谓古代小说插图中的精品,其每回正文前配有单面整页大图两幅,共二百幅,"线条也疏朗,人物形象简捷有力,生龙活虎,跃然纸上"②。众多英雄好汉神形兼备,呼之欲出。以李逵的形象刻画为例,《黑旋风沂岭杀四虎》《黑旋风打死殷天锡》等图展现出他疾恶如仇和武艺高强;《黑旋风扯诏谤徽宗》显示出他的至真性情和大无畏的英勇气概;《李逵斧劈罗真人》则绘出李逵的鲁莽、天真;《李逵寿昌乔坐衙》突出其风趣、幽默的性格。这些插图成为小说文本塑造人物形象、突出人物性格的重要手段③。另如夷白

---

① [明]佚名:《牡丹亭还魂记凡例》,国家图书馆藏明天启五年梁台卿刻《词坛双艳》本卷首。
② 薛冰:《插图本》,江苏古籍出版社 2002 年版,第 146 页。
③ 程国赋:《明代书坊与小说研究》,中华书局 2008 年版,第 175—176 页。

堂刊本《海内奇观》的插图，"精美绝伦，世人争相收藏，美国国会图书馆珍藏一部，视若拱璧"①。这些与早先流行的建阳刊本小说插图版面较小，线条粗疏，几乎看不清人物表情的粗糙状况形成强烈反差。

2. 刀法细腻，注重景、人、情三者结合，追求画中有诗的韵味。如杭州峥霄馆刊《型世言》原有插图八十幅，现存二十八幅，刀法细腻，精美可观，具有较浓的文人画气息。爽阁刊本《禅真逸史》中的插图更是让人拍案称绝，"图像似作儿态，然史中炎凉好丑，辞绘之。辞所不到，图绘之。昔人云：诗中有画。余亦云：画中有诗。俾观者展卷，而人情物理、城市山林、胜败穷通、皇畿野店，无一览而尽。其间仿景必真，传神必肖，可称写照妙手，奚徒铅椠为工"②。小说插图将景物环境、人物神态与故事情境三者融为一体，不仅契合故事情节，且能展现小说文字难以言说的妙处，成为小说叙事的重要补充，富含诗意情韵与叙事张力，足见杭州书坊对小说插图的良苦用心和不懈努力。

3. 勇于创新，引领精品时尚。建阳地区刊刻的小说插图起步较早，曾经风靡一时。其主要特点是上图下文，每页一图，数量众多，追求"全像"，构图简单，人物微小，刀法粗糙，带有明显的民间版画痕迹。如余象斗双峰堂刊《京本增补校正全像忠义水浒志传评林》共有一千二百多幅插图，是明代小说插图最多的一部。但画面粗糙，人物的脸庞大多模糊不清，甚至是空白或者大花脸。而杭州刊刻的小说插图勇于创新，较早突破了元刊平话与明代前期上图下文的刊刻形态，创造了在小说正文回前

① 叶树声：《明代武林版画谈》，《津图学刊》1990年第2期。
② ［明］夏履先：《禅真逸史凡例》，方汝浩撰《禅真逸史》卷首，上海古籍出版社"古本小说集成"本，第4页。

以单页布局整幅插图、双面相连为主的大图版面,起到了"导图"与"导读"的作用。在苏州、南京等地兴起这种形式后,杭州的书坊主又不断翻新,如山水邻刊《欢喜冤家》采用了别具一格的上下两层楼式的刊刻形态。杭州的书坊主非常注重小说插图的质量,开拓创新,打造精品,引领时尚。如前文所述容与堂万历三十八年刊本《李卓吾先生批评忠义水浒传》的精美插图,很快就受到了业界的瞩目,被当作仿效的榜样,苏州袁无涯书种堂万历四十二年所刊《李卓吾批评忠义水浒全传》就多处借鉴它,如第九回中的《棒打洪教头》、第十二回中的《青面兽被劫》、第十三回中的《急先锋争功》等插图即是如此。

　　(二)评点认真、精细,多有创新。小说评点带有浓厚的商业性,书商自评与假冒名人评点的现象十分常见,大多质量不高①。但明末清初杭州所刻小说出现了一些评点杰作,多有创新之处。如杭州峥霄馆刊《型世言》每一回前都有翠娱阁主人陆云龙写的"叙""引"和"题词"等回前评,阐述本回故事的思想价值,将形象塑造与品评阐释紧密结合,将小说叙事与评点议论融为一体,且有许多眉批文字,深刻独到,是评点中的精品。另有杭州爽阁刊本《禅真逸史》的评点更是独到,创造性的区别使用诸多符号标记,其《凡例》强调说:"史中圈点岂曰饰观?特为阐奥。其关目照应、血脉联络、过接印征、典核要害之处,则用)),或清新俊逸、秀雅透露、菁华奇幻、摹写有趣之处,则用 O,或明醒警拔、恰适条妥、有致动人处,则用),至于品题揭旁通之

①　关于明代小说评点,参见谭帆:《中国小说评点研究》,华东师范大学出版社 2001 年。林岗:《明清小说评点》,北京大学出版社 2012 年。

妙,批评总月旦之精,乃理窟抽灵,非寻常剿袭。"①评点符号丰富多样,符号使用规范、严谨、系统化,区分细致,内涵丰富,并且注重圈点与回评文字之间的相互补充及前后照应,这在随意性很强的小说评点中难能可贵。杭州刊刻的评点本小说具有较强的创新意识,精品力作多被外地书坊效法、翻刻。如建阳熊清波的诚德堂在万历二十四年所刊《新刻京本补遗通俗演义三国全传》,卷首有《重刊杭州考证三国志传序》,可见杭州出产的经过评点的"考证"本《三国志传》成了翻刻、效仿的对象。

杭州的小说刊刻能多出精品,关键在于书坊主的经营态度。与建阳刊本饱受批评的粗制滥造、鲁鱼亥豕相比,杭州的坊刻态度要严谨得多,所谓"雠勘必悉虎鱼"②。以各地书坊争相刊刻的《水浒传》为例,杭州容与堂本"刊刻精雅"③,态度非常严谨,力求一丝不苟,广受推崇。而闽本《水浒传》,胡应麟评价说:"止录事实,中间游词余韵,神情寄寓处,一概删之。遂几不堪覆瓿。复数十年,无原本印证,此书将永废矣。"④明代郎瑛也批评福建等地的刻书说:"我朝太平日久,旧书多出,此大幸也,亦惜为福建书坊所坏。盖闽专以货利为计,但遇各省所刻好书,闻价高即便翻刊,卷数、目录相同而于篇中多所减去,使人不

---

① [明]夏履先:《禅真逸史凡例》,方汝浩撰《禅真逸史》卷首,上海古籍出版社"古本小说集成"本,第6—7页。
② [明]夏履先:《禅真逸史凡例》,方汝浩撰《禅真逸史》卷首,上海古籍出版社"古本小说集成"本,第5页。
③ 杜信孚:《明代出版简史小考》,《出版史研究》第三辑,中国书籍出版社1995年版,第180页。
④ [明]胡应麟:《少室山房笔丛》卷四十一《庄岳委谈下》,中华书局1958年版,第572页。

知。"①此类现象在闽本中十分常见。相比之下,足见杭刻的态度之严谨、质量之精良。

杭州书坊主为小说刊刻的精品化做出了不懈努力,杭州的小说作家在创作精品上也是不遗余力,呈现以下特色:

(一)对小说地域特色的自觉追求。杭州乃人文荟萃之地,聚集了大量文人士子,其中有许多下层文人以创作通俗文学为生。"湖上笠翁"李渔就是一例典型,他曾两次赴试杭州,又于顺治七年(1650)移居杭州,开始他"卖赋以糊口,吮毫挥洒怡如也"的生涯②。到康熙元年(1662)移居南京,李渔这次在西子湖畔居住了长达十余年之久。在此,他创作了代表清代拟话本小说最高成就的《无声戏》和《十二楼》,其中就有西湖小说的名篇佳作。此外,李渔还创作了《怜香伴》《风筝误》《意中缘》《玉搔头》等六部传奇。康熙十六年(1677),六十七岁的李渔在困顿中怀着浓厚的西湖情结又迁回杭州,住在湖畔吴山东北麓,制联"繁冗驱人,旧业尽抛尘市里;湖山招我,全家移入画图中",表达了在西子湖畔安享晚年的强烈愿望。康熙十九年(1680)农历正月十三,李渔病逝湖畔,葬在杭州方家峪九曜山上,钱塘县令梁允植为他题碣:"湖上笠翁之墓。"可见,李渔与西湖结有不解之缘,终身怀有浓厚的西湖情结。在西子湖畔,他尽享创作的黄金岁月,而且晚年归根于此,逝后长眠于此。西湖成为李渔的人生归宿与精神家园。

除了"湖上笠翁"李渔,西子湖畔还活跃着一个好以"西湖"为名号的小说作家群。笔者初步统计了明末清初以"西

---

① [明]郎瑛:《七修类稿》卷四十五,上海书店出版社 2009 年版,第 665 页。
② [清]黄鹤山农:《玉搔头序》,见《李渔全集》卷五,浙江古籍出版社 1991 年版,第 215 页。

湖"为名号,与小说创作或评论有关的文人,涉及 28 人的 30
个名号(详见附录三)。尽管其真实姓名与生平多已失考,但
都以"西湖"或相关称呼为名号(有些还有多个西湖名号),应
该有着相同或相近的生活经历、文化背景与兴趣爱好。他们
或是挚友,或是同乡,常常会去西湖上悠游吟唱,正如湖海士
《西湖二集序》所说:"水光盈眸,山色接牖……可搜隐迹,寻
幽或以竟日,耽胜乃以忘年。"①湖海士记载"予揽胜西湖而得
交周子",他就是因为游览西湖而结识《西湖二集》的作者周
清原。杭州的小说家常会在西湖上一起交流切磋,讨论小说
创作的相关问题。美丽的湖光山色、动人的胜迹传说与深厚
的西湖文化都会反映在他们的小说创作中,西湖故事信笔拈
来,西湖小说应运而生。明末清初诞生了《西湖一集》《西湖
二集》和《西湖佳话》等一系列以西湖为文化背景与故事场景
的小说集,小说家们表现出对西湖小说与西湖文化的强烈认
同,对杭州地域特色的自觉追求。

(二)对小说艺术的探索与创新。以话本小说为例,从说
话、话本到拟话本,小说艺术在不断地发展进步,杭州的小说
家为此做出了不懈努力与大胆探索。李渔认为"文字莫不求
新","不新可以不作"②,正是有了这种创新意识,明末清初的
杭州小说家在艺术探索中敢为人先,刻意求新,具体表现
如下:

1.回目精致。以周清原的《西湖二集》为例,其回目相邻

---

① [明]湖海士:《西湖二集序》,周清原撰《西湖二集》,周楞伽整理,人民文
学出版社 1999 年版,第 565 页。
② [清]李渔:《窥词管见》,《李渔全集》卷二,浙江古籍出版社 1991 年版,
第 509 页。

两则形成工整的对偶，全书三十四卷形成十七组，如第一卷
"吴越王再世索江山"与第二卷"宋高宗偏安耽逸豫"，第三卷
"巧书生金銮失对"与第四卷"愚郡守玉殿生春"，第十一卷
"寄梅花鬼闹西阁"与第十二卷"吹凤箫女诱东墙"即是，显然
是精心设计的结果。李渔的《无声戏》也是如此，在日本尊经
阁文库藏伪斋主人序刊本中，第一回"丑郎君怕娇偏得艳"与
第二回"美男子避惑反生疑"，第三回"改八字苦尽甘来"与第
四回"失千金福因祸至"，第五回"女陈平计生七出"与第六回
"男孟母教合三迁"等等，十二则回目中紧邻的两则形成非常
工整的对偶，都是精心雕琢与苦心经营的结果。艾衲居士《豆
棚闲话》的回目也是紧邻的两则形成精致的对偶①，如第一则
"介之推火封妒妇"与第二则"范少伯水葬西施"，第三则"朝

---

① 《豆棚闲话》的康熙写刻本题"圣水艾衲居士编""鸳湖紫髯狂客评"，而
　乾隆四十六年书业堂刊本题"圣水艾衲居士原本""吴门百懒道人重
　订"。胡适《〈豆棚闲话〉序》说："鸳湖在嘉兴，圣水大概就是明圣湖，即
　杭州西湖。作者评者当是一人，可能是杭州嘉兴一带的人。"（欧阳哲生
　编：《胡适文集》第 8 卷，北京大学出版社 1998 年版，第 454 页。）上海古
　籍出版社 1982 年的《出版说明》则说："杭州西湖旧名明圣湖，又今杭州
　慈圣院有吕公池，宋乾道年间，有高僧取池水咒之以施，病者取饮立
　愈，号圣水池。如果艾衲居士所题圣水即指此，那么他可能是杭州人。"
　胡士莹在《话本小说概论》中提到此书"或云为范希哲作"，范希哲为杭
　州人。杜贵晨在《论〈豆棚闲话〉》（《明清小说研究》1988 年第 1 期）对
　此表示质疑。美国学者韩南则提出另一个杭州小说家王梦吉可能是《豆
　棚闲话》的作者。（参见韩南：《中国白话小说史》，浙江古籍出版社 1989
　年版，第 191、225 页。顾启音在中华书局 2000 年版《豆棚闲话·醒梦骈
　言》卷首的《豆棚闲话序说》中持相同观点。）刘勇强《风土·人情·历
　史——〈豆棚闲话〉中的江南文化因子及生成背景》（《清华大学学报（哲
　社版）》2010 年第 4 期）经过详细考证，认为将艾衲居士定为杭州人证据
　不足，不过又认为"艾衲居士及其同好们，当在狭义的江南一带寻找"。
　本文认为艾衲居士是寓居杭州者或者就是杭州本地人。

奉郎挥金倡霸"与第四则"藩伯子破产兴家",第五则"小乞儿真心孝义"与第六则"大和尚假意超升"等等,十二则回目形成六组十分工整的对偶句,可谓用心良苦。上述杭州小说家在回目的经营上显然表现出共同的爱好,尤其是对相邻单句回目的对偶设置上颇为用心。尽管冯梦龙在"三言"中也是有意识地将相邻的单句回目做成对偶,但不如他们做得精致工整,如《警世通言》第三卷"王安石三难苏学士"与第四卷"拗相公饮恨半山堂",第七卷"陈可常端阳仙化"与第八卷"崔待诏生死冤家"等诸多例子,对仗不甚工整。杭州的小说家在双句回目设计上也有创意,如日本佐伯文库所藏《连城璧》内编十二回与外编六卷的回目对仗都非常工整,第一回"谭楚玉戏里传情 刘藐姑曲终死节",第二回"老星家戏改八字 穷皂隶随发万金"等,两两对偶,音韵谐婉,富有文采,不仅简要概括了本回的情节梗概,而且提炼出故事的内涵与立意,已经初具《红楼梦》回目的雏形。另如陆云龙的《魏忠贤小说斥奸书》八卷四十回统一为七言双句回目,陆人龙的《型世言》《辽海丹忠录》也均为双句回目,对仗工整。

2.结构精巧,独具匠心。杭州小说家在小说结构上也是匠心独运,如李渔《十二楼》巧妙地以"楼"串联十二个故事,构思巧妙。艾衲居士《豆棚闲话》用"豆棚"把十二个独立的故事巧妙连缀,乡老们在豆棚下的十二次聚会上轮流讲说故事,配合以季节的转换与景物的变化,构成整部小说的基本框架,别具一格,比《十二楼》更加自然生动,贴切紧凑。另如醉西湖心月主人的《宜春香质》与《弁而钗》,体例结构颇有讲究,两书各有四集(纪),《宜春香质》分为风、花、雪、月四集,《弁而钗》分为情贞、情侠、情烈、情奇四纪。每集都是五回,各叙四个男风故事。

而且两部小说都紧扣一个"情"字,分置"美善"与"丑恶"两个板块,形成正反对应与互联互补。《宜春香质》四集严厉谴责见利忘义、朝秦暮楚之人,让他们死于非命以示惩戒;《弁而钗》则热情赞颂贞、侠、烈、奇之人,为每对有情人安排了升仙善终的完美结局。两组故事一正一反,相互映衬,相得益彰。两部小说既具有相对独立性,又互相照应,在结构上可以看作一个有机整体。

3.情节奇中出奇,因巧释巧,波澜起伏,变幻莫测。杭州小说家在情节设计上也是大胆尝试。如艾衲居士在《豆棚闲话》的情节构思上,"化嘻笑怒骂为文章,莽将二十一史掀翻"[1],将圣贤人物和经典故事进行大胆解构,然后再根据明末清初的社会现实加以翻案重构,把小说情节敷演得"苍茫花簇,像新闻不像旧本",达到了"绝新绝奇"的独特效果[2]。李渔则善于设置悬念,让小说情节曲折生动,巧中出巧,出人意料。评点家杜濬认为李渔的小说"极人情之诡变,天道渺微。从巧心慧舌,笔笔钩出"[3],让读者惊叹不已,不忍释卷,具有强烈的艺术感染力,但又不脱离现实生活,不以"怪力乱神"取胜,而是在符合现实情理与生活逻辑的前提下,制造连环意外,跌宕起伏,扑朔迷离,却又合情合理,不显荒诞,"妙在事事在人意想之外,又事事在人意想之中,所以从来为小说冠"[4],在意料之外与情理之中两

---

① [清]天空啸鹤:《豆棚闲话·序》,艾衲居士撰《豆棚闲话》卷首,上海古籍出版社"古本小说集成"本,第4—5页。
② [清]艾衲居士:《豆棚闲话》第二则总评,上海古籍出版社"古本小说集成"本,第56—57页。
③ [清]杜濬:《连城璧序》,见《李渔全集》第四卷,浙江古籍出版社1992年版,第247页。
④ 丁锡根:《中国历代小说序跋集》,人民文学出版社1996年版,第822页。

者之间取得很好的平衡。如《十二楼·闻过楼》中,呆叟在搬家后经历"三桩横祸、几次奇惊",峰回路转,柳暗花明,读来让人瞠目结舌、心有余悸,最终才恍然大悟,原来这一切都是朋友故意设局来考验他。故事离奇但符合逻辑常理。李渔自称:"不效美妇一颦,不拾名流一唾,当时耳目,为我一新。使数十年来,无一湖上笠翁,不知为世人减几许谈锋,增多少瞌睡?"①此话固然有自诩的成分,但他在小说情节上出奇弄巧的创新能力确实让人佩服。

4. 尚情与说教的极端化,剑走偏锋,引人注目。杭州与苏州都是著名的小说创作和刊刻中心,诞生了许多经典名著,但两地作品在这一点上的差异明显。如成于苏州的"三言",尽管有道德说教与色欲描绘,但基本上能与故事情节紧密结合,态度持平②。但杭州的小说名著爱走偏锋,极端化较为突出,具体表现为:

其一,尚情者则以情色为上,淫秽不堪,过犹不及。如西湖渔隐主人撰、杭州山水邻刊《欢喜冤家》充斥了大量的性描写,尤其是第四回"香菜根乔装奸命妇"、第八回"铁念三激怒诛淫妇"等,大肆渲染女性在婚外恋中的疯狂情态,甚至表现出对色相肉欲的欣赏与迷醉。醉西湖心月主人撰、杭州笔耕山房刊《宜春香质》与《弁而钗》更是津津乐道于肉欲描写,甚至理直气

---

① [清]李渔:《与陈学山少宰》,《李渔全集》第一卷,浙江古籍出版社 1992 年版,第 164 页。

② 李忠明:《17 世纪中国通俗小说编年史》,安徽大学出版社 2003 年版,第 107 页。

壮地为男风、淫乱辩护,宣称"始以情合,终以情全,大为南风增色"①。

其二,说教者则生搬硬套伦理教条,空洞枯燥,令人生厌。如陆人龙撰、峥霄馆刊《型世言》中,"一死行吾是,芳规良可钦"之类的说教比比皆是②。陆云龙《清夜钟》更是"将以明忠孝之铎,唤省奸回"③,如第一回《贞臣慷慨杀身　烈妇从容就义》对忠臣与烈妇的推崇无以复加。第二回《村犊浪占双桥　洁流竟沉二璧》赞扬童养媳钮氏与顾氏的愚孝,她们竟然为掩盖婆婆的肮脏丑闻而双双自尽,委曲求全到丧失了自己最基本的人格尊严。明末清初杭州小说界这种极端化倾向,究其原因,除了受当时王学左派与程朱理学的交叉影响,社会风尚急剧摇摆于两个极端之间而产生的逆反失序以外,还与书坊主与小说家对市民审美趣味的刻意迎合不无关系。极端化的剑走偏锋自然需要虚构许多奇人奇事奇情,以吸引更多的市井民众,扩大小说的销路。

5. 小说语言的创新。以李渔为代表的杭州小说家在语言艺术上颇为用功。清初刘廷玑《在园杂志》评价李渔的小说为"造意纫词,皆极尖新"④,赞赏他的小说语言极富创新创意。孙楷第也说:"观笠翁诸作,篇篇竞异,字字出奇,莫不摆落陈诠,自

①　[明]醉西湖心月主人:《弁而钗·情贞纪》第一回,巴蜀书社1995年版,第797页。
②　[明]陆人龙:《型世言》第十回《烈妇忍死殉夫　贤媪割爱成女》,上海古籍出版社"古本小说集成"本,第448页。
③　[明]陆云龙:《清夜钟·序》,上海古籍出版社"古本小说集成"本,第6页。
④　[清]刘廷玑:《在园杂志》卷一,引自《李渔全集》第十九卷,浙江古籍出版社1992年版,第311页。

矜创作。"①他又指出:"以文而论,差不多都是戛戛独造,不拾他人牙慧的。""我们看他的小说,真觉得篇篇有篇篇的境界风趣,绝无重复相似的毛病。这是他人赶不上的……说到清朝的短篇小说,除了笠翁外,真是没有第二人了。"②赞誉如此之高,一个重要因素是李渔在小说语言上刻意追求创新。韩愈《答李翊书》云:"惟陈言之务去,戛戛乎其难哉!"慨叹语言创新之艰难不易。李渔的小说却能不拾他人牙慧,力求字字出奇,其好友包璿指出:"笠翁游历遍天下,其所著书数十种,大多寓道德于诙谐,藏经术于滑稽,极人情之变,亦极文情之变。"③古人在道德与经术面前常常是正襟危坐,显得刻板拘谨,遣词造句讲究雅正古奥。而李渔的小说语言大异其趣,篇篇追求风趣幽默,表现出难得的探索与创新,如《十二楼·拂云楼》渲染"丑妇"出场,幽默诙谐,形象风趣,富有艺术表现力。另如《豆棚闲话》"文笔雅洁丰赡,却是话本中少有的"④,深为后世称道。

此外,鸳林斗山学者《跨天虹》、西泠狂者《载花船》和醉西湖心月主人《宜春香质》等杭州小说家的作品,大都表现出类似的艺术探索与创新努力,如在形式上讲究分卷分则,成组叙说故事等。这些相同或相似的艺术特色,打下了杭州小说家们互相影响、共同努力的集体印记,在一定程度上反映出他们在创作上的整体风貌。尽管杭州小说家的一些努力探索,如"尚情"鼓吹

---

① 孙楷第:《李笠翁著〈无声戏〉即〈连城璧〉解题》,《国立北平图书馆馆刊》第 6 卷第 1 号,1932 年 5 月。

② 孙楷第:《李笠翁与〈十二楼〉》,《图书馆学季刊》第 9 卷第 3、4 期合刊,1935 年 12 月。

③ 〔清〕包璿:《李先生〈一家言全集〉叙》,《笠翁一家言文集》卷首,见《李渔全集》第一卷,浙江古籍出版社 1992 年版,第 1 页。

④ 赵景深:《中国小说丛考》,齐鲁书社 1980 年版,第 400 页。

与道德说教的极端化具有争议,但他们的探索勇气与创新精神是其他地方的小说家有所不及的,他们对小说艺术的贡献也是不可磨灭的。这也是明末清初西湖小说大量涌现并取得较高成就的重要原因。

三、典范:书坊主与小说家的密切合作

在中国古代小说创作与传播史上,苏州叶敬池、天许斋书坊等与小说家冯梦龙合作推出"三言",苏州安少云的尚友堂与凌濛初合作推出"二拍"被奉为合作的典范。明末清初杭州的书坊主与小说家的关系也相当密切,且别具特色,其主要表现为:

(一)集精明的书商与多才的小说家两种角色于一身,成为文士型的书坊主。早在明代嘉靖年间,钱塘文士洪楩就为杭州的小说刊刻做出了榜样。他出生于书香世家,祖父洪钟是成化十一年(1475)进士,善诗能文,官至刑部尚书。父亲洪澄为正德五年(1510)举人,官至中书舍人、翰林院待制。洪楩在祖父洪钟的"两峰书院"的基础上购书藏书,扩大规模,构筑了"清平山堂",刊有《夷坚志》《唐诗纪事》等多种书籍。洪楩博学多才,眼光独到,是一位典型的文士型书坊主。清代藏书家丁申《武林藏书录·洪氏列代藏书》称赞洪楩说:"承先世之遗,缥缃积益。馀事校刊,既精且多。迄今流传者,如《路史》见于《天禄琳琅》,称其校印颇佳,深于嗜古;《文选》见于《平津馆鉴赏记》,田叔禾序称其得宋本重刊,校雠精致,逾于他刻,且文雅有足称者。"①赞誉颇高。洪楩编刊的《六十家小说》分《雨窗》《长灯》

---

① 　[清]丁申:《武林藏书录》卷中,古典文学出版社1957年版,第44页。

《随航》《欹枕》《解闲》《醒梦》六集,每集十卷,共六十卷,勤搜宋元旧篇,分类合理,是现存最早的一部话本小说选集,在小说史上具有崇高的地位。

典型的范例还有杨尔曾、陆云龙等人,他们既经营书坊,又自编自撰,商业头脑与文化意识兼备。杨尔曾(约1575—?),杭州钱塘人,号雉衡山人、雉衡逸史、卧游道人、六桥三竺主人等。他是一位典型的文士兼书商,产量颇丰,曾以"草玄居"为名,编撰刊行了《新镌仙媛纪事》《许真君净明宗教录》《吴越春秋注》等,另有小说《狐媚丛谈》;以"夷白堂"为名,编撰刊行了《图绘宗彝》《文子缵义》《许真君净明宗教录》等,另有《海内奇观》《新镌通俗三国演义便览》等小说;以"武林人文聚"和"泰和堂"为名,编撰刊行了《韩湘子全传》和《新镌东西晋演义》等小说①。可见杨尔曾是一位文人、学者型书坊主,自撰自刊,能为自己的书坊提供充足、优质的稿源,不像建阳等地的书坊受稿源的掣肘,只得求助所谓"京本"、"杭本",或者雇人捉刀代笔,粗制滥造。另如钱塘人陆云龙,其书坊号为"峥霄馆"与"翠娱阁"。他因家贫而放弃科举,转营书坊,文化修养较高,经济意识很强,编刊的《魏忠贤小说斥奸书》《皇明十六家小品》等在通俗小说与小品文流行的晚明时期非常畅销,商业效益大获成功。与大多唯利是图的书商不同,陆云龙兼具文人的多才手笔,能创作深受读者喜爱又颇具艺术成就的作品。如他创作的《魏忠贤小说斥奸书》就因为满足读者对魏忠贤传奇人生的强烈兴趣而一举成功。其刊刻的质量也属上乘,"原刻本有图与旁批、眉

---

① 龚敏:《小说考索与文献钩沉·明代出版家杨尔曾编撰刊刻考》,齐鲁书社2010年版,第183—211页。

批、回评,文字清晰,刻印精美,属明版小说中的上品"①。杭州众多文士型的书坊主集书商与小说家于一身,使小说创作与刊刻既有经济效益,又不失文学价值,能较好地将二者结合。这是同时代建阳等地的商贩型书坊主唯利是图,为了满足稿源而东拼西凑、粗制滥造的现象所远远不及的。

（二）一些书坊主与小说作家具有兄弟、挚友与同乡关系,亲情、友情与乡情的纽带使书坊主与小说作家容易沟通,互相理解,从而减少因酬金多少与审美差异而造成的摩擦和冲突,形成一个共同体,更具凝聚力与团结协作精神。如此,小说刊刻与创作能更好地相互促进,良性互动。值得一提的是他们还会针对某一时期市场需求的热点,同声相应,同气相求,共同掀起一股小说创作与刊刻的高潮。如峥霄馆主人陆云龙创作、刊刻的时事小说《魏忠贤小说斥奸书》大获成功。由于时事小说注重时效性与新闻性,时间紧迫,为了抢占市场先机,他将弟弟陆人龙拉入创作队伍,很快就创作、出版了反映新近辽东战事的《辽海丹忠录》,同样成绩斐然。陆氏兄弟的《魏忠贤小说斥奸书》与《辽海丹忠录》大获成功,肯定会带动一批小说家与书坊主朝这个方向努力,在杭州小说界掀起一股时事小说创作与刊刻的热潮。这既是书坊主竞争逐利的本性,又是小说家共同的创作兴趣与热情使然。现存《皇明中兴圣烈传》《镇海春秋》等一批时事小说的作者与原刊者已经失考,但从其署名"西湖义士""西湖野臣"来看,它们的诞生应该与杭州小说家、书坊主有密切的关系。此后,陆氏兄弟真诚合作,又创作、评点、刊刻了《型世

---

① 侯忠义:《魏忠贤小说斥奸书前言》,陆云龙撰《魏忠贤小说斥奸书》卷首,上海古籍出版社"古本小说集成"本,第1页。

言》,成为明末拟话本小说的典型代表之一,留下了小说创作与刊刻的一段佳话。另如笔耕山房的周围也聚集着西湖渔隐主人、醉西湖心月主人等一批好以"西湖"为名号的小说作家,其真实姓名与生平已经失考,但应该属于一个志同道合、兴趣相投的"沙龙"式群体,并与一些文人出身的书坊主或是挚友,或是同乡,交往密切。

四、"生意经":杭州书坊主的新气象

明末清初的杭州书坊除了上述特点以外,还出现了一些新的气象,念起别具特色的"生意经",具体表现如下:

(一)广纳人才,广搜善本与稿源。杭州由于交通便利与商业发达,书籍经营与收藏风气浓厚,成了全国最大的图书贸易集散地之一,吸引了很多人前往杭州以贩书为业,如徐北溟"补县学生,家酷贫,无以自给,乃赴杭州贩书为业"[①],另有鲍雯"急欲以功名自奋。既而连试有司,不得志……脱儒冠往武林运策以为门户计"[②]。杭州发达的书籍贸易招徕大量优秀人才,有利于书坊业的繁荣发展。杭州的书商为搜集善本与图书货源不遗余力。胡应麟说:"越中刻本亦希,而其地适东南之会,文献之衷,三吴七闽,典籍萃焉,诸贾多武林龙丘,巧于垄断。每睇故家有储蓄,而子姓不才者,以术钩致,或就其家猎取之。楚蜀交广,便道所携,间得新异,关洛燕秦,仕宦囊装,所携往往寄鬻市中,省

---

① [清]王端履:《重论文斋笔录》卷六,道光二十六年刊本。
② [清]鲍存良等:《歙县新馆鲍氏著存堂宗谱》卷二《解占弟行状》,光绪元年著存堂活字本。

试之岁,甚可观也。"①杭州书商为了获得优质稿源与善本,可谓处心积虑,甚至不择手段,想方设法引诱藏书世家中的败家子弟出让珍藏。本地满足不了需求,他们就去福建、江苏、河南等地大力搜集优质稿源与精品货源,触角甚至伸到千里之外的四川、陕西等地。

（二）广布销售网络,利用不同时令节日打造黄金消费期。杭州的图书贸易网络十分发达,据胡应麟记载:"凡武林书肆,多在镇海楼之外,及涌金门之内,及弼教坊、及清河坊,皆四达衢也。省试则间徙于贡院前;花朝后数日,则徙于天竺,大士诞辰也;上巳后月余,则徙于岳坟,游人渐众也。"②杭州的书坊书铺遍布全城,镇海楼与清河坊等处已经毗邻西湖,岳坟、昭庆寺、涌金门等地正处在西湖景区范围之内。众多固定或流动的书铺书摊组成了一张张密集的销售网络,覆盖全城,甚至利用舟船远销苏州等地③。他们还善于利用时令进行节日营销,如农历二月份的花朝节、观音诞辰日,三月份的上巳节、清明节等等,成了杭州图书销售的黄金期与嘉年华。

（三）大力开发书籍细分市场。杭州书坊主已经敏锐注意到书籍消费的市场差异化现象,开发细分市场,努力满足不同时节、场合与读者群体的需求,不断增加利润增长点。胡应麟记载杭州的书市说:"省试则间徙于贡院前;花朝后数日,则徙

---

① ［明］胡应麟:《少室山房笔丛》卷四《经籍会通》,中华书局1958年版,第57页。

② ［明］胡应麟:《少室山房笔丛》卷四《经籍会通》,中华书局1958年版,第56页。

③ 如童少瑜就是有名的书船书商,叶昌炽《藏书纪事诗》记载他"从其父以鬻书为业,往来吴越间,买一舫不能直项,帆樯下皆贮书"。归有光《送童少瑜序》也说:"越中人多往来吾吴中,以鬻书为业。"

于天竺,大士诞辰也;上巳后月余,则徙于岳坟,游人渐众也。梵书多鬻于昭庆寺,书贾皆僧也。"①书摊在不同时节的不同活动中流徙于贡院、天竺、岳坟、昭庆寺等处,针对不同的人群兜售他们喜好的书籍。科举考试期间,贡院书市兴起,书商云集贡院门前,推销八股文选本等科举用书,当然还有包括西湖小说在内的小说作品。因为以秀才为主的科举士子是明清小说的主要读者群之一②。前文所引徐北溟、鲍雯等书贩曾是科举士子,他们对科举用书的市场需求当然十分了解。如昭庆寺内的宗教书市卖的主要是针对香客与僧人的佛经。西湖小说的繁荣当然离不开这些书商的灵敏嗅觉。西湖是旅游胜地,古吴墨浪子《西湖佳话序》云:"宇内不乏佳山水,能走天下如骛,思天下若渴者,独杭之西湖。"③针对纷至沓来的天下游客,还有本土的众多消费群体,创作、刊刻与销售西湖小说是一本不错的"生意经"。

(四)各家书坊合作刊刻、发行,组成松散的商业联盟。杭州的商业非常发达,书坊主整合行业资源,各自发挥分工合作的比较优势,如刊刻于明代天启年间的《关尹子》封面上印有"读书坊藏版,杭城段景亭发行",《鬼谷子》印有"横秋阁藏版,虎林嘉橱里张衙发行",大连图书馆藏会敬堂刻本小说《西湖佳话》的封面印有"杭城清河坊下首文翰楼书坊发兑"字样,自愧轩刊

---

① [明]胡应麟:《少室山房笔丛》卷四《经籍会通》,中华书局1958年版,第56页。

② 大木康:《关于明末白话小说的作者与读者》,《明清小说研究》1988年第2期。

③ [清]古吴墨浪子:《西湖佳话·序》,上海古籍出版社"古本小说集成"本,第1页。

本《西湖拾遗》内封钤有"杭城十五奎巷内玄妙观间壁青墙门内本衙发兑"。此前一般只标明某家书坊,笼统地使用"梓行""刊行""印行"等词。而明确标示由另一家书坊发行,并不多见。清河坊和十五奎巷都靠近西湖,由此可见西湖小说、杭州书坊与西湖之间的密切关系。

此外,杭州书坊的版权维护意识较强,如静常斋刊本《月露音》四卷,每卷印有编者的姓名,四卷各不相同。封面上严正声明"不许翻刻","如有翻刻,千里究治"①。这些都是杭州书坊颇具特色之处。

明末清初杭州的小说刊刻与创作,在古代小说史上具有重要价值。就刊刻而言,杭州的小说刊刻具有承上启下的典型意义,既是明代后期通俗小说再度繁荣之前小说刊刻史的一个小结,又为明末清初西湖小说的兴盛准备了物质基础。为了应对激烈的市场竞争,杭州书坊主注重以品质取胜,大胆尝试多种经营策略,且带有"行业自律"的因素,这无疑会对后世的小说刊刻产生积极影响。在创作上,杭州小说家用心良苦,不断探索,追求创新,给日趋僵化的拟话本创作注入了新鲜血液,尽管没能挽救其江河日下的颓势,但他们的探索和创新已为清代章回小说的某些艺术技巧积累了经验。从上文所辑录的明末清初中长篇小说作家的分布情况,以及他们对地域特色的自觉追求可以看出,具有相同地域文化背景的作家已经成为推动小说艺术发展、形成中国古代小说民族特色的一支重要力量。这些都有助于西湖小说的兴盛。

---

① 周林:《中国版权史研究文献》,中国方正出版社1999年版,第13页。

第四节　杭州史志与西湖故事

西湖拥有秀丽的自然风光、丰富的名胜古迹、卓越的创业历史和深厚的人文精神。这是一片富有传说的土地,无论是书面记载,还是口头流传,都生动记录了这里的春夏秋冬与兴衰荣辱。这些西湖故事为西湖小说创作提供了直接的素材,其主要来源有方志、史料笔记、宋元小说与民间故事等。

一、方志与史料笔记

"江浙人文繁盛,修志撰史之风蔚然"①。以杭州与毗邻的绍兴等地为中心的浙江具有源远流长的修志传统,清代著名学者洪亮吉《澄城县志序》云:"一方之志,始于《越绝》。"东汉会稽(今绍兴)人袁康与吴平辑录的《越绝书》记述春秋战国时期越地的山川、风土、物产、人物与历史沿革等内容,与后世方志的体例、内容很近,被誉为"方志鼻祖"。秉承这种修志传统,杭州具有悠久的修志历史,藏有大量的史志文献,它们详细记载了历代的人物掌故与轶闻遗事。其中对明末清初西湖小说的取材产生重要影响的有以下几种:

1."临安三志",即南宋乾道、淳祐、咸淳年间先后三次修纂的《临安志》,记载详赡,征引赅洽,为我国古代方志的上乘之作,成为后世修志的圭臬。其中,周淙修纂的《乾道临安志》原书十五卷,到了清代残存三卷,卷三"牧守"介绍了自三国至

---

① 根据张国淦先生的统计,浙江省共有宋代方志139种,元代方志39种,明代方志49种。张国淦:《中国古方志考》,中华书局1962年版,第32页。

宋乾道初年杭州历任地方官一百八十三人的生平和宦绩，《四库全书总目》称其是"南宋地志中为最古之本，考武林掌故者，要必以是书称首焉"①。陈仁玉修纂的《淳祐临安志》征引完备，叙述简雅，特别是"山川门"的记述甚为详尽②。潜说友修纂的《咸淳临安志》分山川、文事、人物、祥异、纪遗等二十门，颇有条理，记载丰富，被誉为方志中的"上驷"。三志体例完备，叙述精详，征考详覆，许多内容为明代田汝成修纂《西湖游览志》《西湖游览志余》，清代翟灏、翟瀚修纂《湖山便览》，李卫、傅王露修纂《西湖志》等广泛征引，从而影响了后世西湖小说的创作题材。

2.《都城纪胜》一卷，宋耐得翁撰，详记南宋临安的都市生活，分市井、诸行、三教外地等十四门，记录作者目睹耳闻的实况。其中"瓦舍众伎"条记述当时的民间文艺，尤其是说话伎艺。"说话有四家"列举了小说、说公案、说经、讲史书和合生等条目。

3.《梦粱录》二十卷，宋末元初吴自牧撰，《四库全书总目提要》称其"所记南宋郊庙宫殿，下至百工杂戏之事，委曲琐屑，无不备载"③。卷一至卷六，按季节详记南宋朝廷的礼仪活动；卷七以下分别记载临安的地理、宫殿、湖山、祠庙、店肆等，十分详尽；卷二十"小说讲经史"条，记述当时临安说话伎

① ［清］永瑢等:《四库全书总目》卷六八，中华书局 1965 年版，第597—598 页。

② 《淳祐临安志》曾长期被误为施谔编纂，洪焕椿先生根据《永乐大典》所收陈仁玉《淳佑临安志序》予以辨正。见洪焕椿《浙江方志考》，浙江人民出版社 1984 年版，第41—43 页。

③ ［清］永瑢等:《四库全书总目》卷七〇，中华书局 1965 年版，第625—626 页。

艺的情况。

4.《西湖老人繁胜录》一卷,南宋西湖老人撰,其姓名事迹无考。该书详载南宋京城临安的都市生活,"大抵嬉游之事,以繁华靡丽相夸"①。"瓦市"条记录杭州勾栏的说话活动。

5.《武林旧事》十卷,宋末元初人周密撰,记载南宋都城临安遗事,"目睹耳闻,最为真确"②,寄寓了作者追念故国的情怀。卷一"圣节"条记载理宗朝寿筵乐次;卷四记载故都宫殿名目及乾淳教坊乐部;卷六"诸色伎艺人"条列举书会、演史、说经诨经、小说、诸宫调等;卷九记高宗幸张府节次等。其对后世西湖小说的取材有一定影响,如《西湖二集》第二卷《宋高宗偏安耽逸豫》、《喻世明言》第三十九卷《汪信之一死救全家》的头回部分取材于该书卷三所记"湖中土宜""赶趁人",以及高宗游酒肆改诗词和宋五嫂善作鱼羹等事迹。

6.《西湖游览志》二十四卷,编撰者田汝成(1503—1557),字叔禾,杭州钱塘人,为嘉靖五年(1526)进士,擅长文词,熟悉杭州掌故。该书详载西湖胜迹,《四库全书总目》评曰:"是书虽以游览为名,多记湖山之胜,实则关于宋史者为多,故于高宋而后偏安逸豫,每一篇之中三致意焉……因名胜而附以事迹,鸿纤钜细,一一兼核,非唯可广见闻,并可以考文献。"③

7.《西湖游览志余》二十六卷,田汝成编撰,漫记西湖名胜来历及传说,侧重掌故逸闻,文学色彩较浓。本书初刻于嘉靖年间,万历年间又有翻刻本,版本较多,影响广泛,许多明末清初西湖小说直接取材于此。笔者结合阿英《〈西湖二集〉取材的来

---

① [清]永瑢等:《四库全书总目》卷七七,中华书局1965年版,第671页。
② [清]永瑢等:《四库全书总目》卷七〇,中华书局1965年版,第626页。
③ [清]永瑢等:《四库全书总目》卷七〇,中华书局1965年版,第618页。

源》(载《小说闲谈》,古典文学出版社 1958 年版)与刘世德主编《中国古代小说百科全书》(中国大百科全书出版社 1998 年修订本),将《西湖游览志余》的主要内容与明末清初西湖小说题材的对应关系进行分析,制表如下:

明末清初西湖小说题材与《西湖游览志余》对应关系简表

《西湖游览志余》卷数	《西湖游览志余》相关内容	明末清初西湖小说题材与《西湖游览志余》相关的篇目
卷一、二《帝王都会》	记历代建都杭州的帝王故事。	《西湖二集》第一卷《吴越王再世索江山》、《西湖佳话·钱塘霸迹》的内容几乎全见于此。另有《警世通言》第六卷《俞仲举题诗遇上皇》"太上皇幸灵隐寺遇行者"、第二十三卷《乐小舍拼生觅偶》中"钱王射潮",《喻世明言》第三十九卷《汪信之一死救全家》(头回),《西湖二集》第三卷《巧书生金銮失对》、第四卷《愚郡守玉殿生春》、第五卷《李凤娘酷妒遭天遣》、第七卷《觉阇黎一念错投胎》等取材于此。
卷三《偏安佚豫》	记偏安杭州的南宋王朝遗事。	《西湖二集》第二卷《宋高宗偏安耽逸豫》,《麹头陀传》第一至三则,《警世通言》第二十三卷《乐小舍拼生觅偶》中的观潮盛况,《西湖二集》第三卷《巧书生金銮失对》等取材于此。

卷四、五《佞倖盘荒》	记宋以来诸奸佞劣迹。	《喻世明言》第二十二卷《木绵庵郑虎臣报冤》、第三十二卷《游酆都胡母迪吟诗》,《西湖二集》第七卷《觉阇黎一念错投胎》,《鸳鸯配》中贾似道的荒淫误国等取材于此。
卷六《版荡凄凉》	记杭州的兵祸。	《西湖二集》第十卷《徐君宝节义双圆》、第二十六卷《会稽道中义士》等取材于此。
卷七至九《贤达高风》	记与杭州有关的忠臣义士。	《西湖佳话》之《孤山隐迹》《三台梦迹》,《型世言》第十四回《千秋盟友谊 双璧返他乡》等取材于此。
卷十至十三《才情雅致》	记历代居住杭州的文人吟咏之事。	《西湖二集》第一卷《吴越王再世索江山》(头回)、第二十三卷《救金鲤海龙王报德》,《西湖佳话》之《白堤政迹》《六桥才迹》等取材于此。
卷十四、十五《方外玄踪》	记僧道逸闻。	《西湖二集》第一卷《吴越王再世索江山》,《西湖佳话》之《葛岭仙迹》《灵隐诗迹》《南屏醉迹》《虎溪笑迹》《三生石迹》《放生善迹》,《西湖二集》第八卷《寿禅师两生符宿愿》,《喻世明言》第三十卷《明悟禅师赶五戒》,《麴头陀传》第八、十二、十七则,《醉菩提传》第九、十回等取材于此。

卷十六《香奁艳语》	多记妓女可称道者。	《西湖佳话》之《西泠韵迹》《白堤政迹》《六桥才迹》,《拍案惊奇》第二十五卷《赵司户千里遗音 苏小娟一诗正果》,《西湖二集》第十六卷《月下老错配本属前缘》,《情史》之《韩汝玉》《王生陶师儿》《司马才仲》《周子文》等取材于此。
卷二十一至二十五《委巷丛谈》	记杭州街道桥衢沿革及民间传闻,最富小说意味。	《西湖二集》第一卷《吴越王再世索江山》、第三卷《巧书生金銮失对》、第四卷《愚郡守玉殿生春》、第五卷《李凤娘酷妒遭天遣》、第二十四卷《认回禄东岳帝种须》,《警世通言》第六卷《俞仲举题诗遇上皇》,《西湖佳话·钱塘霸迹》,《僧尼孽海》之《灵隐寺僧》《临安寺僧》《杭州尼》《西湖庵尼》《情史·僧了然》,《石点头》第十卷《王孺人离合团鱼梦》,《拍案惊奇》第二十六卷《夺风情村妇捐躯 假天语幕僚断狱》(头回),《二刻拍案惊奇》第十四卷《赵县君乔送黄柑 吴宣教干偿白镪》(头回)、第三十九卷《神偷寄兴一支梅 侠盗惯行三昧戏》(头回)"我来也"条等取材于此。
卷二十六《幽怪传疑》	为志怪传奇故事。	《西湖二集》第十四卷《邢君瑞五载幽期》,《情史·西湖水仙》,《情史·泥孩》等取材于此。

明末清初至少有五十二篇西湖小说的取材与《西湖游览志

余》相关,约占本文研究对象的一半。可见,《西湖游览志余》对西湖小说的题材影响甚大,可以说是上承宋元方志笔记,下启明末清初西湖小说,是西湖小说题材的宝库。此外,该书卷十七至十八《艺文鉴赏》记书画家故事,卷十九《技术名家》记医卜星相诸术,卷二十《熙朝乐事》记杭州民间节日之盛和四季游杭之趣,也对西湖小说多有影响。明末清初西湖小说中的风土、民俗描写也多借鉴与参照该书,如《西湖二集》第二卷《宋高宗偏安耽逸豫》,《鞠头陀传》第一、二则,《喻世明言》第二十二卷《木绵庵郑虎臣报冤》,《警世通言》第二十三卷《乐小舍拼生觅偶》等诸多篇目津津乐道的游湖、祭扫等风俗就是如此。

此外,万历七年(1579)纂修的《杭州府志》,分沿革、郡事记、国朝事记、形胜、风俗、山川、古迹、艺文、选举、吴越世家、名宦、寓贤、人物、遗文、杂志等三十四门,对西湖小说的创作也有一定的影响。

二、宋元小说与民间故事

宋代城市经济繁荣,市民阶层崛起,对通俗文艺产生了旺盛的需求。在说话伎艺兴盛的基础上,迎来了"小说史上的一大变迁"①——话本小说的产生。"宋人话本一出现,就形成了话本小说史上的第一个高峰"②。伴随着这个高峰,也出现了西湖小说发展的一个高潮。根据《都城纪胜·瓦舍众伎》《梦粱录·瓦舍》《武林旧事·瓦子勾栏》《醉翁谈录·小说开辟》和《西湖老人繁胜录》等记载,作为南宋都城、江海门户与商业中心,杭

---

① 鲁迅:《中国小说的历史变迁》,《鲁迅全集》第九卷,人民文学出版社1982年版,第319页。

② 欧阳代发:《话本小说史》,武汉出版社1997年版,第22页。

州的说话伎艺十分繁荣。富有浓郁地方特色的西湖题材的说话节目与话本小说,自然为杭州人喜闻乐见。笔者将与明末清初西湖小说题材有源流关系的宋元话本小说列举如下①:

1.《西湖三塔记》,叙奚宣赞游西湖时,被三怪迷惑,白衣娘子数次欲加害于他,幸得奚真人施法将她们镇压在西湖石塔之中。《警世通言》第二十八卷《白娘子永镇雷峰塔》、《西湖佳话·雷峰怪迹》受其影响,叙白娘子与许宣的爱情婚姻故事。

2.《五戒禅师私红莲记》,叙西湖畔五戒禅师贪色破戒,转世为苏轼,明悟转世为佛印。最后两人同日辞世,俱得善道。《喻世明言》第三十卷《明悟禅师赶五戒》加有入话"三生相会"。《喻世明言》第二十九卷《月明和尚度柳翠》叙柳宣教唆使妓女红莲引诱玉通破戒,玉通坐化投胎为柳翠,长大后为名妓,终被月明和尚点悟。

3.《错斩崔宁》,叙临安刘贵因一句戏言与十五贯钱巧合,导致小娘子和路人崔宁被判为凶手,处以极刑。后来,刘妻得知静山大王杀刘贵夺十五贯的真相,告到官府,终雪冤屈。《醒世恒言》第三卷题作"十五贯戏言成巧祸"。

4.《苏长公章台柳传》,叙杭州太守苏轼失约迎娶妓女章台柳的故事。《西湖佳话·六桥才迹》叙苏轼纳妾朝云,与众妓女的交往,有其影子。

5.《菩萨蛮》,叙陈可常入西湖灵隐为僧,得郡王宠爱,但被诬陷遭到杖责。当真相大白时,他已辞世被火化。《警世通言》第六卷题作"陈可常端阳仙化"。

_____

① 对于所引话本小说的朝代归属,主要根据刘世德主编《中国古代小说百科全书》(中国大百科全书出版社1998年修订本),参照胡士莹撰《话本小说概论》(中华书局1980年版)。

6.《碾玉观音》，叙南宋临安咸安郡王府的绣作养娘秀秀与待诏崔宁生死共之，追求人身自由与婚姻自主的故事。《警世通言》第八卷题作"崔待诏生死冤家"。

7.《西山一窟鬼》，叙秀才吴洪娶鬼妻，清明游览西湖时遇鬼，后得癫道人作法收除，最后吴洪出家。《警世通言》第十四卷题作"一窟鬼癫道人除怪"。

8.《金鳗记》，叙汴京计安的妻子杀了一条金鳗，给以后全家流落临安的生活带来了无穷的祸患。《警世通言》第二十卷题作"计押番金鳗产祸"。

9.《裴秀娘夜游西湖记》①，叙裴秀娘游西湖邂逅书生刘澄，两情相悦，终成眷属。小说叙述艳冶，富有情韵。其艺术手法与风格特色对后世西湖小说有一定影响。

10.《张生彩鸾灯传》，叙张舜美于上元在杭州观灯，与刘素香一见钟情，引发一段悲欢离合的爱情故事。《喻世明言》第二十三卷题作"张舜美灯宵得丽女"。

11.《错认尸》，叙杭州商人乔俊买回小妾周氏，引发许多事端，导致家破人亡。乔俊悔恨难当，投西湖自尽。《警世通言》第三十三卷题作"乔彦杰一妾破家"。

12.《钱塘佳梦》，叙司马槱夜梦美人愿荐枕席，遭拒后唱《蝶恋花》上阕而去。司马槱醒后续作下阕。小说采入大量西湖诗词，注重描绘西湖美景，情景交融，其笔法与风格对后世西湖小说有一定影响，如《情史·司马才仲》叙司马才仲与苏小小故事，《西湖佳话·西泠韵迹》叙苏小小生前的故事等。

---

① 见于《万锦情林》卷二上栏。刘辉先生认为其"虽刻于明代万历年间，实为宋元旧篇"。见刘世德主编《中国古代小说百科全书》，中国大百科全书出版社1998年版，第635页。

除了话本小说题材的传承以外,宋代到明代中前期的文言小说也有一定影响。如《绿窗新话》卷上《刑凤遇西湖水仙》对《西湖二集》第十四卷《邢君瑞五载幽期》、《情史·西湖水仙》的取材有较大影响;《剪灯新话》中,《绿衣人传》对《喻世明言》第二十三卷《木绵庵郑虎臣报冤》中贾似道的残忍事迹,《金凤钗记》对《拍案惊奇》第二十四卷《盐官邑老魔魅色 会骸山大士诛邪》,《寄梅记》对《西湖二集》第十一卷《寄梅花鬼闹西阁》都有影响;《剪灯余话》之《贾云华还魂记》对《西湖二集》第二十七卷《洒雪堂巧结良缘》有较大影响。但《西湖游览志》和《西湖游览志余》两书"鸿纤钜细,一一兼核",广泛搜罗前人文言笔记中的西湖传说与掌故逸闻,刊于嘉靖年间,明末又多次重刊,加上作者田汝成的声望,其作对明末清初西湖小说的题材影响更加直接、广泛。

西湖拥有源远流长、丰富深厚的历史文化,历代民间流传了许多优美动人的西湖传说。这些绚丽多彩的民间传说,充满了奇异的想象和浓郁的地域特色,生动反映了西湖的风土民情,尤其是先人的勤劳勇敢与聪明才智。据杭州市文化局编《杭州的传说》(上海文艺出版社1980年版)与《西湖民间故事》(浙江人民出版社1978年版)收集整理的一些自唐宋元明以来广为流传的西湖民间故事,可以看出它们对西湖小说的影响。如《白居易的故事》讲述白居易治理西湖,关心百姓疾苦的故事,在《西湖佳话·白堤政迹》中可以看到这些故事的痕迹;《梅妻鹤子鹿家人》讲述林逋隐居西湖孤山的故事,在《西湖佳话·孤山隐迹》中可见其影子;《飞来峰》所讲济公传说与《麹头陀传》《醉菩提传》等济公系列小说有渊源关系;《呼猿洞》讲述"仙猿下围棋赢知府"故事,在《麹头陀传》第十一则、《醉菩提传》第五回、

《西湖佳话·灵隐诗迹》中也有这一故事的影子;《打龙王》《钱王射潮》与钱王系列小说有渊源关系;《苏东坡画扇》与《西湖佳话·六桥才迹》中苏轼帮助张二卖扇的故事有密切关系,等等。这些民间传说虽然情节简短、叙事质朴,但被镶嵌或融入于西湖小说中,使小说具有浓郁的地域特色,自然为广大读者喜闻乐见。

当然,由于很多民间传说难以判定产生的时间,与相关西湖小说孰先孰后是一个非常复杂的问题。因此,将西湖传说与西湖小说进行简单地对应并不科学、合理,我们应该着眼于宏观的地域文化环境,考察诸多因素的综合影响与合力作用。

第二章 明末清初西湖小说题材的地域特色

  "伟大的艺术和它的环境同时出现,决非偶然的巧合"①,地域色彩是西湖小说充满活力与焕发魅力的重要因素。吴承学先生论及文学的地域特色说:"研究文学的地域风格,在中国有特殊的意义。中国自古以来地域广袤辽阔,各地之间无论山川水土的自然地理环境还是语言、风俗、政治、经济、文化方面的人文地理环境往往迥异,文学创作的地域风格也显而易见了。"②对于明末清初西湖小说而言,彰显其地域特色既是小说作者审美情趣与创作动机的集中体现,也是读者阅读兴趣与"西湖情结"的强烈需求。西湖小说浓郁的地域特色集中体现了地域文化对西湖与小说关系的强烈认同。本章从醇厚浓郁的西湖风俗、斑斓繁杂的市井生活与悲欢离合的爱情婚姻三个方面来探讨明末清初西湖小说题材的地域特色。

第一节 醇厚浓郁的西湖风俗

  《晏子春秋·问上》曰:"百里而异习,千里而殊俗。"《汉

---

① 〔法〕丹纳:《艺术哲学》,傅雷译,人民文学出版社1963年版,第147页。
② 吴承学:《江山之助——中国古代文学地域风格论初探》,《文学评论》1990年第2期。

书》卷七十二亦云："百里不同风，千里不同俗。"风土民俗的产生、发展与演变是在一定地域空间中进行的，不同地域的风俗民情呈现出各自浓郁的地方特色。明末清初西湖小说生动描述了醇浓的西湖风俗，本节从放生、泛舟游湖、清明祭扫与天竺进香等方面予以论述。

一、西湖放生

中国的放生活动古已有之，但广泛、持续的放生风俗还是在佛教东传后发展起来的。戒杀生乃佛门五戒之首，《华严经》《契经》《金光明经》等佛教经典记载了很多关于戒杀放生的教义与故事，大力宣扬戒杀茹素、放生护生、普度众生的思想。结合明末清初西湖小说，我们发现西湖放生具有以下特色：

1. 放生风俗与西湖文化的关系密切，渊源深厚。放生非西湖所独有，但是在西湖发扬光大并获得最高统治者的认可，这是其他地方所不可比拟的。在放生风俗的形成与发展中，西湖发挥了非常重要的作用。五代时期，一个名叫王仲玄的杭州人担任余杭县库吏，经常挪用库钱购买水族，去西湖等处放生，事发后以监守自盗罪被判死刑，因其至诚的放生德行感动了吴越王而被赦免，遂出家为僧，即永明（延）寿禅师。他虔诚修行，终成正果，被后世尊为莲宗六祖。宋代天禧三年（1019），天台宗的释遵式法师奏请以杭州西湖为放生池，作《放生慈济法门》宣扬放生，并于每年四月初八佛诞日举行放生会。这些民间活动得到了官府的响应。第二年，两度入相、时任杭州知州的王钦若奏请朝廷以西湖为放生池，禁捕鱼鸟，为皇上祈福。真宗龙颜大悦，遂下旨在西湖设置放生池。《西湖游览志》载："王钦若奏以西湖为放生池，每岁四月八日，郡人数万集湖上，所活羽毛鳞介，以百万数。"①西湖成了钦定的放生场所。到了宋室南渡杭州后,西湖进一步确立了皇家第一放生池的至尊地位。这场自下而上又自上而下,掺和了宗教、政治与民俗等诸多因素的朝野双向互动,让放生观念渗透到杭州社会的各个阶层,使之成了西湖上一种非常浓厚的风俗活动。谢和耐考证说:"四月八日为释迦牟尼佛诞辰。善男信女拥塞湖旁,竞相买舟湖上,将购自市肆的鳞介禽鱼放生。咸认可积阴德之功。"②这种融合了宗教和政治因素的民俗活动甚至影响了杭州的政务处理与西湖治理。元祐五年(1090),杭州知州苏轼面对西湖被葑草壅塞的深重危机,向朝廷请求疏浚西湖时说:"天禧中,故相王钦若始奏以西湖为放生池,禁捕鱼鸟,为人主祈福。自是以来,每岁四月八日,郡人数万会于湖上,所放羽毛鳞介以百万数,皆西北向稽首,仰祝千万岁寿。若一旦堙塞,使蛟龙鱼鳖同为涸辙之鲋,臣子坐观,亦何心哉!此西湖之不可废者,一也……"③苏轼颇费心思,以西湖放生为皇上祈福作为首要理由,以打动因早年丧夫、丧子而辅佐孙子登基的高太后,用"政治正确"来平息朝廷争议,西湖于是得以重生。明代万历三十五年(1607),钱塘县令聂心汤在西湖再辟放生池,专供放生。其中的净慈寺前放生池颇具规模,至今犹存。张岱(1597—1684)在《西湖梦寻·放生池》中说:"今之放生池,在湖心亭之南。外有重堤,朱栏屈曲,桥跨如

---

① ［明］田汝成:《西湖游览志》卷一《西湖总叙》,上海古籍出版社 1980 年版,第 3 页。

② 〔法〕谢和耐:《南宋社会生活史》,马德程译,"中国文化大学"出版部 1982 年版,第 156 页。

③ ［宋］苏轼:《杭州乞度牒开西湖状》,《苏轼文集》卷三十,孔凡礼点校,中华书局 1986 年版,第 864 页。

虹,草树蓊翳,尤更岑寂。古云三潭印月,即其地也。"①在四月初八佛诞日,数万人云集西湖放生,"所放羽毛鳞介以百万数",炽风如此,盛况非凡,可见西湖放生风俗源远流长,十分浓厚。

2.西湖放生具有强大的理论支持和坚实的信仰基础。明末清初西湖小说对西湖放生风俗做了生动描述与深入阐释。《西湖佳话·放生善迹》开篇就强调"西湖原是古放生池",故事主人公莲池大师一生致力于放生,其平生夙愿是:

> 吾具放生之心,人难道不具放生之心乎? 一处放生,以至于十处,百处,千处,万处,由杭而至于南北二京,川湖江广,山陕河南,无一处不放生,则天下便成极乐国土,世上亦永无刀兵杀运之灾矣。②

莲池大师的放生愿望其实融合了儒家的仁爱思想与佛教的慈航普渡观念。他作七则《戒杀文》与《放生文》,希望为放生提供强大的理论支持。我们可以将其归纳为两个层面:首先是"不为"。《戒杀文》以人的生命作比,从生日、生子、祭先、婚礼、宴客、祈禳和营生七个方面予以分析,强调动物与人类拥有同等的生存权,与人类一样也应该获得生存的空间。将动物的生存权提升到与人类同等的地位,劝诫人类不要残害生命,即"不为"。其次是"有为"。"不为"并不是消极无为,"莲池大师命书记速传此戒杀文,广行天下;复作放生文,劝人行善",他在劝诫人类不要残害生命,即"不为"的同时,又倡言积极主动地去进一步关爱动物,尽其所能帮助它们重返西湖家园,帮助它们获得新

---

① [明]张岱:《西湖梦寻》卷三,夏咸淳、程维荣校注,《陶庵梦忆·西湖梦寻》,上海古籍出版社2001年版,第233页。
② [清]古吴墨浪子:《西湖佳话》,上海古籍出版社1980年版,第298页。

生,即"有为"。

有所为有所不为,莲池大师不仅在理论上做出了建树,而且身体力行,奔走号呼世人重视放生,"遂凿上方池放生,自作碑记于长寿庵……遂恳合城缙绅士庶,并呈明当道,立取葑泥,绕寺筑埂,还插水柳为湖中之湖,专为放生而设"。莲池大师的良苦用心与辛勤努力没有白费,"自莲池重兴后,那放生的,源源不绝,也有为生日放生的,也有为生子放生的,也有逐月初一、十五做放生会的。西湖之上,竟做了西方乐国矣。"①在他的示范感召下,杭州民众纷纷参与放生活动,"西湖放生池、万工池,并城中上方、长寿两池,至今放生不绝",放生风俗愈发浓厚。

《西湖二集》第八卷《寿禅师两生符宿愿》则叙说了"西湖上一个放生的竟成佛成祖"的故事,富有传奇性,更加引人入胜。主人公永明寿(王延寿)"一生心心念念只好放生",倾囊所有,脱衣抵当,又卖尽田产用作放生之资,最终家资耗尽,四处借贷,甚至偷盗公库钱粮来买水族放生。这种反常的极端行为彰显了宗教般的虔诚。当事发问斩时,永明寿"颜色也不变一变,眉头也不皱一皱,就像有人请他吃喜酒的相似"②,坚定的信念使他问心无愧、视死如归,并大义凛然地宣称:"我一生并不曾侵欺库中一文钱将来私用,只为放生缘故,所以受此一刀之罪。但我放了亿万生灵,功德浩大,今日断然往生西方极乐世界……"他已经把放生视作一种崇高的信仰与德行,求仁得仁,即使为之献身也在所不惜。其言行最终感动了神灵与统治者,吴越王答应了海龙王率领亿万鱼虾的叩首请恕,赦免了这个虔诚执着的放

---

① [清]古吴墨浪子:《西湖佳话》,上海古籍出版社1980年版,第299页。
② [明]周清原:《西湖二集》,周楞伽整理,人民文学出版社1999年版,第125—126页。

生信徒。与史载相比,小说增加了神灵精怪和神异情节,突出了放生行为感天地、泣鬼神的巨大感染力。在永明寿的感召与推动下,西湖放生不仅是少数宗教人士的德行修为,而且被发扬光大,成为杭州的社会风尚与浓厚习俗,深入民众的心理与生活,融入地域文化精神之中。从此,"凡有布施钱财者,尽买鱼鳖之物放于西湖三潭之中。杭州人尽行感化,一时放生者不可胜计",就连冷酷无情的阎王也深受感动,对一个杭州鬼魂判道:"你若肯回去放生,便放你复转阳世。"此鬼转世为人后便一心放生,长寿而终。小说中还引用了一首长诗,洋洋洒洒地描绘了水族被放生后享受自由的欢快:

> 鱼鳖点头,鳝鳗摇尾。鱼鳖点头,喜离砧剁之苦;鳝鳗摇尾,幸脱汤火之灾。虾子游行,免得穿红袍,躬躬掬掬;蛙儿跳跃,犹然着绿袄,阁阁喳喳。螺蛳称守门将军,一任他时开时闭;螃蟹名横行甲士,但随彼爬去爬来。腹中有无数子子孙孙,救一物但救万物;穴内有许多亲亲眷眷,放一生即放众生。物小而性命实多,类广且神明如一。倘我堕彼之内,即冀他人之慈祥;今我救彼之生,便种自身之功德。生生世世,同游他化之天;亿亿千千,尽登极乐之国![①]

此景生动展现了放生风俗引导世人尊重生命、爱护生命、践行仁恕精神与慈悲之道的重要意义。其对生命的赞美与珍重,以及浓厚的生命关爱意识与莲池大师的《戒杀文》《放生文》相互照应,相得益彰。

3.西湖放生蕴含了独特的英雄观和深厚的人文精神。前文

---

① [明]周清原:《西湖二集》,周楞伽整理,人民文学出版社1999年版,第128页。

已述,吴越王钱镠曾赦免为放生而犯法的王延寿,是杭州首位认可并推动放生的统治者,对西湖放生风俗的形成有较大的贡献。因此,放生风俗蕴含的生命意识与仁爱观念影响了西湖小说的英雄观,即超越了传统根深蒂固的"成王败寇"观念,认为保全民众、关爱生命者才是真正的英雄。对于历代帝王以天下为私产的观念与专制暴虐的本性,明末清初浙江思想家黄宗羲批判道:"屠毒天下之肝脑,离散天下之子女,以博我一人之产业,曾不惨然。曰:'我固为子孙创业也。'其既得之也,敲剥天下之骨髓,离散天下之子女,以奉我一人之淫乐,视为当然。曰:'此我产业之花息也。'然则为天下之大害者,君而已矣!"①专制王朝的常态即是如此,那么在生灵涂炭的军阀混战时代,血流漂杵的地狱惨象就更加触目惊心了。但西湖小说意欲将西湖放生背后的佑生观念与人文精神从民俗领域向政治领域拓展,着力塑造一位推动放生、护佑民众的杭州英雄。《西湖二集》第一卷《吴越王再世索江山》中,吴越王钱镠冒险引开了黄巢的追兵,"保全了临安百姓,威名远近",赢得了民心,积累了道德资源,树立了政治威望。后来在赵宋的强大威胁下,吴越王钱俶"不忍涂炭生民,今日把土宇尽数纳于宋朝",这当然是在军事实力对比悬殊中无奈的政治选择,但与当时南唐李煜、西蜀孟昶、南汉刘铱为了个人割据的私利而招致兵燹遍地、生灵涂炭的浩劫相比,吴越钱氏客观上保全了东南地区民众生命与社会经济的功绩是不可磨灭的。西湖小说并不认为"钱王纳土"是失节之举,摒弃"成王败寇"的腐朽观念,大加赞赏钱氏家族保民佑生的德行。如《西湖佳话·钱塘霸迹》赞道:"始知真正英雄,虽崛起一时,

---

① 〔清〕黄宗羲:《明夷待访录·原君》,中华书局1981年版,第2页。

同于寇盗,能知上尊朝廷,下仁万姓,保全土地,不遭涂炭,不妄思非分,而顺天应人,其功与帝王之功自一揆矣,故能生享荣名,而死垂懿美于无穷。"①且不论所谓"顺天应人"之类讴歌新朝,为其合法性背书的套话,"下仁万姓,保全土地,不遭涂炭"将西湖放生风俗中的生命关爱意识进一步升华,已经含有和平、人道、博爱的因素,具有较高的精神境界。

西湖放生所蕴含的众生平等、生命关爱不仅是一种民俗内涵的自发流露,而且深入渗透到地域文化精神当中,在西湖小说中升华成为一种朴素的人文思想与人道主义的自觉表达。如《虞初新志·钱塘于生三世事记》中,于生因为前世为蟒蛇而带有奇毒,"念毒涎入水杀鱼蚌,误饮人杀人。慨然曰:'生而害生,曷不死?'遂引首于山,曝烈日中以死",此举感动了阴间冥官,称赞"汝有人性,重生命,舍生"②,于是帮助他投胎做人。于生为了避免杀生害人而勇于牺牲自我的精神,正是西湖放生风俗中生命关爱意识的崇高体现。作者不禁感慨道:"嗟乎!物类以不嗜杀而得为人。人嗜杀将不得复为人,亦理有必然者。"在西湖小说的观念中,人不仅仅是一种生物学意义上的血肉躯体,更重要的是具备人性,尤其是仁爱之心。蟒蛇因其行为闪耀着人性的光辉而成了人。人如果丧失了这种人性,就不再是真正意义上的人,而是行尸走肉甚至是魔鬼。在此,奇幻的小说情节不只是阐释带有宗教色彩的果报观念与放生风俗的精神内涵,更重要的是在儒家仁爱观念的基础上推己及人,从物类到人类,从西湖到天下,从放生习

---

① 〔清〕古吴墨浪子:《西湖佳话》,上海古籍出版社1980年版,第236页。
② 〔清〕张潮:《虞初新志》卷十一,上海古籍出版社"古本小说集成"本,第530页。

俗到博爱、自由与人道观念,将生命关爱意识升华到朴素的人文思想与人道主义。

二、游湖泛舟

杭州游湖风气十分浓厚,南宋周密《武林旧事·西湖游幸》载:"西湖天下景,朝昏晴雨,四序总宜。杭人亦无时而不游,而春游特盛焉……"①明末湖海士《西湖二集序》感叹道:"天下山水之秀,宁复有胜于西湖者哉……不闻其有不备之美也。"②清初古吴墨浪子《西湖佳话序》赞不绝口:"宇内不乏佳山水,能走天下如鹜,思天下若渴者,独杭之西湖。"③西湖成为山水游乐的首选地与代名词,吸引天下游客不远千里,纷至沓来。所谓"若往西湖游一遍,就是凡夫骨也仙",西湖游人如织,三教九流,百态俱陈,别具意味。明末清初的张岱在《西湖七月半》中描绘了达官贵人、名娃闺秀、名妓闲僧、慵懒俗徒与风雅高士五类游人在西湖的不同游态,明末清初西湖小说中的游湖则可以分为以下三类人的三种游态:

1. 帝王将相的奢游。西湖游人中,地位最为显赫、痴迷程度最深者当属宋高宗。《西湖二集》第二卷《宋高宗偏安耽逸豫》,《麴头陀传》第一、二则等篇章详细叙说了高宗对湖山游乐的狂热之情,极力铺叙他游玩西湖的奢华状况:

---

① [宋]周密:《武林旧事》卷三,李小龙、赵锐评注,中华书局 2007 年版,第 71 页。

② [明]湖海士:《西湖二集序》,周清原撰《西湖二集》,周楞伽整理,人民文学出版社 1999 年版,第 565 页。

③ [清]古吴墨浪子:《西湖佳话·序》,上海古籍出版社"古本小说集成"本,第 1 页。

因高宗酷爱西湖之景，遂于湖上建造几处园亭，极其华丽精洁，那几处？聚景园（清波门外）、玉津园（嘉会门外）、富景园（新门外）、集芳园（葛岭）、屏山园（钱湖门外）、玉壶园（钱塘门外）。这几处园亭，草木繁蔚，胜景天成。孝宗每每启请太上皇两宫游幸湖山，御大龙舟，宰相诸官各乘大船，无虑数百。那时承平日久，与民同乐，凡游观买卖之人都不禁绝。画船小舫，其多如云。至于果蔬、羹酒、关扑、宜男、戏具、闹竿、花篮、画扇、彩旗、糖鱼、粉饵、时花、泥孩儿等样，名为湖上土宜；又有珠翠冠梳、销金彩缎、犀钿漆窑玩器等物，无不罗列；如先贤堂、三贤堂、四圣观等处最盛。或有以轻桡趁逐求售者，歌妓舞鬟，严妆炫卖，以待客人招呼，名为"水仙子"。至于吹弹舞拍、杂剧撮弄、鼓板投壶、花弹蹴踘、分茶弄水、踏滚木、走索、弄盘、讴唱、教水族飞禽、水傀儡、鬻道术戏法、吞刀吐火、烟火、起轮、走线、流星火爆、风筝等样，都名为"赶趁人"。其人如蚁之多，不可细说。太上皇御舟，四垂珠围锦帘，悬挂七宝珠翠，宫姬女嫔，俨如神仙下降，天香浓郁，花柳避其妍媚。①

在这些华丽精致的西湖御园中，排在前两位的就是聚景园和玉津园，这里是南宋说话艺人御前表演与西湖小说创作的重要场所。据杨维桢《送朱女士桂英演史序》记载，南宋初年的著名说话艺人如史惠英、陆妙静、陆妙慧等，"皆中一时慧黠之选也。

---

① ［明］周清原：《西湖二集》，周楞伽整理，人民文学出版社1999年版，第30—31页。

两宫游幸聚景、玉津内园,各以艺呈,天颜喜动,则赏赉无算"①。高宗游湖极力展现承平气象与盛世之态,他对西湖造园乐此不疲,"为园曰'延祥',亭馆窈窕,丽若画图,水洁花寒,气象幽雅,为湖上极盛之处。从此一意修饰佛刹,不计其数,多栽花柳,广种荷花。朝欢暮乐,箫管之声,四时不绝"②。小说极尽铺叙之能,展现高宗游湖是何其奢华,以致金主完颜亮听闻后垂涎三尺,立誓"提兵百万西湖上,立马吴山第一峰",居然发动了一场战争,最终身败名裂。可见穷奢极欲的西湖游乐对统治者的巨大诱惑。

高宗痴迷于西湖游乐,居然把湖山美景复制于宫中,《西湖二集》第二卷《宋高宗偏安耽逸豫》描绘道:

> 两廊都是小内侍照依西湖景致,摆列珠翠、花朵、玩具……宫中以水银为池,把金银打成凫雁鱼龙之形,放于水银池中,精光夺目。凫雁鱼龙,都有飞动之势。又到牡丹堂看牡丹,牡丹花上都有牙牌金字;别采好色千朵安于花架之上,都是水晶玻璃……也有小舟数十只,供应杂艺,嘌唱鼓板,罶卖蔬果,竟与西湖一样。③

高宗想足不出宫就能饱览湖山秀色,于是挥霍无度来营造精华微缩版的西湖,以水银为池水,用金银打造鱼鸟,将水晶玻璃制作繁花……奢华程度让人瞠目结舌。高宗如此醉心于湖山游

---

① ［元］杨维桢:《东维子集》卷六《送朱女士桂英演史序》,《文津阁四库全书》第408册,商务印书馆2005年版,第149页。

② ［明］周清原:《西湖二集》,周楞伽整理,人民文学出版社1999年版,第29页。

③ ［明］周清原:《西湖二集》,周楞伽整理,人民文学出版社1999年版,第36页。

乐,难怪明代谢肇淛批评他定都于"四面受攻,无险可凭"、后来让元兵如入无人之境的杭州,"不过贪西湖之繁华耳"①。

上行下效,皇上如此,权臣也不落后。《喻世明言》第二十二卷《木绵庵郑虎臣报冤》中,宰相贾似道在西湖上纸醉金迷,他喜欢把党羽和名妓拉到西湖上嬉戏纵乐,"若宾客众多,分船并进。另有小艇往来,载酒肴不绝"②,被讥讽为"朝中无宰相,湖上有平章"。权臣游湖,骄奢淫逸,祸国殃民,臭名远扬,西湖小说多有讥讽和批判。

2. 文人高士的雅游。与帝王将相讲究盛大场面与物质享受的奢游相比,文人高士游湖则是发自内心的衷情,他们的雅游尽管也有声色点缀,但更注重内在的心灵体验,品位高雅,以诗酒寄托襟怀,洒脱风流但绝不庸俗下流。

西湖雅游的开创者当属白居易。《西湖佳话·白堤政迹》叙说杭州刺史白居易时常一处理完政务,就到雷峰塔、冷泉亭、烟霞石屋、南北两峰等西湖名胜游览。作为杭州的长官,白居易勤政爱民,筑堤护湖,疏浚六井,政绩斐然,但他轻车简从,从不显摆官威与滋扰百姓,而且处处题诗绘景,"凡有一景可观,无不留题,以增其胜概……所称山水之乐,诗酒与风流之福,十分中实实也享了八九"③,寄托高雅情怀,为湖山增色,传为佳话。

如果说白居易的西湖游乐还只是初开文人雅趣之风,"只恨没一个同调的诗友,与之相唱和",颇有点自娱自乐的寂寞与孤独,那么"风流太守"苏东坡则把西湖游乐的文士情趣推向极

---

① [明]谢肇淛:《五杂俎》卷三"地部一",上海书店2001年版,第40页。
② [明]冯梦龙:《喻世明言》,许政扬校注,人民文学出版社1958年版,第332页。
③ [清]古吴墨浪子:《西湖佳话》,上海古籍出版社1980年版,第26—30页。

致,使雅游蔚然成风。《西湖佳话·六桥才迹》叙说苏轼疏浚西湖,点染佳景,为发扬光大雅游做好了充分准备,"自此之后,西湖竟成仙境,比白乐天的时节,风景更是繁华。凡游西湖者,都乐而忘返,所以有人赞道:'若往西湖游一遍,就是凡夫骨也仙。'东坡政事之暇,便约同僚官长、文人墨客,都到湖上来游……"①苏轼在政事稍闲时,不论晴雨定要出游,游则题咏不绝,影响深远,如所题《饮湖上初晴后雨》有"若把西湖比西子,淡妆浓抹总相宜"佳句,"自此诗一出,人人传诵,就有人称西湖为西子湖了"②。诗人的雅游提高了西湖游乐的品位与格调。苏轼在西湖雅游中富有诗酒雅兴,更具惜才雅量。他曾在游湖宴饮时听见歌妓演唱一曲《惜分飞》词,大为赞赏,再三询问得知是已经任满离职的下属毛泽民所作,于是深感愧疚地叹息道:"毛泽民与我同僚,在此多时,我竟不知他是个风雅词人,怎还要去觅知己于天下? 真我之罪也。"苏轼当即让人追回毛泽民,自责"有眼无识","遂留毛泽民在西湖上,与他诗酒盘桓月余,方放他回去"。西湖雅游的这段佳话让毛泽民声名鹊起,他很快就获得升迁。苏轼在西湖上,"不但诗酒流连,就政事也自风流",将西湖雅趣注入枯燥冗杂的行政事务,所作判词采用《减字木兰花》等词牌,富有文人的高雅情趣,为民解忧的同时也为己找乐,两全其美。

　　苏轼将西湖雅游发扬光大,这种文士雅习薪火相传。到了元末,大诗人杨维桢推波助澜,又形成了一个新高潮。杨维桢(1296—1370),字廉夫,号铁崖、铁笛道人等,会稽(今属浙江绍

---

① ［清］古吴墨浪子:《西湖佳话》,上海古籍出版社1980年版,第51页。

② ［清］古吴墨浪子:《西湖佳话》,上海古籍出版社1980年版,第40页。

兴)人,著名文学家,以古乐府诗成就最高,史称"铁崖体"。关
于"铁崖"名号的来历,《西湖二集》第二十三卷《救金鲤海龙王
报德》认为杨维桢雅好游湖,"素爱西湖山水之美,挈妻子住于
吴山之铁崖岭,遂号'铁崖',人都称他为杨铁崖先生"①。但史
实并非如此,杨维桢《铁笛道人自传》云:"铁笛道人者,会稽人,
祖关西出也。初号梅花道人。会稽有铁崖山,其高百丈。上有
萼绿梅花数百。植层楼出梅花,积书数万卷,是道人所居也。"②
杨维桢的弟子贝琼《铁崖先生传》也有记载:"先生少颖悟,好
学,日记书数千言。父宏为筑万卷楼铁崖山中,使读书楼上。惧
性弗颛易怠,去梯,辘轳传食。积五年,贯穿经史百氏,虽老师弗
及,因号'铁崖'。"③贝琼又在《清江贝先生文集》卷七《铁崖先
生大全集序》中复述此说,《明史》卷二百八十五《杨维桢传》亦
采此说。杨维桢年少苦读所在的铁崖并非位于西湖畔的吴山,
而在他的家乡会稽。西湖小说将铁崖移至西湖,把大诗人的雅
号及其诗体名称与西湖联系起来,这种苦心附会是为了表现西
湖文人雅游的深厚传统与丰富内涵。《救金鲤海龙王报德》随
后花了很大篇幅渲染杨铁崖的西湖游历,"日日在西湖游玩,无
春无冬,无日无夜不穷西湖之趣,竟似西湖水仙一般",尤其是
他在西湖上作《西湖竹枝词》,"诗词倾动天下,抄写传诵的纷
纷,遂刻板成集,西湖因此纸价顿贵"。杨铁崖的诗兴雅游为西

① [明]周清原:《西湖二集》,周楞伽整理,人民文学出版社1999年版,第368
页。
② [元]杨维桢:《铁崖文集》卷三《铁笛道人自传》,国家图书馆藏明弘治十
四年冯允中刻本。
③ [元]贝琼:《清江贝先生文集》卷二《铁崖先生传》,李修生主编《全元文》
第44册,凤凰出版社2004年版,第476页。

湖扬名增色,就连西湖龙王也感恩戴德,遂让龙女化为美人竹枝娘来侍奉报恩,并请他赴宴龙宫,馈赠珍宝。文人高士将西湖游兴凝结成诗,寄托高雅情怀,提高了游湖习俗的品位与境界,留下诸多佳话,大为湖山增色。

3.普通百姓的泛游。唐五代以后的杭州逐渐发展成为一个庞大、拥挤的城市,约百万人口蜗居在一个形似腰鼓的狭长地带,倍感逼仄、压抑与沉闷。西湖如同是杭州城的后花园,百姓出城就到西湖,十分便利,随时可以走进湖山以舒筋透气。普通百姓的泛游既无帝王权贵的排场与仪式,又不像文士那样挑剔与苛求,图的就是看别人的热闹与精彩,得自己的轻松与随意,目的简单甚至有时是漫无目的。不过,普通百姓的泛游还是受到前两者的巨大影响,帝王将相的垂范与文人高士的感召具有很大的导向作用。羊群效应让泛游之风愈加炽烈,游湖真正成为一种全民活动。《西湖二集》第二卷《宋高宗偏安耽逸豫》中,每当高宗游湖时,民众连忙赶去看热闹,"便游人簇拥如山如海之多"。如果高宗大加赐赏,幸运者便感到无上荣光,穿戴锦衣花帽,洋洋得意去显摆一番。一天的狂欢之后,"圣驾进城,诸人挨挤,争前看视,竟至踏死数十人"①,游客围观凑热闹酿成惨剧,可谓乐极生悲,让人叹息。当然,这种节日般的全民狂欢只是偶然的庆典,百姓平日的出游显得平淡而自在。《警世通言》第二十八卷《白娘子永镇雷峰塔》中,许宣的一次出游代表了杭州民众平时泛游的常态:

> 许宣离了铺中,入寿安坊,花市街,过井亭桥,往清河街

---

① [明]周清原:《西湖二集》,周楞伽整理,人民文学出版社1999年版,第34页。

后钱塘门，行石函桥过放生碑，径到保叔塔寺。寻见送馒头的和尚，忏悔过疏头，烧了子，到佛殿上看众僧念经。吃斋罢，别了和尚，离寺迤逦闲走，过西宁桥、孤山路、四圣观，来看林和靖坟，到六一泉闲走。不期云生西北，雾锁东南，落下微微细雨，渐大起来。正是清明时节，少不得天公应时，催花雨下，那阵雨下得绵绵不绝。许宣见脚下湿，脱下了新鞋袜，走出四圣观来寻船，不见一只。正没摆布处，只见一个老儿，摇着一只船过来。许宣暗喜，认识正是张阿公。叫道："张阿公，搭我则个。"老儿听得叫，认时，原来是许小乙，将船摇近岸来，道："小乙官，着了雨，不知要何处上岸？"许宣道："涌金门上岸。"这老儿扶许宣下船，离了岸，摇近丰乐楼来。①

这就是普通民众日常泛游的一串剪影，小市民许宣办完事后，按照杭州人的常规路线，一路随走随看，虽然走过看过无数遍，并无新奇之处，但也不会感到厌倦。没有挥金如土的纵乐狂欢，也没有多愁善感的吟咏题留，有的只是轻松惬意的随性闲逛。适兴所至，图个自在，这是他们的一种生活方式。如果遇到下雨之类的突发情况，就及时折返回家，熟人熟门熟路，从容自如。这种泛游在《警世通言》第十四卷《一窟鬼癫道人除怪》、《醋葫芦》第二回等游湖故事中，多有精彩呈现。

游览西湖最妙的是泛舟，游船是必需的工具。西湖怀抱游船，游船点缀西湖，两者相得益彰，正如万历年间的钱塘人闻子

---

① ［明］冯梦龙：《警世通言》，顾学颉校注，人民文学出版社1956年版，第401—402页。

将在《西湖打船启》中所说:"欲领西湖之胜,无过山居,而予犹不能忘情于舟,山居饮食寝处常住不移,而舟则活、舟则幻、舟则意东而东意西而西,令人意远……斯西湖不负此舟,此舟亦无复有负西湖矣。"①西湖水明如镜,群山逶迤苍翠,山与水映,画舫相缀,荡漾在湖光山色之间,别具一种诗情画意与神韵灵气,难怪《欢喜冤家》感叹西湖泛舟说:"画船载得春归去,烂醉佳人锦瑟傍。"②

西湖游船数量与种类繁多,形制各异,巧夺天工,精美绝伦。吴自牧《梦粱录·湖船》记载西湖游船说:"湖中大小船只,不下数百舫……皆精巧创造,雕栏画,行如平地。各有其名,曰百花、十样锦、七宝、戗金、金狮子、何船、劣马儿、罗船、金胜、黄船、董船、刘船,其名甚多。"③接下来详细介绍了数种颇具特色的类型。清代著名文学家、钱塘人厉鹗《湖船录》记载:"西湖风漪三十里,环以翠岚,策勋于游事者,唯船为多。"④西湖游船按形制可分为楼船、头船、瓜皮、莲叶舟、花园船等数十种。游船的名称也很别致,著名者如明玉、赏心、诗篷、凌波、随月航、天上行舟、霞水仙舲与烟水浮居等⑤,富含诗意,名副其实,它们的设计确实十分精巧,配置非常讲究。如明末清初汪然明的"不系园",

---

① 引自周峰主编《元明清名城杭州》,浙江人民出版社1997年版,第225—226页。

② [明]西湖渔隐:《欢喜冤家》第十三回《两房妻暗中双错认》,北京师范大学出版社1992年版,第212页。

③ [宋]吴自牧:《梦粱录》卷十二,浙江人民出版社1980年版,第110页。

④ [清]厉鹗:《湖船录》,《南宋古迹考(外四种)》,浙江人民出版社1983年版,第124页。

⑤ [清]厉鹗:《湖船录》,《南宋古迹考(外四种)》,浙江人民出版社1983年版,第128—140页。

"计长六丈二尺,广五之一。入门数武,堪贮百壶;次进方丈,足布两席;曲藏斗室,可供卧吟;侧掩壁橱,俾收醉墨;出转为台,台上张幔。若遇惊飚蹴浪,倚树平桥,卸栏卷幔,犹然一蜻蜓耳。"①此船有如一座水上流动的别墅,设计精巧,别具心裁,可卧可饮可书可观,集实用性、艺术性和安全性于一体,匠心独运,可谓一件精美的艺术品。他的好友黄汝亨还专门作了一篇《不系园约》,列出十二宜九忌,所谓十二宜就是名流、高僧、知己、美人、妙香、洞箫、琴、清歌、名茶、名酒、肴不逾五簋等,尽显高雅品位。《马可·波罗行记》描述西湖泛舟说:"在这湖上泛舟游览,给你们快乐安慰。"②游人泛舟不仅是览湖观景的需要,而且自身构成了湖面上一道灵动的风景线,成为一种富有情趣的习俗体验与文化享受。

明末清初西湖小说热衷描述泛舟场景,着力表现游湖的生活乐趣与浪漫风情。《醋葫芦》第二回描述了小商人成珪与周智两家人一起泛舟游湖的场景:

> 大船等候已久,成珪就请周智夫妻俱到船中。艄子撑出湖中,安童先备午饭吃过,又煮些茶吃了,然后摆开攒盒,烫起酒来,分宾主坐定,小使斟酒,大家痛饮。艄子撑了一会,问道:"员外,还是往孤山、陆坟去,还是湖心亭、放生池去?"成珪道:"这些总是武陵旧径,何必定要游遍?只是随

---

① 〔清〕厉鹗:《湖船录》,《南宋古迹考(外四种)》,浙江人民出版社1983年版,第136页。

② 〔意〕马可·波罗:《马可·波罗行记》第151章,冯承钧译,中华书局2004年版,第583页。

波逐流,适兴而已,凭你们罢!"①

这次家庭出游是在大清早从涌金门出发。涌金门为古代杭州西城门之一。五代天福元年(936),吴越王钱元瓘引西湖水入城,在此开凿涌金池,筑此城门,门濒西湖,传说为西湖金牛涌现之地,因而得名。涌金门是从杭州城去西湖游览的主要通道,游船多聚于此,故有俗谚云:"涌金门外划船儿。"成珪等人先雇了艘小船,渡过金沙滩,再换乘大船,一路饱览湖光山色。到天竺进香后,在灵隐寺旁祭坟,再从岳坟上船。两家人在湖船上畅饮畅聊,十分惬意。泛舟有便于赏景的常规路线,但成珪兴致盎然,要求随船漂流。杭州人认为在湖船上心旷神怡,便于交流,易于沟通,有利于调解纠纷,解决矛盾。周智想奉劝悍妒的都氏允许丈夫纳妾生子,决定在游船上趁机调解,期望化解矛盾。可见,处在杭州西湖这一独特的"湖山——城市"的地理形态中,秀丽的湖光山色与浓郁的市井气息并存不悖,甚至相辅相成,别具意味。

西湖游船富含浪漫与凄美的爱情传奇。《情史》描述西湖泛舟是"士女阗咽,舟发如蚁"②,西湖乃人间天堂,湖船是爱情方舟。由于杭州风俗不忌讳男女同乘湖船,这里总在上演许多美丽动人的爱情悲喜剧。《情史·乐和》中,乐和与顺娘两情相悦,在西湖游船上眉目传情。这一场景在《警世通言》第二十三卷《乐小舍拼生觅偶》中被着力渲染:

---

① [明]西子湖伏雌教主:《醋葫芦》第二回《祭先茔感怀致泣 泛湖舟直谏招尤》,上海古籍出版社"古本小说集成"本,第49页。
② [明]冯梦龙:《情史》卷七《王生陶师儿》,上海古籍出版社"古本小说集成"本,第530页。

今日水面相逢,如见珍宝。虽然分桌而坐,四目不时观看,相爱之意,彼此尽知。只恨众人属目,不能叙情。船到湖心亭,安三老和一班男客,都到亭子上闲步,乐和推腹痛留在舱中,捱身与喜大娘攀话,稍稍得与顺娘相近。捉空以目送情,彼此意会……①

有情人苦于长期不能相见,唯有借乘船游湖之机来暗送秋波。在春意盎然的湖船上,早先埋下的爱情种子即刻就在彼此心中萌芽生根。游湖成了一次甜蜜、幸福与浪漫之旅,游船成了孕育爱情的沃土与温床。又如《警世通言》第二十八卷《白娘子永镇雷峰塔》与《西湖佳话·雷峰怪迹》等白蛇系列小说中,美丽痴情的白娘子频送秋波,老实巴交的许宣也禁不住心驰神荡,爱情的火花在船舱里剧烈燃烧,顿时让人目眩神迷。《情史·西湖水仙》和《西湖二集》第十四卷《邢君瑞五载幽期》中,邢君瑞与采莲女子泛舟游荡于清风明月之下,"或歌或笑,出没无时。远观却有,近视又无。方知真是水仙,人无不羡慕焉"②。故事在不同时代多有嬗变,但这些船舱佳话依旧保留,而且在传诵演变中越发优美动人。湖船上也有凄迷悱恻、催人泪下的殉情故事。如《情史·王生陶师儿》中,王生与陶师儿情甚相慕,但"为恶姥所间,不尽绸缪",于是殉情,以死抗争。在一个"月色甚佳"的夜晚,两人在尽情游湖后,将游船停泊在净慈寺畔藕花深处,最后相抱投湖。杭州人作"长桥月、短桥月"以歌之,哀感顽艳,凄恻动人。他们留下的游船原本无人敢上,但被名士称赞后,"人

① [明]冯梦龙:《警世通言》,顾学颉校注,人民文学出版社1956年版,第315页。
② [明]周清原:《西湖二集》,周楞伽整理,人民文学出版社1999年版,第243页。

皆喜谈,争求售之,殆无虚日,其价反倍于他舟"①。杭州人放下了传统观念,没有再将这艘游船视为不祥之物,反因一段忠贞不渝、悲壮刚烈的爱情传奇而倍加赞誉,竞相以数倍高价求购。作者将其与杨贵妃死后的袜子因色而贵进行对比,最后慨叹道:"舟以情贵。"一语中的,深刻、精辟地点明了主旨,赋予了西湖游船文化以独特的内涵。因此,西湖游船不只是游湖观景的交通工具,更是尚情崇义的重要载体。

三、祭扫进香

　　二十四节气中又是节日的只有清明节,清明祭扫是中国非常普遍的传统习俗。但明清时期的杭州清明祭扫有其独特之处:其一,杭州扫墓不一定在清明节当天,只要不超过立夏就行。其二,杭州的清明节具有浓厚的娱乐色彩。中国古代是一个尊祖崇礼的宗法社会,祭祀先祖,缅怀死者,寄托哀思,慎终追远,应该庄重严肃、虔诚恭敬。如《帝京景物略》记载明代北京的清明习俗说:"三月清明日,男女扫墓,担提尊榼,轿马后挂楮锭,粲粲然满道也。拜者、酹者、哭者、为墓除草添土者,焚楮锭次,以纸钱置坟头。"②扫墓者虔诚地除草添土,奉列纸钱,焚烧祭品,在袅袅青烟与阵阵哭声中深表哀思。尽管在哭祭之后也有饮酒行为,但之前的整个祭祀阶段充满了庄重与肃穆的气氛,颇具仪式感。杭州的风俗却迥然相异,明末清初的张岱描述道:"越俗扫墓,男女袨服靓妆,画船箫鼓,如

---

①　[明]冯梦龙:《情史》卷七,上海古籍出版社"古本小说集成"本,第531页。

②　[明]刘侗、于奕正:《帝京景物略》卷二,北京古籍出版社1980年版,第67页。

杭州人游湖,厚人薄鬼,率以为常。"不仅如此,"必鼓吹,必欢呼畅饮……锣鼓错杂,酒徒沾醉,必岸帻嚣嚷,唱无字曲,或舟中攘臂,与侪列厮打"①。与其说是清明节寄托哀思,不如说是嘉年华狂欢纵乐。这种风俗反映在明末清初西湖小说中就相应呈现出以下两大特点:

1. 厚人薄鬼,纵乐寡哀。明清时期,杭州扫墓风俗并不以哀思逝者为重,西湖小说中的清明节处处展现西湖的繁华与生者的游兴。《西湖二集》第十四卷《邢君瑞五载幽期》说:"西湖之盛,莫盛于清明。"四季节日众多,但最能体现西湖繁华与杭人游兴的却是清明。小说然后津津有味地描述道:"杭州风俗,清明日人家屋檐都插柳枝,青蒨可爱,男女尽将柳枝戴在头上。又有两句俗语道得好:'清明不戴柳,红颜成皓首。'小孩子差读了道:'清明不戴柳,死去变黄狗。'甚为可笑……"②童言无忌无邪,但作者在儿童误读造成的谐音中放大了戏谑的"趣味"。清明戴柳的风俗是生者以死者为戒,要对青春容颜倍加珍爱,而非对死者的缅怀哀思,再加上以地位卑贱、遭人歧视的黄狗来打趣死者,调侃中就有对亡灵不敬之嫌。于此,死者未必为大,但生者必定为重,厚人薄鬼的意味浓厚。小说接着又描绘道:

> 杭州此日,家家上坟祭扫,南北两山,车马如云,酒樽食笋,山家村店,无处不是饮酒之人。有湖船的在船畅饮;没湖船的藉地而坐,笙箫鼓乐,揭地喧天。苏堤一带,桃红

① [明]张岱:《陶庵梦忆》卷一,夏咸淳、程维荣校注,《陶庵梦忆·西湖梦寻》,上海古籍出版社 2001 年版,第 15 页。

② [明]周清原:《西湖二集》,周楞伽整理,人民文学出版社 1999 年版,第 237 页。

> 柳绿,莺啼燕舞,花草争妍,无一处不是赏心乐事。还有那跑马走索,飞钱抛铗,踢木撒沙,吞刀吐火,货郎贩卖希奇古怪时新玩弄之物,无所不有,香车宝马,妇人女子,挨挨挤挤,好生热闹。邢君端看了这般繁华景致,分外高兴。①

"揭地喧天"的音乐肯定不适合寄托哀思,更像是在为酣畅淋漓的饮酒作乐而助兴伴奏。莺啼燕舞,热闹非凡,"无一处不是赏心乐事",眩人耳目的繁多杂耍与稀奇古怪的时新玩具满足了生者的娱乐享受。西子湖畔的清明日成了生者肆意纵乐的狂欢节,祭扫中绝少黄土荒冢、青烟纸钱的场景,更别提肃穆哀伤的情境氛围了。

2. 清明多艳遇。按照中国古代的礼制与习俗,祭祀前要斋戒,包括沐浴、洁食、禁欲等,以示庄重和虔诚。《太平御览》引《礼记外传》曰:"凡大小祭祀,必先斋,敬事天神人鬼也。斋者,敬也。"②《礼记·月令》强调要"止声色",即停止享用乐舞和女色。但在明末清初西湖小说中,清明节成了纵欲狂欢的嘉年华,就连艳遇之事也屡见不鲜。在描写清明祭扫的 17 篇 18 处中,发生了艳遇者至少有 10 篇 10 处。《西湖二集》第十四卷《邢君瑞五载幽期》引用柳永《木兰花慢》云:"盈盈,斗草踏青。人艳冶,递逢迎。向路旁,往往遗簪堕珥,珠翠纵横。欢情,对佳丽地,任金罍竭,玉山倾。拚却明朝永日,画堂一枕春醒。"在富有浪漫情调的郊野,游人春心萌动,艳冶妖娆的歌妓舞女尽情享受春天的欢乐。小说首先引用此词来为清明故事定下基调,随后

---

① [明]周清原:《西湖二集》,周楞伽整理,人民文学出版社 1999 年版,第 237—238 页。
② [宋]李昉等:《太平御览》卷五三〇《礼仪部九·斋戒》引《礼记外传》,中华书局 1960 年版,第 2403 页。

就让主人公邢君瑞在苏堤上"捱来挤去,眉梢眼底,不知看了多少好妇人女子"①,一段艳遇便在清明祭扫中拉开了序幕。另如《情史·乐和》中,在祭扫的游船上,乐和对喜娘"见之魂消","彼此相视,微微送笑",在眉目传情中心心相印;《警世通言》第二十八卷《白娘子永镇雷峰塔》与《西湖佳话·雷峰怪迹》中,祭扫归来的寡妇白娘子对许宣"频把秋波偷瞧",许宣顿时心猿意马,难以把持;《女才子书》卷七《卢云卿》中,寡妇卢云卿在祭奠亡夫的归途中与月嵋一见钟情,馈赠信物,很快就自荐枕席,相约私奔。更有甚者,如《喻世明言》第二十九卷《月明和尚度柳翠》中的高僧于清明节那天触犯色戒,自毁功德,等等如此,不一而足。

在明末清初西湖小说中,与清明祭扫有关的场景无一例外地渲染西湖繁盛与游人狂欢,尤其是艳遇与纵欲故事较多,与其他地方或传统清明祭扫中的风俗大相径庭。究其原因,应该与杭州风俗好游乐、尚奢华相关。此风自宋到清,除了明初朱元璋对江南豪强与奢华之风的打击压制而短暂偃息外,一直炽盛不衰,特别是在明代后期愈演愈烈,所谓"杭俗儇巧繁华,恶拘检而乐游旷。大都渐染南渡盘游余习,而山川又足以鼓舞之"②,西湖为此推波助澜,提供了极佳的土壤与用武之地。通过风土民情与历史文化的综合视角,也就不难理解《警世通言》第十四卷《一窟鬼癞道人除怪》描绘清明时节,人们在西子湖畔"香车竞逐,玉勒争驰,白面郎敲金镫响,红妆人揭绣帘看"的奇异景

① [明]周清原:《西湖二集》,周楞伽整理,人民文学出版社1999年版,第238页。
② [明]王士性:《广志绎》卷四"江南诸省",吕景琳点校,中华书局1981年版,第69页。

象了①。

西湖进香也是一项十分浓厚的祭祀风俗。进香所在地的天
竺寺地位崇高,以观音为本尊,由上中下三寺合成,均系杭州古
代名刹。据《光绪天竺山志》载,下天竺可以追溯到东晋咸和初
年,西天竺僧慧理在此建寺弘法,距今已有一千六百余年。最晚
的上天竺寺创建于后晋天福四年(939),也逾千年历史。天竺
寺乃佛门圣地,信男善女趋之若鹜,进香风俗源远流长。宋高宗
曾亲临天竺进香。宋孝宗也数次驾临,并于乾道元年(1165)二
月专门召见上天竺住持若纳,赐封赐印,命其管辖禅、教、律三宗
和江南佛教事务,名重天下。孝宗和后来的数位帝王又多次赏
赐金银财宝和匾额经书,亲临进香。到了明清时期,天竺寺依然
沐泽皇恩,如明太祖下旨重建上天竺寺,明英宗赐经予此,康熙
五次驾临上天竺寺并赐经,乾隆重新给三寺命名并亲题匾额。
所谓"僧庐梵刹,几遍寰区。唐宋以来,于斯为盛"②,天竺寺确
实具有非同一般的尊贵地位与巨大影响。每年六月十九日观音
诞辰的前夜,浙江巡抚、布政使与按察使都会赶往天竺烧香。其
他许多时节,江浙等地的民众也会前来朝拜进香,络绎不绝。这
些在明末清初西湖小说中有生动展现,表现出以下特色:

1. 香市发达,气氛浓厚。因进香拜佛者汇聚而形成了商业
性集市,称为香市。西湖香市非常繁荣,张岱记载道:"西湖香
市,起于花朝,尽于端节。山东进香普陀者日至,嘉湖进香天竺

---

① [明]冯梦龙:《警世通言》,顾学颉校注,人民文学出版社1956年版,第182
　页。
② [清]管庭芬等:《天竺山志》卷二"建置",光绪元年刊本。

者日至,至则与湖之人市焉,故曰香市……数百十万男男女女、老老少少,日簇拥于寺之前后左右者,凡四阅月方罢。"①天竺进香催生与繁荣了西湖香市,香市人潮又进一步促进了天竺香火的兴旺。明末清初西湖小说对天竺进香有十分详尽、生动的描述,如《醋葫芦》第二回描绘成珪等人去天竺进香的情形:

> 不觉来到九里松,转过黑观音堂便是集庆禅院,两边庵观寺院,总也不计其数。烧香的男男女女,好似蝼蚁一般,东挨西擦,连个轿夫也没摆布。挤了好一会,才到得上天竺寺。但见:栋宇嵯峨,檐楹高迥。金装就罗汉诸天,粉捏成善才龙女。真身大士,法躯海外进来香;假相鹦哥,美态陇西传入妙。求签声,叫佛响,钟鼓齐鸣,不辨五音和六律;来烧香,去点烛,烟光缭绕,难分南北与东西。正是:皇图永固千年盛,佛日增辉万姓瞻。②

成珪与周智两家人要去天竺观音殿进香,定期许个灯油良愿。前夜准备妥帖,第二天清早就出了城西的涌金门,来到柳洲亭畔,雇了艘轻快小船,渡过金沙滩,再换乘大船,一路来到了西湖北边的九里松。唐代杭州刺史袁仁敬在行春桥至灵隐寺、三天竺之间大量植松,左右各三行,苍翠夹道,凡九里,人称九里松,成了朝圣的最后一程。这是杭州人去天竺进香的常规路线。走过九里松,信男善女多如蝼蚁,接踵摩肩,人声鼎沸,香火旺盛,"来烧香,去点烛,烟光缭绕,难分南北与东西"。雄伟的寺

---

① [明]张岱:《陶庵梦忆》卷七"西湖香市",夏咸淳、程维荣校注,《陶庵梦忆·西湖梦寻》,上海古籍出版社 2001 年,第 109 页。

② [明]西子湖伏雌教主:《醋葫芦》第二回《祭先茔感怀致泣 泛湖舟直谏招尤》,上海古籍出版社"古本小说集成"本,第 38—39 页。

庙与威严的佛像让信徒们顿时感觉跨进了佛国世界,禁不住匍匐在佛光宝相之下。在此氛围中,成珪等人首先净手,洗去凡尘,摒除杂念。家仆安童点上香烛,做好准备。但香客太多,值殿长老忙不过来,众人需要耐心等待。长老好不容易过来,问了他们的居址和姓名,写了两道文疏,仪式正式开始。那场景是"行者击鼓,头陀打钟,齐齐合掌恭敬,各各瞻依顶礼,口中各各暗暗的祷祝些什么"。香客然后再请签筒,许愿祈签,在长老宣讲后送了衬钱,就告一段落。成珪等人出了寺门,又特意到白衣观音赐子殿进香,长老写疏宣法,亦如前法。拜祷已完,仍旧许了心愿,送了衬钱,领了些点心之类就算结束。可见进香程序虽不十分复杂,但也颇有讲究,马虎不得。信男善女对其中的抽签十分笃信。如《型世言》第十回《烈女忍死殉夫　贤媪割爱成女》中,有些交情的归、陈两家人在去天竺进香的途中提议结亲,但也不敢贸然行事,于是计议说:"但凭神佛吧,明日上天竺祈签,若好便当得。"在天竺抽完签后,对神谕感到满意,归老亲娘道:"看起签来,都是好,我们便结了亲罢。"①一路上便以亲家相称。可见天竺进香结良缘,祈愿抽签是一大关键。

2.被和尚缠住化缘是天竺进香经常遭遇的尴尬与窘迫。西湖小说对此多有描述,《醋葫芦》第二回最为生动,"只见那些募缘僧人,手里捧本缘簿,一齐攒将拢来。你也道是修正殿,我又说是造钟楼,一连十多起和尚,声声口口念着弥陀,句句声声只要银子。把个现在功德,说得乱坠天花,眼灼灼就似活现一般,那些趋奉,不能尽述……那些和尚也只跟来跟去,甜言蜜语说个

---

①　[明]陆人龙:《型世言》第十回,上海古籍出版社"古本小说集成"本,第457页。

不了"①。这些和尚化缘就是一种死皮赖脸的强制行为。他们将佛陀念得天花乱坠,但目光灼热,紧盯的却是银子。小说将他们的贪婪丑态刻画得活灵活现。当有香客施舍时,这群和尚"好似苍蝇见血,也不顾香客在旁,好生趋趋跄跄,你争我夺,多多少少得些,哄的一声,又到那一边,仍旧募化了"。此种情形就如同《喻世明言》第二十七卷《金玉奴棒打薄情郎》描绘杭州乞丐大闹喜宴的场面:"叫爹叫娘叫财主,门前只见喧哗;弄蛇弄狗弄猢狲,口内各呈伎俩。敲板唱杨花,恶声聒耳;打砖搽粉脸,丑态逼人。一班泼鬼聚成群,便是钟馗收不得。金老大听得闹吵,开门看时,那金癞子领着众丐户,一拥而入,嚷做一堂。癞子径奔席上,拣好酒好食只顾吃……唬得众秀才站脚不住,都逃席去了。"佛门僧侣与市井乞丐原本相去甚远,但在此却何其相似。

除了上述杭州风俗以外,明末清初西湖小说热衷描绘的还有弄潮、观潮、观灯、竞龙舟等,多有浓郁的地域风情,值得瞩目。

第二节　斑斓繁杂的市井生活

西湖小说兴起于都市与湖山之间,兼具浓郁的市井气息与鲜明的文人色彩。市井生活一直是西湖小说家津津乐道的题材,斑斓繁杂的市井生活为明末清初西湖小说带来了无穷的活力与绚丽的色彩。

---

① [明]西子湖伏雌教主:《醋葫芦》,上海古籍出版社"古本小说集成"本,第40页。

一、贩卖与欺诈

杭州自隋代以后就是一座商业非常繁荣的城市。"杭州地广户稠,商贾辐辏,逐末者众","杭民半多商贾"①,各种店铺布满了杭州的大街小巷,甚至达到了"西湖商贾区,山僧多市人"的程度②。于是,明末清初西湖小说描述了许多经商贩卖的精彩故事,表现出以下特点:

(一)着力表现杭州商业繁荣兴旺,形成了多层次的商业区。杭州的市场门类齐全,区分细致,涵盖的行业众多。各类商铺星罗棋布,商品琳琅满目。田汝成《西湖游览志余》载:"乃今三百六十行,各有市语,不相通用,仓猝聆之,竟不知为何等语也。"③"市语"是行业术语。因为行业太多,各有行话,隔行如隔山,行外人难以听懂许多专门术语。可见杭州的行业不仅数量众多,门类齐全,而且达到了一定的专业化程度。如《型世言》第二十六回中,赵裁缝为邻居作证时拿出一张"十家牌":

周仁**酒店**、吴月**织几**、钱十**淘沙**、孙径**挑脚**、冯焕**箆头**、李子孝**行贩**、王春**缝皮**、蒋大成**摩镜**。④

加上赵裁缝和"积祖原是走广生意"的行商张谷,十户邻家

① 〔清〕龚嘉儁等:《光绪杭州府志》卷七十四"风俗",台湾成文出版有限公司 1983 年版,第 1501 页。
② 〔宋〕陆游:《夜泛西湖示桑甥世昌》,钱仲联校注《剑南诗稿校注》卷十七,上海古籍出版社 1985 年版,第 1352 页。
③ 〔明〕田汝成:《西湖游览志余》卷二十五,上海古籍出版社 1980 年版,第 453 页。
④ 〔明〕陆人龙:《型世言》第二十六回《吴郎妄意院中花　奸棍巧施云里手》,上海古籍出版社"古本小说集成"本,第 1128—1129 页。

十种经营,生意行类众多,名目丰富,分布集中,形成了一个微型的商业区。此外,还有以下几类商业区值得关注:

1.高端奢侈的豪华商业综合体。《西湖二集》第十一卷《寄梅花鬼闹西阁》描绘了一处以大型高档酒楼为中心的商业综合体:

> 话说这几处酒楼最盛,每酒楼各分小阁十余处,酒器都用银,以竞华侈。每处各有私名妓数十人,时装艳服,夏月茉莉盈头,香满绮陌,凭槛招邀,叫做卖客;又有小鬟,不呼自至,歌吟强聒,以求支分,叫做擦坐;又有吹箫、弹阮、息气、锣板、歌唱、散耍等人,叫做赶趁;又有老姬以小炉炷香为供,叫做香婆;又有人以法制青皮、杏仁、半夏、缩砂、荳蔻、小蜡茶、香药、韵姜、砌香橄榄、薄荷,到酒阁分俵得钱,叫做撒暂;又有卖玉面狸、鹿肉、糟决明、糟蟹、糟羊蹄、酒蛤蜊、柔鱼、虾茸、干,叫做家风;又有卖酒浸江瑶、章鱼、蛎肉、龟脚、锁管、蜜丁、脆螺、鲎酱、虾法子鱼、鱼诸海味,叫做醒酒口味。凡下酒羹汤任意索唤,就是十个客人,一人各要一味,也自不妨。过卖、挡头答应如流而来,酒未至,先设看菜数碟,及举杯,又换组菜,如此屡易,愈出愈奇,极意奉承;或少忤客意,或食次少迟,酒馆主人便将此人逐出。以此酒馆之中歌管欢笑之声,每夕达旦,往往与朝天车马相接。虽暑雨风雪,未尝稍减。①

作者一口气列举了熙春楼、三元楼、赏心楼等十八家酒楼,这些酒店的招牌闪亮,引人注目。它们名副其实,都有自己的特色绝

---

① [明]周清原:《西湖二集》,周楞伽整理,人民文学出版社1999年版,第179页。

活与比较优势。小说对其中两家最具特色的酒家予以特别注明："圪虫麻眼（只卖好酒）""郑厨（只卖好食,虽海鲜,鼍羹皆有之）"。酒楼各分十余间安静雅致的厢阁,私密性强,显然是达官贵人的好去处。酒器用银,十分奢华。小说接着详细介绍"卖客""擦生""赶趁""香婆""家风""醒酒口味"等特色菜肴与服务名目。山珍海味应有尽有,美味佳肴琳琅满目,甚至可以做到私人订制,十人十味,绝不雷同。这里不仅厨艺精湛,而且服务周到。侍者十分贴心,极意奉承。老板对他们非常严苛,只要顾客稍不满意,例如上菜未能及时,就会立即解雇。宾至如归甚至胜归,天堂般的舒适享受让这里生意兴隆,"歌管欢笑之声,每夕达旦,往往与朝天车马相接,虽暑雨风雪,未尝稍减"。这里朝欢暮乐,夜以继日甚至通宵达旦,成了一座不夜城。

2.平民百姓的购物天堂。如果说上述奢华酒楼只是富豪权贵的消费乐园,那么西湖香市则是平民百姓的购物天堂。《鬎头陀传》第二十二则详尽描绘道:

> 钱塘门外松木场,便有许多香荡,停泊下路船只,倚荡俱开杂货铺店,骈集如鳞。店内之物,如灯笼、草纸、木屐、雨伞、泥人、纸匣、书籍、画片、箫鼓之类,比户相接,直至九里松香烛饭店而止,填街塞道,擦背挨肩。也有茶汤果品,摇鼓吹笙;也有调丝唱曲,卖解打拳;也有星相医卜,摆摊说撒……不可胜数。上下三百余僧房,四方香客,相沿满座,饮食若流。门前轿马喧阗,纵横满道,看来却也繁华。①

钱塘门外的商铺鳞次栉比,各类商品琳琅满目,除了名目繁多的

---

① ［清］西湖香婴居士:《鬎头陀传》,于文藻校点,人民文学出版社1999年版,第233页。

日常生活用品,还有玩具、乐器、书画等,应有尽有。各种杂耍服务项目也应接不暇,热闹非凡。四方香客云集,挤满了数百间僧房,强力拉动了香市消费。这种大众集市价廉物美,极大满足了普通百姓的购物欲望,原本作为宗教活动的进香和前文已述的西湖旅游也成了一种购物狂欢节。

3.国家级的商品交易博览会。西湖小说多次描绘国家级的商品博览会——南宋皇家游湖时形成的集市,如《西湖二集》第二卷《宋高宗偏安耽逸》描绘:

> 孝宗每每启请太上皇两宫游幸湖山,御大龙舟,宰相诸官各乘大船,无虑数百。那时承平日久,与民同乐,凡游观买卖之人都不禁绝。画船小舫,其多如云。至于果蔬、羹酒、关扑、宜男、戏具、闹竿、花篮、画扇、彩旗、糖鱼、粉饵、时花、泥孩儿等样,名为湖上土宜;又有珠翠冠梳、销金彩缎、犀钿漆窑玩器等物,无不罗列;如先贤堂、三贤堂、四圣观等处最盛。或有以轻桡趁逐求售者,歌妓舞鬟,严妆炫卖,以待客人招呼,名为"水仙子"。至于吹弹舞拍、杂剧撮弄、鼓板投壶、花弹蹴鞠、分茶弄水、踏滚木、走索、弄盘、讴唱、教水族飞禽、水傀儡、嚣道术戏法、吞刀吐火、烟火、起轮、走线、流星火爆、风筝等样,都名为"赶趁人"。其人如蚁之多,不可细说……太上皇命内侍买湖中鱼鳖放生,又宣唤湖中买卖人等,内侍用小旗招引,各有赏赐。①

在这个国家级的商品博览会上,最尊贵的顾客就是太上皇高宗与皇帝孝宗。在这里,龙颜大悦,屡有赏赐,形成高潮。上行下

---

① [明]周清原:《西湖二集》,周楞伽整理,人民文学出版社 1999 年版,第30—31 页。

效,达官显贵也不吝啬,多次推波助澜。这段文字尽管改编自《武林旧事》卷三《西湖游幸》,但融入小说叙事情节中就别有一番意味。宋高宗偏安一隅,不图恢复,让人痛心疾首。但作者描述西湖繁华与城市富足时,不由得露出几分赞赏与谅解。这个博览会上的众多商品能满足不同阶层的差异化需求,除了市井赌博用的器具与各种土特产,还有珠翠冠梳与销金彩缎等众多奢侈品,可与柳永在《望海潮·东南形胜》中描绘的"市列珠玑,户盈罗绮,竞豪奢"相互印证。尤其是"水仙子"与"赶趁人"带来的特色表演项目,还有其他杂耍、演剧、歌舞等,让人眼花缭乱,目不暇接。这些具有西湖地域特色的商业表演还出现在上文述及的弄潮与《西湖二集》第十四卷《邢君瑞五载幽期》中的清明游湖过程中,从作者洋洋洒洒的铺陈笔墨中就能强烈感受到西湖畔生意场上热火朝天,从帝王将相到贩夫走卒都沉浸其中,足见杭州商业的繁荣兴旺。

(二)融合物质消费的奢华风气和精神生活的高雅情趣。明代杭州人张瀚(1510—1593)描述家乡的日用习俗说:"服食器用月异而岁不同已,毋论富豪贵介,纨绮相望,即贫乏者,强饰华丽,扬扬矜诩,为富贵容。"①同为杭州人的田汝成也说:"杭民尚淫奢……日用饮膳,惟尚新出而价贵者,稍贱便鄙之。"②西湖看似成了纸醉金迷、物欲横流之地,但杭州人向往奢华的物质生活,并不等于他们的精神生活就是空虚无聊。他们在物欲之外也追求精神生活的高雅品位与浪漫情趣。谢和耐认为:"十三

---

① [明]张瀚:《松窗梦语》卷七"风俗纪",盛冬铃点校,中华书局1985年版,第139页。
② [明]田汝成:《西湖游览志余》卷六,上海古籍出版社1980年版,第120页。

世纪时的杭城,可谓将豪华、奢侈、高雅等特色汇集于此地,乃是当时一切雅美精致的中心。"①其实不只是十三世纪,而是杭州历来的传统。《西湖二集》第二十三卷《救金鲤海龙王报德》中,杨维桢"生性豪奢",在西湖上挥金如土,但同时在吴山铁崖岭上"种绿萼梅数百株于其上,建层楼积书数万卷",诗酒吟唱,享誉天下,连龙王都称赞他"作《竹枝词》耸动天下,使西湖气色为之一新"②。《今世说·侈汰》中,翁逢春酒醉后,脚趾被堆放在地上的二千金所伤,他发誓"吾明日用汝不尽,不复称侠"③,于是在西湖上置酒设会,高朋满座,风流洒脱,可称佳话。

(三)非常钟爱小商小贩,大力赞扬他们勤劳、朴实的可贵品质。富商巨贾毕竟只是极少数的商界精英,成千上万的小商贩才是这个行业的主体。明末清初西湖小说对富商多有嘲笑,如解库老板成珪屡次成为笑话的主角(《醋葫芦》);盐商吴尔辉是"极臭、极吝","惯去闯寡门,吃空茶,假耽风月",最终被人诈骗,"惹了一身膻"(《型世言》第二十六回《吴郎妄意院中花 奸棍巧施云里手》);家财万贯的富商乔彦杰贪淫好色,最终落得家破人亡,只得投西湖自尽(《警世通言》第三十三卷《乔彦杰一妾破家》),等等。西湖小说对小商贩却多有称赞,着力表现他们的勤劳与朴实。如《醒世恒言》第三卷《卖油郎独占花魁》中,秦重是个"好忠厚人",生意上讲究诚信,卖油分量足,价格公道,"邻里皆称其厚德";对王美娘尊重体贴,获得美满的爱

① 〔法〕谢和耐:《南宋社会生活史》第三章《杭州的衣食住》,马德程译,"中国文化大学"出版部1982年版,第103页。
② [明]周清原:《西湖二集》,周楞伽整理,人民文学出版社1999年版,第373页。
③ [清]王晫:《今世说》卷八"汰侈",浙江人民出版社1980年版,第104页。

情;为人善良,不计前嫌去照顾朱十老,收留逃难的莘老夫妇。秦重最终四重大喜临门,作者称赞"风流不及卖油人"①。《鲛头陀》第十五则中,卖豆腐酒的张老夫妇生意惨淡,"一分一厘积攒不起"②,但在拾到五十两白银后立即想要物归原主,拾金不昧,朴实善良。小说作者对他们非常钦佩,不吝赞美之词。

　　杭州活跃着许多以拐骗欺诈为生的群体,他们游走在灰色甚至是黑色地带,给杭州的市井生活带来了浓重的阴影。宋代陈世崇《随隐漫录》载:"钱唐游手数万,以骗局为业。"③明代田汝成也说:"(杭人)喜作伪,以邀利目前,不顾身后,如酒挽灰,鸡塞沙,鹅羊吹气,鱼肉贯水,织作刷油粉,自宋时已然,载于《癸辛杂识》者可考也。"④可见,杭州拐骗欺诈的严重问题由来已久,落下一个久治不愈的痼疾。于是,大批偷鸡摸狗、为非作歹的社会边缘人活跃在明末清初西湖小说当中。如《石点头》第十卷《王孺人离合团鱼梦》描述了一大帮惹是生非的闲游子弟混迹于市井,"便有偷鸡、剪绺、撮空、撒白、托袖、拐带有夫妇女,一班小人,丛聚其地"。小说特别介绍了一个典型人物——赵成,"这人有气力,有贼智,久惯帮打官司。赌场中捉头放囊,衙门里买差造访,又结交一班无赖,一呼百应。打抢扎诈、拐骗

① [明]冯梦龙:《醒世恒言》,严敦易校注,人民文学出版社1956年版,第69页。
② [清]西湖香婴居士:《鲛头陀传》,于文藻校点,人民文学出版社1999年版,第196页。
③ [宋]陈世崇:《随隐漫录》卷五,《笔记小说大观》第九册,江苏广陵古籍刻印社1983年版,第380页。
④ [明]田汝成:《西湖游览志余》卷二十五,上海古籍出版社1980年版,第448页。

掠贩、养贼窝赃、告春状、做硬证、陷人为盗,无所不为"①。对于此类为害一方的毒瘤式人物,《拍案惊奇》第十六卷《张溜儿熟布迷魂局　陆蕙娘立决到头缘》感慨道:

> 话说世间最可恶的是拐子,世人但说是盗贼,便是十分防备他,不知那拐子便与他同行同止,也识不出弄喧捣鬼,没形没影的做将出来。神仙也猜他不到,倒在怀里信他。直到事后晓得,已此追之不及了。这却不是出跳的贼精,隐然的强盗?②

因为这类人颇有"贼智",十分狡诈,善于伪装,极有手段,软硬兼施,集拐子与强盗的部分特点于一身,使人防不胜防。明末清初西湖小说主要叙述了他们的两类行径:

(一)拐卖妇女与诈骗婚姻。《石点头》第十卷《王孺人离合团鱼梦》中,拐子利用极短的时间差,冒充丈夫派来的轿夫捷足先登将乔氏抬走;《醒世恒言》第三卷《卖油郎独占花魁》中,卜乔利用莘瑶琴在逃难中的对他的信任,落井下石,将她骗到烟花王九妈家卖做妓女;《拍案惊奇》第十六卷《张溜儿熟布迷魂局　陆蕙娘立决到头缘》中,婆子极其善于表演,假装"十分凄惨悲咽",引起扈家人的注意,然后一步步编造悲惨身世博得同情与信任,最终将扈家的两个儿媳拐走;《型世言》第二十六回《吴郎妄意院中花　奸棍巧施云里手》中的高超骗术更是令人咋舌,整个计划天衣无缝、滴水不漏。骗子看准好色的吴尔辉想娶

---

①　[明]天然痴叟:《石点头》,上海古籍出版社"古本小说集成"本,第645—646页。

②　[明]凌濛初:《拍案惊奇》,陈迩冬、郭隽杰校注,人民文学出版社1991年版,第250页。

小妾又怕老婆的弱点,巧施布局,环环相扣,将警惕性颇高、设有重重心理防线的精明商人一步步引入圈套,让他为美妾到手深感窃喜而麻痹大意。最不可思议的是骗子居然还在官府衙门里瞒天过海,堂而皇之地拿到盖有官印的法律文书,又在杭州大街上明目张胆地现场交货。他们在即将露馅的危急关头还不忘加价和讨论银子的成色,在与被骗双方都打了招呼后才从容不迫地扬长而去。总之,诈骗团伙组织严密,分工明确,配合默契,表演逼真,行动迅速,尤其善于抓住受害人的心理弱点,诱导他们失去警惕,或者制造紧张气氛,让人在骤然紧张中缓不过神来,然后看准时机,充分利用他们的疏忽大意而得手。

(二)直接诈骗勒索钱财。这种套路在小说中更为常见,无赖们首先设置一个圈套诱人钻入,然后抓住把柄威胁告官,最终索要重金以私了。如《鬎头陀传》第三十则中,无赖们冒充董家门前一具无名死尸的亲戚,企图诈以重金。《欢喜冤家》续集第三回《马玉贞汲水遇情郎》中,杨禄“专一无风起浪,诈人银子,陷害无辜”①,自称是失踪的马玉贞的表叔,敲诈她的丈夫王文未成后恼羞成怒,把他告到官府,送入牢狱,酿成大祸。杭州城里还有一种叫作“扎火囤”的骗术,打扮妖艳的女子勾引男子,当二人欲作鱼水之欢时,夫家突然现身捉奸,一顿打骂,扬言告官,男子的财物在一片混乱中被席卷一空,或者被强行勒索了事。《二刻拍案惊奇》第十四卷《赵县君乔送黄柑　吴宣教干偿白镪》讲述了好几个“扎火囤”的故事。难怪耐得翁在《都城纪胜》中感叹此辈“强颜取奉,多呈本事,必得而后已”②。

---

① [明]西湖渔隐主人:《欢喜冤家》,北京师范大学出版社1992年版,240页。
② [宋]耐得翁:《都城纪胜》,《南宋古迹考(外四种)》,浙江人民出版社1983年版,第92页。

五光十色的市井难免藏污纳垢,这些诈骗团伙为非作歹,给百姓带来了巨大的伤害与痛苦,显示出市民成分的复杂性与市井生活的斑驳繁杂。

二、火灾与消防

杭州城在历史上一直为火灾所困扰。火灾给这座城市留下了极其惨痛的历史印记。现存史载最早的一次火灾发生在天福六年(941)七月,"吴越府署火,宫室府库几尽,吴越王元瓘惊惧,发狂疾"[1]。此后,杭州城市发展史可谓是一段与火灾抗争的艰难历程。明末清初西湖小说也生动记述了火灾带给这座城市的梦魇以及市民的消防应对,具体如下:

(一)火灾频发。杭州在南宋时期火患十分严重,次数非常频繁。《西湖二集》第二十四卷《认回禄东岳帝种须》讲述了南宋绍兴年间的火灾故事,"话说宋朝临安建都以来,城中大火共二十一次,其最利(厉)害者五次"[2]。据"临安三志"记载,在绍兴年间(1131—1162)的三十余年,杭州几乎年年发生大火,少则一次,多则三四次。到了南宋中期,延烧一千户以上的火灾多达十一次,殃及过万户的有四次。据《元史·五行志》记载,从至元二十二年到至正三年(1286—1343)的五十七年中,杭州发生火灾二十余次,平均不到三年就发生一次较大的火灾。明末又是一个火灾频发的高峰。据《杭州府志》载,从嘉靖三十年到崇祯十七年(1552—1644)的九十年间,杭州发生大火灾十九

---

① [宋]司马光:《资治通鉴》卷二八二《后晋纪三》,中华书局1956年版,第3523页。
② [明]周清原:《西湖二集》,周楞伽整理,人民文学出版社1999年版,第381页。

次,平均不到五年一次,这种趋势一直持续到清初①。康熙年间(1662—1722),规模较大的有十余次,平均六年即有一次大火②。从上述并不完全的统计就可见杭州火灾十分频繁。

(二)火灾原因复杂,与杭州的城市布局及民情风俗密切相关。关于杭州火灾频发的原因,《西湖二集》第二十四卷《认回禄东岳帝种须》和《麴头陀传》第二十则都做了详细的探讨。前者认为:

> 只因民居稠密,砖墙最少,壁竹最多。所以杭州多火,共有五样:民居稠密,灶突连绵;板壁居多,砖垣特少;奉佛太盛,家作佛堂,彻夜烧灯,幢幡飘引;夜饮无禁,童婢醋倦,烛烬乱抛;妇女娇惰,篝笼失检。③

确实如此,自唐代到明清,杭州经济发达,人口稠密,但受到狭长的腰鼓城布局的限制,城市内部空间非常狭小逼仄,造成民居十分密集,"杭郡民庐,比栉如栉,而寿安坊当阛阓四达之冲,又最嚣处也"④,构成了独特的都市景观。如果一旦发生火灾,就会迅速蔓延开来,很难及时扑灭,所谓"钱塘辐辏地,居处层楼巅。版墙不隔尺,万家手可传。一遭回禄灾,乐岁如凶年"⑤,

① [清]龚嘉儁等:《光绪杭州府志》卷八十五"祥异",台湾成文出版有限公司1983年影印本,第1646—1652页。
② [清]龚嘉儁等:《光绪杭州府志》卷八十五"祥异",台湾成文出版有限公司1983年影印本,第1653—1659页。
③ [明]周清原:《西湖二集》,周楞伽整理,人民文学出版社1999年版,第381页。
④ [明]田汝成:《西湖游览志余》卷十一,上海古籍出版社1980年版,第200页。
⑤ [元]朱德润:《寓武林闻失火》,[清]顾嗣立选,《元诗选初集》,中华书局1987年版,第1612页。

回禄是火神的名称,回禄灾即火灾。该篇小说所叙故事中的火灾起因就是王家丫鬟忙了一天,十分疲倦,把灯火顺手插在墙上,便倒头睡去。"那灯火延在板壁之上,首先烧着周必大的宅子,一时间便延烧起来,刮刮杂杂,好生厉害",终于酿成大祸。《西湖二集》总结杭州火灾多发的五大原因,其实采自田汝成的《西湖游览志余》卷二十五"委巷丛谈"。除了上述原因,《麴头陀传》第二十则对杭州人的另一些陋习做了深入剖析:"这些百姓也并不去打灭扑救房屋,只用搬抢破家破伙,填街塞巷。加以市井光棍成群结伙,竟以抢掳为事。"①一些市民自私短视和光棍无赖趁火打劫造成现场更加混乱无序,这也是火势得不到及时有效控制,反而进一步扩大了损失的重要原因。西湖小说对这些问题的生动展示与深入分析,可以弥补杭州史志记载之不足,也反映了小说家对社会现实的深刻洞察与深切关怀。

(三)损失惨重。《资治通鉴》记载杭州最早的一次火灾就给这座城市留下了可怕的噩梦与记忆。天福六年(941)七月,杭州主城区被烧成一片废墟,吴越国王钱元瓘因火灾惊惧过度,后来发狂病而死。显德五年(958),"辛酉夜,钱唐城南火,延及内城,官府庐舍几尽"②,状况非常惨烈。南宋绍兴二年(1132)五月,"临安府大火,亘六七里,燔万数千家"③,民居受损尤其严重。嘉泰元年(1201)三月的一次大火连烧四昼夜,"延烧五万

① [清]西湖香婴居士:《麴头陀传》,于文藻校点,人民文学出版社1999年版,第222页。
② [宋]司马光:《资治通鉴》卷二九四《后周纪五》,中华书局1956年版,第3667页。
③ [元]脱脱等:《宋史》卷十六,中华书局1977年版,第1380页。

八千九十七家。城内外亘十余里，死者五十有九人，践死者不可计。城中庐舍九毁其七，百官多僦舟以居"①，诸多繁华区域化为一片灰烬。嘉定四年（1211）三月，杭州大火，"燔尚书中书省、枢密院、六部、右丞相府……火作时，分数道，燔二千七十余家"，留下满目疮痍。嘉定十三年（1220）十一月壬子，杭州火，"燔城内外数万家，禁垒百二十区"②，损失非常惨重。《西湖二集》第二十四卷《认回禄东岳帝种须》也列举了火灾给杭州城带来的巨大创伤：

> 绍兴二年五月大火，顷刻飞燔六七里，被灾者一万三千家。六年十二月又大火，被灾者一万余家。嘉泰元年辛酉三月二十八日宝莲山下大火，被灾者五万四千二百家，绵亘三十里，凡四昼夜乃灭……嘉泰四年甲子三月四日大火，被灾者七千余家，二昼夜乃灭。绍定四年辛卯大火，比辛酉年之火加五分之三，虽太庙亦不免，城市为之一空。③

南宋时期，作为京城的杭州在灾后重建还能得到朝廷的重视与举国的支援，但元代以后的杭州火灾使这座"世界上最美丽华贵的城市"大伤元气，在相当长时期内难以恢复。至正元年（1341）四月十九日，杭州发生大火，"燔官舍民居公廨寺观，凡一万五千七百余间，死者七十有四人"④，造成非常重大的灾难，"官民间舍，焚荡迨半，遂使繁华之地，鞠为蓁芜之墟。言之

---

① 〔元〕马端临：《文献通考》卷二九八《物异考四》"火灾"，中华书局 1986 年版，第 2359 页。
② 〔元〕脱脱等：《宋史》卷十六，中华书局 1977 年版，第 1384 页。
③ 〔明〕周清原：《西湖二集》，周楞伽整理，人民文学出版社 1999 年版，第 382 页。
④ 〔明〕宋濂等：《元史》卷五十一，中华书局 1976 年版，第 1100 页。

痛心,孰甚其咎!"①第二年四月一日,"又灾,尤甚于先,自昔所未有也"②。十分频繁的火灾使杭州城遭受了巨大损失。《西湖二集》第二十六卷《会稽道中义士》也叙说道:"民间失火,飞烬及其宫室,焚毁都尽。"盛世王朝留给杭州最后的辉煌也在火光中几度灰飞烟灭。西湖畔许多名楼宝刹在火灾中也未能幸免。据《光绪杭州府志》记载,嘉靖元年(1522),保俶塔被焚毁。嘉靖十二年(1534)元月,六和塔被焚毁。昭庆寺在隆庆三年(1569)、崇祯十三年(1640)和十六年(1643)三次遭遇大火;天竺寺于康熙四十一年(1703)二月遭到火灾重创③。这些在西湖小说中多有反映。如《醉菩提传》第十二回、《獭头陀传》第二十五则等篇章中记叙了净慈寺、灵隐寺被焚后的惨象,"可惜若大一个净慈寺失了火,从前半夜烧起,直烧到次日午时方住。大殿两廊尽皆烧毁"④,让众僧痛心不已。

火灾给杭州人的日常生活带来了浓重的阴影,留下了许多不堪回首、心有余悸的惨痛记忆。康熙年间,寓居杭州的毛奇龄在《杭州治火议》中记录了他的真切感受:"杭州多火灾,岁必数发,发必延数里,且有蹈火以死者……顾焦烂犹在目也。"⑤明末清初西湖小说中的一些篇章也细致描绘了可怕的火灾场景,如

---

① [元]杨瑀:《山居新语》,李梦生点校,《山居新语·至正直记》合订本,上海古籍出版社2012年版,第26页。

② [元]陶宗仪:《南村辍耕录》卷九,中华书局1959年版,第116页。

③ 参见周峰主编《元明清名城杭州》,浙江人民出版社1997年版,第495—508页。

④ [清]天花藏主人:《醉菩提传》,萧欣桥校点,人民文学出版社1999年版,第69页。

⑤ [清]毛奇龄:《西河文集·杭州治火议》,《万有文库》第二集,商务印书馆1935年版,第2册,第87页。

《认回禄东岳帝种须》中：

> 一时间便延烧起来,刮刮杂杂,好生利害……天火非凡
> 火不燎,始初逼逼剥剥,继则烘烘,骨都都烟迷宇宙,刮剌剌
> 焰震乾坤。果然势如燎毛之轻,诚者烈若红炉之铸,可想周
> 郎赤壁,宛似项羽咸阳。①

又如《鬎头陀传》第二十则中：

> 不上半个时辰,只见墙内紫焰烛天,金蛇绕地,百道火
> 光,漫空倒卷……自午馀烧到半夜,可怜一家五十馀口,尽
> 为煨烬。外边看火者,俱见火神骑着火龙、火马,火将持着
> 火鞭、火轮,绕墙围转。②

作者引用项羽火烧阿房宫、周瑜火烧赤壁曹营等历史上著名的
火攻战例,还有神话传说中的火神作比,生动形象地描绘出火灾
场面之凶险与损失之惨重。确实,频发的巨大火灾给杭州城带
来了无可估量的损失,造成"数百年浩繁之地,日就凋敝,实基
于此"③。

（四）逐渐完善的消防制度与杭州人的艰苦应对。火灾给
杭州带来了深重的灾难,不仅殃及民众,而且对皇家宫殿与官府
衙门产生了严重威胁。因此,"辇下繁盛,火政当严"④,消防成
了杭州城的头等大事之一。从宋代至清代,杭州的消防制度与

---

① ［明］周清原:《西湖二集》,周楞伽整理,人民文学出版社1999年版,第384
　　页。
② ［清］西湖香婴居士:《鬎头陀传》,于文藻校点,人民文学出版社1999年
　　版,第225页。
③ ［元］陶宗仪:《南村辍耕录》卷九,中华书局1959年版,第116页。
④ ［宋］陈仁玉等:《淳祐临安志》卷六"军营",浙江人民出版社1983年版,第
　　113页。

措施逐渐完善,具体表现如下:

其一,官府设立巡逻与报警制度,建立专业化消防队伍。南宋吴自牧《梦粱录》载:"官府坊巷,近二百余步,置一军巡铺,以兵卒三五人为一铺,遇夜巡警地方盗贼烟火。"①建立了一张严密的消防巡逻与报警网。杭州还大力建设专业的消防部队,《淳祐临安志》记载杭州"增置潜火军兵总为十二隅七队,皆就禁军数内抽拔"②,从保卫皇城的禁军中选拔消防战士,保障优质兵源与强大的战斗力,可见朝廷对杭州消防的高度重视。到了元代,火灾预警与应急制度日益完善,"若一家发火,则击梆警告,由是其他诸桥之守夜人奔赴火场救火……救火者其数至少有一两千人"③,可见杭州应对火灾更加自如。

其二,民间百姓的消防措施也比较完备。《鳜头陀传》第二十则描述杭州民间的防火措施说:"日常挨家设备火钩火索,水帚水缸一切器具,终日戒严",有备无患,日常保持很高的警惕性。富贵人家的豪宅更是戒备森严,如财主古独峰家的情形为:"也只怕火灾,门前一带,俱是大风火墙垣,墙里又是一带夹沟,沟有七八尺阔,沟内俱种荷花,周围水绕。内边厅屋楼房,层层叠叠,不知多少,委实城中虽有火灾,千年万载也沿烧不着。"④虽然只是一户人家,但也精心设计了一个比较严密的立体化消

① 〔宋〕吴自牧:《梦粱录》卷十"防隅巡警"条,浙江人民出版社1980年版,第89页。
② 〔宋〕陈仁玉等:《淳祐临安志》卷六"军营",浙江人民出版社1983年版,第113页。
③ 〔意〕马可·波罗:《马可·波罗行纪》,冯承钧译,中华书局2004年版,第410页。
④ 〔清〕西湖香婴居士:《鳜头陀传》,于文藻校点,人民文学出版社1999年版,第223页。

防体系,置有防火墙、防火沟、隔离带与缓冲带等多重保险设施,尽可能地隔绝一切火患。此外,旁边建有神庙,供奉火德星君以求护佑,有利于增强百姓战胜火灾的信心,缓释应对火患的心理压力。可见,民间百姓的消防在杭州日常生活中的重要地位。

其三,惩治"火头",严究火灾责任。起火之家是酿成灾难的源头,叫作火头,应当承担主要责任。明末,杭州府规定火头须"以银铛系颈,游于十门。然后从县解府,解道解司,至抚院止。每解衙门必责二十棰,以为常,诚重之也"①,处罚确实比较严厉。《西湖二集》第二十四卷《认回禄东岳帝种须》中,官府把火源旁边的住户周必大与邻居五十余人,"尽数下在狱中,奏行三省官勘会"。周必大最终被削官为民。《醉菩提传》第十二回中,净慈寺发生火灾,"早有许多弓兵入寺来查失火的首犯,已将两个监寺捉将去了"②,惩治火头毫不手软。

(五)西湖小说中的救火英雄和火光崇拜。杭州民众深受火灾威胁,屡遭火灾苦难,非常渴望出现拯救他们的英雄。因此,明末清初西湖小说中出现了一批救火英雄,津津乐道他们救黎民于火灾的英勇事迹,富有地域特色。如《麴头陀传》第二十则中,济公施展法术,将陈奶妈腹中之物化作一条腾空降雨的黑龙,迅速扑灭大火,保护了百姓的生命财产。《西湖二集》第二十四卷《认回禄东岳帝种须》中,一场突如其来的大火不仅把"数百家衣服家伙之类烧个罄尽",而且使五十余人面临牢狱之灾,可谓祸不单行、雪上加霜。这时,周必大挺身而出,表示"人

---

① [清]毛奇龄:《杭州治火议》,魏源编《皇朝经世文编》第九十五卷,《魏源全集》第十八册,岳麓书社2004年版,第200页。

② [清]天花藏主人:《醉菩提传》,萧欣桥校点,人民文学出版社1999年版,第68页。

果可救,我何惜一官？况舍我一顶纱帽,以救五十余人之罪,我情愿"①。周必大情愿削职为民,救出因火灾追责而再度受苦受难的不幸民众。一句"我情愿"铿锵有力,显示了周必大在灾难面前勇于担当、舍己为人的牺牲精神。这种高尚品质感动了东岳帝君,最终护佑他位居宰相。这是对火灾中涌现出来的英雄人物的讴歌与期盼,是饱受火灾苦难的杭州民众强烈愿望的生动表达。

由于火灾与消防对杭州民众生活的巨大影响,他们对火光有着敏锐的感受与特殊的认知,甚至产生了火光崇拜。钱镠作为开创吴越国雄霸东南百年基业的一代雄主,西湖小说对他推崇备至,述其身世也想模仿史载帝王、圣贤出生时的祥瑞异兆。《西湖二集》第一卷《吴越王再世索江山》描述钱镠出生时说:"忽然蜥蜴钻入床下,即时不见,随产个小儿下来,满室火光,惊天动地,邻家都来救火。"②以火光为兆,应该与杭州日常生活中强烈的"火"意识有关,对火的畏惧而产生对火光的崇拜。

三、赌博与诉讼

赌徒与骗子虽然同属于不务正业、游走在灰色地带的边缘化群体,但在明末清初西湖小说中,品行及命运却大不一样。甚至有几位赌徒后来成为叱咤风云的王侯将相。作者似乎在探讨赌徒的侥幸、冒险心理与枭雄的政治品格及其命运沉浮,是否存在某种因果联系,确实耐人寻味。

---

① [明]周清原:《西湖二集》,周楞伽整理,人民文学出版社 1999 年版,第 384 页。

② [明]周清原:《西湖二集》,周楞伽整理,人民文学出版社 1999 年版,第 5 页。

吴越王钱镠雄霸一方,但在发迹前是个不折不扣的市井赌徒。《西湖二集》第一卷《吴越王再世索江山》说他"生性慷慨,真有一掷百万之意;在赌博场中,三红四开,一掷而尽,他也全不在心上"①。小说意欲说明,常年豪赌使他对钱财抱有比较超脱的态度,显示出非凡的气度与博大的胸襟,依稀可见他日后用兵与治国的影子。且不论这种逻辑推导是否牵强,在现实情理中,赌博赢少输多是普通家庭难以承受的,滋生事端也为法律与道德所不容。因此,县衙录事钟起对儿子与钱镠成为赌友十分恼怒,认为"两个儿子好端端的,被破落户钱镠引坏了他,好赌好盗,异日须要连累",于是把儿子痛打一顿,不让他们来往。作者倒也没有观念先行,并未责备钟起有眼不识泰山,而是出于生活常理称赞其"教子有义方,不容赌博场。匪人若谢绝,定有好儿郎",免不了借此一番说教。但让钟起对钱镠另眼相看也与赌博有关。钱镠有一天赌输了,去钟氏兄弟那里借钱,恰好被一位与钟起交好的术士相中,称这个赌徒"一身魁伟气如虹,绕鼻尽成龙凤。虎体熊腰异相,帝王骨格奇容"。原来市井赌徒也有帝王之相,钟起顿时肃然起敬,"遂留钱公饮酒,并两个儿子都出来陪酒,宾主吃得个畅快……方才敬重钱公;任凭儿子与他来往,又时尝贷其钱米"②。一方面,赌徒的不良身份并没有遮蔽钱镠固有的禀赋,依然能被伯乐相中。另一方面,厌恶赌徒的钟起又何尝不是一位大赌徒?他把丰盛的酒菜、钱米与儿子的前途都押在钱镠这一宝上。好在钱镠这类赌徒并非邪恶之人,

---

① ［明］周清原:《西湖二集》,周楞伽整理,人民文学出版社 1999 年版,第 6 页。

② ［明］周清原:《西湖二集》,周楞伽整理,人民文学出版社 1999 年版,第 7—8 页。

早年混迹市井,以赌博谋生,但为人坦荡磊落,做人处世尚有底线,遵守道义原则。赌徒的险恶处境不仅磨炼了他的意志,而且让他更加熟悉社会底层的真实状况,广泛结交三教九流各色人等,为他日后起事与治理吴越积累了人脉资源和实践经验。后来钱镠犯事,又靠钟起报信得以逃脱抓捕。钱镠成就王业后,知恩图报,"念钟起父子之恩,都拜为显官"。作者认为赌徒如能金盆洗手,浪子回头,时机一到,也能成就一番伟业。

好赌习气虽然尚未腐蚀钱镠的本性,但对于南宋权相贾似道却是另一种人格与命运,不仅毁掉了他的一生,而且祸国殃民,危及南宋王朝。赌博使贾似道的人生充满变数,富有传奇性。《喻世明言》第二十二卷《木绵庵郑虎臣报冤》说他原本生于官宦之家,自幼聪明过人,七岁时读书过目成诵,十五岁无书不读,下笔成文。但由于父亲早逝,缺乏管教,很快就沦为赌徒,"呼卢六博,斗鸡走马",荡尽家产后流落临安,"闲时未免又在赌博场中玩耍……不勾几日,行囊一空,衣衫褴褛"①。一位道士相面后,称他将来的功业不会亚于高宗时的宰相与抗金名将韩世忠。但赌徒终归还是赌徒,贾似道在酒后与人赌博相争,失足跌倒,伤及额头,留下了一块疤痕。当再次相遇时,道士惋惜他已经破相,虽有荣华富贵,但不得善终。贾似道后来偶然得到赌友陈二郎的帮助,投靠了刘八太尉,由此得知姐姐被册封为贵妃,于是利用裙带关系,很快出将入相。荣华富贵如同赌场上的钱财,一夜暴富,来得那么快捷与容易。赌博纠纷造成的破相似乎没有直接影响到他的功名富贵,但赌徒心理与卑劣品行注定

---

① [明]冯梦龙:《喻世明言》,许政扬校注,人民文学出版社1958年版,第330页。

了他的可耻可悲下场,两者如附骨之疽,深刻影响了贾相国的政治生涯与治国之道,所得到的一切最终又如赌场上的钱财,去得那么突然与容易。作者感叹道:"木绵庵里千年恨,秋壑亭中一梦空。"①此"梦"就是赌徒期盼一切都能侥幸的幻梦。

钱镠和贾似道的好赌是他们自幼沾染的习性与逐渐养成的嗜好。赌博还是达到某种目标的手段与工具,比如科举功名的"敲门砖"。《西湖二集》第二十卷《巧妓佐夫成名》详细述说了一个士子如何利用赌博成就功名的传奇经历。太学生吴尔知本是个本分的读书人,但穷困潦倒,功名不遂。当曹妙哥问他有何技艺谋生时,他说:"我会得赌,喝红叫绿,颇是在行。"于是,深谙市井生活的曹妙哥详细给他分析了赌徒们的出身、成分、心态与常用赌技,有如高僧讲经,头头是道。由于纨绔子弟不知生活的艰难,平时挥霍无度,容易沦为一掷千金、倾家荡产的赌徒。曹妙哥建议吴尔知隐瞒真实身份,不断变换假名,让赌徒们猜不出来头。然后招募帮手,设置圈套,诱其入局,"专看势头,若是骰子兴旺,便出大注;若是那人得了彩头先前赢去,须要让他着实赢过,待后众人一齐下手,管取一鼓而擒之",如此欲擒故纵,引诱他们尝到甜头后一步步沉湎豪赌,最终倾家荡产。曹妙哥最后说:"你若积攒得来,以为日后功名之资,何如?"功名无望的吴尔知茅塞顿开,喜从天降,拍手叫道:"精哉此计!"从此开始步入豪赌聚财之路。"那吴尔知原是赌博在行之人,盆口精熟,又添了这十个好弟兄相帮,好不如意"。这十个赌徒帮手的诨号颇有讲究:白赢全、金来凑、赵一果、伍万零、到我家、屈杀

---

①　[明]冯梦龙:《喻世明言》,许政扬校注,人民文学出版社1958年版,第350页。

你、咱得牢、王无敌、宋五星、锁不放。十个诨号都是双关谐音，暗合赌具名称、赌技术语与赌场行话。名不虚传，他们的高超赌技确实令人眼花缭乱，叹为观止。小说引用《赌博经》为证：

> 赌博场中，以气为主。要看盈虚消息之理，必熟背孤击虚之情。三红底下有鬼，断要挪移；劈头就掷四开，终须变幻。世无长胜之理，鏖战久而必输；我有吞彼之气，屡取赢而退步。衔红夹绿，须要手快眼明；大面狭骰，定乘战酣人倦。色旺急乘机而进，少挫当谨守以熬。故知止便尔无输，苟贪多则战自败。若识盆中巧妙，定然一掷千金。①

此段采用四六韵语，穿插哲学概念与战争术语，阐释输赢奥妙，描述赌场百态，展现精彩赌技，揭示赌徒弱点，告诫应该注意的问题。"十载寒窗未辛苦，九衢赌博作生涯。"吴尔知利用赌博赢来的巨资，上下打点，登了进士，做上县尉。一个原本走投无路的贫寒太学生，在"世道歪斜不可当，金银声价胜文章"的黑暗社会，用"九衢赌博"取代"十载寒窗"，用金钱将妓院、市井、书斋、赌场、科场与官场一线串连起来，走了一条非常肮脏的救己曲线，即"太学生——赌徒——进士——县尉"的奇特道路，令人慨叹。

诉讼题材也为明末清初西湖小说所津津乐道。在大多数的公案小说中，案情的扑朔迷离、当事人命运的起伏波折与法官的巧妙推断，都能引起读者的极大兴趣。但明末清初西湖小说中的诉讼题材并不热衷设置悬念，情节也称不上曲折离奇，更不着力表现清官的刚正不阿、英明神断，或是贪官的昏庸无能、草菅

---

① [明]周清原:《西湖二集》,周楞伽整理,人民文学出版社1999年版,第332页。

人命。明末清初西湖小说大多把当事人遭遇的磨难，视为个体命运的表现形式，并不注重社会现实批判。因此，小说对法官与捕快的着墨很少，而是主要表现当事人在冤屈中的拼命挣扎，又因某一个偶然机会发现蛛丝马迹，一路追寻，最终拨云见日，洗刷清白。如《欢喜冤家》续集第三回《马玉贞汲水遇情郎》中，王文的妻子马玉贞突然失踪，无赖杨禄敲诈未成而向官府诬告。王文平日与妻子有矛盾，此时不能交代她的去向与失踪的原因，具有重大嫌疑，被下狱待审。县主与衙役拘人审讯，实属依律办案，例行公事，无可厚非。此案最终依靠王文的好友周全在西湖寻见了与人私奔的马玉贞，他才得以辩白解脱。县主最终赦免了善良、真诚的马玉贞，严惩了诬告的杨禄与破坏别人家庭的宋仁，客观上促使王文改正缺点，夫妻重归于好。小说更多的是关注人性的善恶与命运的沉浮，市井传奇性盖过了司法批判性。又如《喻世明言》第二十六卷《沈小官一鸟害七命》中，李吉因一只画眉而遭遇飞来横祸，其冤情也依靠两个朋友明察暗访，费尽周折，最终得以昭雪。作者在篇末说教道："积善逢善，积恶逢恶。仔细思量，天地不错。"①将案情中的人物命运归结为因果报应，淡化了对司法不公的批判。

　　以上所述，仅仅是明末清初西湖小说所展现的斑斓繁杂的市井生活的一串剪影与缩影，但能管中窥豹，感受到西湖小说题材具有浓郁的地域特色。

---

①　[明]冯梦龙：《喻世明言》，许政扬校注，人民文学出版社1958年版，第400页。

第三节　悲欢离合的爱情婚姻

杭州乃人文渊薮,才女辈出,不让须眉。《西湖二集》第十六卷称赞杭州女子说:"果是山川灵秀之气,偶然不钟于男而钟于女。"①确实如此,施淑仪《清代闺阁诗人征略》收录清代杭州女诗人二百八十六人,约占总数的四分之一②。胡文楷《历代妇女著作考》收录清代杭州女作家四百三十余人③,蔚为大观。美国汉学家曼素恩统计了长江下游各府的女作家占当地人口总数的比例,发现杭州府的比例最高,"作为清代女作家出现最多的地区,杭州和它的周边地区(钱塘县)是最值得骄傲的"④。杭州女子富有才情,如吴吴山的三位妻子陈同、谈则、钱宜合评《牡丹亭》,陈端生、梁德绳合撰长篇弹词《再生缘》,顾若璞及"蕉园诗社"诸多名媛时常吟哦于西湖之上。才女、才情与才气成了西湖文化的重要标识。西湖水光潋滟,水含柔情。爱情婚姻是文学艺术的重要主题,尤其在"极摹人情世态之歧,备写悲欢离合之致"的明清小说中得到了淋漓尽致的展现⑤。西湖上一直盛传浪漫的爱情故事,本节就从西湖钟情的女性题材,来探讨明末清初西湖小说中悲欢离合的爱情婚姻。

---

① 〔明〕周清原:《西湖二集》,周楞伽整理,人民文学出版社1999年版,第263页。
② 施淑仪:《清代闺阁诗人征略》,上海书店1987年版。
③ 胡文楷:《历代妇女著作考》,上海古籍出版社2008年版。
④ 〔美〕曼素恩:《缀珍录——十八世纪及其前后的中国妇女》,定宜庄、颜宜葳译,江苏人民出版社2005年版,第293页。
⑤ 〔明〕笑花主人:《今古奇观序》,抱瓮老人辑《今古奇观》卷首,顾学颉校注,人民文学出版社1957年版,第1页。

一、青楼传说：对幸福爱情的执着追求

杭州乃销金窟和温柔乡，与邻近的南京、扬州等地都是娼妓麇集的都会与典型的烟柳繁华之地。谢和耐考察宋代杭州的都市生活时说："娼妓之多，足使人假定十三世纪的杭州人生活中，淫靡之风已扮了一重要角色。"①杭州的娼妓在《马可·波罗行纪》中也留下了极为深刻的印记："妓女的人数，简直令人不便启齿，不仅靠近方形市场的地方为她们的麇集之所，而且在城中各处都有她们的寄住之地。她们的住宅布置得十分华丽，她们打扮得花枝招展，香气袭人，并有许多女仆随侍左右。这些妇女善于献媚拉客，并能施出种种手段去迎合各类嫖客的心理。游客只要一亲芳泽，就会陷入迷魂阵中，任她摆布，害得失魂落魄，流连忘返。他们沉湎于花柳繁华之地，一回到家中，总说自己游历了京师或天城，并总希望有机会重上天堂。"②杭州的娼妓不仅人数众多，而且长相柔媚，善解人意，让游客流连忘返，刻骨铭心。马可·波罗对此的印象之深远超他对大都（北京）的烟花记忆。在明末清初西湖小说中的情形亦是如此，慕色是文士与妓女交往最初、最直接的动机。在风景秀美、佳丽如云的西子湖畔，非花容月貌不足以引人注目并怦然心动。《西湖佳话·西泠韵迹》中，阮郁初识"琼姿玉貌，就如仙子一般"的苏小

---

① 〔法〕谢和耐：《南宋社会生活史》，马德程译，"中国文化大学"出版部1982年版，第133页。
② 〔意〕马可·波罗：《马可·波罗行纪》，冯承钧译，中华书局2004年版，第577页。

小时,先是"暗暗吃了一惊",接着"再三瞻视",最后"魄散魂消"①。《拍案惊奇》第二十五卷《赵司户千里遗音　苏小娟一诗正果》中,赵院判初见苏小娟时也有一段华丽辞藻,极力铺陈她的花容月貌:"脸际芙蓉掩映,眉间杨柳停匀……司空见惯也销魂",赵院判"真个眼迷心荡"②,于是一见钟情,不能自拔。毋庸讳言,西子湖畔的青楼传说尽管具有追求爱情婚姻的崇高目标,但还是沿着一条"慕色——赏才——痴情"的轨迹逐步发展而来。

　　妓女本是一个依靠出卖色相为生的群体,人格尊严遭到肆意践踏。她们虽有鲜衣美食、朱阁绮户,但"倚门卖笑,为名教所非议"③,充满屈辱与辛酸。《醒世恒言》第三卷《卖油郎独占花魁》中,刘四妈告诫王美娘,若不依鸨母的教训,"动不动一顿皮鞭,打得你不生不死"④;《西湖二集》第十一卷《寄梅花鬼闹西阁》中,马琼琼诉苦道:"妾堕落风尘,苦不可言,如柳絮误入污泥之中,欲飞不得……"⑤因此,追求爱情婚姻、落籍从良是她们的奋斗目标。明末清初西湖小说塑造的诸多妓女形象,无论是貌美如玉、巧于献媚,还是才高八斗、情深义重,都强调"只愿

---

① ［清］古吴墨浪子:《西湖佳话·西泠韵迹》,上海古籍出版社1980年版,第83页。

② ［明］凌濛初:《拍案惊奇》,陈迩冬、郭隽杰校注,人民文学出版社1991年版,第432页。

③ ［清］古吴墨浪子:《西湖佳话·西泠韵迹》,上海古籍出版社1980年版,第82页。

④ ［明］冯梦龙:《醒世恒言》,严敦易校注,人民文学出版社1956年版,第40页。

⑤ ［明］周清原:《西湖二集》,周楞伽整理,人民文学出版社1999年版,第181页。

得遇个知音之人,随他终身,方为了局的"①,"每欲脱其火坑,仍做好人风范,数年以来,留心待个有情有义之人"②。但她们不仅要承受社会施加的重重压迫,而且要克服自身固有的诸多障碍。围绕对爱情婚姻的执着追求,明末清初西湖小说生动叙述了她们与文士相识、相知、相爱的悲欢离合,深刻展现她们的高贵品质与人生价值。她们的不幸、才华、深情、美貌、智慧、勇气与意志让西湖小说情节动人,题材生辉,有荡气回肠之效果。这些青楼传说中的女子有以下几个方面值得关注:

(一)以文才追求爱情婚姻。在唐传奇中,很多美女形象成了"艳""色"的符号和标签。如《莺莺传》中,张生迷恋莺莺的是"颜色艳异,光辉动人"③。《霍小玉传》中,李益直言不讳地对霍小玉说"鄙夫重色"④。花容易逝,浓情难久。无视佳人之才,慕色难以持久,所以悲剧频演。在明末清初西湖小说中,许多风尘女子开始也是以美貌吸引文士的关注,但小说着眼于富有文才的妓女与文士诗词唱和,她们以文才博得才子的爱慕与尊重。文士不只是倾慕她们的美貌,更重要的是欣赏她们的才华,尊重她们的人格,从而提高了小说题材的品位和格调。如《拍案惊奇》第二十五卷《赵司户千里遗音 苏小娟一诗正果》中,妓女曹文姬的才华直追历史上著名女文学家蔡文姬,"出口

---

① [明]凌濛初:《拍案惊奇》第二十五卷《赵司户千里遗音 苏小娟一诗正果》,陈迩冬、郭隽杰校注,人民文学出版社1991年版,第424页。

② [明]周清原:《西湖二集》第十一卷《寄梅花鬼闹西阁》,周楞伽整理,人民文学出版社1999年版,第181页。

③ [唐]元稹:《莺莺传》,《唐宋传奇集》,文学古籍刊行社1956年版,第128页。

④ [唐]蒋防:《霍小玉传》,《唐宋传奇集》,文学古籍刊行社1956年版,第71页。

落笔,吟诗作赋,清新俊雅,任是才人,见他钦伏",甚至有超过后者之处,"至于字法,上逼钟、王,下欺颜、柳,真是重出世的卫夫人。得其片纸只字者,重如拱璧,一时称他为'书仙'"①,小说从诗赋、书法等多方面彰显她才华横溢。曹文姬公开宣称"欲倡吾者,必先投诗",以诗招婿,以才取人。最终,任生以超凡的才华被文姬认定"此真吾夫也"。曹文姬清醒地认识到色貌易逝,只有才华能经受岁月的考验,真正得到文士的爱情与尊重。《西湖佳话·西泠韵迹》中,诗才催化了阮郁与苏小小的感情,使之升华。阮郁在读完《镜阁诗》后,惊叹道:"原来姑娘佳作,愈出愈奇。"②由"慕色"到"赏才"是促使妓女重建人格尊严与人生价值的关键环节,也是获得爱情的重要途径。

(二)以缜密的心思与灵活的手腕来创造幸福的生活。青楼女子的文才虽然能够征服士子的主观感情,促使心灵共鸣与爱情萌芽,但现实是残酷的,面对客观存在的重重羁绊,她们需要非凡的心机与才干来排忧解难,修成正果。《西湖二集》第二十卷《巧妓佐夫成名》感慨道:"在娼妓之中,从来有能事之人,有男子做不来的,他偏做得。"③面对残酷现实中的艰难险阻,她们的心智与魄力常常使男子自愧弗如。如妓女曹妙哥"是个女中丈夫,真拳头上立得人,胳膊上走得马"④,她佩服《汧国夫人传》(又名《李娃传》)中的李亚仙"真有手段",并立志效仿她来

----

① [明]凌濛初:《拍案惊奇》,陈迩冬、郭隽杰校注,人民文学出版社1991年版,第421页。

② [清]古吴墨浪子:《西湖佳话》,浙江人民出版社1981年版,第94页。

③ [明]周清原:《西湖二集》,周楞伽整理,人民文学出版社1999年版,第382页。

④ [明]周清原:《西湖二集》,周楞伽整理,人民文学出版社1999年版,第330页。

追求自己的爱情婚姻。她费尽心机,帮助穷书生吴尔知在走投无路的困境中一步步成就功名。曹妙哥心思缜密,老辣练达,对赌场、科场与官场内幕都有非凡的洞察力与分析能力。尤其是她一直保持清醒与理智,最后奉劝吴尔知急流勇退,避祸全身,极具远见卓识。而吴尔知或是"喜从天降,便拍手叫道:'精哉妙计。'"或是"如梦初醒,拍手大叫道:'精哉此计!'"或是赞叹"贤哉吾妻,精哉此计!"佩服得五体投地,无不言听计从。《醒世恒言》卷三《卖油郎独占花魁》中,美娘听从刘四妈的劝说,从良应当从长计议,于是开始缜密地安排了脱身之路。从不露声色地积攒、转移财产,物色可靠的有情郎君,到怂恿刘四妈出面劝说鸨母,每一步都伺机而动,恰到好处,做得天衣无缝、滴水不漏,居然把久经风尘、老谋深算的刘四妈"惊得眼中出火,口内流涎",惊叹"小小年纪,这等有肚肠"①。小说着力表现她们缜密的心思、灵活的手腕、敏锐的洞察力和超强的行动力,最终为自己谋得幸福生活。相比而言,她们的情郎却显得平庸无能,即使有高迈的文才,但与社会现实脱节,面对复杂的现实问题常常手足无措,反衬出这群"女中丈夫"的才干、意志、价值与尊严。如果没有她们的心思与手腕,再浪漫的爱情也只能空余"执手相看泪眼"的哀怨与悲愁。

　　(三)以痴情重义与执着追求获得爱情婚姻。冯梦龙《情史序》感慨说:"万物如散钱,一情为线索。散钱就索穿,天涯成眷属。"②在明末清初西湖小说中,很多青楼女子以痴情重义与高

①　[明]冯梦龙:《醒世恒言》,严敦易校注,人民文学出版社1956年版,第66页。

②　[明]冯梦龙:《情史·序》,上海古籍出版社"古本小说集成"本,第7—8页。

风亮节来改变世俗成见对她们的歧视,为自己最终赢得幸福的婚姻。《西湖二集》第二十卷《巧妓佐夫成名》头回中,戴纶被诬陷打入死牢,相好的妓女邵金宝使出浑身解数予以营救。面对残忍的刑讯逼供,金宝"不顾性命,随你怎么鞭挞交下,他再不走开一步,情愿与戴纶同死同生"①。她一面供给戴纶的生活,一面想方设法打通关节,"功夫不负苦心人",十年奔波,终于将情郎救出牢狱,把戴妻感动得"推金山、倒玉柱拜了八拜",获得了戴家的尊敬与感恩。作者也赞叹道:"解纷排难有侯嬴,金宝相传义侠声。若使男儿能似此,史迁端的著高名。"②小说把妓女邵金宝与《史记·魏公子列传》中的义士侯嬴相比,认为其情义同样可以青史留名。在《西湖二集》第十一卷《寄梅花鬼闹西阁》中,马琼琼"死心塌地在朱廷之身上,不唯不要朱廷之一文钱,反倒陪钱钞出来"③,临别时再三叮嘱愿托付终身,情深意切,让人感动。她在重逢时又表示"愿相公与妾脱去乐籍,永奉箕帚,妾死亦甘心也"。当得知朱廷之家有悍妻,阻难极大时,马琼琼义无反顾地说:"我自小心服侍,日尽婢妾之道,不敢唐突触忤。"④可见马琼琼对郎君的痴情深义,并最终感化了原本充满妒意的柳氏,获得幸福生活。再如《西湖佳话·六桥才迹》中,朝云的性情"不似杨花""风鉴颇高",被苏轼闻知,"见他不

---

① [明]周清原:《西湖二集》,周楞伽整理,人民文学出版社1999年版,第329页。

② [明]周清原:《西湖二集》,周楞伽整理,人民文学出版社1999年版,第330页。

③ [明]周清原:《西湖二集》,周楞伽整理,人民文学出版社1999年版,第181页。

④ [明]周清原:《西湖二集》,周楞伽整理,人民文学出版社1999年版,第184页。

沾不染,不像个风尘中人,甚爱之,又甚怜之"。这位青楼女子以她的品格征服了苏东坡,成就了一段爱情佳话。

当然,青楼女子的美貌才情、坚定信念与不懈努力并不都能实现她们的美好心愿。《醒世恒言》卷三《卖油郎独占花魁》中,刘四妈关于"苦从良""没奈何的从良""不了的从良"的精辟论述就生动概括了她们的悲剧命运。这是美好愿望在残酷现实中的幻灭和破碎。久历风尘、见多识广的刘四妈有感而发,道出了一种非常普遍的社会现象。另如《情史·周子文》中,钱塘营妓周子文因相思而殁。《情史·王生陶师儿》中,妓女陶师儿与王生双双投湖殉情,西湖成了这对情侣生死相恋的无奈归宿。在美丽的西子湖畔,她们对爱情婚姻的热切向往与执着追求,书写了至情至性的青楼传奇。不论如愿与否,西湖始终是她们安身立命的归宿。她们的美貌才情、坚定信念与执着追求,"与西湖并传不朽"①。

二、妒妇奇闻:对家庭婚姻的坚定守卫

中国古代是一个男尊女卑的男权社会,但谢和耐在论述宋元时期杭州人的家庭生活时说:"特别是在妇女之间,由于嫉妒、不平而引起纷争,时有所闻。"在杭州这座商业非常发达的城市,"中层或下层阶级的已婚妇女在经济方面扮演一种重要角色,因此她们在家中的权威足可与丈夫并驾齐驱。许多妇女有很强的事业心,充满了进取的精神,且善于指挥。这些妇女有时颇为专横、贪婪,而泼悍的妇人并非没有。"②明末清初西湖小

---

① 〔清〕古吴墨浪子:《西湖佳话》,上海古籍出版社1980年版,第106页。
② 〔法〕谢和耐:《南宋社会生活史》第四章《杭州人的一生历程》,马德程译,"中国文化大学"出版部1982年版,第112、132页。

说塑造了众多妒妇形象,蔚为大观。其主要特点是表现为"情妒",即对家庭婚姻的坚定守卫。其产生的原因与题材特点,既具有明清小说的共性特征,也有杭州特定地域的个性色彩,具体表现为:

(一)杭州妒妇的娘家财力雄厚,这是"情妒"炽烈的底气来源与经济基础。明代中后期,商品经济的繁荣使商人的地位大幅提高。来自浙江余姚的大思想家黄宗羲(1610—1695)提出"工商皆本"论,认为"夫工固圣王之所欲来,商又使其愿出于途者,盖皆本也"①。杭州作为民众"半多商贾"的商业中心,西湖作为物质消费的"销金锅"②,金钱财富自然成为衡量地位高低的重要尺度。如《醋葫芦》中,都氏妒意炽烈、飞扬跋扈,令人望而生畏,为什么人人莫奈其何? 这种习性和地位的形成源于她从娘家带来的巨额财富。都氏的父亲是老员外都直,"颇有财势,因开绸绢铺子,人人唤做都绢"。反观丈夫成珪"幼年孤苦,无倚无依",相差甚远。妻子作为富商之女,人仗财势,在出身贫贱的丈夫面前自然有一种建立在物质基础上的强烈优越感,因此小说分析道:"都氏从来娇养,况且成珪出身浅薄,家业皆得内助,惧内二字,自不必说了。"③作者言之有理,双方家族在经济上差距悬殊,自然会导致夫妻在家庭生活中的地位失衡,这是西湖小说甚至明清小说中大量出现商妇之妒现象的现实基础,也是妒妇之所以能妒的主要资本。

① [清]黄宗羲:《明夷待访录·财计三》,中华书局1981年版,第41页。
② [明]郎瑛:《七修类稿》卷二十三"销金锅"条,上海书店出版社2009年版,第244页。
③ [明]西子湖伏雌教主:《醋葫芦》第一回,上海古籍出版社"古本小说集成"本,第8页。

　　（二）以美丽多情与高超才干为武器来捍卫婚姻，这是"情妒"炽烈的主观条件与自身能力。《醋葫芦·说原》认为："情不足以联其夫，不得妒；才不足以凌其夫，不能妒；智浅不足以驾驭其夫，虽欲妒，夫亦不受其妒。"①西湖小说中的妒妇并不是面目狰狞、心黑手辣的脸谱化恶魔形象，她们聪明美丽，富有才干。这是妒妇之所以能妒，丈夫能容忍其妒的重要条件。如《醋葫芦》中的都氏"虽不是倾国倾城，却也如花似玉"。《西湖二集》第十一卷《寄梅花鬼闹西阁》中，妒妇柳氏"生得玉琢成，粉捏就的身躯"，丈夫朱廷之"爱的是聪明标致，怕的是妒忌天成"。而且，这些妒妇才干出众，甚至让丈夫自惭形秽。《寄梅花鬼闹西阁》中的柳氏"女工精巧过人，这也不足为奇。自幼聪明，读书识字，吟得好诗，作得好赋"②，才华横溢，不让须眉。《集咏楼》中的石氏也是"貌颇不俗，亦善吟咏"，常与丈夫赋诗唱和，毫不逊色。《醋葫芦》中的都氏颇有经商理财之能，"荆钗裙布俭撑持，不为雌石季，也算女陶朱……一应做家，色色停当"③，勤俭持家，做事干练，可谓商界的女豪杰。小说总评多次慨叹她的才干："大是奇计，胜假梦者数倍。"并为她辩解说："妒妇无才，亦乌能为妒妇？"而反观丈夫成珪除了整天哀叹与盘算娶妾以外，碌碌无为，软弱无能，也难怪都氏能"自言家业皆繇我，恃己多才凌老公"。以至于且笑主人叹道："试观都氏举止，其才情智

————————

①　[明]西子湖伏雌教主：《醋葫芦·说原》，上海古籍出版社"古本小说集成"本，第1页。

②　[明]周清原：《西湖二集》，周楞伽整理，人民文学出版社1999年版，第177页。

③　[明]西子湖伏雌教主：《醋葫芦》，上海古籍出版社"古本小说集成"本，第12页。

识,自是太原异人……世有都氏,吾愿事以箕帚。"①认为都氏是位颇具才干的奇女子,家有如此妒妇,不应为忧,反以为幸,并表示自己愿意尽心伺候,以示敬意。

妒妇深爱她们的丈夫,具有敢爱敢恨的真性情。她们既不是遵照传统礼法一味委曲求全,以"三从四德"来刻意迎合男权,也不是简单地依靠撒泼耍横来无理取闹,而是刚柔相济,软硬兼施,高效有力地解决婚姻家庭中的难题。所谓"胜负场中逞后先,英雄队里争豪杰。怎归来见着俏浑家,汤烧雪"②,可见妒妇的独特魅力所在。如柳氏与丈夫朱廷之"甚是相得,行则同肩,寝则迭股,说不尽两人恩爱之处。夫妻共是二十三岁,再不相离"。当得知丈夫在外出轨时,她的反应非常激烈:

> 早已紫胀了面皮,勃然大骂道:"你这负心汉子,薄幸男儿。恁地瞒心昧己,做此不良之事,真气死我也!"说罢,便蓦然倒地。正是:未知性命如何,先见四肢不动……柳氏醒来,放声大哭个不住……③

柳氏犹遭晴天霹雳,突然昏厥倒地,可见爱之深、痛之切。其言行并非无理取闹,而是真性情的自然外露。又如《集咏楼》中,石氏"极爱惜丈夫的",见丈夫病倒,"便忧心悄悄,坐立不稳"④,含泪四处为丈夫延医问卜。可见,妒妇并非一味以自我

---

① [明]西子湖伏雌教主:《醋葫芦·说原》,上海古籍出版社"古本小说集成"本,第1—2页。

② [明]西子湖伏雌教主:《醋葫芦》,上海古籍出版社"古本小说集成"本,第1页。

③ [明]周清原:《西湖二集》,周楞伽整理,人民文学出版社1999年版,第182页。

④ [清]佚名:《集咏楼》,上海古籍出版社"古本小说集成"本,第10页。

为中心,她们原本通情达理,善解人意,不乏温柔体贴。妒的缘
起在于男权社会庇护下丈夫的不堪行径,即阳奉阴违,虚伪好
色。如朱廷之"原是一个真风流、假道学之人,只因被妻子拘
束,没奈何做那猢狲君子行径。今番离了妻子眼前,便脱去君子
二字,一味猢狲起来,全不知有孔子大道、周公礼法"①。他即使
是在对自己情深义重的情人面前,也是"勉强应承",显得不够
真诚,更缺乏男子汉的坦荡与担当。朱廷之的形象与妻子相形
见绌,小说在调侃嘲讽中带有谴责之意。《醋葫芦》中的成珪
"向来有些不老成的气味"②,身上常备春药,常怀不轨之心。他
趁妻子不在家,对婢女翠苔"忍不住磨牙撩嘴,便戏下一副老
脸",处心积虑地将她弄到手,行为很不光彩。因此,在漠视女
性权益的男权社会,所谓"妒"在某种程度上是妒妇维护尊严与
权利的一种手段。

(三)妒妇的敏感多疑深受"杭州风"的影响。绝大多数妒
妇形象有敏感多疑的缺点,这固然是她们普遍缺乏安全感,还有
自身的心理状况所致,但也与杭州的社会风气不无关系。明清
时期,杭州人的一些劣习被讽为"杭儿风",或称"杭州风"。《西
湖游览志余》载:"杭俗浮诞,轻誉而苟毁,道听途说,无复裁
量……身质其疑,皎若目睹,譬之风焉,起无头而过无影,不可踪
迹。故谚云:'杭州风,会撮空,好和歹,立一宗。'"③杭州市井

---

① 　[明]周清原:《西湖二集》,周楞伽整理,人民文学出版社 1999 年版,第
　　180—181 页。
② 　[明]西子湖伏雌教主:《醋葫芦》,上海古籍出版社"古本小说集成"本,第
　　207 页。
③ 　[明]田汝成:《西湖游览志余》卷二十五,上海古籍出版社 1980 年版,第
　　448 页。

中人爱捕风捉影、见风是雨、无端生事、好传谣言的劣习无疑助长了妒妇敏感多疑的性格。如《醋葫芦》中的都氏常因敏感多疑而无端掀起许多风波。第三回中,成珪用扇子敲了一下婢女绿萼的背,提醒她注意烘烤的衣服。可都氏"只道两下有些甚么鼠窃狗偷……心上早存了一个疙瘩"。于是,为提防丈夫沾腥,都氏将原先特意挑选的两个奇丑无比的婢女也卖掉了。第十五回中,周智提醒画师不要将配有侍女的全家福送给都氏,因为她对此非常忌讳。成珪在游湖时随手买了个泥塑回家,没想到是个美女造型,结果被都氏打了三日三夜,闹得鸡犬不宁,小说感叹道:"便是八十的老男立在丈夫身旁,他也要起疑的。"①至于第十八回中,屠氏认为丈夫外出必恋他乡花草而断其阳物,刁氏化妆成丈夫去调戏儿媳,以证疑心,这些都是敏感多疑到神经质的病态表现。

关于明末清初妒妇题材小说的社会意义,一些学者认为"这类女性颇能体现出明末清初个性解放的时代特色,可谓是紧扣时代脉搏而衍生出来的一类女性形象"②。还有学者甚至联系到资本主义的萌芽问题③,认为妒妇悍妻"代表着女性的自觉"。笔者认为这些论点值得商榷。妒妇的妒情妒行,仅仅是警惕个人权益可能受到损害而进行本能的自卫,还远没有达到"个性解放"的高度。

---

① [明]西子湖伏雌教主:《醋葫芦》,上海古籍出版社"古本小说集成"本,第561页。
② 吴秀华、尹楚彬:《论明末清初的"妒风"及妒妇形象》,《中国文学研究》2002年第3期。
③ 赵俊、李淑琴:《浅谈〈醒世姻缘传〉中的悍妇形象》,《社科纵横》1995年第3期。纪德君:《男权主义土壤上萌生的"恶之花"》,《青海师范大学学报(社科版)》1995年第2期。

　　首先，妒妇并没有真正地认识到一夫多妻的婚姻制度对她们人格与尊严的伤害。她们反对的不是妻妾制度，而是反对美妾取宠夺位，特别是担忧能生儿子的小妾可能带来夺位的威胁。所以，《集咏楼》中的石氏原本支持丈夫赴扬州置妾，但发现丈夫带回一位美艳女子，顿生深重的危机感，于是妒意炽烈，一发不可收拾。《醋葫芦》中的都氏亲自张罗为丈夫娶妾，用心良苦找一个没有生育能力的石女，就是为了避免母以子贵，小妾挟子自重来威胁自己的地位。

　　其次，妒妇并不反对夫权。妒妇在家庭生活某些方面的言行看似极度强悍，其实是意欲掩盖她们内心的焦虑、恐慌、无助与不安全感，恰恰折射出夫权在社会层面的强大压力。她们没有认识到男权社会的性别极不平等，"三从四德"等伦理规范与礼法制度才是扼杀女性幸福的罪魁祸首。在明末清初西湖小说的妒妇故事中，除了妒妇限制丈夫娶妾，即"情妒"以外，并未质疑男性在社会活动与家庭生活的绝对权威，更别提反抗了。

　　再次，妒妇的斗争对象依然是女人，甚至不择手段，极其残忍冷酷，欲置对方于死地而后快。在《西湖佳话·梅屿恨迹》《虞初新志·小青传》等"小青"系列小说中，石氏将小青拘禁于孤山梅屿，致使失去人身自由的小青郁郁而终。石氏却欣喜不已，并将小青的遗稿与画像付之一炬。《醋葫芦》中的都氏则更残忍，在妒意大发时甚至成了毫无人性的恶魔。她将翠苔"衣服层层剥下，自头至脚，约打有三四百下，不觉竹篦打断"[1]，还不解恨，又用粗大桃枝"抽上二三百，还要去寻石头来打肚子，

----

① ［明］西子湖伏雌教主：《醋葫芦》，上海古籍出版社"古本小说集成"本，第235页。

烧火烙来探阴门"，最后欲将奄奄一息的翠苔抛入江中，妒火让她失去了人性。《喻世明言》第二十二卷《木绵庵郑虎臣报冤》中，妒悍的唐氏想方设法折磨怀有三个月身孕的胡氏。她们总是将忿恨发泄在比自己更为不幸的女人身上。她们既是男权社会的受害者，又是女性世界的施暴者。因此，这种狠毒、偏狭很难说是个性解放的表现。

第三章　明末清初西湖小说的艺术特色

　　明末清初是中国古代小说艺术繁荣发展的黄金时代,这一时期的西湖小说也取得了很高的艺术成就,特别是地域文化赋予了它独特的艺术魅力。本章拟从人物形象的塑造、西湖诗词的融入、梦境的营造与语言的本土化四个方面来分析明末清初西湖小说的艺术特色。

第一节　西湖众生的塑造

　　田汝成《西湖游览志》在论述杭州地理环境与人才的关系时,引用明代正德年间杭州知州杨孟瑛的奏疏说:"杭州地脉,发自天目;群山飞翥,驻于钱唐。江湖夹抱之间,山停水聚,元气融结……故杭州为人物之都会、财赋之奥区,而前贤建立城郭,南跨吴山,北兜武林,左带长江,右临湖曲,所以全形势而周脉络,钟灵毓秀于其中。若西湖占塞,则形胜破损,生殖不繁。"①强调了西湖对杭州地形与人才聚集的重要意义。《西湖佳话序》亦云:"西湖得人而显,人亦因西湖以传。"②小说以塑造人

---

①　[明]田汝成:《西湖游览志·西湖总叙》,上海古籍出版社1980年版,第5页。

②　[清]古吴墨浪子:《西湖佳话·序》,上海古籍出版社"古本小说集成"本,第7页。

物形象为中心,明末清初西湖小说塑造了一大批栩栩如生的人物形象,他们在西湖上演绎了一系列生动感人的传奇佳话,为西湖"千秋生色","至今与西湖并传不朽"①。笔者以明末清初西湖小说111篇(部)作品中223位主要人物形象为样本(详见附录二),来分析明末清初西湖小说塑造人物形象的艺术特色。

一、人物形象的移民化

明末清初西湖小说具有浓郁的地域色彩,但人物形象却呈现出鲜明的非本土化倾向,即他们多为迁居杭州的外来移民②,并非土生土长的杭州本地人。本节拟从这一独特现象的具体表现、形成原因与社会文化意义展开讨论。

(一)移民化倾向的具体表现如下:

1. 在明末清初西湖小说主要人物形象中,外来移民所占比例很大。在笔者研究的111篇(部)西湖小说作品中的223位主要人物形象中,籍贯明确者190人,外来移民多达117位,所占比例高达61.6%。杭州本地人仅有73位,只占38.4%。外来移民来自全国各地,其中以北宋京城汴梁人氏最多,有14位(详见附录二)。他们来自不同的阶层,上至宋高宗(《西湖二集》第二卷《宋高宗偏安耽逸豫》等)、黄杏春(《西湖二集》第十二卷《吹凤箫女诱东墙》)等皇室贵族,下至宋五嫂(《喻世明

---

① 〔清〕古吴墨浪子:《西湖佳话·西泠韵迹》,上海古籍出版社1980年版,第106页。

② 严格意义上移民是指迁往他地或他国定居的人,本文论述明末清初西湖小说中的非杭州籍人物形象中,有一些并未定居杭州,如白居易、苏轼等人因任职而寓居杭州,后来又离开了,但为了论述的方便,作为参考样本也一并纳入。

言》第三十九卷《汪信之一死救全家》）、秦重、莘瑶琴（《醒世恒言》第三卷《卖油郎独占花魁》）等贩夫走卒与烟花妓女,分布广泛,富有代表性。

2.外来人物中的正面形象众多,被小说作者高度赞扬。地域特色颇浓的西湖小说并不歧视外来人物形象,反而涌现出大量的光辉典型,具体可以分为以下群体类别:

（1）经世济民、造福苍生的贤相良臣,如"功德积福,巍巍相业,不减裴度"的庐陵人周必大（《西湖二集》第二十四卷《认回禄东岳帝种须》）,"极肯举荐人才,十二年内,荐拔士类,不计其数"的郑州人赵雄（《西湖二集》第四卷《愚郡守玉殿生春》）。

（2）坚贞不屈、恪守节义的忠烈士女,如"一死行吾是,芳规良可钦"的昆山归烈妇（《型世言》第十回《烈女忍死殉夫　贤媪割爱成女》）,"生则同生,死则同死","试鉴清池血欲丹"的岳州人徐君宝夫妇等（《西湖二集》第十卷《徐君宝节义双圆》）。

（3）才华横溢、遗世独立的高士俊彦,如"一字一句皆为千古所不磨……为灵隐千秋生色,再无一人敢于续笔"的金华人骆宾王（《西湖佳话·灵隐诗迹》）,"天资敏捷,博洽好学"的姑苏人文世高（《西湖佳话·断桥情迹》）。

（4）造福杭州、政绩卓著的贤明太守,如"重开六井,点染湖山"的太原人白居易（《西湖佳话·白堤政绩》）,"留佳政迹,垂千古风雅之名"的四川眉山人苏轼（《西湖佳话·六桥才迹》）等。

（5）舍己为国、英勇除奸的爱国之士,如"一片丹心贯日月……更有诸君能好义"的会稽人唐钰（《西湖二集》第二十六卷《会稽道中义士》）,"为万民除害,虽死不恨"的荥阳人郑虎臣（《喻世明言》第二十二卷《木绵庵郑虎臣报冤》）。

（6）德高望重、慈悲为怀的得道高僧，如"如法了得，古佛出世"的太原人明悟禅师（《喻世明言》第三十卷《明悟禅师赶五戒》），"灵通慧性、活泼禅机"的天台人道济和尚（《醉菩提传》《麴头陀传》等）。

（7）恪守承诺、义薄云天的信义之士，如"三生有约，至期不爽"的洛阳人李源与圆泽（《西湖佳话·三生石迹》），"千里救难，谊足千古"的绍兴人王冕（《型世言》第十四回《千秋盟友谊双璧返他乡》）。

（8）兰心蕙质、才情高迈的闺秀碧玉，如"幼读诗史，长于翰墨……诗词歌赋落笔而成，不减曹大家、谢道韫之才"的汴京移民黄杏春（《西湖二集》第十二卷《吹凤箫女诱东墙》），"素娴仪则，能解诗文……虽李易安集中，无此佳句"的扬州女子小青（《女才子书》卷一《小青》、《虞初新志·小青传》和《集咏楼》等）。

（9）美丽多情、心志高洁的青楼女子，如"俊丽工诗"、为情而殁的秀州女子苏盼奴与"试着死生心似石，反令交道愧沉沦"的苏小娟姐妹（《拍案惊奇》第二十五卷《赵司户千里遗音 苏小娟一诗正果》）。

（10）忠厚诚实、勤奋创业的商人形象，如从汴京逃难来的卖油郎秦重（《醒世恒言》第三卷《卖油郎独占花魁》），等等。

这些外来人物形象深为小说作者钟爱和赞扬，闪烁着耀眼的光芒，大量活跃于明末清初西湖小说之中。他们或正直诚实、忠贞重义，或美丽多情、才华横溢……富有人格魅力，寄托了作者乃至社会的价值理想。小说作者浓墨重彩地塑造这些人物，很多成了明清小说史上的经典形象。

3.明末清初西湖小说深刻、细腻地表现外来移民浓厚的乡愁和怀旧情结,以及他们对乡音旧俗的深情眷恋和执着保留。"胡马依北风,越鸟巢南枝",中国古人具有根深蒂固的"安土重迁"观念。但"西湖流寓似飘篷"①,外来移民由于种种原因被迫流落杭州,怀有浓厚的怀旧情结,依然执着保留原有习俗。故土永远是他们津津乐道的话题与挥之不去的牵挂。据南宋周煇《清波别志》记载:"绍兴初,故老闲坐,必谈京师风物,且喜歌曹元宠《甚时得归京里去》一小阕。听之感慨,有流涕者。"②在南渡稍后的宋高宗绍兴(1131—1162)初年,流落杭州的汴京移民常在一起追忆故都风物,爱唱著名的阳翟(今河南禹县)籍词人曹元宠的思乡之作,浓郁的乡愁让他们不胜唏嘘,泪流满面。在明末清初西湖小说中,宋高宗赵构无疑是最为显赫的移民。《西湖二集》第一、二卷等篇章详细叙说这位皇帝移民的流落经历和复杂心态。"靖康之变"后,赵构数经磨难,仓皇出逃,颠沛流离,几度周折后路过杭州,"闻县名仁和,甚喜道:'此京师门名也。'因改杭州为临安府,遂有定都之志"。尽管西湖小说一方面严厉批评高宗作为"大宋皇帝",却无视国家的根本利益与自身的政治使命,"只是燕雀处堂,一味君臣纵逸,耽乐湖山"③,但另一方面也真实、细腻地刻画了赵构作为汴京移民的深切怀旧情结,指责之余又带有几分同情。以宋高宗为首的外来移民的乡愁与怀旧

---

① [清]烟水散人:《鸳鸯配》第十二回,上海古籍出版社"古本小说集成"本,第175页。

② [宋]周煇:《清波别志》卷中,《清波杂志》附录,中华书局1985年版,第135页。

③ [明]周清原:《西湖二集》第二卷《宋高宗偏安耽逸豫》,周楞伽整理,人民文学出版社1999年版,第27页。

情结主要寄寓在以下四个方面：

一是故乡的美食让移民形象真情隽永。"民以食为天"，中华历史悠久，幅员辽阔，饮食文化源远流长，丰富多彩，蕴含了深厚的地域文化因素。故乡的味道最能牵起乡愁，也常随游子流寓到天涯海角。如《喻世明言》第三十九卷《汪信之一死救全家》讲述了一个非常感人的故事：

> 一日太上游湖，泊船苏堤之下，闻得有东京人语音。遣内官召来，乃一年老婆婆。有老太监认得他是汴京樊楼下住的宋五嫂，善煮鱼羹，奏知太上。太上提起旧事，凄然伤感，命制鱼羹来献。①

兵燹绵延，烽火阻隔，从汴京樊楼到杭州西湖，恍若隔世，相距千里，但宋高宗等汴京人士居然还能品尝到故都宋五嫂的鱼羹，体验昔日的旧京美食。故乡的味道顿时穿越时空，引发了宋高宗"凄然伤感"的思乡怀旧之情。《西湖二集》第二卷《宋高宗偏安耽逸豫》还进一步发挥说，宋高宗"自此以后，每游湖上，必要宋五嫂烹的鱼羹"。他品尝的已不只是鱼羹，更是一份浓烈的乡愁。鲜美的鱼羹不仅滋润了味蕾，更是强烈刺激了一颗游子心。偏安归偏安，军政大事的是非功过自有历史评说，但作为移民身份的高宗此时的内心一定是百感交集、真切动情的。患难见真情，冷酷的帝王在此心怀善良，不乏人性温情。诸如"宋五嫂鱼羹"此类带有鲜明旧京特色的移民商铺在杭州数不胜数，据南宋耐得翁《都城纪胜》载："都城食店，多是旧京师人开张。"又有"是时尚有京师流寓经纪人，市店遭遇者，如李婆婆羹、南瓦子

---

① ［明］冯梦龙：《喻世明言》，许政扬校注，人民文学出版社1958年版，第581页。

张家团子"①。"团子"是北方流行的一种面食,顾客主要是北方移民。流寓杭州的汴京人数众多,饮食习惯与怀旧情结让他们常来消费。此外,李七儿羊肉、大瓦子水果子、乐驻泊药铺、王家绒线铺、陆太丞儒医等"名家驰誉者",多是汴京人南迁杭州后重新开张的旧京老店。这些店铺经营各类日常生活用品,满足了北方移民的生活习惯与日常所需,大大减少了习俗差异与水土不服带来的困扰。他们沿用汴京旧名,以老招牌招徕老顾客。北方移民的思乡怀旧之情使得这些店铺生意兴隆,不仅使大量流落杭州的北方商贩得以养家糊口,而且能在期盼恢复的痛苦与绝望的等待中相互告慰。这里成了抒发乡愁与遥忆故土家园的移民俱乐部。

二是乡音让移民形象亲切感人。如果说美食是从味觉上刺激乡愁,那么乡音则从听觉上勾起乡恋。乡音方言是地域认同的一个重要因素,也是外来移民情系故土家园的一根重要纽带。《喻世明言》第三十九卷《汪信之一死救全家》中,宋高宗在西湖畔"闻得有东京人语音"而勾起故土之思,立即召见旧京老乡,所以作者感慨道:"相随宝驾共南迁,往事能言旧汴。前度君王游幸,一时询旧凄然。"②《醒世恒言》第三卷《卖油郎独占花魁》中,在杭州做卖油郎的汴京移民秦重,一次偶然间,"听得问声,带着汴梁人的土音,忙问道:'老香火,你问他怎么? 莫非也是汴梁人么?'"③可见汴京移民对乡音极度敏感。一句乡音立即拉近了两个陌生人的距离,顿时变得亲切起来。"乡音无改鬓毛衰",汴京移民即使定居杭州多年,浓

---

① [宋]耐得翁:《都城纪胜》,《南宋古迹考(外四种)》,浙江人民出版社1983年版,第80、83页。

② [明]冯梦龙:《喻世明言》,许政扬校注,人民文学出版社1958年版,第581页。

③ [明]冯梦龙:《醒世恒言》,严敦易校注,人民文学出版社1956年版,第68页。

浓的思乡之情使他们的口音不但没有被吴侬软语同化替代,反而深刻影响了杭州的本土语音,使其带有北方语音的特点而成为吴语区的"孤岛"。明代杭州人郎瑛认为:"(杭州)城中语音好于他郡,盖初皆汴人,扈宋南渡,遂家焉,故至今与汴音颇相似。如呼玉为玉(音御),呼一撒为一(音倚)撒,呼百零香为百(摆)零香,兹皆汴音也。"①汴音顽强地留存在移民的日常交流中,并强势地反向同化杭州本地语音。历经数百年的岁月磨洗,至今痕迹依然鲜明。当代语言学家袁家骅等人认为:"越中方言受了北方话(中州音)的影响,明显地反映在今日带有浓厚'官话'色彩的杭州话里。杭州话属吴语,可是文白异读的字较少(如'问味'声母只读 V-,不读 M-),儿尾词很发达,人称代词完全采用北方话的,都是北方话影响的结果。"②外来移民将乡音带到杭州,执着地将其保留并发扬光大,反而影响了本土语言,足见他们对故土家园的深切眷恋。

三是故乡的建筑为移民形象带来"老地方"的现场感和亲切感。追忆故都繁华,地标建筑通常是梦牵魂绕的重要对象。《西湖二集》第一卷《吴越王再世索江山》讲述宋高宗在西湖畔的凤凰山建造宫殿,尽管地形与汴京迥异,但建筑"仍与汴都一样"。这不只是皇宫形制的王气风水问题,还有一种对故国家园的怀旧使然。汴京移民非常熟悉的一些"老地方",如颇负盛名的樊楼(又名丰乐楼)在南渡后被复制于西湖畔,常常作为故事场景出现在《警世通言》第六卷《俞仲举题诗遇上皇》、第二十八卷《白娘子永镇雷峰塔》,《喻世明言》第三十九卷《汪信之一死救全家》等西湖小说中,让移民形象似乎穿越时空,具有回到

---

① [明]郎瑛:《七修类稿》卷二十六"杭音",上海书店出版社 2009 年版,第 277 页。
② 袁家骅等:《汉语方言概要》第五章《吴方言》,文字改革出版社 1989 年版,第 57 页。

老地方的现场感和亲切感。

四是故乡的节日习俗让移民形象融入场境。节日习俗具有较强的地域性,南北差异较大。南宋初期,北方移民的大量涌入给杭州的节日生活增添了不少北方色彩。杭州的除夕、立春、中元、重阳等诸多节俗都带有北方风味。另如七夕节,"市井儿童手执新荷叶,效摩睺罗之状。此东都流传,至今不改"①。《西湖二集》第十二卷《吹凤箫女诱东墙》中,"话说宋高宗南渡以来,传到理宗,那时西湖之上,无景不妙,若到灯节,更觉繁华……",接下来铺陈灯景之盛,末尾叹道:"可谓奢之极矣,亦东都遗风也。"②在效仿东都繁华景象的元宵灯节,"系是宗室之亲,从汴京扈驾而来"的黄府小姐杏春与闽中士子潘用中开始了一段美丽动人的异乡之恋。浪漫故事就在亲切、熟悉的故事场景中顺畅展开,融入其中,契合情境,让读者也有身临其境之感。

西湖小说除了通过上述寄托来丰富移民形象外,还设计了诸多感人的细节。如卖油郎秦重特意在油桶上写上"汴梁秦"三个大字作为标识,穿梭于杭州的大街小巷。岳州女子金淑贞被元兵掳至杭州,自杀前于韩世忠宅壁上题词:"汉上繁华,江南人物,尚遗宣政风流……从今后,断魂千里,夜夜岳阳楼。"③此情可追屈原《哀郢》中的名句:"鸟飞反故乡兮,狐死必首丘。"这种对故土家园的深切怀念是外来移民精神生活的主旋律。对

---

①　[宋]吴自牧:《梦粱录》卷四"七夕",浙江人民出版社1980年版,第25页。

②　[明]周清原:《西湖二集》,周楞伽整理,人民文学出版社1999年版,第197页。

③　[明]周清原:《西湖二集》第十卷《徐君宝节义双圆》,周楞伽整理,人民文学出版社1999年版,第169—170页。

外来移民怀旧情结的深刻表现与细腻描绘是明末清初西湖小说一道亮丽、独特的景观。

4.西湖小说称赞外来移民深厚的同乡情谊，他们乐于助人的品质被传为佳话。《鸳鸯配》第一回感叹道："自寓西湖肠已断，玉楼休度凤箫声。"①在艰难的岁月里，外来移民飘泊异乡，为生存而苦苦挣扎。他们渴求关爱与帮助，老乡之间雪中送炭也就弥足珍贵。浓烈的乡愁使外来移民对父老乡亲油然而生强烈的亲切感与认同感，这是外来移民互助共济的心理基础与情感条件。宋五嫂只是一个卖鱼羹的普通老妪，"太上因是汴京故人，遂召到御舟上访问来历"，并品尝她烹制的鱼羹，大为赞扬，多有赏赐。高宗此举具有非同凡响的广告效应，给这位汴京老乡带来了无尽的商机和巨大的财富。"此事一时传遍了临安府，王孙公子，富家巨室，人人来买宋五嫂鱼羹吃。那老妪因此遂成巨富"②。老乡情谊给宋五嫂带来了浩荡皇恩与财富商机，把一位至高无上的皇帝与一个贫穷孤苦的老妪联系在一起。那些王孙公子与富家巨室也有很多来自汴京及北方地区，他们竞相高价买羹，一方面是由于上行下效与好奇心理而来体验，另一方面也是受到乡情的感召。所以小说感叹道："时人倍价来争市，半买君恩半买鲜。"在《卖油郎独占花魁》中，秦重得知莘瑶琴是汴京老乡，"触了个乡里之念，心中更有一倍光景"③。最初

① [清]烟水散人：《鸳鸯配》第一回《开贤馆二俊下帷 小戏谑一言成隙》，上海古籍出版社"古本小说集成"本，第9页。
② [明]冯梦龙：《喻世明言》第三十九回《汪信之一死救全家》，许政扬校注，人民文学出版社1958年版，第581页。
③ [明]冯梦龙：《醒世恒言》，严敦易校注，人民文学出版社1956年版，第47页。

的生理需求与随后的怜香惜玉最终被乡情提升了境界。在乡情催化剂的作用下，秦重更加钟情莘瑶琴。另如莘善夫妇流落杭州，"身边盘缠用尽，欠了饭钱，被饭店主终日赶逐"，处在极度困窘之中，此时得知秦重"原是汴京人，又是乡里"，于是求同乡引荐到油店干活，秦重"问了备细，乡人见乡人，不觉感伤"，当即答应说："既然没处投奔，你老夫妻两口只住在我身边，只当个乡亲相处……"①并慷慨相助，赠钱还债，收拾房间安顿好这对"凄凄惶惶，东逃西窜"的同乡老人。乡情给了这对流落异地、饱受苦难的老夫妇以温暖和慰藉。

（二）移民化倾向的成因。明末清初西湖小说主要人物形象呈现出鲜明的移民化倾向，小说作者钟爱与赞美外来移民，在地域特色浓厚的西湖小说中是一个值得思考的独特现象。出现这一现象的原因有以下几个方面：

1. 南宋时期战争移民的大量涌入。"靖康之变"后，汴京及大片中原土地沦陷金人铁骑之下，宋军节节败退，中原百姓"皆渡河南奔，州县皆空"②。由于京杭运河是南北交通的大动脉，"乘舟顺流而适东南，固甚安便"③，成了最重要的南渡路线。"高宗南渡，民之从者如归市"④，北方难民跟随高宗颠沛流离，几经辗转，大多定居在以杭州为中心的东南地区。后来每次大的军事冲突都会造成大量北人南迁。南宋统治者也多次号召北

---

① ［明］冯梦龙：《醒世恒言》，严敦易校注，人民文学出版社1956年版，第59页。
② ［元］脱脱等：《宋史》卷二三《钦宗本纪》，中华书局1977年版，第430页。
③ ［宋］李心传：《建炎以来系年要录》卷七，中华书局1988年版，第185页。
④ ［元］脱脱等：《宋史》卷一七八《食货志上六》，中华书局1977年版，第4340页。

人南下,并动用政府的力量将一批批战争难民迁移南方,前后持续长达一个半世纪之久,造成"四方之民云集二浙,百倍常时"①。北方移民多汇聚行都杭州,"西北士大夫多在钱塘"②,"西北人以驻跸之地,辐辏骈集,数倍土著"③,数量竟然是本地人的数倍。陆游《老学庵笔记》也说:"大驾初驻跸临安,故都及四方士民商贾辐辏。"④关于当时迁居杭州的移民人数,葛剑雄先生认为:"乾道年间(1165–1173),(杭州)有户26万。扣除土著人口7.1万,外来移民及其后裔18.9万户左右。"⑤可见在南宋时期迁居杭州的战争移民人数之多。因此,杭州成了一座非常典型的移民城市。

　　西湖小说生动展现了这些移民的流落经历。如《醒世恒言》第三卷《卖油郎独占花魁》描述道:"虏势愈甚,打破了京城,劫迁了二帝。那时城外百姓,一个个亡魂丧胆,携老扶幼,弃家逃命。"接下来以汴京莘善全家为典型,细致描述他们"忙忙如丧家之犬,急急如漏网之鱼。担渴担饥担劳苦,此行谁是家乡"的悲惨情状⑥,生动展现了一幅乱世难民逃生图。莘家被乱军冲散后,女儿莘瑶琴被拐卖到杭州的一家妓院。莘老夫妇在久

---

① 〔宋〕李心传:《建炎以来系年要录》卷一五八,中华书局1988年版,第2573页。
② 〔元〕脱脱等:《宋史》卷四三七《程迥传》,中华书局1977年版,第12949页。
③ 〔宋〕李心传:《建炎以来系年要录》卷一五八,中华书局1988年版,第2858页。
④ 〔宋〕陆游:《老学庵笔记》卷八,李剑雄、刘德权点校,中华书局1979年版,第104页。
⑤ 葛剑雄等:《简明中国移民史》,福建人民出版社1993年版,第292页。
⑥ 〔明〕冯梦龙:《醒世恒言》,严敦易校注,人民文学出版社1956年版,第34页。

经飘零之后，"闻临安兴旺，南渡人民，大半安插在彼。诚恐女儿流落此地，特来寻访"①，最后全家定居杭州。另如宋五嫂是"相随宝驾共南迁……建炎中随驾南渡，如今也侨寓苏堤赶趁"，黄杏春也是"从汴京扈驾而来，住于六部桥"。

2.杭州发达的商业与便利的交通吸引了大量的经济移民。杭州的商业非常发达，交通十分便利，以之为南端关钥的京杭大运河是一条交通大动脉，沿途的苏州、镇江、无锡、扬州、临清、天津等城市都与杭州具有非常密切的商业关系。以杭州为西部起点的浙东运河贯通富饶的宁绍平原，连通宁波海港。杭州作为交通枢纽与江海门户，"商贾货财之聚，为列郡雄……舟行水塞，车马陆填，百货之委，商贾贸迁"②。如此商业繁荣、交通便利的大都市自然会让各地商人趋之若鹜，产生了大量的经济移民。"杭城富室多是外郡寄寓之人，盖此郡凤凰山谓之客山，其山高木秀皆荫及寄寓者。其寄寓人多为江商海贾"③，外来商贾聚集的凤凰山甚至被称为"客山"，寓居了很多从事海外贸易的商人。

值得一提的还有著名的徽商也是杭州移民的重要组成部分。杭徽两地毗邻，往来非常便利。徽商在杭州有集中的聚居区"徽州弄"，在钱塘江畔又有一个徽州塘，即徽商登岸之所。大量徽商发迹于杭州，如"五杭"特产之一的杭剪张小泉的祖上就是移居杭州的徽商。他们当中又以盐商最为瞩目，如曾为

① ［明］冯梦龙：《醒世恒言》，严敦易校注，人民文学出版社1956年版，第58页。

② ［明］夏时正等：《成化杭州府志》，齐鲁书社1996年版，第175页。

③ ［宋］吴自牧：《梦粱录》卷十八"恤贫济老"，浙江人民出版社1980年版，第175页。

《水浒传》作序的著名文学家汪道昆,先祖业盐,"徙武林,业起"①。还有许光禄、朱介夫、吴钗拙、江终幕等众多著名徽商在杭州经营盐业。《型世言》第二十六回《吴郎妄意院中花 奸棍巧施云里手》也称杭州"南柴北米,东菜西鱼,人烟极是凑集,做了个富庶之地……朝廷因在杭州菜市桥设立批验盐引所,称掣放行,故此盐商都聚在杭城"②,徽商吴尔辉就寓居在杭州的箭桥大街。此外,杭州的木业、米业、典当业与饮食业等诸多行业活跃着大量的徽商及其他地方的商人。

3. 杭州曾经作为政治、文化中心,许多文人因科举、宦游、谋生而迁居杭州。杭州在南宋时是全国的政治与文化中心,元代曾是江淮行省(后改为江浙行省)的治所,明清作为浙江等处承宣布政使司治所,即浙江省的省会,大量文人从各地奔赴杭州,或参加科举考试,或是候差补官,或谋生游学。如元代有大量的北方文人喜欢寓居杭州,"山川风物之美,四方未能或之过也。天下既一,朔方奇俊之士风致,自必乐居之"③。如关汉卿、马致远和白朴等剧作家,还有萨都刺、贯云石和迈里古思等少数民族诗人曲家都曾寓居杭州。此外,杭州作为小说创作、刊刻与消费中心之一,许多小说作家也迁居于此,李渔就是一个典型代表。清顺治七年(1650)前后,李渔不满自己"著述年来少,应惭没世称"的现状④,举家离开家乡兰溪移居杭州,开始了他"卖赋以糊

① [明]汪道昆:《太函集》卷三九《世叔十一府君传》,明万历刊本。
② [明]陆人龙:《型世言》,上海古籍出版社"古本小说集成"本,第1094页。
③ [元]虞集:《道园学古录》卷十《题杨将军往复书简后》,明景泰七年郑达、黄江翻刻元刊本。
④ [清]李渔:《丁亥守家》,《李渔全集》卷二,浙江古籍出版社1991年版,第103页。

口,吹毫挥洒,怡如也"的生涯①。他在杭州勤于创作,撰有《无声戏》《十二楼》等小说,还有《怜香伴》《风筝误》《意中缘》等传奇。李渔不仅由此获得了丰厚的经济来源,而且声名远播,所谓"天下妇人孺子无不知有湖上笠翁"②。李渔在杭州的创作获得了巨大的商业成功,书商为了牟利争相翻刻他的畅销作品③。李渔后来离开杭州迁居南京,又常常往返于南京与杭州之间。他在晚年又怀着对杭州西湖的无限眷恋,也为了便于子孙回原籍参加科举考试,于是"老将诗骨葬西湖"④,终老并葬在西湖畔。

明末清初西湖小说的许多作品叙说了上述情形。如《西湖二集》第四卷《愚郡守玉殿生春》中,赵雄"意兴发动,负了技艺,便要走临安来应举"。《警世通言》第六卷《俞仲举题诗遇上皇》中,"时当春榜动,选场开,广招天下人才,赴临安应举",俞良便收拾行装择日起程。《情史·西湖女子》中,江西某官人"赴调临安都下……又五年,又赴京听调"。《西湖二集》第十二卷《吹凤箫女诱东墙》中,闽人潘用中随父亲来杭州候差。此类情况十分常见。唐代以来,兼具人文之盛与山水之秀的杭州成了文人游历、治学的胜地。《都城纪胜》载,著名的西湖诗社成员"乃

① 〔清〕黄鹤山农:《玉搔头序》,《李渔全集》卷五,浙江古籍出版社1991年版,第215页。
② 〔清〕包璿:《李先生〈一家言全集〉叙》,《李渔全集》卷一,浙江古籍出版社1991年版,第1页。
③ 〔清〕李渔:《制度第一》,《李渔全集》卷三,浙江古籍出版社1991年版,第229页。
④ 〔清〕李渔:《次韵和张壶阳观察题层园十首》(其三),《李渔全集》卷二,浙江古籍出版社1991年版,第247页。

行都士夫及寓居诗人,旧多出名士"①。《西湖二集》第二十三卷《救金鲤海龙王报德》中,绍兴人杨铁崖"素爱西湖山水之美,挈妻子住于吴山之铁崖岭,遂号为'铁崖'……建层楼积书数万卷,日日在西湖游玩,无春无冬、无日无夜不穷西湖之趣,竟似西湖水仙一般"②。天下文人对杭州西湖趋之若鹜,寓居此地的事例不胜枚举。

(三)移民化倾向的社会文化意义。外地移民大量涌入使杭州成为一座移民城市。在一个移民化的社会里,上至皇室贵族,下至贩夫走卒,移民的悲欢离合自然被深切关注。更何况小说作家与书坊主也有许多外来移民,用小说来表现他们的生活际遇与情感世界也就自然而然了。注重移民问题的西湖小说不仅获得了丰富的创作素材,而且拥有庞大的接受群体。因此,明末清初西湖小说主要人物形象移民化倾向蕴含了丰富的社会文化意义,具体表现如下:

1.西湖小说人物形象的移民化倾向展现了一部杭州城市发展史,解答了杭州城市崛起的一个重要问题。在中华文明的形成和发展过程中,移民的推动作用是十分重要的。如中国历史上的"永嘉之乱""安史之乱"与"靖康之变"所引发的三大移民潮,都对南北经济文化的交流与融合产生了巨大影响。移民的涌入首先是促进了迁入地经济的发展。中国南方在宋代以前一直是经济相对落后的地区,所谓"地广人稀,饭稻羹鱼,或火耕

① [宋]耐得翁:《都城纪胜》"社会"条,《南宋古迹考(外四种)》,浙江人民出版社1983年版,第89页。
② [明]周清原:《西湖二集》,周楞伽整理,人民文学出版社1999年版,第368—369页。

而水耨,果隋蠃蛤,不待贾而足"①。这一改观得益于移民带来了先进的生产技术与工具。据《唐国史补》记载,越州(今属浙江绍兴)一带"不工机杼",丝织业十分落后。北人南下后,"由是越俗大化,竞添花样,绫纱妙称江左矣"②。由于北方移民的筚路蓝缕之功,宋代的南方已是"民勤耕作,无寸土之旷"③,社会经济得到了飞速发展。在杭州城市发展史上,移民同样功不可没。杭州见于记载始于《史记·秦始皇本纪》,公元前210年,秦始皇出巡,"过丹阳,至钱唐"④,自秦至六朝长达八百余年的历史,它一直是会稽郡或吴郡的属县。地位远不及建康(今南京)、吴(今苏州)、会稽(今绍兴),甚至比不上孙吴时期曾为郡治的吴兴、金华等地。到了南宋,杭州一跃成为全国的政治、经济与文化中心,成为"世界上最富丽名贵的城市"⑤。《警世通言》第二十三卷《乐小舍拼生觅偶》称:"至大宋高宗南渡,建都钱塘,改名临安府,称为行在。方始人烟辏集,风俗淳美。"⑥《西湖二集》第二十卷《巧妓佐夫成名》也说:"高宗南渡而来,妆点得西湖如花似锦,因帝王在此建都,四方商贾无不辐辏。"⑦西

---

① [汉]司马迁:《史记》卷一百二十九《货殖列传》,中华书局1982年版,第3270页。
② [唐]李肇:《唐国史补》卷下,古典文学出版社1957年版,第65页。
③ [元]脱脱等:《宋史》卷八十九《地理志五》,中华书局1977年版,第2230页。
④ [汉]司马迁:《史记》卷六《秦始皇本纪》,中华书局1982年版,第260页。
⑤ 〔意〕马可·波罗:《马可·波罗行纪》第151章,冯承钧译,中华书局2004年版,第570页。
⑥ [明]冯梦龙:《警世通言》,顾学颉校注,人民文学出版社1956年版,第314页。
⑦ [明]周清原:《西湖二集》,周楞伽整理,人民文学出版社1999年版,第330页。

湖小说详细讲述了南渡移民对杭州发展的丰功伟绩。前文已述西湖小说塑造了大量的优秀移民形象，他们为杭州的发展做出了卓越贡献。

2. 外来移民为迁入地的文化带来了新鲜血液与发展因子，推动了不同地域文化之间的交流与融合，也能为探析中华文明在交流与融合中形成的历史规律和发展动力问题提供一些启示。葛剑雄先生认为"移民运动本质上是一种文化的迁移"，移民的意义"更重要的是表现在通过相互移民建立起来的精神和物质上的联系。这种通过移民建立起来的联系远远超过一般的物资交流与人员往来，逐渐形成一种'你中有我，我中有你'的局面，在感情和观念上起着潜移默化的作用"①。移民对文化的交融影响深远，他们在融进迁入地社会的过程中，又反过来影响本土文化。如永嘉杂剧在南宋初期传入杭州，《钱塘遗事》载："《王焕》戏文盛行于都下，始自太学，有黄可道为之，一仓官诸妾见之，至于群奔，遂以言去。"②随着移民传来的永嘉杂剧吸收越地声腔的表现形式，成了南戏的发端。田汝成说："杭州男女瞽者，多学琵琶，唱古今小说、平话，以觅衣食，谓之陶真。大抵说宋时事，盖汴京遗俗也。"③他又例举明代杭州的许多方言发音，"则出自宋时梨园市语之遗，未之改也"④。明代杭州人张瀚

① 葛剑雄等：《简明中国移民史》，福建人民出版社1993年版，第586、554页。
② ［元］刘一清：《钱塘遗事》卷六"戏文诲移"，上海古籍出版社1985年版，第126页。
③ ［明］田汝成：《西湖游览志余》卷二十，上海古籍出版社1980年版，第368页。
④ ［明］田汝成：《西湖游览志余》卷二十五，上海古籍出版社1980年版，第457页。

也说:"吾杭终有宋余风。"①王士性认为杭州人的消费观念与西湖旅游文化的兴盛"大都渐染南渡盘游余习"②。杭州文化史上有很多的艺术类型是外来移民文化与本地文化相互交融的产物,这在西湖小说当中都有非常生动的体现。例如小说作者在描绘西湖繁盛之余,时常情不自禁地慨叹"亦东都遗风也"③,可见移民文化对杭州本土文化的深远影响。推而广之,正是不同地域经济、文化之间的促进与融合,才共同构建了中华文明的主体,移民就是其中非常重要的传播媒介与推动力量。

3.展现吴越文化的开放性与包容性。杭州"本江海故地"④,具有海洋文化的开放性与包容性。越文化自古就能超越故步自封的狭隘地域,如越王勾践誓言:"四方之士来者,必庙礼之。"⑤大量重用外来贤才,大胆吸收外来文化。与越文化关系极其密切的吴文化亦是如此。吴国的开国君主就是来自中原的太伯。《史记》载:"太伯之奔荆蛮,自号勾吴,荆蛮义之,从而归之千余家,立为吴太伯。"⑥吴王梦寿任用晋国派来的楚臣申公巫训练军队,吴王阖闾重用楚人伍子胥与齐人孙武,越王勾践

---

① ［明］张瀚:《松窗梦语》卷七"风俗纪",盛冬铃点校,中华书局1985年版,第139页。
② ［明］王士性:《广志绎》卷四"江南诸省",吕景琳点校,中华书局1981年版,第69页。
③ ［明］周清原:《西湖二集》,周楞伽整理,人民文学出版社1999年版,第197页。
④ ［宋］苏轼:《杭州乞度牒开西湖状》,《苏轼文集》卷三十,孔凡礼点校,中华书局1986年版,第864页。
⑤ ［先秦］佚名:《国语》卷二十《越语上》,上海古籍出版社1978年版,第635页。
⑥ ［汉］司马迁:《史记》卷三十一《吴太伯世家》,中华书局1982年版,第1445页。

重用楚人范蠡等事例,表现了吴越文化兼容并包的特点。一部吴越史就是外来移民推动本土政治、经济、文化不断变革与发展的历程。与中外移民史上层出不穷的排外冲突相比,明末清初西湖小说中的外来移民在杭州不但没有遭到排斥,反而多受赞赏,也是吴越文化开放性与包容性的重要体现。这种开放包容的文化心态使杭州能够敞开胸怀,接纳来自四面八方的不同群体。本土传统与外来新风能够和谐相处、相互交融、共生共长。如西湖小说多次提到汴京语音,将其视为北方移民思乡怀旧的情感纽带。到了明代,其他江南城市如苏州、扬州的北音早已淡化消失,但杭州的北音依然顽强地留存,"至今与汴音颇相似"①。甚至到了今天,杭州依然是吴语中的"北音孤岛"。

4.为古代通俗小说的起源与传播研究提供有益的启示。其一,据现存史料,从唐代长安的"说《一枝花》话"、北宋汴京的"勾栏瓦市"到南宋临安(杭州)的"瓦舍众伎",再到话本与拟话本小说,在这一发展嬗变的时空历程中,移民是一支非常重要的推动力量。从移民文化的视角来考察古代通俗小说的起源与传播,富有启示意义。其二,中国古代通俗小说具有鲜明的商业消费性质,"通俗小说由于本身的特点,不可避免地要通过商品生产,交换环节后才能成为广大读者欣赏的读物"②。其发展传播也依赖城市经济与商品流通。那么,作为经济移民的商人其实发挥了至关重要的作用。自唐宋以来,杭州兼具商业城市、移民城市与政治文化中心的诸多优越条件,在古代通俗小说发展史上富有典型意义。因此,西湖小说人物形象的移民化倾向就

---

① [明]郎瑛:《七修类稿》卷二十六"杭音",上海书店出版社 2009 年版,第 277 页。

② 陈大康:《明代小说史》,上海文艺出版社 2000 年版,第 179 页。

能提供有价值的参考与启示。

二、人物形象的文人化

江南乃人文集薮,杭州更是"人文之盛,甲于四方"①,崇文、重学与尚才的风气十分浓厚。明末清初西湖小说的人物塑造也受其巨大影响,热衷运用文人化手法,主要体现在以下三个方面:

(一)主要人物形象中的文人所占比例大。在明末清初西湖小说111篇作品塑造的223位主要人物形象中,文人有84位,占37.7%,此外还有三十多位原是文人出身,后来皈依佛道但依然保留文人性情者,如陈可常、五戒、佛印等等(详见附录一、二)。西湖小说涌现出如此众多的文人形象,足见作者对他们的青睐与喜爱。文人的生活与社交圈以文人为主,作为小说的主要人物形象,以其为中心产生了强大的辐射效应,所涉及的文人形象数量就呈几何级的增长,从而展现了一个丰富、广阔、立体的文人社会。如《西湖佳话·六桥才迹》中,以苏轼为中心,涉及苏洵、苏辙、欧阳修、张方平、韩琦、王安石、毛泽民和舒亶等十余位文人,形成了一个个丰富多彩的文人群体。

(二)褪"仕"著"文",精心塑造众多才情高迈、个性张扬的文人形象,寄托了作者的人生理想。在明末清初西湖小说众多的人物形象中,作者最为青睐、着力最多、塑造得最为成功的类型之一当属文人形象。西湖小说作者大多是下层文人,虽然"胸怀慷慨""才情浩瀚",但"怀才不遇,蹭蹬厄穷",于是精心

---

① ［清］龚嘉儁等:《光绪杭州府志》卷七十四,台湾成文出版有限公司1983年版,第1501页。

塑造众多文人形象，"借他人之酒杯，浇自己之磊块"①，以批判社会现实，寄托人生理想。明末清初西湖小说生动展现文人的言行举止，着力建构他们的价值空间与情感世界，其中的核心元素就是才情高迈、个性张扬、风流放纵、正直淡泊，表现出比较纯粹、鲜明、浓厚的文人色彩。

儒家强调经时济世、治国平天下的社会责任，士子普遍遵循"学而优则仕"的价值取向与功名路径，他们的身份也变得复杂多元。尤其是到了唐代以后，"官僚、学者和作家三位一体的性格类型和社会角色，于政争、学术和文学这三个层面，则必有内在联系，三者是个有机的统一体"②。官僚、学者和文人虽然三位一体，有机融合，但在一个非常讲究等级制度的官本位社会，三者尊卑贵贱相差悬殊。不仅世俗观念看重的是一个人的官位而非文才，就连士子自己也时常纠结于道德文章与功名利禄的矛盾冲突之中。但西湖小说塑造文人形象淡化钻营功名的官僚色彩，表现出褪"仕"著"文"的倾向。如《西湖佳话·白堤政迹》虽以"政迹"命名，但对于太守白居易治理西湖的施政过程和显赫政绩仅有寥寥几笔，而对他在西湖上"尽享山水之乐，诗酒与风流之福"的生活方式与文人情怀则是浓墨重彩的渲染。小说重点表现白居易在日常生活中的文人性情，精心塑造了文人白居易，而非太守白居易。当得知升迁京官时，他却喜少愁多，感慨道："升迁荣辱，身外事耳，吾空为此？所以然者，吾心自有病也。"③相对于湖上尽情挥洒文人性情的惬意生活，朝中

---

① [明]湖海士：《西湖二集序》，周清原撰《西湖二集》，周楞伽整理，人民文学出版社 1999 年版，第 566 页。
② 沈松勤：《南宋文人与党争》，人民出版社 2005 年版，第 321 页。
③ [清]古吴墨浪子：《西湖佳话》，上海古籍出版社 1980 年版，第 32 页。

的显宦尊位似乎并非那么重要。因此,白居易的"病"是对西湖上无拘无束、洒脱浪漫的文人生活的无限眷恋,是一个文人对内心情感与价值取向的真诚表白,而非士大夫的家国责任与政治担当。这大幅淡化了白居易的仕宦身份,而着意彰显他的文人色彩。《西湖佳话·六桥才迹》中的苏轼亦是如此,这位风流太守"不但诗酒流连,就政事也自风流"。他将诉讼判词暗藏在《减字木兰花》词中,幕僚诸公"没有一个不叹服其才之高,而调笑风流之有趣也"①。苏轼与其说是一个太守在衙门里处理政务,不如说是一位富有才情的文人在西湖上吟风弄月。《西湖佳话·灵隐诗迹》中,骆宾王人生经历的前后对比十分强烈,最能真切地反映褪"仕"著"文",文人性情自我提纯与升华的历程。从"遂提笔来,朗朗烈烈"写下一篇令武则天不觉动容、深表赞赏的千古名篇《讨武檄文》,到慨叹"此既往之浮云,居士还只管说他做甚么"②,历尽沧桑,昔日的报国壮志已成烟云,大诗人吟咏明月清风,以妙句为灵隐千秋生色,再无一人敢于续笔。超脱功名,返璞归真,骆宾王完成了从一个苦觅功业的士人还原成一个纯粹文人的艰难历程。至于《情史·司马才仲》中的司马才仲为一阕词引起的爱情而献出生命,《虞初新志·沈孚中传》中的沈孚中"不修小节,越礼惊众",以文人之率真应对乱世之险恶,最终死于非命,都是文人性情的张扬与彰显。即使是大批追求科举功名的士子在登堂入室、历尽艰辛之后,也大多表现出对文人性情的追慕与保留。明末清初西湖小说运用文人化的手法,不断提纯与升华文人的思想情感,淡化功名利禄的羁绊沾

---

① [清]古吴墨浪子:《西湖佳话》,上海古籍出版社1980年版,第42页。
② [清]古吴墨浪子:《西湖佳话》,上海古籍出版社1980年版,第68页。

染,使他们表现出才情高迈、至真至性、个性张扬,甚至特立独行的理想化文人色彩。

(三)泛用文人化手法塑造其他人物形象。西湖小说钟爱的文人化手法不仅用于塑造文人形象,而且泛用于其他各类人物形象,甚至将文人习性注入市井小民。这种文人化手法的泛化现象主要表现在两个方面:

1.市井小民的诗词雅兴与文人气质。吟诗作词本来是文人的雅好,但明末清初西湖小说广泛运用文人化手法,市井小民也善于歌咏吟哦,颇具文人的才华与气质。如《警世通言》第二十八卷《白娘子永镇雷峰塔》中,许宣自幼父母双亡,家境贫寒,在药铺当伙计,"心中愁闷,壁上题诗一首:'独上高楼望故乡,愁看斜日照纱窗……'"①。小市民登楼赋诗,颇具诗人情怀和雅士风范。许宣后来被发配镇江,遇赦时"欢喜不甚,吟诗一首",很像杜甫作《闻官军收复河南河北》这等"生平第一快诗"的情景。《醋葫芦》第四回中,解库商人成珪"幼年孤苦、无依无靠",没有受过什么教育,但也颇有文士风采:

> 独自个踏出后花园中,见那败荷衰柳,不觉凄然;又见头顶上飕飕的一声,刚打一片梧桐叶来,那时一发伤感,未免长叹一声。又踏到那边,看见几盆黄菊,将已开发,成珪愁中作喜,借此为题,吟出一首绝句道:"万草皆零落,此花才吐芳。可怜不结子,空自历风霜。"成珪吟毕又听得天际呀呀之声,抬头一看,却是一行归雁,不觉掉泪道:"我成珪

---

① [明]冯梦龙:《警世通言》,顾学颉校注,人民文学出版社1956年版,第409页。

真好苦也！"①

成珪在此俨然一位多愁善感、诗兴勃发的文人。目睹秋景而兴发悲秋之情，这是古代诗词十分常见的主题。以菊自喻来展现高贵品质也是诗人惯用的比兴和象征手法。此处的成珪颇有屈子行吟之风，诗作熟练运用比兴寄托，很难相信这是在塑造一个没有受过什么教育、浑身沾满铜臭的商人形象。而他的妻子都氏居然也能高谈阔论礼法之道：

> 却说周文闻得院君要讲夫妇之礼，即便敛容拱听，何氏周武皆侍立于旁。都氏坐于中堂交椅上，不慌不忙的道："甚矣，此礼之废也久矣！自周公制礼，孔子定之，列国遵之。以至于炎汉，又有大小二戴……至于李唐之世，此礼既衰……方有武皇后决起而首创之，挽数百年之颓，灭千古高鹜之纲纪，实百世之英娥也……列位不厌荔荛，聊当污耳。三纲既立，五伦毕具。君臣父子，朋友昆弟。惟夫与妻，其义最当。匪媒不得，三生所钟。及时嫁娶，拟诸鸾凤。归妹愆期，鳏鱼是比。曰怨曰旷，圣人忧之。孤阳不生，孤阴不成。一阴一阳，斯为合道。

> 蹇修执柯，月老捡书。偕尔匹配，宜其室家。乐为琴瑟，诗之《关雎》……"②

旁人"敛容拱听""侍立于旁"，市井商妇作长篇宏论，模仿《诗经》四字诗句，旁征博引，俨然鸿儒开坛讲学。其中虽有作者的

---

① ［明］西子湖伏雌教主：《醋葫芦》，上海古籍出版社"古本小说集成"本，第99页。

② ［明］西子湖伏雌教主：《醋葫芦》，上海古籍出版社"古本小说集成"本，第314—316页。

调侃成分,但尚才情结是显而易见的。又如《欢喜冤家》续集第三回《马玉贞汲水遇情郎》中,县衙差役的老婆、市井妇女马玉贞"坐在船中掉泪,遂占四句以别西湖",所作离别诗情景交融,立意很高,颇具文人情怀。《欢喜冤家》续集第一回《两房妻暗中双错认》中,两个土财主朱子贵、龙天定以诗词为武器,与左邻右舍唇枪舌剑,塑造的市井人物表现出浓厚的文人色彩。

2. 商人对才学与科举功名的崇尚。受到社会思潮与城市经济发展的影响,明末出现了一些热情赞扬商人形象尤其是讲述弃文从商故事的小说作品。如《二刻拍案惊奇》第二十九卷《赠芝麻识破假形 撷草药巧谐真偶》中,身为官吏的马少卿在讨论择婿时表示"经商亦是善业,不是贱流"①。第十六卷《迟取券毛烈赖原钱 失还魂牙僧索剩命》中,身为文士的夏主簿"与富民林氏共出本钱,买扑官酒坊地店,做那沽拍生理"②。但在明末清初的西湖小说中,各个社会阶层包括商人都表现出对才学与科举的崇尚,属于正面形象的商人或者后裔大多弃商从文,最终通过科举走向仕途。《醒世恒言》第三卷《卖油郎独占花魁》中,秦重是一个颇为成功的商人,作者高度赞扬"风流不及卖油人"。他不仅赢得了王美人的爱情,而且"不上一年,把家业挣得花锦般相似,驱奴使婢,甚有气象"。但他的子孙并没有继承他的事业,而是"俱读书成名"。《警世通言》第二十三卷《乐小舍拼生觅偶》中,名门喜家并不嫌弃乐和出身于杂色货铺之家,招其为婿。但乐和并没有继承家业,而是连科及第。《醋葫芦》

---

① [明]凌濛初:《二刻拍案惊奇》,陈迩冬、郭隽杰校注,人民文学出版社1991年版,第544—545页。

② [明]凌濛初:《二刻拍案惊奇》,陈迩冬、郭隽杰校注,人民文学出版社1991年版,第308页。

第十一回中,商人成珪、都氏夫妇将同样是商贾家庭出身的内侄都飙收为养子。都氏嘱咐都飙说:"当精心向学,若一涉世务,便心无二用,如何济得事来? 故此爹爹着你专心于学,这些撑家勾当,我爹娘在一日,替你管一日。"①成功商人的理想并不在于经商,读书中举才是他们梦寐以求的最高理想。他们并不希望后代继承家业,而是鼓励子孙读书求学,走科举之路,这是西湖小说中许多商人家族对未来的期望与重新选择。

3.妓女和僧人的文人性情。在中国古代文学作品中,风流多才的文人与美丽多情的妓女演绎了许多爱情佳话。他们才貌互赏,情趣相投,"文人士子实际上成为了妓女的师友和知音"②,那么妓女形象的塑造不可避免地带进了文人化的笔法。如《西湖佳话·西泠韵迹》中,苏小小"信口吐词,皆成佳句","若偷得一刻清闲,便乘着油壁车儿,去寻那山水幽奇,人迹不到之处,他独纵情凭吊"③。她与文人鲍仁惺惺相惜,真诚帮助寒门儒士,言行颇具文人情怀与名士风范。又如《拍案惊奇》第二十五卷《赵司户千里遗音　苏小娟一诗正果》中,妓女苏盼奴姐妹"俊丽工诗……自道品格胜人,不耐烦随波逐浪,虽在繁华绮丽所在,心中长怀不足"④。苏氏姐妹出淤泥而不染,颇具文人心志与情趣。

明末清初西湖小说塑造僧人形象也是广泛运用了文人化的

① ［明］西子湖伏雌教主:《醋葫芦》,上海古籍出版社"古本小说集成"本,第378页。
② 陈东原:《中国妇女生活史》,商务印书馆1998年版,第171页。
③ ［清］古吴墨浪子:《西湖佳话》,上海古籍出版社1980年版,第94页。
④ ［明］凌濛初:《拍案惊奇》,陈迩冬、郭隽杰校注,人民文学出版社1991年版,第439页。

类比与嫁接手法。《西湖佳话·虎溪笑迹》说:"高僧纵是高无比,必借文人始得名。"①又说:"释家之有高僧,犹儒家之有才子也。"②西湖小说对高僧与文士的关系有深刻认识,谈及高僧,多参照文人,运用类比与嫁接手法,以求相得益彰。许多高僧虽然外表剃度受戒、身披袈裟,内心却是文人的品性与情怀。如《西湖佳话·虎溪笑迹》中,僧人辩才"却只以学者自居,有才名之人来相访,便无不接见,恐怕当面失了高人"③。他与大文豪苏轼"彼此依依不舍,恨相见之晚",传为佳话。《醉菩提》中,颠僧济公的文人性情就更加突出了。他出口成章,下笔有神,"嬉笑怒骂,恣情纵意"④,处处张扬他的至情至性。第七回中,济公以"诗仙"与"酒仙"李白作比,狂醉后一连朗吟十余首诗,尽情抒发自己的雅兴诗才。第十六回中,他又作自供诗,称自己"唯同诗酒是因缘"⑤,不脱文人本色。再如《麴头陀传》第二十三则中,济公挥毫连草三疏,一气呵成。侍郎赞不绝口,对太尉说:"济公之才,行云流水,转折生波,真天马行空,神龙戏海,当世一大手笔,信如我辈,万不及一。"⑥回末总评也说:"济公虽耽酒肉,而卖弄文字,乃其本心,未免有秀才呆气。"⑦所谓"秀才呆

---

① [清]古吴墨浪子:《西湖佳话》,上海古籍出版社1980年版,第194页。
② [清]古吴墨浪子:《西湖佳话》,上海古籍出版社1980年版,第184页。
③ [清]古吴墨浪子:《西湖佳话》,上海古籍出版社1980年版,第186页。
④ [清]桃花庵主人:《醉菩提传序》,天花藏主人撰《醉菩提》卷首,萧欣桥校点,人民文学出版社1999年版,第5页。
⑤ [清]天花藏主人:《醉菩提传》,萧欣桥校点,人民文学出版社1999年版,第94页。
⑥ [清]西湖香婴居士:《麴头陀传》,于文藻校点,人民文学出版社1999年版,第242页。
⑦ [清]西湖香婴居士:《麴头陀传》,于文藻校点,人民文学出版社1999年版,第243页。

气"是指书生气和文人习性。

　　总之,明末清初西湖小说在塑造许多非文人的形象时,以文人为模具,以诗酒为外饰,以才学为骨架,以文人性情为内核来填充加工,因此带有诸多文人习性,文人化的类比与嫁接笔法非常明显。

三、人物形象的拟古化

　　明末清初西湖小说喜好用拟古手法来塑造人物形象,主要表现在两个方面:

　　(一)前朝人物形象众多,所占比例大。根据明末清初西湖小说 111 篇(部)作品所塑造的 223 位主要人物形象所处的朝代分布(详见附录一、二),可以列成下表进行比较分析:

	主要人物形象总数	前朝主要形象数量	所占比例	当朝主要形象数量	所占比例	备　注
明末作品(74 篇)	150	112	74.7%	15	10%	有 23 位朝代不详
清初作品(37 篇)	73	60	82.2%	7	9.6%	有 6 位朝代不详
总　　计	223	172	77.1%	22	9.9%	有 29 位朝代不详

从上表可见,在明末清初西湖小说的主要人物形象中,"古人"(前朝人物形象)与"今人"(当朝人物形象)在数量和比例上相差悬殊。特别是清初西湖小说的 37 篇作品所塑造的 73 位主要人物形象中,清代人物仅有 7 位,只占 9.6%,且有 4 位主要生活在明代。这 7 位都出自《今世说》《虞初新志》等篇幅短小的文言小说集,而其他 22 篇(部)白话小说竟无一位清代的主要人物形象。因此,明末清初西湖小说中的人物形象塑造具有鲜

明的拟古化倾向。

（二）以厚古薄今的态度塑造人物形象。明末清初西湖小说喜好赞扬"高贤长者留千秋之泽"，慨叹"盖前人者，后事之师矣，流芳遗秽，其尚鉴之哉"①，常常流露出今不如昔的末世情怀。西湖小说作者对古圣前贤的流风遗韵推崇备至，不吝纸笔，浓墨重彩，造成题材相对集中，形成许多系列化小说。如赞扬苏轼"才华盖世，政迹美扬"与"诗酒襟怀，风流性格"的作品有：《西湖佳话》之《六桥才迹》《虎溪笑迹》，《西湖二集》第四卷《愚郡守玉殿生春》、第十四卷《邢君瑞五载幽期》、第二十三卷《救金鲤海龙王报德》，《喻世明言》第三十卷《明悟禅师赶五戒》，《警世通言》第二十八卷《白娘子永镇雷峰塔》，《情史》之《僧了然》《司马才仲》，《智囊·苏轼》等十多篇；涉及白居易的西湖小说也有：《西湖佳话·白堤政迹》，《西湖二集》第十四卷《邢君瑞五载幽期》、第二十三卷《救金鲤海龙王报德》，《警世通言》第二十八卷《白娘子永镇雷峰塔》，《智囊·苏轼》等；歌颂吴越王钱镠丰功伟绩的作品有《西湖二集》第一卷《吴越王再世索江山》、《西湖佳话·钱塘霸迹》、《警世通言》第二十三卷《乐小舍拼生觅偶》等。顶礼膜拜钱王已近乎神灵，如《西湖二集》第一卷《吴越王再世索江山》说："你道杭州人不拘贤人君子，贩夫小人，牧童竖子，没有一个不称赞那吴越王。凡有稀奇古怪之事，都说道当先吴越王怎么样，可见这位英雄豪杰非同小可。"②接下来讲述杭州乡民将钱王卵池中的水来洗目，相信"其目一年不昏"。

---

① 〔明〕湖海士：《西湖二集序》，周清原撰《西湖二集》，周楞伽整理，人民文学出版社1999年版，第566页。

② 〔明〕周清原：《西湖二集》，周楞伽整理，人民文学出版社1999年版，第3页。

还有钱王出生时，小说惊叹"蜥蜴钻入床下，即时不见，随产个小儿下来，满室火光，惊天动地"的祥瑞吉兆。在明末清初西湖小说中，诸如此类对古圣前贤不遗余力加以赞颂的例子不胜枚举，营造了一种崇拜古代圣贤与前朝英雄的浓厚氛围。

明末清初西湖小说尽管也有赞扬当代人物的例子，如《型世言》第十回《烈女忍死殉夫　贤媪割爱成女》塑造了明代万历年间的昆山烈妇形象，《觚賸·布囊焚余》塑造了抗清英雄张煌言的光辉形象。但这类属于当代的正面形象非常少见，更多的是面目可憎的反面形象。如《醒世恒言》第十六卷《陆五汉硬留合色鞋》讲述了明代弘治年间一群杭州市井人物的可悲命运。陆五汉"平昔酗酒撒泼，是个凶徒"[①]，冒充张荩骗奸潘寿儿，残害潘老夫妇；张荩"只晓得三瓦两舍，行奸卖俏"；潘用"专在地方上吓诈人的钱财"，为非作歹，赖皮刁钻；陆婆是个贪财的奸媒，"绰号马泊六，多少良家受他累"；潘寿儿的悲惨遭遇虽然值得同情，但她是一切悲剧的始作俑者，难逃咎由自取、家破人亡之责；众多无名狱卒个个都是挖空心思敲诈钱财的邪恶人物。正如《苏三起解》所唱"洪洞县里无好人"，群小作恶，丧尽天良，让人深感社会的丑恶与黑暗。又如《拍案惊奇》第三十四卷《闻人生野战翠浮庵　静观尼昼锦黄沙巷》描写了明代洪熙年间杭州翠浮庵一群尼姑的荒淫无耻，就连作者称道的闻人生也"犯了少年时风月，损了些阴德"[②]，尝到了仕途不畅的苦果。另如《情史·孤山女妖》《女才子书·小青》与《今世说·汰侈》等小

---

① [明]冯梦龙：《醒世恒言》，严敦易校注，人民文学出版社1956年版，第297页。

② [明]凌濛初：《拍案惊奇》，陈迩冬、郭隽杰校注，人民文学出版社1991年版，第597页。

说中,塑造了一大批劣迹斑斑的当代人物形象。这也体现了明末清初西湖小说塑造人物形象厚古薄今的倾向。

"古人"形象远多于"今人"形象,鲜明的厚古薄今、尊古贬今的态度,这种拟古化倾向究其原因,大致可归纳如下:

(一)在故都情结中,杭州人对宋代的缅怀与崇敬致使明末清初西湖小说中的主要人物形象多为宋人。在笔者探讨的223位主要人物形象中,南宋时期的人物有91位(另有6位难辨北宋或南宋,有29位朝代不详),所占比例高达40.8%(详见附录一、二)。特别是五部章回小说中的主要人物形象,除了《集咏楼》中的褚良贵与小青是明代人以外,其余4部小说中的8人全部是南宋人。湖海士《西湖二集序》宣称:"况重以吴越王之雄霸百年,宋朝之南渡百五十载,流风遗韵,古迹奇闻,史不胜书……"①这代表了明末清初西湖小说共同的审美取向。不仅前朝圣贤的流风遗韵被奉为圭臬,流芳百世,就连市井奇闻中的痴男怨女也被民间百姓喜闻乐见。他们美丽动人的佳话和生动鲜活的面容已经融入了杭州的地域文化当中,铭刻在这片土地的历史记忆之中,久经沧桑却盛传不衰。因此,在浓厚的怀旧情结中,杭州人对故都文化、前朝圣贤的缅怀与崇尚,是明末清初西湖小说人物塑造拟古化的一个重要文化基础与情感条件。这在第一章第一节中已经详释,兹不赘述。

(二)在遗民情怀中,清初少数西湖小说作品含蓄表达了对前朝先贤的怀念与崇敬,一定程度上影响了人物塑造的拟古化倾向。赵园在论述明遗民时说:"遗民的'故国之思'本不妨有

① [明]湖海士:《西湖二集序》,周清原撰《西湖二集》,周楞伽整理,人民文学出版社1999年版,第11页。

极个人的根据,寄寓于极琐细的物事的。"①遗民"故国之思"的载体当然也包括被视为琐屑言谈与"小道"的小说作品。一些西湖小说表达了对明代忠臣贤良的崇敬与缅怀之情,小说作者以明代人物形象寄托自己的遗民情怀。但由于清代统治者对言论的严酷钳制,这种怀念显得非常隐晦。如创作于康熙年间的《西湖佳话·三台梦迹》中,作者深切缅怀了于谦英勇抗击北方瓦剌入侵,"安邦定国,力挽狂澜"的丰功伟绩,热情赞颂了他"粉身碎骨浑不怕,要留清白在人间"的高风亮节。又如陆次云创作于康熙初年的《沈孚中传》塑造了一个充满悲剧色彩的乱世文人形象,钱塘人沈孚中性本豪放,不以功名为念,喜纵酒谈兵,颇有名士风度,但"不谙世务,是以为世所轻,稍不得意,辄作不平鸣"。他无端卷入南明政争,后来受马士英误导,误传清兵渡江消息,竟被乡人所杀。作者慨叹道:"孚中之死,鸿毛耶?泰山耶?吾乌能论定之?"②这些为作者精心塑造的明代人物及其评论,在意识形态十分敏感、政治环境极其严酷的清初社会,无疑是在曲折隐晦地表达一种政治见解,寄托了作者的遗民情怀。

(三)清初严酷的政治环境迫使西湖小说好言古人古事,造成人物形象的拟古化十分鲜明。为了巩固对全国的统治,清初统治者不断加强对意识形态的控制。"康熙初,为国史事,杀戮多人,自此文网渐密"③,汹涌泛滥的文字狱潮与屡见不鲜的禁

①　赵园:《明清之际士大夫研究》,北京大学出版社 1999 年版,第 472 页。
②　[清]张潮:《虞初新志》卷十《沈孚中传》,上海古籍出版社"古本小说集成"本,第 460 页。
③　[清]归庄:《归庄集》卷十《随笔二十四则》,中华书局 1962 年版,第 518 页。

书运动造成人人自危、噤若寒蝉,而浙江就是一大重灾区,如"庄氏史案""吕氏文选案""齐氏游记案"等都与浙江有关。小说禁毁也是清代禁书运动的重头戏,从顺治九年禁"琐语淫词",到康熙二年、二十六年、四十年、四十八年、五十三年下令严禁小说①,三令五申,风暴迭起。杭州作为小说创作与刊刻的重镇,自然首当其冲。如李渔在杭州创作的小说集《无声戏》与《十二楼》就曾多次被查禁。由陆人龙创作、峥霄馆刊刻的《辽海丹忠录》等时事小说也屡次遭到禁毁。这无疑对清初的西湖小说创作产生了重大冲击。明清鼎革中的人物和题材非常敏感,可能招来牢狱之灾甚至杀身之祸,那么古人古事也就成了全身避祸的无奈选择。西湖小说人物形象的拟古化就是这一境况下的必然产物。如成于康熙十二年(1673)的《西湖佳话》,十六篇小说不仅没有清代人物形象,就连身处民族矛盾日趋激烈、政治局势日渐复杂的明末人物都了无踪迹。四部清初的章回体西湖小说也是无一位当代人物。

当然,小说改编作品的大量出现,依托同一历史文化名人而敷演系列题材小说,难免陈陈相因,也造成了西湖小说人物形象的拟古化。如钱镠与苏东坡等历史文化名人就是各个时期西湖小说的"宠儿",被不同时期的小说作家打扮翻新,但本色依旧,大同小异。

---

① 王利器:《元明清三代禁毁小说戏曲史料》,上海古籍出版社1981年版,第22—27页。

第二节　西湖诗词大量融入

　　西湖诗词是指以杭州西湖为歌咏对象,或者是在西湖上创作的诗词。关于中国古代小说与诗词的密切关系,早在唐传奇与唐诗中就有鲜明的体现。宋代赵彦卫称赞唐传奇"文备众体,可以见史才、诗笔、议论"①,唐传奇不仅大量采入诗歌,而且借鉴诗的艺术手法和文体因素,以"诗笔"来创作小说,赋予小说以诗一般的艺术韵味。后世的宋元话本和明代传奇小说也效仿这一手法,但一些小说掺入诗词过多,造成喧宾夺主、冗杂生硬之弊,如孙楷第先生批评《剪灯新话》等作品"赘附诗词……可有可无,似为自炫",尤其是明代中篇文言传奇滥引诗词是"蚓窍蝇声,堆积未已"②。明末清初西湖小说较好地继承和发展了唐传奇的"诗笔"情韵。西湖小说和西湖诗词有一个得天独厚的条件,即共生于同一片沃土,受到同一种地域文化的熏陶和浸染,甚至具有同质异构的孪生关系,于是前者在后者的辉映下显示出独特的艺术魅力。

一、小说中西湖诗词的特征

　　《西湖佳话·灵隐诗迹》以"诗迹"命名,又称"'西湖十景'无处不留名人之题咏",道出了西湖诗词在西湖小说中的独特地位。明末清初西湖小说中的西湖诗词有以下特点:

　　(一)西湖诗词数量众多。据笔者统计,明末清初111篇

---

① ［宋］赵彦卫:《云麓漫钞》卷八,傅根清点校,中华书局1996年版,第135页。

② 孙楷第:《日本东京所见小说书目》,人民文学出版社1981年版,第127页。

（部）西湖小说共有520首西湖诗词（详见附录二），平均每篇西湖小说采入约5首西湖诗词。其中最多的是《集咏楼》，多达53首。其次是《麴头陀传》，有41首。在明末清初西湖小说中，无论是人物形象的对话独白与心理活动，还是小说作者的叙述议论与描写抒情，西湖诗词都现身其中。置身于湖光山色，小说人物不禁触景生情，诗兴勃发，出口成章，诗意盎然，更有嬉笑怒骂皆成西湖诗词者。小说作者除了借人物形象之口吟咏外，还喜欢大量创作或引用西湖诗词来绘景叙事，咏史抒怀，或是征引名作，诗史互证。由于大量采入西湖诗词，明末清初西湖小说中的西湖成了一汪"诗湖"。

（二）大量具有相同地域色彩的西湖诗词与西湖小说相互交融，多有妙合。小说过多羼入诗词，容易造成生硬冗杂、喧宾夺主之弊，这是小说艺术手法不够娴熟的表现。如明代大量出现的中篇传奇小说《钟情丽集》《怀春雅集》等即是如此，常为后人诟病。而西湖诗词和西湖小说共生共长，具有相同的地域色彩，甚至具有同质异构的孪生关系。因此，西湖小说中的许多西湖诗词能较好地融入叙事情节，显得自然贴切，多有妙合，浑然一体。这得益于两者具有以下三个方面的条件：

1.西湖诗词与西湖小说的题材内容相同或相近。杭州在历史上曾作为政治、经济和文化中心的重要地位，使这座城市的地标——西湖时常活跃于诗人的笔端。一些反映重大史实与历史人物活动的诗篇被引入相同题材的西湖小说，西湖小说与西湖诗词相互印证，真实可信。如《喻世明言》第二十二卷《木绵庵郑虎臣报冤》开篇引用张志远（道）的《西湖怀古》诗云："荷花桂子不胜悲，江介年华忆昔时。天目山来孤凤歇，海门潮去六龙移。贾充误世终无策，庾信哀时尚有词。莫向中原夸绝景，西湖遗恨是西施。"①从而引出南宋权相贾似道"专一蒙蔽朝廷,偷安肆乐"的罪恶行径,最终祸国殃民,把南宋王朝推向覆亡的悬崖。小说在叙述重大历史事件时,多次引用相同题材的西湖诗词。如在国难当头,蒙古铁骑不断南袭之时,贾似道不仅在西湖上纵欲游乐、醉生梦死,而且大行"限田之法",夺民之利,"浙中大扰,无不破家者,其时怨声载道"。小说于此引用诗句:"胡尘暗日鼓鼙鸣,高卧湖山不出征。不识咽喉形势地,公田枉自害苍生。"②所写内容与小说中的贾似道偷安误国,推行"限田之法"等故事情节是相对应的。又如《情史·司马才仲》引用的唐代李贺的《苏小小墓歌》和古诗《妾乘油壁车》,与小说所述苏小小在西湖畔的传奇经历亦是如此。

2. 两者的历史背景相同且相互映衬。明末清初西湖小说在叙说错综复杂的历史事件之前,常引用与西湖相关的咏史诗词作为切入点或生发点,其历史背景与小说所述故事是相同的,从而相互印证。小说然后围绕所引诗词详细交代当时的历史背景,在诗史互证中形成一种浓缩型叙事,使所引咏史诗词与小说故事的历史背景相契合,有相得益彰的效果。如《西湖二集》卷二十六《会稽道中义士》开首就引用明初杭州著名小说家与诗人瞿佑的《故宫叹》:

> 金轮夜半北方起,炎精未坠光先死。青衣去作行酒人,泥马来为失乡鬼。江头宫殿列巉岏,湖上笙歌乐燕安。鱼羹自从五嫂乞,残酒却笑儒生酸。格天阁上烧银烛,申王计

---

① ［明］冯梦龙:《喻世明言》,许政扬校注,人民文学出版社 1958 年版,第 322 页。

② ［明］冯梦龙:《喻世明言》,许政扬校注,人民文学出版社 1958 年版,第 336 页。

就蕲王逐。累世内禅讳言兵,中兴之功罪难赎。开边衅动
终倒戈,师臣函首去求和。木绵庵下新鬼哭,误国重逢贾八
哥。琉璃作花禁珠翠,上马裙轻泪妆媚。朔风吹尘笳鼓鸣,
天目山崩海潮避。兴亡往事与谁论,亭亭白塔镇愁魂。唯
有栖霞岭头树,至今人说岳王坟。①

此处的"故宫"是指西湖畔的南宋宫殿。这首咏史怀古诗叙说
了宋室南渡后君臣逸乐亡国的史实。其中"金轮夜半北方起"
至"中兴之功罪难赎"写高宗朝史事。高宗泥马渡江,历经艰
险,最终定都杭州,但贪图"湖上笙歌乐燕安",很快重用求和的
申王秦桧,罢黜主战的蕲王韩世忠;此诗接着写韩侂胄在北伐失
败后被传首金国,贾似道专权害己误国,谢太后与恭帝于临安沦
陷后在一路笳鼓哀鸣中被虏至大都,而西湖畔空余杨琏真伽盗
掘后的皇陵废墟与镇压诸帝遗骨的白塔,满目疮痍。所述历史
背景与小说所叙蒙古灭宋,杨琏真迦损毁南宋皇陵,唐钰收葬南
宋帝王遗骸等故事是一致的;"鱼羹自从五嫂乞,残酒却笑儒生
酸"叙及宋高宗在西湖上施恩于汴京商贩、落第书生之事,这些
在《喻世明言》第三十九卷《汪信之一死救全家》、《警世通言》
第六卷《俞仲举题诗遇上皇》、《西湖二集》第三卷《巧书生金銮
失对》等小说中多有精彩讲述。此外,高宗逸乐故事又多次出
现在《西湖二集》第一卷《吴越王再世索江山》、第二卷《宋高宗
偏安耽逸豫》,《麴头陀传》第一、二则中。另如《西湖二集》第十
卷《徐君宝节义双圆》引用陈敬叟《水龙吟》云:"晚来江阔潮平,
越船吴舫催人去。稽山滴翠,胥涛溅恨,一襟离绪……哀弦危

① [明]周清原:《西湖二集》,周楞伽整理,人民文学出版社1999年版,第416
页。

柱。金屋难成,阿娇已远,不堪春暮。听一声杜宇,红殷丝老,雨花风絮。"①此词讽刺与谴责南宋皇室被元兵北掳而无一殉国,个个苟且偷生的怯懦品行,尤其是"金屋"阿娇""不堪春暮"讽刺七十多岁的谢太后未能死节,与小说中的徐君宝夫妇在元兵破城时义不受辱、双双殉节的时代背景是相同的。但两种截然不同的行为形成强烈的反差,别具寓意。

3.两者的情调与主题相通。小说作者在表达感情、揭示主题时,通常引用与之相通的西湖诗词做点睛之笔。如《情史·周子文》中,妓女周子文思念情郎陈袭善,"悲啼而殁"。陈生重游西湖时触景生情,哀伤难抑。小说于此引用《渔家傲》"以寄情焉"②,尤其是"谁与寄,西湖水是相思泪"等句饱含哀婉、真挚的相思之情,并以此渲染小说的感伤情调。词与小说的情调是统一的,情感是相通的,显得十分贴切契合。又如《喻世明言》第二十二卷《木绵庵郑虎臣报冤》引用张志(远)道《西湖怀古》的"荷花桂子不胜悲"与"西湖遗恨是西施"等诗句③,来表达对统治阶级纵情逸乐、祸国殃民的强烈谴责,对盛世陆沉、山河破碎的深沉悲愤,尤其是篇末"客来不用多惆怅,试向吴山望故宫"等句,流露出强烈的兴亡之感。这与小说蕴含的故国之思与黍离之悲的主题是相通的。

---

① ［明］周清原:《西湖二集》,周楞伽整理,人民文学出版社1999年版,第159页。
② ［明］冯梦龙:《情史》,上海古籍出版社"古本小说集成"本,第1011页。
③ ［明］冯梦龙:《喻世明言》,许政扬校注,人民文学出版社1958年版,第322页。

二、小说中西湖诗词的作用

西湖诗词能较好地融入明末清初西湖小说的故事情节,助益小说叙事,使其成了一种"诗化"小说。这种作用主要表现为以下几个方面:

(一)为小说叙事创造诗情画意的优美情境,吸引并指导读者阅读,让读者在诗一般的情韵中体味到委婉含蓄、朦胧渺远的意境之美,油然而生绵绵情思,回味无穷。西湖小说着意营造优美的故事情境,这种良苦用心甚至不亚于对情节本身的精心构思。在西湖小说的"诗化"特色中,西湖诗词无疑是最重要的因素。《西湖佳话·白堤政迹》云:"乐天因山山水水,日对着西湖这样的美人,又诗诗酒酒,时题出自家这般的才子。"①《西湖佳话·灵隐诗迹》称"西湖十景"无处不留名人之题咏。确实如此,西湖以秀丽的自然景观和丰富的人文胜迹名闻天下,引得无数文人墨客心醉神往,纷至沓来,题咏了许多广为传颂的诗词佳作。据不完全统计,作诗填词把"西湖十景"依次咏遍的有宋代周密、陈允平,明代瞿佑、张岱等人的170余首②。许多名家的西湖杰作影响深远,富有艺术魅力,如苏轼《饮湖上初晴后雨》与白居易《钱塘湖春行》等经典作品,即《西湖佳话序》所讴歌的"白苏之文章",尤其为西湖故事增光添彩。《西湖佳话·六桥才迹》赞扬《饮湖上初晴后雨(其二)》,"自此诗一出,人人传诵,就有人称西湖为西子湖了"③。确实如此,该诗对西湖文化影响之大,无出其右。王文诰《苏文忠公诗编注集成》称赞该诗

① [清]古吴墨浪子:《西湖佳话》,上海古籍出版社1980年版,第29页。
② 斯尔螽:《西湖诗话》,上海文化出版社1982年版,第140页。
③ [清]古吴墨浪子:《西湖佳话》,上海古籍出版社1980年版,第40页。

"可谓前无古人,后无来者"①。近人陈衍《宋诗精华录》说该诗
"后二句遂成为西湖定评"②。这些经典诗词犹如一块金字招
牌,提升了西湖小说的含金量与美誉度。

　　西湖诗词给小说叙事带来一种诗情画意般的韵味,有助于
提升小说作品的审美品位,吸引读者的阅读兴趣。如《西湖佳
话·六桥才迹》中,苏东坡初见西湖,作者首先引用一首西湖诗
歌:"碧澄澄,凝一万顷彻底琉璃……簪花人逐净慈来,访友客
投灵隐寺。"③西湖上的诗情画意一扫苏轼外放出京的愁苦郁
闷,与好友文同的饯别诗"北客若来休问答,西湖虽好莫吟诗"
形成鲜明对照。以前后两首西湖诗词为支点,先抑后扬,浓墨重
彩地给大诗人挥洒"诗酒襟怀,风流性格"的西湖生活着了底
色、定了基调。此外,《喻世明言》第三十卷《明悟禅师赶五戒》,
《智囊·苏轼》,《情史》之《僧了然》《司马才仲》,《西湖二集》第
十四卷《邢君瑞五载幽期》、第二十三卷《救金鲤海龙王报德》等
诸多小说述及苏轼任职杭州时创作大量西湖诗词的佳话,读来
饶有情趣。另如《西湖二集》第十四卷《邢君瑞五载幽期》中,太
原才子邢君瑞读到苏轼、白居易在西湖上的诗词佳话,十分神
往,认为"恁般如此妙,难道俺是后辈,便不如他不成,不可把他
一个人占尽了'风流'二字,俺不免也到西湖上一游",于是千里
迢迢远赴西湖,"游于南北两山之间,到处题咏,自得其得"④。

①　[清]王文诰:《苏文忠公诗编注集成》卷九,中华书局1982年版,第430页。
②　陈衍:《宋诗精华录》卷二,曹中孚校注,巴蜀书社1992年版,第217页。
③　[清]古吴墨浪子:《西湖佳话》,上海古籍出版社1980年版,第39页。
④　[明]周清原:《西湖二集》,周楞伽整理,人民文学出版社1999年版,第237页。

小说引用了一组"西湖十景"诗和柳永的《木兰花慢·清明》词，极力描摹西湖"竟如画图中蓬莱三岛一样"的优美景致，渲染一种与西湖佳丽共享"一枕春醒"的浓厚氛围，契合踏春男女春心萌动的迷醉情态，从而为邢君瑞与西湖水仙的爱情故事营造了浪漫情境。在这充满诗情画意的"天堂"，自然少不了美丽动人的爱情传说。在"当期五年，君来守土"的再次相会时，作者首先引用了晏殊的《念奴娇·荷花》词"单道西湖荷花好处"，在"媚脸笼霞，芳心泣露"的月光荷影中，邢君瑞与西湖水仙"游荡于清风明月之下，或歌或笑"，有情人终成眷属。在西湖诗词所营造的缠绵悱恻的浪漫情境中，小说所叙男女恋情显得更加动人心弦，让读者在心醉神迷中产生绵绵情思，不忍释卷。由于白居易、苏轼、柳永、晏殊等名家名作富有艺术魅力，影响深远，广大读者早就对这些咏湖佳作耳熟能详，十分喜爱。这些西湖诗词吸引了大量读者去阅读西湖小说，形成一种强烈的阅读期待，拉近了小说与读者的距离，并引导读者快速进入阅读状态，更好地体会西湖小说的思想主题、文化内蕴与艺术特色，从而促进了西湖小说的传播与接受。

（二）张弛叙事节奏，预叙故事情节，甚至成为改变人物命运与情节走向的前因。其具体表现在以下三个方面：

1. 加快叙事节奏，推波助澜，使故事情节更加曲折跌宕。在《醉菩提传》《䰀头陀传》和《西湖佳话·南屏醉迹》等小说中，一些佛家偈语诗出现在一个故事尚未结束之时，又预示着另一个故事的开始，使叙事节奏加快，情节更加曲折生动。如《醉菩提传》第五回中，在元宵之夜，济颠因与群童在佛寺闹灯嬉戏受到众僧的责备，长老念有诗句"相呼相唤去来休，看取明年正月半",济颠也续有"两年为甚一年期,一般何作两般玩"等句①。
"闹灯"事件尚未完全了结,读者还不明就里,下文紧接着叙述
第二年元宵佳节,众僧来访,长老弈后坐化,验证了"无执着拂
棋西归"之句,也导致了长老在火焰中留下口头遗嘱,众僧争
产,济颠被排挤出走等一系列故事。情节如同波浪迭起,层层推
进,令人目不暇接。又如《西湖佳话·西泠韵迹》中,先有较大
篇幅讲述苏小小"以青楼为净土",喜好游湖览山,并无风月之
事。接着引用西湖诗句"十分颜色十分才,岂肯风沉与雨埋?
自是桃花生命里,故教红杏出墙来"②,一改前文平铺直叙,引导
故事情节陡然变奇,马上叙说阮郁艳遇苏小小的情节,叙事节奏
明显加快。因此,这类西湖诗词对西湖小说的叙事节奏产生了
往前"驱赶"的加速作用。

2.缓和叙事节奏,使故事情节更加符合情理逻辑。由于小
说前文的情节过于离奇突兀,不合情理,近乎失真,西湖诗词于
此能够缓和叙事节奏,进行补充说明,缀补绾接,使故事发展合
情合理。如《警世通言》第二十八卷《白娘子永镇雷峰塔》与《西
湖佳话·雷峰怪迹》中,许宣与白娘子成亲后,喜庆未了却祸不
单行,让人颇为费解。一日,许宣执意要去金山寺烧香,白娘子
再三劝阻不成后,嘱咐千万不要与和尚接触。许宣不听,果然被
法海强留不归。白娘子与小青来救,见到法海后做出离奇举动,
"把船一翻,两个都翻到水府去了"。作者于此引用一首西湖
诗:"本是妖精变妇人,西湖岸上卖娇声。汝因不识遭他计,有

①　[清]天花藏主人:《醉菩提传》,萧欣桥校点,人民文学出版社1999年版,
第30—31页。
②　[清]古吴墨浪子:《西湖佳话》,上海古籍出版社1980年版,第83页。

难湖南见老僧。"①补充说明了前文中离奇现象的真相,增强了各个叙事片段之间的因果联系。"本是妖精"交代了白娘子的真实身份,"卖娇声"指白娘子在西湖游船上邂逅许宣,频送秋波。这些是前文的情节要点,串接起来就形成了故事发展的一段主要叙事脉络。经过西湖诗词的情理化梳理,小说在逻辑上祛除怪诞荒唐,从而符合人物形象的性格常态与读者的认知规律。又如《醉菩提传》第八回中,济颠被长老与众僧猜忌。一日,长老突然对济颠敬酒行拜,态度恭敬。读者初看,误以为长老前倨后恭是因为知晓了济颠的真实身份,领悟了他的高深佛法。作者于此引用诗句"非是禅心荆棘多,总为贪嗔生嫉妒"②,点明了长老的不良居心,让读者知道他的惺惺作态背后藏有阴谋诡计,显示出众僧对济颠的理解与接受不会顺利,其成佛之途并不平坦。西湖诗词引出了一段插曲,增加了一道歧途弯路,减缓了故事迈向结局的步伐节奏。

3. 成为改变人物命运的工具和故事走向的转折点。西湖文化兼容并蓄,胸怀广阔,"富者适志,贫者惬心,不闻其有荣枯之异也"③。而且,富贵亨通与穷困潦倒常常在此相互转化。在明末清初西湖小说中,当人物处境与故事情节陷入山重水复之中,西湖诗词常常是改变困境的重要工具和关键契机,成为顺境与逆境相互转化的分水岭和临界点。一些西湖诗词及时出现,带

① [明]冯梦龙:《警世通言》,顾学颉校注,人民文学出版社1956年版,第420页。

② [清]天花藏主人:《醉菩提传》,萧欣桥校点,人民文学出版社1999年版,第49页。

③ [明]湖海士:《西湖二集序》,周清原撰《西湖二集》,周楞伽整理,人民文学出版社1999年版,第565页。

来了柳暗花明的效果。如《警世通言》第六卷《俞仲举题诗遇上皇》中,成都寒士俞良历尽艰辛却科场失意,走投无路时在西湖丰乐楼上题留《鹊桥仙》词,一度准备跳湖自尽。不想被太上皇瞧见墨迹,俞良因此被封官赐金,荣归故里。诸如此类因西湖题咏而发迹变泰者不一而足,另如穷书生于国宝醉后在西湖断桥题《风入松》而被赐予翰林学士(《西湖二集》第二卷《宋高宗偏安耽逸豫》),苦秀才甄龙友在西湖天竺寺题观音诗而被孝宗召见赐官(《西湖二集》第三卷《巧书生金銮失对》),等等。因西湖题咏得福者很多,因此招祸者也不乏其人。如《喻世明言》第二十二卷《木绵庵郑虎臣报冤》中,"湖上宰相"贾似道与右丞相马廷鸾、枢密史叶梦鼎在西湖上饮酒作诗。贾丞相认为两人的诗歌"俱有讥讽之意",于是借机进谗,让皇上将他们罢职,进一步控制朝政与专权误国。贾似道又在湖上吟诗慨叹:"寒食家家插柳枝,留春春亦不多时。人生有酒须当醉,青冢儿孙几个悲?"①流露出好景不长与人生无常的悲凉意味,成为命运由盛变衰与故事发展的转折点,与其横尸木绵庵的命运结局遥相呼应。

(三)丰富人物的心理活动与思想感情。中国古代小说大多不注重对人物心理活动的刻画。但在明末清初西湖小说中,一些西湖诗词能较好地表达人物形象在西湖上的心理活动与情感世界,细腻深刻,生动传神。如《情史·周子文》中,在恋人因相思而殁后,陈袭善重游西湖,心潮澎湃,百感交集。小说虽然没有直接交代他此刻的心理活动,而是引用《渔家傲》词:"鹭岭

---

① [明]冯梦龙:《喻世明言》,许政扬校注,人民文学出版社1958年版,第339页。

峰前阑独倚,愁眉蹙损愁肠碎。红粉佳人伤别袂,情何已,登山临水年年是。　　常记同来今孤至,孤舟晚飐湖光里。衰草斜阳无限意,谁与寄? 西湖水是相思泪。"①此词以西湖景物切入和收束,融情入景,借景抒情,表现陈袭善对恋人的无限哀思与深情追忆,长歌当哭,荡气回肠。《女才子书·小青》《情史·小青》《西湖佳话·梅屿恨迹》和《集咏楼》等小青系列小说大量引用西湖诗词,如《集咏楼》第十回多达 42 首,从"瘦影自怜春水照""春衫血泪点轻纱"到"数尽恹恹深夜雨""不知愁思落谁多",再到"岂独伤心是小青""百结回肠写泪痕"等句,由浅入深,层层叠叠,从外在环境到内心世界,以景寄情,情景交融,细腻深刻地表达出小青非常丰富的内心世界,尤其突出哀怨愁苦之情,凄婉深切,令人唏嘘。西湖诗词丰富了人物的心理活动与思想感情,一定程度上弥补了西湖小说叙事对表现人物内心世界的不足。

此外,西湖诗词在小说中还担任了描绘西湖美景的主角,很多西湖小说以西湖诗词开篇与结尾,有些小说甚至以西湖诗词为本事缘起和叙事核心来敷演故事,如《西湖佳话·灵隐诗迹》《情史·周子文》和《情史·司马才仲》等。历史上久盛不衰、佳作迭出的西湖诗词,因其与西湖小说具有共同的文化背景与地域色彩,能够自然贴切地融入小说叙事,创造出诗情画意的优美意境,提高了西湖小说的艺术品位。

---

① [明]冯梦龙:《情史》,上海古籍出版社"古本小说集成"本,第 1011 页。

第三节　梦境巧妙运用

西湖是让人梦牵魂绕,明末清初西湖小说不仅大量涉及梦境,记梦多达150个(详见附录二),而且巧妙运用梦境,充分发挥它们在衔接故事情节、拓展叙事空间、构建叙事结构等方面的重要作用。

一、小说梦境的分类

为了展现明末清初西湖小说梦境的绚丽多姿与神奇魅力,根据梦境的内容,我们将其分为以下四类:

(一)怀孕生育之梦。中国古代占梦文化非常盛行,女子的梦境常被认为与生殖孕育有密切关系。尤其是帝王圣贤的诞生常与母亲的梦境相关,他们因梦而生,如老子是"玄妙玉女梦流星入口而有娠,七十二年而生老子"[1]。汉高祖刘邦是"其先刘媪尝息大泽之陂,梦与神遇"[2],于是生下真龙天子。神奇诡秘的梦谕符合统治者"君权神授""天赋德才"的观念,用以神化统治,昭示天命不可违,来获得大众的崇拜与臣服。明末清初西湖小说中的帝王将相、圣贤高僧在娘胎受孕或分娩之时,多有奇异梦幻相随。如《西湖二集》第一卷《吴越王再世索江山》、《喻世明言》第三十二卷《游酆都胡母迪吟诗》中,宋徽宗与郑娘娘梦见吴越王为索还江山而怒闯后宫,高宗赵构于是降生,作者表示"始信投胎事不诬";《西湖二集》第八卷《寿禅师两生符宿愿》

---

① [汉]司马迁:《史记》卷六十三《老子韩非子列传》,中华书局1982年版,第2139页。

② [汉]司马迁:《史记》卷八《高祖本纪》,中华书局1982年版,第341页。

中,宋濂的母亲陈氏怀孕之时,"梦见西方一尊古佛,金童玉女擎着幢幡宝盖"。古佛声称将要投胎宋家,"上以辅佐圣主,下以救生民,保佑汝家亦得九族升天也"①。陈氏怀孕后,沉疴痼疾顿时轻松痊愈;《西湖二集》第二十三卷《救金鲤海龙王报德》中,"元朝第一个才子"杨维桢出生时,母亲李氏"梦见月中一个金蟾闪闪有光";《喻世明言》第三十卷《明悟禅师赶五戒》中,王氏"夜梦一瞽目和尚,走入房中",次日早晨便生下苏轼。同时,章氏"亦梦一罗汉,手持一印,来家抄化",惊醒后生下佛印;《警世通言》第七卷《陈可常端阳仙化》中,陈可常的母亲在生下他时,"梦一尊金身罗汉投怀"。此外,于谦、归烈妇、济公与波斯菩萨等出生时都伴有父母梦见祥瑞。涉及这些怀孕生育梦境的主角多是作者钟爱的正面人物形象。这些神奇的梦境拉开了他们卓越传奇的人生序幕。

（二）命运预兆型梦境。把梦境当作未来的预示与征兆,是中国古代占梦文化的重要内容。在明末清初西湖小说中,此类梦境最为常见,计有79处(详见附录二)。如《情史·小青》《西湖佳话·梅屿恨迹》和《集咏楼》等小青系列小说中,都写到了小青"梦手折一花,随风片片着水",预示着小青的命运将会如同"落英飘零水中花"一样,无根无着,无法自主,不能长寿。小青自己解梦说:"水中花,岂能久乎? 大都命至此矣!"②《警世通言》第六卷《俞仲举题诗遇上皇》中,太上皇"梦游西湖之上,见毫光万道之中,却有两条黑气冲天"。据圆梦先生解释说,黑

①　[明]周清原:《西湖二集》,周楞伽整理,人民文学出版社1999年版,第130页。
②　[清]古吴墨浪子:《西湖佳话》,上海古籍出版社1980年版,第253页。

气预示着有贤人流落西湖,"口吐怨气冲天,故托梦于上皇"①。太上皇第二天果然寻访到落榜后几欲自尽的秀才俞良。再如《喻世明言》第二十二卷《木绵庵郑虎臣报冤》中,贾似道少时"曾梦自己乘龙上天,却被一勇士打落,堕于坑堑之中,那勇士背心上绣成'荥阳'二字"②。"荥阳"是郑氏世代居住的郡名,此梦预示贾似道将会倒在郑姓人之手。后来,他果然死于郑虎臣之手。预示型梦境体现了中国古代小说浓厚的因果报应观念,充满了宿命色彩。人生无常,时有旦夕之祸福,命运神秘而难以预测。梦也是神秘而不可捉摸的,但它作为日常生活现象,是人类共有的经历和体验,因此把梦作为超现实的宿命观的载体与表现形式,果报之说也就显得更具说服力,容易被世人理解接受。

(三)教化型梦境。"淳风俗,美教化"是中国古代文学作品一个重要的创作动机,如西湖小说家陆云龙《清夜钟序》宣称"将以明忠孝之铎,唤省奸回"③。明末清初西湖小说通过梦境中的地狱与天堂的鲜明对比,或是神仙鬼怪托梦说法,使伦理教化具有更加强烈的心理定势,给读者留下非常深刻的印象,甚至是醍醐灌顶,产生心灵的巨大震撼。在明末清初西湖小说中,教化型梦境可以分为两类:

1.通过凡人梦游地府,目睹果报范例从而受到教化。小说

---

① 〔明〕冯梦龙:《警世通言》,顾学颉校注,人民文学出版社1956年版,第74页。

② 〔明〕冯梦龙:《喻世明言》,许政扬校注,人民文学出版社1958年版,第340页。

③ 〔明〕陆云龙:《清夜钟序》,《清夜钟》卷首,上海古籍出版社"古本小说集成"本,第6页。

家认为要让执迷不悟的凡夫俗子清醒回头,百闻不如一见。让他们亲历地狱,目睹果报实况,无疑是最好的教化方式。于是,梦游地狱接受教化成为首选。如《喻世明言》第三十二卷《游酆都胡母迪吟诗》中,愤世嫉俗的胡母迪时常质疑天道不公,一次梦入地狱,聆听冥王高谈阔论转世报应。胡母迪茅塞顿开,大有拨云见日之感,于是顿首请求"遍游地狱,尽观恶报,传语人间,使知儆惧自修"①,冥王欣然应允。胡母迪遍览地府,目睹与西湖渊源颇深的岳飞受荣封、秦桧遭酷刑等历朝因果报应范例,"目击冥司天爵贵,皇天端不负名贤"。最后,这位曾经怨恨"天道何曾识佞忠"的寒儒,在梦醒后领悟到"果报原来总不虚",自告奋勇充当伦理教化的传声筒。又如《麴头陀传》第二十一则中,居士告诉梦游地府的济公说:"凡人一饮一啄,都是前生派定,譬如你今生该吃酒多少,吃肉多少,都有簿籍注定。"回末总评又进一步阐发此梦的教化主旨说:"才晓得天堂地狱,只差一线,善恶报应,不爽丝毫。"②梦游地狱,目睹生动鲜活的典型案例,直观形象,说服力强。于是,小说人物无不表现出发聋振聩、醍醐灌顶之感,自然也让读者有身临其境、感同身受之良效。

2.由鬼神现身说法,直接宣讲予以教化。设置地府仙境需要有足够的情节铺垫,并不是所有的小说都有这种叙事架构。因此,只能安排鬼神进入凡人梦境,直接宣讲灌输。此类梦境与前一类不同的是并非凡人主动寻访,而是鬼神主动现身,凡人被动接受。如《西湖二集》第十六卷《月下老错配本属前缘》中,朱

① [明]冯梦龙:《喻世明言》,许政扬校注,人民文学出版社1958年版,第476页。
② [清]西湖香婴居士:《麴头陀传》,于文藻校点,人民文学出版社1999年版,第232页。

淑真梦见氤氲大使详解她的前世孽债,宣称"总是一报还一报之事,并无一毫差错",一再强调"这婚姻簿籍就如算盘子一般,一边除进,一边除退,明明白白,开载无差"①,并列举西子、卓文君、蔡文姬、薛涛和绿珠等事例加以诠释,以证明"俱有姻缘报应",丝毫不差。又如《欢喜冤家》续集第五回《王有道疑心弃妻子》中,孟月华梦见土地神盛赞柳生"见色不迷,莫大阴骘",吩咐属下将此呈报城隍司,以便为好人好报进行备案。这些梦境以伦理教化为主旨,以因果报应为框架,借用鬼神现身说法,成为道德说教的良好方式。

(四)神灵相助型。当人物命运与故事情节几经跌宕起伏,落入"山重水复疑无路"的境地,神灵相助的梦境就能产生柳暗花明、绝处逢生的转机。世人祈求神仙相助,最热切者莫过于两件事情:一是获取功名。此途充满无法预料的偶然因素,为祈梦出现神灵相助提供了想象空间。如《西湖二集》第四卷《愚郡守玉殿生春》中,"资性愚鲁"的赵雄赴京应举,被人耻笑,深感无望。但在开考前夜,梦见一位女子指点迷津,果然高中,"从睡梦中得了一个举人"②。他后来在梦中又经梓潼帝君的指点,这位不知李白、杜甫为何人的太守在拜见皇上时,能以杜诗"两边山木合,终日子规啼"来妙对圣言,博得龙颜大悦,最终位极人臣。二是成就姻缘。姻缘的偶然与巧合常被认为是冥冥之中有神的主宰,神灵通过梦境向世人传达信息,帮助有缘人结成夫

① ［明］周清原:《西湖二集》,周楞伽整理,人民文学出版社1999年版,第272页。

② ［明］周清原:《西湖二集》,周楞伽整理,人民文学出版社1999年版,第65页。

妻,即所谓"姻缘本是前生定,曾向蟠桃会里来"①。如《西湖佳话·断桥情迹》中,文世高在梦中得到城隍的指点,做出"且待婚姻到手,再作区处"的正确打算。《警世通言》第二十三卷《乐小舍拼生觅偶》与《情史·乐和》中,一筹莫展的乐和在梦中经潮王的指点,树立了"此段姻缘,十有九成"的信心,于是立即请人说媒,最终如愿以偿。再如《女才子书》卷十二《宋琬》中,宋琬与钱惠卿失散后,历尽劫难,幸有观音大士托梦告知在某月某日于庵中相会,才使他们在茫茫人海中破镜重圆。

二、小说梦境的功能

上文将明末清初西湖小说中的梦境分为四类,有助于我们细化西湖小说中梦境的叙事功能,深入感受运用梦境的艺术魅力。上述四类梦境在明末清初西湖小说中的作用表现为:

（一）衔接故事情节,拓展叙事空间。这主要是神助型梦境的作用。梦境能衔接小说情节在山重水复和柳暗花明前后的情节线索,并拓展新的叙事空间,导出新的叙事线索,使情节发展富有后劲与张力,下面分而析之:

1. 梦境承上启下,成为不同类型故事过渡的桥梁,很好地衔接前后不同发展走向的情节,一定程度上调和由于过分追求曲折离奇而造成的矛盾与脱节,使其合乎情理,流畅发展,避免生硬突兀。如《西湖二集》第二十三卷《救金鲤海龙王报德》的主要情节可分为西湖故事与龙宫故事两个板块,主人公杨铁崖出入两界就依靠梦境的衔接与过渡。当时杨铁崖在西湖船头发

---

① ［明］冯梦龙:《警世通言》,顾学颉校注,人民文学出版社 1956 年版,第 315页。

闷,随后被青衣童子请入梦中的龙宫。因不满现实而进入梦境,切换与衔接非常自然顺畅。龙宫宴会结束后,杨铁崖因失足坠水而惊醒,"恍惚是南柯一梦。见鲛绡二匹在于桌上,腹中甚是饱胀,酒气冲人,耳中隐隐闻得音乐之声,二龙王言语光景,历历如在目前"①。龙宫来的鲛绡,残留的音乐、酒气与饱胀感让第二次切换与衔接更加自然贴切。另如《西湖二集》第十六卷《月下老错配本属前缘》中,朱淑真因为所嫁非人,"愁恨之极,日日怨天怨地,无可告诉",情节发展至此,就可能如《西湖佳话·梅屿恨迹》《情史·小青》等小青系列小说那样,以女主人公郁郁而终作为结局。但作者于此安排了氤氲大使现身说教的梦境,一方面试图合理解释作为"绝世佳人,闺阁文章之伯,女流翰苑之才"的朱淑真为何不可思议地嫁与"奇形怪状,种种惊人,连三分也不像人"的金罕货,解答读者疑惑;另一方面也为情节发展提供新的转机与走向,生发新的故事增长点,拓宽叙事空间。朱淑真从梦中得知这段姻缘是为了偿还前世孽债,是命中注定的报应,于是"怨恨少减,因戒杀诵经,以保来世",并与志趣相投的魏夫人诗词唱和,"互相谈论古今文义,极其相得,竟如夫妻一般"②,于是引出了一段佳话,给这个充满晦暗哀怨的故事带来了一抹亮色与几丝温馨。不仅故事情节有了新的发展变化,更显跌宕起伏,而且情感笔调也豁然明朗,令人回味。由于这些梦境能自圆其说,梦前与梦后的情节衔接紧密,变化自然,叙述流畅,并无突兀与脱节之感。

---

①　[明]周清原:《西湖二集》,周楞伽整理,人民文学出版社1999年版,第375页。

②　[明]周清原:《西湖二集》,周楞伽整理,人民文学出版社1999年版,第274页。

2. 梦境还创造出与现实空间相对的人神交流的虚幻空间，变单一平面空间为真幻交织的立体空间，变单一写实的平面叙事为真幻结合、虚实相生的立体叙事。如《西湖二集》第二十一卷《假邻女诞生真子》中，罗慧生在现实中与邻女眉目传情，在梦境中数次与狐女幻化的邻女幽会，后又回到现实与邻女成亲，寻找与狐女所生的孩子，埋葬狐女尸体。如此形成了"现实——梦境——现实——梦境——现实——梦境——现实"的真幻空间，不断切换转化板块式结构，具体表现为：第一次入梦，罗慧生带着深深的思念，"伏枕而卧，一念不舍，遂梦至方氏门首……"醒来后觉得意犹未尽，非常懊恼；第二次入梦，罗慧生带着好奇与期望，"打点得念头端正，到晚间上床，果然又梦到女子之处。那女子比昨日更觉不同……"在被鸡鸣打搅后，"慧生只得踉蹡而归，醒来甚是懊悔"；第三次进入幻境，罗慧生怀揣无限的憧憬，"书馆中僮仆俱已熟睡，忽闻得有叩门之声，静听即止，少顷又叩……"在此情境中展开梦幻之旅，以狐女吐露真相并嘱托后事结束①。正是梦境的妙用，不仅真幻空间与叙事板块之间组合有序，切换自然流畅，而且小说叙事避免了呆滞板结，显得摇曳生姿，富有生机，使人遐思不已，回味无穷。《西湖二集》第二十三卷《救金鲤海龙王报德》中，杨铁崖在西湖船头的实景实地，因忧伤苦闷而进入虚幻的梦境水宫——一个与黑暗现实相对的理想世界。这里有富丽安宁、不犯干戈的龙宫，礼贤下士、知恩图报的龙王，温柔贤淑、才华横溢的龙女……但很快杨铁崖因失足坠水而惊醒，又跌回现实世界。虚实空间对

---

① ［明］周清原：《西湖二集》，周楞伽整理，人民文学出版社 1999 年版，第347—348 页。

立又统一,共同构成了鼎革时期文人的理想世界与生存空间。又如《西湖二集》第十六卷《月下老错配本属前缘》中,朱淑真在祈祷时被青衣童子引入又唤出梦境。这些虚幻的梦境由现实情景生发,将实者虚之。进入梦境后,朦胧缥缈之中却又蕴涵着深刻的现实意义,是对现实社会的折射,可谓将虚者实之。这种"实者虚之,虚者实之"的手法使小说产生了"双重视野"的结构层次与叙事空间,具有真幻结合、虚实相生的艺术效果。

(二)埋下伏笔,照应前后。这主要是预兆型梦境的作用。因果报应构成了宿命轮回,形成了中国古代小说半封闭的环型结构。利用梦境来传达鬼神对未来的预告,是这条环型链条结构中的一个重要环扣。梦境为后文埋下伏笔,做了铺垫,形成预叙,不仅使故事情节曲折生动而又不生硬突兀,符合生活常识与情理逻辑,而且前后照应,环环相扣,脉络分明,在结构上显得紧凑集中。如《喻世明言》第二十二卷《木绵庵郑虎臣报冤》中,贾似道在富贵熏天时梦见自己乘龙在天,却被身穿绣字"荥阳"的勇士打落。此梦为后文一系列的情节埋下了伏笔,如贾似道立即排挤郑姓官吏,造成"宦籍中竟无一姓郑者";测字与此梦契合的术士"见似道举动非常,惧祸而逃";太学生郑隆被黥配而死;贾似道最终在贬谪途中被郑隆之子郑虎臣槌击而死。围绕梦的验证,前后照应,环环相扣。篇末又用两句诗做了总结:"理考发身端有自,郑人应梦果何祥?"①进一步点明该预兆型梦境在小说叙事中埋下伏笔、照应前后的重要作用。又如《欢喜冤家》第十八回《王有道疑心弃妻子》中,孟月华梦见土地神赞

① [明]冯梦龙:《喻世明言》,许政扬校注,人民文学出版社1958年版,第348页。

誉柳生"见色不迷,莫大阴骘"①,为后文柳生因神仙相助而得到金榜题名、洞房花烛埋下了伏笔,篇末又照应"柳生春一点阴骘,报他一日双喜",都由梦境做好了铺垫。还有《虞初新志·小青传》等小青系列小说中,小青梦见落花飘零,为后文的多舛命运与孤苦人生埋下伏笔。

(三)以梦境为骨架建构全篇。整篇小说以梦境为主要结构框架,以梦始,以梦终,人物活动与情节发展大都在梦中进行。梦境成了叙事结构中最重要的因素。如《喻世明言》第三十二卷《游酆都胡母迪吟诗》中,正话一开始就叙胡母迪在西湖畔一边独酌,一边读书题诗,"觉得酒力涌上,和衣就寝",从此展开梦境:神游地府,论辩阎王,观览各种酷刑与天爵之府,听鬼神不厌其烦地宣讲历朝忠奸的转世轮回,详尽描绘"普掠之狱""火车之狱"与"奸回之狱"等面貌状况。在绝大部分的篇幅中,小说细致展示梦中地狱的恐怖惨烈之状与果报规则之灵。最后,朱衣二吏送他还家,"迪即展臂而寤,残灯未灭,日光已射窗纸矣"②,梦境到此收场,小说也将近尾声。

还有些西湖小说中的梦境虽然不占较大篇幅,但梦是全篇的主旨与灵魂,是情节发展的枢纽与关键。如《西湖佳话·三台梦迹》正文先后写了五个梦境,其中有于谦因其父得吉梦而生,长嫂因关公托梦问前程而笑骂口头禅"天杀",预示了于谦的悲惨结局,可谓因梦生,因梦死。"故于公一生信梦,自成神

---

① [明]西湖渔隐主人:《欢喜冤家》,上海古籍出版社"古本小说集成"本,第235页。

② [明]冯梦龙:《喻世明言》,许政扬校注,人民文学出版社1958年版,第482页。

后,亦以梦兆示人"①,照应题目,点明主旨。《石点头》卷十《王孺人离合团鱼梦》中,乔氏被劫持后,梦见一条大团鱼说:"你不要怀念着金簪子。寻得着也好,寻不着也好。你不要想着丈夫,这个王也不了,那个王也不了。"此梦概括了小说的中心内容与主干线索,故事情节也都围绕此梦展开,所有的悲欢离合都是验证与诠释该梦。乔氏去世后,养子王灵复不了解父母的内情,小说又特意围绕梦境不厌其烦地解释说:

> 灵复只道一时乱命,那里晓得从前这些缘故。乔氏当日在赵成家,梦见团鱼说话,后来若不煮团鱼与王教授吃,怎得教授见鞍思马,吐真情与王知县。所谓"杀我也早,烧我也早",其梦验矣。若当时这簪子不被赵成妻子抢去,后来怎报得这赵成劫抢之仇,所谓"寻得着也好,寻不着也好",其梦又验。当时嫁了王从事,却被赵成拐去,所谓"这个王也不了"。后来又得王知县送还从事,所谓"那个王也不了",团鱼一梦,无不奇验。②

小说作者用心良苦,在结尾处详细释梦,展现梦境在这篇作品结构中的重要意义。再如《西湖二集》第四卷《愚郡守玉殿生春》中,每当赵雄在危急时刻或紧要关头,梦境总能及时出现,助其化险为夷,因祸得福。因梦谕而及第、做太守、升宰相,享尽荣华富贵,最后平安终老。所有的一切都是梦境的赐予。因此,如果没有梦境,赵雄的传奇人生就无从展开,故事也就无从讲起。

---

① ［清］古吴墨浪子:《西湖佳话》,上海古籍出版社1980年版,第139页。
② ［明］天然痴叟:《石点头》,上海古籍出版社"古本小说集成"本,第709—710页。

（四）梦境增添了西湖小说的浪漫色彩。"梦是愿望的满足"①，富有理想因素与浪漫色彩。明末清初西湖小说中的梦境展现了一个迥异于现实世界的虚幻空间，使小说具有浓郁的浪漫情调。如《情史·司马才仲》中，司马才仲"昼寐，梦一美姝牵帷而歌"，并约定相见。少章以此美梦入词，续作美姝所歌《黄金缕》："叙插犀梳亏半吐，檀板轻敲，唱彻《黄金缕》。梦断彩云无觅处，夜凉明月生南浦。"②明月、美姝、佳词……无不蕴含浪漫情调。《西湖二集》第二十一卷《假邻女诞生真子》中，罗慧生每当思念邻女时，便来到"桃李满径，屋宇华丽"的梦境与邻女幽会。两次梦中的浪漫相会，使罗慧生对缠绵悱恻、美妙绝伦的梦境流连忘返。当梦醒时，他再三叹息道："可惜是梦，若知是梦，我不回来，捱在女子房内，这梦不醒，便就是真了……"③又如《西湖二集》第二十三卷《救金鲤海龙王报德》中，杨铁崖梦游龙宫，"鼓乐喧天，笙歌鼎沸"，宾主吟诗唱和，龙女献舞敬酒，铁崖又重逢"日夕忆念"的竹枝娘，梦境中充满了浪漫神奇的色彩，让人心醉神迷。

（五）梦境深化了明末清初西湖小说的怀旧情结。张岱《西湖梦寻》慨叹道："然西湖无日不入吾梦中，而梦中之西湖，实未尝一日别余也……今所见若此，反不若保我梦中之西湖。"④明

---

① 〔奥〕弗洛伊德：《梦的解析》，张燕云译，辽宁人民出版社 1987 年版，第 114 页。

② ［明］冯梦龙：《情史》，上海古籍出版社"古本小说集成"本，第 625—626 页。

③ ［明］周清原：《西湖二集》，周楞伽整理，人民文学出版社 1999 年版，第 347 页。

④ ［明］张岱：《西湖梦寻自序》，《陶庵梦忆·西湖梦寻》，夏咸淳、程维荣校注，上海古籍出版社 2001 年版，第 147 页。

清鼎革后,张岱带着强烈的怀旧情结追忆西湖繁华,寄托故国哀思。台静农《陶庵梦忆序》概括张岱的怀旧情结说:"只将旧有的一切一切,当作昨夜的一场好梦。"①明末清初的西湖小说家也是人同此心,将感情寄托在对前朝盛世的怀念与追忆之中,西湖小说的梦境中不时能看到怀旧的影子。如《麴头陀传》第二十一则中,济公随判官梦游地府,问为何只有唐朝罪囚。判官说:"历代俱有大狱,惟唐最近,故以示君耳。"②所论繁荣盛世乃指宋朝。本文第一章有详析,兹不赘述。

总之,虽然梦是虚无缥缈、不可捉摸的,但明末清初西湖小说中的梦境以西湖文化为背景,进入小说家的艺术创作,被赋予了生命的活力,变得鲜活灵动,具有恒久的艺术魅力。

第四节　语言本土化

潘建国先生认为:"乡音(并非仅指作家的出生地方言,也包括作家长期生活地方言)及其与乡音相对应的思维方式,是浸透作家血液之中的文化基因,即便在他以通语或官话编创小说之际,也会不自觉地流于笔端。"③在西湖小说中,方言有时会无意识地流淌而出,就如《醋葫芦》第二回总评所说:"每于急语中,忽入以方言,酷肖杭人口吻。"④前文已述,杭州的方言在南

① 台静农:《龙坡杂文·陶庵梦忆序》,台湾洪范书局1990年版,第179页。
② [清]西湖香婴居士:《麴头陀传》,于文藻校点,人民文学出版社1999年版,第229页。
③ 潘建国:《方言与古代白话小说》,《北京大学学报(哲社版)》2008年第2期。
④ [明]西子湖伏雌教主:《醋葫芦》,上海古籍出版社"古本小说集成"本,第62页。

宋受到北方移民的深刻影响,形成了一种混合型方言,在吴语区非常独特。明末清初西湖小说中的语言带有鲜明的杭州本土化色彩,主要表现为大量运用杭州方言、俗语与民歌,富有地域风情与生活气息。

一、语言本土化的表现

蒋寅先生指出:"一个地域的人们基于某种文化认同——种姓、方言、风土、产业及在此基础上形成的价值观和荣誉感,出于对地域文化共同体的历史求知欲,会有意识的运用一些手段来建构和描写传统。"①明末清初西湖小说在地域文化的浸染下,运用本土化的语言是它建构和描写传统的重要手段。其具体表现如下:

第一,明末清初西湖小说的语言富有杭州风情和生活气息。这些方言、俗语和民间歌谣直接来源于杭州百姓的日常生活,生动鲜活地记录了这座城市的精神面貌与风土人情。即便是经过小说作者的提炼加工,或是在作品流传中几经改编,它们依然在不同程度上保留着原汁原味,在时过境迁中并未褪去本色。即使是只言片语,也能感受到昔日杭州的生活面貌和时代特色,点点滴滴中却是一个色彩斑斓的世界。参照鲍士杰编《杭州方言词典》(江苏教育出版社 1998 年版)、闵家骥等编《简明吴方言词典》(上海辞书出版社 1986 年版),我们发现明末清初西湖小说大量运用杭州方言词汇,试举几例便可略见一斑:

---

① 蒋寅:《清代诗学与地域文学传统的建构》,《中国社会科学》2003 年第 5 期。

（一）名词：

1. 买农具家生。家生：家具。（《喻世明言》第二十六卷《沈小官一鸟害七命》）

2. 当时有一个破落户，叫做王酒酒，专一在街市上帮闲打哄……破落户：地痞无赖。（《警世通言》第三十三卷《乔彦杰一妾破家》）

（二）动词：

1. 一个后生朋友，唤了一只游船，拉了闻人生往杭州耍子，就便往西溪看梅花。耍子：游乐、玩耍。（《拍案惊奇》第三十四卷《闻人生野战翠浮庵》）

2. 从来只有男家求女，那里有女家求男？休的推逊则个！休的推逊则个：不要再拒绝了。（《西湖二集》第十卷《徐君宝节义双圆》）

（三）形容词：

1. 到是越晏些越好。晏：晚、迟。（醒世恒言》第三卷《卖油郎独占花魁》）

2. 凡事胡芦提过去。胡芦提：糊里糊涂。（《醋葫芦》第九回）

（四）副词：

1. 忒没正经了。忒：太。（《鬎头陀传》第二十一则）

2. 也是合当有事。合当：恰巧。（《型世言》第二十六回《吴郎安意院中花　奸棍巧施云里手》）

（五）代词：

1. 你辈见侬底欢喜。侬：我。（《西湖二集》第一卷《吴越王再世索江山》）

2. 怎么恁地说？恁地：这样。（《鸳鸯配》第九回）许多杭州方言词汇源远流长,如"家生"早在南宋吴自牧的《梦粱录》中就有记载:"家生动事如桌、凳、凉床、交椅……"①"破落户",据《西湖游览志余·委巷丛谈》载,在杭州,"撒泼无赖者,谓之'破落户'"②。这一称呼早在南宋潜说友编纂的《咸淳临安志》中就已出现:"绍兴二十三年四月甲戌,上谓大臣曰:'近令临安府收捕破落户,编置外州,本为民间除害……'"③这些方言词一直活跃在杭州人的日常口语中,具有强大的生命力。

还有一些方言词体现出杭州话在吴语区的独特性。如"侬"是吴语中最具代表性的特征字之一,在古吴语和现代吴语中有四种意思:你、我、他、人。上海、宁波、绍兴等地表示"你",南部吴语区表示"人"④。西湖小说当中则是指"我",如《西湖二集》第一卷《吴越王再世索江山》中,钱镠用乡音所唱"你辈见侬底欢喜"中的"侬"是指"我"。《西湖二集》第二十三卷《救金鲤海龙王报德》中,杨铁崖所作《西湖竹枝词》诗句"楼船无柁是郎意,断桥无柱是侬心","侬"也是指"我"。

明末清初西湖小说还大量引用富有杭州风情和生活气息的俗语。如《西湖二集》第十六卷《月下老错配本属前缘》中:

> 只因他的父母又是蠢愚之人,——杭州俗语道:"飞来峰的老鸦,专一啄石头的东西。"——听了皮气球之言,信

---

① [宋]吴自牧:《梦粱录》卷十四"外郡行祠",浙江人民出版社1980年版,第121页。

② [明]田汝成:《西湖游览志余》卷二十五,上海古籍出版社1980年版,第454页。

③ [宋]潜说友:《咸淳临安志》卷八九"纪事",《宋元浙江方志集成》第3册,杭州出版社2009年版,第1428页。

④ 闵家骥等:《简明吴方言词典》,上海辞书出版社1986年版,第174页。

以为真,并不疑心皮气球是惯一要说谎之人,即时应允。①

飞来峰又名灵鹫峰,《西湖游览志》载:"飞来峰,界乎灵隐、天竺两山之间……怪石森立,青苍玉削,若骇豹蹲狮,笔卓剑植,衡从偃仰,益玩益奇。"②其怪石嶙峋,形状如鸟,张翼欲飞,惟妙惟肖,是西湖畔的一大名胜景观。飞来峰尽管形似老鸦,却是一只展翅不能飞、专一啄石头的石鸦与死鸦,并无生命的活力。小说引用俗语"飞来峰的老鸦,专一啄石头的东西"来比喻朱淑真的父母,嘲笑这对杭州小市民愚昧、昏庸,轻信无赖亲戚"皮气球"的哄骗,将才貌双全的朱淑真嫁给目不识丁、长相畸形的"金怪物",葬送了女儿一生的幸福。以西湖名胜来比喻杭州市民,生动贴切,易于理解,且富有地域色彩。朱淑真所嫁非人,整日愁眉泪眼、悲苦哀怨,最后郁郁而终。父母按照杭州风俗,不仅将其尸骨火化投于西湖断桥之下,而且烧掉她生前所作的大部分诗词,仅存的百分之一被名士辑为《断肠集》,"朱淑真之名方才惊天动地,人人叹息其薄命。今杭州俗语道:'大瓦巷怨气冲天者',此也"。朱淑真住在大瓦巷,这条俗语将杭州地名、人物与典故组合而成,别具特色。《喻世明言》第二十二卷《木绵庵郑虎臣报冤》中:"常言道:'三姑六婆,嫌少争多。'那媒婆最是爱钱的,多许了她几贯谢礼,就玉成其事了。"③这句谚语形象地刻画了市井婆子贪婪无度与见利妄为,富有市井生活气息。又如《醋葫芦》第七回中,都氏拷问翠苔,恶狠狠地骂道:"小贱人,

---

① ［明］周清原:《西湖二集》,周楞伽整理,人民文学出版社 1999 年版,第 266页。

② ［明］田汝成:《西湖游览志》卷十,上海古籍出版社 1980 年版,第 125 页。

③ ［明］冯梦龙:《喻世明言》,许政扬校注,人民文学出版社 1958 年版,第 329页。

'买干鱼放生,兀自不知死活!'还不跪着! 你与老员外做的好事!"①放生是杭州一种浓厚的习俗,西湖上有专门的放生池,买活鱼放生乃是善举。但"买干鱼放生",不管鱼的死活,显然达不到放生的目的。都氏骂婢女翠苔"买干鱼放生",是指责她胆大妄为,不顾自己的死活。引用与杭州习俗相关的民谚俗语,富有生活气息和地域风情。

西湖小说中的民歌同样富有越地特色与生活气息。《吕氏春秋·遇合篇》载:"客有以吹籁见于越王者,羽角宫徵不谬,越王不善,为野音反善之。"②越王对韵律谨严的中原曲调不感兴趣,却喜欢生动活泼、富有地域风情的越地民谣——"野音"。越地民歌丰富多彩,"挂枝儿"就是其中的典型。它是兴起于晚明的时调小曲,冯梦龙辑评《挂枝儿》十卷,"不问南北,不问男女,不问老幼良贱,人人习之,亦人人喜听之,以至刊布成帙,举世传诵,沁人心脾"③。此调尤以吴越为胜。这些民歌也被西湖小说采用。如《醒世恒言》第三卷《卖油郎独占花魁》引用了四首"西湖上子弟编出的《挂枝儿》",如第一首的主题是"单道那花魁娘子的好处":

> 小娘中,谁似得王美儿的标致,又会写,又会画,又会做诗,吹弹歌舞都馀事。常把西湖比西子,就是西子比他也还

---

① [明]西子湖伏雌教主:《醋葫芦》,上海古籍出版社"古本小说集成"本,第235页。
② [战国]吕不韦:《吕氏春秋》卷十四《孝行览》,上海古籍出版社1989年版,第111页。
③ [明]沈德符:《万历野获编》卷二十五"时尚小令",中华书局1959年版,第647页。

不如。那个有福的汤着他身儿,也情愿一个死。①

这些《挂枝儿》喜欢用"儿"字,这是杭州方言的一大特点。"杭州话属吴语,可是文白异读的字较少(如'问味'声母只读 V-,不读 M-),儿尾词很发达……"②,而且不同于北方方言中的"儿化"音,杭州话的"儿"自成音节,也不同于其他吴语片区的"儿"音③。此外,这首《挂枝儿》多用短句,节奏明快,曲调欢畅,用反问来加强王美儿的超群才貌,又用西湖、西施等越地名胜名人来对比映衬,彰显王美儿的巨大魅力。《型世言》第二十六回《吴郎妄意院中花 奸棍巧施云里手》中,街坊里编了一首《挂枝儿》来讽刺吴朝奉极臭极吝,唱道:"吴朝奉,你本来极臭极吝。人一文,你便当做百文。又谁知,落了烟花阱。人又不得得,没了七十金。又惹官司也,着甚么要紧。"④这些来自民间自编自唱的歌谣,明快欢畅、俚俗质朴、生动形象、妙趣横生,充满了地域风情和生活气息。

端午节赛龙舟是一大盛事,但各地风俗的渊源和状况不同。据南北朝梁代宗懔《荆楚岁时记》中的杜公瞻注:"斯又东吴之俗,事在子胥,不关屈平也。《越地传》云起于越王勾践,不可详矣。"⑤认为吴、越两地龙舟竞渡的纪念对象不是屈原,而是伍子胥和勾践。杭州的龙舟竞渡可能受纪念越王勾践卧薪尝胆、操

---

① [明]冯梦龙:《醒世恒言》,严敦易校注,人民文学出版社 1956 年版,第 37 页。

② 袁家骅等:《汉语方言概要》,文字改革出版社 1989 年版,第 57 页。

③ 鲍士杰:《杭州方言词典》,江苏教育出版社 1998 年版,第 19 页。

④ [明]陆人龙:《型世言》,上海古籍出版社"古本小说集成"本,第 1134 页。

⑤ [南朝]宗懔:《荆楚岁时记》二十二"舟楫竞渡,采杂药",宋金龙校注,山西人民出版社 1987 年版,第 49 页。

练水军的本土影响,五色龙舟及所唱龙棹歌颇有特色。如《鬎头陀传》第三则中:

> 第一队:青龙头尾,口中喷出百道青烟,青旗、青幔、青号衣,青金抹额上插孔雀金翎一根,手执青鳞划楫,口唱青龙棹歌。歌曰:"青龙头,青龙尾,龙船斗胜天欢喜。海门潮起映天青,雨顺风调收白米。"

第二队至第五队依次是黄、赤、白、黑等四色龙棹歌:

> 龙头黄,龙尾黄,龙鳞灿烂耀天光。今日江中多快乐,愿祝君王万寿长。

> 龙头赤,龙尾赤,龙船划出天颜悦。大家齐声发棹歌,讨得赏来养老婆。

> 龙头白,龙尾白,五谷丰登太平日。大家齐声发棹歌,上下军民同欢悦。

> 黑龙头,黑龙尾,国泰民安天下喜。大家齐声发棹歌,黑云卷尽紫云开。①

据《隋书·地理志》载,楚地竞渡纪念屈原的缘由和情景为:"屈原以五月望日赴汨罗,土人追至洞庭不见,湖大船小,莫得济者,乃歌曰:'何由得渡湖?'因而鼓棹争归,竞会亭上,习以相传,为竞渡之戏。其迅揖齐驰,棹歌乱响,喧振水陆,观者如云,诸郡率然。"②两相比较,富有越地特色的五色龙棹歌没有空洞的说教和刻板的宗教仪式感,在幽默诙谐的调侃中表达了杭州人快乐、

---

① [清]西湖香婴居士:《鬎头陀传》,于文藻校点,人民文学出版社1999年版,第135页。
② [唐]魏征等:《隋书》卷三一,中华书局1973年版,第897页。

实在、朴素的生活情趣,敬天、自足、向善的生活哲学与丰收、太平、幸福的生活理想。

第二,通俗质朴、生动隽永。这些方言俗语直接源于杭州百姓日常交流的口头语言,通俗质朴、不加雕饰、浅显易懂却意味深长。对社会生活的概括精到允当,刻画入木三分,批判鞭辟入里。在浅显通俗中见深刻隽永,在明白晓畅中显生动形象。《西湖游览志余·委巷丛谈》说吴歌虽以苏州为佳,但杭州的民歌俗谚"往往得诗人之体"①。这在西湖小说当中有更加生动的体现,如《喻世明言》第二十九卷《月明和尚度柳翠》中,月明和尚得知玉通禅师因犯色戒而羞愧圆寂,这位得道高僧在感叹时并未引征深奥难懂的佛经禅语,而是采用一句市井俗语:"阿婆立脚跟不牢,不免又去做媳妇。"②这句生活俗谚的语境、语义与玉通禅师沾染红尘孽缘的故事相契合,通俗、生动而又深刻地表达了对他的惋惜之情。《醋葫芦》第九回中,成珪与周智正为官司焦头烂额,衙役指点迷津说:"二位员外,都不必慌。古人说得好:'天大官司,磨大银子。'成员外巨万家计,拼得用些银子,怕有何事做不出来?"③这句谚语以"天大"与"磨大","官司"与"银子"作比,直观浅显而又生动形象,深刻揭露了官场黑暗与司法腐败。又如《西湖二集》第二十卷《巧妓佐夫成名》中,妓女曹妙哥在谈论科举与官场的一席话中,连用三条俗语:"一日

---

① [明]田汝成:《西湖游览志余》卷二十五,上海古籍出版社1980年版,第447页。

② [明]冯梦龙:《喻世明言》,许政扬校注,人民文学出版社1958年版,第432页。

③ [明]西子湖伏雌教主:《醋葫芦》,上海古籍出版社"古本小说集成"本,第269页。

卖得三担假,三日卖不得一担真","有钱进士,没眼试官"与"混浊不分鲢共鲤"①,都是与市井买卖相关,通俗易懂、生动形象而又深刻精辟地揭露了科场与官场的黑暗腐朽,使秀才吴尔知猛然醒悟。此类例子在西湖小说中十分常见,不胜枚举。

第三,诙谐幽默。西湖小说作者使用方言俗语时,善于利用发音给外地人造成误解,达到诙谐幽默的喜剧效果。如《醋葫芦》第九回中,都氏为了严防丈夫成珪外遇,每天在他的生殖器上盖印验收。有次出了差错,夫妻便吵闹起来。恰逢一位名叫胡芦提的长官路过,都氏拦轿禀告说:"丈夫与周智私造了一颗假印,打在子梗上边,希图走漏精水,以是瞒着妇人……"胡芦提是个外地人,"到任未久,不谙乡音",加上昏庸糊涂,办事粗暴简单,小说将他取名为杭州方言词"胡芦提",意思是糊里糊涂。这位糊涂官将都氏所言误听为"假印打在紫梗上边,希图走漏精税"②。偷税漏税触犯了法律,成珪与朋友周智因此被抓去刑讯逼供。在对质如何用紫梗逃税时,都氏称"子梗原在裤子里",被胡芦提误解为"紫梗在铺子里"。阴差阳错,差役恰巧在成珪的解库里搜出十担紫梗草药。几经周折,这位糊涂官最后将其判为"成珪私贩紫草,欺匿国家税课"③。因方言误解造成诉讼刑讯,一场闹腾让人忍俊不禁。

《西湖二集》第十四卷《邢君瑞五载幽期》描述了杭州清明

① [明]周清原:《西湖二集》,周楞伽整理,上海古籍出版社1980年版,第333—334页。
② [明]西子湖伏雌教主:《醋葫芦》,上海古籍出版社"古本小说集成"本,第286页。
③ [明]西子湖伏雌教主:《醋葫芦》,上海古籍出版社"古本小说集成"本,第327页。

节戴柳枝的风俗,有俗语流行说:"清明不戴柳,红颜成皓首。"
可是小孩子顽皮,方言发音也不准,读成"清明不戴柳,死去变
黄狗",带有诙谐取笑的意味。《西湖二集》第四卷《愚郡守玉殿
生春》中,作者在解释"赵雄恁般呆夯,却是为何"时,引用临安
街上的孩童在除夕夜绕街唱的《卖呆歌》:"那'卖呆歌'甚为有
趣道:'卖痴呆,千贯卖汝痴,万贯卖汝呆,现卖尽多送,要赊随
我来。'"①赵雄以为自己刚好碰上"卖呆",小说称他"竟买了几
百担,又赊了他几千担回去,所以做了墨呆的元帅、懵懵的祖
师"。后来,赵雄赴京应举,小说称"临安人的口嘴好不轻薄",
纷纷唱歌嘲笑他。关于杭州人喜欢用俗语歌谣嘲笑别人的现
象,《西湖游览志余》也说:"杭俗浮诞,轻誉而苟毁,道听途说,
无复裁量……身质其疑,皎若目睹,譬之风焉,起无头而过无影,
不可踪迹。故谚云:'杭州风,会撮空,好和事,立一宗。'"②赵
雄歪打正着,居然中举,"没一个不笑话,又传出数句口号道:
'赵温叔,吃粉汤;盲试官,没眼眶,中出"天地玄",笑倒满街
坊!'"主考官听到后无地自容,"几乎羞死"。可见,杭州歌谣俗
语诙谐幽默,具有很强的讽刺效果与舆论影响力。再如《醋葫
芦》第六回中,成珪费尽周折,如愿以偿娶了小妾,西湖上立即
流行一曲"莲花落"来打趣他。

> 又有那溜口少年们,和着啰啰连,打起莲花落,把成员
> 外非赞非嘲,半真半假,又不像歌,又不像曲,打趣道:"员
> 外尊庚六十年(啰啰连),今朝娶妾忒迟延(啰啰连啰哩

① [明]周清原:《西湖二集》,周楞伽整理,人民文学出版社1999年版,第61页。
② [明]田汝成:《西湖游览志余》卷二十五,上海古籍出版社1980年版,第448页。

连）。恭此身尽数苏牙雪（啰啰连连流啰），罗天大多应软似绵（啰啰连连流啰哩连啰）。这回纳宠赛神仙（啰啰连），是南极星辰归洞天（啰啰连啰哩连）。斑衣轮着老菜子（啰啰连连流啰），打拐儿公公撑一肩（啰啰连连流啰哩连啰）。也不要忒心欢（啰啰连），只恐老迈风的夫人滴溜酸（啰啰连连流啰）。昨宵才倒葡桃架（啰啰连连流啰），只怕明日生姜又晒干（啰啰连连流啰哩连啰）。成员外今朝若动手（啰啰连啰哩连），养个贤郎中状元（啰哩啰连哩啰连啰啰连）。"①

莲花落是一种曲艺表演艺术，以北方的太原莲花落和南方的绍兴莲花落为代表。西湖上流行的这首莲花落具有绍兴莲花落一韵到底的形式。独特之处是每句伴有大量的"啰啰连"式的衬字和声，琅琅上口，音乐节奏感更强。运用噱头是莲花落的重要技巧，这首更是巧妙设计故事情节，在矛盾冲突中展现喜剧场景，又用"葡萄架""生姜"等日常生活物件来作比或帮助调笑。这种高超的"肉里噱"将噱头、笑料、故事和日常生活结合得紧密得体，趣味盎然。

二、语言本土化的作用

胡适《海上花列传序》说："方言文学的可贵，正因为方言最能表现人的神理。通俗白话固然远胜于古文，但终不如方言能表现说话的人的神情口气……方言土话里的人物是自然流露的

---

① ［明］西子湖伏雌教主：《醋葫芦》，上海古籍出版社"古本小说集成"本，第187—188页。

活人。"①明末清初西湖小说大量运用方言俗语和歌谣,深得其妙。其作用具体表现为:

(一)使人物语言生动活泼,突出人物的个性。臧懋循说:"人习其方言,事肖其本色。境无旁溢,语无外假。"②在西湖小说中,各色人物脱口而出富有地域色彩的方言俗语,符合他们的身份与性格特征,使人物形象更加丰满传神,显得惟妙惟肖、有血有肉。典耀《〈海上花列传〉整理后记》说:"可能除了方言,一切书面语言都很难把人物的神情表现得如此生动活泼。"③明末清初西湖小说颇有这种意味,如《醋葫芦》第二回中,都氏对前来帮助丈夫游说纳妾的周智破口大骂:

> 啊哟,周智,你不要忒过了分!你是我家五服里,还是五服外?人不识敬,鸟不罢弄。今日谁请你来做说客?我这里用你不着。苍蝇带鬼面,什么样大的脸皮!从来丈夫也十分怕我,不要失了体面去,恐不雅相!④

都氏脱口而出一大串方言俗语,符合这位生活在杭州市井中的商人家庭主妇的身份与口吻,也生动传神地表现出她泼辣凶悍、争强好胜的性格特征。所以,回末总评赞道:"每于急语中,忽入以方言,酷肖杭人口吻。"⑤此类例子在《醋葫芦》中还有不

---

① 胡适:《海上花列传序》,易竹贤编《胡适论中国古典小说》,长江文艺出版社1987年版,第508—509页。

② [明]臧懋循:《元曲选·序二》,中华书局1958年版,第4页。

③ 典耀:《〈海上花列传〉整理后记》,曾朴撰《海上花列传》卷末,人民文学出版社1982年版,第645页。

④ [明]西子湖伏雌教主:《醋葫芦》,上海古籍出版社"古本小说集成"本,第58—59页。

⑤ [明]西子湖伏雌教主:《醋葫芦》,上海古籍出版社"古本小说集成"本,第62页。

少。另如《西湖二集》卷二十《巧妓佐夫成名》中，妓女曹妙哥谈论科举与官场内幕的一席话中，穿插"骨董"（咕嘟）、"清头"（交代明白）等大量方言词，连用"有钱进士，没眼试官"等数条俗语，还解释了杭州市语"打墙脚之法"，表现了这位久历风尘的青楼女子目光犀利、见多识广，对社会生活有着非常深刻、清醒的理解，所言振聋发聩，使秀才吴尔知"如梦初醒"，"拍手大叫"，自叹弗如。又如《醒世恒言》第三卷《卖油郎独占花魁》中，刘四妈谈论妓女假从良、苦从良、乐从良、趁好的从良、没奈何的从良、了从良、不了的从良，杂以方言俗语，妙语连珠，表现了这位婆子能言善辩、洞察世故的特点。这些方言俗语有助于营造特定的地域环境，使人物形象的个性特征愈加鲜明突出。

（二）增强读者对西湖小说的亲切感与认同感，使读者更加喜爱西湖小说。杭州历来是小说刊刻与消费的中心之一，市场广阔，需求旺盛。西湖小说大量出现与日常生活密切相关的杭州方言、俗语和歌谣，无疑会引起杭州人的强烈共鸣与西湖文化爱好者的浓厚兴趣，增强他们对西湖小说的亲切感与认同感。尽管时空距离已经遥远，但我们至今还是能够感受到本土化语言所具有的强大魅力，由此带给读者的审美享受与文化认同。如《西湖二集》第一卷《吴越王再世索江山》中，钱王衣锦还乡，设宴款待父老乡亲：

> 钱王乘一时酒兴歌道："三节还乡挂锦衣，吴越一王驷马归。天明明兮爱日辉，百岁荏苒兮会时稀。"钱王歌毕，这些父老都不解其意……钱王觉得欢意不洽，遂换了吴音唱个歌儿道："你辈见侬底欢喜，别是一般滋味子，长在我侬心子里。"歌完，举座赓和，叫笑振席，满座都有金银彩缎

酬谢。①

钱王用文言与方言歌唱助兴，出现了截然不同的两种效果。第一次所唱诗句虽然模仿汉高祖刘邦还乡所唱《大风歌》，希图展示一代雄主的胸襟、气概与对时空的深刻感受。但过于高深的主题与文雅的词句让乡人难以理解，而且"兮"音是楚歌楚调的流风余韵，让父老乡亲感到陌生，在隔阂与拘谨中当然"欢意不洽"。钱王尽管身居高位、雄霸一方，但浓厚的乡土情结让他迅速意识到场面冷清的症结所在，于是马上放下套话与架子，回乡入俗，用乡音土调唱起本地歌谣，没了"兮"字，多了本土的"侬"音。因此，"举座赓和，叫笑振席"。方言乡音使父老乡亲产生了强烈的亲切感与认同感。小说读者也能有同样的感受，引起强烈的共鸣。

除了杭州方言、俗语与歌谣的魅力外，明末清初西湖小说对杭州旧地名特别是日常游湖所经线路的记载和描述，同样能唤起人们强烈的亲切感与认同感。如《警世通言》第二十八卷《白娘子永镇雷峰塔》中，许宣游湖的路线是：

> 许宣离了铺中，入寿安坊、花市街，过井亭桥，往清河街后钱塘门，行石函桥，过放生碑，径到保叔塔寺……别了和尚，离寺迤逦闲走，过西宁桥、孤山路、四圣观，来看林和靖坟，到六一泉闲走……走出四圣观来寻船……这老儿扶许宣下船，离了岸，摇近丰乐楼来。②

---

① ［明］周清原：《西湖二集》，周楞伽整理，人民文学出版社1999年版，第12—13页。

② ［明］冯梦龙：《警世通言》，顾学颉校注，人民文学出版社1956年版，第401—2页。

《醋葫芦》第二回中,成珪一行游湖进香的路线是:

> 四座肩舆,十六只快脚,一溜风出了涌金门外,来到柳州亭畔……便把船儿摇拢,众皆走上,稍公摇动,不一刻已到了金沙滩,依先乘轿,吩咐大船等候,不在话下,不觉来到九里松,转过黑观音堂,便是集庆禅院……已进了飞来峰,转过灵隐寺侧,便是成氏祖茔……他们来到岳坟……俱到船中。艄子撑出湖中,安童先备了午饭吃过……不觉金乌西坠,玉兔东升,将次船泊岸来,一齐起身。①

《警世通言》第十四卷《一窟鬼癞道人除怪》中,吴洪清明出游的路线是:

> 取路过万松岭,出今时净慈寺里……出那酒店,取路来苏公堤上……南新路口讨一只船,直到毛家步上岸,迤俪过玉泉龙井……下那岭去,行过一里,到了坟头……上驰献岭来……来到野墓园……一程离了钱塘门,取今时景灵宫贡院前,过梅家桥,到白雁池……离了白雁池,取路归到州桥下……②

运河上的众多桥梁、西湖畔的诸多名胜、杭州城里的许多老地名,耳熟能详。连缀而成的一系列游览路线是杭州人无数次走过的,轻车熟路。值得注意的是小说还在有变动的旧地名旁用"今时某处"加以说明,如《鬶头陀传》第十五则中有"回首至今有四佛庵即其故址"的注释,《西湖二集》第十二卷《吹凤箫女诱

---

① [明]西子湖伏雌教主:《醋葫芦》,上海古籍出版社"古本小说集成"本,第36、38、46、48、49、61 页。

② [明]冯梦龙:《警世通言》,顾学颉校注,人民文学出版社 1956 年版,第182—187 页。

东墙》末尾补充说:"至今西湖上名为凤箫佳会者此也。"①把虚构的传说与现实的环境联系起来,在今昔对比中重游故地,让熟悉的"老地方"唤起读者的生活经验,勾起曾经美好的陈年往事或游湖记忆。即使是外地读者,也能在阅读中身临其境,跟随小说的引导神游西湖,也会产生强烈的亲切感与认同感。

(三)表现作者对越曲吴调的喜爱,显示出地域文化的深厚底蕴。吴越曲调渗入明末清初西湖小说当中,烙上地域文化的鲜明印记,焕发出独特的魅力神韵和地域风情。如《西湖二集》第一卷《吴越王再世索江山》中,钱王的妃嫔每年要回临安扫墓,"钱王以书遗妃嫔道:'陌上花开,可缓缓归矣!'又未尝不风流也。吴人因此便用其语为歌,含思宛转,听之凄然。杭人遂传为《陌上歌》。后来苏东坡易其词为《清平调》三首。"②用吴越曲调来歌唱钱王的名句,原汁原味,"含思宛转",具有强烈的艺术感染力,带来了"听之凄然"的深切共鸣。因此,杭州人广为传唱《陌上歌》,甚至引起苏东坡的兴趣,将其改作《清平调》三首,可见其强大的艺术魅力与深厚的文化积淀。又如《西湖二集》第十三卷《张彩莲隔年冤报》中有一首杭州人传唱的《数九歌》:

杭州人每以冬至后数"九":一九二九,相唤不出手。三九二十七,篱头吹觱篥。四九三十六,夜眠如鹭宿。五九四十五,太阳开门户。六九五十四,贫儿争意气。七九六十

① [明]周清原:《西湖二集》,周楞伽整理,人民文学出版社1999年版,第210页。
② [明]周清原:《西湖二集》,周楞伽整理,人民文学出版社1999年版,第14页。

三,布衲两头担。八九七十二,猫狗寻阴地。九九八十一,
犁耙一齐出。①

"数九"又称冬九九,是一种民间节气的表述形式。从冬至数
起,表示天气寒冷的程度。这首《数九歌》生动有趣。一九二九
寒气逼人,以致熟人见面都不敢伸手作揖,只好打声招呼;三九
最冷,篱笆被寒风刮得像吹觱篥一样发出高亢的声响;四九依然
太冷,睡觉时像鹭鸶鸟一样把头缩起来;五九时候,暖阳普照,各
家纷纷打开大门;到了六九,衣着单薄的贫穷孩子也可以随意出
来溜达;七九过后,布衣穿在身上感觉太热,只好脱了下来;八九
时候,热得猫狗寻找阴凉角落降温纳凉;九九之后,犁耙下地,农
耕开始,热火朝天。这首歌谣通俗易懂,将节气、气候等天文地
理知识及其对生活生产的影响落实在典型场景当中,生动形象,
幽默滑稽,颇具生活情趣。《数九歌》较早见于宋人陆泳《吴下
田家志》,明代徐光启《农政全书》,刘侗、于奕正《帝京景物略》
也有转引,可见它的深远影响。

　　总之,西湖小说作者在创作中对杭州方言、俗语与歌谣信手
拈来,挥洒自如,显示出他们把本土化的语言融入小说创作的强
烈爱好与积极态度。以杭州本土化的语言来诉说西湖风情和杭
州民众的悲欢离合,原汁原味,富有艺术魅力。

---

　　①　[明]周清原:《西湖二集》,周楞伽整理,人民文学出版社1999年版,第217
　　页。

第四章 明末清初西湖
小说与科举文化研究

明清时期,科举制度高度成熟,"能文之士率由场屋进以为荣"①。科举取士具有很强的地域性。中国幅员辽阔,地域差别非常明显。在由朝廷统一主持的科举考试中,地域论争与调和,冲突与博弈历来不断。从北宋的"分路取人"与"凭才取人"之争,南宋的四川、陕西"类省试",到明初"南北榜案"后逐渐产生分区域分卷录取进士制度,再到清代的会试分省录取制度,都是中央集权与地方制衡,顶层设计与各地诉求在长期利益冲突和相互博弈之后的妥协结果。西湖小说的地域色彩十分鲜明,地域精神非常深厚,与科举文化也有着千丝万缕的密切联系。本章拟考察两者的密切关系,以进一步认识明末清初西湖小说的地域特色与文化内涵。

第一节 杭州的科举盛况与明末清初
西湖小说家的困境及心态

明清时期,科举繁荣,在马克斯·韦伯所说的"谋求官位对于整个阶层的精神方向至关重要"的状况下②,西湖小说家醉心科举、

① 〔清〕张廷玉等:《明史》卷七一《选举志三》,中华书局1974年版,第1713页。
② 〔德〕马克斯·韦伯:《儒教与道教》第五章《士等级》,王容芬译,商务印书馆1995年版,第164页。

奋战场屋。其中的主将李渔曾感慨道:"余尽埋头八股,为干禄计。是当日之世界,帖括时文之世界也。"①然而,"磨难天下才人,无如八股一道"②,他们绝大部分屡试不第、功名蹭蹬,于是"不得已而借他人之酒杯,浇自己之磊块"③,借小说创作来宣泄内心的怨愤,通过补偿心理来寄托自己的幻梦,正如烟水散人《女才子书叙》所说"回念当时,激昂青云,一种迈往之志,恍在春风一梦中耳"④。前文已述,明末清初西湖小说具有浓厚的梦华怀旧情结,喜谈南宋时期的帝都繁华与人物风流。而这与西湖小说作家在明末清初时期的实际境况形成强烈反差与鲜明对比。因此我们应该首先来考察南宋与明清时期的杭州科举状况。

一、南宋与明清时期杭州的科举盛况

建炎三年(1129)二月,宋高宗驾幸杭州,几经逃难,于绍兴八年(1138)建都于此。杭州从此成为帝国的心脏,礼部主持的省试与皇帝主持的殿试也从此落脚杭州。杭州成为南宋科举考试的中心,成为此后一百多年科举士子魂牵梦绕的圣地。笔者根据美国汉学家贾志扬(John W. Chaffee)《宋代科举》所附《历年省试及格者和授予的学衔》统计,从绍兴八年(1138)到咸淳七年(1271),南宋朝廷在杭州取了43榜约20083名进士⑤,其

---

① [清]李渔:《解歌词自序》,《李渔全集》第二卷,浙江古籍出版社1992年版,第377页。
② [清]伍涵芬:《读书乐趣》卷六,《四库全书存目丛书》子部第157册,齐鲁书社1995年版,第791页。
③ [明]湖海士:《西湖二集序》,周清原撰《西湖二集》,周楞伽整理,人民文学出版社1999年版,第567页。
④ [清]烟水散人:《女才子书·叙》,上海古籍出版社"古本小说集成"本,第1—2页。
⑤ 〔美〕贾志扬:《宋代科举》附录二《历年省试及格者和授予的学衔》,台湾东大图书股份有限公司1995年版,第284—288页。

中包括约 43 名状元在西子湖畔金榜题名,书写了杭州乃至南方地区科举史上最辉煌的篇章。其实,撇开作为省试与殿试之地汇聚全国考生的外部条件,杭州本籍考生的科举成绩也非常优秀。南宋时期,杭州所在的的两浙西路(辖有七个州府)诞生了 2202 名进士,约占南宋进士总数的 11.8%[①]。杭州诞生了 493 名进士,约占两浙西路进士总数的 22.4%[②]。本文并不打算在此复述南宋杭州科举史,而是通过南宋杭州的贡院,以小见大来管窥科举盛况。因为贡院在明末清初西湖小说中的南宋科举题材中多有显现,而且贡院是科举文化的象征与标志,承载了公平公正、举贤拔优的科举精神,具有非常重要的科举史意义,也如刘海峰先生所说:"贡院在当时城市中的普遍而且长期的存在,说明了科举文化发展到这时已趋向于成熟。"[③]

　　贡院是开科取士的考场,又称作"考棚"。《西湖二集》第四卷《愚郡守玉殿生春》与《欢喜冤家》第十八回《王有道疑心弃妻子》多次写到主人公在杭州贡院应试的情形。《警世通言》第六卷《俞仲举题诗遇上皇》中,俞良来杭州应试就住在贡院桥孙婆客店里。其实,早期的科举考试没有专用考场,一般是临时借用寺庙与官府公廨。到唐玄宗开元二十四年(736)才开始设置贡

----

① 〔美〕贾志扬:《宋代科举》附录三《根据方志名录编列的宋代各州进士总数》,台湾东大图书股份有限公司 1995 年版,第 289–298 页。该表统计宋代进士总数为 28933 人,其中北宋 9630 人,南宋 18694 人,未注明时期 609 人。

② 〔美〕贾志扬:《宋代科举》附录三《根据方志名录编列的宋代各州进士总数》,台湾东大图书股份有限公司 1995 年版,第 289 页。其中,南宋两浙西路其他各州府进士数为:常州 394 人、秀州 352 人、湖州 298 人、润州 126 人、苏州 317 人、严州 222 人。

③ 刘海峰:《贡院——一千年科举的背影》,《社会科学战线》2009 年第 5 期。

院。但唐五代的贡院不仅数量很少，而且规制非常简单，试铺之间没有分隔开来。北宋的贡院也长期没有独立、固定的场所，原来在尚书省礼部，后来一度以武成王庙与开宝寺为贡院。这种"临时取具"的贡院设施简陋，条件较差，甚至发生火灾烧死考官、焚毁考卷的惨剧①。到了北宋晚期的徽宗崇宁年间，礼部贡院设在辟雍内，才成为一个独立、固定的考场。宋人魏了翁说："礼部之有贡院，自唐开元始。国朝科举虽袭其旧，而贡院或废或置，至崇宁而有所定。"②但北宋贡院并未真正普遍建立起来，特别是三舍法取消以后，贡院建设也被搁置。

到了南宋，贡院才普遍修建起来，礼部已有专门的省试贡院。关于南宋杭州各类贡院的具体细节，《梦粱录》卷十五"贡院"条载：

　　礼部贡院，在观桥西。中兴纪年，诸郡贡生，类试于各路转运所在州府就试。绍兴十年，诸州依条发解，将省殿试展一年。向后科场，自十二年省试为准。至十四年，诸州发解如故，三年一次，降诏自是为定制。贡院置大中门。大门里置弥封誊录所及诸司官，中门内两廊各千余间廊屋，为士子试处。厅之两厢，列进士题名石刻，堂上列省试赐知贡举御札，及殿试赐详定官御札，并闻喜宴赐进士御诗石刻。别试院在大理寺之西，专以待贡士之避亲嫌者。本州贡院，在钱塘门外王家桥以待本州九县士人发解之处。两浙漕司贡院，在北关门外沈家桥，以待两浙路寓士及有官人宗女夫等

① ［宋］李焘：《续资治通鉴长编》卷三五一，中华书局2004年版，第789页。
② ［宋］魏了翁：《鹤山先生大全文集（十）》卷四四《普州贡院记》，《四部丛刊初编》第1248册，上海商务印书馆1922年版，第49页。

发解之处。①

杭州的礼部贡院、别试院、本州贡院与两浙漕司贡院,面向不同的考生群体,履行相应的考试职能。杭州的贡院体系不仅分工细致明确,而且常规化、制度化,为后世贡院的发展奠定了基础,已经标志贡院形制的成熟。如在礼部贡院基本结构与功能设置中,大中门置弥封、誊录及诸司官,中门内设数千间廊房号舍,厅两厢列进士题名石刻等形制,为后来明清两代的礼部贡院所效仿②。南宋杭州礼部贡院"中门内两廊各千余间廊屋",士子号舍超过两千间,并配有弥封、誊录等办公用房,设施完善,规模空前,"大抵皆宏壮"③。风檐寸晷,妙笔生花,两万多名进士在这里金榜题名,由此可见礼部贡院的空前盛况与南宋时期杭州科举的繁荣景象。

明清时期的杭州科举同样成绩斐然。《万历杭州府志》称"自(明)世宗御宇以迄于今,科第日增,人文益盛,里巷诗书,户不绝声"④,读书应举之风非常浓厚。以江浙为中心的江南地区成为科举胜地。明代耿桔称"今代科目之设,惟吴越为最盛"⑤。

---

① [宋]吴自牧:《梦粱录》卷十五"贡院",浙江人民出版社1980年版,第121页。

② 何忠礼:《北宋礼部贡院场所考略》,《河南大学学报(社科版)》1993年第4期。

③ [清]徐松:《宋会辑稿·职官》卷一三之一三,中华书局1957年版,第213页。

④ [明]陈善等:《万历杭州府志》卷十九,台湾成文出版有限公司1983年版,第1360页。

⑤ [明]耿桔:《皇明常熟文献志序》,《皇明常熟文献志》卷首,《北京师范大学图书馆藏稀见方志丛刊》第六册,北京图书馆出版社2007年版,第10页。

据范金民先生统计,明清共录取进士 51681 人,"江南共考取进士 7877 人,占全国 15.24%,其中明代为 3864 人,占全国的 15.54%,清代为 4013 人,占全国 14.95%,总体而言,明清两代每七个进士中就有一个出自江南。这么高的比例,毫无疑问在全国独居鳌头"①。在科举繁盛的江南地区,又形成了几个非常集中的科举中心,杭州就是其中的佼佼者。笔者将明清江南地区府(州)进士分布情况统计列表如下:

明清江南地区府(州)进士分布情况统计一览表②

府州	明 代		清 代		明清合计	
	人数	占江南的百分比	人数	占江南的百分比	人数	占江南的百分比
杭州	409	12.31%	892	22.23%	1301	17.73%
苏州	870	26.18%	657	16.37%	1527	20.82%
常州	598	18.0%	645	16.07%	1243	16.94%
松江	408	12.28%	249	6.2%	657	8.96%
嘉兴	346	10.41%	491	12.24%	837	11.41%
湖州	275	8.28%	378	9.42%	653	8.9%

---

① 范金民:《明清江南进士数量、地域分布及其特色分析》,《南京大学学报(哲社版)》1997 年第 2 期。但笔者统计明代江南地区的进士人数为 3323 人。

② 说明:(1)本表主要根据朱保炯、谢沛霖《明清进士题名碑录索引》(上海古籍出版社 1980 年)统计,明代部分参照吴宣德《中国教育制度通史·明代》(山东教育出版社 2000 年)第七章《明代的科举制度》第二节《明代进士的地理分布》,以府(州)为单位重新归类统计。清代部分参照范金民《明清江南进士数量、地域分布及其特色分析》(《南京大学学报(哲社版)》1997 年第 2 期),明代部分没有参照该文中的表格数据,是因为与本文相关统计的口径有所出入。(2)太仓州在明代属于苏州府,明代的数据计入苏州。清雍正二年升为直隶州,明清合计实际仅是清代的数据。

镇江	162	4.88%	211	5.26%	373	5.08%
江宁	255	7.67%	311	7.75%	566	7.72%
太仓	—	—	179	4.46%	179	2.44%
合计	3323	100%	4013	100%	7336	100%

　　杭州进士数量在明代江南地区位列第三,在清代升至首位,超过江南地区总额的五分之一。另据多洛肯《清代浙江进士群体研究》统计,清代浙江共录取进士2808名,占全国进士总数的10.48%[1],仅次于拥有2920名进士的江苏。在浙江,杭州的进士数量遥遥领先,约占全省总数的31.77%。以杭州为中心的杭(州)、嘉(兴)、湖(州)、绍(兴)、宁(波)地区共出2553名进士,占整个浙江的91%。"这一区域成为全国科举最为兴盛的地区,也是学者、文学家聚集的地区"[2]。据沈登苗《明清全国进士与人才的时空分布及其相互关系》统计,在清代进士最多的32个城市中,杭州以718人高居榜首;在明清进士最多的46个城市中,杭州以1039人同样位居第一[3]。由于对主要文献的甄别筛选与统计口径的差异,上述研究的统计数据有所出入,但都显示出杭州在明清科举考试中的辉煌战果与显赫地位。

　　值得一提的是明清以八股文取士,作为科场利器的八股文

---

[1]　多洛肯:《清代浙江进士群体研究》,中国社会科学出版社2010年版,第44页。

[2]　多洛肯:《清代浙江进士群体研究》,中国社会科学出版社2010年版,第115页。

[3]　沈登苗:《明清全国进士与人才的时空分布及其相互关系》,《中国文化研究》1999年冬之卷。

刊本最早诞生于杭州。明代郎瑛记载说:"成化以前世无刻本时文,吾杭通判沈澄刊《京华日钞》一册,甚获重利,后闽省效之,渐至各省刊提学考卷也。"①杭州通判沈澄刊刻的《京华日钞》开创了八股文选本风行科场的时代。从此,杭州成为全国八股文选本的编刊中心之一。清代赵翼记载说:"每科房考之刻,皆出于苏杭,而北方贾人市买以去,天下群奉为的矣。"②所谓"房考之刻"是指进士的八股文作品选本。各类时文选本大多出自苏州、杭州等地,行销全国,引领风潮。尽管有许多明末清初西湖小说作者并非杭州人或浙江籍,不在杭州应试,但明末清初西湖小说兴起于同样的科举文化背景之下,因此并不妨碍我们讨论两者之间的密切关系。

二、明末清初西湖小说家的功名困境与宣泄、补偿心理

杭州科举在南宋及明清时期非常繁荣,与之形成强烈反差的是明末清初西湖小说作家大多屡试不第、功名蹭蹬。除了小说家本人的八股文水平以外,还与明末清初杭州及江浙地区残酷的科举竞争大有关系。

作为一种精英选拔机制,科举考试存在着有限的名额与无限的考生之间的尖锐矛盾。绝大部分落第士子年复一年,徒劳地一次次搏杀冲击。随着时间的推移,累积效应造成越来越多的考生焦虑地从贡院进进出出,各级考试的录取率也逐步降低,总体的中式机会也愈来愈渺茫。郭培贵先生经过统计分析,认为明代会试"平均录取率为8.6%,其中达到和超过10%录取率

---

① [明]郎瑛:《七修类稿》卷二四"辨证类",上海书店出版社 2009 年版,第259 页。
② [清]赵翼:《陔余丛考》卷三三"刻时文",中华书局 1963 年版,第 696 页。

的仅有 16 科,录取率在 10% 以下者则有 47 科……平均录取率
还体现出逐步下降的趋势:成化五年至万历三十二年共 43 科下
降到 8%;嘉靖五年至万历三十二年共 24 科又下降到 7.6%;万
历二年至三十二年共 8 科复下降为 7%。"①这种下降趋势不会
因为朝代更替而得到较大缓解,因为整个中国科举考试的录取
率在整体上还表现出因时间推移而不断下降。笔者从科举史上
选取不同朝代的 9 个年份的相关数据进行比较,来考察明末清
初会试的竞争程度,列表如下:

科举史上 9 个年份的进士录取数占全国总人口比重一览表

朝代	年份	录取进士数(人)	总人口(万人)	比重(‰)	备注
北宋	咸平三年(1000)	427	3729.8	0.011448	1.进士数来自:朱保炯、谢沛霖《明清进士题名碑录索引》(上海古籍出版社 1980 年)、《宋会要》(《续修四库全书》第 785 册)。人口数来自:赵文林等《中国人口史》,人民出版社 1988 年,第 537—542 页。 2.由于唐代士人出仕途径多样,科举并不是最主要的门径,每科取士数量较少,因此与后世不具有可比性。元代停废科举多年,元祐年间恢复后,由于民族歧视政策,许多汉人被排除在外。且所取进士又分蒙、汉两榜,可比性不强。因此未列入表中作比。
南宋	嘉定十六年(1223)	550	7758.3	0.007089	
明	洪武十八年(1385)	422	67341	0.006267	
	景泰五年(1455)	349	8816.6	0.003958	
	弘治三年(1491)	298	9198	0.003240	
	万历二十九年(1601)	301	9878	0.003047	
	天启五年(1825)	300	9987.3	0.003004	
清	康熙三年(1664)	200	9264.8	0.002159	
	康熙六十年(1721)	174	12228.5	0.001423	

---

① 郭培贵:《明代科举各级考试的规模及其录取率》,《史学月刊》2006 年第
12 期。

从上表可见,明代天启五年（1625）的数值不到洪武十八年（1385）的一半,大致可以认为前者的竞争程度是后者的两倍。清康熙六十年（1721）的数值不到明天启五年（1625）的一半,不到洪武十八年（1385）的四分之一。不仅如此,整部科举史的进士录取数占全国总人口的比重在总体上呈下降趋势,这在明清时期表现得尤为突出。清康熙六十年（1721）的比重只有北宋咸平三年（1000）的约12%,可见累积效应是多么严重。

当然,明末清初西湖小说家更多的是困于乡试,毕竟举人的社会地位与经济状况会有大的改观,也有了一定的出仕机会。郭培贵统计分析明代乡试录取率得出:"乡试录取率,明初一般在10%上下;成、弘间定为5.9%;嘉靖末年又降为3.3%;而实际录取率又低于此。"①可以说随着时间的推移,乡试录取率也是每况愈下。到了明末的崇祯朝,比例肯定在3.3%以下,远不及明初录取率的三分之一。这种情况即使到了清初也不会因为朝代鼎革而得到长久的缓解。与会试录取率一样,整部科举史的乡试录取率在总体上也呈下降趋势。随着人口的激增,考试大军急剧膨胀,而乡试解额却相对固定,两个数值之间的差距只会日益拉大,恶性循环的怪圈只会日趋严重。

与明清时期乡、会试录取率的历时性纵向考察结果一样,共时性的横向地域对比竞争也很惨烈。笔者将明末天启六年（1626）部分省级地区的人口数与同时期乡试解额进行比较,列表如下:

---

① 郭培贵:《明代科举各级考试的规模及其录取率》,《史学月刊》2006 年第 12 期。

天启年间乡试解额所占天启六年部分省级地区人口数的比重一览表①

地区	解额	人口（万）	比重（‰）	地区	解额	人口（万）	比重（‰）
浙江	90	1288.3	0.00699	南直隶	135	1911.8	0.00706
河南	80	308.5	0.02593	江西	95	349.6	0.02717
山东	70	732.8	0.00955	四川	65	36.5	0.17808
山西	65	539.1	0.01206	贵州	30	56.7	0.05291
陕西	65	333.3	0.01950	湖广	90	719.1	0.01252
广东	75	552.9	0.01356	云南	45	196.7	0.02288

从上表可以看出，比重最低的是浙江，为0.00699‰，不到四川的1/25，约为邻近的明代中前期的科举强省江西的1/4，甚至比南直隶还要低。可见，明末浙江的乡试竞争程度要远远高于其他地区，浙江士子的中式难度最大。宋代以来，南方人在科举考试中逐渐占据绝对优势，表现出超常的竞争力。"古者江南不能与中土等。宋受天命，然后七闽二浙与江之西东，冠带诗书，翕然大肆，人才之盛，遂甲于天下"②，于是爆发了陕州（今属山西）司马光与庐陵（今属江西）欧阳修关于"分路取人"还是"凭才取人"的论争。到了明清时期，科举考试录取地区失衡问题导致的争端得到了一定程度的缓解，明代宣德二年（1427）正式确立会试区域分卷制度，清代康熙五十二年（1713）实行进士名额分省分配制度，以调节地区之间的录取失衡，保护科举弱势地区的利益。但此举客观上加剧了江南地区科举考试的竞争程

---

① 人口数来自赵文林《中国人口史》，人民出版社1988年版，第595页。解额来自《礼部志稿》卷七一。
② ［宋］吴孝宗：《余干县学记》，引自洪迈《容斋四笔》卷五《饶州风俗》，《文津阁四库全书》第281册，商务印书馆2005年版，第468页。

度。一方面,江南地区经济富庶、人口稠密,虽然所得名额相对
较多,但赴试的士子远远多于其他地区,中式的概率反而更低;
另一方面,江南地区人文繁盛,八股文能手聚集,科举风气十分
浓厚,所谓"吴为人才渊薮,文字之盛,甲于天下。其人耻为他
业,自髫龄以上,皆能诵习举子,应主司之试。居庠校中,有白首
不自已者。江以南,其俗尽然"①。赴试士子高手如云,竞争异
常激烈。

明末清初是科举考试竞争十分激烈的时期,杭州及江浙又
是科举考试竞争异常激烈的地区。绝大部分西湖小说作家既生
不逢时,又生不适地,久困场屋,功名蹭蹬。如李渔(1611—
1680),浙江金华府兰溪人,崇祯八年 1635)应童子试以五经见
拔,崇祯十年为金华府学庠生,曾数次赴杭州参加乡试,未果,遂
弃举业。陆云龙、陆人龙兄弟,万历至崇祯时杭州府钱塘县人,
幼年丧父,家境贫寒,屡试不第而转行从事编选刊刻。王晫
(1635—?),杭州府钱塘县人,顺治四年(1647)中秀才,曾病危,
医者认为读书所致,其父令弃举业。陆次云,杭州府钱塘县人,
屡试不第,康熙初由拔贡生选任知县,康熙十八年(1679)与试
博学鸿词,不第。周清原,生平事迹失考,但从湖海士《西湖二
集序》可知,其为"怀才不遇,蹭蹬厄穷"之人。另如冯梦龙、凌
濛初等人也是久困场屋。至于古吴墨浪子、艾衲居士、西子湖伏
雌教主、西湖墨浪子、湖上憨翁、烟水散人等真实姓名失考或难
以确证的小说家也多是科举繁华之地的寂寞失意者。

生活在科举繁盛之地的江南,西湖小说作者热心功名,苦练

① [明]归有光:《震川先生集》卷九《送王汝康会试序》,周本淳校点,上海古
籍出版社 1981 年版,第 191 页。

八股,但得意者少,失意者多,"大才见屈,多困名场……屡战必北,每为惋惜"①。科举失利导致经济窘迫与家庭困厄,他们不仅身处"败壁颓垣,星月穿漏,雪霰纷飞,几案为湿"的物质窘境,而且饱受世态炎凉、屈辱绝望的精神折磨。如《虞初新志》卷十二所收陆次云的《湖埂杂记》中,西湖畔净寺僧人对即将登第的张生极力阿谀奉承,但在得知是一场误会后,"生甚惭而僧甚悔,各不复顾,分道叹息而去"。人情势利如此,所以周清原认为"而所最不甘者,则司命之厄我过甚,而狐鼠之侮我无端。予是以望苍天而兴叹,抚龙泉而狂叫者也",于是"不得已而借他人之酒杯,浇自己之磊块"②,借小说创作来抒发内心的怨愤与苦痛。周清原在《西湖二集》第一卷《吴越王再世索江山》开篇引用杭州才子马浩澜《画堂春》词云:"萧条书剑困埃尘,十年多少悲辛!松生寒涧背阳春,勉强精神。　　且可逢场作戏,宁须对客言贫?后来知我岂无人,莫谩沾巾。"③对世道不公、怀才不遇的愤懑溢于言表。小说随后在头回中讲述著名小说家瞿佑的不幸遭遇。瞿佑是杭州钱塘人,"高才博学,风致俊朗,落笔千言,含珠吐玉,磊磊惊人",十四岁应声口占《咏鸡诗》,深得名士张彦复的赏识,赞其"天上麒麟元有种,定应高折广寒枝",预言瞿佑能金榜题名。大诗人杨维桢也称其为"瞿家千里驹",定能建功立业。但瞿佑一生坎坷、饱受打击,周清原引用他的诗作

---

① ［清］李荔云:《西湖小史序》,见丁锡根辑《中国历代小说序跋集》第三册,人民文学出版社1996年版,第1310页。

② ［明］湖海士:《西湖二集序》,周清原撰《西湖二集》,周楞伽整理,人民文学出版社1999年版,第567页。

③ ［明］周清原:《西湖二集》,周楞伽整理,人民文学出版社1999年版,第1页。

《漫兴》为证："自古文章厄命穷,聪明未必胜愚蒙。笔端花与胸中锦,赚得相如四壁空。"并且慨叹瞿佑借创作小说《剪灯新话》"以劝百而讽一,借来发抒胸中意气"①,同病相怜之意十分明显。此言与湖海士《西湖二集序》中的"不得已而借他人之酒杯,浇自己之磊块"之句呼应,极为痛切。显然,周清原将乡贤瞿佑的不幸遭遇演成小说故事,借此"酒杯"来消解内心的苦闷。小说随后停止讲述故事,用了五百多字来议论才子的厄运:

> 看官,你道一个文人才子,胸中有三千丈豪气,笔下有数百卷奇书,开口为今,阖口为古,提起这支笔来,写得飕飕的响,真个烟云缭绕,五彩缤纷,有子建七步之才,王粲《登楼》之赋。这样的人,就该官居极品,位列三台,把他住在玉楼金屋之中,受用些百味珍馐,七宝床、青玉案、琉璃钟、琥珀浓,也不为过。叵耐造化小儿,苍天眼瞎,偏锻炼得他一贫如洗,衣不成衣,食不成食,有一顿,没一顿,终日拿了这几本破书,"诗云子曰""之乎者也"个不了,真个哭不得,笑不得,叫不得,跳不得,你道可怜也不可怜?所以只得逢场作戏,没紧没要做部小说,胡乱将来传流于世……一则发抒生平之气,把胸中欲歌欲笑欲叫欲跳之意,尽数写将出来,满腹不平之气,郁郁无聊,借以消遣。正是:世事短如春梦,人情薄似秋云。逢场不妨作戏,听我舌战纷纷。②

周清原的这番牢骚洋洋洒洒,先以曹植、王粲的典故来渲染文人

---

① [明]周清原:《西湖二集》,周楞伽整理,人民文学出版社1999年版,第2页。

② [明]周清原:《西湖二集》,周楞伽整理,人民文学出版社1999年版,第2—3页。

才华高迈。古人好以曹植(字子建)作为才子的标杆,所谓"才比子建"。湖海士《西湖二集序》也称周清原"旷世逸才,胸怀慷慨,朗朗如百间屋,至抵掌而谈古今也,波涛汹涌,雷震霆发,大似项羽破章邯,又如曹植之谈……咄咄清原,西湖之秀气将尽于公矣",也以曹植作比,显其高才。然而,小说又以曹植被迫害而作《七步诗》和王粲因失意而撰《登楼赋》来作比,指出众多才子怀才不遇、深陷困厄的现实处境,形成强烈反差,所谓"一贫如洗,衣不成衣,食不成食,有一顿,没一顿",与《西湖二集序》称周清原"败壁颓垣,星月穿漏,雪霰纷飞,几案为湿"的处境相互印证①。此段还引用徐渭《四声猿·狂鼓史渔阳三弄》写祢衡击鼓骂曹之事,赞其"一边打鼓一边骂座,指手画脚,数数落落,骂得那曹贼哑口无言,好不畅快",明确表示要"没紧没要做部小说,胡乱将来传流于世",达到"发抒生平之气,把胸中欲歌欲笑欲叫欲跳之意,尽数写将出来,满腹不平之气,郁郁无聊,借以消遣"的目标②,再次点明、呼应《西湖二集序》所说"不得已而借他人之酒杯,浇自己之磊块"的创作动机。在该书第三卷《巧书生金銮失对》中,也是首先展现甄龙友才华高迈,"自小聪明绝人,成人长大之后,愈觉聪明无比,饱读儒书,九流三教,无所不能,口若河悬,笔如泉涌,真个是问一答十、问十答百",按照常理应该顺利金榜题名,享受荣华富贵,"如此聪明,如此才辩,那'功名'二字,便是他囊中之物,取之有余,用之不穷,早要早取,晚要晚取"。但小说笔锋一转,凸显才高命穷的强烈反差,

---

①　[明]湖海士:《西湖二集序》,周清原撰《西湖二集》,周楞伽整理,人民文学出版社1999年版,第566页。

②　[明]周清原:《西湖二集》,周楞伽整理,人民文学出版社1999年版,第3页。

慨叹"浑身是艺难遮冷,满腹文章不疗饥",渲染甄龙友功名不遂、穷困潦倒的窘境,随后慨叹:"从来道,人生世上,一读了这两句书,便有穷鬼跟着,再也遣他不去。"①这种因怀才不遇而发泄牢骚的笔法模式屡试不爽,又如第十五卷《文昌司怜才慢注禄籍》中,杭州名士罗隐才华横溢,"诗才神速,点韵便成",被称为"东南第一个才子",但屡试不第、温饱难持、屡遭排挤、亲友厌弃。周清原痛心疾首道:"罗江东自小只带得这几亩书田来,济得甚事,真个饥不可食,寒不可衣。果是:聋盲喑哑家豪富,智慧聪明却受贫。"②故事就主要围绕罗隐"怀才不遇,终身不能中得一个进士。后来将就做得一官,于他生平志愿,十分不能酬其一分,以此每每不平,到处怨叹"而展开。《喻世明言》第三十二卷《游酆都胡母迪吟诗》亦是如此,胡母迪才华横溢,但十科不中,"读书治圃,为养生计。然感愤不平之意,时时发露,不能自禁于怀也"③,于是引发了梦游地狱的阅世经历,等等如此。可见,这些小说家具有鲜明、自觉地借小说来抒发怨愤的创作意识,与司马迁"发愤著书"、韩愈"不平则鸣"、金圣叹"怨毒著书"等都有相通之处。但西湖小说家的"愤"有更加明确的指向,那就是科举失意。周清原的"满腹不平之气"就是屡试不第、功名蹭蹬,久困场屋的西湖小说家津津乐道科举故事,以此抒发自己怀才不遇的怨愤与痛苦。

① [明]周清原:《西湖二集》,周楞伽整理,人民文学出版社1999年版,第45—46页。

② [明]周清原:《西湖二集》,周楞伽整理,人民文学出版社1999年版,第248页。

③ [明]冯梦龙:《喻世明言》,许政扬校注,人民文学出版社1958年版,第474页。

当然，上述西湖小说家的怨愤发泄还只是一种低层次的表现，并非他们作为科举失意者的全部心态。其实，怨愤发泄背后渴求的是一种补偿心理。补偿在心理学上亦称为"补偿作用"。《辞海》释其为"防御机制之一。指自己认为在某一方面低下，就努力去克服自卑感，加强这方面的努力"①。明末清初的很多西湖小说家热心科举，但屡试不第、穷困潦倒，产生了浓重的自卑感。烟水散人在《女才子书》中感慨道：

> 回念当时，激昂青云，一种迈往之志，恍在春风一梦中耳。虽然，缨冕之荣，固有命焉。而天之窘我，坎壈何极！夫以长卿之贫，犹有四壁，而予云庑烟障，曾无鹪鹩之一枝。以伯鸾之困，犹有举案如光，而予一自外入，室人交遍谪我……嗟乎！笔墨无灵，孰买长门之赋，鬓丝难染，徒生明镜之怜。若仍晤对圣贤，朝呻夕讽，则已壮心灰冷，谋食方艰。②

"室人"指妻子。小说作者回想往事，恍然如梦。当年意气风发，以为博取功名如拾草芥，然而命运捉弄，屡试不第，穷困潦倒，"徒生明镜之怜"。烟水散人以东汉梁鸿（字伯鸾）为例来反衬自己的艰难处境。梁鸿家贫好学，不求仕途，与贤妻孟光隐居霸陵山中，耕织为生。孟光贤惠，理解并支持梁鸿的人生选择，敬重有加。相比之下，让小说家极为痛苦的是妻子及家人嫌弃他的贫贱，冷嘲热讽，有如雪上加霜，伤口撒盐，怎能不让人"壮

---

① 夏征农等：《辞海》，上海辞书出版社1989年版，第4706页。另《辞海》（教育心理分册）解释"补偿作用"："指一定能力的缺陷，由其他高度发展的能力所弥补或代偿。"
② ［清］烟水散人：《女才子书·叙》，上海古籍出版社"古本小说集成"本，第1—4页。

心灰冷",产生极为浓厚的自卑心理? 奥地利心理学家阿尔弗雷德·阿德勒说:"人不能长期地忍受自卑感,它一定会使他采取某种行为,来解除自己的紧张状态,这就是补偿。"①补偿心理由个体的自卑感引起,希望通过一定的行为方式来获得平衡感或心理满足。它与自卑感是一种心理现象的两个方面。而且,缺陷感越大,自卑感越浓重、敏感,寻求补偿也就越迫切。它们之间是一种正比关系。美国精神分析学家卡伦·霍尼指出:"为补偿软弱感、缺陷感和无价值感,人生不得意者往往借助想象的翅膀创造出理想化的自我……这个理想化的自我比他真实的自我更加真实,这主要不是因为他具有吸引力,而是因为他能满足他的全部迫切需要。"②心理学家认为,这种补偿心理可以归为两大类:一是现实性补偿,即采取现实的手段改变生存环境,使之适合自身的需要,从而得到最适宜的满足,消除缺失感以达到平衡;二是精神性补偿,即通过心理内部的自我调节以弥补心灵的空缺,使生理、心理由失衡达于平衡,也就是卡伦·霍尼指出的借助想象的翅膀来创造理想化的自我。一般来说,人在选择补偿手段时会优先考虑现实性手段。但是,西湖小说家们无法获得现实性补偿,"五夜藜窗,十年芸帙"的结果还是"徒以贫而在下,无一人知己之怜"③,于是转而采取精神性补偿手段来自我安慰和满足,其中一个重要方式就是文学艺术创作。

---

① 〔奥〕阿尔弗雷德·阿德勒:《自卑与超越》,黄光国译,作家出版社1986年版,第46—47页。
② 〔美〕卡伦·霍尼:《神经症与人的成长》,李明滨译,上海译文出版社2016年版,第89页。
③ 〔清〕天花藏主人:《平山冷燕·序》,李致忠点校,春风文艺出版社1982年版,第1页。

英国艺术家雷诺尔兹说:"一切艺术的目的和宗旨都是弥补事物的天然缺陷,通常是靠显现和体现仅仅存在于想象之中的那些事物来满足精神的需要。"①心理学家弗洛伊德认为:"人们在生活中或是由于社会原因,或是由于自然原因,实现不了某些愿望,文学给予替代性的满足,使他们疲倦的灵魂得到滋润和养息。"②英国作家斯蒂文森直言坦诚道:"当我在精神上遭受痛苦时,小说就成了我的避难所。"③其实,中国古代文论也涉及这些问题,如管子的"止怒莫若诗,去忧莫若乐"④,白居易的"补察时政,泄导人情"等⑤,认为文学艺术能排解怨恨愁苦,疏通情绪,是摆脱怨愤痛苦的重要手段。

　　烟水散人慨叹:"回念当时,激昂青云,一种迈往之志,恍在春风一梦中耳。"⑥他创作的诸多小说,如《女才子书》就是在"春风一梦"中聊以自慰与功名补偿的精神产物。天花藏主人亦是如此,在"欲人致其身而既不能,欲自短其气而又不忍,计无所之"的困境中,"不得已而借乌有先生以发泄其黄粱事业。有时色香援引儿女相怜,有时针芥关投友朋爱敬……凡纸上之

---

① 〔美〕雷纳·韦勒克:《近代文学批评史》第一卷,杨岂深、杨自伍译,上海译文出版社1987年版,第151页。

② 〔奥〕弗洛伊德:《弗洛伊德论美文选》,张唤民、陈伟奇选译,知识出版社1987年版,第32页。

③ 〔英〕斯蒂文森:《书信集》,斯克里勃内尔1917年版,第322页。引自〔美〕阿米斯《小说美学》,傅志强译,燕山出版社1987年版,第127页。

④ 《管子·内业》,中华书局2004年版,第947页。

⑤ 〔唐〕白居易:《与元九书》,《白居易集》卷四五,顾学颉校点,中华书局1979年版,第960页。

⑥ 〔清〕烟水散人:《女才子书·叙》,上海古籍出版社"古本小说集成"本,第1—2页。

可喜可惊,皆胸中之欲歌欲哭"①。万般无奈之下,作者只好借助纸上惊喜来补偿现实生活中苦求不得的功名富贵。为了获得精神慰藉和心理平衡,小说家们针对自己在现实生活中功名不遂、婚姻不谐、穷困潦倒的窘境,塑造一群才高八斗、科场得意的才子形象,封他们为"风月主人,烟花总管",虚构故事来"检点金钗,品题罗袖",从而在创作中寻求一种"飘飘然若置身于凌云台榭,亦可以变涕为笑,破恨成欢"的心理享受②。李渔对这种补偿心理的体验最为深刻:

> 予生忧患之中,处落魄之境,自幼至长,自长至老,总无一刻舒眉。惟于制曲填词之顷,非但借以舒,愠为之解,且尝僭做两间最乐之人,觉富贵荣华,其受用不过如此。未有真境之为所欲为,能出幻境纵横之上者——我欲做官,则顷刻之间便臻荣贵;我欲致仕,则转盼之际又入山林;我欲作人间才子,即为杜甫、李白之后身;我欲娶绝代佳人,即作王嫱、西施之元配;我欲成仙、作佛,则西天、蓬岛即在砚池笔架之前;我欲尽孝、输忠,则君治、亲年可跻尧、舜、彭篯之上。③

在忧患和落魄之中,小说家饱尝人世艰辛苦痛,"总无一刻舒眉"。而在小说戏曲中,他们能得到巨大的心理安慰与精神补偿,可以任高官、做才子、娶美人、成仙作佛,无所不能。这就不

---

① [清]天花藏主人:《平山冷燕·序》,李致忠点校,春风文艺出版社1982年版,第2页。
② [清]烟水散人:《女才子书·叙》,上海古籍出版社"古本小说集成"本,第6页。
③ [清]李渔:《闲情偶寄·词曲部》,见《中国古典戏曲论著集成(七)》,中国戏剧出版社1959年版,第53—54页。

难理解西湖小说谩骂痛斥世道不公、科场黑暗,发泄怀才不遇、俊彦失意之余,津津乐道主人公最终尽享金榜题名与洞房花烛,"用想象的梦幻遮掩人生不幸的现实"①,以此获得心理补偿。如《西湖二集》第三卷《巧书生金銮失对》中,前文发泄完"浑身是艺难遮冷,满腹文章不疗饥"的满腹牢骚之后,曲终奏雅,不禁赞叹一番"从此天恩隆重,年升月转,不上十年,(甄龙友)直做到礼部尚书,夫荣妻贵而终",艳羡之情,溢于言表。《喻世明言》第三十卷《明悟禅师赶五戒》连连惊叹:"子瞻一举成名,御笔除翰林学士,锦衣玉食,前呼后拥,富贵非常!"艳羡不已。又如《警世通言》第二十三卷《乐小舍弃生觅偶》讲述商贩子弟乐和的完美爱情,最终还是要拖着一条"连科及第"的尾巴。《鸳鸯配》第九回《绿林寨中逢故友　龙虎榜上两同登》着力渲染"羡尔春风得意时,今朝看花马蹄疾",充满炫耀显摆之态。《警世通言》第六卷《俞仲举题诗遇上皇》末尾也有"使文章皆遇主,功名迟早又何妨"的自我安慰与鼓励。诸如此类,都是西湖小说家功名补偿心理的无奈体现。

第二节　"于祠祈梦"与明末清初西湖
小说中的科举迷信

　　科举迷信具有浓厚的地域色彩。例如被举子普遍尊崇的梓潼帝君,原本只是偏远蜀地的小神,最终在南宋时期的杭州成为国家的科举神,香火日盛,为明清小说津津乐道。但他在明末清

---

① 〔美〕雷纳·韦勒克:《近代文学批评史》第二卷,杨自伍译,上海译文出版社1989年版,第323页。

初西湖小说中的处境非常尴尬,神灵的光芒被诞生于西子湖畔的进士于谦遮盖。于祠祈梦成了明末清初西湖小说中一种非常独特的科举迷信,地域色彩非常鲜明,令人瞩目。

一、文昌梓潼帝君与杭州及明清小说的关系

在科举时代,科举考试决定了士子的前途命运。但勤学苦练并不等于金榜题名,在残酷的竞争中,能否中式是诸多因素合力的结果。其中包含很多无法预料的偶然性与未定因素,让迷惘、焦虑的举子认为背后有一股神秘的力量在操纵着他们的命运,于是"科名前定"的宿命论应运而生。他们认为在进入贡院之前,科场命运已由神灵在冥冥之中决定了,个人自身的努力就显得微不足道,甚至是无济于事。举子们笃信科名主于神,希望通过虔诚地祈求神灵来获取功名,科举迷信于是非常流行。举子们在强烈功利心的驱使下,期盼有一个能够赐予功名富贵的神灵来保佑自己,而统治者也需要一个科举守护神来协助树立专制威权,震慑士心。朝野期待,上下联动,此神终于在南宋时期被造了出来,它就是"文昌梓潼帝君"①。

文昌梓潼帝君的前身原本是一尊偏远的蜀地小神,具有浓厚的巴蜀氏羌民族特色,与千里之外的西湖文化绝不相类。文昌梓潼帝君是文昌与梓潼二神的合称,有时用全名,有时简称文

① 祝尚书:《科名前定:宋代科举制度下的社会心态——兼论对宋人志怪小说创作的影响》,《文史哲》2004 年第 2 期。祝尚书的《科举守护神"文昌梓潼帝君"及其社会文化意义》(《厦门大学学报(哲社版)》2009 年第 5 期)认为文昌梓潼帝君是在宋末元初成为科举主宰神。我们根据李焘《续资治通鉴长编》、陆游《老学庵笔记》等文献记载来分析,认为时间应该明确为南宋时期更为妥当。

昌帝君或梓潼帝君。文昌原是古星官名,是魁星(斗魁)之上六星的总称。《史记·天官书》云:"斗魁戴匡六星曰文昌宫:一曰上将,二曰次将,三曰贵相,四曰司命,五曰司中,六曰司禄。"①而梓潼则是四川北部的一个县(今属绵阳市),因境内有潼江,江边多梓树而得名。梓潼神就是梓潼县的一个地方神,其庙在县城以北十多公里外的七曲山。梓潼神的现实原型之一是氏羌人张亚子,"神姓张,讳亚子,其先越嶲人,因报母之仇,徙居是山,屡著灵异"②。越嶲属于西南夷地,汉武帝元鼎六年(公元前111年)设越嶲郡,地处川西,是越嶲羌(又称牦牛羌)的主要居住地。前秦建元十二年(376),羌人姚苌在梓潼七曲山,"见一神人谓之曰:'君早还秦,秦无主,其在君乎!'苌请其姓氏,曰:'张亚子也。'言讫不见"③。姚苌后来建立后秦政权,在此立庙纪念张亚子。梓潼神的另一个现实原型是东晋时期的张育,其自称蜀王,因抗击前秦苻坚而战死于绵竹。蜀人在梓潼七曲山为之建祠,并尊奉他为雷泽龙神。后人遂将七曲山二祠的神名合称为张亚子。唐代"安史之乱"和黄巢起义时,唐玄宗、僖宗曾仓皇逃蜀,先后封张亚子为左丞与济顺王。宋真宗咸平年间,梓潼神据说在平定王均起义的战争中立功,又被封为英显王④。梓潼神由一个蜀中偏远的地方小神逐渐成为威名显赫的皇家守护神,但此时和科举无涉。

---

① [汉]司马迁:《史记》卷二十七,中华书局1982年版,第1293页。
② [清]张香海、杨曦等:《咸丰重修梓潼县志》卷二《祠庙》,载《中国地方志集成》第20册,江苏古籍出版社1991年版,第49页。
③ [北魏]崔鸿:《十六国春秋·后秦录》,[清]汤求辑补《十六国春秋辑补》卷五十,《新校本晋书并附编六种》,鼎文书局1983年版,第379页。
④ [宋]李焘:《续资治通鉴长编》卷四十九,中华书局1979年版,第1066页。

现知最早将梓潼神与科举联系起来的是徽宗时的翰林学士叶梦得(1077—1148),他讲述宋真宗大中祥符年间,西蜀二位举子被风雪所阻,夜宿张亚子庙,梦见众神商议以"铸鼎象物"为明年殿试题目,"既而诸神皆赋一韵,且各删润,雕改商确,又久之,遂毕,朗然诵之,曰:'当召作状元者魂魄授之。'"两人默记,大喜而去。及殿试,皇上果然出了该题。但下笔时,两人的头脑一片空白。落第后,两人看到街上所卖状元赋,与庙中所记一字不差①。这则故事首次把文昌神掌管科举文运的职能,以托梦示题的方式附加到梓潼神的身上。与叶梦得差不多同时的蔡絛也记述了一则梓潼神的故事:"长安西去蜀道有梓潼神祠者,素号异甚。士大夫过之,得风雨送,必至宰相;进士过之,得风雨则必殿魁。自古传无一失者。"②他举了王安石、蔡京等人的事例为证。尤其是丞相何文缜当年梦见神谕:"汝实殿魁,圣策所问,道也。"于是在《道德经》上日夜用功,"及试策目,果问道,而何为殿魁",因梓潼神梦示考题而高中状元。祝尚书先生通过分析涵芬楼校本《说郛》与《新编分门古今类事》等材料认为,徽宗时道教盛行促使梓潼神成为科举神。早期拜祭梓潼神的基本都是蜀中士子。七曲山位于北宋四川举子赴开封参加省试必经的古金马道上,举子们因此顺路向梓潼神乞灵助考③。

梓潼神在北宋主要是蜀中举子信奉的科举神,与福建九鲤

---

① 见《古今图书集成》神异典卷五四《神庙部》引《崖下放言》。但叶梦得只有《岩下放言》,"崖"当是"岩"字之误。今本《岩下放言》无此条。

② [宋]蔡絛:《铁围山丛谈》卷四,冯惠民、沈锡麟点校,中华书局1983年版,第64页。

③ 祝尚书:《科举守护神"文昌梓潼帝君"及其社会文化意义》,《厦门大学学报(哲社版)》2009年第5期。

湖等地的许多梦神一样,影响力仅限于本土。但随着以苏轼兄弟为代表的蜀中士子在科场的崛起,梓潼神的影响不断扩大。到了南宋更是如此,陆游《老学庵笔记》载:"李知几少时,祈梦于梓潼神。是夕,梦至成都天宁观,有道士指织女支机石曰:'以是为名字,则及第矣。'李遂改名石,字知几。是举过省。"①李知几是四川资州人,浙江人陆游有过入蜀经历,可见江浙士人对四川举子祈梦梓潼神而灵验成真已经颇感兴趣。

　　梓潼神得到提升的重大契机还有两个方面:一方面,梓潼神与文昌神紧密结合,进一步确定了科举职能。宋孝宗时期,道教徒编撰了"上帝命梓潼神掌文昌府"的说法。蜀中道士刘安胜编撰《高上大洞文昌司禄紫阳宝箓》,首次明确尊奉张亚子为主文运、司禄籍的"文昌帝君"。另一方面,随着政治中心与科举中心南移杭州,梓潼神随着蜀中举子流寓至此,通过朝廷与京城举子的影响,最终确立了国家科举神的地位。"宋南渡后,有祠在吴山之巅,盖蜀士赴举者所创也"②。梓潼神祠庙扎根于杭州西湖畔的吴山,各地举子纷纷前往祭拜、祈梦,蔚然成风。如真德秀(1178—1235),"会试于行都,祈梦于吴山梓潼庙,题其鼓曰:'大扣则大应,小扣则小鸣。我来一扣动,五湖四海闻其声。'是夜得吉梦,其年果及第"③。真德秀是福建浦城人,于庆元五年(1199)进士及第。他祈求的既非家乡九鲤湖的梦神,也

---

①　[宋]陆游:《老学庵笔记》卷二,李剑雄、刘德权点校,中华书局1979年版,第18页。

②　[明]田汝成:《西湖游览志》卷十二,上海古籍出版社1980年版,第164—165页。

③　[明]蒋一葵:《尧山堂外纪》卷六十,《续修四库全书》第1194册,上海古籍出版社1995年版,第560页。

非杭州以前流行祭拜祈梦的天竺观音①。可见,此时梓潼神的地位已经凸显。在得到宋高宗、光宗、理宗和元仁宗的数次敕封后②,原本只是偏远地方小神的文昌梓潼帝君最终荣陟为国家科举神。尤其是景定五年(1264)三月二十九日,宋理宗下旨:"朕惟孝悌之至,通于神明,则生为孝子,殁为明神。信矣!神文圣武安福忠仁王夙着孝行,炳灵西蜀,禦患救灾,七曲名山闻天下,而士之发策决科者皆归焉。有孝有德,徽号允昭。邦人有请,宜复其旧,祇承修命,大庇吾人。可依旧封神文圣武孝德忠仁王。"③敕文指出"士之发策决科者皆归焉",从国家层面进一步明确了梓潼神主宰文运与科举的职能。宋末元初吴自牧《梦粱录》也记载:"梓潼帝君庙,在吴山承天观。此蜀中神,专掌注禄籍,凡四方士子求名赴选者悉祷之。封王爵曰惠文忠武孝德仁圣王。"④一些科举显达者也乐于为科举造神添砖加瓦,如宝祐元年(1253)状元姚勉《明州奉化县梓潼帝君殿记》云:"科目之设,士敝敝然日趋于文……矧梓潼神君庙食西蜀,启封王社,载在祀典,昭不可泯者哉,祠之者宜遍天下也,岂独奉化!"⑤宝祐四年(1256)状元文天祥《龙泉县太霄观梓潼祠记》也说:"今

---

① [宋]潜说友:《咸淳临安志》卷九二,《景印文渊阁四库全书》第490册,台湾商务印书馆1986年版,第490页。

② [元]卫琪:《玉清无极总真文昌大洞仙经》,《道藏》第2册,文物出版社、上海书店、天津古籍出版社1988年版,第612页。

③ [明]佚名:《清河内传》所附《宋制》,《道藏》第3册,文物出版社、上海书店、天津古籍出版社1988年版,第287页。

④ [宋]吴自牧:《梦粱录》卷十四"外郡行祠",浙江人民出版社1980年版,第131页。

⑤ [宋]姚勉:《雪坡集》卷三三,《景印文渊阁四库全书》第1184册,台湾商务印书馆1986年版,第87页。

三岁大比,试者以文进。将文而已乎,意必有造命之神执其予夺于形声之表者,盖元皇是也。士之所自为,行为上,文次之;神所校壹是法,合此者陟,违此者黜。人谓选举之权属之有司,不知神之定之也久矣。"①"元皇"指的就是文昌梓潼帝君。这些状元的现身说法和延誉推崇无疑具有巨大的推动作用。

到了明清时期,"中外文臣皆由科举而进,非科举者者毋得与官"②,文昌梓潼帝君崇拜有过之而无不及。天顺六年(1462),陆容《文昌道院记》云:"凡学宫之旁,皆肖而祀之,以为是司禄、主文、治科第者宜如是也,牲帛相望,莫以为非。"③可见文昌梓潼信仰已经十分盛行,其祠庙伴随孔庙、官学遍及天下。文昌梓潼祠庙甚至被认为能决定一个地方的文脉文运,王士禛《池北偶谈》称安徽宣城入清后,科举一直不振。但从康熙十八年(1679)开博学鸿词科以来,施闰章、高咏等五人先后入翰林,"或谓宣城有文昌阁久颓废,甫新之,五君遂相次入翰林云"④。时人认为宣城文昌阁被翻新后,文昌梓潼帝君立即青睐宣城士子,立竿见影,效果显著,可见崇拜文昌梓潼帝君的风气非常浓厚。

受此风气的影响,明清小说津津乐道文昌梓潼帝君,常常让他在科举题材中现身弘法,惠泽举子。如吴敬梓《儒林外史》第四十二回《公子妓院说科场　家人苗疆报信息》描述了南

① [宋]文天祥:《文山集》卷一二,《景印文渊阁四库全书》第1184册,台湾商务印书馆1986年版,第576页。
② [清]张廷玉等:《明史》卷七一《选举志三》,中华书局1974年版,第1695—1696页。
③ [清]黄宗羲:《明文海》卷三六九,中华书局1987年版,第3802页。
④ [清]王士禛:《池北偶谈》卷二二《梅异》,中华书局1984年版,第528页。

京乡试的情况，在贡院放炮、至公堂祭神等仪式后，布政司的书办人员"跪请七曲文昌开化梓潼帝君进场来主试，请魁星老爷进场来放光"①。举子出考场后，又要向文昌帝君、关公祭献纸马。祭拜文昌梓潼帝君的仪式非常庄重，显示出此神的崇高地位。官方尚且如此，那么民间举子对他的功利诉求就更加强烈了，于是帝君常常现身举子梦中宣示神谕，鼓舞士气，指点迷津。如《闹花丛》第一回《看金榜天赐良缘　抛情友诱入佳境》中，文英在中秋之夜梦见梓潼帝君头戴唐巾，身骑白骡，对他说："汝勤心读书，上帝不负汝，日后鼎甲成名，汝婚姻良偶，该在看金榜之日。汝宜留意。"②后来果然一一应验。《巧联珠》第六回《胡茜芸闺阁私监　闻相如秋闱奇捷》中，闻生在举子屋内小憩，梦见自己考完后交卷给文昌梓潼帝君。帝君据报考文书唱名，革去犯戒士子的进士功名，将闻生递补录取。另有"青衣人各拿一纸走出殿来。闻生只道是题目，向那青衣人手中去夺，被他一推，忽然惊觉"③。闻生在考前就得到文昌梓潼帝君的神谕，梦见帝君就想获得考题，足见这种崇拜的强烈功利性。《蜜蜂计》中的文昌梓潼帝君更是法力无边，在第七回《顶名赴考殿试状元　进京献宝识破行藏》中，"文昌帝君领了玉皇大帝敕旨，前来度化凤英"。凤英乃闺阁小姐，此"度化"并非宗教超度或点化，而是将梦中的凤英

① ［清］吴敬梓：《儒林外史》，人民文学出版社1977年版，第489页。
② ［清］姑苏痴情士：《闹花丛》，时代文艺出版社2003年版，第221页。
③ ［清］烟霞逸士：《巧联珠》，上海古籍出版社"古本小说集成"本，第167页。

"魂魄提出,赠以才华,授以六经、诸子百家,吹了一口仙气,拨开他的七窍,换了玲珑之心,彻底皆明,满腹锦绣文章"①,将一个闺阁女子改造成一位科场奇才。在文昌帝君的神助下,凤英代替丈夫应试,高中会元和状元。在明清小说中,文昌梓潼帝君成了举子们梦寐以求的"救士主"。

二、西湖小说重塑科举神的路线图与良苦用心

梓潼神尽管是在杭州成为国家科举神,但在此地的尊位并不长久稳固,后来被诞生在西湖畔的本土进士于谦取代。于谦(1398–1457),字廷益,号节庵,杭州府钱塘县人,永乐十九年(1421)进士。正统十四年(1449)土木堡之变,明英宗被俘,于谦力排南迁之议,坚请固守,临危受命,整饬兵备,勇破瓦剌,保卫北京。天顺元年(1457),英宗复辟,石亨等诬陷于谦谋立襄王之子,于谦被杀,葬于西湖畔的三台山麓。与岳飞、张煌言被后人称为"西湖三杰"。从梓潼到杭州,梓潼神完成了国家科举神的荣陞历程。但从吴山到三台山,西湖小说用心良苦,开始了重塑科举神的革命路线图。在于谦成为科举神的过程中,西湖小说在不同阶段都起到了关键作用②,具体表现如下:

(一)立新(万历至天启年间):《于少保萃忠传》先启其端,首立新神。有关举子祈梦于吴山梓潼庙的风俗多见于史志和笔记。但将祈梦场所移至三台山于祠的史载则始见于万历三十七年(1609)修纂的《万历钱塘县志》:"四方人祈梦者,以七宝山、

---

① ［清］佚名:《蜜蜂记》,"中华孤本小说"第三册,中国戏剧出版社2002年版,第1195页。

② 为了将这一过程交代清楚,本节所论向前追溯到明代万历年间。

三台山为九鲤湖。因试事祈者尤多。盖周公新郡城隍,于公谦都城隍也。周公寒铁之面,于公金石之心,故当不在九泉之下矣。"①这是杭州方志首次记载于祠祈梦风俗。其认为于谦做了都城隍,所以四方人等尤其是举子们前来西湖三台山的于坟或于祠祈梦求福。城隍被认为可以预测功名命运或者揭示幽冥神秘之事,并通过梦境告知世人,如宋代洪迈《夷坚甲志》卷九《邹益梦》记叙了邹益赴试前在城隍庙祈梦,果然梦见墙上诗句为其预示前程。另如明代王同轨《耳谈类增》卷十四《楚士胡士龙》、闵文振《涉异志》卷四十《徐贡魁入阴》与周晖《金陵琐事》卷一《神示郭字》等讲述了举子向城隍祈梦,得到预示前程的暗语。但问题是于谦何时又何以成了都城隍呢?《万历钱塘县志》并无说明,也未交代于谦成为都城隍的依据,因此,于谦成为科举神的关键环节不明。梳理有关西湖与科举风俗的文献,《万历钱塘县志》的记载甚为突兀。根据乾隆十年(1745)所立《重修于忠肃公祠碑》记载:"(于谦)国朝封为都城隍神。立庙城中,杭人饮食必祝,祈祷必应。年岁既久,楹栭就荒。分醝席君,曾于公祠中有所梦感,至是宦游所至,若合符节。益以见公之灵爽昭昭,而不没有如一日也。遂愿新其庙。"②可见于谦是在清代才被官方封为都城隍神的。那么《万历钱塘县志》称于谦为都城隍是何缘由呢?钱塘人田汝成在嘉靖年间所撰《西湖

① [明]聂心汤、虞淳熙:《万历钱塘县志·外纪》,《丛书集成续编》第231册,台北新文丰出版公司1991年版,第423页。
② [清]丁丙:《于公祠墓录》卷四,《丛书集成续编》第225册,台北新文丰出版公司1991年版,第331页。

游览志》与《西湖游览志余》详载西湖胜迹、风俗及掌故，"因名胜而附以事迹，鸿纤钜细，一一兼核，非唯可广见闻，并可以考文献"①，但叙及于谦及于祠时，都未记载于谦被封为都城隍之事，甚至没有提及于祠祈梦的风俗。《西湖游览志余》反而记载了真德秀等举子"会试于行都，祈梦于吴山梓潼庙……是夜得吉梦，其年果及第"②。成于万历七年（1579）的《万历杭州府志》亦是如此。不过，《西湖游览志余》出现了于谦死后托梦夫人借目申冤之说：

> 少保公之既杀也，其夫人梦公谓曰："吾被刑，魄虽殊而魂不乱，独双目失明。吾借汝目光，将见形于皇帝。"次日，夫人忽丧明。已而奉天门灾，英庙临视，见少保公于火光中，隐隐闪闪也。时夫人方贬次山海关，复梦少保公曰："吾已见形于皇帝矣，还汝目光。"③

《西湖游览志余》的作者田汝成（1503—1557），杭州钱塘人，嘉靖五年（1526）进士，为人方正耿直，后罢官归里，盘桓湖山之间，遍览浙西名胜，以熟悉杭州掌故轶闻著称。田汝成是于谦的钱塘老乡，且离于谦的时代不远，《西湖游览志余》初刻于嘉靖二十六年（1547），对考察于谦的事迹传说具有重要价值。在这则充满神异色彩的材料中，还没有于谦成为城隍之说。杜正贞在《于祠祈梦的习俗与故事》一文中经过考察后认为："一般民间多以文天祥为北京都城隍，而不是于谦。于谦保卫北京的事

---

① ［清］永瑢等：《四库全书总目》卷七十，中华书局1965年版，第618页。

② ［明］田汝成：《西湖游览志余》卷二十二，上海古籍出版社1980年版，第397—398页。

③ ［明］田汝成：《西湖游览志余》卷八，上海古籍出版社1980年版，第151页。

迹,他对于文天祥的仰慕,以及死后曾经在都城隍庙设祭的经历,这些也许是于谦被误传为都城隍的原因。《万历钱塘县志》将于谦说成是都城隍,可能是以讹传讹的结果……有意思的是,后来在杭州盛行不衰的梦神,并不是杭州城隍周新,而是这个假'都城隍'于谦。"①其实,于谦被误传为都城隍的原因并非如此,始作俑者也非《万历钱塘县志》或者《西湖游览志余》,传讹的依据来自万历初年的小说《于少保萃忠传》。

《于少保萃忠传》,十卷七十回,孙楷第《中国通俗小说书目》著录有马彦祥藏本,题"西湖沈士儇幼英父纂述""武林沈士修奇英父批评"②。另有国家图书馆、浙江图书馆藏刊本与北京师范大学藏精抄本,作者署名不尽相同,主要涉及沈士儇与孙高亮等人。该小说第五十一回《承天门忠魂觌见 辽东卫孝子驰行》述及于谦被害后成为都城隍之事:

> 却说公子于冕前一日已发辽东卫为军,不知父第二日被刑,乃与解人行至山海关。时是夜梦父于公语曰:"吾前日已被石亨等诬谄而死。吾魄虽丧,而魂不灭。当日诉于天,蒙上帝怜吾忠义勤劳,着吾为京都城隍。吾今欲朝皇帝,诉吾之冤,讨其封锡。但借汝目光三日,现形朝见皇帝后,还汝目光。"言毕,欲去。公子冕梦中见说,扯住父衣,大哭不止。哭久觉来,两目失明,冕恸哭不已……此时,于冕复梦见公曰:"吾已见形,泣诉与皇帝矣。今还汝目光。"③

---

① 杜正贞:《于祠祈梦的习俗与故事》,《民俗研究》2009 第 2 期。
② 孙楷第:《中国通俗小说书目》,人民文学出版社 1982 年版,第 69 页。
③ [明]沈士儇:《于少保萃忠传》,北京师范大学出版社 1993 年版,第 258—259 页。上海古籍出版社"古本小说集成"影印浙江图书馆藏刊本署"孙高亮纂述",该情节见第 619—622 页。

与《西湖游览志余》所载对比,部分词句一致,主干情节相同,都是于谦托梦给远在山海关的家人,要求借用眼睛去找皇帝辩冤。于是,家人暂时失明,等到于谦申冤后就复明了。可见,《西湖游览志余》对《于少保萃忠传》的影响非常明显。两者不同之处在于前者托梦给夫人,后者变成了托梦给儿子于冕。值得关注的是在《于少保萃忠传》中,于谦自称被上帝任命为京都城隍,交代了成为城隍的缘由、出处与时间。这是笔者目前发现最早涉及于谦成为都城隍的记载,也是考察于谦成为科举神的关键所在。与《于少保萃忠传》同时或稍后还出现了一部简缩本《于少保萃忠全传》(四十传本),又名《旌功萃忠录》,署"钱塘孙高亮明卿父纂述,檇李沈国元飞仲父批评",有万历、天启刊本,还有众多清刊本,共计十余种。《于少保萃忠全传》在七十回本《于少保萃忠传》的基础上,删减了大量诗词韵文、奏章诏书、评论说明与最后两回,形成了一部四十传的精简本。可能是因为《于少保萃忠传》近二十五万字,内容繁杂,阅读性不强,市场反应不佳,书坊主和作者于是大幅精删,编刊了仅约十四万字的简本来吸引读者,拓展市场。其中,于谦托梦儿子于冕借目、自称被封为都城隍之事,几乎全部保留在第三十二传《西市上屈杀忠臣 承天门忠魂觌诉》中,文字与细节基本相同[1],不仅没有删减,而且增加了陷害者徐有贞。可见作者对此特别重视。

关于《于少保萃忠传》与《于少保萃忠全传》的创作时间,它们的主要作者之一孙高亮是于谦的钱塘同乡,"约明万历初前

---

[1] [明]孙高亮:《于少保萃忠全传》,孙一珍点校,人民文学出版社1988年版,第165页。

后在世"①。有学者围绕林从吾《序》所署时间展开讨论②,《于少保萃忠全传》第四十传所引傅孟春的谕文涉及万历二十一年的史事,再加上该小说所讲一些公案故事的流行时间③,我们认同其约成书于万历二十至三十年。而《万历钱塘县志》修于万历三十七年(1609),完全可能受到《于少保萃忠传》与《于少保萃忠全传》的影响。而且该小说在明清两代多有梓行,存世有明万历刊本、天启刻本、清康熙精刊本、宝翰楼本、本衙藏版本、裕德堂刊本、三让堂刊本等十多种版本,可见非常畅销,流布甚广。加上小说以"传"命名,是一部历史演义性质的小说,多采史料,且作者也为杭州名士,肯定会对《万历钱塘县志》有关于谦内容的撰写产生重要影响。

综上所述,因民间《于少保萃忠传》与《于少保萃忠全传》的杜撰虚构,官修《万历钱塘县志》"以讹传讹",为于谦先成

---

① 刘世德:《中国古代小说百科全书》,中国大百科全书出版社1997年版,第705页。

② 孙一珍:《于少保萃忠全传校点后记》,孙高亮撰《于少保萃忠全传》,人民文学出版社1988年版,第220页。陈大康:《四部明代小说成书年代之辨正》,《社会科学》1995年第6期。苗怀明:《几部描写于谦事迹的古代通俗小说考论》,《明清小说研究》2000年第2期。

③ 苗怀明《中国古代公案小说史论》一书中通过对明代公案小说集的分析考证,推断出这类短篇公案小说集的成书、刊印时间大致集中在万历二十年(1592)至崇祯年间,尤其是万历二三十年的这十数年时间。"崇祯以后,除《龙图公案》屡有翻印外,其他小说集则就此湮没无闻,衣钵无传。其兴也勃,其去也速,颇类似于当下出版界的畅销书现象。"(苗怀明:《中国古代公案小说史论》,南京大学出版社2005年版,第62页)。崔金辉《〈于少保萃忠传〉考论》(苏州大学2011年学位论文)第一章第三节认为《于少保萃忠传》集中出现的几则公案题材相联系,再加上小说中的四则公案故事均能在这时期的公案小说集中找到相似的题材,有的甚至还相同,小说应该成书于万历二三十年的这段时间。

为善于托梦预示的都城隍,进而成为科举神,最后形成举子赴于祠祈梦风俗做好了铺垫,衔接上了关键一环。值得注意的是《于少保萃忠传》第六十九、七十回收录了32则于祠祈梦灵验故事,其中有15则讲述举子祈求功名,似乎显示于祠祈求功名已成风气。但很多故事并非实录,而是采自《七修类稿》《庚巳编》《梦占类考》等笔记杂著,再扯上于谦的关系。因此,西湖小说首次大量虚构于祠祈梦故事,尤其是杜撰于谦成为都城隍,为取代梓潼神并形成于祠祈梦风俗准备了充足的条件,有首立之功。

(二)破旧(崇祯年间):《西湖二集》和《醋葫芦》立后大破,撼动旧神。到了崇祯年间,梓潼帝君在西湖小说中的地位十分尴尬,甚至处境危险,被描述成一个名不副实、失职渎职的庸神。他的光芒被杭州本土的进士于谦所遮盖,以致最终被赶下神坛。其中最为卖力的当属《西湖二集》和《醋葫芦》,它们分别采用抨击和嘲讽的武器,着力攻击和瓦解梓潼帝君的科举神地位。

明末清初西湖小说也不乏文昌梓潼帝君的身影,如《西湖二集》第十五卷《昌司怜才慢注禄籍》,标题就点明是有关文昌帝君的故事。该篇小说的主人公罗隐(833—909),字昭谏,杭州府新城(今属富阳市)人,才华横溢,为唐末五代著名诗人与小品文作家。但他功名蹭蹬、屡试不第,五十五岁回乡追随吴越王钱镠,历任钱塘令、司勋郎中、给事中等职。小说生动描述了这位杭州才子的坎坷人生与功名困境,开首宣称罗隐"诗才神速,点韵便成",才华高迈,有"东南第一个才子"之誉。但他屡试不第,"怀才不遇,终身不能中得一个进士",直接原因就是"因一句话上触犯了当朝宰相,直害得二十余年不中进士"①。由于罗隐性格耿介、言行直率,诗文多含讽刺语,为权贵所不容。原本欣赏罗隐的宰相令狐绹因受其嘲讽而非常忌恨他,"每到科场,就吩咐知贡举官不得中罗隐进士"。主考官郑畋几番要录取罗隐,都因令狐绹强烈反对而未果。可见,罗隐屡试不第的主因是权贵阻挠导致考试不公。但小说从"科名前定"与因果报应观念出发,认为罗隐屡试不第是因为被紫府真人换了一身穷贱之骨。因此,文昌帝君奏请玉帝重赐禄籍,并托梦安慰罗隐说:"但今天下多事,未可骤与汝功名,待我慢慢注汝之禄籍可也。"②但文昌帝君并未像在其他小说中那样帮助寒士及第,罗隐依然数次落榜,十分沉痛地说:"文昌帝君也会得说谎,原说慢慢注我禄籍,怎生二十多年尚然不中?我今已是半百之年,何年方成进士?难道活到七八十岁时戴顶寿官纱帽不成?"③罗隐一生苦苦追求的进士梦终未实现,文昌帝君所承诺的"慢慢注汝之禄籍"只是让罗隐在割据政权吴越国做了钱塘县令等职,这与当时推重进士为"白衣卿相"的尊荣相去甚远④,以致罗隐埋怨文昌帝君说谎。就明清小说喜好标榜神灵主持科场公道而

---

① [明]周清原:《西湖二集》,周楞伽整理,人民文学出版社1999年版,第247、253页。

② [明]周清原:《西湖二集》,周楞伽整理,人民文学出版社1999年版,第253页。

③ [明]周清原:《西湖二集》,周楞伽整理,人民文学出版社1999年版,第254页。

④ "白衣卿相"语出五代王定保《唐摭言》卷一《散序进士》,曰:"缙绅虽位极人臣,不由进士者,终不为美,至岁贡常不减八九百人。其推重谓之'白衣公卿',又曰'一品白衫'。"即使是达官显贵,如果不是进士出身,终嫌美中不足。唐代宰相薛元超曾说自己平生三大憾事之一就是没有进士及第。

言,文昌帝君对罗隐显然有失公平。尤其是相比于《西湖二集》第四卷《愚郡守玉殿生春》中,在文昌帝君无微不至的关怀下,"恁般呆夯""资性愚鲁"的赵雄糊里糊涂地做举人、中进士,就连金殿奏对的诗句都由文昌帝君一一备好。而在处理罗隐的禄籍问题上,文昌帝君显然有罔顾公正、失职渎职之嫌,也难怪罗隐对其颇有微词。

让文昌梓潼帝君最为尴尬、窘迫,并最终沦为不务正业的"庸神"的当属另一部西湖小说《醋葫芦》,其主要讲述当铺商人成珪与妒妻都氏的家庭纠纷。对于尘世清官都不愿料理的家庭纠纷,文昌帝君居然登场过问。在第十六回《妒气触怒于天庭 凤孽报施乎地府》中,都氏妒气炽烈,形成一道黑气冲上天顶,威逼帝座。太白金星向玉帝奏请调查。玉帝传旨道:"快宣文昌星,代朕看来,果系是何妖孽,的确奏闻。"①天庭急警,命掌管文人禄籍的文昌帝君出面调查,这在明清小说中实属罕见。文昌帝君奉旨出发,"天聋前导,地哑后随,朱衣掌科甲之案,魁星携点额之笔,驾起祥云,霎时已到西天门外"②。天聋、地哑是文昌帝君的两个侍童,据清初褚人获《坚瓠八集》卷四"天聋地哑",前者能言不能听,后者能听不能言。一个掌管文人禄运簿册,一个手持文昌大印。文昌帝君掌管考权,责任重大,保密甚严,如此配置以免泄露机密。"朱衣"即朱衣神,明代陈耀文《天中记》卷三十八引《侯鲭录》云:"欧阳公知贡举日,每遇考试卷,坐后尝觉一朱衣人时复点头,然后其文入格,始疑侍吏,及回视

<hr>

① ［明］西子湖伏雌教主:《醋葫芦》,上海古籍出版社"古本小说集成"本,第576页。
② ［明］西子湖伏雌教主:《醋葫芦》,上海古籍出版社"古本小说集成"本,第577页。

之,无所见,因语其事于同列,为之三叹,尝有句云:'文章自古无凭据,惟愿朱衣暗点头。'"①朱衣神亲临阅卷现场,站在考官身后,点头就意味着考生取中,应该是文昌帝君监督衡文的重要助手。此神也频繁活跃在明清小说中,如《赛花铃》第九回中,红生及第后再三谢道:"皆托仁兄洪福,得邀朱衣暗点。虽则一第,不足为荣……"②魁星是主文运的星神,科举考试取得高第即称"魁"。点额又称龙门点额,比喻科场落第或仕路失意。西湖小说《警世通言》第六卷《俞仲举题诗遇上皇》说:"俞良八千有馀多路,来到临安,指望一举成名。争奈时运未至,龙门点额,金榜无名。"③

　　文昌帝君率领天聋、地哑、朱衣与魁星,这是一个掌管文人禄籍与科举文运的专职团队,经常现身明清小说的科举考试故事当中。但在《醋葫芦》中却被派去处理市井家庭的夫妻矛盾,严重错位。文昌帝君查看后上奏:"臣蒙玉旨,来到西天门外,果见黑气一团,甚是凶勇。初时不知何怪,以臣愚见推之,黑色属阴,而气则生于暴戾,以阴人而有暴戾之气,其人必多泼悍。占之,当是妒妇气也。虽无大害,而下方男子受其荼毒者,亦不浅鲜,因宜急剿,以苏群黎。"④结合《醋葫芦》全篇的市井气息与调侃意味,文昌帝君对妒妇泼悍的分析与"因宜急剿,以苏群

① ［明］陈耀文:《天中记》卷三十八引《侯鲭录》,台北文海出版社1964年版,第1239页。

② ［清］白云道人:《赛花铃》第九回《闯虎穴美媛故人双解难》,上海古籍出版社"古本小说集成"本,第202页。

③ ［明］冯梦龙:《警世通言》,顾学颉校注,人民文学出版社1956年版,第68页。

④ ［明］西子湖伏雌教主:《醋葫芦》,上海古籍出版社"古本小说集成"本,第577页。

黎"的建议让人忍俊不禁。故作堂皇的说辞背后透出诙谐嘲弄之意,大大消解了文昌帝君的尊贵形象。显然,尊贵的文昌帝君在明末清初西湖小说中已被置于越俎代庖、不务正业的尴尬境地,成为被嘲弄的对象。

(三)巩固(顺治至康熙年间):《西湖佳话》用心良苦,梦想成真。经过大立大破后,到了清代康熙十二年(1673)的《西湖佳话·三台梦迹》,西湖小说最终完成了杭州科举神的替换征程。其良苦用心表现在:

其一,进一步渲染于祠祈梦的浓厚习俗。《三台梦迹》以梦命名,以梦成篇,共叙及47个梦境,将祈梦习俗推至无以复加的程度。

其二,寻找符合生活常理和故事逻辑的更具说服力的新证据。此时的西湖小说家认为,虚构于谦被封为都城隍这种应该载入史志的大事来作为塑造新神的关键环节,会因于史无征、缺乏说服力而遭到质疑,反而弄巧成拙。《三台梦迹》于是进行大胆的扬弃。其本于《于少保萃忠传》,就连后者第六十九、七十回集中罗列的32则于祠祈梦灵验故事也大多照搬,但舍弃了于谦自称被封为都城隍之事,并特别就于祠祈梦的成因提供了新的说法:

> 这夜于公果梦关帝托梦于他道:"你的功名富贵、终身之事,不消问俺。只问汝长嫂,说的便是了。"……长嫂又笑笑道:"无非是中举人,中进士,做御史,做侍郎,做尚书阁老罢了。你这天杀的,还想着要做到那里去?"于公听了,愈加欢喜。一时也想不到"天杀"二字上去,直到后来被戮,方才省悟梦兆之灵,一至于此。故于公一生信梦,自

成神后,亦以梦兆示人。①

《三台梦迹》敷演于谦祈梦关帝、求问长嫂的故事并不见于《于少保萃忠传》与《于少保萃忠全传》。这是《三台梦迹》试图就于祠祈梦的成因提出新的一家之言。于谦祈梦关帝求问功名,梦既是起因,又预示结果。从功名之始到事业之终,长嫂所答无论是吉还是凶、是郑重还是调侃、是深思熟虑的理性判断还是脱口而出的口头禅,最终都一一验证。所以,于谦从经验感知出发,又归于经验总结,本于经验,一生信梦,且推己及人,死而不已,继续以梦兆施惠世人。加上于谦乃进士出身,事功甚高,又是杭州本地人,属于杭州举子顶礼膜拜的乡贤楷模,具备了成为科举神的诸多优越条件。相形之下,尽管周新被明成祖封为城隍是有史可征的②,而且这位浙江按察使曾以"寒铁之面"名扬天下,《明史》有传,但他仅为诸生,后以太学生得官,非科举正途出身,这在"无论文武,总以科甲为重,谓之正途;否则胸藏韬略,学贯天人,皆目为异路"的明清时期③,自然不受举子的待见,在科举题材的小说中更是如此。显然,《三台梦迹》从功名得失出发,形成了祈梦与验证的因果证据链,虽然未脱果报窠臼,但还是符合内在的情节逻辑。于谦按照梦谕来询问嫂子关于中举人、进士等功名情况及命运归宿,最终一一灵验,"故于公一生信梦,自成神后,亦以梦兆示人"。西湖小说用这种难以直接证伪,看似符合生活常理和故事逻辑的新证据,来巩固于谦的科举

---

① [清]古吴墨浪子:《西湖佳话》,上海古籍出版社 1980 年版,第 139 页。
② [明]郎瑛:《七修类稿续稿》,《续修四库全书》第 1123 册,上海古籍出版社1995 年版,第 423 页。
③ [清]李东沅:《论考试》,见葛士浚编《皇朝经世文续编》卷一百二十,光绪辛丑年上海久敬斋铸印本。

神地位。小说结尾再次补充说明:"万历间,浙江巡抚傅孟春,偶有事宿于于坟,感梦于公,因上疏言所谥肃愍未合,改谥忠肃。自是之后,祈梦于祠下者,络绎不绝。祠侧遂造'祈兆所',彻夜灯烛直同白昼。诚心拜祷,其梦无不显应。"①以史实与浙江巡抚的经历来证明神异之梦不谬,举子祈梦于祠具有充分的现实理据,以望进一步让读者信服。

其三,结盟源于北方的关帝来黜落出自西蜀的梓潼帝君,借在民俗信仰中早享盛誉的关帝来抬高、神化于谦,将其塑造成关帝的衣钵传人。关帝在唐代以后屡受敕封,在民俗信仰中也享有盛誉,众多行业奉他为神,就连举子也尊其为执掌取士大权的"文衡圣帝",诸多史志大量记载举子祈梦关帝而得灵验的事迹②。《三台梦迹》中,于谦在关帝像前祈祷:"帝君,正神也。我于谦也自负是个正人,后来若果有一日功名,做得一番事业,帝君何不显示我知,使我也好打点。"于谦将关帝奉为楷模,并求他指点功名。小说全篇以"正"字为核心和灵魂,将于谦塑造成关帝的衣钵传人,借关帝来进一步抬高和神化于谦,增强成神的合法性。至此,梓潼帝君已被完全黜落。

到了乾隆十年(1745),浙江巡抚常安作《重修于忠肃公祠碑》,特别提及"曾于公祠中有所梦感,至是宦游所至,若合符节"③,对于祠祈梦予以官方确认和大力提倡,西湖小说如愿以

---

① [清]古吴墨浪子:《西湖佳话》,上海古籍出版社1980年版,第159页。
② [清]陆肇域、任兆麟:《虎阜志》卷四,古吴轩出版社1995年版,第58页。[明]罗炌、黄承昊:《崇祯嘉兴县志》卷六,书目文献出版社1991年版,第235—236页。[清]陈至言、周弈钫:《昆山信义志》,江苏古籍出版社1992年版,第145页。
③ [清]丁丙:《于公祠墓录》卷四,《丛书集成续编》第225册,台北新文丰出版公司1991年版,第331页。

偿。祈梦于祠最终取代祈梦文昌梓潼帝君,成了明末清初西湖小说中的一种非常独特的科举迷信。

三、西湖小说"于祠祈梦"的科举文化内涵

杭州的土著神于谦取代了外来的流寓神文昌梓潼帝君,成为明末清初西湖小说最尊崇的科举神。西子湖畔的"于祠祈梦"也成了颇具地域特色的科举迷信活动。这在《西湖佳话·三台梦迹》《无声戏·变女为儿菩萨巧》与《湖壖杂记》等小说中多有精彩呈现,具有非常深厚的科举文化内涵,具体表现如下:

(一)祈梦关帝的科举风俗与《三台梦迹》的思想主题。《三台梦迹》以"梦"命名,科举功名是梦的重要内容。这主要表现在两个方面:首先,该篇小说写有梦境47个(含附录《于祠祈梦显应事迹》32则祈梦故事描述的42个梦境),其中与科举考试密切相关的有28个,比例高达约60%。其次,小说所叙47个梦境当中,最重要的是于谦向关帝祈梦求问功名,对揭示小说的主题思想具有重要意义。

关羽(?—220),字云长,河东解良(今山西运城)人,三国时蜀汉名将,陈寿《三国志》有传。关羽在中国传统信仰文化中居于非常特殊的地位,祠庙遍布东亚与东南亚各地。众多行业奉他为神,就连举子也尊这位武将为"文衡圣帝",即执掌取士大权的考试神。据明崇祯《嘉兴县志》卷六载,嘉靖四十一年(1562),王三锡撰《义勇武安王神祠碑记》云:"叔承上公车春闱,前数日,卧燕邸,梦至一室,四面皆火,度不能脱。遂仰空吁王……王携手出叔承曰:'与汝一第,吾乃以柳汁染子衣矣。'语毕,似梦非梦。叔承大感悟书绅,无何,果捷南宫,不殿试而旋。

百务未遑,而规摹商酌,洗橐中金粤,数月而祠宇告成。"①"王"即武安王关羽。李叔承在"似梦非梦"中迷迷糊糊,"梦至一室"。关羽承诺"与汝一第",这位举子得神授而顿悟,"果捷南宫"。作者明确指出及第的直接原因是关羽神佑。关于关帝神助举子中式的记载还有很多,如《虎阜志》载张国维因勤祀关帝而及第②。《信义志》载魏尚贤应试万历壬午科,得关帝密语而登第③。明末著名小说家宋懋澄曾作《祭武安王文》,讲述父亲屡试不第,死不瞑目,魂依关庙。自己也祈求在关公的护佑下,继承先父金榜题名的遗志,洗刷三次落榜的耻辱④。在这种浓厚的科举风俗中,小说讲述于谦祈梦关帝就是自然而然的事了。

于谦向关帝祈问功名深刻揭示了《三台梦迹》的思想主题。于谦祈问功名时的祝赞词为:"帝君,正神也,我于谦也自负是个正人,后来若果有一日功名,做得一番事业,帝君何不显示我知,使我也好打点。"⑤于谦以"正人"自许,将"正神"关帝奉为楷模,表明了自己的价值取向与奋斗目标。"正神""正人"上承小说开篇的题旨:"灵秀之气,结成灵秀之山水,则固然矣,孰知灵秀中,原有一派正气在其中,为之主宰,方能令山水之气,酝酝酿酿而生出正人来。"下启后文于谦在石灰窑前吟诗言志:"千

① [明]罗炌、黄承昊:《崇祯嘉兴县志》卷六,《日本藏中国罕见地方志丛刊》,书目文献出版社 1991 年版,第 235—236 页。

② [清]陆肇域、任兆麟:《虎阜志》卷四,古吴轩出版社 1995 年版,第 58 页。

③ [清]陈至言、周奕钫:《昆山信义志》,《中国地方志集成·乡镇志专辑》,江苏古籍出版社 1992 年影印本,第 145 页。

④ [明]宋懋澄:《九籥集》,王利器点校,中国社会科学出版社 1984 年版,第 190 页。

⑤ [清]古吴墨浪子:《西湖佳话》,上海古籍出版社 1980 年版,第 138—139 页。

锤万凿出名山,烈火光中走一番。粉骨碎身多不怕,要留清白在人间。"再钩挽小说结尾的总结:"以此知西子湖灵秀之气中,有正气为之主宰,故为天下仰慕不已耳。"可见,小说以"正"为核心和灵魂,通过多次强调与相互照应,高度赞扬于谦的一身正气与高风亮节。因此,于谦向关帝祈问功名的祝赞词具有提纲挈领的重要作用。

(二)祈梦关帝预示于谦的功名轨迹与品格特征。于谦与一般举子祈问功名不同,应举并非汲汲于个人的荣华富贵,他表示"若果有一日功名,做得一番事业",有为国建功立业的鸿鹄之志。长嫂代替关帝回答于谦的功名轨迹为"中举人,中进士,做御史,做侍郎,做尚书、阁老",于谦果然于永乐十九年(1421)登辛丑科进士,曾拜江西道监察御史,出巡江西,拜兵部右侍郎,巡抚河南、山西,任兵部尚书、少保、太子太傅等,后追赠特进光禄大夫、柱国、太傅。小说在历数于谦的功名官职时,更多的是展现他的贡献与道德。在巡抚河南、山西时,于谦"单骑到任,延访父老,问以风俗利弊,日夜拊循。又立平籴之法,又开仓赈济,兼煮粥食饥民。百般安抚,故两省饥民全活甚众。自公莅任后,家家乐业,户户安生"。于谦不畏权贵、一心为民、克己奉公、政绩斐然。当同僚问及有无土仪特产馈送时,"于公把两袖举起来,笑说道:'吾惟有清风两袖而已。'"并赋诗明志:"手帕蘑菇与线香,本资民用反为殃。清风两袖朝天去,免得闾阎议短长。"①尤其是在"土木堡之变"后,于谦临危受命,坚守京城,力挽狂澜,击退强敌,但最终还是被冤杀,感天动地,西湖因此干

---

① [清]古吴墨浪子:《西湖佳话》,上海古籍出版社1980年版,第141—142页。

涸。尽管小说拘于宿命论，应验长嫂"天杀"之谶，但生动展现了于谦精忠报国的凛然正气，既印证他坚守"忠臣不怕死"的信念，又呼应在祈问功名时，对"正人"的践行誓言与"若果有一日功名，做得一番事业"的理想追求，可谓求仁得仁，求义得义。所以，于谦从容面对死亡，毫无怨愤。于谦后来被改谥为忠肃，《明史·于谦传》赞曰："谦亦忧国忘家，身系安危，志存宗社，厥功伟矣……而谦忠心义烈，与日月争光，卒得复官赐恤。"[1]于谦在祈问功名时强调仰慕"正神"关羽，关公以忠义名垂后世，封号有忠惠公、协天护国忠义帝、忠义神武关圣大帝等。关公和于谦的封号中都有"忠"这一核心字眼。可见，祈梦关帝的科举风俗对于谦的品格塑造以及后来的神化历程具有重要意义。

（三）采用于祠祈梦灵验故事的科举标准。前文已述，简本《于少保萃忠全传》存世的明清版本有十多种，在当时非常畅销，流布甚广。而繁本《于少保萃忠传》却仅存明代抄本一种与刊本三种，要逊色得多。但后来的《西湖佳话·三台梦迹》在参照时却青睐不受市场欢迎、流传较少的繁本《于少保萃忠传》，尤其是将其第六十九、七十回集中收录的三十二则于祠祈梦灵验故事大多照搬。这些篇幅短小、情节雷同的祈梦灵验故事艺术性并不高，《于少保萃忠传》也仅将其作简单的罗列，游离于小说的整体结构之外，所以简本《于少保萃忠全传》将其全部删除。《三台梦迹》也意识到这些问题，但又不忍舍弃，宁肯将其大部分列入《于祠祈梦显应事迹》，附在篇末。不过，《三台梦迹》并未将三十二则于祠祈梦灵验故事全部照抄，而是按照既

---

[1]　[清]张廷玉等：《明史》卷一百七十《于谦传》，中华书局1974年版，第4553页。

定标准进行选择,且做了些许改动。选择的主要标准是科举,即有关举子祈梦功名的故事就采入。《三台梦迹》所附《于祠祈梦显应事迹》中的举子祈梦功名故事有十七则,其中十五则录自《于少保萃忠传》。而三则求子故事是按顺序抄录之后就结束全篇,舍弃了《于少保萃忠传》的另两则求子故事与十余则有关祈求长寿、婚姻和财富的故事。可见选择的首要标准是涉及科举功名。《三台梦迹》采用这些祈梦故事并不是一字不差地照抄,细微的改动之处别具意味。如张瀚是杭州仁和人,嘉靖十四年(1535)进士,官至礼部尚书。《三台梦迹》在原有基础上注明姓名或字号,进一步丰富人物信息,试图通过实有其人来证明祈梦故事的真实性:

> 蒙宰张元洲未第时,祈梦于祠下。(《于少保萃忠传》)
> 张元洲,名翰。未第时,祈梦于祠下。(《三台梦迹》)

另如:

> 俞进士未第祈梦,梦八人皆峨冠盛服……(《于少保萃忠传》)
> 俞瞻白进士未第时,梦八人皆峨冠盛服……(《三台梦迹》)
> 郑长史为科举祈梦……(《于少保萃忠传》)
> 郑长史,号梅庵,为科举祈梦……(《三台梦迹》)

这些改动也体现了《三台梦迹》反复强调的祈梦灵验成真的观念,如"(于谦)暗想道:'鬼神感通,梦兆原来不爽如此。'""方才省悟梦兆之灵,一至于此。""诚心拜祷,其梦无不显应。"等等,亦是如此。

(四)于祠祈梦求题的苦衷与极端功利性。《三台梦迹》所附《于祠祈梦显应事迹》有十六则举子祈梦功名的故事,其中有四则是举子梦见于谦暗示八股文考题的故事。举子祈梦希望神灵保佑以获得安慰与鼓励,神谕昭示功名给举子带来希望与信心,这种心理作用或许有效,无可厚非。但举子在于祠祈梦居然直接得到考题,实际上是作弊之举,显然损害了科举考试的公平公正原则,尤其违背于谦生前的"正人"形象与清正刚直、坦荡磊落的品格,与小说开首、结尾一再强调的"正人之气","以此知西子湖灵秀之气中,有正气为之主宰,故为天下仰慕不已耳"自相矛盾。这种矛盾其实反映了举子极为功利、投机取巧的心态,背后具有深刻的历史文化动因。

1.八股取士制度下的文体选择。八股文又称时文、制义、制艺、四书文、八比文、帖括、经义等,是明清两朝科举制度所规定的一种考试文体。明清八股文考试的命题范围囿于"四书五经"。《清史稿·选举志》载:"有清科目取士,承明制用八股文,取《四子书》及《易》《书》《诗》《春秋》《礼记》五经命题,谓之制义。"①《四子书》即《大学》《中庸》《论语》和《孟子》,是八股文考试最重要的命题来源。在《三台梦迹》所附《于祠祈梦显应事迹》中,举子梦见的题目都是八股文考题。如吴举人梦见的八股文题目"十目所视,十手所指"出自《大学》,俞瞻白梦见的乡试题"唐虞之际……有妇人焉,九人而已"出自《论语·泰伯》,周、徐两位举子所遇考题"子贡方人"出自《论语·宪问》,陈儒士所遇考题"力不足者"来自《论语·雍也》。为何举子祈梦所得到的谕示都只涉及八股文呢?

---

① 赵尔巽等:《清史稿·选举志》,中华书局1976年版,第3148页。

其实明清科举考试的文体很多,除八股文以外,还有策论、判、诏、诰、表等①,但整个考试最关键的在于首场八股文,第二三场的其他文体则无足轻重。钱大昕(1728—1804)说明代中后期"乡会试虽分三场,实止一场。士子所诵习,主司所鉴别,不过四书文而已"②,考官过于偏重首场八股文。清代照旧,"名为三场并试,实则首场为重,首场又四书艺为重……然考官、士子重首场,轻三场,相沿积习难移"③。由于明清科举考试独重八股文,造成士子"生平精神十九耗于时文"④,以致小说家李渔慨叹:"余尽埋头八股,为干禄计。是当日之世界,帖括时文之世界也。"⑤所以,这些举子梦见的都是每天冥思苦想、勤学苦练的八股文题目。

2.举子倍受八股文折磨的畸形心理。八股文是一种极端形式主义的考试文体,正如章学诚所说:"时文体卑而法密。"⑥须恪守十分严密繁琐的功令格式。考生不仅在形式上不能逾矩,而且在主题思想上必须"代圣人立言"。这些无异于戴着镣铐

---

① 《明史·选举志》记载乡会试的考试内容说:"初场试四书义三道,经义四道……二场论一道,判五道,诏、诰、表、内科一道。三场经史时务策五道。"《清史稿·选举志》载:"首场试时文七篇,二场论、表各一篇,判五条,三场策五道。"

② 〔清〕钱大昕:《十驾斋养新录》卷十八"科场"条,《续修四库全书》第1151册,上海古籍出版社2002年版,第327页。

③ 赵尔巽等:《清史稿·选举志》,中华书局1976年版,第3152页。

④ 〔清〕朱仕琇:《梅崖居士文集》卷二二《又答雷副宪书》,乾隆四十七年家刻本。

⑤ 〔清〕李渔:《解歌词自序》,《李渔全集》第二卷,浙江古籍出版社1991年版,第377页。

⑥ 〔清〕章学诚:《论课蒙学文法》,仓修良编《文史通义新编》外篇一,上海古籍出版社1993年版,第300页。

跳舞。所谓"前明以制艺取士,立法最严。题解偶失,文法偶疏,辄置劣等,降为青衣社生。故为诸生者,无不沉溺于四书注解及先辈制艺,白首而不暇他务"①。杭州人袁枚(1716—1797)曾说:"今之科无甲乙,无目,其途甚隘。古进士多至八百人,今进士率三百人,其进甚难。"②本章第一节已经详细论述了明清时期杭州及江浙地区科举考试的残酷竞争。举子要想脱颖而出,需要从小全身心地投入八股文训练。长年苦练枯燥无味的八股文无疑是一种极其痛苦的煎熬,所谓"磨难天下才人,无如八股一道"③。明末俞琬纶曾哀叹道:"人生苦境多已,至我辈复为举业笼囷。屈曲己灵,揣摩人意,埋首积覆瓿之具,违心调嚼蜡之词,几度兰时,暗催梨色,亦可悲已。"④士子在这种极度压抑下形成了一种畸形心理:一方面猛烈抨击科场黑暗,渴求公平公正;一方面心存侥幸,投机取巧,为了金榜题名不择手段,唯功名是图,将清正刚直的于谦改造成科举神,甚至希望他践踏公平公正,向自己泄露考题。

(五)于谦的八股文成就与于祠祈梦的关系。于谦能取代文昌梓潼帝君成为杭州最为显赫的科举神,除了地域认同、历史人物的传奇性与强烈的道德感召等因素外,还与于谦的八股文成就大有关系。举子在于祠祈梦时,希望直接得到八股文考题,

---

① [清]彭蕴章:《归朴龛丛稿》卷十《又书何大复集后》,《续修四库全书》第1518册,上海古籍出版社2002年版,第656页。

② [清]袁枚:《小仓山房文集》卷十七《答袁蕙缵孝廉书》,王英志编纂校点《袁枚全集新编》第6册,浙江古籍出版社2015年版,第329页。

③ [清]伍涵芬:《读书乐趣》卷六,《四库全书存目丛书》子部第157册,齐鲁书社1995年版,第791页。

④ [明]俞琬纶:《与客》,周亮工辑《赖古堂名贤尺牍新钞》卷九,宣统三年国学扶轮社石印本。

也与此密切相关。于谦在永乐十九年（1421）进士及第，虽然仅存四篇八股文作品，但在八股文史上占有重要地位。清初著名八股文选家俞长城在《可仪堂一百二十名家制义》中，将于谦的八股文冠于明文之首，《于廷益稿》卷首题识云：

> 明自洪武乙丑，逮建文之末，其间刘、方、黄、解诸君子，皆有传文，然率不多觏，非独风气之朴，亦由靖难兵起，散佚者多也。永乐十九年，忠肃始成进士，其文略盛。今录所传止四首，或论相，或谈兵，或诛佞讨罪，每篇当古文一则。文如此，亦无羡于过多矣。忠肃古文，列之《三异人集》，时文独成家，受冤虽惨，即此亦可瞑目。至其文，英风劲节，跃露楮间，杀机已见，亦不必怨群小也。夫文山有忠肃之志而功不克成，忠肃有文山之功而志不见谅，皆千古遗恨；然而，立德立言，允文允武，旷世合辙，余故以文山殿宋，以忠肃冠明，比而录之，谅九原亦为称快尔。①

俞长城将文天祥视为宋文的终结，将于谦奉为明代八股文的开创者。其四篇作品的文体结构比较成熟，尤其是《不待三然则子之失伍也亦多矣》的破题、承题、起讲、原题、提比、中比、后比、束比、大结等基本要素都已具备，且代圣贤立言，颇入口气，可见该文已是一篇格式标准的八股文。另如《其心休休焉　十句》，于谦以《中庸》所引《尚书·秦誓》之语来讨论宰相任用与职责问题，认为朝廷任命宰相当以虚怀若谷、乐于荐才者为上，俞长城评曰："一篇虚摹文字，而逐句俱有肋力，议论确、风骨峻、结构严、气象大，此文可与先生

---

① ［清］俞长城：《可仪堂一百二十名家制义·于廷益稿》卷首题识，乾隆三年文盛堂与怀德堂合印本。

之功并传千古矣。"俞长城赞扬于谦的八股文在艺术和立意上成就很高,"英风劲节","每篇当古文一则"。清代方苞(1668—1749)在《钦定四书文·凡例》中说:"明人制义体凡屡变,自洪、永至化、治百余年中,皆恪遵传注,体会语气,谨守绳墨,尺寸不逾。至正、嘉,作者始能以古文为时文,融液经史,使题之义蕴隐显曲畅,为明文之极盛。"①有识之士认为古文在一定程度上能救时文之弊。"以古文为时文"是明清非常重要的八股文创作现象和创作理论,被认为是八股文写作的一种较高境界。方苞认为到了正德、嘉靖年间,由于唐顺之、归有光、茅坤等人的倡导和实践,古文的写作理念、手法才被引入八股文中,"始能以古文为时文"。但俞长城认为于谦的八股文已有古文之象,这是更早地对八股文与古文关系的范例分析。而且,俞长城对于谦八股文的历史地位做了极高的定位与评价,认为"以忠肃冠明","时文独成家"。相同的评价还有王汝骧,其称赞于谦"于制义之体,可谓初之初者矣。其气之奇、才之横、法之密至于此,可见此道开宗嫡传,如是如是",王步青也称于谦的八股文"体大思精,光焰万丈,以此制义开宗,岂在班马欧韩之下?"②他们都认为于谦在八股文史上具有里程碑式的开创意义。于谦的八股文成就高超,入选明清时期多种八股文选本,是考生模仿的圭臬,举子们自然熟稔,于是期望这位制义名家能够进

---

① 〔清〕方苞:《钦定四书文·凡例》,《文渊阁四库全书》1451册,上海古籍出版社1987年版,第3页。
② 〔清〕佚名:《明文钞》三编《化治文》,乾隆五十一年刊本。

一步指点作文秘诀。在八股文拟题风气非常浓厚的明清时期①,举子们的功利心越发浓厚,甚至梦想于谦能够直接告知考题。因此,于祠祈梦故事中出现了不少得到八股文题目的例子。

第三节　西子湖畔的科举景象

明末清初西湖小说作者醉心科举、奋战场屋,但他们绝大部分屡试不第、功名蹭蹬,于是借小说创作来宣泄内心的怨愤,通过补偿心理来寄托自己的梦想,正如烟水散人《女才子书叙》所说:"回念当时,激昂青云,一种迈往之志,恍在春风一梦中耳。"②那么在明末清初西湖小说中,如诗如画的西湖寄寓了怎样的春风幻梦?潋滟水光倒映出怎样的科举景象?本节作浮光掠影,撷取两段剪影予以展示。

一、状元情结与"状元谱"

状元是中国古代科举进士科殿试所取一甲第一名的俗称,还有榜元、榜首、状头、殿元等多种称呼。武科殿试第一称为武

---

① 拟题就是应试举子揣度考试作文的题目,也就是猜题。袁枚《随园随笔·拟题之讹》云:"今举子于场前揣摹主司所命题而预作之,号曰'拟题'。"顾炎武《日知录·拟题》云:"今日科场之病莫甚乎拟题。且以经文言之,初场试所习本经义四道,而本经之中,场屋可出之题不过数十。富家巨族延请名士馆于家塾,将此数十题各撰一篇,计篇酬价,令其子弟及僮奴之俊慧者记诵熟习。入场命题,十符八九,即以所记之文抄誊上卷,较之风檐结构,难易迥殊……"(《日知录集释》卷十六《拟题》,上海古籍出版社1985年版,第1258—1259页。)

② [清]烟水散人:《女才子书·叙》,上海古籍出版社"古本小说集成"本,第1—2页。

状元,本文所论状元除特别指出外,均指文状元。作为科举考试金字塔尖的明珠,状元历来备受瞩目,在民间文化与通俗文学中影响甚巨。在明清时期的江浙地区,状元辈出。明代共产生了89位状元,其中浙江人有20位,高居各省榜首,所占比例高达22.5%。其中杭州人2位,即成化二十年(1484)状元李旻与嘉靖十七年(1538)状元茅瓒,都为西湖畔的钱塘人。而整个明代,山东状元3位,河南、陕西、河北、湖北各2位,顺天、四川、湖南各1位①,云南与贵州则没有出过状元。清代共有114位状元,浙江状元有21位,仅次于江苏。其中杭州就有状元5位②,而直隶、江西、福建、广东、湖北各3位,湖南、贵州各2位,顺天、河南、陕西、四川等各1位。可见,杭州及浙江盛产状元,优势非常突出。

　　笔者曾对明清通俗小说塑造状元形象的手法做了专门考察,认为其有两大手法:一是逆反,浓厚的状元情结造成通俗小说中的状元魁龄少年化、成就超人化、境遇悲惨化、爱情婚姻理想化四类与历史事实大相径庭的反差现象。二是顺应,明清状元的客观史实则从容貌、姓名、家世、书法与仕途等方面直接影响了通俗小说状元形象的塑造。明清通俗小说中的状元形象在逆反与顺应两个维度,即主观情感与客观史实两方面受到社会历史的深刻影响,看似矛盾的两个方面却能并行不悖,共同塑造了明清小说中光彩夺目的群体形象③。而明末清初西湖小说中

---

①　为了便于比较,此处按照今天省级行政区的大致范围,将北直隶、湖广等直省分开统计。
②　余起声:《浙江省教育志》,浙江大学出版社2004年版,第1089—1091页。
③　胡海义:《逆反与顺应:明清通俗小说中的科举状元书写》,《明清小说研究》2012年第3期。

的状元情结与塑造手法又有一些独特的表现,集中为一批状元树碑立传,谱写状元传奇。

(一)青睐与西湖有关的状元,具有强烈的西湖情结与地域意识。明末清初西湖小说中的状元大多与西湖结下不解之缘。《鸳鸯配》第九回《绿林寨中逢故友　龙虎榜上两同登》开篇宣扬"羡尔春风得意时,今朝看花马蹄疾",南宋士子申起龙赴试临安,高中状元,荀绮若也夺得探花。金榜题名之后,小说马上叙道:"一日,二生泛舟湖上,置酒方饮。申生微叹一声,忽然下泪。荀生愕在惊讶道:'年兄忝中状元,不日锦衣荣归故里,正在极欢之际,为何悲惨异常?'"①申状元解释说是因为当年在西湖崔公园里读书,与玉英小姐有鸳鸯之盟,而今音信杳无,极为思念,不禁落泪。回溯到第一回《开贤馆二俊下帷　小戏谑一言成隙》中,崔公在西湖畔置有别墅,"一年倒有八个月住在湖上"。崔公与申、荀二生相识后,留他们在此读书,"二生因以园傍西湖,欣然应允"。崔公不仅在西湖畔为他们提供了优越的读书条件,还在精神上鼓励二生道:"二位贤侄有了这大才,真是干将莫邪,所向无敌。更望着意用功,以图高捷,不可因家事凋零,挫了迈往之志。"②于是,二生在湖畔潜心苦读,正式踏上了冲击状元的征程。西湖繁华,妆扮了状元的锦绣前程,为他们的传奇人生提供了最为重要的故事场景。

《西湖二集》第十八卷《商文毅决胜擒满四》可谓一部"状元谱",叙及王曾、冯京、宋庠三名宋代状元,商辂、黄观、李旻、王

---

①　[清]烟水散人:《鸳鸯配》,上海古籍出版社"古本小说集成"本,第127页。

②　[清]烟水散人:《鸳鸯配》,上海古籍出版社"古本小说集成"本,第8页。

华、彭时五名明代状元,巨星荟萃,光彩夺目。其中李旻是杭州钱塘人,生长在西子湖畔。主人公商辂则是浙江淳安人,曾在科举考试中夺得"三元",即解元、会元与状元的至高功名。《明史·商辂传》《光绪淳安志》《西湖志》等史志并没有记载他与西湖有何关系,但《商文毅决胜擒满四》叙其在"夺门之变"后遭石亨的陷害,被削职为民,归隐西湖:

> 正统爷方才解了怒气,止削商辂官爵,原籍为民。商辂免得作无头之鬼,归来道:"今日之余生,皆天之所赐也,怎敢干涉世事?"因此纵游于西湖两山之间,终日杯酒赋诗,逍遥畅适。后来正统爷在宫中每每道:"商辂是朕所取三元,可惜置之闲地。"屡欲起用,怎当得左右排挤之人甚多,竟不起复,在林下十年。①

西湖接纳了这位被冤屈的忠良贤达,以秀丽的湖光山色慰藉商辂的失意困顿,让他在达观怡乐中等待东山再起,后来又回京入阁任首辅。别有意味的是小说叙及商辂归隐西湖时,又马上讲述英宗经常挂念自己所取的这位"三元"。如此渲染商辂归隐西湖显然缺乏史实依据,查阅《明史》《商文毅公集》《四友斋丛说》《复斋日记》《明良记》《列朝盛事》等并无此事,显然是西湖小说出于浓厚的状元情结而敷演虚构的。但英宗挂念商辂则是有本所依,《明史·商辂传》载:"帝意渐释,乃斥为民。然帝每独念:'辂,朕所取士,尝与姚夔侍东宫。'不忍弃之。以忌者,竟不复用。"②正史仅载"辂,朕所取士"之言,而小说特意突出"三

---

① ［明］周清原:《西湖二集》,周楞伽整理,人民文学出版社1999年版,第301页。

② ［清］张廷玉等:《明史》卷一百九十二《商辂传》,中华书局1974年版,第4688页。

元"字眼,变成了"商辂是朕所取三元"。其实,殿试状元固然是皇帝钦点,但会元和解元则是由考官们录取的,并非皇帝的职责。《西湖二集》做如此改动与敷演,突出了"三元"商辂的特殊尊荣,显示出小说家非常浓厚的状元情结。

不仅如此,《西湖二集》还进一步彰显"三元"商辂的科举史地位,颂扬他在科举史上具有里程碑式的意义:"国初科甲之盛,无过于江西,所以当初有个口号道:'翰林多吉水,朝内半江西。'自商辂中三元之后,浙江科名遂盛于天下,江西也便不及。此是浙江山川气运使然,非通小可之事。"①小说认为从商辂中"三元"开始,科举中式者(主要是进士)的地理分布格局发生了重大变化,科举中心由江西移至浙江。小说作者周清原作为杭州人,自豪之情溢于言表。但他的这一论断并不确切。明代中前期的科举中心其实还在江西。从洪武四年开科取士到天顺元年丁丑科,江西的进士数量多达 981 人,为全国第一,遥遥领先于其他地区②。从建文至成化朝的 38 个宰辅中,江西籍的有 12 人,其中属吉安府的 10 人,故有"翰林多吉水,朝士半江西"之说。商辂是在宣德十年(1435)中乡试解元,正统十年(1445)中会试会元,继而中殿试状元。江西的科举地位被江浙取代的时间并不在商辂中"三元"的宣德至正统时期。据《明实录》记载,即使到了景泰七年(1456),大学士陈循奏称:"江西及浙江、福建等处,自昔四民之中,其为士者有人,而臣江西颇多,江西各府

---

① [明]周清原:《西湖二集》,周楞伽整理,人民文学出版社 1999 年版,第 296 页。

② 吴宣德:《中国教育制度通史·明代》第七章《明代的科举制度》第二节《明代进士的地理分布》,山东教育出版社 2000 年版,第 493—495 页。

而臣吉安府又独盛。"①可见此时江西的科举依旧繁荣,与浙江等地相比尚有优势。据笔者统计,明代历科浙江籍进士累积数量首次超过江西籍的时间是在嘉靖二年癸未科(1523),距离商辂进士及第已有78年之久。周清原博学多才,《西湖二集》中的说法并非孤陋寡闻与盲目自大,而是强烈的西湖情结与地域意识使然。

(二)状元情结与于谦崇拜。于谦并非状元,他只是永乐十九年(1421)辛丑科三甲第九十二名进士,排名非常靠后。但作为西湖小说着力标榜"禀西湖之正气而生"的正人,再加上后世流行举子于祠祈梦的科举习俗,明末清初西湖小说不惜虚构人物关系,让于谦与状元结下了不解之缘。这主要表现在两个方面:

1. 于谦与状元李旻的爷孙关系问题。《西湖二集》第十八卷《商文毅决胜擒满四》在夸耀浙江科举超过江西而称雄天下之后,讲了浙江两个争状元的举子都中了状元的故事。当事人之一就是杭州钱塘人李旻(1445-1509),字子阳,号东崖,成化二十年(1484)甲辰科状元。小说叙说他的身世道:"话说杭州钱塘县一人,姓李名旻,字子阳,号东崖,他原不是李家的子孙,他是于忠肃公之孙,于冕之子。于冕侍妾怀孕,正当忠肃公受难之时,举家惊惶逃窜,于冕侍妾怀孕出逃,后来遂嫁于李家,生出李旻。"②小说称状元李旻为于谦之孙、于冕之子。但据《明史·于谦传》所附《于冕传》明确记载,于谦的独子于冕"无子,以族

① [明]胡广等:《明实录·英宗实录》卷二六八,台湾"中研院"历史语言研究所1962年版,第5890页。
② [明]周清原:《西湖二集》,周楞伽整理,人民文学出版社1999年版,第296页。

子允忠为后,世袭杭州卫副千户,奉祠"①。查《明实录》《弇山堂别集》《双槐岁钞》《明良记》《玉芝堂谈荟》《明史考证》等有关于谦、于冕与李旻的记载,都无于谦与李旻有血缘关系的记载。而且,于谦被杀于景泰八年(1457)正月,于冕的侍妾怀孕出逃,孩子当出生于稍后。但李旻生于英宗正统十年(1445),相差十余年,因此李旻不可能是于谦之孙、于冕之子。显然,这是《西湖二集》受状元情结和于谦崇拜的影响而敷演虚构的。

《西湖二集》把忠肃公于谦与状元李旻拉配成祖孙关系,一是因为他们都是钱塘人,有乡谊乡情,便于敷演故事;二是为尊者讳,忠肃公于谦无后,实在遗憾,小说于是虚构出他有一个流落民间、高中状元的孙子,后继有人,为英雄扬眉吐气;三是于谦作为科举进士,功名显赫,好以梦示人,神助广大举子金榜题名,所谓"近水楼台先得月",于家也应该是满门科第的簪缨世家,这才符合进士辈出、科举家族众多的江南地区的特色。如杭州人江澜为成化十四年(1478)进士,其父江玭,子江晓、江晖,孙江圻,曾孙江铎均为进士出身,一门五世进士。但于谦的家族黯然失色,其子于冕并非科举正途出身,而是因门荫被授副千户,在科举功名上似有虎父犬子之憾。科举社会极重正途出身,五代时期的王定保《唐摭言》云:"缙绅虽位极人臣,不由进士者,终不为美。"②明清时期更是如此,"无论文武,总以科甲为重,谓之正途;否则胸藏韬略,学贯天人,皆目为异路"③,科举成为士

---

① [清]张廷玉等:《明史》卷一百七十《于谦传》所附《于冕传》,中华书局1974年版,第4551页。
② [五代]王定保:《唐摭言》卷一"散序进士",中华书局1959年版,第4页。
③ [清]李东沅:《论考试》,葛士浚编《皇朝经世文续编》卷一百二十,光绪辛丑年上海久敬斋铸印本。

子唯一的入仕正途,其他都被视为"异路"与旁门左道。于是,西湖小说不惜牵强附会,为科举神于谦找了个状元孙子,浓厚的状元情结与于谦崇拜在此出现了奇妙的结合。

2.于谦与"三元"商辂的战友关系问题。《西湖二集》第十八卷《商文毅决胜擒满四》在叙说商辂"为朝廷柱石,千载增光"的辉煌功绩时,也不忘拉于谦来站台予以证明:

> 不期己巳年,正统爷幼冲之年,误听王振之言,御驾亲征鞑虏也先,失陷于土木地方。败报到来,满朝文武惊惶失措。幸得兵部尚书于谦力主群议,请景泰爷监国,以安反侧,商辂竭力辅佐于谦,共成此议。有个不知利害的徐珵,创为南迁之计。商辂与于谦并内臣全英、兴安共为唾斥,方才人心宁定。商辂因于谦在山西、河南做了十九年巡抚,熟于兵机将略,凡事有老成见识,故事事听他说话,遂协同于谦文武等臣,经略战守……商辂遂于奏疏上增二语道:"陛下为宣宗章皇帝之子,当立宣宗皇帝之孙。"正要明日奏进,不意石亨、徐有贞一干人,斫进南城,迎接正统爷复登宝位,遂将兵部尚书于谦诬致死地,深可痛惜。①

小说所叙商辂在"土木之变"后与于谦密切配合守卫北京,还有上书请立英宗之子为太子以避免政变,并希望以此帮助于谦免除杀身之祸,这些既不见于史载,也不见于《于少保萃忠全传》《于少保萃忠传》与《西湖佳话·三台梦迹》等小说。《明史·商

---

① [明]周清原:《西湖二集》,周楞伽整理,人民文学出版社1999年版,第300—301页。

辂传》仅载:"徐珵倡南迁议,辂力沮之。"①而《西湖二集》在叙说状元功业时,为商辂和于谦虚构了如此密切的交集与战友关系,同样是出于状元情结与于谦崇拜的结合。

(三)彰显状元的高尚品德。明清科举考试"一切以程文为去留",已无汉代察举与魏晋品评对人物的道德考量。明清殿试主要考策论,在此前的各级考试主要考试八股文。钦点状元可能会有相貌、姓名等非考试因素的干扰②,但并非评选道德模范。因此,明清状元既有黄观、商辂、谢迁、于敏中、王杰等品德高尚者,也有周延儒、韩敬、魏藻德等节操卑劣者。但明末清初西湖小说对状元的道德操守要求极高,状元形象普遍是道德楷模。其具体表现为:

1.多情重义,不畏强权。宋元时期有一类负心题材小说戏曲,状元形象大多是薄情寡义、追求权势的负心汉,如《王魁负心》《张协状元》等。明末清初西湖小说就以他们作为反面教材来告诫世人。如《西湖二集》第十一卷《寄梅花鬼闹西阁》中,朱廷之希望舅舅以王魁中状元后负了桂英,导致她自缢而死并化为冤魂来日夜纠缠,王魁最后也被索命的故事来劝说妻子接纳马琼琼,说服力强,效果不错。到了明清时期,这些负心状元被改造成了多情重义之人,赋予了状元新的人格内涵。尤其是在明末清初西湖小说当中,状元焕发出强大的人格魅力。他们在及第后没有喜新厌旧,而是惦记着与恋人重逢成婚。如《鸳鸯配》第九回中,申起龙高中状元后与探花荀绮若在西湖泛舟,欢

---

① [清]张廷玉等:《明史》卷一百七十六《商辂传》,中华书局1974年版,第4687页。
② 胡海义:《逆反与顺应:明清通俗小说中的科举状元书写》,《明清小说研究》2012年第3期。

欣时刻却凄然泪下,荀生惊问其故,申状元解释说:

> 小弟有一腔心事,自来未曾与仁兄细话。只因曩岁假馆在崔公园里,崔公有女名唤玉英,曾把玉鸳鸯一枚,与小弟订成佳俪。不料崔公战败襄阳,存亡未卜。夫人与小姐避难,远审他乡,信息全无。今日玉鸳鸯虽存,斯人何处?每一念及,不觉五内如剪。①

高居金榜的荣耀掩不住对恋人的深切思念和担忧,可见申起龙是一位多情重义的状元。《西湖二集》第十八卷《商文毅决胜擒满四》塑造了一批坚守道义、不畏强权的状元形象。如开篇称赞三位宋代状元王曾、冯京、宋庠都是"忠孝廉节,光明正大,建功立业,道高德重,学问渊博,真正不愧科名之人"②。随后歌颂洪武二十四年辛未科状元许观"是个赤胆忠心之人",他在明成祖的血腥屠杀面前毫不畏惧,一家十余口尽忠尽节。小说赞其"经天日月姓名垂""赢得声名到处香"。至于主人公商辂更是如此,面对于谦等人被杀的血腥恐怖,商辂严词拒绝石亨擅改赦文之制,也差点被处死。小说称其"是个铁铮铮不怕死的好汉……道德闻望,一时并着,岂不是一代伟人!"最后又以史官之诗作为论赞结尾:"大节纯忠是许观,三元端不负三元。三元更有商文毅,一代芳名万古刊。"③歌颂了这些状元的崇高品质。

2. 洁身自好、坐怀不乱。明末清初西湖小说善于撷取一些

---

① [清]烟水散人:《鸳鸯配》,上海古籍出版社"古本小说集成"本,第127—128页。

② [明]周清原:《西湖二集》,周楞伽整理,人民文学出版社1999年版,第294页。

③ [明]周清原:《西湖二集》,周楞伽整理,人民文学出版社1999年版,第311页。

生活小事与言行细节,来表现状元及其家人的美好品德,最终善人好报,本人或儿孙高中状元。尽管小说宣扬了"阴德昭昭报不差,三元儿子实堪夸"的因果报应思想,但他们洁身自好、正直善良的品质是值得称颂的。如《欢喜冤家》续第六回《王有道疑心弃妻子》中,王华拒绝富翁美妾的色诱,表现出超常的自制能力与慎独功夫,由此获得皇帝的赞赏而高中状元。《西湖二集》第十八卷《商文毅决胜擒满四》中,商提控"一味广积阴德,力行善事",妻子也是个善良忠厚、甘守清贫之人。商提控曾经义救被仇家诬陷的吉二,他感恩不尽却无力回报,让漂亮的妻子孙氏献身报答,但被商提控谢绝。于是上天决定赐其贵子,就是"三元"商辂。与之相对的是反面事例,如《拍案惊奇》第二十卷《李克让竟达空函 刘元普双生贵子》中,萧秀才因替人写休书冤死妇人,而被减去爵禄,痛失状元。这些故事从正反两面反映了社会对状元的品德要求。

明末清初西湖小说精心塑造作为道德楷模的状元形象,可谓用心良苦。如历史上的状元李旻以自负、狂狷著称,《明良记》载其赴国子监读书,在第一次拜见祭酒丘浚时,高调宣称自己的"浙江解元"头衔。丘浚感到不快,命其以"解元"来作八股文破题。李旻脱口而出:"以一省之名魁,谒天下之宗主。"才思敏捷而意满志得。丘浚评价道:"不然,虚誉虽隆,而实德则病者,浙江解元李旻然也。"①儒家注重温良恭谨让等道德修养,李旻的自负让理学家丘浚大为不满,认为那是他的品德缺陷。《西湖二集》第十八卷《商文毅决胜擒满四》也叙说李旻常常宣称必中"三元",一次看见五色鸟栖于钱塘县学明伦堂的梁上,

① [明]杨仪:《明良记》,中华书局1985年版,第5页。

遂赋诗自诩:"羡尔能知鸿鹄志,催人同上凤凰池。解元魁选皆常事,更向天衢作羽仪。"但小说塑造李旻形象时并未停留于此,而是着力赞其任祭酒时能振起师模,不负所学,恪尽职守,清正廉明,"住在吴山下,环堵萧然,死之日,家无余财,是有德有品之人"①。作者还特别强调了塑造这批状元形象的良苦用心:"可见人定胜天,有志竟成,富贵功名可以力取,何况其余小事。在下做这一回小说,把来与有志人做个榜样。"②夫子自道,其心可鉴。

二、宋代与明清科举的剪接组合

本书第一章已经详析明末清初西湖小说具有浓厚的梦华怀旧情结,好言南宋时期的帝都荣光。但它们成书于明末清初,题材内容因此不可避免地掺杂了宋代与明清不同时期的历史景象。这在科举题材中尤为明显,但不能因此指责小说家不懂历史常识。冯梦龙、凌濛初和李渔等人不仅是小说家,而且是著名学者,熟悉宋明科举的制度与掌故。而明末清初西湖小说出现宋代与明清科举的剪接组合现象,则是小说作者强烈的地域意识与时代因素使然。以下试举几例:

1. 宋代科举多途与明清集《四书》成句活动。《西湖二集》第三卷《巧书生金銮失对》讲述了甄龙友在南宋隆兴年间参加科举考试的故事。隆兴是南宋孝宗的年号之一,历时两年,即公元 1163—1164 年。小说讲述:"还有科举之外,另行拔擢,或是

① ［明］周清原:《西湖二集》,周楞伽整理,人民文学出版社 1999 年版,第 297 页。

② ［明］周清原:《西湖二集》,周楞伽整理,人民文学出版社 1999 年版,第 296 页。

德行孝廉,或是诗词歌赋,或是应对得好,或是荐举,或是一材一艺之长,不拘一格。加官进爵,功名之路宽广,因此人人指望"①,确实也是宋代的情况。据《宋史·选举志》记载,宋代科目十分丰富,定期举行的常科考试主要有进士、九经、五经、开元礼、三史、三礼、三传、学究、明法、说书等科。临时设置以录取特殊人才的制科也很发达,著名者有博学鸿词、"景德六科""天圣十科""天圣九科"等等,而且待遇超过常科。此外,宋代还设有恩科、荫补、童子科、八行取士、十科取士等入仕之途②。这些科目或居于常科中的特例,或介于常科与特科之间,不拘一格,形式多样,构成了一个选拔不同类型人才的庞大系统,给士子提供了多种选择,即小说所称"功名之路宽广"。但到了明清时期,宋代的多科考试变为进士一科,制科也极少举行。

《西湖二集》第三卷《巧书生金銮失对》又讲述了甄龙友在西湖上集《四书》成句来题词的故事,"甄龙友来到此寺,一进山门,看见四大金刚立于门首,提起笔来集《四书》数句,写于壁上道:'立不中门,行不履阈,俨然人望而畏之,斯亦不足畏也已。'"③这是不可能出现在南宋隆兴年间的。《四书》即《论语》《孟子》两部书和《大学》《中庸》两篇文章合辑在一起的统称,是南宋大儒朱熹于光宗绍熙元年(1190)在福建漳州汇集刊刻而成的。因此,甄龙友在隆兴年间(1163—1164)不可能有"集《四书》数句"的观念。另如《拂云楼》第一回《洗脂粉娇女增娇

---

① [明]周清原:《西湖二集》,周楞伽整理,人民文学出版社 1999 年版,第 51 页。此处的"科举"是指常科,后面所列属于制科。

② [元]脱脱等:《宋史·选举志》,中华书局 1977 年版,第 3620 页。

③ [明]周清原:《西湖二集》,周楞伽整理,人民文学出版社 1999 年版,第 48 页。

弄娉婷丑妻出丑》讲述的是宋朝元祐年间的故事,元祐是宋哲宗赵煦的第一个年号,从公元 1086 年至 1094 年。而小说叙及裴七郎和几个文人在西湖品题佳丽时,"大家叹息几声,各念《四书》一句道:'才难,不其然乎!'"①北宋元祐年间就更加不可能出现集《四书》成句的活动了。

文人喜好集《四书》成句的活动流行于明清时期。明清实行八股取士,八股文题目主要出自《四书》。但《四书》文字有限,经过多年多次命题,文题重复在所难免。为了避免考生轻易拟题与死记范文剿袭,考官不断变换命题方式,刻意割裂、组合经文,以避免与往次考试撞题。如此一来,考场上出现了大量语意不全、题意难明的怪题和偏题,如截上题、截下题、截上下题、承上题、冒下题、单句截下题等等。这类题目被统称为小题,与多用于乡会试的单句题、一节题、数节题、全章题、连章题、扇题等大题区别开来。清代戴名世感叹道:"制义之有大题小题也,自明之盛时已有之,而小题犹号为难工。"②最莫名其妙者是小题中的截搭题,即割裂截取《四书》中的词句,再重新组合搭配成题,其中又分长搭、短搭、有情搭、无情搭等多种,可谓五花八门、光怪陆离。面对这些怪题、偏题,考生必须首先记准它们的精确出处,否则无法破题,作文无从下手,或者破题不准,造成立意偏题。于是,举子常常集《四书》成句来属对,以加深记忆,应对八股文小题考试。这类活动在明清科举题材小说比较常见,如《萤窗清玩》第一卷《连理枝》中,多位科举出身的官员与李公

<hr>

① 〔清〕李渔:《十二楼》,杜维沫校点,人民文学出版社 1986 年版,第 128 页。
② 〔清〕戴名世:《戴名世集》卷四《甲戌房书序》,王树民编校,中华书局 1986 年版,第 88 页。

子集《四书》词句属对，以彰显李公子的八股文禀赋①。所以，上述《西湖二集》《拂云楼》中的科目设置和《四书》集句活动是剪接组合宋代与明清科举现象的结果。

2. 宋代科举考试、四川类省试与元明两朝的乡试。《警世通言》第六卷《俞仲举题诗遇上皇》取材于《武林旧事》卷三《西湖游幸》所载南宋俞国宝题词遇太上皇赵构的故事。但在冯梦龙笔下新增了许多科举考试内容，同样剪接了宋代与明清时期的科举状况。小说叙道：

> 如今再说南宋朝一个贫士，也是成都府人，在濯锦江居住。亦因词篇遭际，衣锦还乡。此人姓俞名良，字仲举，年登二十五岁，幼丧父母，娶妻张氏。这秀才日夜勤攻诗史，满腹文章。时当春榜动，选场开，广招天下人才，赴临安应举……不则一日，行至中途，偶染一疾，忙寻客店安下，心中烦恼。不想病了半月，身边钱物使尽。只得将驴儿卖了做盘缠。又怕误了科场日期，只得买双草鞋穿了，自背书囊而行。不数日，脚都打破了，鲜血淋漓，于路苦楚。心中想道："几时得到杭州？"看着那双脚，作一词以述怀抱，名【瑞鹤仙】：

> 春闱期近也，望帝京迢递，犹在天际。懊恨这双脚底，不惯行程，如今怎免得拖泥带水。痛难禁，芒鞋五耳倦行时，着意温存，笑语甜言安慰。争气扶持我去，选得官来，那时赏你穿对朝靴，安排在轿儿里，抬来抬去，饱餐羊肉滋味，

---

① ［明］佚名：《萤窗清玩》第一卷《连理枝》，上海古籍出版社"古本小说集成"本，第10页。

重教细腻。更寻对小小脚儿,夜间伴你。①

俞仲举在应试前"勤攻诗史",据《宋史·选举志》载:"凡进士,试诗、赋、论各一首……"②这确实是宋代的情况。《明史·选举志二》记载乡会试的考试内容说:"初场试四书义三道,经义四道。……二场试论一道,判五道,诏、诰、表、内科一道。三场试经史时务策五道。"③到了明代已经不考诗歌,举子不会在考前苦练诗歌。

该篇小说讲述俞仲举千里迢迢从成都赶往杭州参加春闱省试,并不符合南宋时期的情况。宋代科举考试分为州府(国子监)主持的发解试、礼部主持的省试和皇帝主持的殿试三级。"靖康之变"后,南宋皇室在金兵的追击下东逃西窜,颠沛流离,驻跸之地漂泊不定。建炎元年(1127),高宗为了维系士心,表明自己的正统地位,在扬州勉强立足以后,遂于当年十二月初一下诏开科取士:"缘巡幸非久居,盗贼未息灭,道路梗阻,士人赴试非便,可将省试合取分数下诸路,令提刑司差官转运司所在州类试。"④省试本应在京城由礼部组织,但在兵荒马乱的特殊时期,只得由各路在当地组织开考,这就是南宋的类省试。由于各地缺乏监督,类省试弊端丛生,徇私舞弊现象严重。在抗金形势好转后,"盗贼屏息,道路已通",作为战时特殊政策和权宜之计的类省试在绍兴三年(1133)被取消。但考虑到"川陕道远,恐

---

① [明]冯梦龙:《警世通言》,顾学颉校注,人民文学出版社1956年版,第66—68页。

② [元]脱脱等:《宋史·选举志一》,中华书局1977年版,第3604页。

③ [清]张廷玉等:《明史·选举志二》,中华书局1974年版,第1694页。

④ [清]徐松:《宋会要辑稿·选举》四之一七至一八,中华书局1957年版,第4299页。

举人不能如期",类省试在这两地保留了下来①。绍兴二十七年
(1157),有人针对四川类省试的弊端再次建议废除,但兵部侍
郎兼国子监祭酒杨椿认为:"蜀士多贫,而使之经三峡,冒重湖,
狼狈万里,可乎?欲去此弊,一监试得人足矣。"②于是请求选派
清正廉明、干练得力的官员担任监试之职。川陕地区的类省试
从此成为一项制度。为了拉拢人心,类省试在诸多方面优待川
陕举子。首先,取士比例优于礼部省试,在录取解额上照顾川陕
地区。孝宗隆兴元年(1163),考虑到参加礼部省试的举子逐年
增多,"率一十七人取一名,自后遂为定例。惟四川类试仍
旧"③,即四川类省试录取继续维持十四人取一名,予以优待。
其次,在名位和授官上优于常规。对于不能参加临安殿试的四
川举子,绍兴五年(1135)十一月下诏:"过省第一人,特赐进士
及第,与依行在殿试第三人恩例,余并赐同进士出身。"④四川类
省试的第一名等同于殿试第三名,其余被录取者赐同进士出身,
这些优待尽管后来受秦桧的干预有所降低,但四川举子还是大
受其利。再次,在考试时间的安排上照顾四川举子。为了使路
途遥远的四川举子早日参加类省试,所取奏名进士能赶上殿试,
朝廷将发解试的时间提早到三月,川陕类省试则提前到殿试前
一年的八月。高宗朝以后,为等候路途遥远的川陕类省试所取

---

① [宋]李心传:《建炎以来系年要录》卷七十七,中华书局1988年版,第1263
   页。
② [宋]李心传:《建炎以来系年要录》卷一百七十七,中华书局1988年版,第
   2918页。
③ [清]徐松:《宋会要辑稿·选举》五之五,中华书局1957年版,第4315页。
④ [清]徐松:《宋会要辑稿·选举》二之一六,中华书局1957年版,第4253
   页。

举子,殿试时间常常大幅推迟①。

综上所述,《警世通言》第六卷《俞仲举题诗遇上皇》中,俞仲举在孝宗初期参加春闱省试,根本不需要长途跋涉远赴杭州,只需在成都府参加类省试即可,当然也不会经历那么多的沿途艰险。至于该小说又道:"是日孝宗御驾,亲往德寿宫朝见上皇,谢其贤人之赐。上皇又对孝宗说过:传旨遍行天下,下次秀才应举,须要乡试得中,然后赴京殿试。今时乡试之例,皆因此起,流传至今,永远为例矣。"②所谓乡试并非起于南宋孝宗时期,据《元史》卷八十一《选举志一》和《明史》卷七十《选举志二》,乡试始于元代,到了明初才步入制度正轨。作者冯梦龙博学多才、著述等身,曾多次参加乡试,应该知晓此类常识。因此,这也是剪接组合宋代与明清科举现象的结果。

3.宋代纳上舍与明清考童生。《西湖二集》第四卷《愚郡守玉殿生春》讲述了南宋孝宗淳熙年间,生性愚钝的赵雄因敬惜字纸而连获高第,最后官至宰相的故事。小说讲述赵雄科举及第后,家乡民众的反应:

> 资州合城人民无不以为奇。自此之后,人人磨拳,个个擦掌,不要说那识字的抱了这本《百家姓》看作诗赋,袖了这本《千字文》只当万言策,就是那三家村里一字不识的小孩童、痴老狗、扒柴的、牧牛的、担粪的,锄田的,没一个不起个功名之念,都思量去考童生,做秀才,纳上舍,做举子,中

---

① 何忠礼:《论南宋高宗朝的科举制度》,《探索与争鸣》2007年第5期。
② [明]冯梦龙:《警世通言》,顾学颉校注,人民文学出版社1956年版,第77—78页。

> 进士,戴纱帽,穿朝靴,害得那资州人都像害了失心风的
> 一般。①

历数从"考童生"到"中进士",小说想要展示宋代科举考试逐级
向上的流程。但宋代科举并无"考童生"之说。童生是明清科
举考试才有的一个概念。《明史·选举志一》云:"士子未入学
者,通谓之童生。"②明清时期,凡是参与科举的读书人在没有通
过考试取得生员(秀才)资格以前,不论老少均称童生。但童生
也不完全等同于未考上秀才的学子。只有通过了县试、府试两
场考核的学子才能称作童生。成为童生才有资格参加院试,通
过院试者才能成为秀才。宋代并无这样的制度。但其中的"纳
上舍"就属于宋代独有的教育考试制度。据《宋史·选举志
三》,北宋王安石变法,于熙宁四年(1071)创立太学三舍法,欲
用学校教育取代科举考试。元丰二年(1079)订三舍法一百四
十条,颁布一系列考试方法,三舍取士与科举考试并行。哲宗元
符二年(1099)后,三舍法逐步推广至各类学校。徽宗宣和三年
(1121),罢州、县学校三舍法,仅太学依旧。宋代以三舍法完全
取代科举考试约二十年。南宋时,太学继续实行三舍法并不断
完善。三舍就是把太学分为外舍、内舍、上舍三等。初入学为外
舍;经过考试,成绩合格者由外舍升入内舍;内舍生成绩合格者
升入上舍。上舍生成绩优良者可以参加省试与殿试,所以《西
湖二集》说:"纳上舍,做举子,中进士。"上舍生甚至可以直接授
官,即"戴纱帽,穿朝靴"。上舍生在北宋多补承事郎、太学正

---

① [明]周清原:《西湖二集》,周楞伽整理,人民文学出版社1999年版,第66
页。
② [清]张廷玉等:《明史·选举志一》,中华书局1974年版,第1687页。

录,在南宋多为承务郎、文林郎、太学学录或学正。所以该小说又讲道:"那宋时进士唱名规矩:第一名承事郎。第二、第三名并文林郎。第一甲赐进士及第。第二甲同进士及第。第三、第四甲赐进士出身。第五甲同进士出身。"①这些确实是宋代科举的大致状况。《宋史·选举志二》载:"(乾道)二年,御试,始推登极恩……第一甲赐进士及第并文林郎,第二甲赐进士及第并从事郎,第三、第四甲进士出身,第五甲同进士出身。"②明清时期已改为三甲,即第一甲赐进士及第,第二甲赐进士出身,第三赐同进士出身③。所以,《西湖二集》所讲"考童生,做秀才,纳上舍,做举子,中进士"④,实际上是将宋代科举与明清科举做了剪接组合。

---

① ［明］周清原:《西湖二集》,周楞伽整理,人民文学出版社 1999 年版,第 68 页。

② ［元］脱脱等:《宋史·选举志二》,中华书局 1977 年版,第 3632 页。

③ 《明史·选举志二》记载殿试为:"分一、二、三甲以为名第之次。一甲止三人,曰状元、榜眼、探花。二甲若干人,赐进士出身。三甲若干人,赐同进士出身。"《清史稿·选举志三》说:"天子亲策于廷,曰殿试。名第分一、二、三甲。一甲三人,曰状元、榜眼、探花,赐进士及第。二甲若干人,赐进士出身。三甲若干人,赐同进士出身。"

④ ［明］周清原:《西湖二集》,周楞伽整理,人民文学出版社 1999 年版,第 66 页。

第五章　明末清初西湖小说 与文学地理研究

　　德国哲学家康德在《自然地理学》中最早提出"文学地理学"的概念①。在中国学术史上,梁启超于1902年率先使用"文学地理"的概念②。此后,学界出现了刘师培《南北文学不同论》(1905)、王国维《元剧之时地》(1915)、汪辟疆《近代诗派与地域》(1934)、贺昌群《江南文化与两浙文人》(1937)等颇有价值的文学地理方面的研究成果,开启了二十世纪文学地理研究之先河③。但在1949年后,人文地理学科被当作资产阶级学术而遭到批判。为了避免被扣上"地理环境决定论"的帽子,学界讳言"地理环境""地域性"之类的概念,文学地理研究由此中断。1980年代以来,文学地理研究被重新拾起,逐渐成为文学研究的热点之一④。其实,中国古代的文学地理研究意识源远流长,《诗经·国风》就是按照不同的王国和地

---

① 〔德〕康德:《自然地理学·导论》,李秋零主编《康德著作全集》第九卷,中国人民大学出版社2003年版,第162页。

② 梁启超:《饮冰室文集》之十《中国地理大势论》,《饮冰室合集》第二册,中华书局1989年版,第84—87页。

③ 曾大兴:《建设与文学史学科双峰并峙的文学地理学科——文学地理学的昨天、今天和明天》,《江西社会科学》2012年第1期。

④ 据统计,从1981年至2011年,有关文学地理研究的论文多达1100篇,著作多达254种。参见李伟煌、曾大兴:《文学地理学论著目录》,见曾大兴、夏汉宁主编《文学地理学》,人民出版社2012年版。中国文学地理学会自2011年11月成立以来,已成功主办八届年会,并相应编辑出版了《文学地理学》年刊八辑。

区来分类,所体现的就是文学地理的意识。《左传》"襄公二十九年"记载吴公子札评价"国风",东汉班固在《汉书·地理志》中论及"故秦地"时多次援引《诗经》之"秦风""豳风"的某些篇章,南朝刘勰《文心雕龙·物色》论及文学与"山林皋壤"的关系并提出"江山之助"的命题,唐代魏征《隋书·文学传序》把江左文学与河朔文学进行比较,南宋朱熹《诗集传》大量"以地证诗"等等,都属于文学地理研究的常用方法。古代文学的许多流派以地域命名,如江西诗派、公安派、竟陵派、阳湖派、桐城派、云间派、河朔诗派、湖湘诗派、湘乡派等,或浓或淡地都带有地域色彩。而西湖小说在小说史上可谓唯一以地域命名者,以浓郁的地域特色独树一帜。就文学地理研究而言,西湖小说无疑是弥足珍贵与富有典型意义的。本文在前几章中部分使用了文学地理的方法探讨了明末清初西湖小说的繁荣原因、地域特色与艺术成就等问题,本章再集中论述有关西湖小说所处"湖山—城市"的地理环境,由此产生"人地"关系的典型意义以及西湖小说中西湖景观的独特内涵。

第一节　"湖山—城市"的地理环境与
"人地"关系的典型意义

曾大兴先生说:"文学地理学的研究对象之一,就是文学与地理环境之间的关系。文学包括文学家、文学作品和文学读者,地理环境则包括自然地理环境和人文地理环境。文学与地理环境之间的关系,实际上是一种互动的辩证的关系:一方面是地理环境对文学的作用或影响,一方面则是文学对特定的人文地理环境的作用或影响。"①关于文学与地理环境之间互动的辩证关系,前者如刘勰《文心雕龙》云:"若乃山林皋壤,实文思之奥府……然屈平所以能洞鉴风骚之情者,抑亦江山之助乎?"②文学创作必然受到地理环境的深刻影响;后者如杜佑《通典》云:"闽越遐阻,僻在一隅,凭山负海,难以德抚。永嘉之后,帝室东迁,衣冠避难,多所萃止,艺文儒术,斯之为盛。今虽闾阎贱品,处力役之际,吟咏不辍,盖因颜、谢、徐、庾之风扇焉。"③颜延之、谢灵运等人的文学作品对闽越的人文环境影响深远,著名作家的经典作品能开化或重塑一个地方的人文风尚,长期影响当地人的精神面貌与文化生活。这种"人地"关系已经被认为是文学地理学研究的科学基础和立论前提④。而明末清初西湖小说能为这种"人地"关系提供最为生动、鲜活的研究典范。

明末清初西湖小说生动展现了杭州城与西湖的密切关系。地理学上的城市是指地处便利的交通环境,覆盖有一定面积的人群和房屋的密集结合体⑤。城市是人类走向文明的标志之一,是经济发展到一定阶段的产物,是人类群居生活的高级形式与交易、聚集中心。城市首先是人的集合体。西湖与杭州城唇齿相依、休戚与共、互相促进、相得益彰,关系之密切在中国城市

①　曾大兴:《理论品质的提升与理论体系的建立——文学地理学的几个基本问题》,《学术月刊》2012年第10期。

②　[南朝]刘勰:《文心雕龙·物色》,周振甫注释本,人民文学出版社1981年版,第494页。

③　[唐]杜佑:《通典》第一八二卷,岳麓书社1995年版,第2541页。

④　陶礼天:《略论文学地理学的过去、现在和未来》,《文化研究》2012年,总第12辑。

⑤　参见杨宽《中国古代都城制度史》,上海古籍出版社1993年版。戴均良《中国城市发展史》,黑龙江出版社1992年版。

的地理形态中十分典型。古代城市大多依山傍水而建,这种
"湖山—城市"的地理形态并不少见,如浙江还有鉴湖与绍兴、
广德湖与宁波等,而且这些湖泊原来的面积都比西湖大得多。
但西湖与杭州城的关系之独特在于:不仅西湖是杭州城的"母
亲湖"与生命湖,西湖哺育了杭州人;而且杭州人是西湖的重塑
者与监护人,对西湖倾注了无限关爱,形成了一种非常典型的
"湖山—城市"的地理环境与文化生态,体现出一种极为密切的
"人地"关系。明末清初西湖小说对此具有十分深刻的认识,古
吴墨浪子《西湖佳话序》明确指出:"西湖得人而显,人亦因西湖
以传。"①不仅全面反映与生动阐释了这种独特的地理环境和辩
证的"人地"关系,而且自觉参与营造这一地理环境,积极主动
地去深化这种"人地"关系。

一、"母亲湖"与生命湖:"人亦因西湖以传"

"杭之为州,本江海故地"②。在远古时代,西湖连同杭州都
是一片海湾。由于大量泥沙在海湾南北两岬对峙之处堆积,逐
渐形成后来的湖堤,使西湖与大海完全隔开,形成潟湖。随着水
体不断淡化,最终形成了现代的西湖③。西湖是杭州城的"母亲
湖"与生命湖。杭州城的生存依赖西湖的哺育和滋养,城市经
济的繁荣发展依赖西湖的支撑和促进,而通俗小说的兴起就离

---

① ［清］古吴墨浪子:《西湖佳话·序》,上海古籍出版社"古本小说集成"本,
　　第7页。
② ［宋］苏轼:《杭州乞度牒开西湖状》,《苏轼文集》卷三十,孔凡礼点校,中
　　华书局1986年版,第864页。
③ 关于西湖的成因,参见竺可桢《杭州西湖生成的原因》、章鸿制《杭州西湖
　　成因一解》,载周峰主编《南北朝前古杭州》,浙江人民出版社1997年版,
　　第217—225页。

不开城市经济的繁荣发展。不仅如此,"人亦因西湖以传",西湖还是杭州人尤其是西湖小说家的情感寄托与精神家园。首先,西湖为一批贤达高士提供了用武之地与修炼之所,成就了他们的事业与人生,这些成为明末清初西湖小说最为重要的题材之一。其次,爱慕西湖让世人趋之若鹜,"西湖情结"是西湖小说的重要创作动机。再次,源远流长的西湖文化与如诗如画的湖光山色赋予了西湖小说独特的艺术成就和审美价值。明末清初西湖小说对这种地理环境与"人地"关系有着非常深刻的认识,并予以生动阐释和全面展现。其具体表现为:

(一)西湖提供了杭州城的生活用水,保障了民生的基本需求,解决了杭州人曾经焦头烂额的大难题。水是生命之源,但杭州原本"水泉咸苦,民居稀少"①,土地含卤太多,水源苦咸,水质很差,人们最基本的生活用水都无法保障。最终是西湖拯救了杭州人的生存困境。《西湖佳话·白堤政迹》讲述了西湖水被引入城中,"令居民食淡,方遂其生……遂致生聚渐繁,居民日富。凋敝人情,转变作繁华境界"。可见西湖水对杭州城市生存与发展的重大意义。西湖水大大改善了杭州的生活条件,促进了杭州城的人口增长。这也可以从反面得到证明,当失去了西湖水的滋养,杭州城顿时陷入灾难之中,"日积月累,遂致六井依然湮塞,民间又饮咸苦之水,生聚仍复萧条"②。西湖小说从正反两面证明了杭州城的生存离不开西湖的哺育滋养。

(二)西湖促进了杭州经济的发展。自隋代以后,杭州经济

---

① [明]冯梦龙:《智囊》"明智部"经务卷八《苏轼》,魏同贤主编《冯梦龙全集》第五册,凤凰出版社2007年版,第210—211页。
② [清]古吴墨浪子:《西湖佳话》,上海古籍出版社1980年版,第20页。

繁荣发展,被誉为"地上天宫"与"世界最富丽名贵之都"①,西湖对此厥功至伟。明末清初西湖小说将其具体展现为以下三个方面:

1.西湖促进了杭州农业的发展。水利是农业的命脉,西湖水灌溉了大量农田,巩固了杭州的经济基础。《西湖佳话·白堤政迹》叙说道,湖水养田千顷,"濒湖千余顷田,无凶年矣"。杭州刺史白居易再接再厉,"又访察得下塘一带之田,千有余顷,皆赖西湖之水以为灌溉,近因湖堤倒塌,蓄泄无时,难以救济,往往至于荒旱",于是筑起湖堤,多蓄湖水,"百姓竟无荒旱之苦,又感激不尽"②。此外,西湖还为杭州提供了鱼虾菱藕等大量水产品和丰厚税源。《西湖二集》第十五卷《文昌司怜才慢注禄籍》等小说叙述吴越王钱镠曾向西湖上的渔民征收鲜鱼,称作"使宅鱼"。苏轼也曾"募人种菱取息,以备修湖之费"③,发展经济,广开财源。《西湖佳话·六桥才迹》、《智囊部》"明智部"经务卷八《苏轼》等小说对此予以了生动演叙。

2.西湖促进了杭州旅游业的发展与商业的繁荣。杭州以湖光山色的巨大魅力吸引天下游客纷至沓来,西湖成了许多游客一掷千金的"销金锅"④。西湖小说多有湖上一掷千金的故事。如《今世说·汰侈》中,翁逢春发誓在一日之内花掉两千金,"遂遍召故人游士及妖童艳唱之属,期诘旦集湖上,是日檥舫西泠桥

①　〔意〕马可·波罗:《马可·波罗行纪》第151章,冯承钧译,中华书局2004年版,第570页。
②　[清]古吴墨浪子:《西湖佳话》,上海古籍出版社1980年版,第25页。
③　[明]田汝成:《西湖游览志》卷一"西湖总叙",上海古籍出版社1980年版,第4页。
④　[明]郎瑛:《七修类稿》卷二十三"销金锅"条,上海书店出版社2009年版,第244页。

合数十百人,置酒高会"①,傍晚时分就如愿以偿。西湖进香与
逛香市则是东南地区平民百姓的购物狂欢节,"春时进香人以
巨万计,捨货如山"②。这在本书第二章第一、二节有详细论述。
关于西湖在杭州旅游业和商业发展中的角色,西湖小说做了深
入思考,如《豆棚闲话》第二则《范少伯水葬西施》云:

> 其中还有一个意思,至今还没一个人参透这段道理:天
> 下的湖陂草荡,为储蓄那万山之水,处处年年,却生长许多
> 食物东西,或鱼虾、菱茨、草柴、药材之类,就近的贫穷百姓
> 靠他衣食着活。唯有西湖,就在杭州郡城之外,山明水秀,
> 两峰三竺高插云瑞;里外六桥,掩映桃柳;庵观寺院及绕山
> 静室,却有千余;酒楼台榭,比邻相接;画船箫鼓,昼夜无休。
> 无论外路来的客商、仕宦,到此处定要破费些花酒之资。那
> 本地不务本业的游花浪子,不知在内嫖赌荡费多多少少。
> 一个杭州地方见得如花似锦,家家都是空虚。究其原来,都
> 是西湖逼近郡城,每日人家子弟大大小小走到湖上,无不破
> 费几贯钱钞。③

小说认为杭州城紧邻西湖,得益于它的巨大吸引力。无论是外
来的商人与官员,还是本地百姓,都不吝惜金钱,尽情消费,"究
其原来,都是西湖逼近郡城"。西湖改变了人们的消费观念,对
经济具有很强的拉动作用。明代著名地理学家王士性说:"西

---

① 〔清〕王晫:《今世说》卷八"汰侈",浙江人民出版社1980年版,第104页。
② 〔明〕王士性:《广志绎》卷四"江南诸省",吕景琳点校,中华书局1981年
版,第72页。
③ 〔清〕艾衲居士:《豆棚闲话》,上海古籍出版社"古本小说集成"本,第52—
53页。

湖业已为游地,则细民所籍为利,日不止千金。"①至于艾衲居士痛心于"家家都是空虚",则是批评盲目的超前消费与不自量力的奢侈消费。毋庸置疑,西湖是人们麇集杭州进行高消费的直接诱因。西湖旅游大力拉动了服务业与商品消费,促进了杭州经济繁荣发展。那些因游山玩水而挥金如土的小说场景,在《醋葫芦》第二回、《鬎头陀传》第二十二则、《型世言》第十回等篇章中多有精彩呈现,足见西湖对杭州经济的巨大推动作用,以及西湖小说对"湖山—城市"的地理环境及其影响的生动反映。

3. 西湖支撑了杭州的酿酒业与交通运输业。杭州在古代曾是全国酿酒业最发达的城市之一,苏轼说:"天下酒税之盛,未有如杭者也。"②田汝成描述南宋杭州的酿酒盛况说:"南渡行都有官酒库,每岁清明前开煮,中秋前卖新,先期以鼓乐伎女迎酒穿市,观者如堵。"③宋代杭州每年的酒税超过二十万缗,这一财政支柱全赖西湖好水之功。《鬎头陀传》《醉菩提传》《西湖佳话·南屏醉迹》等小说多有描述济公常在西湖畔嗜酒狂醉之事。

杭州是京杭大运河的南端关钥,与京师及其他许多重要城市紧密相连。杭州还是浙东运河的西部起点,经宁波港连通海外。但杭州城与外界的联系必须首先通过城内运河网络。其中的清湖河和盐桥河纵贯南北,可达京杭大运河,是杭州城内的交通命脉。西湖则是这两条运河的重要水源。南宋名臣周必大记

---

①　[明]王士性:《广志绎》卷四"江南诸省",吕景琳点校,中华书局1981年版,第69页。

②　[宋]苏轼:《杭州乞度牒开西湖状》,《苏轼文集》卷三十,孔凡礼点校,中华书局1986年版,第864页。

③　冯时化:《酒史》,中华书局1985年版,第10页。

载:"车驾行在临安,土人谚云:'东门菜、西门水、南门柴、北门米。'盖东门绝无居民,弥望皆菜圃;西门则引湖水注城中,以小舟散给坊市;严州、富阳之柴,聚于江下,由南门而入;苏、湖米则来自北关云。"①正是有了西湖水,杭州城才能完善"东门菜、西门水、南门柴、北门米"的物流体系,并协助运河奠定了杭州作为水运枢纽与江海门户的重要地位。从明末清初西湖小说可以看出,人物活动多在一个以西湖为中心或重要节点的水域空间。如《警世通言》第二十八卷《白娘子永镇雷峰塔》与《西湖佳话·断桥情迹》中,许宣邂逅白娘子就在西湖回城的船上。他后来因盗银案被发配苏州、镇江,故事场景与叙事空间就循着城内运河和江南运河在三座城市之间切换。另如《醒世恒言》第三卷《卖油郎独占花魁》中,秦重、莘瑶琴、莘老夫妇穿梭于西湖、清波门和清湖河之间,可见西湖水运在杭州经济运行与日常生活中具有举足轻重的地位。这些与西湖密切相关的"船舱佳话"和"水上传说",显示出地理环境对西湖小说创作的巨大影响。

(三)西湖是杭州城的后花园。唐五代以后的杭州是一座庞大、拥挤的城市,特别是在南宋,一个形似腰鼓的狭长地带塞进了一百多万人口,"民居屋宇高森,接栋连檐,寸尺无空"②,十分逼仄。蜗居在一个狭小的空间,压抑与沉闷不言而喻。所幸大自然赐予了杭州一座美丽的后花园——西湖。典型的"湖山—城市"地理环境让人们在劳作之余可以随时走进湖山之间,饱览风光,舒筋透气,放松心情。于是,游览西湖成了杭州人一

① [宋]周必大:《二老堂杂志》卷四"临安四门所出",《笔记小说大观》第六编第四册,新兴书局1987年版,第2057页。
② [宋]吴自牧:《梦粱录》卷十"防隅巡警"条,浙江人民出版社1980年版,第89页。

种生活方式与非常浓厚的风俗,"西湖,杭人无时而不游,凡缔姻赛社,会亲送葬,经会献神,莫不至焉"①。明末清初西湖小说对此具有深刻认识与生动反映。如《欢喜冤家》续集第三回《马玉贞汲水遇情郎》中,"玉贞见了西湖好景,十分快乐"②。《西湖二集》第十二卷《吹凤箫女诱东墙》中,潘用中住在杭州城内的客店里,"郁闷无聊,便拉彭上舍到西湖上游玩散心。那时正值三月艳阳天气,好生热闹"③。在小说家的笔下,不游湖览山就不成西湖小说。"于是便来到湖上"信手拈来,成了引出故事情节的习惯性手笔。各色人物争相跑到西湖上演绎传奇,成了一个模式化的情节布局。如《鸳鸯配》中,"崔公每日退朝闲暇,便跨马出郊来到西湖",全家人"也为城市喧嚣,一年倒有八个月住在湖上"④。崔公与申、荀二生相识后,留他们在此读书,"二生因以园傍西湖,欣然应允"。可见西湖在杭州生活中的重要地位。

(四)西湖是人们的精神家园。在《西湖佳话》之《白堤政迹》与《六桥才迹》中,白居易与苏东坡都是怀着痛苦失意外放杭州。"人亦因西湖以传",西湖不仅为白居易、苏东坡和李泌等贤达提供了施展才华的平台,为他们能在杭州创造辉煌政绩准备了条件,而且慰藉了他们失意的心灵,建构了他们的精神家

---

① [清]龚嘉儁等:《光绪杭州府志》卷七十四,台湾成文出版有限公司1983年影印本,第1501页。

② [明]西湖渔隐主人:《欢喜冤家》(下),上海古籍出版社"古本小说集成"本,第64页。

③ [明]周清原:《西湖二集》,周楞伽整理,人民文学出版社1999年版,第200页。

④ [清]烟水散人:《鸳鸯配》第一回《开贤馆二俊下帷 小戏谑一言成隙》,上海古籍出版社"古本小说集成"本,第3页。

园。在享受数年的"天堂"生活后,他们在调离杭州时都恋恋不舍。尤其是《白堤政迹》对白居易的"相思病"叙说道:

> 到了三年任满,朝廷知他政绩,遂仍召回京,做秘书监。乐天闻报,喜少愁多,又不敢违旨,只得要别杭州而去,因思想道:"我在西湖之上,朝花夕月,冬雪夏风,尽尽的受用了三载。今闻我去,你看山色依依,尚如不舍;鸟声恋恋,宛若留人。我既在此做了一场刺史,又薄薄负些才名,今奉旨内转,便突然而去,岂不令山水笑我无情?"因叫人快备一盛席,亲到湖堤上来祭奠山水花柳之神,聊伸我白乐天谢别之敬,以了西湖之缘。……须臾众百姓散去,乐天方得长行。但一路上又无病痛,又无愁烦,只是不言不语,胸怀不乐。朝夕间连酒也不饮,诗也懒做。众随行的亲友见他如此,不知何故,只得盘问于他道:"你在杭州做了三年刺史,虽然快活,却是外官。今蒙圣恩新除了秘书监,官尊职显,乃美事也,有何愁处,只管蹙了眉头?"乐天道:"升迁荣辱,身外事耳,吾岂为此。所以然者,吾心自有病也。"亲友又问道:"我见你步履如常,身子又不像疼痛,却是何病?"乐天道:"我说与你罢:'一片温来一片柔,时时常挂在心头。痛思舍去终难舍,苦欲丢开不忍丢。恋恋依依惟系,甜甜美美实他钩。诸君若问吾心病,却是相思不是愁。'"[1]

显职荣升,美妾旁侍,但白居易闷闷不乐,自称得了心病、相思病。作者用心良苦,设置了数个悬念,几经追问尚不得解,一则疑窦丛生,提高了读者的阅读期待,二则欲说还休,突出了白居

---

[1] 〔清〕古吴墨浪子:《西湖佳话》,上海古籍出版社1980年版,第31—33页。

易相思之深之苦。先以尊位显职来作比,再以诗酒难顾来衬托,白居易只是吟诗,故作敷衍,不予明言。最后以名妓商玲珑作比,终于让白居易道出相思病因:"商玲珑虽然解事,亦不过点缀湖山,助吾朝夕间诗酒之兴耳,过眼已作行云流水,安足系吾心哉? 吾所谓相思者,乃是南北两峰、西湖一水耳。"白居易并且数次题诗留念,如"处处回头尽堪恋,就中难别是湖边","既说相思苦,西湖美可知"等,一再强调他的相思病因。因西湖害了相思病,病因新奇。离开了西湖的精神家园,白居易失魂落魄、相思难熬。小说的构思也颇具创意,一波三折,步步渲染,层层深入,就是为了突出西湖在白居易精神生活中的重要作用。另如《欢喜冤家》续集第三回《马玉贞汲水遇情郎》中,马玉贞因家暴与人私奔,在西湖畔过了一段自在的生活。但她很快被拘捕回乡,失魂落魄地吟诗作别:"自从初到见西湖,每感湖光照顾奴。今日别伊无物赠,频将红泪洒清波。"此情此诗感染了县令,引起强烈共鸣与同情。他在判词结尾也动情题诗:"梦魂飞绕杭州去,留恋湖头忆故知。"[1]《集咏楼·题记》云:"一生知己是西湖。"[2]有此知己,人生足矣。西湖是人们寄托情感与慰藉心灵的精神家园。由此可见,西湖小说对"人地"关系的深刻认识与生动阐释。

(五)西湖是杭州的名片、象征和灵魂。湖海士《西湖二集序》引用苏轼《杭州乞度牒开西湖状》中的名句"杭州之有西湖,如人之有眉目也",一再强调西湖对于杭州城的重要意义。西

---

[1]　[明]西湖渔隐主人:《欢喜冤家》,上海古籍出版社"古本小说集成"本,第79、84 页。

[2]　[清]琅耶王兰古:《集咏楼题记》,湖上憨翁撰《集咏楼》卷首,上海古籍出版社"古本小说集成"本,第2 页。

湖是杭州的地标、名片与象征,它以秀绝天下的山水风光和源远流长的文化传统,造就了杭州的城市个性,提升了杭州的城市品位。如果没有西湖,杭州将是一座没有灵魂与个性、缺乏灵气与内涵的呆拙之城。因此,拥有西湖,杭州才能成为令人心驰神往的人间天堂。因慕西湖而远赴杭州成了许多故事产生的前缘与诱因。人们总是未道杭州,先说西湖,言杭州必言西湖。明代谢肇淛说:"高宗之都临安,不过贪西湖之繁华耳。"①此话虽失偏颇,但联系《西湖二集》第一、二卷,《麹头陀传》与《醉菩提传》等多次描述宋高宗游览西湖的嗜好,可见西湖对于杭州的重要意义,以及西湖小说对"人地"关系的深刻认识与生动阐释。

二、杭州城:"西湖得人而显"

古吴墨浪子《西湖佳话序》云:"随在即是诗题,触处尽成佳话,故笔不梦而花,法不说而雨。自李邺侯、白香山而后,骚人巨卿之品题日广,山水之色泽日妍;西湖得人而显……"②《西湖佳话·白堤政迹》亦云:"景物因人成胜概。"小说家强调"诗题"成就了佳话,明确指出诗人品题的广泛传播与山水日益秀丽的因果关系。"西湖得人而显"中的"人"更多的是指文人,他们的名篇佳作为西湖增光添彩。《西湖佳话》以西湖为场景与空间,叙述葛洪、白居易、苏轼、骆宾王、林逋、苏小小等十六人的故事。尽管这十六人的身份多不相同,但西湖小说非常关注他们的文人身份,及其文学作品对西湖名胜的巨大影响。古吴墨浪子《西湖佳话序》又云:"取其迹之最著、事之最佳者而纪之。如仙

---

① [明]谢肇淛:《五杂俎》卷三"地部一",上海书店 2001 年版,第 40 页。
② [清]古吴墨浪子:《西湖佳话·序》,上海古籍出版社"古本小说集成"本,第 6—7 页。

翁之药炉丹井,和靖之子鹤妻梅,白苏之文章,岳于之忠烈,钱镠之崛起,骆宋之联吟,辨才、圆泽、济癫、莲池之道行,小青、苏小之风流,俱彰彰于人耳目者,亟为之集焉。"①葛洪是东晋著名道士、炼丹家与医药学家。他在文学史上也占有一席之地,对道教文学思想影响很大。小说叙述他在西湖修炼时,"观天地之化机,以参悟那内丹之理。一日有感,因而题诗一首道:纵心参至道,天地大丹台……"以题诗来表达对高深道法的参悟,为"葛岭仙迹"写下了浓墨重彩的一笔。林和靖是宋初"晚唐体"的代表诗人,终生隐居西湖孤山。小说极力推崇他的隐居生活,称其"惟以诗酒盘桓其间,真王侯不易其乐也。所题梅诗句甚多……"②。名士李谘出守杭州时听说林逋已经逝世,悲痛不已说:"我李谘承圣恩,赐我守杭,一则得以领略湖山佳景,二则便可请教君复先生诗篇墨妙,不料仙游,我李谘何不幸至此?"于是身披缌服,以门人身份哭葬林逋,并搜其遗稿,读至临终诗句,不禁叹服:"先生真隐士也,千古之品行在此一绝中。"③遂将此诗勒石,置于湖畔,以诗篇为湖山佳景增光添彩。

在《西湖佳话·白堤政迹》中,白居易不仅以刺史的身份治理西湖,而且以诗人身份重塑、弘扬西湖文化。小说虽以"政迹"命名,但彰显的还是白居易诗文对西湖胜概形成与声名传播的深远影响,既紧扣篇首的"景物因人成胜概",又照应《西湖佳话序》称赞"白、苏之文章"对西湖胜景的杰出贡献。西湖原名钱塘湖,据现存文献,"西湖"名称最早出现在白居易的《西湖

①　[清]古吴墨浪子:《西湖佳话·序》,上海古籍出版社"古本小说集成"本,第10—12页。
②　[清]古吴墨浪子:《西湖佳话》,上海古籍出版社1980年版,第72页。
③　[清]古吴墨浪子:《西湖佳话》,上海古籍出版社1980年版,第78页。

晚归回望孤山寺赠诸客》与《杭州回舫》两首诗中。北宋以后，名家诗文大多习惯以"西湖"为名，"钱塘湖"之名逐渐淡出。在西湖小说中，白居易"到各名胜的所在，游赏题诗。若烟霞石屋、南北两峰、冷泉亭、雷峰塔……凡有一景可观，无不留题，以增其胜概"①，小说一再渲染白居易题咏西湖的巨大影响，尤其是他与另一位大诗人元稹的唱和为西湖竞美扬名，强调"白乐天的文章声价，为天下所重，自不必言矣"，"渐渐引动四方，过不多时，竟天下闻西湖之名矣"②。即使是白居易离开杭州后，自称得了相思西湖之病，依然常常歌咏西湖，并让人带回杭州，贴在西湖白堤亭上，其一云："自别钱塘山水后，不多饮酒懒吟诗。欲将此意凭回棹，报与西湖风月知。"一唱三叹，愁肠百结，相思万缕，影响深远。"自此之后，乐天为想西湖害了相思病之事，人人传说，以为美谈"。当好友质疑西湖能让诗人害相思病的真实性时，白居易没有直接争辩，还是作诗一首。好友读到"堆青黛"与"泻绿油"等句，不禁惊喜道："原来西湖之美有如此！莫说你见过面的害相思，连我这不见面的，也种下一个相思的种子，在心上了。"③居然让原本质疑的友人也感染了西湖相思病，可见白诗展现西湖魅力、宣扬西湖美名的巨大作用。《西湖佳话·六桥才迹》中，苏轼对西湖的贡献更大，他上书的《杭州乞度牒开西湖状》是官方文件中首次使用"西湖"之名。此文引起朝廷的高度重视，批准了苏轼疏浚西湖的方案，从而拯救了濒临死亡的西湖。苏轼还创作了大量的西湖诗词，尤其是《饮湖上初晴后雨其二》，"自此诗一出，人人传诵，就有人称西湖为

---

① ［清］古吴墨浪子：《西湖佳话》，上海古籍出版社1980年版，第27页。

② ［清］古吴墨浪子：《西湖佳话》，上海古籍出版社1980年版，第35、26页。

③ ［清］古吴墨浪子：《西湖佳话》，上海古籍出版社1980年版，第33—34页。

西子湖了"①。此诗对西湖影响之大,从后人的评价可以略见一斑,如南宋武衍《正月二日与菊庄汤伯起归隐陈鸿甫泛舟湖上》云:"除却淡妆浓抹句,更将何语比西湖?"清代查慎行《初白庵诗评》云:"多少西湖诗被二语扫尽,何处着一毫脂粉颜色。"②王文诰《苏文忠公诗编注集成》称赞该诗"可谓前无古人,后无来者。公凡西湖诗,皆加意出色,变尽方法"③。近人陈衍《宋诗精华录》说该诗"后二句遂成为西湖定评"④。苏诗建构了最具审美意义的"西湖印象",赋予了西湖最具诗意的审美范式。田汝成《西湖游览志余》云:"杭州巨美,得白、苏而益彰。"⑤确实如此,白居易与苏轼对西湖的杰出贡献,不仅是作为太守的政绩,而且包括作为文人的诗迹流传。至于《西湖佳话·灵隐诗迹》以"诗"命名,叙说大诗人骆宾王与宋之问联吟之佳话,让西湖"千秋增色",更是实至名归。其他如钱镠之功业,岳飞、于谦之忠烈,小青、苏小小之风流,辨才、圆泽、济癫、莲池之道行,无不通过西湖诗文来彰彰于世人耳目。

　　《西湖佳话》强调"西湖得人而显","景物因人成胜概",即诗题促成胜景佳话的观念,在其他西湖小说中同样非常普遍、浓厚。湖海士《西湖二集序》云:"天下山水之秀,宁复有胜于西湖者哉!自昔金牛献瑞以来,水有明圣之称,宋仁宗诗有'地有吴山美,东南第一州'之句,白乐天之'余杭形胜四方无',范希文

---

① 　[清]古吴墨浪子:《西湖佳话》,上海古籍出版社1980年版,第40页。

② 　[清]查慎行:《初白庵诗评》卷中,乾隆四十二年张氏涉园观乐堂刻本。

③ 　[清]王文诰:《苏文忠公诗编注集成》卷九,中华书局1982年版,第430页。

④ 　陈衍:《宋诗精华录》卷二,曹中孚校注,巴蜀书社1992年版,第217页。

⑤ 　[明]田汝成:《西湖游览志余》卷十,上海古籍出版社1980年版,第170页。

之'西湖胜鉴湖',苏东坡之'西湖比西子',柳耆卿之'桂子荷花',真令人艳心三竺两峰间也。"①明确指出宋仁宗、白居易、范仲淹、苏轼、柳永等人的西湖诗词对世人向往西湖的巨大感染力与召唤作用。《西湖二集》第二十三卷《救金鲤海龙王报德》中,杨铁崖在西湖上作《西湖竹枝词》,为西湖扬名增色,"诗词倾动天下,抄写传诵的纷纷,遂刻板成集,西湖因此纸价顿贵"②,加上拯救龙女之功,于是西湖龙王恭请他入宫赴宴以表谢意,小说写道:

> 东海龙王诵完表文,西湖龙王便道:"西湖自白乐天归海山院,苏东坡为上界奎星之后,这西湖便十分减色。今幸恩人称扬赞叹,备极表章,作《竹枝词》耸动天下,使西湖气色为之一新。老夫管辖西湖,颇受荣施,山水有功,自当报德。即会同敝亲具表奏闻。"也口诵表文一通道:

> 伏以开浚泉源,利泽最溥,表彰山水,功德弥长。臣管辖西湖,历有年载。白乐天返海山之驾,而湖水无光;迫坡仙登奎宿之躔,而山灵削色。兹有杨维祯者,锦心绣口,在其笔端;山色湖光,储其胸次。《竹枝》甫倡,四海摛同调之歌;桂楫轻摇,千里把偕游之侣。虽复舞裙歌扇,无玷圣明;乃至玉骨冰肌,倍增眉目。抉开鲛室宝,处处生光;探取骊龙珠,颗颗欲舞。臣受恩非浅,感德弥深,特叩龙楼,仰祈凤诏。

> 一处表文奏上玉帝,玉帝览表,即命太白星君颁下诏书

---

① [明]湖海士:《西湖二集序》,周清原撰《西湖二集》,周楞伽整理,人民文学出版社1999年版,第565页。

② [明]周清原:《西湖二集》,周楞伽整理,人民文学出版社1999年版,第370页。

道:"览表具省,下界杨维祯秉刚直之心,怀好生之德,表彰
西湖山水,厥功懋焉。敕所在六丁侍卫,无染干戈,康强福
履,以成高士。命终之日,敕署蓬莱都水监,以代陶弘景之
职。钦哉!"①

小说花了较大篇幅来描述西湖龙王对杨铁崖千恩万谢,玉帝对
其赏赐丰厚的场景。前文浓墨重彩地描述杨铁崖在西湖上创作
《竹枝词》的情景,就是为了拯救西湖在白乐天、苏东坡之后,缺
乏名篇佳作的点染而黯然失色的困境,从而彰显杨铁崖"作《竹
枝词》耸动天下,使西湖气色为之一新"的杰出贡献。薪尽火
传,斯文重振,功绩之大让西湖龙王感恩戴德,在感激之余也深
受感染,情不自禁用骈语来口诵一道表文。小说情节与龙王表
文从正反两面论证了文学作品对西湖人文环境的巨大作用和深
刻影响。缺乏白、苏等人的佳作辉映,湖水无光,群山失色。一
旦出现杨铁崖的《西湖竹枝词》,湖光山色则倍增眉目,处处耀
彩。概而言之,山水胜景还需文人佳作的表彰与辉映,即"西湖
得人而显"与"景物因人成胜概"。

　　英国当代地理学家迈克·克朗(Mike Crang)在《文化地理
学》中指出:"文学作品不能简单地视为是对某些地区和地点的
描述,许多时候是文学作品帮助创造了这些地方。"②经典文学
作品确实能反过来重塑一个地方的人文环境,从而影响当地的
文化精神。曾大兴先生指出:"文学与地理环境之间的关系,实
际上是一种互动的辩证的关系:一方面是地理环境对文学的作

---

① 〔明〕周清原:《西湖二集》,周楞伽整理,人民文学出版社1999年版,第
　 373—374页。
② 〔英〕迈克·克朗:《文化地理学》,杨淑华等译,南京大学出版社2003年
　 版,第55页。

用或影响,一方面则是文学对特定的人文地理环境的作用或影响。所有的这些影响都可能体现为某些共性,隐含某些规律,但是近年来的文学地理学研究,大都注重前者而对后者有所忽略,因此,这种研究仍然不免是单向的,或者说是片面的。"①对于这种单向、片面研究的不足,西湖小说能在一定程度上予以弥补。它以"西湖得人而显"的文学地理观念,不仅全面反映与生动阐释了"湖山—城市"的地理环境与"人地"关系,而且自觉参与营造这个地理环境,积极主动地去深化这种"人地"关系,从而为文学与地理环境之间的互动、辩证关系提供一个研究典范。上文已经做了部分说明,以下再做几点补充:

(一)西湖小说注重"西湖得人而显"与"景物因人成胜概"的文学地理观念,能丰富、充实"人地"关系研究,这是因为明清小说尤其是通俗小说具有诗词文赋难以企及的传播广度。据明代叶盛《水东日记·小说戏文》记载:"今书坊相传射利之徒伪为小说杂书……农工商贩,钞写绘画,家畜而人有之,痴騃女妇,尤所酷好。"②可见通俗小说在明清时期的普及程度很高,如此造成"好者弥多,传者弥众;传者日众,则作者日繁"③,影响非常广泛。通俗小说不仅对平民百姓影响巨大,就连以"大雅君子"自居的文人士子也纷纷"口耳传之",同样影响深远。明末清初西湖小说中的大部分作品属于通俗小说,雅俗共赏,妇孺皆好,

---

① 曾大兴:《理论品质的提升与理论体系的建立——文学地理学的几个基本问题》,《学术月刊》2012 年第 10 期。
② [明]叶盛:《水东日记》卷二一"小说戏文",魏中平点校,中华书局 1980 年版,第 213—214 页。
③ [明]胡应麟:《少室山房笔丛》卷二九"九流绪论下",中华书局 1958 年版,第 374 页。

所以对于"人地"关系研究具有非常典型的标本意义。湖海士在《西湖二集序》中说:"天下山水之秀,宁复有胜于西湖者哉!自昔金牛献瑞以来,水有明圣之称,宋仁宗诗有'地有吴山美,东南第一州'之句,白乐天之'余杭形胜四方无',范希文之'西湖胜鉴湖',苏东坡之'西湖比西子',柳耆卿之'桂子荷花',真令人艳心三竺两峰间。"①湖海士认识到文学作品对西湖人文地理环境的巨大影响,因为有了宋仁宗、白居易、范仲淹、苏轼、柳永等帝王名士的诗词影响,加深了"令人艳心三竺两峰间"的欲望与期待,也就是迈克·克朗所说文学作品帮助创造了名胜。但帝王名士的诗词过于文雅,不如通俗小说那样生动有趣,在市井民间易于接受,流传广泛。于是湖海士《西湖二集序》又进一步提出:"况重以吴越王之雄霸百年,宋朝之南渡百五十载,流风遗韵,古迹奇闻,史不胜书。而独未有译为俚语,以劝化世人者。"②认为要"劝化世人",要让西湖的流风遗韵与古迹奇闻产生更大的影响,就应当"译为俚语",即通过创作西湖小说来实现。可见,西湖小说通俗易懂,传播广泛,能对西湖文化尤其是"湖山—城市"的人文地理环境产生更大的影响,从而深化"人地"关系,丰富、充实"人地"关系的相关研究。

(二)西湖小说薪火相传、繁荣发展,在地域文化中具有强大的生命力,"西湖得人而显"的文学地理观念也得到了广泛认同与世代传承。从宋代的《西湖三塔记》,明末的《西湖一集》《西湖二集》,到清代康熙年间的《西湖佳话》,乾隆年间的

---

①　[明]湖海士:《西湖二集序》,周清原撰《西湖二集》,周楞伽整理,人民文学出版社1999年版,第565页。

②　[明]湖海士:《西湖二集序》,周清原撰《西湖二集》,周楞伽整理,人民文学出版社1999年版,第566页。

《西湖拾遗》，咸丰年间的《西湖遗事》，另还有《西湖文言》等等，明确以西湖命名，叙说西湖故事的小说薪火相传、生生不息。这还不包括数量更多的未明确以西湖命名，但同样叙说西湖故事的小说篇章，如《剪灯新话》、"三言二拍"、《型世言》《十二楼》《无声戏》等小说集中的诸多作品。这种现象在中国古代小说史上是绝无仅有的。值得注意的是，据笔者不完全统计，明末清初以"西湖"或相关称呼为名号且与小说有关的文人至少有 28 位（详见附录三）。有人还不止一个西湖名号，如崇祯年间的王元寿就有"西湖居士""西湖主人""湖隐居士"三个标示"西湖"的名号。有研究者认为《欢喜冤家》的作者"西湖渔隐主人"和刊刻者就是他①。另外，王元寿的戏曲名作《异梦记》的本事就出自明初杭州籍小说家瞿佑的《渭塘奇遇记》，渊源很深。

这些"译为俚语"的西湖小说确实让西湖的流风遗韵与古迹奇闻产生了更大的影响，达到了宣传西湖、"劝化世人"的良好效果。如《西湖二集》有明代崇祯年间云林聚锦堂复本精刻本，配有精美图像三十四幅。《西湖佳话》王衙精刻本配有西湖全景图与西湖佳景十图，用五色套版印刷。这些插图大多构思精巧、刀法细腻，富有构图美、层次美、线条美，有些还具有色彩美，让读者赏心悦目，激起强烈的阅读兴趣，具有一定的广告效应，"今而后有慕西子湖而不得亲见者，庶几披图一览，即可当卧游云尔"②。而且，这些插图与小说文本有机结合，相得益彰，

---

① 刘凤：《明末白话小说〈欢喜冤家〉作者考》，《中州学刊》2015 年第 6 期。杜信孚：《明代版刻综录》，广陵古籍刻印社 1983 年版，第 8 页。
② ［清］古吴墨浪子：《西湖佳话·序》，上海古籍出版社"古本小说集成"本，第 12 页。

生动逼真地展现了景物环境和人物神态,有利于缩短读者与文本之间的距离感,减少语言文字造成的阅读障碍,更加深入理解小说情节和主题,产生更为直接、强烈的艺术共鸣。南朝画家谢赫云:"图绘者,莫不明劝戒,著升沉,千载寂寥,披图可鉴。"①鲁迅也说绣像小说之类是"因中国文字太难,只得用图画来济文字之穷的产物","那目的大概是在诱引未读书的购读,增加阅读者的兴趣与理解"②。因此,图文并茂的《西湖二集》与《西湖佳话》备受读者与市场的追捧。《西湖二集》"明刊行后流传甚广"③,后世的西湖小说选本大量选入它的篇目,如《西湖拾遗》的四十八篇小说有二十八篇选自《西湖二集》,《西湖遗事》则全部取自《西湖二集》。《西湖佳话》流传到日本,在 1805 年出现了日文刊本《通俗西湖佳话》。西湖小说如此广为流传,对西湖文化尤其是"湖山—城市"的人文地理环境产生很大的影响。古吴墨浪子《西湖佳话序》说:

> 随在即是诗题,触处尽成佳话,故笔不梦而花,法不说而雨。自李邺侯、白香山而后,骚人巨卿之品题日广,山水之色泽日妍;西湖得人而显,人亦因西湖以传。嗟嗟! 西湖至今日,而佳丽几不可问矣。以淡妆浓抹之西子,竟成蓬首捧心之西子矣。然而人皆为西子惜,余独为西子幸。幸古人之美迹犹存,品题尚在,则西子之面目自若也。但有其迹,而不知其迹之所

---

① [南朝]谢赫:《古画品录》,《丛书集成初编》第 1645 册,中华书局 1985 年版,第 17 页。
② 鲁迅:《连环图画琐谈》,《鲁迅全集》第六卷,人民文学出版社 2005 年版,第 28 页。
③ 江苏省社科院明清小说研究中心、江苏省社科院文学研究所:《中国通俗小说总目提要》,中国文联出版公司 1990 年版,第 276 页。

从来,犹不足为西子写生,因考之史传志集,征诸老师宿儒,取
其迹之最著、事之最佳者而纪之。如仙翁之药炉丹井,和靖之
子鹤妻梅,白苏之文章,岳于之忠烈,钱镠之崛起,骆宋之联吟,
辨才、圆泽、济癫、莲池之道行,小青、苏小之风流,俱彰彰于人
耳目者,亟为之集焉。今而后有慕西子湖,而不得亲见者,庶几
披图一览,即可当卧游云尔。①

小说作者认为西湖文化源远流长、积淀深厚,但当下却遭遇湮没,
困顿失意,于是立志为西湖立传,弘扬西湖文化精神,但又担心世
人仅知其然而不知其所以然,于是"考之史传志集,征诸老师宿
儒,取其迹之最著、事之最佳者而纪之",披沙拣金,苦心孤诣。为
了让西湖美谈"俱彰彰于人耳目",《西湖佳话》以西湖为故事场
景,以名胜为依托载体,叙述葛洪、白居易、苏轼、骆宾王、林逋、苏
小小、岳飞、于谦、济颠、远公、文世高、钱镠、圆泽、冯小青、白娘
子、莲池等人的传奇逸闻,计十六篇。"西湖得人而显,人亦因西
湖以传",可见西湖小说具有鲜明、自觉的文学地理观念,不仅生
动阐释了"湖山—城市"的地理环境与"人地"关系,而且自觉参
与营造这个地理环境,积极主动地去深化这种"人地"关系,想通
过小说创作来彰显西湖精神,复兴西湖文化,重塑西湖的人文环
境。另如湖海士在《西湖二集序》中称赞作者周清原说:"苏长公
云:'杭州之有西湖,如人之有眉目也。'而使眉目不修,张敞不画,
亦如葑草之湮塞矣。西湖经长公开濬,而眉目始备,经周子清原
之画,而眉目益妍,然则周清原其西湖之功臣也哉!"②将西湖小

---

① [清]古吴墨浪子:《西湖佳话·序》,上海古籍出版社"古本小说集成"本,第6—
12页。
② [明]湖海士:《西湖二集序》,周清原撰《西湖二集》,周楞伽整理,人民文学
出版社1999年版,第566页。

说家周清原与对杭州做出杰出贡献的先贤苏轼相提并论,认为周清原创作《西湖二集》同样为西湖立下了汗马功劳,乃有功之臣,充分肯定了西湖小说对传播与丰富西湖文化的巨大贡献。这也是"西湖得人而显","景物因人成胜概"的重要内涵与意义。

（三）西湖小说崇尚"西湖得人而显"与"景物因人成胜概"的具体表现。前文已经探讨,当今文学地理学在研究文学与地理环境之间的关系时,大都忽略文学对特定人文地理环境的作用或影响①。出现这种单向、片面研究的一个重要原因就是缺乏相关材料。而明末清初西湖小说能在材料与视角上弥补一些不足。如《西湖佳话》秉承"西湖得人而显"与"景物因人成胜概"的观念,在"人地"关系上尤其重视文学作品对西湖人文地理环境的深刻影响,甚至超过西湖地理环境对文学的作用或影响。对于其具体表现,我们首先将《西湖佳话》的相关内容分解制表如下:

卷数	卷目	开头部分	文中部分	结尾部分
	序	宇内不乏佳山水,能走天下如鹜,思天下若渴者,独杭之西湖何也?……至欲穷其幽奇,则风雅之迹,高隐之庐,仙羽之玄关……所以佳人才子,或登高选句,或鼓楫留题者比比……	随在即是诗题,触处尽成佳话,故笔不梦而花,法不说而雨。自李邺侯、白香山而后,骚人巨卿之品题日广,山水之色泽日妍;西湖得人而显,人亦因西湖以传。	取其迹之最著、事之最佳者而纪之。如仙翁之药炉丹井,和靖之子鹤妻梅,白苏之文章……今而后有慕西子湖,而不得亲见者,庶几披图一览,即可当卧游云尔。

① 曾大兴:《理论品质的提升与理论体系的建立——文学地理学的几个基本问题》,《学术月刊》2012年第10期。

一	《葛岭仙迹》	西湖,环绕皆山也……独保叔塔而西一带,乃谓之葛岭,此何说也?盖尝考之,此岭在晋时,曾有一异人葛洪,在此岭上修炼成仙,一时人杰地灵,故人之姓,即冒而为岭之姓也。	他虽韬光敛迹,不露神仙踪迹,然朝游三竺,暮宿两峰,旬日不食也不饥,冬日无衣也不寒,入水不濡,入火不燃,举止行藏,自与凡人迥异,遂为人所惊疑而羡慕矣。	后朝代屡更,有人登葛岭凭吊,俨若仙人之遗风不散,地灵人杰,垂之不朽,至今称为葛岭焉。
二	《白堤政绩》	古词有云:"景物因人成胜概。"西湖山水之秀美,虽自天生,然补凿之功,却也亏人力……直到贞元中,杭州又来了一个大有声名的贤刺史,方才复修李邺侯的旧迹,重洗出西湖的新面目,来为东南胜境。	他(白居易)政事一完,也便到各名胜的所在,游赏题诗。若烟霞石屋、南北两峰、冷泉亭、雷峰塔,以及城中虚白堂、因心亭、忘筌亭,凡有一景可观,无不留题,以增其胜概……	总之,白乐天的文章声价,为天下所重,自不必言矣。守杭时重开六井,点染湖山,是他一生的功绩,故流传至今,建祠祭祀不绝,以为西湖佳话。
三	《六桥才迹》	才子二字,乃文人之美称。然诗书科甲中,文人满天下而奇才能有几人?即或间生一二,亦不过逞风花雪月于一时,安能留古今不朽之才迹在天壤间,以为人之羡慕?今不意西湖上却有一个。你道是谁?此人姓苏名轼,字子瞻,号东坡,乃四川眉山人也。	自此诗一出,人人传诵,就有人称西湖为"西子湖"了……东坡见大功既成,素志已遂,不胜欣欣然,因题诗一首以志喜道:……自此之后,西湖竟成仙境,比白乐天的时节,风景更是繁华。凡游西湖者,都乐而忘返。	杭州百姓,因见朝廷如此隆礼,也便闻风感念旧德,遂于孤山建起白、苏二公祠来,至今不废,游湖者无不景仰焉。

四	《灵隐诗迹》	西湖十景是:苏堤春晓……以至亭台楼阁、古刹名山,何处不留名人之题咏,为何诗迹二字,独加之灵隐?盖灵隐之诗,一字一句皆为千古所不磨,故不留迹而迹自留也。	宋之问听了,愈加敬服道:"老师父先辈雄才也,弟子何能及一二。老师父既已露一斑,何不卒成之,以彰灵隐之胜?"那老僧闻言,略不推辞,欣然又续念道:"桂子月中落,天香云外飘。扪萝登塔远,刳木取泉遥……"	此时寺中僧众因他有"天香云外飘"之句,遂起了一所屋宇,名天香院,请那老僧住于其中。又过了许多时,一日,无疾而终,皆相传以为得了正果。世虽屡更,却流传下这一首诗,为灵隐千秋生色,再无一人敢于续笔,所以谓之诗迹。
五	《孤山隐迹》	尝思人生天地间,既具须眉,复存姓字,是显也,非隐也。所谓隐者,盖谓其人之性情,宜于幽,洽于静,僻好清闲,不欲在尘世之荣华富贵中,汩没性命。虽鸟兽不可同群,置身仍在人间,而金紫非其所欲,栖心已在天际,故出处之间,托迹山林,而别扬一段旷逸之高风,所谓隐也。	凡游湖者,莫不羡其居址之妙,而慕其隐逸之高,然和靖不知也,惟以作字题诗自适……所题梅诗句甚多,那最传诵者有云:疏影横斜水清浅,暗香浮动月黄昏……略举数联,几将梅之色香情态,摹写殆尽。客有慕名来看梅,和靖亦不深拒……人有慕名来访者,竟欣然接见,绝不检人辞避。	因求先生之遗稿,读至先生临终一首,不觉叹服道:"先生真隐士也!千古之品行在此一绝中。"遂将此诗勒石,并纳于圹中。其时仁宗皇帝闻之,赐谥和靖处士,仍赐米五十石,帛五十匹于其家,以荣其大隐之名。后人思慕其高风,遂以其故庐立为祠宇,后复徙神位于苏堤李邺候、白乐天、苏东坡三贤祠内,合而为四贤祠,至今祭享不绝焉。

六	《西泠韵迹》	诗云:"出其东门,有女如云。"……孰料有其常,而选山水之灵,则又未尝无其变,如南齐时钱塘之苏小小是也。	(苏小小)谁知天性聪明,信中吐辞,皆成佳句。此时的西湖,虽秀美天生,还未经人力点缀,而道路迂远,游览未免多劳。	有此一段佳话,故苏小小之芳名,至今与西湖并传不朽云。
七	《岳坟忠迹》	西湖乃山水花柳游赏之地,为何载一个千古不磨的忠勇大英雄于上?只因他生虽生在相州汤阴地方,住却住在杭州按察司内,死却死在大理狱、风波亭上,葬却葬在北山栖霞岭下,故借他增西湖之雄。你道这本英雄是谁?他姓岳,单讳一个飞字,表字鹏举。		人生谁不死?而岳公之死,却死得香馥馥,垂万世之芳名。今日虽埋骨湖滨,而一腔忠勇,使才人诗客,游人士女,无不叩拜景仰,而痛惜之!连湖山也增几分颜色!
八	《三台梦迹》	西子一湖,晴好雨奇,人尽以为此盖灵秀之气所钟也。灵秀之气,结成灵秀之山水,则固然矣;孰知灵秀中,原有一派正气在其中为之主宰,方能令山水之气,酝酝酿酿而生出正人来。你道这西湖上,所生的正人是谁?这人姓于,名谦,字廷益,杭州钱塘县人。杭州生人多矣,你怎知他是禀西湖之正气而生?只因他生的那时节,杭州三年桃李都不开花,及他死的那一年,西湖之水彻底皆干,以此察知。	到了景泰七年,杭州西湖之水,忽然彻底干枯。此时孙原真正在浙江做巡抚,见此变异,因叹息道:"哲人其萎乎?吾正忧乎于公。"……遂口吟辞世诗一首:"成之与败久相依,岂肯容人辩是非?奸党只知谗得计,忠臣却视死如归……"吟毕,即引颈受刑,完了他"忠臣不怕死"一句。时年六十一。是日,阴霾四塞,日月无光,都人莫不垂泪。	吾所谓正人之气,若郁郁不散,又能隐隐跃跃,而发为千古征兆者,此也。以此知西子湖灵秀之气中,有正气为之主宰,故为天下仰慕不已耳。

九	《南屏醉迹》	佛家之妙,妙在不可思议……西子湖擅东南之秀,仙贤忠节,种种皆有;而三宝门中岂无一真修之衲,为湖山展眉目?……然济癫的痛痒,多在于一醉;而醉中之圣迹,多在于南屏。故略举一二,以生西湖之色。	长老看见榜文做得微妙,不胜之喜;随即叫人写了,挂于山门之上。过往之人看见,无不赞美。哄动了合城的富贵人家,尽皆随缘乐助;也有银钱的,也有米布的,日日有人送来。长老欢喜,因对济癫说:"人情如此,大约寺工可兴矣。"	长老听了,叹美道:"济公来去如此分明,禅门又添一重公案矣。"故济公坐化后,留此醉迹,为西湖南屏生色。
十	《虎溪笑迹》	释家之有高僧,犹儒家之有才子也。才子虽修齐诚正工夫,到不得圣贤地位;然不朽文章,亦名教之所重。高僧的学问,虽不及佛菩萨之神通,然戒律精严,性情灵慧,亦鬼神所钦,高人所敬。行为佛法增光,坐为湖山生色,有不可埋没者也。惟其品第相因,故才子与高僧,往往两相契慕。虎溪一笑,有自来也。	从来说,"人杰地灵",这龙井寺自有了辨才住锡,只觉得一日兴头似一日。这是为何?盖因辨才的道行精严,又能持楞严秘密神咒,为人治病立愈……故一时僧俗人等,来见者不计其数。遂致天竺境中,凿山筑室,不过三年,竟成了一个闹热场。	自远公与东坡行后,遂作亭岭上,名曰过溪亭。而西湖之龙井,有此笑迹,遂为后人美谈。正是:高僧纵是高无比,必借文人始得名。所以虎溪留一笑,至今千载尚闻声。

十一	《断桥情迹》	盖情之一字,假则流荡忘返,真则从一而终……故此文世高功名之念少,而诗酒之情浓。到至正年间,已是二十过头,<u>因慕西湖佳丽,来到杭州</u>,于钱塘门外昭庆寺前,寻了一所精洁书院,安顿了行李、书籍,却整日去湖上邀游。		后来张士诚破了苏州,文世高家业尽散,无复顾恋;<u>因慕西湖,仍同秀英小姐,归于大桥旧居,逍遥快乐</u>,受用湖山佳景。当日说他不守闺门,到今日又赞他守贞志烈,不更二夫,人人称羡,个个道奇矣。
十二	《钱塘霸迹》	草莽英雄乘权奋起而招集士卒,窃据一方以成霸王之业,往往有人,不为难也,然皆侥幸得之,不旋踵即骄横失之;惟难在既成之后,能识时务,善察天心,不妄思非分以自趋丧亡,不独身享荣名而子孙且保数世之利如钱镠王者,岂易得哉!嗟乎!此吾过西子湖滨,谒钱王祠而有感焉。	当时石镜山有一片石如镜,曾照钱王未遇时,便有冕旒蟒玉之异,<u>故此也封做衣锦山;大功山为功臣山</u>……自莅杭五十余载,惠爱之政深及于民,故既死之后,<u>吏民思之不已,便起造一钱王祠于西湖之上,流传至今,历</u>晋、汉、周、宋、元、<u>明,将及千载,尚巍然于东郭,以生西湖之色。</u>	其功与帝王之功自一揆矣,故能生享荣名,而死垂懿美于无穷。回视刘汉宏、董昌之非为,不几天壤哉?所以苏东坡亦有表忠碑立于钱王祠侧。余亦敬羡无已,<u>因叙述其事,与岳、于二公同称,使人知西湖正气,不独一秀美可嘉也。</u>

十三	《三生石迹》	凡人一生之中，或聚或散，会合不常的，莫过于朋友……予因检点西湖遗迹，于葛岭灵鹫之外，尚有存前生之精，成后生之魄，再世十三年后，复践约期，而津津在人之口耳，以为湖山生色，千载称奇，不容不传者，如圆泽之约李源于三生石畔是也。	细考起来，这一块石头倒在那嵩山之下的事，却偏是西湖上的石头哄传，何也？天下事没有一段因缘，这件东西由他沉埋在那草莽中，也不足为轻重；一遇着高人，留下些踪迹，后来就成佳话，游览的也当一节胜景，定往观瞻……两个人，一块石，做了三个生死不离的朋友。后人就叫这石为"三生石"。	方信三生之约真不幻也，故记其事于天竺之后那一片石上，以继嵩山之旧迹；遂与寺僧乞此一片石，结庐其侧，朝夕焚修，得悟无生之妙谛，因终老于兹石间。迄今流传其事于西湖之上，与虎溪、灵隐，并垂不朽……惟有卷卷一片石，至今留迹两山间。
十四	《梅屿恨迹》	西湖，行乐境也，花索笑，鸟寻欢，春去秋来，皆供人之怡悦，何尝有恨？执知人事不齐，当赏心悦目之场，偏有伤心失所之人，如小青者，因而指出，为西湖另开一凄凉景界。	犹幸第二图，其姻娅购去。稍有一二著作，则临卒时赠老妪女花钿纸上得之。有小青手迹，字亦漫灭。细观之，得九绝句，一古诗，二诗余，诗余即寄杨夫人作。又有冯生酒友刘无梦过梅屿，于小青卧处窗缝中拾残纸少许，得"南乡子"词三句。	纵有美名，顷刻销熔，安能于百年后，令文人才士，过孤山别业，吊暮山之夕阳青紫，拟小青之风流尚在？嗟乎！此天不成就小青于一时者，正成就小青于千古也！何恨之有？

十五	《雷峰怪迹》	尝思圣人之不语怪，以怪之行事近乎妄诞而不足为训，故置之勿论。然而天地之大、何所不有？荒唐者固不足道，若事有可稽，迹不能泯，而彰彰于西湖之上，如雷峰一塔，考其始，实为镇怪而设。流传至今，雷峰夕照，已为西湖十景之一，则又怪而常矣。湖上之忠坟、仙岭，既皆细述其事，以为千古之快瞻，而怪怪常常，又乌可隐讳而不领一时之欣听哉？	禅师因将二怪置于钵盂之内，扯下褊衫一幅，封了钵盂口，拿到雷峰寺前，将钵盂放下，令人搬砖运石，砌成一塔，压于其上。后来许宣又化缘而成了七层，使千年万载，白蛇与青鱼不能出世。禅师自镇压后，又留偈四句道：雷峰塔倒，西湖水干。江潮不起，白蛇出世。	怪迹虽曰不足纪，然雷峰自此而成名于西湖之上，故景仰雷峰，又不得不凭吊其怪事云。
十六	《放生善迹》	古来文人慧士，俱由前世善根夙悟，故托生来即有一段超凡入圣的妙用……直至万历年间，西湖上有一个极有文名的秀才，后来做一个极有善缘的和尚。……你道他前生是什么人？为何托生西湖，成这一篇佳话？他前生姓许，名自新……	莲池便命书记速传此戒杀文，广行天下；复作放生文，劝人为善；遂凿上方池放生，自作碑记于长寿庵……自莲池重兴后，那放生的，源源不绝，也有为生日放生的，也有为生子放生的，也有逐月初一、十五做放生会的。西湖之上，竟做了西方乐国矣。	大师生于嘉靖乙未，逝于万历四十三年七月初四午时，葬于寺左岭上，遂建塔于此。其妻汤氏，先一载而化，亦塔于寺外之山右。可见佛慧性生，男女俱成正果。天下丛林，未有如云栖之处置精详，僧规严肃者。西湖放生池、万工池，并城中上方、长寿两池，至今放生不绝。大师岂非西湖一大善知识乎！

从上表可以看出,《西湖佳话》崇尚"西湖得人而显"与"景物因人成胜概",在"人地"关系上尤其强调文学作品对西湖人文地理环境的深刻影响,其具体表现如下:

1.结构上一线串珠、前后照应以强调"西湖得人而显"。《西湖佳话》在序文开篇就提出一个设问:"宇内不乏佳山水,能走天下如骛,思天下若渴者,独杭之西湖。何也?"①以引起读者的强烈兴趣与深入思考。在列举系列自然美景后,序文开宗明义云:"随在即是诗题,触处尽成佳话,故笔不梦而花,法不说而雨。自李邺侯、白香山而后,骚人巨卿之品题日广,山水之色泽日妍;西湖得人而显……"②一句"西湖得人而显"揭示出了全书的思想内核,构成了一条精神红线,贯穿了全集十六篇小说,呈现一线串珠的叙事模式。不仅如此,"西湖得人而显"与"景物因人成胜概"的观念在小说中被反复强调,前后多次照应。一方面,正文十六篇小说与序文开篇中的"西湖得人而显"一一照应;另一方面,每篇小说内部的开头、文中与结尾部分又多次照应,一再强调文学作品对西湖人文地理环境的深刻影响。上表展现了每一篇的照应情况,兹不赘述。

2.使用欲扬先抑的笔法来强调"西湖得人而显"。有些小说为了彰显某一胜迹的人文精神,开始并不急于正面赞扬,反而先从贬抑之处落笔切入。如《雷峰怪迹》一开篇就对"怪"颇有微词:"尝思圣人之不语怪,以怪之行事近乎妄诞而不足为训,故置之勿论。"从《论语》中"子不语怪力乱神"的儒家教导出发,

---

① ［清］古吴墨浪子:《西湖佳话·序》,上海古籍出版社"古本小说集成"本,第2页。

② ［清］古吴墨浪子:《西湖佳话·序》,上海古籍出版社"古本小说集成"本,第6—7页。

批评妄诞荒唐的奇闻怪事不足为训。但后文笔锋一转，又认为："天地之大，何所不有？荒唐者固不足道，若事有可稽，迹不能泯，而彰彰于西湖之上，如雷峰一塔，考其始，实为镇怪而设，流传至今，'雷峰夕照'已为'西湖十景'之一，则又怪而常矣。"通过由"怪"到"常"的转化阐释，小说笔法也由抑转扬，将原本带有妄诞色彩的雷峰塔与岳飞、于谦的忠坟贤祠等相提并论，认为"怪怪常常，又乌可隐讳而不倾一时之欣听哉？"经过先抑后扬的铺垫与前后态度的鲜明对比，读者反而对"雷峰怪迹"的来龙去脉与故事内涵产生了强烈兴趣，留下了深刻印象。另如《六桥才迹》开篇批评科甲中少有才子，非常鄙夷地说："即或间生一二，亦不过逞风花雪月于一时，安能留古今不朽之才迹在天壤间，以为人之羡慕？"如此贬抑科举庸才，其实是为突出西湖上的大才子苏轼做好铺垫，彰显其"一读书便能会悟，一落笔便自惊人"的禀赋。至于《南屏醉迹》开篇对僧人"不显慧灵之妙"与"但逞才学之名"的批评，其实也是为了彰显济公的疯癫言行皆含佛理，以及为西湖生色的非凡意义。

　　3. 采取扬人抑景的态度来强调"西湖得人而显"。《西湖佳话》为了突出"西湖得人而显"与"景物因人成胜概"，彰显人对西湖的深刻影响，往往表现出扬人抑景的态度。西湖墨浪子《西湖佳话序》谈及西湖美景已经黯然失色时，庆幸"古人之美迹犹存，品题尚在，则西子之面目自若也"，就是如此。卷一《葛岭仙迹》开首贬抑湖畔诸峰"皆无足称，纵有可称，亦不过称其形势。称其隅位而已，并未闻有著其姓者"，唯独葛岭脱颖而出，但原因并非美景，而是葛洪在此修炼成仙，"一时人杰地灵，故人之姓，即冒而为岭之姓也"。"人杰"排在"地灵"之前。"山不在高，有仙则灵"，山岭要有灵气与声望，得靠贤达的点染。小说在结尾时再次强调"故地借人灵,垂之不朽,至今称为葛岭焉","人杰"与"地灵"在此成了因果关系。卷二《白堤政迹》亦是如此,开篇强调"景物因人成胜概",然后指出"西湖山水之秀美,虽自天生,然补凿之功,却也亏人力",隐含了扬人抑景之意。杭州原为斥卤之地,居民稀疏,不能生聚。西湖山水蒙尘失色,幸有李泌、白居易等人的治理与点染,"凋敝人情,转变作繁华境界","重洗刷出西湖的新面目来,为东南胜境"。小说着力强调人力在创造与重塑西湖胜景中"补凿之功"的重要作用,而对被重塑与改造之前的西湖山水不以为然,扬人抑景的态度非常鲜明。

西湖小说家的良苦用心显然是富有成效的。文学对特定人文地理环境的作用或影响也体现于此。如《警世通言》第二十八卷《白娘子永镇雷峰塔》与《西湖佳话·雷峰怪迹》中,白娘子的故事都是依托西湖名胜雷峰塔。此塔原名皇妃塔,又名西关砖塔、黄妃塔等,因建于雷峰之上,后人称为雷峰塔。它是吴越国王钱俶为祈求国泰民安而于北宋太平兴国二年(977)建造的佛塔,一说是吴越王钱俶因黄妃得子而建。雷峰塔是西湖的标志性景观之一,"雷峰夕照"名列"西湖十景"。但明末清初西湖小说对雷峰塔的成因却有完全不同的说法。《白娘子永镇雷峰塔》是较早将雷峰塔的缘起与白蛇传说联系起来的文学作品。其叙说白娘子与小青被制服后:

> 禅师将二物置于钵盂之内,扯下褊衫一幅,封了钵盂口,拿到雷峰寺前,将钵盂放在地下,令人搬砖运石,砌成一塔。后来许宣化缘,砌成了七层宝塔,千年万载,白蛇和青鱼不能出世。且说禅师押镇了,留偈四句:"西湖水干,江

湖不起,雷峰塔倒,白蛇出世。"①

《白娘子永镇雷峰塔》讲述雷峰塔的成因是为了镇压白娘子与小青,由法海奠基起始、许宣最终封顶完工的。《雷峰怪迹》亦沿袭此说,且在开篇两次予以强调,先是宣称"如雷峰一塔,考其始,实为镇怪而设"。接着又特别设一问答:"你道这雷峰塔是谁所造?原来宋高宗南渡时,杭州府过军桥黑珠巷内,有一人叫做许宣……"他们对雷峰塔在历史上的真正缘起已经只字不提。别有意味的是白蛇传说原本与雷峰塔并无关系。明代嘉靖年间,洪楩编刊的《清平山堂话本》所收宋元话本小说《西湖三塔记》也是西湖小说的名篇,在白蛇故事演变中具有重要地位。《西湖三塔记》与《白娘子永镇雷峰塔》之间具有直接的传承关系,两者的结构、情节与人物描写细节多有相同②。但它们有一个重大区别是西湖三塔变成了雷峰塔,三怪变成二妖。西湖三塔始建于北宋元祐年间,相传时任杭州知州的苏轼为了防止湖泥淤积,在湖中立三塔作为分界的标志,规定在三塔范围以内不准种植菱芡。塔形如瓶,浮漾水中,成为西湖上一道秀丽的风景。而三塔镇妖的故事依傍这一名胜衍生流传,如宋元话本小说《西湖三塔记》及元明之际邾经的同名杂剧等。但西湖三塔在明代弘治年间被按察司金事阴子淑毁掉,到了正德年间仅存北塔地基。嘉靖三十一年(1553),知府孙孟建亭于上,即现在

① 〔明〕冯梦龙:《警世通言》,顾学颉校注,人民文学出版社1956年版,第426页。

② 如郑振铎说:"《警世通言》第二十八卷《白娘子永镇雷峰塔》一作,盖即此作(《西湖三塔记》)的放大。"《郑振铎文集》第七卷《宋元明小说的演进》,人民文学出版社1988年版,第125页。

的湖心亭①。由于西湖三塔被毁，原本盛行的三怪传说失去了
依傍，西湖小说家因此将目光投向距离三塔不远的雷峰塔。于
是，西湖小说又开始重塑、创造雷峰塔的传说缘起与文化内涵。
小说家言深入人心，致使历史与旧闻湮没不传。鲁迅先生在
《论雷峰塔的倒掉》中说：

> 然而一切西湖胜迹的名目之中，我知道得最早的却是
> 这雷峰塔。我的祖母曾经常常对我说，白蛇娘娘就被压在
> 这塔底下。有个叫作许仙的人救了两条蛇，一青一白，后来
> 白蛇便化作女人来报恩，嫁给许仙了……我的祖母讲起来
> 还要有趣得多，大约是出于一部弹词叫作《义妖传》里的，
> 但我没有看过这部书，所以也不知道"许仙""法海"究竟是
> 否这样写。总而言之，白蛇娘娘终于中了法海的计策，被装
> 在一个小小的钵盂里了。钵盂埋在地里，上面还造起一座
> 镇压的塔来，这就是雷峰塔。②

鲁迅是浙江绍兴人，家乡毗邻杭州。他从小就听祖母说起雷峰
塔，认为它源自镇压白蛇之事，出处就是《义妖传》等与小说关
系密切的弹词等通俗文学作品。讲述白蛇故事的弹词作品在明
末已经出现，郑振铎先生说："今所知最早的弹唱故事的弹词为
明末的《白蛇传》（与今日的《义妖传》不同）。我所得的一个
《白蛇传》的抄本，为崇祯间所抄。现在所发现的弹词，无更古
与此者。"③《白蛇传》之类的弹词应该是受到此前早已盛行的

---

① ［明］田汝成：《西湖游览志》卷二，上海古籍出版社1980年版，第23—24页。
② 鲁迅：《论雷峰塔的倒掉》，《语丝》周刊第一期，1924年11月17日。
③ 郑振铎：《中国俗文学史》第十二卷《弹词》，上海古籍出版社2013年版，第
　467—468页。

西湖小说的影响。由于小说、弹词作品盛行,雷峰塔源自镇压白蛇的说法深入人心,以致极少有人知道它的真正缘起以及原名,就连鲁迅先生也开始误认为雷峰塔是保俶塔①。可见,西湖小说对西湖名胜景观的深远影响。英国当代地理学家迈克·克朗在《文化地理学》中所说"文学作品不能简单地视为是对某些地区和地点的描述,许多时候是文学作品帮助创造了这些地方"②,即是如此。《白娘子永镇雷峰塔》与《雷峰怪迹》等西湖小说也帮助创造或重塑了雷峰塔新景观。

总而言之,明末清初西湖小说的"人地"关系理念已经达到很高的层次。《西湖二集序》说:"西湖经长公开濬,而眉目始备,经周子清原之画,而眉目益妍,然则周清原其西湖之功臣也哉!"③将小说家周清原和曾大力疏浚西湖的知州苏轼相提并论,甚至置于其上,肯定了西湖小说改造、重塑西湖的重要作用。《西湖佳话序》云:"骚人巨卿之品题日广,山水之色泽日妍;西湖得人而显,人亦因西湖以传。"④《白堤政迹》又说:"景物因人成胜概。"此论不仅指出文学与地理之间相应相生的互动、辩证

---

① 《论雷峰塔的倒掉》最初发表时,篇末有鲁迅的附记说:"这篇东西,是一九二四年十月二十八日做的。今天孙伏园来,我便将草稿给他看。他说,雷峰塔并非就是保俶塔。那么,大约是我记错的了,然而我却确乎早知道雷峰塔下并无白娘娘。现在既经前记者先生指点,知道这一节并非得于所看之书,则当时何以知之,也就莫名其妙矣。特此声明,并且更正。十一月三日。"见 1924 年 11 月 17 日《语丝》周刊第一期。

② 〔英〕迈克·克朗:《文化地理学》,杨淑华等译,南京大学出版社 2003 年版,第 55 页。

③ 〔明〕湖海士:《西湖二集序》,周清原撰《西湖二集》,周楞伽整理,人民文学出版社 1999 年版,第 566 页。

④ 〔清〕古吴墨浪子:《西湖佳话·序》,上海古籍出版社"古本小说集成"本,第 6—7 页。

关系,而且强调了文学家提升甚至重塑地理环境的主体性和主动性。在天人合一、顺天应天的文化传统中,文学被当作载道、言志和抒情的工具。中国古代文学对"人地"关系的认识,也囿于刘勰关于文学作为被动的受体得"江山之助"的阐发,而少有江山得文学之助的论述,忽视了文学在"人地"关系中具有主体性和自觉能动性。西湖小说的认识可谓达到了古代文学的"人地"关系理念的新高度,已经孕育了近现代意义上的"人地"关系的认识因子。

第二节　明末清初西湖小说中的西湖景观研究

文学景观具有重要研究价值,"文学景观是文学地理学的核心研究对象,并日益成为新的研究中心和重心,代表了文学地理学研究的未来发展方向"①。英国学者 R. J. 约翰斯顿主编的《人文地理学词典》将景观解释为"是指一个地区的外貌、产生外貌的物质组合以及这个地区本身",他又指出 20 世纪初期以后,"景观被定义为'由包括自然的和文化的显著联系形式而构成的一个地区'。……实际上,所有的景观都变为文化景观。"②地理学认为景观的自然属性与人文属性是相统一的,这是所有的景观变为文化景观的关键之处。曾大兴先生认为,文化景观之所以能够成为文学景观,除了它的自然和人文属性,还有文学

---

① 陶礼天:《略论文学地理学的过去、现在和未来》,《文化研究》2012 年,总第 12 辑。

② 〔英〕R. J. 约翰斯顿:《人文地理学词典》,柴彦威等译,商务印书馆 2004 年版,第 367—368 页。

属性,"所谓文学景观,是指那些与文学密切相关的景观,它属于景观的一种,却又比普通的景观多一层文学的色彩,多一份文学的内涵。"①文学景观可以分为虚拟性与实体性两种类型。前者是指文学家在作品中描写的景观,后者是指文学家在现实生活中留下的景观。虚拟景观(内部文学景观)和实体景观(外部文学景观)是相对而言的,在一定条件下可以互相转换。西湖景观自古闻名天下,《西湖二集序》开篇就自豪地感叹道:"天下山水之秀,宁复有胜于西湖者哉……不闻其有不备之美也。"②作为景观的"西湖"甚至成为西湖小说的灵魂内核与精神符号,是西湖小说地域精神最为集中的体现之处。本节拟从明末清初西湖小说中西湖景观的层理层累构造、人文内涵、叙事属性与文本功能等方面予以探讨。

一、西湖景观的层理构造

层理是一个多用于地理学与地质学研究的概念,是指在沉积岩在形成过程中,由于沉积环境的改变所引起的沉积物质的成分、颗粒大小、形状或颜色沿垂直方向发生变化而显示出的成层现象。层理构造是沉积物最重要的特征之一③。本文将其用于描述西湖小说中西湖文学景观的形成特征。文学作品中的西湖景观在不同时代被不断地改写、重塑,最终累积沉淀下来,形

---

① 曾大兴:《论文学景观》,《陕西理工学院学报(社科版)》2014 年第 2 期。曾大兴:《文学地理学研究》,商务印书馆 2012 年版,第 118—132 页。
② [明]湖海士:《西湖二集序》,周清原撰《西湖二集》,周楞伽整理,人民文学出版社 1999 年版,第 565 页。
③ 王裕宜等:《泥石流堆积层理结构的分析研究》,《水土保持学报》2001 年第 3 期。

成了层理丰富多彩且清晰共存的独特构造。下面我们以《西湖佳话·灵隐诗迹》中的灵隐景观为标本，来剖析西湖小说中文学景观构造的五条层理：

（一）神话传说中的传奇层理。鲁迅《中国小说史略》第二篇《神话传说》云："故神话不特为宗教之萌芽，美术所由起，且实为文章之渊源。"①认为小说源于神话传说。在明末清初西湖小说中，虽然相关的神话传说未必是开篇，但传奇层理一般会出现在景观叙事的初始。在《灵隐诗迹》中，骆宾王逃难归隐于灵隐，小说描述道：

　　1. 那灵隐的可爱在何处？略表一二便知。离城西十二里，高有九十余丈，周围亦有十二里。汉时称为虎林，因有白额虎，尝在阶下听经。②

　　2. 那亭子右首，不上里许，有一峰孤石，可四十围。山势葱秀，石瓣槎枒，远远望去，宛似一朵千叶莲花。峰腰有一小洞，其口不过二尺许，望之黝黝黯黯，峭峻不可攀跻。此中有一白猿窟穴在内。那白猿还是慧理法师所蓄的，每见那白猿临涧长啸一声，则诸猿毕集，人皆谓之"猿父"。好事者施食以斋之，闻呼即出，后人便建一饭猿台。到了宋朝，有僧守一，或朝或夕，每叩木鱼数声，那老猿即便下来，与守一做伴，代守一烧香换水，或洗菜担柴。有暇便与守一弈棋赌胜……不料济癫走近前来，把老猿头上一摸，说道："先天一着已多年，黑白盘中没后先。今日天机殊太泄，有

---

① 鲁迅：《中国小说史略》，《鲁迅全集》第九卷，人民文学出版社 2005 年版，第 17 页。

② ［清］古吴墨浪子：《西湖佳话》，上海古籍出版社 1980 年版，第 61 页。

缘缘里却无缘。"道罢,把手将老猿脑后一拍,只见那老猿把头点上两点,挺然直立在棋枰之侧,推来挽去,全然不动。仔细看之,竟像木削成,石琢就,天台山上老僧峰一样的。知府惊讶称奇。长老即命侍者取些干柴,将老猿驾起,众曾念起往生咒来,立时焚化……①

小说讲述白虎听经,尤其是详述白猿弈胜天下第一棋手而被点化成佛,神奇的传说让有关西湖的景观叙事富有神异、浪漫色彩。

(二)历史故实中的史笔层理。古代小说有依傍史传的深厚传统,史笔景观层理主要源自史志。《灵隐诗迹》描述道:

> 独灵隐寺是晋咸和元年,西僧慧理建造的。山门紧对着巉崖峭壁,门上一匾,是"绝胜觉场",系葛洪写的。景德四年,改名香月林。还有白云岩、松隐岩。天下丛林,最著名的莫过于此。门前就是冷泉亭,乃唐刺史元萸所建。高不倍寻,广不累丈,撮奇搜胜,真乃仙境。春之日,草碧花香,可以导和纳粹,畅人怀抱;夏之日,风冷泉亭,可以蠲烦消暑,起人幽情。秋冬则山树为盖,岩石为屏;云从栋起,水与阶平。坐而玩之,物无遁形。亭前峭壁皆凿世尊罗汉,真是神工鬼斧。②

梳理灵隐诸胜迹的来历,主要采自晏殊《舆地志》、潜说友《咸淳临安志》、田汝成《西湖游览志》等史志。但与历史小说"羽翼信史"不同,此处的"史笔"只是景观叙事的导语。冷泉亭是唐代

---

① 〔清〕古吴墨浪子:《西湖佳话》,上海古籍出版社1980年版,第62—64页。
② 〔清〕古吴墨浪子:《西湖佳话》,上海古籍出版社1980年版,第61—62页。

杭州刺史元㻅所建,在讲述此亭的故事之前,自有一番绘景。但元㻅没有留下什么有关此景的佳作,小说则采用了接任他的白居易在此所作《冷泉亭记》中的佳句。该文赞扬灵隐美景和前任长官的政绩,被收入多种杭州方志的"艺文志"。于景于时于人,尤其是对于小说叙事都非常契合。

（三）小说人物所见的画意层理。美景是西湖小说中的各色人物汇聚西湖的重要缘由,成为小说叙事的生发点,如李源"闻得西湖山水秀丽甲天下,遂立志要往西湖"(《西湖佳话·三生石迹》),滕生"素闻临安山水之胜,思一游焉"(《情史·卫芳华》)。他们面对西湖美景自有一番感慨。在《灵隐诗迹》中:

> 宋之问不胜愤忌,遂弃官而浪游于四方,以诗酒自娱。一日,游到杭州西湖之上,南北两山,遍历一回,因爱灵隐寺飞来峰之形胜,泉石秀美,遂借寓于寺中,日夕观玩其妙。原来灵隐后山最高名曰鹫岭,从下而上,殊费攀跻。而山上有泉,转流而下,不烦众僧之取汲,自能流至厨灶间,以供众僧之饮。岭面朝东,而日出正照,钱塘之潮,隔城而望,如在目前。那时宋之问观之不尽,爱之有余,欲赋一诗,以占灵隐之胜,奈景界雄者雄,而幽者幽,可以入诗者应接不暇,从何处题起,一时苦吟,未得佳句。时值秋天,是夕月光皎洁,松筠与泉石互映,宋之问不忍便睡,因而绕廊闲行,只觉树影婆娑可爱,但秋气逼人,微有寒色……①

画面来自小说人物的独特视角和别样感受。一个原本热衷钻营的名利之徒,在此被美景净化后如释重负,信步闲庭,眼中的月

---

① ［清］古吴墨浪子:《西湖佳话》,上海古籍出版社1980年版,第65页。

光、松竹、山石、清泉充满了闲适与安详。画面构图谐和、层次分明、色调清幽，如"明月松间照，清泉石上流"般颇得诗画之意，读来如身临其境，也难怪《西湖佳话序》云："今而后有慕西子湖，而不得亲见者，庶几披图一览，即可当卧游云尔。"①这一层理的景观画面随情节发展而不断切换，其叙事性仅次于诗（词）话层理，有时甚至相当。

（四）小说所引诗词的诗（词）话层理。这一层理是由关于西湖的经典诗词生发，有如诗（词）话记载绘景佳句的本事出处，但与前文所论诗文中的情景关系相反。西湖诗词在此为景观叙事服务，成为搭建叙事场景、推动故事发展的材料和工具。在《灵隐诗迹》中：

1. （宋之问）不觉信口吟一句道："岭边树色含风冷。"

2. 那老和尚因念道："石上泉声带雨秋。"

3. 宋之问因念道："鹫岭郁岧峣，龙宫锁寂寥。"

4. 老僧听了，也不假思索，即随口道："何不曰：楼观沧海日，门对浙江潮？"

5. 那老僧闻言，略不推辞，欣然又续念道："桂子月中落，天香云外飘。扪萝登塔远，刳木取泉遥。霜薄花更发，冰轻叶渐凋。夙龄尚遐异，搜对涤尘嚣。待入天台路，看予渡石桥。"……此时寺中僧众，因他有"天香云外飘"之句，遂起了一所屋宇，名"天香院"，请那老僧住于其中。

描述了唐诗写景名篇《灵隐寺》的初创场景，给读者带来了强烈的现场感。这一层理虽然直接引用诗词，但融入故事场景中，具

---

① ［清］古吴墨浪子：《西湖佳话·序》，上海古籍出版社"古本小说集成"本，第12页。

有很强的叙事性,最为生动。

（五）小说作者描绘的现实景观层理。小说作者在叙述西湖故事时,需要介绍场景和氛围,于是形成了现实景观层理。在《灵隐诗迹》中:

> 1. 清溪内,怪石昂藏,流泉湍急,游鱼喷沫,碧藻澄鲜。卧可垂纶于枕上,坐可濯足于床间。自从这亭子造了,游人都要到亭子上,息足片时,说些超世拔俗的话。冷之一字,大有开悟人处。

> 2. 这北高峰上,有浮屠七级,远眺则群山屏列,湖水镜净;云光倒垂,万象俱俯;画舫往还,恍若鸥凫。其次,则有鸟门峰、石笋峰、香炉峰、狮子峰。莲花峰、飞来峰。岩洞则有呼猿洞、玉女洞、龙泓洞、射旭洞。溪涧则有南涧、北涧、大涧。名泉则有月桂泉、伏犀泉、永清泉、倚锡泉。其最为人所赏鉴者,惟冷泉。寺之左右,多有静室。如韬光庵、白沙庵、石笋庵、茶庵、无着庵、松偃庵,更有胜阁,如望海阁、超然阁、永安阁、弥陀阁、云来阁,俱是天造地设的。

笔触清新流丽,摆脱了传统上借助"有诗为证"的小说绘景窠臼。它与画意层理的区别在于:一是观景的主体不同;二是前者为限知视角,后者为全知视角;三是前者相对疏离故事情节,而后者常与叙事融为一体。

这些景观层理也不同程度地呈现在其他西湖小说当中,而且在整个古代小说中也是或隐或显的存在,形成了一种层累层理结构现象。著名历史学家顾颉刚先生提出"层累地造成中国古史"理论,认为古史是由神话传说逐渐演化而层累式地造成的,时代愈后,传说的古史期愈长,内涵就愈丰富①。从上述西湖小说的景观层理结构可见,景观层理虽然也与时代有关,但时间在小说叙事中被空间化了,景观叙事将时间淡化甚至凝固,成为空间形态的景观层理。不同时代与文体的绘景模式和经典片段常被采撷至此,在叙事的作用力下,形成了以西湖景观为"地核",依次排列成诗(词)话→画意→传奇→史笔→现实景观的层理构造。在此,叙事性的强弱取代时序先后成为决定层理位置和容量的关键因素。与叙事的关系越密切,叙事的"密度"越大,层理的内涵就越丰富,景观描绘就越精彩。这种立足于空间书写的景观叙事,改变了景观附庸于抒情和时序的传统格局,以丰富、鲜明的景观层理结构还原了景观的空间属性,可谓集古代文学景观书写之大成,具有独特的文学史意义和文学地理研究价值。

上述这五个层面的景观共同构成了灵隐佳境。除了以上分析以外,这种层累结构还有以下几个特点:

(一)神话传说中的传奇景观层理的形成时间最为久远,小说作者描绘现实景观层理是最新近的。如上引"虎林"之名源自汉代,出自白额虎阶下听经的神奇传说,虚幻色彩浓厚。更让人惊奇的是白猿从西晋到南宋的近千年里一直显灵于此,南宋陈仁玉等修《淳祐临安志》卷二十三"呼猿洞"引用陆羽的话说:"宋僧智一善啸,有哀松之韵。尝养猿于山间,临涧长啸,众猿毕集,谓之猿父。"《湖山便览》卷六云:"相传慧理谓峰自灵鹫飞来,人不之信,因就洞呼出黑白二猿为证。"②白猿弈胜天下第一

---

① 顾颉刚:《古史辨·自序》,上海古籍出版社1982年版,第一册,第52页。

② [清]翟灏、翟瀚:《湖山便览》卷六,王维翰重订,杭州出版社2004年版,第461页。

高手,最终被济癫点化升天成佛,神奇的传说让呼猿洞、饭猿台等成为飞来峰及灵隐寺里最富传奇梦幻色彩的标志性景观。相对于神话传说中的传奇景观层理,小说作者描绘现实景观层理则是最新近的。明末清初西湖小说家常常跳出小说情节,以当时的西湖景观做如实的描绘介绍,如上文对北高峰美景的描绘,对诸峰、洞、涧、泉、庵、阁的介绍就是如此。

（二）人文性与自然性相结合。神话传说中的传奇景观层理、历史故实中的史笔层理主要是人文性的,如冷泉亭、世尊罗汉及诸多庵、阁就属于人文景观。如北高峰的美景,诸峰、洞、涧、泉,春夏秋冬四季冷泉亭边的花、草、水、云则是自然景色。小说人物所见画意景观与小说所引诗词的诗（词）话层理则兼具人文性与自然性。这些景观在小说中常常相互交融,相得益彰。

（三）虚拟景观（内部文学景观）和实体景观（外部文学景观）结合与转换。所谓虚拟性文学景观,是指文学家在作品中描写的景观。如描绘白猿临涧长啸则诸猿毕集,以及白猿升天时在云端合掌作礼等。所谓实体性文学景观,是指文学家在现实生活中留下的景观。如葛洪在山门匾额题写的"绝胜觉场",唐代刺史元䕫建造与白居易题咏过的冷泉亭等。虚拟景观（内部文学景观）和实体景观（外部文学景观）是相对而言的,在一定的条件下是可以互相转换。虚拟景观（内部文学景观）可以变成实体景观（外部文学景观）,实体景观（外部文学景观）也可以变成虚拟景观（内部文学景观）[1]。如因宋之问诗句"天香云外飘"而建造的"天香院"就是虚拟景观（内部文学景观）变成实

---

[1]　曾大兴:《文学地理学研究》,商务印书馆 2012 年版,第 118—132 页。

体景观(外部文学景观),因传说中的神猿而建造的饭猿台亦是
如此。

二、西湖景观的人文内涵

"江南财富地,江浙人文薮",杭州乃人文渊薮。"杭州之有
西湖,如人之有眉目"①,西湖作为杭州的"眉目"与名片,蕴含
着丰富、深厚的地域文化精神。明末清初西湖小说中的西湖景
观具有极其丰富、深厚的人文内涵,具体表现在以下几个方面:

(一)天堂之梦。"上有天堂,下有苏杭",杭州常被世人奉
为人间天堂。西湖则是梦牵魂绕之地,如苏轼《杭州故人信至
齐安》所云:"昨夜风月清,梦到西湖上。"张岱也著有追忆西湖
繁华的《西湖梦寻》与《陶庵梦忆》。湖海士《西湖二集序》云:
"富者适志,贫者惬心,不闻其有荣枯之异也。"②无论是帝王将
相、文人墨客,还是鬼怪神灵、贩夫走卒,西湖总能激起他们对美
好生活的强烈欲望与不懈追求,寄托对未来的无限憧憬与满怀
希望。在明末清初西湖小说构建的天堂梦幻中,除了本文第二
章详述的游乐之梦外,"西湖"还承载着以下两类梦幻:

1.功名之梦。自隋代以后,杭州是一个地区的行政、文化中
心,在南宋时更是全国的政治、文化中心。文人士子汇聚杭州,
或是求官,或是赴考,或是进学,西湖寄托了太多对功名富贵的
炽热梦想。《石点头》第十卷《王孺人离合团鱼梦》中,王从事认
为"论来还该科举,博个上进功名,才是正理",于是携同妻子乔

---

① [宋]苏轼:《杭州乞度牒开西湖状》,《苏轼文集》卷三十,孔凡礼点校,中
   华书局1986年版,第863页。
② [明]湖海士:《西湖二集序》,周清原撰《西湖二集》,周楞伽整理,人民文
   学出版社1999年版,第565页。

氏来到"湖开潋滟,六桥桃柳尽知春"的西湖,寻找科举士子的天堂之梦。西湖是文人逞学炫才的理想舞台。在这里,他们灵感闪耀,文思泉涌,豪情万丈,憧憬前程似锦的功名美梦。如《西湖二集》第三卷《巧书生金銮失对》中,甄龙友来杭州应试,"游于南北两山之间,凡庵观院宇,无不游览,以畅其胸中之气。有兴的时节,便提起笔来,或诗词赞颂,题于壁子之上",出经入史,出口成章,涉笔成趣,在西湖畔的大佛寺、观音寺等名胜景观多有题咏。繁华的西湖景象进一步激起了这位"永嘉狂生"的功名美梦。

西湖给人带来了功名与荣耀,被视为建功立业、大展宏图的风水宝地。在《西湖二集》第一卷《吴越王再世索江山》与《西湖佳话·钱塘霸迹》中,风水先生建议钱王"把西湖填平,开十三条水路以蓄泄湖水,建宫殿于上,便有千年王气"①。在《型世言》第十四回《千秋盟友谊 双璧返他乡》中,刘伯温遍游西湖,醉饮湖堤,"见西北异云起",预测是王气升腾,顿时热血沸腾,"跳起身歌道:'云堆五彩起龙纹,下有真人自轶群,愿借长风一相傍,定教麟阁勒奇勋。'"②借西湖天象展现有识之士建功立业的豪情壮志。

西湖景观除了寄寓少数精英的鸿鹄之志,还见证了大量凡夫俗子期望"偶拾功名"的白日梦。这些苦心虔诚的寒士梦想西湖能够提供改变命运的良机和奇遇。《西湖二集》第二卷《宋高宗偏安耽逸豫》与《喻世明言》第三十九卷《汪信之一死救全家》头回中,太上皇在西湖断桥一家酒肆的屏风上,看到穷秀才

---

① [明]周清原:《西湖二集》,周楞伽整理,人民文学出版社1999年版,第13页。

② [明]陆人龙:《型世言》,上海古籍出版社"古本小说集成"本,第613页。

于国宝醉后所题《风入松》词,天颜欣喜,"赐与金花乌角幞头,敕赐为翰林学士之职,即日荣归乡里,惊动了天下"。此后,西湖畔的歌楼酒馆、庵院亭台的粉壁上遍题诗词,"希图君王龙目观看,重瞳鉴赏"①。太多的士子梦想走终南捷径来博取功名。《警世通言》第六卷《俞仲举题诗遇上皇》中,俞良名落孙山、走投无路,准备投西湖自尽。太上皇梦见他的《鹊桥仙》词,几经周折,寻访召见。俞良最终被授太守之职,加赐白金千两,"前呼后拥,荣归故里"②。另如"资质愚鲁"的赵雄在西湖畔行善,梦见鬼女指点天机,"不意揭榜之日果然高中"③;甄龙友在西湖天竺寺壁上信手题写观音赞诗,被孝宗授予翰林院编修,"从穷愁寂寞之中,忽然天上掉下一顶纱帽来"④,等等。行文中的"即日""惊动""希图""不意""忽然"等词,生动反映了举子对"西湖偶拾功名"的热切期盼。

明末清初西湖小说中层出不穷的"西湖偶拾功名"的现象,除了是作者创作与读者接受中"发迹变泰"的审美趣味以外,还与文人在科举胜地杭州的应举活动有关。他们对功名富贵抱有强烈的侥幸心理,使杭州出现了"于祠祈梦"的风俗,即在西湖畔的于祠祈求于谦托梦帮助金榜题名。《无声戏》第九回《变女

---

① ［明］周清原:《西湖二集》,周楞伽整理,人民文学出版社 1999 年版,第 32 页。
② ［明］冯梦龙:《警世通言》,顾学颉校注,人民文学出版社 1956 年版,第 77 页。
③ ［明］周清原:《西湖二集》,周楞伽整理,人民文学出版社 1999 年版,第 64 页。
④ ［明］周清原:《西湖二集》,周楞伽整理,人民文学出版社 1999 年版,第 55 页。

为儿菩萨巧》说："每到科举年,他(于谦)的祠堂竟做了个大歇店。"①《西湖佳话·三台梦迹》宣称"祈梦于祠下者,络绎不绝。祠侧遂造'祈兆所',彻夜灯烛直同白昼。诚心拜祷,其梦无不显应"②。于祠景观寄寓了科举士子非常热切的功名梦幻,西湖成了士子追求功名的理想国与乌托邦。

2.爱情之梦。西湖风光秀美,文士集聚,佳丽如云。冯梦龙《情史》感慨道:"西湖水是相思泪。"③西湖景观萦绕才子佳人的风流韵事和痴男怨女的生死恋情。西湖艳遇久演不衰,成为传奇佳话,小说作者津津乐道,读者更是喜闻乐见。明末清初西湖小说中的爱情之梦发生在风光绮丽的西湖,充满了美景、诗情、才子、丽人、佳话、一见钟情等元素,弥漫着浓郁的浪漫气息与梦幻色彩。西湖美景是爱情的催化剂,游湖看山成了爱情的发展契机。在《西湖佳话·断桥情迹》中,文世高"因慕西湖佳丽,来到杭州……整日去湖上遨游",怀着对爱情的美好憧憬,远道而来。"忽闻有人娇语道:'美哉少年!'"④于是一段爱情传奇在西湖上开始上演,最终梦想成真。《情史·西湖水仙》和《西湖二集》第十四卷《邢君瑞五载幽期》中,丰姿不群的邢君瑞"在苏堤上捱来挤上,眉梢眼底,不知看了多少好妇人女子"⑤,这位看似轻薄的少年郎与西湖水仙一见钟情后,毅然恪守五年之期,相约于"十里荷花盛开,香风扑鼻"的西湖。"后人常见

---

① ［清］李渔:《无声戏》,丁锡根校点,人民文学出版社1989年版,第150页。
② ［清］古吴墨浪子:《西湖佳话》,上海古籍出版社1980年版,第159页。
③ ［明］冯梦龙:《情史·周子文》,上海古籍出版社"古本小说集成"本,第1011页。
④ ［清］古吴墨浪子:《西湖佳话》,上海古籍出版社1980年版,第195页。
⑤ ［明］周清原:《西湖二集》,周楞伽整理,人民文学出版社1999年版,第238页。

邢君瑞与采莲女子小舟游荡于清风明月之下,或歌或笑,出没无时。远观却有,近视又无。方知真是水仙,人无不羡慕焉"①。在秀丽绝伦的湖光山色中,如痴如醉的多情男女演绎着如梦如诗的爱情传奇。西湖景观赋予爱情故事以浓郁的浪漫气息与梦幻色彩,所谓"人人称羡,个个道奇,传满了杭州城内城外,遂做了湖上的美谈,至今脍炙人口不休云"②。西湖美景有如牵线的月老,能帮助有情人千里来相会,而且超越一切现实障碍,爱我所爱,让青春尽情绽放,创造了一个童话般的唯美世界,圆满实现了他们的爱情美梦。

当男女恋人因传统礼教的束缚与专横家长的阻挠而不能遂愿时,西湖成了他们私奔圆梦的乐土。西湖敞开它成人之美的博大胸怀,接纳和庇护不幸的有情男女,以圆他们幸福的爱情美梦。《女才子书》卷七《卢云卿》中,寡妇卢云卿与才子刘月峭情投意合,但不合礼法,遂私奔西湖。"于时正值暮春天气,花柳争妍。自晨至夕,画艇兰桡,满湖歌吹相接"③,良辰美景,诗词唱和,情意绵绵,西湖为他们营造了一个琴瑟和鸣的幸福环境。《欢喜冤家》续集第三回《马玉贞汲水遇情郎》中,马玉贞因丈夫生性凶暴,好撒酒疯,常常对她无端虐待,遂与情郎宋仁私奔西湖,"玉贞见了西湖好景,十分快乐……往岸上闲耍,游不尽许多景致,看不尽万种娇娆"④。美丽的西湖成了痴情男女的爱情

① [明]周清原:《西湖二集》,周楞伽整理,人民文学出版社1999年版,第243页。
② [清]坐花散人:《风流悟》,中国文史出版社2003年版,第134页。
③ [清]烟水散人:《女才子书》,上海古籍出版社"古本小说集成"本,第258页。
④ [明]西湖渔隐主人:《欢喜冤家》,上海古籍出版社"古本小说集成"本,第64—65页。

天堂,使一对对历尽艰难的苦命鸳鸯能够延续一段情缘,享受到爱情的幸福和甜蜜。

(二)失落之魂。西湖给了世人一个天堂之梦,以尽情享受湖山美景,追求金榜题名,享受爱情幸福。但悲欢离合乃人世常态,西湖面对现实生活中的芸芸众生,又展示了它的另一面——失落之魂。

1.偏安的失落。明末清初西湖小说对南宋时期的帝都荣华情有独钟,但相比汉唐王朝纵横捭阖之声威、开疆拓土之雄风,宋代实在是一个失落的王朝。在少数民族的铁骑下屡屡割地赔款,俯首称臣。尤其是"靖康之变"使帝王沦为阶下囚,兵燹连绵,山河破碎。南宋偏安一隅,仅剩新亭对泣或醉生梦死。这种浓厚的失落情绪弥漫在明末清初西湖小说的相关篇章,西湖景观成为失落之魂的极佳载体。

偏安纵逸的宋高宗赵构在历史上一直饱受责难。但西湖小说也深刻细腻地刻画了这位失落天子的复杂心态。如《西湖二集》第一卷《吴越王再世索江山》中,康王赵构尽管在"靖康之变"中幸免于难,但逃难之途十分狼狈,"因金兵之乱,走马钜鹿,不期马又死了,只得冒雨独行,走到三叉路口,不知向那一条路去"。赵构几经辗转,仓皇出逃到南京即位,"又被金兵杀得东奔西走",最终是西湖接纳和抚慰了这位狼狈不堪的失落皇帝。但他很快"只是燕雀处堂,一味君臣纵逸,耽乐湖山,无复新亭之泪"①,将心思放在湖山美景。小说多次引用了林升《题临安邸》云:"山外青山楼外楼,西湖歌舞几时休?暖风熏得游

_____

① 　[明]周清原:《西湖二集》,周楞伽整理,人民文学出版社1999年版,第27页。

人醉,直把杭州作汴州!"表达了南渡民众与爱国将士对偏安君臣的讥讽与谴责,字里行间也饱含深深的失落与痛楚。《吴越王再世索江山》记叙西湖边有座白塔桥,桥边刻印贩卖赴杭导游地图,这是计算外地来杭州路程的重要资料。白塔桥在著名景点白塔岭下,为当时的水陆交通要道。有人题诗道:"白塔桥边卖地经,长亭短驿甚分明。如何只说临安路,不数中原有几程?"①此诗与《题临安邸》异曲同工,南渡人民的失落与怨愤溢于言表。

　　西湖小说将偏安的失落寄寓在西湖景观的精心描绘中,常常通过与西湖景观中的"天堂之梦"进行对比,在鲜明的反差中衬托出深深的失落感,常以乐景反衬哀情,达到"乐极生悲"的强烈效果。《喻世明言》第二十二卷《木绵庵郑虎臣报冤》引用张志远《西湖怀古》诗云:"莫向中原夸绝景,西湖遗恨是西施。"②小说描述宋理宗夜游凤凰山,"望见西湖内灯火辉煌,一片光明"③,料定是宰相贾似道游湖,遂将一车金帛赠为酒资。在这个君臣偏安、醉生梦死的氛围中,作者笔锋一转,叹道:"天子偷安无远猷,纵容贵戚恣遨游。问他无赛西湖景,可是安边第一筹?"在与"天堂之梦"的西湖景观对比中,突出对君臣逸乐的强烈谴责,对家国无望的深深失落。当贾似道预料国势危亡,偏安一隅亦将不保时,"乃汲汲为行乐之计。尝于清明日游湖,作

① ［明］周清原:《西湖二集》,周楞伽整理,人民文学出版社1999年版,第20页。
② ［明］冯梦龙:《喻世明言》,许政扬校注,人民文学出版社1958年版,第322页。
③ ［明］冯梦龙:《喻世明言》,许政扬校注,人民文学出版社1958年版,第332页。

绝句云：'寒食家家插柳枝，留春春亦不多时。人生有酒须当醉，青冢儿孙几个悲？'"试图在西湖美景中肆意纵乐来掩饰内心深处强烈的失落与恐慌。

2. 怀旧的失落。当故国家园已经遥不可及，盛世繁华已成过眼烟云，物是人非，不堪回首，西湖景观就成了怀旧情结的最佳载体，在悠悠往昔中慰藉一群失落的灵魂。如《情史·卫芳华》中，滕生月夜泊舟西湖，"延堤观望，行至聚景园，信步而入。时宋亡已四十年，园中台馆，如会芳殿、清辉阁、翠先亭，皆已颓毁，惟瑶津西轩岿然独存"。在如此凄清荒凉的故宫废墟中，滕生邂逅已化鬼魂的宋理宗宫人卫芳华，她追忆南宋时的西湖景观：

> 美人言曰："湖山如故，风景不殊，但时移世转，令人有《黍离》之悲尔。"行至园北太湖石畔，遂咏诗曰："湖上园亭好，重来忆旧游。征歌调《玉树》，阅舞按《梁州》。径狭花迎辇，池深柳拂舟。昔人皆已没，谁与话风流？"……即于座上自制《木兰花慢》一阙，命翘翘歌之。曰："记前朝旧事，曾此地，会神仙。向月地云阶，重携翠袖，来拾花钿。繁花总随流水，叹一场春梦杳难圆。废港芙蕖润露，断堤杨柳摇烟。　　两峰南北只依然。辇路草芊芊。怅别馆离宫，烟销凤盖，波没龙船。平日银屏金屋，对残灯无焰夜如年。落叶牛羊陇上，西风燕雀林边。"[1]

无论是滕生眼中西湖聚景园废墟上颓毁荒凉的实景，还是卫芳华所作西湖诗中的"昔人旧游"，以及翘翘歌声中的"前朝旧

---

[1] ［明］冯梦龙：《情史·卫芳华》，上海古籍出版社"古本小说集成"本，第1800—1802页。

事"，真幻结合，虚实相生，共同组合成一系列饱含怀旧之思的西湖景观。现实中的滕生与鬼混幻化的卫芳华、翘翘都沉浸在一种怀旧的失落与哀伤之中，"怅别馆离宫"，饱含荣华一去不复返的无奈与痛惜。这种"繁花总随流水"的失落与痛楚沉淀在杭州的历史文化深处，成了后宋时代杭州人的集体意识与共同记忆。另如《喻世明言》第三十九卷《汪信之一死救全家》与《西湖二集》第二卷《宋高宗偏安耽逸豫》中，宋高宗游湖时泊舟苏堤，听闻汴京旧音，品尝汴京名菜"宋五嫂鱼羹"，"凄然有感旧之思"。这种失落中的怀旧之思是真诚深切的。再如《喻世明言》第二十二卷《木绵庵郑虎臣报冤》中，贾似道败亡后，西湖葛岭的贾府"日就荒落，墙颓壁倒……深院无人草已荒，漆屏金字尚辉煌"，作者感叹道："木绵庵里千年恨，秋壑亭里一梦空。石砌苔稠猿步月，松亭叶落鸟呼风。客来不用多惆怅，试向吴山望故宫。"①往日繁华变成一片萧瑟、颓败的景象，抚今追昔，空留深深的失落和怅惘。

3. 困厄的失落。"天有不测之风云，人有旦夕之祸福"，当人生陷入困境，西湖景观就寄托了失落与悲苦之情。中国古代通俗小说作家大多是蹭蹬厄穷、艰难困苦的中下层文人。如《西湖二集》的作者周清原，"败壁颓垣，星月穿漏，雪霰纷飞，几案为湿。盖原宪之桑枢、范丹之尘釜交集于一身"。然而，比物质穷困更让人"慷慨悲歌、泣数行下"的是怀才不遇与世态炎凉，"而所最不甘者，则司命之厄我过甚，而狐鼠之侮我无端"，充满了辛酸屈辱。于是，小说作者"不得已而借他人之酒杯，浇自己之磊块"①,借助小说创作来表达困厄的失落。《西湖二集》第三卷《巧书生金銮失对》中,甄龙友平时出口成章,但在金銮应对时却哑口无言,落榜后倍受耻笑和冷落,无颜见家乡父老。他认为这份愁苦与失落只有西湖才能包容与理解,"遂立誓不回,终日在于西湖之上,纵酒落魄"②。《警世通言》第六卷《俞仲举题诗遇上皇》中,俞良历经千辛万苦远赴临安应举,不料名落孙山,贫病交加,意欲投水西湖自尽。太上皇"忽得一梦,梦游西湖之上,见毫光万道之中,却有两条黑气冲天,竦然惊觉"③。两条冲天黑气乃是才子身陷困厄的至深怨愤郁结而成。在《女才子书》卷一《小青传》和《情史·小青》《虞初新志·小青》《西湖佳话·梅屿恨迹》等小青系列小说中,小青被幽禁西湖孤山梅屿,"雨声淅沥,乱洒芭蕉;风响萧疏,斜敲窗纸;孤灯明灭,香冷云屏"④。小说精心描绘了凄清幽怨的西湖景观,它以小青为参照,将主体感受"移情"于西湖风景。西湖景物成为小青的倒影与知己,寄托了小青的失落、哀怨与悲愤之情。"小青之怨自此益深……又好与景语。或斜阳花际,烟空水清,辄临池自照,对影絮絮如问答",有如水仙之神,最终"郁郁成疾,赍恨而死"。在明末清初西湖小说中,西湖景观寄托困厄之失落,不胜枚举。

① ［明］湖海士:《西湖二集序》,周清原撰《西湖二集》,周楞伽整理,人民文学出版社1999年版,第566—567页。

② ［明］周清原:《西湖二集》,周楞伽整理,人民文学出版社1999年版,第53页。

③ ［明］冯梦龙:《警世通言》,顾学颉校注,人民文学出版社1956年版,第74页。

④ ［清］烟水散人:《女才子书》,上海古籍出版社"古本小说集成"本,第18页。

4.离别的失落。天下没有不散的宴席,悲欢离合乃人生常态。《集咏楼》感叹道:"一生知己是西湖。"①当世人把西湖视为知己挚友,在感情上对它产生强烈的依赖与眷恋时,离别是失落甚至是痛苦的。《西湖佳话·白堤政迹》中,白居易得知将要升迁京官,却是"喜少愁多",认为"突然离去,岂不令山水笑我无情",于是备上一席酒宴,"亲到湖堤上来,祭奠山水花柳之神,聊伸我白乐天谢别之敬,以了西湖之缘"。当离开杭州时,白居易恋恋不舍、惆怅不已,"处处回头尽堪恋,就中难别是湖边",充满了离愁别恨与相思之苦。小说描述道:

> 乐天道:"升迁荣辱,身外事耳,吾岂为此。所以然者,吾心自有病也。"亲友又问道:"我见你步履如常,身子又不像疼痛,却是何病?"乐天道:"我说与你罢:'一片温来一片柔,时时常挂在心头。痛思舍去终难舍,苦欲丢开不忍丢。恋恋依依维自系,甜甜美美实他钩。诸君若问吾心病,却是相思不是愁。'……吾所谓相思者,乃是南北两峰、西湖一水耳。"……连乐天也大笑道:"但闻山水癖,不见说相思。既说相思苦,西湖美可知。"此时乐天已将出浙江境,要打发杭州送来的船回去,因恋恋不舍,又做了一首绝句,叫他带回杭州,去贴在西湖白亭子上。那诗道:"自别钱塘山水后,不多饮酒懒吟诗。欲将此意凭回棹,报与西湖风月知。"自此之后,乐天为想西湖害了相思病之事,人人传说,以为美谈。②

---

① [清]琅耶王兰古:《集咏楼题记》,湖上惹翁撰《集咏楼》卷首,上海古籍出版社"古本小说集成"本,第2页。
② [清]古吴墨浪子:《西湖佳话》,上海古籍出版社1980年版,第32—33页。

在离别西湖后，白居易黯然伤神，"只是不言不语，胸怀不乐。朝夕间连酒也不饮，诗也懒得做"，并作诗云："处处回头尽堪恋，就中难别是湖边。"称自己得了相思西湖之病，并一再惋惜叹道："人与西湖，既结下宿世之缘，便当生生死死，终身受用，为何缘分只有三年？"①在白居易的心目中，西湖已是一个情深意切的恋人与知己，在难舍难分与缠绵眷恋中的失落和痛苦不喻自明。《欢喜冤家》续集第三回《马玉贞汲水情郎》中，马玉贞被拘捕回家，作别西湖时"坐在船中掉泪"，失魂落魄地吟诗赠别："今日别伊无物赠，频将红泪洒清波。"②她认为离开西湖之后的生活将重陷苦难，因此难舍难分。

西湖不仅是世人的安居胜地，还是鬼魂的安息之所。西湖悲天悯人，容纳他们入土为安，使他们超越生离死别的失落与痛楚，获得慰藉与超度。《女才子书》卷一《小青》中，小青被幽禁西湖孤山，抑郁而终。煮鹤生慕名前来凭吊，小说讲述：

> 寻至小青葬处，但见一冢草土，四壁烟萝，徘徊感怆……是夜月明如昼，烟景空濛，煮鹤生小饮数杯，即命舣舟登岸，只检林木幽胜之处，纵步而行。忽远远望见梅花底下，有一女子，丰神绝俗，绰约如仙。其衣外飏翠袖，内衬朱襦，若往若来，徜徉于花畔。煮鹤生缓缓迹之，恍惚闻其叹息声。及近前数武，只见清风骤起，吹下一地梅花香雪，而美人已不知所适矣。③

---

①　[清]古吴墨浪子：《西湖佳话》，上海古籍出版社1980年版，第34页。

②　[明]西湖渔隐主人：《欢喜冤家》，上海古籍出版社"古本小说集成"本，第79页。

③　[清]烟水散人：《女才子书》，上海古籍出版社"古本小说集成"本，第32—33页。

小青灵魂寄寓于西湖景观,前者为里,后者为表,表里结合,融于一体。"一冢草土,四壁烟萝",天妒红颜,香消玉殒,小青葬处,景色凄清,让煮鹤生徘徊感怆、唏嘘不已。名士凭吊,慰藉芳魂,"是夜月明如昼,烟景空濛",景色增添了几分明朗,小青的怨恨似乎也冲淡了几分。煮鹤生寻至"林木幽胜之处",用"胜"字而非"深"字,西湖景色变得明快起来。与之相应的是小青披上盛装,丰神绰约,在梅花丛中翩翩起舞,幽魂终于得到解脱。最终,"清风骤起,吹下一地梅花香雪",清风明月,香魂流连,梅花如雪,景色幽清中透出几分明丽,情景交融,情韵深长。小青灵魂获得慰藉与超度的历程,都投射在西湖景观之中。

凄美清幽的西湖景观烘托西湖畔的生离死别,淡化了撕心裂肺的深悲巨痛。强烈激愤的情感涌动在湖光山色中得到缓释、调适与慰藉,表现出一种含蓄、婉约的失落与幽怨。如《西湖二集》第十卷《徐君宝节义双圆》中,徐君宝、金淑贞是一对"断魂千里"的苦命鸳鸯,逝后同葬于西湖畔,坟上生出连理木。如此奇异景观象征了他们生死不渝的爱情,也慰藉了他们生离死别的失落与痛楚。《西湖二集》第二十一卷《假邻女诞生真子》中,在西湖灵隐塔后,狐女尸首旁留有一婴和一纸诗笺托付情郎罗生。另如《情史·王生陶师儿》中,情侣相抱投入西湖藕花深处,等等。

(三)文化象征。"江南财富地,江浙人文薮",吴越乃人文渊薮。悠久的历史与灿烂的文化使这片土地显得十分厚重、深沉。明末清初西湖小说扎根于深厚的吴越文化土壤中,蕴含着极其丰富的地域文化因子。小说描绘或创造了丰富的西湖景观,来作为文化的象征和标志。

1.佛道文化。杭州是佛道文化的巨大宝库。"天下名山僧

占多"，汉魏以来，佛道教徒相中了西湖的灵山圣水，纷至沓来，
开山凿洞，结庐设斋，剃度黎民，弘扬教义。他们"行为佛法增
光，坐为湖山增色"[1]，杭州遂成佛道文化的胜境觉场。明末清
初西湖小说中的许多篇章都描绘了西湖的佛道盛况，湖海士
《西湖二集序》云：

> 梵宇名蓝，龙宫古刹，金碧辉煌，钟磬相闻，可停游屐，
> 可搜隐迹，寻幽以竟日，耽胜乃以忘年，不闻其一览即尽、索
> 尔无余也；幽人胜士之场，古佛垂教之地，孤山怀其高踪，法
> 相参其遗蜕，永明寿乃弥陀化身，事事可师，天竺东溟之道
> 德隆重，高皇帝称之为白眉法师。亦有宗泐，称为泐翁，迫
> 以官而不受，高僧哉！高僧哉！是以入道场则利名欲拚，缅
> 高风则火宅晨凉，法身长在，历劫不灰，触处可以醒我之昏
> 迷也……[2]

序文骈偶铺陈，使事用典，讴歌西湖畔的佛道胜迹和大德高僧，
对西湖佛道文化赞不绝口。《麴头陀传》也说："临安乃天府宝
地，圣湖为佛子璇基，戒律精严，本臻大道……"[3]可见西湖佛道
文化的繁盛发达。

西湖佛教文化源远流长。据《佛祖统纪》载，东晋咸和三年
（328），天竺僧慧理游至武林山，见飞来峰奇状天造，感叹道：
"此为天竺灵鹫峰小岭，不知何代飞来？"人们不信，理公说："此
峰向有黑白二猿，在洞修行，必相随至此。"当即在洞口呼之，二

---

① ［清］古吴墨浪子：《西湖佳话》，上海古籍出版社 1980 年版，第 184 页。
② ［明］湖海士：《西湖二集序》，周清原撰《西湖二集》，周楞伽整理，人民文
　　学出版社 1999 年版，第 565—566 页。
③ ［清］西湖香婴居士：《麴头陀传·小引》，于文藻校点，人民文学出版社
　　1999 年版，第 121 页。

猿立出。慧理于此开山结庐,辟建山门,号曰"绝胜觉场"。这就是江南名刹西湖灵隐寺的开山之始,在佛教发展史上意义非凡。《西湖佳话》之《南屏醉迹》《灵隐诗迹》及《醉菩提传》《麹头陀传》等将此敷演为小说故事。特别是《麹头陀传》第十一则中,宣称要把"灵隐寺的始末,灵鹫的佳景,洗刷明白"。作者赞叹道:"可见灵隐寺不但是临安府的梵刹,也是天下有名的丛林。山川秀丽,泉石幽深,先代贤圣托迹其中,历有传记,固然是人杰所致,也是地灵使然。"①西湖美景也是地灵的重要因素。小说叙说了许多神奇的佛教故事,如白额虎于槛下听经,杭州的古称"虎林"即来源于此。千岁黑猿弈胜国手,被济颠禅师点化而去。至于济颠的佛法神通故事更是自成系列,蔚为大观。《虞初新志·湖壖杂记》一连叙说了八则西湖佛道故事,如净慈寺罗汉托梦钱王,高丽国王西湖建寺,三茅观丐仙传授神医,"真仙"丁野鹤妙解诈尸之难等等。尤其是有谁庵的一只老鼠也沾染了佛法神通,听经后居然像高僧一样圆寂涅槃,"体坚如石,有旃檀香。僧为制一小龛,塔而瘗之,如浮屠礼"②,可见西湖佛法的精妙灵通。至于西湖放生和天竺进香拜佛之盛事,西湖小说许多篇章有精彩展现,如《西湖二集》第八卷《寿禅师两生符宿愿》讲述"西湖上一个放生的竟至成佛作祖",《西湖佳话·放生善迹》展现"佛慧性生,男女俱成正果"的佛法神通。另如《型世言》第十回、《醋葫芦》第二回、《麹头陀传》第二十一则等,细致描绘了天竺进香的盛况与信男善女的虔诚。本文第二章有详细讨论,兹不赘述。

① [清]西湖香婴居士:《麹头陀传》,于文藻校点,人民文学出版社1999年版,第175—176页。
② [清]张潮:《虞初新志》,上海古籍出版社"古本小说集成"本,第565页。

　　值得一提的还有葛洪在西湖葛岭炼丹的故事,西湖小说对此津津乐道,意图展现西湖道教文化的深厚底蕴。葛洪(284—364),字稚川,自号抱朴子,东晋道教理论家、医学家与炼丹术家,著有《抱朴子》《金匮药方》《神仙传》等,《晋书》称其"究览典籍,尤好神仙导养之法。从祖玄、吴时学道得仙,号曰葛仙公"①。相传葛洪在西湖畔的山中炼丹,留有"抱朴庐""渥丹室""流丹谷"和"还丹古井"等诸多景观遗迹。这些在《西湖佳话》中被敷演成《葛岭仙迹》。葛洪在西湖上吸山川之灵气,取日月之精华,"朝游三竺,暮宿两峰,旬日不食也不饥,冬日无衣也不寒,入水不濡,入火不燃"②。他还扶危济困,多次救民于水火之中,"每以仙术济人,其功种种也称述不尽"。葛岭之所以得名并成为西湖一大胜景,就是因为葛洪"在此岭上修炼成仙,一时人杰地灵,故人之姓,即冒而为岭之姓也"③。在此,葛岭成了西湖宗教文化的象征之一。

　　2.隐士文化。《西湖佳话·孤山隐迹》说:"所谓隐者,盖谓其人之性情,宜于幽,洽于静,癖好清闲,不欲在尘世之荣华富贵中,汨没性命。"④接下来列举了四种隐士类型:巢由的逃天下之隐、荆蛮的让国之隐、沮溺的洁身之隐和"七人"的避世之隐。但他们都是低层次的"赏菊思鲈,皆有所感",更高的境界应该是一无所感,即"但适情于幽闲清旷之地以为隐者"的西湖隐士文化。"小隐于山,大隐于市",西湖以其独特的"城市—山林"

----

① [唐]房玄龄、吴士鉴等:《晋书斠注》卷七十二《葛洪传》,中华书局2008年版,第1222页。
② [清]古吴墨浪子:《西湖佳话》,上海古籍出版社1980年版,第15页。
③ [清]古吴墨浪子:《西湖佳话》,上海古籍出版社1980年版,第1页。
④ [清]古吴墨浪子:《西湖佳话》,上海古籍出版社1980年版,第69页。

地理生态,兼具闹市与幽林的双重属性,隐而不藏,闭而不塞,又兼具大隐与小隐的双重特色,成为隐士向往的一方乐土,形成了独特的隐士文化。明末清初西湖小说详述旷逸清高的隐士们如何相中西湖这块风水宝地,例如:

> 《西湖佳话·孤山隐迹》中的林逋:遂朝夕到湖上去,选择一结庐之地……逐一看来,环山叠翠,如画屏列于几案,一镜平湖,澄波千顷,能踞全湖之胜,而四眺爽然者,惟孤山。细察其山分水合,若近若远,路尽桥通,不浅不深,大可人意。遂决意卜居于此。因而结茅为室,编竹为篱。①

> 《西湖佳话·三生石迹》中的李源:闻得西湖山水秀丽甲天下,遂立志要往西湖。及至到了湖上,见画舫笙歌,太觉繁华,欲寻一幽雅之所。因过九里松,访到下天竺,见溪回山静,甚是相宜,遂隐居于寺内。②

> 《西湖佳话·葛岭仙迹》中的葛洪:直至临安,见两峰与西湖之秀美,甲于天下,方大喜道:"此地可卜吾居矣。"因而遍游湖山以择善地……一日,从栖霞山之西而行,忽见一岭蜿蜒而前,忽又回环顾盼,岭左朝吞旭日,岭右夜纳归蟾,岭下结茅,可以潜居,岭头设石,可以静坐,有泉可汲,有鼎可安。最妙是游人攘攘,而此地过而不留;尤妙在笙歌沸沸,而此中安然独静。③

隐逸高士追求淡泊恬静,努力从红尘樊牢挣脱出来,西湖就是他们安身立命之所。西湖不仅提供了幽静闲适的生活环境,

---

① [清]古吴墨浪子:《西湖佳话》,上海古籍出版社1980年版,第71页。
② [清]古吴墨浪子:《西湖佳话》,上海古籍出版社1980年版,第240页。
③ [清]古吴墨浪子:《西湖佳话》,上海古籍出版社1980年版,第12页。

而且陶冶与寄托了他们高雅旷逸、孤峭澄淡的品性情操。如孤山梅林是一大景观，林逋以梅自喻，对孤山梅花情有独钟，"爱其一种缟素襟怀，冷香滋味，与己之性情相合耳"①，并植下三百六十株，"以梅价之多寡，为日用支给之丰啬"。每逢梅花盛开之日，林逋便闭门不出，惟以诗酒盘桓其间，所作咏梅佳作名垂千古。他平时游于西湖胜景之间，"闲放小舟，遨游湖曲，竟日不归，殊无定迹"。林逋隐居孤山而不刻意避世，无论是显宦大儒还是布衣白丁，态度总是"不亢不卑，怡然与之交接"。如有远客来访，林逋所养通解人性的仙鹤翔空相告，主人便还棹而归。他的高逸名气声闻于外，连真宗皇帝也深表敬意，恩赐粟帛。有人趁机劝林逋出仕，他严辞以拒："荣显，虚名也；供职，危事也；怎如两峰尊严而耸列，一湖澄碧而当中，令予之饮食坐卧，皆在空翠中之为实受用乎？况繁华梦短，幽冷情长，决不肯以彼而易此。"②"一湖澄碧"是指西湖本身，"两峰尊严"是指西湖畔耸立的南北二峰，可见西湖美景是林逋抵制名利诱惑、坚定隐逸信念的重要支柱。对于梅尧臣等名流的称颂推崇，他也泰然处之。林逋不仅生前隐居西湖，死后也要安息于西湖，"因自造一墓于孤山之庐侧，以见其归隐孤山之缘"。离世时，林逋蹿出庭前，抚鹤嘱梅，无疾而终。高士风节与西湖胜景融合化一。

　　林逋隐居但不刻意避世，"虽不避人，而人多自避"③，这种隐逸模式与西湖独特的"湖山—城市"地理环境相适应，兼具市井与幽林、大隐与小隐的双重特色，是西湖隐士文化的精髓。小说作者在塑造隐士形象时，总是将若明若暗、若隐若现的西湖景

---

① ［清］古吴墨浪子：《西湖佳话》，上海古籍出版社1980年版，第72页。
② ［清］古吴墨浪子：《西湖佳话》，上海古籍出版社1980年版，第75页。
③ ［清］古吴墨浪子：《西湖佳话》，上海古籍出版社1980年版，第74页。

观融入其中,将清高旷逸的隐士与幽奇雅秀的西湖融为一体,互相映衬,相得益彰。

3.旅游文化。西湖以秀美的自然风景与丰富的人文胜迹,吸引天下游客纷至沓来。早在宋代,杭州就有"西湖十景"之说,元代又出现了"钱塘十景"。据清代杭州人翟灏、翟瀚兄弟所著《湖山便览》载,西湖旅游景点已增至约 1016 个①,可见西湖旅游资源之丰富与开发程度之精深。随着旅游业的发展,杭州曾刊行一种叫《地经》的旅游地图,给游客们导游解说。《西湖二集》第一卷《吴越王再世索江山》中就提到西湖南岸有"白塔桥边卖地经,长亭短驿甚分明"②。介绍西湖景观的专著也很丰富,如西湖老人《繁胜录》、耐得翁《都城纪胜》、吴自牧《梦粱录》、周密《武林旧事》,还有田汝成的《西湖游览志》与《西湖游览志余》等等,后者分区分线路讲解西湖美景,详细准确,如同一位"活导游"。这些典籍不仅给西湖小说提供了大量素材,而且贯注了深厚的旅游文化精神。湖海士《西湖二集序》开篇就对西湖旅游赞不绝口:

> 天下山水之秀,宁复有胜于西湖者哉……真令人艳心三竺两峰间也。予搜其致,大约有八:夷犹潏㟃,啸傲终日,直闺阁间物,室中单条耳,不闻其有风波之险也;可坐可卧,可舟可舆,水光盈眸,山色接牖,不闻其有车殆马烦之病也;亦有清音,亦有丝竹,绣辔香轮,朱帘画舫,曳冰执雾縠,而掩映于绿杨芳草之间,所谓红蕖映隔水之妆,紫骝嘶落花之

---

① 〔清〕翟灏、翟瀚:《湖山便览》,王维翰重订,杭州出版社 2004 年版,第593—1005 页。
② 〔明〕周清原:《西湖二集》,周楞伽整理,人民文学出版社 1999 年版,第 20页。

陌者,触目媚人,不闻其有岑寂之虞也;水香苹洁,菱歌渔唱,莺鸟交啼,野凫戏水,龙井之茶可烹,虎跑之泉可啜,环堤之酒垆可醉,嫩草作茵,轻舟容与,富者适志,贫者惬心,不闻其有荣枯之异也;春则桃李呈芳,夏则芙蕖设色,秋则桂子施香,冬则白雪幻景,其雨既奇,其晴亦好,白日固可游览,夜月尤属幽奇,不闻其有不备之美也;梵宇名蓝,龙宫古刹,金碧辉煌,钟磬相闻,可停游展,可搜隐迹,寻幽或以竟日,耽胜乃以忘年,不闻其一览即尽、索尔无余也;幽人胜士之场……①

小说序言乃全书之纲领,其洋洋洒洒花费近四百字的篇幅,铺陈夸饰西湖的游览胜处,而且条分缕析,从安全、环境、品味、层次等八个方面来具体展现西湖旅游的妙处。西湖墨浪子《西湖佳话序》也称赞道:

宇内不乏佳山水,能走天下如骛,思天下若渴者,独杭之西湖。何也? 碧嶂高而不亢,无险崿之容,清潭波而不涛,无怒奔之势。且位处于省会之间,出郭不数武,而澄泓一鉴,瞭人须眉。苍翠数峰,围我几席,举目便可收两峰、三竺、南屏、孤屿之奇,随棹即可跻六桥、十锦、湖心、花港之胜。至欲穷其幽奇,则风雅之迹,高隐之庐,仙羽之玄关,名衲之精舍,山之麓,水之湄,杰阁连云,重楼霞起,又竟月之游不足尽也。所以佳人才子,或登高选句,或鼓楫留题者比比;而忠贞节烈,寄影潜形者,亦复不少。甚而点染湖山,则又有柳带朝烟,桃含宿雨,丹桂风飘,芙蓉月浸,见者能不目

①　[明]湖海士:《西湖二集序》,周清原撰《西湖二集》,周楞伽整理,人民文学出版社1999年版,第565页。

迷耶？黄鹂枝上，白鹤汀中。书舫频移，笙歌杂奏，闻者有
不心醉乎？随在即是诗题，触处尽成佳话，故笔不梦而花，
法不说而雨……①

该序对《西湖二集序》做了重要补充，即从游览者的主体感受切入，
认为西湖不仅有自然美景，更富人文景观，并一再强调西湖旅游文
化中深厚的人文内涵。在明末清初西湖小说中，西湖是天下游客心
目中的旅游胜地，蕴含着深厚的旅游文化因素。如滕生"素闻临安
山水之胜，思一游焉"（《情史·卫芳华》）；李源"闻得西湖山水秀丽
甲天下，遂立志要往西湖"（《西湖佳话·三生石迹》）；济公"想着杭
州风景，放他不下，还去看看"（《醉菩提》第六回），等等。此类倾慕
西湖美景而远道来游的事例不胜枚举。西湖小说总是乐此不疲地
描绘迷人的湖光山色与游客的勃勃兴致。"湖山如画"与"游人如
蚁"是小说使用频率极高的词汇。

西湖旅游文化精神的精髓是"与民同乐"。在《西湖二集》
第二卷《宋高宗偏安耽逸豫》、《麹头陀传》第一和第二则等篇章
中，宋高宗"只是燕雀处堂，一味君臣纵逸，耽乐湖山"，历来饱
受责难，但小说也赞扬了他与民同乐游西湖的举动。宋高宗对
西湖山水情有独钟，"把一个湖山妆点得如花似锦一般"，但在
山水游乐上并未表现出最高统治者惯有的专制与贪婪，没有将
西湖核心景区独占为皇家的御花园②。《喻世明言》第三十九卷

① ［清］古吴墨浪子：《西湖佳话·序》，上海古籍出版社"古本小说集成"本，
第1—6页。
② 据李卫、傅孟露的《西湖志》卷一《水利》记载，明代在知州杨孟瑛治湖之
前，西湖一直被富豪侵占，湖田日扩，葑草丛生。田汝成《西湖游览志》卷
一也载，地方官吏多次疏请治湖，都因豪强反对而"惮更版籍，竟致阁寝"。
民间也流传着"十里湖光十里色，编笆都是富豪家"的歌谣。

《汪信之一死救全家》称"湖上做买卖的，一无所禁，所以小民多有乘着圣驾出游，赶趁生意。只卖酒的也不止百十家"①。高宗每次游湖，与民同乐，小说描述道："凡游观买卖之人都不禁绝。画船小舫，其多如云……又宣唤湖中买卖人等，内侍用小旗招引，各有赏赐……每每游幸湖山聚景园诸处，便游人簇拥如山如海之多。如有曾经君王宣唤赏赐过的，便锦衣花帽以自异于众人。"②宋高宗对西湖旅游推波助澜，民间游湖之风更加炽盛。《麴头陀传》第二则中也说："外则上下人民，内则宫妃女嫔，无不欢欣，及时行乐。"因此，《宋高宗偏安耽逸豫》末尾评价道：

> 高宗虽然游豫湖山，却都是与民同乐。那时临安百姓极其安适，诸务税息每多蠲免……那时百姓欢悦，家家饶裕。唯因与民同乐，所以还有一百五十年天下，不然，与李后主、陈后主又何以异乎？③

作者高度赞扬宋高宗游湖与民同乐的精神，认为可以部分抵消他偏安一隅的历史罪责，也是他区别于李煜、陈叔宝等昏君庸主的主要特点。明末清初西湖小说的这种观念也鲜明体现出旅游文化的独特魅力。历代勤于治湖的贤良郡守都注重与民同乐。《西湖佳话·白堤政迹》中，杭州刺史白居易重修西湖六井，筑起湖堤，"做一个西湖上的山水主人"，在山水之乐中始终不忘"惟留一湖水，与汝救荒年"，将游乐与民生结合成"同乐"。《西

---

① ［明］冯梦龙：《喻世明言》，许政扬校注，人民文学出版社1958年版，第581页。

② ［明］周清原：《西湖二集》，周楞伽整理，人民文学出版社1999年版，第30—34页。

③ ［明］周清原：《西湖二集》，周楞伽整理，人民文学出版社1999年版，第37页。

湖佳话·六桥才迹》中,"风流太守"苏轼被赞为:"嬉游虽说乐民乐,细想风流实近淫。何事斯民反羡慕?盖缘恩泽及人深。"①这也是体现了与民同乐的精神。

总之,明末清初西湖小说中的西湖景观内蕴丰富多彩,小说中有关西湖的点点滴滴共同组合成"西湖"的整体景观,值得瞩目与深入研究。

三、西湖景观的叙事属性

在中国古代文学作品中,空间形态的景观常被当作主观抒情的载体,甚至是标记时间的工具。孔子面对江水奔流,感叹"逝者如斯夫,不舍昼夜"(《论语·子罕》),其关注的不是江景的空间存在,而是关于时间的人生感慨和哲理思考。李白《将进酒》中的奔腾黄河、苏轼《赤壁赋》中的浩淼长江等,也是抒发惜时苦短之情的起兴和载体。明代谢榛《四溟诗话》云:"景乃诗之媒,情乃诗之胚。"②王国维《人间词话》说"一切景语皆情语",指出了景物在诗词中作为抒情工具的功能和地位。《诗经·采薇》中的写景佳句"昔我往矣,杨柳依依。今我来思,雨雪霏霏",空间景物对比是为了表现时光流逝和季节变换,刘熙载《艺概·诗概》评其曰:"雅人深致,正在借景言情。若舍景不言,不过曰春往冬来耳,有何意味?"③景物被借作"有意味"的计时标记来服务于抒情。南朝乐府民歌《西洲曲》被清代陈祚明《采菽堂古诗选》誉为"言情之绝唱",为了渲染"四季相思",

---

① [清]古吴墨浪子:《西湖佳话》,上海古籍出版社1980年版,第51页。
② [明]谢榛:《四溟诗话》卷三"即影",《四溟诗话·姜斋诗话》合订本,宛平校点,人民文学出版社1961年版,第69页。
③ [清]刘熙载:《艺概·诗概》,上海古籍出版社1978年版,第81页。

系列景物也是季节更替和时序渐进的标识。

许多写景组诗和游记散文以游踪、时序来串连景物，移步换景，立体的空间景观被压缩成系列平面剪影，镶嵌、连缀在随游踪而流动的时间轴上，最终殊途同归于抒情言志的要旨，形成主藤（时序）缀瓜（空间景观）式的时空关系和景观布局。如杜甫《陪郑广文游何将军山林十首》即是如此，仇兆鳌《杜诗详注》评曰："十章总结，乃出门以后情事。首二惜别之情，三四别后之景，五六回忆前事，七八豫订重游。幽意不惬，为迫于归期耳，两句起势突兀。"[1]可见时序是连缀景观的主轴。柳宗元《永州八记》始于《始得西山宴游记》，止于《小石城山记》，也以时序和游踪来连缀，借以抒发身陷逆境的郁愤和寻求解脱的期望。

在中国古代文学的景观书写传统中，西湖小说的重要意义之一在于它的景观叙事。西湖小说作为唯一被古代学者以景观命名的小说类型，其立足于空间景观书写，是一种以西湖名胜为核心的景观叙事。西湖小说具有鲜明的景观书写意识，着力为西湖扬名立传。《西湖二集序》开篇感叹道："天下山水之秀，宁复有胜于西湖者哉！"[2]然后历数西湖风景的八大妙处。《西湖佳话序》也是开口赞道："宇内不乏佳山水，能走天下如骛，思天下若渴者，独杭之西湖。"[3]随后极力铺叙西湖美景。为了彰显西湖美景，它们的原刊本都配有大量精美的西湖风景图像。《西湖二集》崇祯云林聚锦堂刊本内封框内右栏题"精刻绘像"，

---

① ［清］仇兆鳌：《杜诗详注》卷二，中华书局1979年版，第155页。

② ［明］湖海士：《西湖二集序》，周清原撰《西湖二集》，周楞伽整理，人民文学出版社1999年版，第565页。

③ ［清］古吴墨浪子：《西湖佳话·序》，上海古籍出版社"古本小说集成"本，第1页。

左栏题"西湖秋色一百韵"。此题名副其实,该书配有精美插图三十四幅,图文并茂,用来辅助小说叙事。《西湖佳话》金陵王衙藏板本的卷首配有《西湖全图》《十景分图》等十二幅,均为五色套印,极为精美。尤其值得注意的是图像末尾附有"湖上扶摇子"的识语:

> 苏公、白傅以通灵之笔描写湖山,可谓诗中有画。淡妆浓抹,且能工画家渲染所难工之意,句句是荆关本色山水。何作此图者,率遇笨伯施之楮缯,已削颊上三毛,疥以梨枣,益觉唐突西子,安得起萧照、马远辈一开生面耶!余畜此志有年矣,广蒐精订,得页若干。画汇名贤,句综往哲,即景拟皴,对山设色,苦心剞劂,着意渲染,是工乃苏、白之工,非仅发萧、马之秘。向谓诗中有画,今则画中有诗。勿哂东方自赞会看西子如生可也。①

这段识语从苏轼《书摩诘〈蓝田烟雨图〉》中的著名观点"味摩诘之诗,诗中有画;观摩诘之画,画中有诗"切入,并由此立论。苏轼、白居易两位先贤与西湖关系密切,写有诸多脍炙人口的诗篇描绘西湖之美,都能生动体现五代著名山水画家荆浩、关仝师徒(并称"荆关")的丹青理念与妙笔技法。这种"诗中有画"的崇高境界让很多善于渲染的画家难以企及。这位"湖上扶摇子"广泛搜罗,撷精集萃,苦心孤诣,终有所成。但这些画册"非仅发萧、马之秘",体现的不仅仅是南宋著名画家萧照(南宋画院的魁首)、马远("南宋四家"之一)的绘画绝技,更多的是苏轼、白居易的诗意境界与传奇人生,即"画中有诗"。此"诗"已不仅

---

① [清]湖上扶摇子:《识语》,古吴墨浪子撰《西湖佳话》,上海古籍出版社"古本小说集成"本,第24页。

仅是西湖诗篇,更是他们在西湖的诗意人生、丰功伟绩与传奇佳话。《西湖佳话》之《六桥才迹》与《白堤政迹》就是叙说"苏、白之工",讲述他们的诗意生活与西湖佳话。其余十四篇也是以美丽如画的西湖景观,如断桥、岳坟、雷峰塔、灵隐寺等为依托和生发点来敷衍小说故事。这种建构小说故事的方式赋予了西湖景观鲜明的叙事性。

在这种强烈的景观书写情结中,西湖小说的一大贡献就是首次明确提出了"景物因人成胜概"和"西湖得人而显"的景观叙事理念。此"人"主要是指与西湖有关的名人,尤其是文人。西湖小说通过他们的传奇故事来展现西湖景观的魅力内涵、地理成因和文化动因。西湖墨浪子《西湖佳话序》云:"取其迹之最著、事之最佳者而纪之,如仙翁之药炉丹井,和靖之子鹤妻梅……俱彰彰于人耳目者,亟为之集焉。"①在传统景观书写的比兴、白描、铺陈等方式方法之外,明确提出要通过最精彩的叙事来展现最美丽的景观,让西湖美景在故事情节中彰显它们的无穷魅力。因此,《西湖佳话》中的十六篇小说都以西湖景观为题,如"白堤政迹""六桥才迹""灵隐诗迹"等,通过白居易、苏轼、骆宾王等人的传奇故事来展现西湖胜景。湖海士《西湖二集序》也指出:"流风遗韵,古迹奇闻,史不胜书,而独未有译为俚语,以劝化世人者。"②此处的"俚语"特指善讲故事、俚俗易懂的西湖小说。描绘西湖胜迹的作品早已汗牛充栋,但都不如西湖小说那样生动展现西湖胜概,易于感化世人。

---

① [清]古吴墨浪子:《西湖佳话·序》,上海古籍出版社"古本小说集成"本,第10—12页。
② [明]湖海士:《西湖二集序》,周清原撰《西湖二集》,周楞伽整理,人民文学出版社1999年版,第566页。

可见,西湖小说将景观服务于抒情和时序的仆从地位解放出来,变成文学叙事的主体和中心。西湖小说的景观叙事还原了景观的空间属性,具有独特的文学史意义和景观研究价值。

四、西湖景观的文本功能

西湖景观名闻天下,《西湖二集序》云:"天下山水之秀,宁复有胜于西湖者哉。"①《西湖佳话序》也说:"宇内不乏佳山水,能走天下如骛,思天下若渴者,独杭之西湖。"②明末清初西湖小说津津乐道"西湖美地,心窃慕之"③,西湖美景不仅使小说作者赞不绝口,激扬文字,而且使小说人物从四面八方纷至沓来,云集于此。可见西湖景观在西湖小说中具有非常重要的意义。除了前文所论,西湖景观在明末清初西湖小说文本中还有以下几个方面的功能:

(一)构建故事场景,渲染环境氛围。在故事情节展开之前,小说作者常常先将西湖景致描绘一番,以搭建人物活动的平台,营造环境氛围,让读者具有强烈的现场感。如《西湖二集》第十二卷《吹凤箫女诱东墙》描绘西湖灯景:

> 那时西湖之上,无景不妙,若到灯节,更觉繁华,天街酒肆,罗列非常,三桥等处,客邸最盛,灯火箫鼓,日盛一日。

---

① [明]湖海士:《西湖二集序》,周清原撰《西湖二集》,周楞伽整理,人民文学出版社 1999 年版,第 565 页。

② [清]古吴墨浪子:《西湖佳话》,上海古籍出版社"古本小说集成"本,第 1 页。

③ [清]西湖香婴居士:《鞠头陀传》,于文藻校点,人民文学出版社 1999 年版,第 156 页。

妇女罗绮如云,都带珠翠闹娥,玉梅雪柳,菩提叶灯球,销金合,蝉貂袖项帕,而衣都尚白,盖灯月所宜也。又有邸第好事者,如清河张府、蒋御药家,开设雅戏烟火,花边水际,灯烛灿然。游人士女纵观,则相迎酌酒而去……①

西湖无景不妙,游人如织,最受欢迎的活动之一就是灯节观灯。灯光、月光与烟火交相辉映,别具情调。但作者的目的不在绘景,而是在这个"游人士女纵观"的灯宵丽景中,为"一曲洞箫成就了一对好夫妻"构建契合情境的故事场景,营造心醉神迷的浪漫氛围。又如《欢喜冤家》续集第三回《马玉贞汲水遇情郎》中:"玉贞见了西湖好景,十分快乐,怎见得?"接着描绘西湖的诱人景色:"琼楼燕子家家雨,浪馆桃花岸岸风。画舫舞衣凝暮紫,绣帘歌扇露春红……"②马玉贞沉醉其中,"游不尽许多景致,看不尽万种妖娆",为其决意留在西湖为娼构建环境,渲染气氛,做好铺垫。《情史·卫芳华》中,"月色如昼,荷香满身,时闻大鱼跳掷于波间,宿鸟飞鸣于崖际","月上东垣,莲开南浦,露柳烟筼,动摇堤岸,宛然昔时之景"③,两次描写明月实景。前者为滕生邂逅卫芳华,进而幽会热恋营造了别具浪漫的美妙环境;后者则是反衬一对情人生死离别的凄惨哀苦。"废港芙蕖润露,断堤杨柳摇烟。两峰南北只依然。辇路草芊芊……落叶牛羊陇上,西风燕雀林边"的虚景描绘,为卫芳华叙说不堪回首的往事渲染凄婉、哀伤的氛围,都具有各自的叙事意义。

---

①　[明]周清原:《西湖二集》,周楞伽整理,人民文学出版社1999年版,第197页。

②　[明]西湖渔隐主人:《欢喜冤家》,上海古籍出版社"古本小说集成"本,第64页。

③　[明]冯梦龙:《情史》,上海古籍出版社"古本小说集成"本,第1805页。

(二)作为情节之眼与地域标志。西湖景观作为情节之眼是指它在故事发展的关键时机出现,是衔接情节的重要环扣,甚至直接推动情节不断发展,成为决定故事发展方向的关键因素。如《十二楼》卷七《拂云楼》中,裴七郎因父亲势利而娶了丑妻,佳偶之梦原本无望。端午佳节,风景如画,众多女眷纷纷游湖观景,"苏堤立满,几乎踏沉了六桥"。西湖美景让裴七郎得以初识韦小姐的美貌,从而展开了一对才子佳人的爱情故事。《情史·西湖女子》中,江西官人"因游西湖""亟寻旧游",两次与双鬟女子相逢,都是追慕西湖美景的结果。《集咏楼》中,褚良贵与小青爱情婚姻的悲欢离合都是源于西湖孤山"集咏楼"。"西湖"成了故事情节继续发展的充分必要条件,或埋下伏笔,或拓展叙事空间,或增加情节线索,是故事链不可缺少的环扣。

"杭州之有西湖,如人之有眉目"①,西湖成了杭州的地域标志。明末清初西湖小说多以"西湖"指代杭州,即使地理范围已经超出了西湖,也用"西湖"代称。如《西湖二集》第二十卷《巧妓佐夫成名》中,"这邵金宝不是西湖上人。话说西湖当日也有一个妓女,与邵金宝一样有手段之人,出在宋高宗绍兴年间。高宗南渡而来,妆点得西湖如花似锦,因帝王在此建都"②。显而易见,"帝王在此建都"的地点是杭州,用"西湖"指代而已。诸如"你道这西湖上所生的正人是谁"(《西湖佳话·三台梦迹》),"诗词倾动天下,抄写佳诵的纷纷,遂刻板成集,西湖因此纸价顿贵"(《西湖二集》第二十三卷《救金鲤海龙王报德》),此

① [宋]苏轼:《杭州乞度牒开西湖状》,《苏轼文集》卷三十,孔凡礼点校,中华书局1986年版,第863页。
② [明]周清原:《西湖二集》,周楞伽整理,人民文学出版社1999年版,第330页。

类用"西湖"作为杭州的地域标志,在小说叙事中十分常见。

（三）因情而设,寄托情感,交融情景。王夫之《姜斋诗话》云:"情景名为二,而实不可离。神于诗者,妙合无垠。巧者则有情中景,景中情……不能作景语,又何能作情语邪?"①王国维《人间词话》说:"一切景语皆情语。"明末清初西湖小说中的一些景物是为了抒情而设置,因情语而设景语。如《西湖佳话·梅屿恨迹》与《女才子书·小青》等小青系列小说中,数次描写"雨滴空阶"之景来寄托小青"愁心欲碎"之情,情景交融。《西湖佳话·梅屿恨迹》着力描绘西湖凄清之景,诸如"每到夕阳落照时,空烟薄霭,临池自照,啾啾与影语","远笛哀秋,孤灯听雨,雨残笛歇,谡谡松声"②,比比皆是。《女才子书》反复渲染"烟染长堤,疏林夕照","斜阳花际,烟空水清","风雨潇潇,梵钟初动","但闻雨声淅沥,乱洒芭蕉;风响萧疏,斜敲窗纸;孤灯明灭,香冷云屏"的景象③,来寄托小青愁苦哀怨之情。小青被幽禁孤山,日日目睹此景,"从此郁郁成病,岁余益深",最终香消玉殒,在凄美的西湖风景中含恨而去。《豆棚闲话》第二则《范少伯水葬西施》中,作者通过描写西湖的繁华景色,如"山明水秀,两峰三竺高插云端;里外六桥,掩映桃柳;庵观寺院及绕山静室,却有千余;酒楼台榭,比邻相接;画船箫鼓,昼夜无休"④,来反衬"尚有穷民悲夜月","深无隙地种桑麻"的民生疾苦,以

---

① ［清］王夫之:《姜斋诗话》卷二《夕堂永日绪论·内编》,《四溟诗话·姜斋诗话》合订本,舒芜校点,人民文学出版社1961年版,第150页。

② ［清］古吴墨浪子:《西湖佳话》,上海古籍出版社1980年版,第255页。

③ ［清］烟水散人:《女才子书》,上海古籍出版社"古本小说集成"本,第18页。

④ ［清］艾衲居士:《豆棚闲话》,上海古籍出版社"古本小说集成"本,第52页。

表达作者强烈的激愤之情与批判意识。

（四）作为故事的生发点。西湖小说常常由自然美景延伸到它的历史渊源与人文掌故，一些自然景观成了故事生发的起讫。如《西湖佳话·灵隐诗迹》中，从描绘灵隐美景牵涉白猿的来历，又叙述白猿与僧人守一的密切交往，再引出弈胜天下第一围棋高手、临安知府袁元的故事，最后讲述白猿被济公点化成佛。另有《麹头陀传》第十一则《冷泉亭一棋标胜 呼猿洞三语超群》也是先描绘灵隐寺、灵鹫山的佳景，以此生发并引出"先代贤圣托迹其中"的动人故事。

第六章　明末清初西湖小说的局限

西湖小说以浓郁的地域色彩在中国小说史上独树一帜，但毋庸讳言，我们在肯定它的成就同时，也必须正视它的不足。明末清初西湖小说的局限主要表现在时代意识与现实精神昏沉麻木，地域色彩逐渐淡化。

第一节　时代意识与现实精神昏沉麻木

文学创作是一种反映现实生活的社会活动，"任何文学作品，都是它的时代的表现，它的内容和它的形式是由这个时代的趣味、习惯、力量所决定的"①。社会生活与时代风云都会在文学作品中留下或深或浅的痕迹。明末清初是一个风云变幻、激烈动荡的时代，"国家不幸诗家幸，赋到沧桑句便工"，诞生在这一时期的文学作品具有深厚的社会基础、广阔的历史背景与充实的时代内容。但西湖小说却未能真实、全面地反映这个时代的精神风貌，显示出昏沉的时代意识与麻木的现实精神。其具体表现在两个方面：

一、忽略明末清初社会现实题材，漠视社会动荡、朝代鼎革

---

① 〔俄〕普列汉诺夫：《论西欧文学》，吕荧译，人民文学出版社1957年版，第121页。

的痛楚与血腥。在激烈动荡、风起云涌的明末清初,各类军政大事高潮迭起,时局危如累卵,"遂致事体蛊坏,国势凌夷,局改时移,垣垒石破"①。例如争国本、举首辅、议"三案"、反矿税、评京察、谏福王之国、议封疆,还有魏忠贤倒台、李自成起义、明朝灭亡、清兵入关、南明抗清、嘉定三屠、扬州十日、三藩之乱等等,这是一部血与火的历史。尤其是鼎革之变给政治、文化带来巨大冲击,波及帝国的每个角落,江浙士人尤其积极投身其中。正如东林领袖顾宪成所撰对联:"风声雨声读书声声声入耳,家事国事天下事事事关心。"明末的军政大事多有东林党、复社、几社诸子激烈的声辩与不懈的抗争,他们"裁量人物,訾议国政,亦冀执政者闻而药之也。天下君子以清议归于东林,庙堂亦有畏忌"②,甚至达到"曾不知莠言自口而彝伦攸斁,横尸流血,百年而不息"的激烈程度③。江浙人们包括杭州士子、市民都是积极投身其中的主力军。如万历十年(1582)五月,在丁士卿的领导下,杭州市民掀起了轰轰烈烈反抗保甲巡役制度的斗争。丁士卿"尚气节,好建言时事",因不满保甲巡役的诸多弊病,"鸣于官,不从。乃走京师论之,又为显宦所给。归,而有司不惟不为处,且捕之急。民间嚣然,曰:'丁为吾侪得罪,不可不论救。'一呼而起者,数百人",于是,愤怒的市民"纵火燔二三宦家,逼

---

① [明]朱一是:《谢友人招入社书》,转引自谢国桢撰《明清之际党社运动考》,上海书店出版社2004年版,第170页。

② [清]黄宗羲:《明儒学案》卷五十八《东林学案·顾宪成》,沈芝盈点校,中华书局1985年版,第1377页。

③ [清]王夫之:《读通鉴论》卷二十七《僖宗》,《船山全书》第十册,岳麓书社1996年版,第1048页。

逐司府官吏,沿门掳掠,荐绅巨室,靡不被其害者"①。反抗斗争最终被残酷镇压,一百五十余人被俘,其中五十二人被枭斩,九十五人被杖毙。另如天启六年(1626)闰六月,浙江巡抚潘汝桢上疏,欲在西湖畔建造魏忠贤生祠,杭州市民在东林党人吴宪的领导下掀起了反宦官的斗争。但这些杭州大事并未在西湖小说中留下多少痕迹。我们可以将明末清初西湖小说与同时代的其他文学作品进行比较,明显可以看出它对现实题材的冷漠态度。

　　(一)与同一时代的时事小说比较。时事小说是指反映当代重大事件的小说。西湖小说以地域为标识,时事小说以时代为要素,并非按照统一标准进行小说文体或题材分类。它们虽然共同兴起于明末清初,但几乎没有交集。时代性与现实性是两者泾渭分明的分水岭。尤其是在明清鼎革的战火与血腥面前,西湖小说沉默失语,在田园诗般的小说叙事中仅存几缕脉脉温情。而诞生于同一时期的时事小说却展现了一个截然不同的世界②。明末清初时事小说直接取材于动荡时局中的军政大事,如《警世阴阳梦》《魏忠贤小说斥奸书》和《梼杌闲评》等详述魏忠贤祸国殃民、东林党人殊死抗争之事;《辽海丹忠录》《镇海春秋》等详细反映辽东前线的激烈战事;《剿闯小说》《定鼎奇闻》等展现李自成起义始末;《樵史通俗演义》则全景式地反映了明末清初激烈动荡的时代风云。时事小说作者表现出大无畏的政治勇气与高涨的创作热情。其创作意图或为斥奸褒忠,或

①　[明]崔嘉祥:《崔鸣吾纪事》,《丛书集成初编》第2956册,中华书局1985年版,第48—50页。

②　见拙文:《论好议时政之风对明末清初时事小说文本的影响》(《延边大学学报》,2005年第2期)与《好议时政之风与明末清初时事小说的兴起》(《船山学刊》,2006年第1期)。

为明辨是非,或为反思亡败,具有浓厚的言官御史情结、谋士判官情结和忠臣遗民情结。我们将这些时事小说序言与西湖小说序言进行比较,就有非常直接、强烈的感受。我们先将明末清初时事小说的情况分述如下:

1. 言官情结:斥奸褒忠,指陈时弊。对于魏党残酷迫害忠良,吴越草莽臣《魏忠贤小说斥奸书·自叙》云:"终以在草莽,不获出一言暴其奸,良有隐恨。"因此创作小说"唯次其奸状,传之海隅"①。《梼杌闲评·总论》直言"世运草昧,生民涂炭,祸患非止一端",明确宣示以"按捺奸邪尊有道,赞扬忠存削馋人"为宗旨,揭露魏忠贤"群凶之首,万恶之魁"的罪恶行径②。《警世阴阳梦·醒言》声称:"长安道人知忠贤颠末,详志其可羞可鄙、可畏可恨、可痛可怜情事,演作阴阳二梦。"③《剿闯小说·叙》则是"用以激发忠义,惩创叛逆"④。《皇明中兴圣烈传·小言》更是愤怒控诉"逆珰恶迹,罄竹难尽"⑤。这些序言声讨阉党奸佞,褒扬忠臣良将,爱憎分明,感情激烈,如言官强谏于廷,针锋相对,慷慨激昂。

2. 判官情结:明辨是非,剖析时政。其最典型者当属为毛文龙鸣冤申屈的《辽海丹忠录》。崇祯二年(1629),袁崇焕斩杀毛

① [明]吴越草莽臣:《魏忠贤小说斥奸书·自叙》,上海古籍出版社"古本小说集成"本,第10页。
② [明]不题撰人:《梼杌闲评·总论》,上海古籍出版社"古本小说集成"本,第4—6页。
③ [明]元九:《警世阴阳梦·醒言》,上海古籍出版社"古本小说集成"本,第7—8页。
④ [清]西吴九十翁无竞氏:《剿闯小说叙》,无名氏撰《剿闯小说》卷首,上海古籍出版社"古本小说集成"本,第11页。
⑤ [明]乐舜日:《皇明中兴圣烈传·小言》,上海古籍出版社"古本小说集成"本,第3页。

文龙,引发朝野激烈的争论。但此时辽东边防倚仗袁崇焕,崇祯帝也只得"传谕暴文龙罪"。于是,平原孤愤生特意创作《辽海丹忠录》以辩冤申诉,直言"忠臣饮恨九原,傍睹者亦为之愤懑……顾铄金之口,能死豪杰于舌端;而如椽之笔,亦能生忠贞于毫下"①,要在众说纷纭中"好恶一本于公心",辨明是非,为毛文龙鸣冤伸屈,还以清白。魏忠贤权势熏天时,许多人为其歌功颂德,大造生祠。其覆亡后,吴越草莽臣立即创作《魏忠贤小说斥奸书》"以易称功颂德者之口,更次其奸之府辜……俾奸谀之徒,缩舌知奸不可为"②,拨乱反正,让人们明辨是非,清除魏阉余党的嚣张气焰。

3.忠臣遗民情结:忧国忧民,痛亡反思。时事小说作者满怀强烈的使命感和爱国精神,把对国难民艰的至深忧虑倾泻在小说序言之中。乐舜日《皇明英烈传·小言》慨叹:"野臣切在野之忧也久矣,忧君侧之奸逆,忧灾变之洊至……"③《剿闯小说·叙》也饱含"愤时忧世之情郁"④。吟啸主人在《近报丛谭平虏传》中忧心忡忡地说:"阅邸报,奴酋越辽犯蓟,连陷数城,抱杞忧甚矣!"⑤表现出深切的忧国忧民之情。明亡之后,面对山河破碎,他们痛定思痛,借小说创作寄寓故国之思,总结覆亡教训。

① ［明］翠娱阁主人:《辽海丹忠录·叙》,上海古籍出版社"古本小说集成"本,第2—5页。
② ［明］吴越草莽臣:《魏忠贤小说斥奸书·自叙》,上海古籍出版社"古本小说集成"本,第10—12页。
③ ［明］乐舜日:《皇明中英烈传·小言》,上海古籍出版社"古本小说集成"本,第1—2页。
④ ［清］西吴九十翁无竞氏:《剿闯小说叙》,无名氏撰《剿闯小说》卷首,上海古籍出版社"古本小说集成"本,第2页。
⑤ ［明］吟啸主人:《近报丛谭平虏传·序》,上海古籍出版社"古本小说集成"本,第1页。

如蓬蒿子《新世鸿勋》哀叹:"呜呼痛哉!以亘古未有之奇祸,肆于我明。以三百年无缺之金瓯,隳于彼贼,诚使天崩地裂,鬼泣神号,亿兆臣民,无依无怙者也。"①《樵史通俗演义》对故国家园不胜眷恋,哀恍悲戚道:"或悄焉以悲,或戚然以哀,或勃焉以忠,或恍焉以惜……望旧都兮迢迢,思美人兮焦焦。"②遗民情结甚为浓厚。

这些时事小说序言满怀时代使命感和家国责任感,有如一篇篇政治宣言和战斗檄文,倾注了强烈的政治意识与大无畏的政治勇气,毫不亚于言官御史在廷谏上针锋相对、指砭弹劾。尤其是在严酷的政治环境中声讨阉党奸佞,如《警世阴阳梦》的刊刻与魏忠贤自缢仅差七个月,《魏忠贤小说斥奸书》的时间差也仅为九个月。在魏党"余焰未熄,羽翼未收",其后数年频频翻案、卷土重来的凶险环境中,时事小说作者与刊刻者需要非凡的勇气。总之,这些时事小说所表达的态度之坚决、爱憎之分明、情感之强烈、辨析之深刻、言辞之犀利,尽都溢于言表。

而这一切在西湖小说序言和题材中几乎完全缺失,如《西湖佳话》醉心于"黄鹂枝上,白鹤汀中。画舫频移,笙歌杂奏,闻者有不心醉乎"的闲情雅兴③。《西湖二集》津津乐道"真令人艳心三竺两峰间也"的湖光山色④,或是悲叹屡试不第与"司命

① [清]蓬蒿子:《新世鸿勋》,上海古籍出版社"古本小说集成"本,第200页。
② [清]江左樵子:《樵史通俗演义·序》,上海古籍出版社"古本小说集成"本,第3—5页。
③ [清]古吴墨浪子:《西湖佳话》,上海古籍出版社"古本小说集成"本,第5—6页。
④ [明]湖海士:《西湖二集序》,周清原撰《西湖二集》,周楞伽整理,人民文学出版社1999年版,第565页。

之厄"。至于《醉菩提》高谈"任情游戏，无非活泼禅机"①，《鬎头陀传》表示"愿读者不可作平等呷唔，欲笑者不可作哄堂绝倒"②，多有调侃揶揄之意。尤其是成书于顺治年间的《鸳鸯配》，讲述宋元鼎革之际的风云变幻，蒙古铁骑席卷中原，江南民众浴血抵抗。这段故事与清朝统治者十分敏感的明清鼎革史实十分相似。所以，《鸳鸯配》对此极为谨慎，如对于元兵灭宋仅一笔带过，上半部分精心塑造的爱国忠臣纷纷避祸全身、改换门庭，谢翱居然宣称："诊观天象，中原帝星不明。当此民心已离，国事已去……纵使谢事而归，未为不忠也。"③宋末元初确实有一位爱国志士和遗民诗人谢翱（1249—1295），曾追随文天祥练兵抗元，失败后矢志不渝，晚年寓居杭州西湖，病逝于此。谢翱著有《登西台恸哭记》《晞发集》等，四库馆臣称赞其"诗文桀骜有奇气，而节概亦卓然可观"④，与西湖小说中的谢翱形成强烈反差。国难当头，状元申生、探花荀生劝说龙图阁学士崔信"不可直言取祸"。崔信最终带着一班忠臣义士退隐山林，以避兵祸。常抒英雄之志的宋将任季良最终投降升职，不以为耻，反而自称"徼幸成功"。荀生、申生竟然祝贺降元的陆佩玄说："吉人自有天相，竟获万里封侯，荣及故人，倍胜慰羡……做了开国勋臣，督兵敝地。"⑤在清初，郑成功等志士在东南坚持抗清，江浙人士多有死节者，计六奇《明季南略》记载甚多。就连曾经仕

---

① ［清］桃花庵主人：《醉菩提传序》，《醉菩提传》卷首，萧欣桥校点，人民文学出版社 1999 年版，第 5 页。

② ［清］西湖香婴居士：《鬎头陀传·小引》，于文藻校点，人民文学出版社1999 年版，第 121 页。

③ ［清］烟水散人：《鸳鸯配》，上海古籍出版社"古本小说集成"本，第 168 页。

④ ［清］永瑢等：《四库全书总目》卷一六五，中华书局 1965 年版，第 1413 页。

⑤ ［清］烟水散人：《鸳鸯配》，上海古籍出版社"古本小说集成"本，第 173 页。

清的吴伟业也遗嘱死后殓以僧装,以示有亏。与同时代的时事小说带有强烈的时代使命感与大无畏的政治勇气相比,明末清初西湖小说非常漠视社会现实题材,忽略社会动荡、朝代鼎革的痛楚与血腥,表现出昏沉麻木的时代意识与现实精神。

(二)与同一时代的西湖诗词比较。当明末清初西湖小说作者沉醉于山明水秀的西湖风光、含情脉脉的男女恋情与古圣前贤的流风遗韵,尤其是津津乐道"于祠祈梦",梦想于谦梦示考题以谋取功名富贵时,诗人屈大均(1630—1696)在西湖畔满怀激昂地题下《于忠肃墓》:

> 一代勋猷在,千秋涕泪多。玉门归日月,金券赐山河。暮雨灵旗卷,阴风突骑过。墓前频拜手,愿借鲁阳戈。①

屈大均是明末清初的大诗人与反清志士,与陈恭尹、梁佩兰并称"岭南三大家"。在明末清初,题咏于谦的诗人诗作还有很多,清初诗人孟亮揆也题有《于忠肃墓》:"曾从青史吊孤忠,今见荒丘岳墓东。冤血九原应化碧,阴磷千载自沉红。有君已定回銮策,不杀难邀复辟功。意欲岂殊三字狱,英雄遗恨总相同。"②这些诗作缅怀英魂,反思历史,谴责奸佞,抒发救国抱负,大多慷慨激昂、沉郁顿挫,富有强烈的时代精神。而反观《西湖佳话·三台梦迹》等明末清初西湖小说,宣扬虚幻的宿命色彩。如于谦为国尽忠却被奸权所害的悲剧命运,本是专制腐朽的统治阶级争权夺利所致,小说却将其归咎为于谦的长嫂在回答关公托梦应验功名富贵时,随意说了句口头禅"天杀的"而潜藏凶兆,最

---

① [清]屈大均:《于忠肃墓》,欧初、王贵忱主编《屈大均全集》,第一册,人民文学出版社1996年版,第304页。
② 周峰:《元明清名城杭州》,浙江人民出版社1997年版,第297页。

终一语成谶。在作者"醒时梦梦,不若梦中醒醒"的观念中①,小说反映现实的深广度与批判力度都大为削弱。

和于谦同被誉为"西湖三杰"之一的抗清英雄张煌言(1620—1664),字玄著,号苍水,浙江鄞县(今属宁波)人。明亡后在浙东沿海一带坚持抗清斗争近二十年,官至南明兵部尚书。南明永历十三年(1659),张煌言与郑成功进入长江,围攻南京,曾连下安徽二十余城,功勋卓著。清康熙三年(1664),张煌言被俘,严词坚拒招降,于该年八月从鄞县被押往杭州,离开家乡与亲友诀别时作《甲辰八月辞故里》(又名《入武林》):

> 义帜纵横二十年,岂知闰位在于阗。桐江空悬严光钓,震泽难回范蠡船。生比鸿毛犹负国,死留碧血欲支天。忠贞自是孤臣事,敢望千秋信史传。

> 国亡家破欲何之?西子湖头有我师。日月双悬于氏墓,乾坤半壁岳家祠。惭将素手分三席,拟为丹心借一枝。他日素车东浙路,怒涛岂必属鸱夷!②

张煌言大义凛然,多次拒绝浙江提督张杰的盛情宴请和高官厚禄的百般诱降,最终被清廷杀害于杭州官巷口。他在就义之前写下绝命诗《忆西湖》:

> 梦里相逢西子湖,谁知梦醒却模糊。高坟武穆连忠肃,

① [清]古吴墨浪子:《西湖佳话》,上海古籍出版社1980年版,第133页。

② [清]张煌言:《张苍水集》第三编《采薇吟》,上海古籍出版社1985年版,第176页。

添得新坟一座无？①

张煌言以葬于西湖畔的英雄岳飞、于谦为师，表示学习他们精忠报国、宁死不屈的崇高精神。又希望来日再像伍子胥一样，魂魄化为钱塘江上的怒涛，奔腾激荡，日月可鉴。这些西湖诗歌表达了抗清英雄视死如归、慷慨殉国的高昂气节。张煌言的精神和壮举后来得到了清廷的尊重，官修《明史》有传，并在乾隆四十一年（1776）被追谥"忠烈"，入祀忠义祠，收入《钦定胜朝殉节诸臣录》。诸多西湖诗歌成为西湖志士崇高精神的重要载体。但在明末清初西湖小说中，提到张煌言的仅有文言小说《觚賸·布囊焚余》，作者钮琇立足于张煌言绝命诗的来历，讲述装诗布囊的传奇经历远胜于描绘英雄就义的慷慨场面②。在激烈昂扬、慷慨悲壮的时代强音中，与充满时代精神、共振时代脉搏的西湖诗词及时事小说相比，明末清初西湖小说严重缺乏时代意识，显得昏沉麻木、苍白无力。

二、西湖小说中的"人间天堂"与现实西湖的强烈反差。在明末清初西湖小说中，西湖无一例外被描绘成"桃红柳绿，莺啼燕舞，花草争妍，无一处不是赏心乐事"的人间天堂③。但翻开史志，明末清初的西湖状况并非如此。在明代杭州知州杨孟瑛治理之前，西湖相当大的区域被富豪霸占，湖田侵蚀，葑草丛生。据《西湖志》载，"向所称以山为岸者，去山日远。六桥以西，悉

---

① 〔清〕张煌言：《张苍水集》第二编《奇零草》，上海古籍出版社 1985 年版，第163 页。

② 〔清〕钮琇：《觚賸·布囊焚余》，《清代笔记丛刊》第一册，齐鲁书社 2001 年版，第 178 页。

③ 〔明〕周清原：《西湖二集》，周楞伽整理，人民文学出版社 1999 年版，第 237页。

为池田桑埂。里湖西岸亦然。中仅一港通酒船耳。孤山路南，东至城下，直抵雷峰塔迤西皆然"①。地方官吏多次疏请治湖，都因豪强反对而"惮更版籍，竟致阁寝"②。民间也流传着"十里湖光十里色，编筏都是富豪家"的歌谣。到了清初，西湖在清兵旗营的影响下更是衰败凋零。顺治五年（1648）六月，清廷认为："以杭州为江海重地，不可无重兵驻防，以资弹压。"③于是下令在紧连西湖的大片区域圈地，建造旗营，"周围约九里，占地一千四百三十多亩，城墙高一丈九尺，厚六尺"④。筑营时强迫百姓"扶老携幼，担囊负箧，或播迁郭外，或转徙他乡"⑤。据《清史稿》载，康熙二十六年（1687），王鸿绪说："驻防将领，恃威放肆，或占夺民业，或重息放债，或强娶民妇，或谎诈逃人，株连良善，或收罗奸棍，巧生扎诈。种种为害，所在时有。"⑥可见驻防旗人对当地百姓的压迫与剥削十分残酷。此外，清军在附近数县占据六个面积逾十万亩的大牧场，招佃垦牧来补贴旗营军饷。在湖畔大片圈地建立军营，无疑给风光秀丽、游人如织的西湖留下了一块极不协调的伤疤。这些都反映在清初的西湖诗词创作当中。康熙十五年（1676），韩纯玉作《忆江南·丙辰过湖上》七首，其五云："西湖怨，游子畏人知。覆水芰荷船莫进，催

① ［清］李卫、傅玉露：《西湖志》卷一《水利》，《四库全书存目丛书》史部第241册，齐鲁书社1997年版，第241页。
② ［明］田汝成：《西湖游览志》卷一，上海古籍出版社1980年版，第5页。
③ ［清］张大昌：《杭州八旗驻防营志略》卷一五《营制》，《续修四库全书》第859册，第269页。
④ 周峰：《元明清名城杭州》，浙江人民出版社1997年版，第4页。
⑤ ［清］丁丙：《武林坊巷志·驻防营》，浙江人民出版社1990年。
⑥ 赵尔巽等：《清史稿》，中华书局1976年版，第11012页。

人歌舞月初低。慎勿夜深归!"并自注:"旗下种莲,无敢采者。"①旗营不仅妨碍了游人观光,而且断了农民种莲采藕的经济来源。这组联章体词的另外六首也描绘了凋残冷落的西湖景象:树木滥伐,山岗萧索,游船空荡,酒馆断炊……如其二云:"西湖怨,樵牧几时休,石瘦翠微,难避暑,山无红树不知秋,双担厌肩头。"再加上第三首"西湖怨……箫管噤无声"等句,比较全面地反映出当时西湖的真实状况。

上述西湖的伤痛都是明末清初西湖小说没有涉及或刻意回避的。上引韩纯玉作于康熙十五年(1676)的西湖词与同一时期的西湖小说形成了非常强烈的反差,如成于康熙十二年(1673)的《西湖佳话序》云:

> 甚而点染湖山,则又有柳带朝烟,桃含宿雨,丹桂风飘,芙蓉月浸,见者能不目迷耶? 黄鹂枝上,白鹤汀中。画舫频移,笙歌杂奏,闻者有不心醉乎? 随在即是诗题,触处尽成佳话,故笔不梦而花,法不说而雨……②

西湖诗词中的"石瘦翠微,难避暑,山无红树不知秋"与西湖小说中的"柳带朝烟,桃含宿雨,丹桂风飘,芙蓉月浸",西湖诗词中的"西湖怨……箫管噤无声"与西湖小说中的"笙歌杂奏,闻者有不心醉乎"形成十分强烈的反差。与明末清初西湖诗词相比,西湖小说反映现实的真实性与批判力度差距甚大。

关于明末清初西湖小说时代意识与现实精神严重缺失的原

---

① [清]韩纯玉:《蓬卢诗不分卷词一卷》,《四库全书存目丛书》集部第210册,齐鲁书社1997年版,第210—211页。
② [清]古吴墨浪子:《西湖佳话·序》,上海古籍出版社"古本小说集成"本,第5—7页。

因,一方面是由于清初严酷的文字狱与小说禁毁的钳制效应(本文在第一章、第四章中有详论,兹不赘述)。另一方面还与杭州小说家的主体原因有关。清初杭州小说家存在一种驯顺苟安、回避矛盾的"清客"现象。以李渔为例,他被斥为"实偎薄无耻,又工揣摩,时以术笼取人资"①。王灏引用袁于令的话说:"李渔性龌龊,善逢迎,游缙绅间……其行甚秽,真士林所不齿也。"②李渔生活在民族矛盾与阶级冲突十分激烈的时代,却对社会现实视而不见,讲究吃喝玩乐、放纵声色,阿谀逢迎于权臣新贵之间,过着"日食五侯之鲭,夜宴三公之府"的生活。在"销金锅儿"的西湖,奢华享受之风使"李渔现象"在杭州文人圈中不只是个案。因此,在明末清初西湖小说中,昏沉麻木的时代意识与现实精神也就比较突出。

第二节　地域色彩逐渐淡化

西湖小说蕴含浓郁的地域特色,颇具生机活力。但是,从明末到清初的发展过程中,西湖小说表现出地域色彩逐步淡化的倾向,这主要表现在以下三个方面:

一、题材内容逐渐远离现实的市井生活,审美情趣趋向文人化,地域色彩日趋淡化。杭州的市井生活蕴含了醇正、深厚的本土文化精神。在明末清初西湖小说中,市井生活题材就是它的极佳载体。但明末清初西湖小说在发展过程中,题材内容逐渐

---

① 蒋瑞藻:《花朝生笔记》,《李渔全集》第十九卷《李渔研究资料选辑》,浙江古籍出版社1992年版,第316页。
② [清]王灏:《娜如山房说尤》,《李渔全集》第十九卷《李渔研究资料选辑》,浙江古籍出版社1992年版,第310页。

趋于文人化,将焦点从丰富多彩、繁杂鲜活的市井生活移向了淡化时空、逐渐趋同的文人领域。宋元时期的西湖小说基本上是表现市井生活,明末的西湖小说也大多充满了市井风情,但逐渐被冲淡稀释。但到了清初,西湖小说的市井气息已非常淡薄,文人色彩愈加浓厚。我们以描写吴越王钱镠的系列小说为例,来梳理这种阶段性的变化。

1. 成书于明代天启元年至四年(1621–1624)的《喻世明言》第二十一卷《临安里钱婆留发迹》还留有比较浓厚的市井气息。从题目上看,使用杭州街坊惯称的乳名"钱婆留",关注市井小民艳羡不已的"发迹变泰",地域色彩非常浓厚。其入话说:

> 像钱王生于乱世,独霸一方,做了一十四州之王,称孤道寡,非通小可。你道钱王是谁?他怎生样出身?有诗为证:项氏宗衰刘氏穷,一朝龙战定关中。纷纷肉眼看成败,谁向尘埃识骏雄?①

明清时期,杭州的盐业贸易非常繁荣,走私活动也很猖獗。小说一方面习惯性保留宋元旧篇的市井遗风,另一方面迎合市井小民的阅读兴趣与价值取向,津津乐道"昔年盐盗辈,今日锦衣人"的发迹故事,尤其是详述钱镠发迹前混于杭州市井的卑微生活,以及如何变泰的详细过程,市井气息与市民情趣非常浓厚。

2. 到了创作于崇祯年间的《西湖二集》第一卷《吴越王再世索江山》,市井气息大幅减退,文人情趣更加浓厚。从题目上看,故事重心已经移至表现"再世"的因果报应。文中有一段

---

① [明]冯梦龙:《喻世明言》,许政扬校注,人民文学出版社1958年版,第295页。

议论：

> 　　然吴越王发迹的事体，前人已都说过，在下为何又说？但前人只说得他出身封王的事，在下这回小说又与他不同，将前缘后故、一世二世因果报应，彻底掀翻，方见有阴有阳，有花有果，有作有受，就如算子一般，一边除进，一边除退，毫忽不差。①

作者在头回中详叙杭州先贤瞿佑文才盖世却命运多舛，喋喋不休于"真是时也、运也、命也"的满腹牢骚，从马浩澜谈到杨维桢，从王粲聊到徐渭，意兴阑珊后才迟迟转入正话。钱镠的市井生活只占较小的篇幅，发迹变泰的奇闻逸事已让位于"索江山"之类的军国大事，并且被纳入因果报应的不二法门，一再强调"毫忽不差"。伦理教化色彩浓厚，道德说教内容突出，明显表现出由市民情趣向文人审美的嬗变。

　　3. 到了成书于康熙初年的《西湖佳话·钱塘霸迹》，市井气息几乎消散殆尽，文人化更加突出。"霸迹"已表明作者站在历史的角度，试图对前人功业做出理性的评判。小说开篇就表明了一种富含文人色彩的历史观：

> 　　草莽英雄乘时奋起而招集士卒，窃据一方，以成霸王之业，往往有人，不为难也，然皆侥幸得之，不旋踵即骄横失之；惟难在既成之后，能识时务，善察天心，不妄思非分以自趋丧亡，不独身享荣名而子孙且保数世之利如钱镠王者，岂易得哉！嗟乎！此吾过西子湖滨，谒钱王祠而有感焉。②

---

① ［明］周清原：《西湖二集》，周楞伽整理，人民文学出版社 1999 年版，第 3—4 页。
② ［清］古吴墨浪子：《西湖佳话》，上海古籍出版社 1980 年版，第 217 页。

作者显然对"成霸王之业"的传奇不以为然,文中叙说钱镠贩卖私盐等市井生活只是一笔带过,好赌赖债的情节已被裁剪,并使钱镠首次树立了"贩卖私盐,此小人无赖事也,岂大丈夫之所为"的思想①,表现出对市井小民及其谋生方式、生活状态的鄙夷厌恶。小说模仿《史记·陈涉世家》,篇末赞颂钱王道:

> 能知上尊朝廷,下仁万姓,保全土地,不遭涂炭,不妄思非分,而顺天应人,其功与帝王之功自一揆矣。故能生享荣名,死垂懿美于无穷。②

《钱塘霸迹》宏论王道与仁政,辨析功业与名节,推崇尊王与大一统观念,这些都是儒家学说中的重大命题,是文士关注的核心价值与历史使命。小说传达的显然是正统文人理想化的历史观与英雄观。它早已远离杭州市井的笑谈与调侃,试图以一种庙堂史诗般的庄重架势,去模仿宏大叙事与正史书写,难免有做作之嫌,而且这种程式化笔调,容易湮没在千人一面、万众一腔之中。从《临安里钱婆留发迹》到《吴越王再世索江山》,再到《钱塘霸迹》,文人化题材逐渐替代市井传说,市井社会中的审美情趣也随之淡化,蕴含于其中的地域色彩也就黯然消退了。

二、人物形象越来越趋向非本土化与文人化。杭州地域文化精神最集中地凝聚在这座城市土生土长的市民百姓身上。但明末清初西湖小说在人物塑造上逐渐远离土生土长的杭州市民百姓。西湖小说从明末到清初的发展历程中,人物形象不断非本土化与文人化,地域特色也随之逐步淡化。根据明末清初西湖小说111篇(部)作品所塑造的223位主要人物形象的籍贯

① [清]古吴墨浪子:《西湖佳话》,上海古籍出版社1980年版,第217页。
② [清]古吴墨浪子:《西湖佳话》,上海古籍出版社1980年版,第236页。

与身份情况(详见附录一、二),可以列成下表进行比较:

	主要人物形象总数	文人形象数量	所占总数的比例	籍贯确定的主要人物形象数量	外来移民形象数量	所占籍贯确定者的比例	土生土长的小市民形象数量	所占籍贯确定者的比例
明末作品(74篇)	150	49	32.7%	141	82	58.2%	29	20.6%
清初作品(37篇)	73	35	47.9%	49	35	71.4%	3	6.1%

从上表可见,从明末到清初,西湖小说主要人物形象出现了非本土化与文人化的嬗变趋向。在"三言二拍"的西湖题材小说中,我们还能看到一大群土生土长的杭州小市民形象,如市井闲人沈秀、箍桶匠张公(《喻世明言》第二十六卷《沈小官一鸟害七命》),商人乔彦杰(《警世通言》第三十三卷《乔彦杰一妾破家》),生药铺主管许宣(《警世通言》第二十八卷《白娘子永镇雷峰塔》),没落子弟张荩、屠夫陆五汉、卖花粉陆婆(《醒世恒言》第十六卷《陆五汉硬留合色鞋》),盗贼"我来也"(《二刻拍案惊奇》第三十九卷头回)等等,共计有14人。到了崇祯年间的《西湖二集》中,土生土长的杭州市民形象就只有3人了,所占比例大幅下降,且人物形象的市井色彩大为减退。如《西湖二集》第十一卷《寄梅花鬼闹西阁》中的妓女马琼琼与第二十卷《巧妓佐夫成名》中的妓女曹妙哥,她们"才华出众",文人气息浓厚,扶持夫君科举成名,最后都成了显宦夫人。至于第十六卷《月下老错配本属前缘》中的朱淑真是"闺阁文章之伯,女流翰苑之才",与其说是市井女子,不如算作闺中文士。到了成书于康熙初年的《西湖佳话》主要人物形象中,真正土生土长的杭州

市民就只剩下《雷峰怪迹》中的生药铺主管许宣,而且大幅淡化
了《警世通言》第二十八卷《白娘子永镇雷峰塔》中浓厚的小市
民色彩。如处理因做药铺主管而被人嫉妒的问题,《白娘子永
镇雷峰塔》中的许宣只请了老实本分、主动向他透露人际关系
内幕的赵主管喝酒,而且仅仅喝了几杯干酒,这符合这位小市民
"日常一毛不拔"、比较吝啬的性格。而在《雷峰怪迹》中,"许宣
恐众人妒忌,因邀他们到酒肆中一叙,通乡河港"①,显得慷慨大
方、练达老成,不大符合小市民形象。至于《西泠韵迹》中的妓
女苏小小"信口吐词成佳句",已经是一个典型的文人形象。这
也正如韩南所说,作者"只是真心欣赏杭州文化史上的浪漫传
说"②,对市井人物所蕴含的地域特色就不甚关注了。

　　西湖小说中的文言小说与章回小说也同样如此。明末的文
言作品中还能看到杂货铺商人之子乐和、妓女周子文与双鬟女
子(《情史》),商人杨七官与商妇(《僧尼孽海》)等一批土生土
长的杭州市民形象。到了清代的西湖文言小说,已经难觅他们
的踪迹。即使是外来移民形象也被仙人丁野鹤(《虞初新志·
湖壖杂记》)、巡抚范忠贞(《池北偶谈·范忠贞》)、诗人杜湘草
(《今世说·淮海杜湘草》)等名流显达所主宰。章回小说中,成
于崇祯十二年(1639)的《醋葫芦》是一部反映杭州商贾家庭生
活的小说,小商人成珪、周智和妒妇都氏等都是地道的杭州市
民。其他四部诞生于清初的章回小说当中,没有一位是地道的
杭州市民。特别是《集咏楼》尤其体现出对人物形象去市井化
并加强文人化的良苦用心。与此前的《女才子书·小青》《西湖

---

① 〔清〕古吴墨浪子:《西湖佳话》,上海古籍出版社 1980 年版,第 273 页。
② 〔美〕韩南:《中国白话小说史》,尹慧珉译,浙江古籍出版社 1989 年版,第
　　209 页。

佳话·梅屿恨迹》《情史·小青》等小青系列小说相比,塾师之女小青变成了"相府国戚,孙吴大乔、小乔就是他家"的相门之后;"豪公子也,性嘈唼憨跳不韵"的冯生摇身一变成为"胸藏二酉,学富五车,赋性风流,陶情诗酒,系唐朝褚遂良之后,父拜翰林学士,母受诰封"的饱学之士;飞扬跋扈、冷酷无情的奇妒之妇也成了"貌颇不俗,亦善吟咏"的闺秀才女;原本来历不明的杨夫人则改为元代大诗人杨铁崖之妻;就连原来的市井医生在《集咏楼》中也冠上了"神医华佗之后"的称号,而且"亦善吟咏,却与乔母曾结诗社",成了一名儒医。因此,文人世界取代了市井社会,蕴含在市井风情中的地域特色也就黯然褪色。

三、语言的本土色彩大幅减弱。大量运用方言、俗语和民间歌谣是西湖小说语言艺术的一大特色,也是西湖小说展现地域色彩与生活气息的一种载体和方式。但西湖小说从明末到清初的发展历程中,语言的本土色彩不断减弱,不可避免地造成西湖小说地域特色与生活气息的淡化。如明末作品《西湖二集》第一卷《吴越王再世索江山》中,钱王衣锦回乡,即兴而歌,但父老乡亲听不懂文绉绉的唱词,"钱王觉得欢意不洽,遂换了吴音唱个歌儿道:'你辈见侬底欢喜,别是一般滋味子,长在我侬心子里。'歌完,举座赓和,叫笑振席"①。这首吴越小调在清初作品《西湖佳话·钱塘霸迹》中被删掉,不仅钱王注重乡情乡谊的主题被淡化甚至湮没,而且在地域风情上失色不少。我们再从明末作品《警世通言》第二十八卷《白娘子永镇雷峰塔》中与清初作品《西湖佳话·雷峰怪迹》中举例比较:

---

① 　[明]周清原:《西湖二集》,周楞伽整理,人民文学出版社1999年版,第13页。

	《白娘子永镇雷峰塔》	《西湖佳话·雷峰怪迹》
1	只见岸上有人叫道:"公公,搭船则个!"	只听得岸上有人叫道:"搭了我们去。"
2	老陈将一把雨伞撑开道:"小乙官,这伞是清湖八字桥老实舒家做的。八十四骨,紫竹柄的好伞,不曾有一些儿破,将去休坏了!仔细,仔细!"	捱到三桥巷亲眷家,借了一把伞。
3	即今捕捉十分紧急,正是"火到身边,顾不得亲眷,自可去拨。"明日事露,实难分说。	正着落临安府捉贼,十分紧急。
4	当时就叫了捉了邻人,上首是做花的丘大,下首是做皮匠的孙公。那孙公摆忙的吃他一惊,小肠气发,跌倒在地。众邻舍都走来道……	随拘地方并左右邻来问,俱回称道……
5	许宣离了铺中,入寿安坊,花市街,过井亭桥,往清河街后铁塘门,行石函桥过放生碑,径到保叔塔寺……别了和尚,离寺迤逦闲走,过西宁桥、孤山路、四圣观,来看林和靖坟,到六一泉闲走……走出四圣观来寻船……这老儿扶许宣下船,离了岸,摇近丰乐楼来。	许宣离了铺中,出钱塘门,过石函桥,径上保叔塔,进寺,却撞着送馒头的和尚;忏悔过疏头,烧了子,到大殿上随喜,到客堂里吃罢斋,别了和尚,还想偷闲各处去走走。

从上表的对比可以看出:第1项中,前者使用方言词语,显得生动活泼,富有生活气息。后者不使用就显得生硬干涩;第2项中,前者通过人物语言介绍了杭州城的名优特产与老牌店铺,富有市井风情;第3项中,由于杭州频发火灾,市民在日常生活中要时刻警惕火患。前者使用与火有关的俗语,显得生动形象,富有地域特色。后者不使用则表达效果相差甚远;第4项中,前者交代所拘捕的左邻右舍的身份,插入孙公受惊病发而跌倒的

细节,充分表现了案情的重大、紧急,以及衙役的焦躁、凶狠;第5项中,前者用杭州人耳熟能详的地名连缀成许宣的游玩线路,能够唤起读者的生活经历,引起强烈共鸣,达到身临其境的阅读效果,具有强烈的亲切感、现场感与认同感。而《雷峰怪迹》中的表达就逊色许多。再如明末作品《醋葫芦》大量使用方言俗谚,人物对话妙语连珠,充满了浓郁的地域色彩和生活气息。到了清初作品《集咏楼》中,使用了一些半文半白的语句,市井气息与地域色彩被大幅冲淡。

综上所述,明末清初西湖小说的局限性主要表现在昏沉麻木的时代意识与现实精神,以及地域色彩的逐渐淡化。其缺陷当然不止这些,如作为西湖小说重要组成部分的拟话本小说发展到清初时,在艺术手法与体制结构上的缺陷十分明显,学界多有论述,兹不赘言。

结　语

在对明末清初西湖小说进行整体观照与系统研究之后,我们有必要对清初以后的西湖小说发展趋势进行简要概述,以及对西湖小说的文学研究意义予以归纳总结。

一、清初以后西湖小说的发展趋势。经过明末清初的繁荣之后,西湖小说的发展趋势如下:

其一,西湖小说选本兴起,选编之风经久不衰,原创与独创意识相对不济。西湖小说在明末清初迈上了一座难以逾越的高峰,后世的西湖小说在余荫中不断选编和模仿前人的经典,风气甚至延续到民国时期。《西湖二集》《西湖佳话》与"三言二拍"中的名篇成为热门选择。这些西湖小说选本有代表性者如下:

1.《西湖拾遗》,编者陈树基,字梅溪,杭州钱塘人,约生活在乾隆时期。这部拟话本选集成于乾隆五十六年(1791),收录西湖小说四十四篇,其中选自《醒世恒言》一篇、《西湖二集》二十八篇、《西湖佳话》十五篇。

2.《西湖遗事》,有清咸丰六年(1856)刊本,题"东冶青坡居士搜辑",其姓名与生平不详。此书收录西湖小说十六篇,选自《西湖二集》十五篇、《西湖佳话》一篇。

3.《西湖文言》,大连图书馆藏日本抄本小说选本《海内奇谈》,包括《西湖文言》《人中画》《古今小说》和《僧尼孽海》四种。其中的《西湖文言》由选自《西湖二集》的九篇作品组成。

4.《通俗西湖佳话》，日本文化二年（1805）出现了日文刻本《通俗西湖佳话》，是从古吴墨浪子《西湖佳话》中选出《葛岭仙迹》《断桥情迹》《岳坟忠迹》和《六桥才迹》四篇编成的。

5.《湖上嘉话》，又名为《西泠故事传奇》，署为"湖上笠翁原著，渔隐重整"，实为伪托。卷前有署"庚午七月湖上小结庐主人识"，有1930年杭州六艺书局铅印本。全书分上下两册，各收西湖小说十篇，选自《西湖拾遗》，部分回目有修改。

朱光潜先生说："一部好的选本应该能反映一种特殊的趣味，代表一个特殊的倾向。"①但在清代西湖小说热衷于选编和模仿的趣味背后，原创与独创意识不强的倾向非常明显。这固然受到清代拟话本小说衰落的大环境影响，但也与西湖小说自身的发展问题不无关系，如前文论及的时代意识与现实精神昏沉麻木，地域色彩逐渐淡化等局限。

其二，才子佳人题材具有相当优势。随着明末清初才子佳人小说的兴起，西湖小说也越来越青睐才子佳人题材，如《醒风流奇传》《错认锦疑团小传》《春灯迷史》《凤凰池》《蝴蝶媒》《引凤箫》《飞花艳想》《铁花仙史》《金兰筏》《三分梦全传》《意中缘》《鸳鸯影》《五美缘》等，都是其中的代表。

二、西湖小说的文学研究意义。"西湖小说"的概念在谈迁之后被淡忘了，地域文化视角与地理空间思维为我们重新认识它提供了重要契机。现在我们重新关注西湖小说，不仅是着眼于明末清初，而且应将目光前溯后延，放眼整个古代西湖小说，并将其置于中国古代小说乃至文学史的长河中。如此，其有以

---

① 朱光潜：《谈文学选本》，《朱光潜全集》第九卷，安徽教育出版社1993年版，第217页。

下几点文学研究意义值得我们关注①：

第一，西湖小说的发展历程映照了中国古代小说在地域空间层面的演进轨迹。陈寅恪先生指出："苟今世编著文学史者，能尽取当时诸文人之作品，考定时间先后，空间离合，而总汇于一书，如史家之长编之所为，则其间必有启发。"②文学史应该着眼于特定的时空，将"时间先后"与"空间离合"两相融合。然而，由于"编年史"书写的强烈情结与强大惯性，传统的文学史书写与文学研究过于偏重单向线性的时间维度，"过去的文学研究基本上侧重时间维度，对空间维度重视不够"③，自黄人《中国文学史》与鲁迅《中国小说史略》以来，概莫能外。文化地理学家迈克·克朗认为："地理学与文学同是关于地区和空间的写作，都具有非常重要的意义。"④因此，蒋寅先生认为"将文学视为发生在一定空间场域中的现象，成为一个考察文学问题的新视角"⑤，地理空间维度被视为能带来视角、方法和理论革新的重要因素而备受关注。

西湖小说是中国古代小说史上唯一以地域命名者，以浓郁的地域空间特色独树一帜。西湖小说有如一块地质标本，可以理出古代通俗小说演进的地理轨迹，那就是通俗小说沿着大运河，从西北长安到中原洛阳、汴京再到江南临安等运河城市，呈

① 胡海义：《论古代西湖小说》，《文学评论》2017年第3期。
② 陈寅恪：《元白诗笺证稿》，生活·读书·新知三联书店2001年版，第9页。
③ 杨义：《重绘中国文学地图的方法论问题》，《社会科学战线》2007年第1期。
④〔英〕迈克·克朗：《文化地理学》，杨淑华等译，南京大学出版社2007年版，第40页。
⑤ 蒋寅：《一种更真实的人地关系与文学生态——中国古代流寓文学刍论》，《中国文化研究》2012年秋之卷。

现出ㄟ形的演进轨迹。演进线路以京杭大运河为主干,动力则来自运河文化的包容开放性与交通便利促发的商业驱动力。我们就以西湖小说津津乐道的"白蛇故事"的前世今生为标本,按地域而非时间来分阶段(与朝代并不完全对应),以小见大来梳理说话伎艺和话本小说是如何沿着运河水系,在运河城市间演进成熟。

(一)长安阶段。宋元话本被鲁迅先生誉为"小说史上的一大变迁"①,通俗小说从此走向繁荣,逐渐成为小说史的主流。话本小说源自说话伎艺,据现存史料,说话较早出现在隋唐时期的京城长安。《太平广记》卷二四八引侯白《启颜录》记载,隋文帝时,贵族杨玄感请儒林郎侯白"说一个好话",侯白于是讲了老虎的故事。唐代郭湜《高力士外传》记载,太上皇玄宗借助"讲经论议,转变说话"来解闷②。元稹《酬翰林白学士代书一百韵》诗句"光阴听话移"自注云:"又尝于新昌宅说'一枝花话',自寅至巳,犹未毕词也。"③"新昌宅"即新昌坊(里)④,位于长安朱雀大街。可见,在隋唐时期的长安,说话已经流行于贵族与文士之间。白蛇系列西湖小说可以追溯到唐传奇《李黄》(又名《白蛇记》),作者郑还古,元和元年(806)进士,官至国子

---

①　鲁迅:《中国小说的历史变迁》,《鲁迅全集》第九卷,人民文学出版社1982年版,第319页。

②　[唐]郭湜:《高力士外传》,韩春恒注译,春风文艺出版社1987年版,第120页。

③　[唐]元稹:《元氏长庆集》卷十,上海古籍出版社1994年版,第55—56页。

④　张兵先生认为"新昌宅"是崔相国的私宅(《一条唐"话本"资料的探考》,载《文学遗产》1988年第3期),但李绅曾长期住在新昌宅,作有《新昌宅书堂前有药树一株……名之天上树》。白居易《诏授同州刺史,病不赴任,因咏所怀》有"卖却新昌宅,聊充送老资。"因此,"新昌宅"不是某个人的私宅名称,而是很多贵族文士居住的新昌坊(里)。

监博士。小说讲述陇西李黄于元和二年在长安赴选时遭遇蛇怪的故事。"会小乘佛教亦入中土,渐见流传。凡此,皆张皇鬼神,称道灵异,故自晋讫隋,特多鬼神志怪之书"[①],这类志怪故事与佛教关系密切,也是变文、俗讲所关注的内容。而且,一些唐传奇会提及写作缘于朋友间流传的故事即"话",如"因话奇事"(《续玄怪录·尼妙寂》)、"宵话徵异"(《庐江冯媪传》)等。因此,唐传奇与说话常常会关注相同的题材,如元稹听的"一枝花话"与白行简的传奇《李娃传》就是同一个故事。虽然隋唐的说话名目和内容大多失传,但这类时人津津乐道的蛇怪故事也应位列其中。

(二)洛阳阶段。隋炀帝登基后迁都洛阳,唐高宗、武则天和玄宗长期居于东都洛阳。隋唐皇帝垂青的主要原因是洛阳的运河枢纽地位,它是通济渠的起点,而且距引黄河入永济渠的河口不远,"舟车之所会,流通江汴之漕,控引河淇之运"[②],漕运远胜长安,"从东都更广漕运,以实关辅"[③],洛阳因此成了唐代的经济中心。到了北宋,洛阳成了西京,尽管有所衰退,但依然是经济文化重镇,司马光诗云:"古来都邑美,孰与洛阳先?"(《送王著作西京签判》)刘攽也说:"旋宫千万门,层城十二衢。佳丽帝王州,爽垲神明区。"(《西都大内作》)长安至洛阳,除了陆路,从运河广通渠经黄河也相对便捷,于是贵族文士纷纷来到洛阳,

---

① 鲁迅:《中国小说史略》,《鲁迅全集》第九卷,人民文学出版社 1982 年版,第 319 页。

② [唐]唐玄宗:《幸东都诏》,董诰等编《全唐文》卷二八,中华书局 1983 年版,第 136—137 页。

③ [后晋]刘昫等:《旧唐书》卷九八,中华书局 1975 年版,第 3081 页。

"唐贞观、开元之间,公卿贵戚开馆列第于东都者,号千有余邸"①,说话伎艺也随之而来。话本小说《洛阳三怪记》虽然写定于南宋的杭州,但从作品对洛阳风俗与繁华的渲染情况来看,故事应该早就流传于唐代到北宋的洛阳等地。与《白蛇记》一样,该故事讲述青年男子被精怪所惑,不过在蛇怪的基础上又加了鸡精、猫精,成了三怪。郑振铎先生认为:"也许这一类以'三怪'为中心人物的'烟粉灵怪'小说,很受当时一般听者们欢迎,故'说话人'也彼此竞仿着写吧。"②可见,洛阳的说话艺人深谙听众的兴趣,紧跟或者引领了行业潮流。

(三)汴京(开封)阶段。汴州四周平坦,无险可守,但能成为北宋的都城汴京,也得益于运河。经过唐末五代大动乱,长安与洛阳元气大伤,尤其是通济渠洛阳段堰塞严重,水量大减,航运失利。而汴京"有四河以通漕运,曰汴河,曰黄河,曰惠民河,曰广济河,而汴河所漕为多"③,因运河便利而成为都城,标志中国古代城市由政治堡垒功能向商品市场效用的转型④。唐代长安与洛阳的日常宵禁制度与封闭式坊市制已被取消,汴京的厢坊制不再将坊(居民区)和市(商业区)严格分离,城市空间向商住混合性、立体型发展,"八荒争辏,万国咸通。集四海之珍奇,皆归市易"⑤,交通便利与商业繁荣吸引大量人口涌进这座城

① [宋]李格非:《洛阳名园记》,《丛书集成初编》第1508册,中华书局1985年版,第18页。
② 郑振铎:《插图本中国文学史》(三),人民文学出版社1957年版,第557页。
③ [元]脱脱等:《宋史》卷一七五,中华书局1977年版,第4250页。
④ 陈国灿:《宋代江南城市研究》,中华书局2002年版,第92页。
⑤ [宋]孟元老:《东京梦华录(外四种)》卷五"京瓦伎艺",古典文学出版社1956年版,第4页。

市。据人口学家的考证,汴京人口最多达到 150 万人左右①。商业繁荣,市民阶层壮大,促进了表演说话的商业性专门场所——瓦舍勾栏的出现与兴起,对汴京的文化生活产生了深远影响。据《东京梦华录》卷二"东角楼街巷"记载,汴京的东角楼街集中了大量的瓦舍,如桑家瓦子、中瓦、里瓦等,"内中瓦子、莲花棚、牡丹棚、里瓦子、夜叉棚、象棚最大,可容数千人……瓦中多有货药、卖卦……终日居此,不觉抵暮。"可见汴京瓦舍勾栏伴生在一个繁荣的商业环境里,数量多,容量大。汴京瓦舍的兴起对于说话伎艺和通俗小说的发展具有革命性的重大意义。从此,说话伎艺扎根于瓦舍这片商业沃土,释放出强大的活力,"不以风雨寒暑,诸棚看人,日日如是"。在后世写定的话本小说中,我们依然可见其中的流风余韵。如相国寺靠近汴河码头,是一个商业与文娱中心,"东京相国寺乃瓦市也……凡商旅交易,皆萃其中"②,因而成为说话艺人敷演故事的生发点,成为《张生彩鸾灯传》《简帖和尚》《杨思温燕山逢故人》《宋四公大闹禁魂张》中的重要故事场景。另如《志诚张主管》《闹樊楼多情周胜仙》《计押番金鳗产祸》中与汴河相通的金明池,《闹樊楼多情周胜仙》《赵伯升茶肆遇仁宗》《宣和遗事》中的樊楼亦是如此。

(四)杭州等东南城市阶段。杭州因运河而兴,是一座与运河关系更加密切的城市,拥有更加发达的商业与更加庞大的市民阶层,《梦粱录》说杭州"不下数十万户,百十万口","杭城大

---

① 吴松弟等:《中国人口史》第三卷,复旦大学出版社 2000 年版,第 574 页。
② [宋]王栐:《燕翼诒谋录》卷二,孔一校点,上海古籍出版社 2012 年版,第 29 页。

414

街,买卖昼夜不绝"①,"杭民半多商贾"②。前文已述,杭州瓦舍
数量多,经营场所丰富多样,说话艺人的专业性与文化层次大有
提高。因此,杭州的说话表演受到各个阶层的喜爱,"顷者京师
甚为士庶放荡不羁之所,亦为子弟流连破坏之门⋯⋯破坏尤甚
于汴都也"③,盛况远超汴京。可见,说话伎艺在杭州发展到了
高峰,尤其是许多说话故事最终在杭州被写定为话本小说,成就
了"小说史上的一大变迁"④。如洛阳等地流传的故事《洛阳三
怪记》被京师老郎经运河带到杭州,原本活跃于口头的故事在
西湖畔被写定为话本小说,其中提及"今时临安府官巷曰花市,
唤做寿安坊,便是这个故事",清晰可见从洛阳或汴京流寓至临
安的足印。不仅如此,"三怪"故事入乡随俗,结合西湖名胜及
杭州地域文化因素,衍生出的《西湖三塔记》成为西湖小说里程
碑式的名作,而且开启了白蛇系列小说的创作,从明代的《警世
通言·白娘子永镇雷峰塔》,清代的《西湖佳话·雷峰怪迹》《西
湖拾遗·镇妖七层建宝塔》《雷峰塔奇传》等,再到民国的《白蛇
全传》等,生生不息,蔚为大观。

　　南宋杭州说话伎艺的成熟,基本上奠定了明清小说的发展
格局。地理上,通俗小说的影响从杭州又辐射到建阳、苏州、南
京等其他东南城市,这一区域成了明清小说的中心。小说类型
上,说话伎艺是后世话本、拟话本小说的正源;流行于杭州瓦舍

① 〔宋〕吴自牧:《梦粱录》卷十三,浙江人民出版社1980年版,第119页。
② 〔清〕龚嘉儁等:《杭州府志》卷七十四"风俗",台湾成文出版有限公司
　　1983年版,第1501页。
③ 〔宋〕吴自牧:《梦粱录》卷十九,浙江人民出版社1980年版,第179页。
④ 鲁迅:《中国小说的历史变迁》,《鲁迅全集》第九卷,人民文学出版社1982
　　年版,第319页。

的"灵怪"类说话名目、刊于杭州中瓦子张家的《大唐三藏取经诗话》与元末明初杭州人杨景贤的《西游记平话》等,对《西游记》的成书与神魔小说的发展贡献甚大;杭州瓦舍里的《青面兽》《花和尚》《武行者》等朴刀、杆棒类说话名目,《宣和遗事》等铁骑儿话本,对《水浒传》的成书与英雄传奇小说的发展作用不言而喻;杭州瓦舍的讲史书、讲平话者,包括讲汉唐历代书史文传、兴废争战之事,如《通鉴》《中兴名将传》等,对促进历史演义小说的生成与发展不容忽视。

　　从西湖小说这块标本的前世今生可以看出,中国古代通俗小说沿着运河水系,从长安→洛阳→汴京→临安等运河城市,从西北到东南呈乁形的地理演进轨迹。演进的动力则来自运河城市的包容开放性与交通便利促发的商业驱动力。美国学者施坚雅提出"中世纪城市革命""市场结构和城市化中的中世纪革命"的概念来研究中国城市史和以中心城市为核心的区域经济史。他发现这场城市革命没有在中国的所有地区或大部分地区同时发生,而是不平衡的从西北到华北再到长江下游地区先后发生,并且依次从盛转衰进行传递,南宋时期达到高峰①。其实,这场城市革命不只是经济革命,还包括城市文化生活的革命,中国古代通俗小说的演进就是其中的亮点。而这场革命就是沿着运河水系在运河城市间传递。这在单向线性的时间维度之外,为我们展现出一种时空交融的立体化的文学发展生态,有助于我们认识古代通俗小说立体的、更加丰富的发展历程。

　　第二,西湖小说具有鲜明的流寓文学属性,对流寓文学研究

---

① 〔美〕G·W 施坚雅:《中国封建社会晚期城市研究——施坚雅模式·代序》,王旭等译,吉林教育出版社1991年版,第5页。

具有重要意义。流寓即移居他乡,我们从流寓的角度来考察人、文学与地域的关系,"揭示流寓作为人与地域更真实的关系以及流寓文学对于地域文学史研究的意义"①,富有启示。正如《鸳鸯配》第十二回的感叹"西湖流寓似飘篷",古代西湖小说是一种非常典型的流寓文学,其兴起于杭州的移民沃土被播进流寓来的小说种子。移民流寓是西湖小说兴起的重要推手。小说的种子随移民风潮流寓而来,在环境更加适宜的西湖畔开花结果,育种成林。具体而言,移民流寓在创作、传播、接受等方面促进了西湖小说的发展。

　　一是战争难民将说话伎艺传至杭州,为西湖小说的兴起打下了基础。"靖康之变"后,大量难民随高宗流寓至行都临安(杭州),造成"西北人以驻跸之地,辐辏骈集,数倍土著"②,杭州成了一座典型的移民城市。说话伎艺也随之流寓杭州。《东京梦华录》卷五"京瓦伎艺"条记载了北宋汴京众多的勾栏瓦舍和说话艺人。该书作者孟元老就是在南渡后流寓杭州的汴京人。《梦粱录》载:"杭城绍兴间驻跸于此,殿岩杨和王因军士多西北人,是以城内外创立瓦舍,招集妓乐,以为军卒暇日娱戏之地。"③为了满足南渡移民的娱乐生活和精神需求,瓦舍被创立于杭州,很快就遍地开花。属于宋人旧篇的《喻世明言》第十五卷《史弘肇龙虎君臣会》说"这话本是京师老郎流传",另如《醒

---

① 蒋寅:《一种更真实的人地关系与文学生态——中国古代流寓文学刍论》,《中国文化研究》2012年秋之卷。
② 〔宋〕李心传:《建炎以来系年要录》卷一五八,中华书局1988年版,第2858页。
③ 〔宋〕吴自牧:《梦粱录》卷十九"瓦舍"条,浙江人民出版社1980年版,第179页。

世恒言》第十三卷《勘皮靴单证二郎神》也称"原系京师老郎流传"。所谓"京师老郎"是指当年汴京的说话老艺人,很多说话故事就是他们传至杭州的,为西湖小说的初兴播下了颗粒饱满的优良种子。

二是文人流寓杭州促进西湖小说创作的繁荣。"临安,故宋行都,山川风物之美,四方未能或之过也。天下既一,朔方奇俊之士风致,自必乐居之。"①如关汉卿、马致远、白朴、萨都剌、贯云石和迈里古思等许多北方曲家、诗人曾流寓杭州。这里的文化环境和商业氛围也吸引了许多小说家寓居于此。李渔在大约顺治七年(1650)迁居杭州达十年之久,"天下妇人孺子无不知有湖上笠翁"②。他在西湖畔创作了《无声戏》《十二楼》等小说,其中就有西湖小说的精品。另如自号西湖鸥吏(史)的丁耀亢于顺治十七年(1660)来到杭州,在西湖畔完成了《续金瓶梅》的创作。

三是商人伙计流寓杭州推动西湖小说广泛传播。杭州商业繁荣,各地商人和伙计趋之若鹜,以致"杭城富室多是外郡寄寓之人,盖此郡凤凰山谓之客山"③。外来人才也是杭州书坊业的重要力量,大力推动了小说刊刻及传播。李渔创作的小说在湖北黄冈人杜浚和河南新乡人张缙彦的帮助下,自己在杭州主持刊印,开创了他辉煌的刊刻事业。又如寓居杭州的徽州人汪象旭创办了蜩寄、还读斋等书坊,刻有《西游记证道书》《吕祖全

---

① [元]虞集:《道园学古录》卷十《题杨将军往复书简后》,明景泰七年郑达、黄江翻刻元刊本。

② [清]包璿:《李先生〈一家言全集〉叙》,《李渔全集》卷一,浙江古籍出版社1991年版,第1页。

③ [宋]吴自牧:《梦粱录》卷十八,浙江人民出版社1980年版,第175页。

传》等小说。丁耀亢的《续金瓶梅》也是在杭州刻板的,刻工之一就是来自徽州的黄顺吉,他还为《无声戏》刻过插图。他的老乡黄应光、吴凤台曾为杭州容与堂本《水浒传》刻板,打造了小说刊刻史上的精品。另如徽州人鲍雯"不得已脱儒冠往武林运策以为门户计"①,绍兴人徐北溟"补县学生,家酷贫,无以自给,乃赴杭州贩书为业"②,大量外来人才推动了杭州书籍贸易和小说传播的发展。会敬堂刻本《西湖佳话》的封面印有"杭城清河坊下首文翰楼书坊发兑"字样。清河坊毗邻西湖,店铺林立,客商云集。该小说由一家书坊刊刻,另一家发行,可见杭州书坊分工合作,机制灵活,各自发挥比较优势,大大拓展了西湖小说的传播范围。《西湖佳话》传至日本,在 1805 年出现了日文刊本《通俗西湖佳话》。《西湖二集》也是"明刊行后流传甚广"③。

　　四是外来移民为西湖小说的兴起提供了大量的接受人群。西方接受美学认为文学研究应以读者为中心,"文学作品从根本上讲注定是为这种接收者而创作的"④。明代胡应麟认为读者是小说繁荣的重要因素,即"好者弥多,传者弥众,传者日众,则作者日繁"⑤。西湖小说的兴起离不开移民读者的需求推动。虽然杭州为大量的流寓人群提供了安身之所,但"虽信美而非吾土"(王粲《登楼赋》),他们倍感失落痛楚,油然而生强烈的乡

①　[清]鲍存良等:《歙县新馆鲍氏著存堂宗谱》卷二《解占弟行状》,光绪元年著存堂活字本。
②　[清]王端履:《重论文斋笔录》卷六,道光二十六年刊本。
③　江苏省社科院明清小说研究中心、文学研究所:《中国通俗小说总目提要》,中国文联出版公司 1990 年版,第 276 页。
④　[德]H·R·姚斯等:《接受美学与接受理论》,周宁、金元浦译,辽宁人民出版社 1987 年版,第 23 页。
⑤　[明]胡应麟:《少室山房笔丛》卷二九,中华书局 1958 年版,第 374 页。

愁和怀旧情结。所谓"直把杭州做汴州"(林升《题临安邸》),除了讽刺统治者在政治上苟且偷安,其实还反映了流寓人群在文化心理和风俗习惯上对乡愁的寄托。"莫向春风动归兴,杭州半是汴梁人。"[1]来自汴京的说话表演深受北方移民的欢迎。前引《梦粱录》载因为移民的需求,瓦舍在杭州遍地开花,促进了说话伎艺和话本小说的发展,这是西湖小说兴起的读者因素。"绍兴初,故老闲坐,必谈京师风物,且喜歌曹元宠《甚时得归京里去》一小阕。听之感慨,有流涕者。"[2]南渡后,流寓杭州的汴京移民常在一起忆昔怀旧,不胜唏嘘。所以,喜谈汴京移民故事的西湖小说应运而兴,如宋元的《金鳗记》,明末冯梦龙《醒世恒言·卖油郎独占花魁》《喻世明言·张舜美灯宵得丽女》,清代的《鸳鸯配》等都是讲述汴京移民"自寓西湖肠已断,玉楼休度凤箫声"的杭州故事。

"移民运动在本质上是一种文化的迁移"[3],移民流寓促进了地域之间的文化交流和融合。从汴京到杭州的舞台流转中,说话艺人的慷慨陈词早已烟消云散,但从现存文本中清晰可辨西湖小说的前世今生和流寓轨迹。西湖小说中有许多关于白蛇的作品,自成系列,是考察西湖小说在流寓中兴起的绝佳标本。说话伎艺曾兴盛于北宋汴京,《东京梦华录·京瓦伎艺》记载了大量的瓦舍、艺人和名目,还说"其余不可胜数。不以风雨寒暑,诸棚看人,日日如是"。欣赏说话表演成了汴京人的一种生活方式。受早期志怪风气的影响,洛阳、汴京等地流传的说话

---

① [元]陈旅:《安雅堂集·送张教授还汴梁》,康熙长洲顾氏秀野草堂刊本。

② [宋]周煇:《清波别志》卷中,《清波杂志》附录,中华书局1985年版,第135页。

③ 葛剑雄等:《简明中国移民史》,福建人民出版社1993年版,第586页。

《洛阳三怪记》成为白蛇小说的雏形。南渡后，流寓杭州的京师老郎将说话伎艺薪火相传，原本活跃于口头说话的《洛阳三怪记》被传至杭州后写定为话本小说，其中提及"今时临安府官巷曰花市，唤做寿安坊，便是这个故事"，清晰可见从洛阳或汴京流寓至杭州的足印。明代杭州人田汝成说："杭州男女瞽者，多学琵琶，唱古今小说、平话，以觅衣食，谓之陶真。大抵说宋时事，盖汴京遗俗也。"①即使到了明代，杭州艺人说唱小说依然留有北宋汴京的痕迹。流寓杭州的《洛阳三怪记》逐渐融合故乡的味道和他乡的风情，形成了因地制宜的新特色。它与西湖名胜及文化因素结合衍生的《西湖三塔记》成为白蛇系列小说真正的发轫之作，也是西湖小说中里程碑式的名作。从此，定居西湖的白蛇小说生生不息，从明代的《警世通言·白娘子永镇雷峰塔》，清代的《西湖佳话·雷峰怪迹》《西湖拾遗·镇妖七层建宝塔》《雷峰塔奇传》等，再到民国的《白蛇全传》等，蔚为大观。

　　第三，西湖小说为文学地理与地域文学研究提供了弥足珍贵的小说文献，具有较高的地域文献价值。古代诗文作为文学正宗，蔚为大观，许多诗文流派以地域命名，如江西诗派、茶陵派、公安派、竟陵派、吴中派、桐城派、湖湘诗派等等，即使是戏曲也有临川派和吴江派等。至于那些以地域命名的诗文词集，例如《会稽掇英集》《续会稽掇英集》《中州集》《沅湘耆旧集》《扬州集》《吴都文粹》《诸暨青梅词》《湖州词征》等，更是不胜枚举。文学地理研究也历来聚焦诗文。如《诗经》的"国风"按地域分类，"风土之音"研究备受关注。刘勰的《文心雕龙·物色》

①　［明］田汝成：《西湖游览志余》卷二十，上海古籍出版社1980年版，第368页。

论及文学与山林皋壤的关系,提出了"江山之助"的命题。朱熹的《诗集传》大量"以地证诗"等等,都属于诗文中文学地理研究的典范。但小说领域则相形见绌。作为叙事文体的小说本应更能全面、鲜活地反映风土人情和地域风貌,然而学界认为地域色彩浓厚的小说文献相对不足,相关研究并不充分。

不过,这一问题在西湖小说中能得到较好地解决。作为唯一以地域命名的古代小说概念,西湖小说以鲜明的地域标识体现出小说家对地域文化的强烈认同和对地域特色的自觉追求。西湖小说薪火相传,几乎与一部中国古代小说史相始终。明清时期涌现了大量西湖小说,尤其是《西湖一集》《西湖二集》《西湖佳话》《西湖拾遗》等在命名上明确标识"西湖",具有强烈的地域意识。杭州还是古代小说刊刻中心之一,编刊的西湖小说影响深远,如《于少保萃忠全传》在明清多次梓行,存世有万历刊本、天启刻本、康熙精刊本、本衙藏本、裕德堂本、三让堂本等十多种版本,另有藏于英国伦敦博物院的双璧堂刊本。《西湖二集》《西湖佳话》等也是版本众多,后者甚至传至日本,出现了日文刊本《通俗西湖佳话》。因此,生生不息、流布甚广的西湖小说能为文学地理与地域文学研究提供弥足珍贵的小说文献。

第四,西湖小说集古代文学景观书写之大成。"文学景观是文学地理学的核心研究对象,并日益成为新的研究中心和重心,代表了文学地理学研究的未来发展方向"①。在中国古代文学中,空间形态的景观常被当作抒情的载体,甚至是标记时间的工具。相对于中国古代文学的景观书写传统,西湖小说的意义

① 陶礼天:《略论文学地理学的过去、现在和未来》,《文化研究》2012年,总第12辑。

在于它的景观叙事及其展现、沉淀的层理结构。"西湖"不仅是西湖小说的名片和标志,而且是它的灵魂内核与精神符号。英国著名人文地理学家 R. J. 约翰斯顿指出:"实际上,所有的景观都变为文化景观。"①西湖小说的文学地理研究价值在于它不仅描绘了秀丽曼妙的湖光山色,而且将其建构成叙事场景,通过曲折动人的故事情节来生动展现自然景观转化为人文景观的鲜明轨迹,并深入发掘其中的文化内涵。这是诗文词赋等文体所不可比拟的。《西湖佳话》云:"景物因人成胜概。"②其中十六篇小说的题目如"葛岭仙迹""白堤政迹""六桥才迹"等,都是西湖景观加文化内涵的核心词构成,再通过葛洪、白居易、苏轼、骆宾王、林逋、于谦等十六人的故事,来展示这些名胜景观形成的地理条件、文化动因以及前世今生的演变历程。值得注意的是西湖小说中的西湖景观在不同时代被不断地改写、重塑,最终累积沉淀下来,形成了层理丰富多彩且清晰共存的层累构造。这种立足于空间书写的景观叙事,改变了文学景观附庸于抒情和时序的传统格局,将前者从服务于后者的仆从地位中解放出来,以丰富、鲜明的层理结构还原了文学景观的空间属性,可谓集古代文学景观书写之大成,具有独特的文学史意义和景观研究价值。

　　第五,西湖小说在"人地"关系理念上达到了中国古代文学认识的新高度,孕育了近现代意义上的"人地"关系的思想观

---

①　〔英〕R. J·约翰斯顿:《人文地理学词典》,柴彦威等译,商务印书馆 2004 年版,第 367—368 页。

②　〔清〕古吴墨浪子:《西湖佳话·白堤政迹》,上海古籍出版社 1980 年版,第 20 页。

念。"人地"关系被认为是文学地理学的科学基础和立论前提①,表现为一定空间内的文学与地理环境的互动关系。在天人合一、顺天应天的文化传统中,中国古代文学被当作载道、言志和抒情的工具。其对"人地"关系的认识,也囿于刘勰关于文学作为被动的受体而得"江山之助"的阐发,忽视了文学在"人地"关系中具有主体性和自觉能动性。实际上,我们不仅要重视地理环境对文学的影响,还应关注文学对地理环境的反向影响,"所有的这些影响都可能体现为某些共性,隐含某些规律,但是近年来的文学地理学研究,大都注重前者而对后者有所忽略,因此,这种研究仍然不免是单向的,或者说是片面的"②,如此造成文学地理研究本应重视的空间维度流于平面化、单调化。对于这一问题,西湖小说有关"人地"关系的理念及创作实践能给我们提供深刻启示和研究典范。

在"人地"关系的理念上,《西湖二集序》云:"西湖经长公开濬,而眉目始备,经周子清原之画,而眉目益妩,然则周清原其西湖之功臣也哉!"③将小说家周清原与曾大力疏浚西湖的知州苏轼相提并论,甚至置于其上,肯定了西湖小说改造、重塑西湖的重要作用。《西湖佳话序》云:"骚人巨卿之品题日广,山水之色泽日妍;西湖得人而显,人亦因西湖以传。"④《白堤政迹》又说:

① 陶礼天:《略论文学地理学的过去、现在和未来》,《文化研究》2012 年,总第 12 辑。

② 曾大兴:《理论品质的提升与理论体系的建立——文学地理学的几个基本问题》,《学术月刊》2012 年第 10 期。

③ [明]湖海士:《西湖二集序》,周清原撰《西湖二集》,周楞伽整理,人民文学出版社 1999 年版,第 566 页。

④ [清]古吴墨浪子:《西湖佳话·序》,上海古籍出版社"古本小说集成"本,第 6—7 页。

"景物因人成胜概。"此论不仅指出文学与地理之间相应相生的互动、辩证关系，而且强调了文学家提升、重塑地理环境的主体性和主动性。

在小说创作实践中，如《三台梦迹》重塑科举神时宣称灵秀西湖孕育正人于谦，强调"他是禀西湖之正气而生"，这就是"人因西湖以传"。西湖得天独厚，养育了大量杰出的西湖之子，也为西湖小说的繁荣创造了各种优越的内外条件。而且，西湖小说更加强调文学对地理环境的反向作用。《三台梦迹》苦心塑造科举"正神"于谦，就是为了印证"以此知西子湖灵秀之气中，有正气为之主宰，故为天下仰慕不已耳"的主旨，西湖小说成了一道关键的造神力量，也因此影响了杭州的科举风俗和祭祀制度，改变和丰富了西湖的人文地理环境。另如《警世通言·白娘子永镇雷峰塔》《白堤政迹》分别改写了雷峰塔和白堤的缘起，小说家言深入人心，创造了新的景观内涵。这就是当代文化地理学家迈克·克朗所说的"文学作品不能简单地视为是对某些地区和地点的描述，许多时候是文学作品帮助创造了这些地方"①，即《西湖佳话》所说"西湖得人而显"和"景物因人成胜概"。可见，古代西湖小说已经孕育了近现代意义上的"人地"关系的认识因子。

白居易《春题湖上》云："未能抛得杭州去，一半勾留是此湖。"西湖小说同样让人恋恋不舍，流连忘返。苏东坡《饮湖上初晴后雨》曰："若把西湖比西子，淡妆浓抹也相宜。"西湖小说同样浓淡相宜，值得探讨。湖海士《西湖二集序》慨叹："不得已

----

① 〔英〕迈克·克朗：《文化地理学》，杨淑华等译，南京大学出版社2003年版，第55页。

而借他人之酒杯,浇自己之磊块,以小说见,其亦嗣宗之㖩、子昂之琴、唐山人之诗瓢也哉!"笔者资质愚钝,不揣浅陋,挂一漏万,权作抛砖引玉,敬请指正。

参考文献

一、史志笔记与古人文集（按文献名称首字音序排列，下同）：

《北游录》，［清］谈迁撰，汪北平点校，中华书局 1960 年

《成化杭州府志》，［明］陈让、夏时正修纂，《四库全书存目丛书》史部第 175 册，齐鲁书社 1996 年

《池北偶谈》，［清］王士禛撰，勒斯仁点校，中华书局 1982 年

《淳祐临安志》，［宋］陈仁玉等修纂，浙江人民出版社 1983 年

《都城纪胜》，［宋］耐得翁撰，《南宋古迹考（外四种）》，浙江人民出版社 1983 年

《陔余丛考》，［清］赵翼撰，中华书局 1963 年

《广志绎》，［明］王士性撰，吕景琳点校，中华书局 1981 年

《光绪杭州府志》，［清］龚嘉儁、李楁等修纂，《中国方志丛书》，台湾成文出版社 1983 年

《湖船录》，［清］厉鹗撰，《南宋古迹考（外四种）》，浙江人民出版社 1983 年

《湖山便览》，［清］翟灏、翟瀚编撰，杭州出版社 2004 年

《建炎以来系年要录》，［宋］李心传编撰，中华书局 1988 年

《旧五代史》，［宋］薛居正等撰，中华书局 1976 年

《可仪堂一百二十名家制义》,[清]俞长城编,乾隆三年文盛堂与怀德堂合印本

《老学庵笔记》,[宋]陆游撰,李剑雄、刘德权点校,中华书局1979年

《李渔全集》,[清]李渔撰,浙江古籍出版社1991年

《马可·波罗行纪》,[意]马可·波罗撰,冯承钧译,中华书局2004年

《梦粱录》,[宋]吴自牧撰,浙江人民出版社1980年

《明儒学案》,[清]黄宗羲撰,沈芝盈点校,中华书局1985年

《明实录》,[明]胡广等编,台湾"中央研究院"历史语言研究所1967年

《明史》,[清]张廷玉等撰,中华书局1974年

《明夷待访录》,[清]黄宗羲撰,中华书局1985年

《南村辍耕录》,[元]陶宗仪撰,中华书局1959年

《七修类稿》,[明]郎瑛撰,中华书局1959年

《钱塘遗事》,[元]刘一清撰,上海古籍出版社1985年

《清史稿》,赵尔巽等撰,中华书局1976年

《山居新语》,[元]杨瑀撰,李梦生点校,《山居新语·至正直记》合订,上海古籍出版社2012年

《少室山房笔丛》,[明]胡应麟撰,中华书局1958年

《石林燕语》,[宋]叶梦得撰,宇文绍奕考异,侯忠义点校,中华书局1984年

《史记》,[汉]司马迁撰,中华书局1982年

《四库全书总目》,[清]永瑢等编撰,中华书局1965年

《松窗梦语》,[明]张瀚撰,盛冬铃点校,中华书局1985年

《宋会要辑稿》,[清]徐松撰,中华书局 1957 年

《宋史》,[元]脱脱等撰,中华书局 1977 年

《唐摭言》,[五代]王定保撰,中华书局 1959 年

《陶庵梦忆·西湖梦寻》,[明]张岱撰,夏咸淳、程维荣校注,上海古籍出版社 2001 年

《万历杭州府志》,[明]陈善等修纂,《中国方志丛书》,台湾成文出版社 1983 年

《万历钱塘县志》,[明]聂心汤、虞淳熙修纂,《丛书集成续编》第 231 册,台北新文丰出版公司 1991 年

《万历野获编》,[明]沈德符撰,中华书局 1959 年

《王国维遗书》,王国维撰,上海古籍书店 1983 年

《文史通义新编》,[清]章学诚撰,仓修良编校,上海古籍出版社 1993 年

《文心雕龙注释》,[南朝]刘勰撰,周振甫注释,人民文学出版社 1981 年

《五杂俎》,[明]谢肇淛撰,上海书店出版社 2001 年

《武林掌故丛编》,[清]丁丙、丁申编纂,广陵书社 2008 年

《西湖文献集成》《西湖文献集成续辑》,王国平主编,杭州出版社 2004、2013 年

《西湖游览志》,[明]田汝成辑撰,上海古籍出版社 1980 年

《西湖游览志余》,[明]田汝成辑撰,上海古籍出版社 1980 年

《新唐书》,[宋]欧阳修、宋祁撰,中华书局 1975 年

《续资治通鉴长编》,[宋]李焘撰,中华书局 2004 年

《于公祠墓录》,[清]丁丙撰,《丛书集成续编》第 225 册,台北新文丰出版公司 1991 年

《玉照新志》，[宋]王明清撰，汪新森、朱菊如校点，上海古籍出版社1991年

《元史》，[明]宋濂等撰，中华书局1976年

《增订湖山类稿》，[宋]汪元量撰，孔凡礼辑校，中华书局1984年

《直斋书录解题》，[宋]陈振孙撰，徐小蛮、顾美华点校，上海古籍出版社1987年

《资治通鉴》，[宋]司马光撰，中华书局1956年

二、小说作品：

《弁而钗》，[明]醉西湖心月主人撰，《明代小说辑刊》第2辑第2册，巴蜀书社1995年

《禅真逸史》，[明]夏履先撰，《古本小说集成》第2辑第136—138册，上海古籍出版社1994年

《醋葫芦》，[明]西子湖伏雌教主撰，《古本小说集成》第1辑第141—142册，上海古籍出版社1994年

《豆棚闲话》，[清]艾衲居士撰，《古本小说集成》第3辑第11册，上海古籍出版社1994年

《二刻拍案惊奇》，[明]凌濛初撰，陈迩冬、郭隽杰校注，人民文学出版社1991年

《觚剩》，[清]钮琇撰，南炳文、傅贵久点校，上海古籍出版社1986年

《欢喜冤家》，[明]西湖渔隐主人撰，《古本小说集成》第1辑第62—63册，上海古籍出版社1994年

《今世说》，[清]王晫撰，古典文学出版社1957年

《警世通言》，[明]冯梦龙撰，严敦易校注，人民文学出版社

1956 年

《辽海丹忠录》,[明]陆人龙撰,《古本小说集成》第 1 辑第
26—27 册,上海古籍出版社 1994 年

《女才子书》,[清]烟水散人撰,《古本小说集成》第 1 辑第
87 册,上海古籍出版社 1994 年

《拍案惊奇》,[明]凌濛初撰,陈迩冬、郭隽杰校注,人民文
学出版社 1991 年

《平山冷燕》,[清]天花藏主人撰,冯伟民点校,人民文学出
版社 2006 年

《樵史通俗演义》,[清]江左樵子撰,《古本小说集成》第 2
辑第 60—61 册,上海古籍出版社 1994 年

《清夜钟》,[明]陆云龙撰,《古本小说集成》第 4 辑第 13
册,上海古籍出版社 1994 年

《情史》,[明]冯梦龙撰,《古本小说集成》第 4 辑第 154—
157 册,上海古籍出版社 1994 年

《麴头陀传》,[清]香婴居士撰,于文藻校点,人民文学出版
社 1999 年

《赛花铃》,[清]白云道人撰,《古本小说集成》第 1 辑第 93
册,上海古籍出版社 1994 年

《石点头》,[明]天然痴叟撰,《古本小说集成》第 5 辑第
14—15 册,上海古籍出版社 1994 年

《唐宋传奇集》,鲁迅校录,文学古籍刊行社 1956 年

《梼杌闲评》,[清]佚名,《古本小说集成》第 2 辑第 57—59
册,上海古籍出版社 1994 年

《魏忠贤小说斥奸书》,[明]吴越草莽臣撰,《古本小说集
成》第 1 辑第 23 册,上海古籍出版社 1994 年

《无声戏》,[清]李渔撰,丁锡根校点,人民文学出版社1989年

《西湖二集》,[明]周清原撰,周楞伽整理,人民文学出版社1999年

《西湖佳话》,[清]古吴墨浪子撰,《古本小说集成》第1辑第60—61册,上海古籍出版社1994年

《西湖佳话》,[清]古吴墨浪子撰,上海古籍出版社1980年

《新世鸿勋》,[清]蓬蒿子撰,《古本小说集成》第1辑第28册,上海古籍出版社1994年

《型世言》,[明]陆人龙撰,《古本小说集成》第5辑第11—13册,上海古籍出版社1994年

《醒世恒言》,[明]冯梦龙撰,顾学颉校注,人民文学出版社1956年

《萤窗清玩》,[明]佚名,《古本小说集成》第4辑第18—19册,上海古籍出版社1994年

《于少保萃忠传》,[明]沈士俨撰,田斌点校,北京师范大学出版社1993年

《于少保萃忠全传》,[明]孙高亮撰,孙一珍校点,人民文学出版社1988年

《虞初新志》,[清]张潮撰,《古本小说集成》第5辑第50—51册,上海古籍出版社1994年

《喻世明言》,[明]冯梦龙撰,许政杨校注,人民文学出版社1958年

《鸳鸯配》,[清]烟水散人撰,《古本小说集成》第1辑第45册,上海古籍出版社1994年

《智囊》,[明]冯梦龙撰,魏同贤主编《冯梦龙全集》第5册,

凤凰出版社 2007 年

《醉菩提传》,〔清〕天花藏主人撰,萧欣桥校点,人民文学出版社 1999 年

三、今人研究著作及工具书:

《17 世纪中国通俗小说编年史》,李忠明撰,安徽大学出版社 2003 年

《古代小说与城市文化研究》,葛永海撰,复旦大学出版社 2005 年

《古代小说文献丛考》,潘建国撰,中华书局 2006 年

《古代小说与科举》,胡海义撰,暨南大学出版社 2017 年

《古史辨》,顾颉刚等撰,上海古籍出版社 1982 年

《杭州方言词典》,鲍士杰编,江苏教育出版社 1998 年

《胡适论中国古典小说》,易竹贤编,长江文艺出版社 1987 年

《胡文焕〈胡氏粹编〉研究》,向志柱撰,中华书局 2008 年

《话本小说概论》,胡士莹,中华书局 1980 年

《徽商与明清文学》,朱万曙撰,人民文学出版社 2014 年

《简明吴方言词典》,闵家骥等编,上海辞书出版社 1986 年

《简明中国移民史》,葛剑雄等撰,福建人民出版社 1993 年

《近代文学批评史》,〔美〕雷纳·韦勒克撰,杨自伍等译,上海译文出版社 1997 年

《历代妇女著作考》,胡文楷撰,上海古籍出版社 2008 年

《礼法与人情:明清家庭小说的家庭主题研究》,段江丽撰,中华书局 2006 年

《龙坡杂文》,台静农撰,台湾洪范书局 1990 年

《论西欧文学》，〔俄〕普列汉诺夫撰，吕荧译，人民文学出版社 1957 年

《陆人龙、陆云龙小说创作研究》，井玉贵撰，中国社会科学出版社 2008 年

《旅行故事：空间经验与文学表达》，李萌昀撰，人民文学出版社 2015 年

《梦的解释》，〔奥〕弗洛伊德撰，张燕云译，辽宁人民出版社 1987 年

《明代版刻综录》，杜信孚撰，广陵古籍刻印社 1983 年

《明代建阳书坊之小说刊刻》，涂秀虹撰，人民出版社 2017 年

《明清进士题名碑录索引》，朱保炯、谢沛霖编，上海古籍出版社 1980 年

《明代科举与明中期至清初通俗小说研究》，叶楚炎撰，百花洲文艺出版社 2009 年

《明清神魔小说研究》，胡胜撰，中国社会科学出版社 2004 年

《明代书坊与小说研究》，程国赋撰，中华书局 2008 年

《明代小说史》，陈大康撰，上海文艺出版社 2000 年

《明代文学复古运动研究》，廖可斌撰，上海古籍出版社 1994 年

《明清历史演义小说的艺术论》，纪德君撰，北京师范大学出版社 2000 年

《明清之际党社运动考》，谢国桢撰，上海书店出版社 2004 年

《明清之际士大夫研究》，赵园撰，北京大学出版社 1999 年

《南宋社会生活史》,〔法〕谢和耐撰,马德程译,"中国文化大学"出版部 1982 年

《秦汉文学地理与文人分布》,刘跃进撰,中国社会科学出版社 2012 年

《清初小说与士人文化心态》,杨琳撰,社会科学文献出版社 2017 年

《清代前期通俗小说刊刻考论》,文革红撰,江西人民出版社 2008 年

《清代小说史》,张俊撰,浙江古籍出版社 1997 年

《清代浙江进士群体研究》,多洛肯撰,中国社会科学出版社 2010 年

《人文地理学词典》,〔英〕R.J·约翰斯顿编,柴彦威等译,商务印书馆 2004 年

《日本东京所见小说书目》,孙楷第撰,人民文学出版社 1981 年

《儒教与道教》,〔德〕马克斯·韦伯撰,王容芬译,商务印书馆 1995 年

《神经症与人的成长》,〔美〕卡伦·霍尔奈撰,李明滨译,上海译文出版社 2016 年

《宋代科举》,〔美〕贾志扬撰,台湾东大图书股份有限公司 1995 年

《宋元小说研究》,程毅中撰,江苏古籍出版社 1999 年

《文化地理学》,〔英〕迈克·克朗撰,杨淑华、宋慧敏译,南京大学出版社 2003 年

《文学地理学概论》,曾大兴撰,商务印书馆 2017 年

《文学地理学研究》,曾大兴撰,商务印书馆 2012 年

《文言小说审美发展史》,陈文新撰,武汉大学出版社2002年

《西游故事跨文本研究》,赵毓龙撰,中国社会科学出版社2016年

《小说考索与文献钩沈》,龚敏撰,齐鲁书社2010年

《小说闻见录》,戴不凡撰,浙江人民出版社1980年

《艺术哲学》,〔法〕丹纳撰,傅雷译,人民文学出版社1963年

《有韵说部无声戏:清代戏曲小说相互改编研究》,徐文凯撰,中国传媒大学出版社2010年

《元明清名城杭州》,周峰撰,浙江人民出版社1997年

《元明清三代禁毁小说戏曲史料》,王利器编,上海古籍出版社1981年

《浙江省教育志》,浙江省教育志编纂委员会撰,浙江大学出版社2004年

《中国白话小说史》,〔美〕韩南撰,尹慧珉译,浙江古籍出版社1989年

《中国古代都城制度史》,杨宽撰,上海古籍出版社1993年

《中国古代公案小说史论》,苗怀明撰,南京大学出版社2005年

《中国古代小说百科全书》,刘世德主编,中国大百科全书出版社1998年

《中国古代小说总目》,石昌渝主编,山西教育出版社2004年

《中国古代小说总目提要》,朱一玄、宁稼雨、陈桂生编撰,人民文学出版社2005年

《中国古典小说回目研究》,李小龙撰,北京大学出版社 2012 年

《中国教育制度通史·第四卷:明代(公元 1368 至 1644 年)》,吴宣德撰,山东教育出版社 2000 年

《中国历代文学家之地理分布》,曾大兴撰,商务印书馆 2013 年

《中国七大古都》,陈桥驿撰,中国青年出版社 1991 年

《中国俗文学史》,郑振铎撰,商务印书馆 2005 年

《中国通俗小说总目提要》,江苏省社科院明清小说研究中心、江苏省社科院文学研究所编,中国文联出版公司 1990 年

《中国文学地理形态与演变》,梅新林撰,复旦大学出版社 2006 年

《中国小说丛考》,赵景深撰,齐鲁书社 1980 年

《中国小说的历史变迁》,鲁迅撰,《鲁迅全集》第九卷,人民文学出版社 1993 年

《中国小说评点研究》,谭帆撰,华东师范大学出版社 2001 年

《中国小说史略》,鲁迅撰,《鲁迅全集》第九卷,人民文学出版社 1993 年

《追忆——中国古典文学中的往事再现》,〔美〕宇文所安撰,郑学勤译,三联书店 2004 年

《缀珍录——十八世纪及其前后的中国妇女》,〔美〕曼素恩撰,定宜庄等译,江苏人民出版社 2005 年

《自卑与超越》,〔奥〕阿尔弗雷德·阿德勒撰,黄光国译,作家出版社 1986 年

《自然地理学》,〔德〕康德撰,李秋零主编《康德著作全集》

第九卷,中国人民大学出版社 2003 年

四、研究论文:

《北宋礼部贡院场所考略》,何忠礼撰,《河南大学学报(社科版)》1993 年第 4 期

《汴州与杭州:小说中的两宋双城记》,宋莉华撰,收入香港大学中文系编《女性的主体性:宋代的诗歌与小说》,台湾大安出版社 2001 年版,第 212—213 页

《从〈洛阳三怪记〉到〈西湖三塔记〉——三怪故事的变迁及其启示》,纪德君撰,《暨南学报》2012 年第 2 期

《从清代盛世文人的生活困境看文人长篇小说的创作动因》,王进驹撰,《苏州大学学报(哲社版)》2004 年第 4 期

《方言与古代白话小说》,潘建国撰,《北京大学学报(哲社版)》2008 年第 2 期

《风土·人情·历史——〈豆棚闲话〉中的江南文化因子及生成背景》,刘勇强撰,《清华大学学报(哲社版)》2010 年第 4 期

《贡院——千年科举的背影》,刘海峰撰,《社会科学战线》2009 年第 5 期

《关于〈西湖二集〉的几个问题》,杜贵晨撰,《山东师范大学学报(社科版)》2018 年第 2 期

《古代杭州小说研究》,张慧禾撰,浙江大学 2007 年博士学位论文

《好议时政之风与明末清初时事小说的兴起》,胡海义撰,《船山学刊》2006 年第 1 期

《几部描写于谦事迹的古代通俗小说考论》,苗怀明撰,《明

清小说研究》2000 第 2 期

《建设与文学史学科双峰并峙的文学地理学科——文学地理学的昨天、今天和明天》，曾大兴撰，《江西社会科学》2012 年第 1 期

《江山之助——中国古代文学地域风格论初探》，吴承学撰，《文学评论》1990 年第 2 期

《科举神的流转与西湖小说的文学地理研究价值》，胡海义撰，《求索》2016 年第 7 期

《科举守护神"文昌梓潼帝君"及其社会文化意义》，祝尚书撰，《厦门大学学报（哲学社会科学版）》2009 年第 5 期

《科名前定：宋代科举制度下的社会心态——兼论对宋人志怪小说创作的影响》，祝尚书撰，《文史哲》2004 年第 2 期

《孔淑芳〈双鱼扇坠传〉的来源、成书及其著录》，向志柱撰，《明清小说研究》2006 年第 3 期

《理论品质的提升与理论体系的建立——文学地理学的几个基本问题》，曾大兴撰，《学术月刊》2012 年第 10 期

《论〈豆棚闲话〉》，杜贵晨撰，《明清小说研究》1988 年第 1 期

《论好议时政之风对明末清初时事小说文本的影响》，胡海义撰，《延边大学学报（社会科学版）》2005 年第 2 期

《论雷峰塔的倒掉》，鲁迅撰，《语丝》周刊第 1 期

《论明末清初西湖小说人物形象的移民化倾向》，胡海义，《浙江师范大学学报（社会科学版）》2007 年第 2 期，人大复印资料《中国古代近代文学研究》2007 年第 8 期全文转载

《论南宋高宗朝的科举制度》，何忠礼撰，《探索与争鸣》2007 年第 5 期

《论文化地理视域下明清浙籍小说家的兴起》,刘雪莲撰,《哈尔滨工业大学学报(社会科学版)》2018年第3期

《论文学景观》,曾大兴撰,《陕西理工学院学报(社会科学版)》2014年第2期

《论古代西湖小说》,胡海义撰,《文学评论》2017年第3期

《略论文学地理学的过去、现在和未来》,陶礼天撰,《文化研究》2012年第12辑

《明代出版简史小考》,杜信孚撰,《出版史研究》第三辑,中国书籍出版社1995年

《明代科举各级考试的规模及其录取率》,郭培贵撰,《史学月刊》2006年第12期

《明代武林版画谈》,叶树声撰,《津图学刊》1990年第2期

《明末白话小说〈欢喜冤家〉作者考》,刘凤撰,《中州学刊》2015年第6期

《明末白话小说的作者与读者》,〔日〕大木康撰,《明清小说研究》1988年第2期

《明清江南进士数量、地域分布及其特色分析》,范金民撰,《南京大学学报(哲社版)》1997年第2期

《明清全国进士与人才的时空分布及其相互关系》,沈登苗撰,《中国文化研究》1999年冬之卷

《男权主义土壤上萌生的"恶之花"——论明清小说中的"恶妇"形象》,纪德君撰,《青海师大学报(哲学社会科学版)》1995年第2期

《逆反与顺应:明清通俗小说中的科举状元书写》,胡海义撰,《明清小说研究》2012年第3期

《清代诗学与地域文学传统的建构》,蒋寅撰,《中国社会科

学》2003 年第 5 期

《晚明"西湖小说"之源流与背景》,刘勇强撰,载陈平原等编《晚明与晚清:历史传承与文化创新》,湖北教育出版社 2002 年

《〈西湖二集〉素材来源考补》,任明华撰,《中国典籍与文化》2014 年第 4 期

《〈西湖二集〉的素材来源丛考》,李鹏飞撰,《中国典籍与文化》2011 年第 2 期

《西湖小说:城市个性和小说场景》,刘勇强撰,《文学遗产》2001 年第 5 期

《西湖小说对杭州地域人格的摹写》,孙旭撰,《西安电子科技大学学报(社科版)》2005 年第 3 期

《西湖小说与话本小说的文人化》,孙旭撰,《明清小说研究》2003 年第 2 期

《西湖小说与科举神的流变》,胡海义撰,《学术研究》2017 年第 11 期

《小说史研究模式的偏失与重构》,梅新林撰,《光明日报》2002 年 11 月 27 日第 2 版

《于祠祈梦的习俗与故事》,杜正贞撰,《民俗研究》2009 第 2 期

《中国古代小说中的"双城"意象及其文化蕴涵》,孙逊、葛永海撰,《中国社会科学》2004 年第 6 期

附　录

一、明末清初西湖小说一览表

1. 短篇白话小说类

作品		作者	创作或刊刻时间	备注
《喻世明言》	第二十二卷《木绵庵郑虎臣报冤》	冯梦龙编著	明代天启元年至天启四年（1621—1624）	
	第二十三卷《张舜美灯宵得丽女》			
	第二十六卷《沈小官一鸟害七命》			
	第二十九卷《月明和尚度柳翠》			
	第三十卷《明悟禅师赶五戒》			
	第三十二卷《游酆都胡母迪吟诗》			
	第三十九卷《汪信之一死救全家》（头回）			

442

《警世通言》	第六卷《俞仲举题诗遇上皇》	冯梦龙编著	天启四年（1624）
	第七卷《陈可常端阳仙化》		
	第十四卷《一窟鬼癞道人除怪》		
	第二十三卷《乐小舍拼生觅偶》		
	第二十八卷《白娘子永镇雷峰塔》		
	第三十三卷《乔彦杰一妾破家》		
《醒世恒言》	第三卷《卖油郎独占花魁》	冯梦龙编著	天启七年（1627）
	第十六卷《陆五汉硬留合色鞋》		
《拍案惊奇》	第十五卷《卫朝奉狠心盘贵产　陈秀才巧计赚原房》（头回）	凌濛初编著	天启七年（1627）
	第十六卷《张溜儿熟布迷魂局　陆蕙娘立决到头缘》（头回）		
	第二十四卷《盐官邑老魔魅色　会骸山大士诛邪》		
	第二十五卷《赵司户千里遗音　苏小娟一诗正果》		
	第二十六卷《夺风情村妇捐躯　假天语幕僚断狱》（头回）		
	第三十四卷《闻人生野战翠浮庵　静观尼昼锦黄沙巷》		

《二刻拍案惊奇》	第九卷《莽儿郎惊散新莺燕 龙香女认合玉蟾蜍》	凌濛初编著	崇祯五年（1632）	
	第十四卷《赵县君乔送黄柑 吴宣教干偿白镪》（头回）			
	第二十九卷《赠芝麻识破假形 撷草药巧谐真偶》（头回）			
	第三十六卷《王渔翁舍镜崇三宝 白水僧盗物表双生》（头回）			
	第三十九卷《神偷寄兴一支梅 侠盗惯行三昧戏》（头回）			
《型世言》	第十回《烈女忍死殉夫 贤媪割爱成女》	陆人龙撰	崇祯五年（1632）左右	
	第十四回《千秋盟友谊 双璧返他乡》			
	第二十六回《吴郎妄意院中花 奸棍巧施云里手》			
《欢喜冤家》	续集第一回《两房妻暗中双错认》	西湖渔隐主人编撰	崇祯十三年（1640）	又名《贪欢报》《欢喜奇观》《艳镜》《三续今古奇观》《四续今古奇观》。
	续集第三回《马玉贞汲水遇情郎》			
	续集第五回《王有道疑心弃妻子》			
《石点头》	第十卷《王孺人离合团鱼梦》	天然痴叟撰	崇祯年间（1628—1644）	又名《醒世第二奇书》、《五续今古奇观》、《鸳鸯谱》。

《西湖一集》		周清原撰	约崇祯年间(1628—1644)	《西湖二集》第十七卷曾提及另有《西湖一集》,已佚。
《西湖二集》	第一卷《吴越王再世索江山》	周清原撰	约崇祯年间(1628—1644)	
	第二卷《宋高宗偏安耽逸豫》			
	第三卷《巧书生金銮失对》			
	第四卷《愚郡守玉殿生春》			
	第五卷《李凤娘酷妒遭天遣》			
	第七卷《觉阇黎一念错投胎》			
	第八卷《寿禅师两生符宿愿》			
	第十卷《徐君宝节义双圆》			
	第十一卷《寄梅花鬼闹西阁》			
	第十二卷《吹凤箫女诱东墙》			
	第十四卷《邢君瑞五载幽期》			
	第十五卷《昌司怜才慢注禄籍》			
	第十六卷《月下老错配本属前缘》			
	第二十卷《巧妓佐夫成名》			
	第二十一卷《假邻女诞生真子》			
	第二十三卷《救金鲤海龙王报德》			
	第二十四卷《认回禄东岳帝种须》			
	第二十六卷《会稽道中义士》			
	第二十七卷《洒雪堂巧结良缘》			
	第二十八卷《天台匠误招乐趣》			

《无声戏》	第九回《变女为儿菩萨巧》（头回）	李渔撰	顺治十一年至十四年（1654—1657）	又名《连城璧》。据日本尊经阁文库藏伪斋主人序十二回刊本。
《十二楼》	第七卷《拂云楼》	李渔撰	顺治十五年（1658）	又名《觉世名言》
《豆棚闲话》	第二则《范少伯水葬西施》	艾衲居士撰	顺治年间（1644—1661）	
《西湖佳话》	第一卷《葛岭仙迹》	古吴墨浪子撰	康熙十二年（1673）	全名为《西湖佳话古今遗迹》
	第二卷《白堤政绩》			
	第三卷《六桥才迹》			
	第四卷《灵隐诗迹》			
	第五卷《孤山隐迹》			
	第六卷《西泠韵迹》			
	第八卷《三台梦迹》			
	第九卷《南屏醉迹》			
	第十卷《虎溪笑迹》			
	第十一卷《断桥情迹》			
	第十二卷《钱塘霸迹》			
	第十三卷《三生石迹》			
	第十四卷《梅屿恨迹》			
	第十五卷《雷峰怪迹》			
	第十六卷《放生善迹》			

2.短篇文言小说类

作品	作者	创作或刊刻时间	备注		
《情史》	卷五"情豪类"	《韩汝玉》	冯梦龙编撰	天启年间(1621—1627)①或崇祯初年②	①见陈大康《明代小说史》第736页,上海文艺出版社2000年。②见《中国古代小说百科全书》(修订本)第414页,中国大百科全书出版社。
	卷七"情痴类"	《乐和》			
		《王生陶师儿》			
	卷九"情幻类"	《司马才仲》			
	卷十"情灵类"	《西湖女子》			
		《绿衣人》			
	卷十三"情憾类"	《周子文》			
	卷十四"情仇类"	《小青》			
	卷十八"情累类"	《僧了然》			
	卷十九"情疑类"	《河伯女》			
		《九子魔母》			
		《西湖水仙》			
	卷二十"情鬼类"	《卫芳华》			
		《吕使君娘子》			
	卷二十一"情妖类"	《泥孩》			
		《孤山女妖》			

《僧尼孽海》	乾集第九则《灵隐寺僧》	佚名	万历四十六年(1618)至崇祯四年(1631)	署"南陵风魔解元唐伯虎选辑"
	乾集第十二则《临安寺僧》			
	坤集第三则《杭州尼》			
	坤集第九则《西湖庵尼》			
《智囊》	"明智部"经务卷八《苏轼》	冯梦龙编撰	崇祯七年(1634)	
《女才子书》	卷一《小青》	鸳湖烟水散人撰	顺治十六年(1659)前后	又名《闺秀佳话》《女才子传》《美人书》《情史续书》《四名媛集》《女才子集》《兰史》。
	卷七《卢云卿》			
	卷十二《宋琬》			
《虞初新志》	卷一之《小青传》(佚名)	张潮辑	康熙二十二年(1683)	
	卷五之《鲁颠传》(朱一是)			
	卷十之《沈孚中传》(陆次云)			
	卷十一之《钱塘于生三世事记》(陈玉璂)			
	卷十二之《湖埂杂记》(陆次云)			
	卷十二之《看花述异记》(王晫)			
《今世说》	卷六《豪爽》"淮海杜湘草"条	王晫撰	康熙二十二年(1683)	
	卷七《任诞》"柏斯民"条			
	卷八《汰侈》"翁逢春游临安"条			

《池北偶谈》	卷二十四之《范忠贞》	王士禛撰	康熙二十四年（1685）	
《觚賸》	卷一之《布囊焚余》	钮琇撰	康熙三十九年（1700）	
	卷七之《雪遘》			

3．章回小说类

作品	作者	创作或刊刻时间	备注
《醋葫芦》	西子湖伏雌教主编	崇祯十二年（1639）	
《鸳鸯配》	天花藏主人订，樵李烟水散人编次。	顺治年间（1644—1661）	又名《鸳鸯媒》《玉鸳鸯》。
《麹头陀传》	西湖香婴居士重编	康熙七年（1668）	全称《新镌绣像麹头陀济公全传》，又题《新镌绣像济颠大师全传》，另标《麹头陀新本济公全传》。
《醉菩提传》	天花藏主人编次，西湖墨浪子偶拈。	康熙前期	全称《济颠大师醉菩提全传》，又名《济颠大师玩世奇迹》《济公全传》《济公传》《皆大欢喜》《度世金绳》等。
《集咏楼》	湖上憨翁	康熙四十一年（1702）	首冠康熙壬午（1702）八月既望湖上憨翁《序》，知是"湖上憨翁"所著。

二、明末清初西湖小说的主要人物形象、梦境与西湖诗词统计分析一览表

1. 短篇白话小说类

作品		西湖诗词	梦境	主要人物形象				备注
				名号	朝代	籍贯	身份	
《喻世明言》	第二十二卷《木绵庵郑虎臣报冤》	11	1	贾似道	南宋	台州	宰相	
				郑虎臣	南宋	荥阳	尉官	
	第二十三卷《张舜美灯宵得丽女》	9	1	张舜美	南宋	越州	秀才	做诗词传情
				刘素香	南宋	杭州	闺秀	
	第二十六卷《沈小官一鸟害七命》	1	0	沈秀	北宋	杭州	闲士	
				张公	北宋	杭州	匠人	
	第二十九卷《月明和尚度柳翠》	4	1	玉通	南宋	四川	僧人	善做诗词
				柳翠	南宋	温州	妓女	诗词歌赋无不通
	第三十卷《明悟禅师赶五戒》	12		五戒	北宋	洛阳	僧人	举笔成文
				明悟	北宋	太原	僧人	笔走龙蛇
				苏轼	北宋	四川	文士	
				佛印	北宋	四川	僧人	精通吟诗作赋
	第三十二卷《游酆都胡母迪吟诗》	2	2	胡母迪	元代	成都	秀才	
	第三十九卷《汪信之一死救全家》（头回）	6	0	赵构	南宋	汴京	太上皇	
				宋五嫂	南宋	汴京	商妇	
				于国宝	南宋	不详	太学生	

《警世通言》	第六卷《俞仲举题诗遇上皇》	6	1	俞仲举	南宋	成都	秀才	
				赵构	南宋	汴京	太上皇	
	第七卷《陈可常端阳仙化》	11	1	陈可常	南宋	温州	僧人	善做诗词
				七郡王	南宋	汴京	郡王	好吟诗
	第十四卷《一窟鬼癞道人除怪》	2	0	吴洪	南宋	福州	秀才	
				癞道人	南宋	不详	道士	
	第二十三卷《乐小舍拼生觅偶》	2	3	乐和	南宋	杭州	商人子	后来连科及第
				喜顺娘	南宋	杭州	闺秀	
	第二十八卷《白娘子永镇雷峰塔》	6	1	白娘子	南宋	峨嵋	蛇妖	
				许宣	南宋	杭州	小商人	登楼赋诗
	第三十三卷《乔彦杰一妾破家》	1	0	乔彦杰	北宋	杭州	商人	
				春香	北宋	南京	商人	
《醒世恒言》	第三卷《卖油郎独占花魁》	1	0	秦重	南宋	汴京	商人	
				莘瑶琴	南宋	汴京	妓女	十岁能吟诗作赋
	第十六卷《陆五汉硬留合色鞋》	2	0	张荩	明代弘治年间	杭州	富豪	
				潘寿儿		杭州	闺秀	
				陆五汉		杭州	屠户	
《拍案惊奇》	第十五卷《卫朝奉狠心盘贵产　陈秀才巧计赚原房》（头回）	0	0	贾实	不详	杭州	秀才	
	第十六卷《张溜儿熟布迷魂局　陆蕙娘立决到头缘》（头回）	0	0	中年婆娘巩家媳妇	明代万历年间	杭州	骗子	
						杭州	市民	
	第二十四卷《盐官邑老魔魅色　会骸山大士诛邪》	1	0	老道	明代洪武年间	盐官	妖怪	儒雅，好题诗
				刘德远		盐官	秀才	
				仇夜珠		盐官	闺秀	

				苏盼奴	南宋	秀州	妓女	俊丽工诗
《拍案惊奇》	第二十五卷《赵司户千里遗音　苏小娟一诗正果》	3	1	赵不敏	南宋	汴京	太学生	俊丽工诗
				苏小娟	南宋	秀州	妓女	
				赵院判	南宋	汴京	文士	
	第二十六卷《夺风情村妇捐躯　假天语幕僚断狱》(头回)	0	0	郑举人	南宋	杭州	举人	
				广明	南宋	不详	僧人	
	第三十四卷《闻人生野战翠浮庵　静观尼昼锦黄沙巷》	1	0	闻人生	明代万历年间	湖州	秀才	
				静观	湖州	尼姑	看些古书，写些诗句。	
《二刻拍案惊奇》	第九卷《莽儿郎惊散新莺燕　龙香女认合玉蟾蜍》	7	0	凤来仪	不详	杭州	秀才	
				杨素梅	不详	杭州	闺秀	喜的是吟诗作赋。
				龙香	不详	杭州	婢女	
	第十四卷《赵县君乔送黄柑　吴宣教干偿白镪》(头回)	1	0	后生官人	南宋	浙西	秀才	
	第二十九卷《赠芝麻识破假形　撷草药巧谐真偶》(头回)	0	0	官人	南宋	江西	文士	
				双鬟女	南宋	杭州	民女	
	第三十六卷《王渔翁舍镜崇三宝　白水僧盗物表双生》(头回)	0	0	沈一	南宋	杭州	商人	
				五通神道	南宋	不详	神仙	
	第三十九卷《神偷寄兴一支梅　侠盗惯行三昧戏》(头回)	0	0	"我来也"	南宋	杭州	盗贼	

书名	回目			人物	朝代	地点	身份	备注
《型世言》	第十回《烈女忍死殉夫 贤媪割爱成女》	2	1	陈雏儿	明代万历年间	苏州	烈妇	
	第十四回《千秋盟友谊 双璧返他乡》	3	0	王冕	元代	绍兴	文士	
				卢太	元代	杭州	文士	
				刘伯温	元代	青田	文士	
	第二十六回《吴郎妄意院中花　奸棍巧施云里手》	1	0	吴尔辉	南宋	徽州	商人	
				光棍	南宋	杭州	骗子	
《欢喜冤家》	续第一回《两房妻暗中双错认》	3	0	朱子贵	不详	杭州	土财主	半文半俗，假斯文，喜做诗。
				龙天生		杭州	土财主	
				喻巧儿		扬州	小妾	
	续第三回《马玉贞汲水遇情郎》	8	0	玉香		苏州	小妾	
				马玉贞		永嘉	妓女	吟诗别西湖
				王文	不详	永嘉	衙役	
	续第五回《王有道疑心弃妻子》	5	1	宋仁		永嘉	浪子	
				王有道	不详	杭州	秀才	
				柳生春		杭州	秀才	
《石点头》	卷十《王孺人离合团鱼梦》	3	1	王从事	南宋	汴京	秀才	
				乔氏	南宋	汴京	宦妇	读书知礼好吟诗
《西湖二集》	第一卷《吴越王再世索江山》	7	3	钱镠	唐末五代	杭州	吴越王	
	第二卷《宋高宗偏安耽逸豫》	10	1	宋高宗	南宋	汴京	皇帝	
	第三卷《巧书生金銮失对》	12	0	甄龙友	南宋	永嘉	秀才	
				宋孝宗	南宋	汴京	皇帝	
	第四卷《愚郡守玉殿生春》	3	3	赵雄	南宋	资州	秀才	

《西湖二集》	第五卷《李凤娘酷妒遭天遣》	1	1	李凤娘	南宋	湖北	皇后	
	第七卷《觉阇黎一念错投胎》	1	0	史弥远	南宋	明州	宰相	
	第八卷《寿禅师两生符宿愿》	3	4	永寿明	唐末五代	杭州	僧人	
				宋景濂	元末明初	金华	文士	
	第十卷《徐君宝节义双圆》	2	1	徐君宝	南宋	岳州	文人	
				金淑贞	南宋	岳州	闺秀	长于诗词歌赋
	第十一卷《寄梅花鬼闹西阁》	1	3	朱廷之	南宋	杭州	秀才	
				柳氏	南宋	杭州	妒妇	吟得好评诗赋
				马琼琼	南宋	不详	妓女	才华出众
	第十二卷《吹凤箫女诱东墙》	2	0	潘用中	南宋	闽中	文士	
				黄杏春	南宋	汴京	闺秀	读书史长于翰墨
	第十四卷《邢君瑞五载幽期》	18	1	邢君瑞	宋代	太原	诗人	
				水仙	宋代	不详	仙人	吟诗传情
	第十五卷《昌司怜才慢注禄籍》	15	3	罗隐	唐五代	杭州	文人	东南第一才子
	第十六卷《月下老错配本属前缘》	2	1	朱淑真	南宋	杭州	闺秀	闺阁文章之伯，女流翰苑之才。
	第二十卷《巧妓佐夫成名》	1	0	曹妙哥	南宋	杭州	妓女	智妇人胜于男子
				吴尔知	南宋	汴京	太学生	
	第二十一卷《假邻女诞生真子》	1	2	罗慧生	元代	杭州	儒生	
				狐女	元代	不详	妖怪	善于诗词唱和
	第二十三卷《救金鲤海龙王报德》	13	1	杨维桢	元代	绍兴	文士	

	第二十四卷《认回禄东岳帝种须》	1	2	周必大	南宋	庐陵	宰相	
《西湖二集》	第二十六卷《会稽道中义士》	2	1	唐钰	南宋至元初	会稽	教授	
				杨琏真伽	南宋至元初	色目人	僧人	
	第二十七卷《洒雪堂巧结良缘》	23	3	魏鹏	南宋	襄阳	文士	
				贾云华	南宋	台州	闺秀	
	第二十八卷《天台匠误招乐趣》	2	0	阎妃	南宋	鄞县	贵妃	精通填词度曲
				张漆匠	南宋	天台	匠人	
《无声戏》	第九回《变女为儿菩萨巧》（头回）	0	3	三个举子	不详	不详	举子	
十二楼	第七卷《拂云楼》	1	1	裴远	北宋	杭州	文士	
				韦小姐	北宋	杭州	闺秀	
				能红	北宋	杭州	婢女	
《豆棚闲话》	第二则《范少伯水葬西施》	0	0	范蠡	春秋时期	楚国南阳	大臣	
				西施	春秋时期	诸暨	妃子	
《西湖佳话》	第一卷《葛岭仙迹》	2	0	葛洪	西晋	金陵	道人	学问高，寄情远。
	第二卷《白堤政绩》	14	0	白居易	唐代	太原	文士	
	第三卷《六桥才迹》	4	0	苏轼	北宋	四川	文士	
	第四卷《灵隐诗迹》	3	0	骆宾王	唐代	金华	诗人	
				宋之问	唐代	汾阳	诗人	
	第五卷《孤山隐迹》	14	0	林逋	北宋	杭州	隐士	惟作字题诗自适
	第六卷《西泠韵迹》	5	0	苏小小	六朝南齐	杭州	妓女	信口吐词成佳句

作品		西湖诗词	梦境	名号	朝代	籍贯	身份	备注
《西湖佳话》	第八卷《三台梦迹》	2	47	于谦	明代	杭州	大臣	含附录《于祠祈梦显应事迹》
	第九卷《南屏醉迹》	2	4	济公	南宋	天台	僧人	文才绝伦
	第十卷《虎溪笑迹》	5	0	辩才	北宋	杭州	僧人	只以学者自居
				苏轼	北宋	四川	文士	
	第十一卷《断桥情迹》	1	1	文世高	元代	苏州	文士	
				刘秀英	元代	杭州	闺秀	善能吟诗作赋
	第十二卷《钱塘霸迹》	1	0	钱镠	唐末五代	杭州	吴越王	
	第十三卷《三生石迹》	4	0	李源	唐代	洛阳	文士	
				圆泽	唐代	外地	僧人	
	第十四卷《梅屿恨迹》	4	1	小青	不详	扬州	怨妇	能解诗文
	第十五卷《雷峰怪迹》	1	1	白娘子	南宋	峨嵋	蛇精	
				许宣	南宋	杭州	小商人	
	第十六卷《放生善迹》	1	0	莲池	明代	杭州	僧人	落笔成章

2. 短篇文言小说类

作品			西湖诗词	梦境	主要人物形象				备注
					名号	朝代	籍贯	身份	
《情史》	卷五"情豪类"	《韩汝玉》	0	0	韩汝玉	北宋	苏州	县令	
					范文正	北宋	吴县	知州	
	卷七"情痴类"	《乐和》	0	1	乐和	南宋	杭州	商人之子	原为衣冠之族
					喜顺娘	南宋	杭州	闺秀	
		《王生陶师儿》	0	0	王生	南宋	不详	文士	
					陶师儿	南宋	不详	妓女	

	卷九"情幻类"	《司马才仲》	3	1	司马才仲	北宋	陕州	文士	
《情史》					苏小小	南齐	杭州	妓女	歌《黄金缕》词
	卷十"情灵类"	《西湖女子》	0	0	某官人	南宋	江西	文士	
					双鬟女	南宋	杭州	民女	
		《绿衣人》	1	0	赵源	元代	天水	文士	
					绿衣人	南宋	杭州	侍女	少善奕棋
	卷十三"情憾类"	《周子文》	1	1	周子文	宋代	杭州	妓女	
					陈袭善	宋代	外地	文士	
	卷十四"情仇类"	《小青》	12	1	小青	不详	扬州	怨妇	精涉诸技 妙解音律
	卷十八"情累类"	《僧了然》	0	0	了然	北宋	不详	僧人	
					苏轼	北宋	不详	文士	
	卷十九"情疑类"	《河伯女》	0	0	有一人	不详	杭州	不详	
					河伯女	不详	杭州	神仙	
		《九子魔母》	0	0	吴生	不详	常州	文士	
					魔母	不详	常州	神仙	
		《西湖水仙》	2	0	邢君瑞	宋代	太原	文士	
					水仙	宋代	杭州	神仙	吟诗唱和
	卷二十"情鬼类"	《卫芳华》	3	0	滕穆	元代	永嘉	文士	
					卫芳华	南宋	不详	宫人	善吟诗
		《吕使君娘子》	0	0	贺忠	南宋	不详	武将	
					吕娘子	南宋	临平	鬼魂	
					娘子姐	南宋	杭州	鬼魂	
	卷二十一"情妖类"	《泥孩》	1	0	民家女	南宋	杭州	民女	
					泥孩	南宋	杭州	鬼魂	

书名	篇目	篇名			人物	时代	地域	身份	备注
《情史》	卷二十一 "情妖类"	《孤山女妖》	0	1	孙某	明代	明州	文士	
					吕生		姚江	秀才	
					水月上人		楚地	僧人	
					女妖		孤山	妖	
《僧尼孽海》	乾集第九则《灵隐寺僧》		0	0	寺僧	不详	不详	僧人	
					商妇	不详	杭州	商妇	
	乾集第十二则《临安寺僧》		0	1	临安寺僧	南宋	不详	僧人	
	坤集第三则《杭州尼》		0	0	杭州尼	不详	杭州	尼姑	
					杨七官	不详	杭州	商人	
	坤集第九则《西湖庵尼》		0	0	工官妻	南宋	杭州	官妻	
					少尼	南宋	不详	尼姑	
					少年	南宋	不详	不详	
《智囊》	"明智部"经务卷八《苏轼》		0	0	苏轼	北宋	四川	文士	
《女才子书》	卷一《小青》		17	1	小青	明代	扬州	才女	工习诗词
	卷七《卢云卿》		6	1	卢云卿	南宋	杭州	寡妇	性极嗜诗
					刘月嵋	南宋	杭州	文士	
	卷十二《宋琬》		7	1	宋琬	明代	杭州	闺秀	工诗画
					谢天骏	天顺	潮州	文士	
《虞初新志》	卷一之《小青传》		12	1	小青	不详	扬州	才女	精涉诸技
	卷五之《鲁颠传》		0	0	鲁颠	明末清初	不详		
	卷十之《沈孚中传》		1	0	沈孚中	明代	杭州	文士	
	卷十一之《钱塘于生三世事记》		0	0	于生	明代	杭州	文士	

《虞初新志》	卷十二之《湖堧杂记》	2	4	僧人	宋明	不详	僧人	计7位
				王子	北宋	高丽	贵族	
	卷十二之《看花述异记》	0	0	丐仙	明代	不详	神仙	
				凌医生	明代	不详	医生	
				丁野鹤	南宋	不详	神仙	
				江右客	明代	江右	商人	
				潞王	明代	凤阳	贵族	
				陈藩伯	清初	外地	官员	
				书生	明代	不详	书生	计2人
				捕虎师	清代	江右	猎人	
				予	清代	杭州	文士	
				花姑	不详	不详	神仙	
《今世说》	卷六《豪爽》"淮海杜湘草"条	0	0	杜首昌	清代	山阳	文士	
	卷七《任诞》"柏斯民"条	0	0	柏斯民	清代	华亭	文士	
	卷八《汰侈》"翁逢春游临安"条	0	0	翁逢春	明代	吴县	文士	
《池北偶谈》	卷二十四之《范忠贞》	0	0	范忠贞	清代	辽东	巡抚	
《觚賸》	卷一之《布囊焚余》	1	0	张皇言	明末清初	鄞县	抗清英雄	文士
	卷七之《雪遘》	0	0	查孝廉	明末清初	海宁	文士	
				吴六奇		潮州	乞丐、将军	

3.章回小说类

作品	西湖诗词	梦境	主要人物形象				备注
			名号	朝代	籍贯	身份	
《醋葫芦》	6	6	都氏	南宋	杭州	商妇	
			成珪	南宋	杭州	商人	
《鸳鸯配》	6	6	申起龙	南宋	苏州	文士	
			荀绮若	南宋	苏州	文士	
			崔玉英	南宋	杭州	闺秀	诗画琴棋，无不通晓。
			崔玉瑞	南宋	杭州	闺秀	
《麴头陀传》	41	14	济公	南宋	天台	僧人	笔如游龙，有秀才呆气。
醉菩提传	37	7	济公	南宋	天台	僧人	惟同诗酒是因缘。
《集咏楼》	53	1	褚良贵	明代	杭州	文士	
			小青	明代	扬州	怨妇	评选《香奁集》，作《喃轩新咏》。

三、明末清初以"西湖"为名号且与
小说有关的文人一览表

名号	真实姓名	主要活动时期	所涉及的小说作品
钱塘西湖渔隐	不详	万历末年或天启初年	撰《胡少保平倭记》。
西湖逸史	不详	崇祯年间	撰《天凑巧》。
西湖义士	不详	崇祯年间	《皇明中兴圣烈传》署"西湖义士述"。
西湖野臣	不详	崇祯年间	《皇明中兴圣烈传》自序谓"圣烈传，西湖野臣之所辑"。

西湖碧山卧樵	不详	崇祯年间	《幽怪诗谭》署"西湖碧山卧樵纂辑"。
醉西湖心月主人	不详	崇祯年间	《宜春香质》《弁而钗》署"醉西湖心月主人撰"。《醋葫芦》序署"笔耕山房醉西湖心月主人题"。
西湖渔隐主人	不详	崇祯年间	《欢喜冤家》署"西湖渔隐主人撰"。
西湖居士	王元寿	崇祯年间	刊刻《欢喜冤家》等小说。
西湖主人			
湖隐居士			
西湖髯眉子（客）	不详	崇祯年间	《古今烈女传演义》署"西湖髯眉子评阅"。
西子湖伏雌教主	不详	崇祯年间	《醋葫芦》署"西子湖伏雌教主编"。
西湖浪子	不详	崇祯年间	《三刻拍案惊奇》署"西湖浪子辑"。
西泠野史	傅一臣	天启年间	刊刻《苏门啸》等小说戏曲。
西湖鸥吏（史）	丁耀亢	1599—1669 年	撰《续金瓶梅》。
西湖钓叟（史）	不详	顺治年间	《续金瓶梅》署"西湖钓叟序"。或为杭州人查继佐。
湖上钓叟	不详	顺治年间	《续金瓶梅》署"湖上钓叟评"。或为杭州人查继佐。
湖上笠翁	李渔	顺康年间	撰《无声戏》《十二楼》等。
西湖墨浪子	不详	康熙前期	《醉菩提全传》署"西湖墨浪子偶拈"。
西湖散人	不详	康熙前期	《西湖佳话》金陵王衙藏板本首《序》末钤有两枚印章，其一为"西湖散人"。
湖上扶摇子	不详	康熙前期	《西湖佳话》金陵王衙藏板本首有西湖全图及十景分图，末有识语，署"湖上扶摇子识"。
西湖香婴居士	王梦吉	康熙前期	《麴头陀传》署"西湖香婴居士重编"。

西墅道人	不详	康熙年间	《魮头陀传》署"西墅道人参评"。
西泠狂者	不详	康熙年间	《载花船》署"西泠狂者笔"。
湖上憨翁	不详	康熙年间	撰《集咏楼》并自序。
西湖寒子	不详	康熙年间	为《十七峰》作序。
鹫林山学者	不详	康熙年间	《跨天虹》署"鹫林山学者初编"。鹫林山，即西湖畔灵隐寺灵鹫峰（飞来峰）。
西湖寒士	不详	康熙年间	为《二刻醒世恒言》作序。
西湖鹏鹍居士	不详	康熙年间	《浓情快史》署"西湖鹏鹍居士评阅"。
西湖云水道人	不详	康雍年间	为《巧联珠》作序。